DAVE DUNCAN

DAS MEER DER LEIDEN

DAVE DUNCAN
im Bechtermünz Verlags-Programm:

DIE PANDEMIA-SAGA

Band 1 Der Weg nach Kinvale
Band 2 Die Insel der Elben
Band 4 Die Stadt der Götter

DAVE
DUNCAN

DAS MEER DER LEIDEN

Die Pandemia-Saga
Fantasy-Roman

Ins Deutsche übertragen
von Anneli von Könemann

Bechtermünz Verlag

Originaltitel: Perilous Seas

Lizenzausgabe mit Genehmigung der Bastei-Verlag Gustav H. Lübbe GmbH & Co. für Weltbild Verlag GmbH, Augsburg 1999

Umschlaggestaltung: CCG Werbeagentur, Köln
Umschlagmotiv: Agentur Luserke, Stuttgart
Gesamtherstellung: Presse-Druck Augsburg
Printed in Germany
ISBN 3-8289-0185-9

Für
George Melnik,
Ron Robertson &
Shirlee Smith Matheson,
die durch ihre Arbeit bei der AFLA gezeigt haben,
daß eine Behörde der Regierung tatsächlich
effizient, effektiv, freundlich,
hilfsbereit sein kann ...
und zu gut, um lange zu bestehen.

KRASNEGAR
Pondague
KINVALE
Golf von Pamdo
JULGISTRO
N
W
E
S
Bucht von Uthle
AMBEL
Fluß
Cenmere
HUB
Kruls Bucht
PITHMOT
Drachen-See
DRAGON REACH
NOGID ARCHIPEL
FAERIE
KITH
SYSANASSO
P A N D

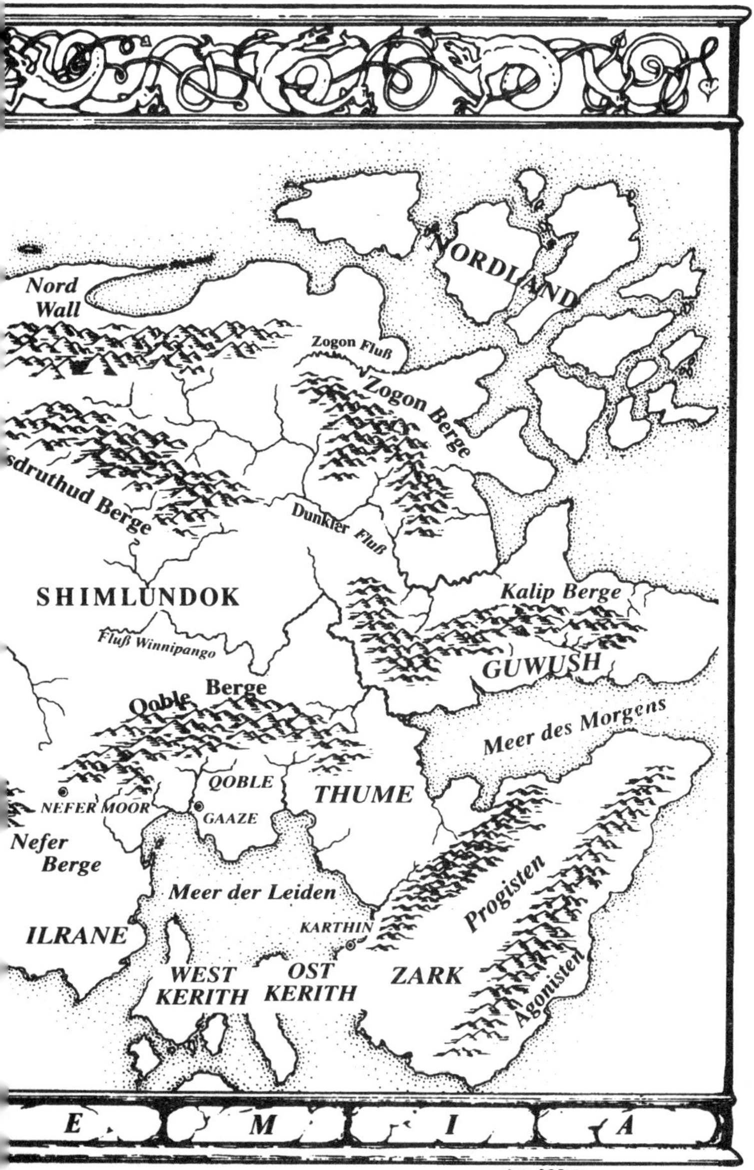

NORDLAND
Nord Wall
Zogon Fluß
Zogon Berge
sdruthud Berge
Dunkler Fluß
SHIMLUNDOK
Kalip Berge
Fluß Winnipango
GUWUSH
Qoble Berge
Meer des Morgens
QOBLE
THUME
NEFER MOOR
GAAZE
Nefer Berge
Progisten
Meer der Leiden
ILRANE
KARTHIN
WEST KERITH
OST KERITH
ZARK
Agonisten
E M I A

The voice I hear this passing night was heard
In ancient days, by emperor and clown:
Perhaps the self-same song that found a path
Through the sad heart of Ruth, when sick for home,
She stood in tears amid the alien corn;
The same that oft-times hath
Charmed magic casements, opening on the foam
Of perilous seas, in faery lands forlorn.

Keats, *Ode to a Nightingale*

(Die Stimme, die ich letzte Nacht vernahm,
ward schon gehört in alten Tagen, vom König und
vom Narr:
Vielleicht war's gar dasselbe Lied, das seinen Weg
sich bahnte ins Herz der heimwehkranken Ruth,
als sie mit tränenfeuchten Augen stand im fremden
Korn;
dasselbe Lied, das oft schon Zauber sprach und
Fenster magisch machte, die öffnen sich zum Schaum
der unheilschwang'ren See, in längst verlass'nen
Feenländern)

Keats, *Ode an eine Nachtigall*

Eins

Betrug

1

Im gesamten Impire gab es keine wohlhabendere Provinz als die Insel Kith. Seit ihrer Einnahme in den Tagen der Eroberungsfeldzüge der Zehnten Dynastie war sie die wichtigste Bastion der Imps im Sommermeer.

Sie verfügte über ertragreiche Bergwerke, fruchtbares Ackerland und eine stabile, florierende Schiffahrtindustrie. Hin und wieder richtete ein Taifun ein wenig Schaden an, oder Drachen wüteten an der nordwestlichen Küste, doch seit Jahrhunderten war keine dieser beiden Plagen bis zur Westküste vorgedrungen, und dort lagen die Stadt Finrain, die größte und reichste der ganzen Insel, sowie der größte Hafen.

In den Häfen brauchte man Seeleute. Die besten Seeleute waren Jotnar. Imps hatten guten Grund, nervös zu werden, wenn Jotnar in der Nähe waren, und sie ermunterten die Seeleute, die auf Finrains Schiffen anheuerten, ihre Häuser in Durthing zu bauen, einige Stunden gen Süden – nahe genug, um schnell verfügbar zu sein, aber weit genug entfernt, daß ihre Wutausbrüche Finrain selbst oder ihren Bürgern nicht schaden konnten.

Durthing war auch die Heimat einiger Trolle, die meisten Nachkommen von Sklaven, die aus den Mosweeps importiert worden waren; die Ureinwohner waren nach der Besetzung durch das Impire so gut wie ausgestorben. Außerdem gab es einige Mischlinge und natürlich Gnome für die Versorgung der sanitären Anlagen. Es gab sogar einige Imps, doch jeder Imp, der sich dafür entschied, in einer Jotunnsiedlung zu leben, mußte dafür sehr gute Gründe haben, Gründe, über die man besser nicht sprach.

Vor nicht langer Zeit hatte sich ein junger Seemann, dessen Vorfahren Faun und Jotunn gewesen waren, dort niedergelassen. Zwar war er ein Gefangener gewesen, den Gathmor, der neue Kapitän der *Stormdancer,* für eine riesige Summe gekauft hatte, doch schließlich war ihm die Freiheit gegeben worden. In gewissen Grenzen wenigstens. Seine Schiffskameraden rissen sich nicht unbedingt darum, ihn im Auge zu behalten, aber ... Nun, er war ein guter Junge und brauchte niemals auf Gesellschaft zu verzichten. Er hatte jedenfalls bisher keinerlei Interesse gezeigt, zu verschwinden, und er war zu wertvoll, also wollte man ihm auch keine Gelegenheit dazu geben. Außerdem gab es nur eine Landstraße, die aus Durthing hinaus führte, und sie verlief an einem Wachtposten der Imps vorbei. Und Imps waren berüchtigt für ihre Neugier.

Auch der nachsichtigste Bewohner hätte Durthing nicht Stadt nennen können oder auch nur Dorf, denn die Hütten und Schuppen waren wild über die Seiten einer flachen, schüsselförmigen Senke verteilt. Die einzige Unterbrechung in der Gleichförmigkeit dieser Senke war eine Einbuchtung, die durch die See entstanden war, lange vor den ältesten Göttern. Mit ihrem klaren, ruhigen Wasser und dem weichen Sand bildete die beinahe runde Bucht einen der besten Häfen von Pandemia. Drei kleine Wasserläufe bewässerten die Hänge, das Meer wimmelte von Fischen, und das Klima war ideal. Normalerweise lagen hier ein Dutzend Schiffe vor Anker und auf dem Strand, und meistens waren zwei oder drei weitere in Bau.

Es gab kein offizielles Grundstücksrecht in Durthing, es gab gar kein offizielles Recht. Das Meer war eine anspruchsvolle Geliebte, und wenn sie einen Geliebten seiner Familie stahl, wurde sein Heim aufgegeben und schon bald von Unkraut und Gestrüpp überwuchert.

Eine beraubte Frau mußte sich sofort einen anderen Beschützer suchen, und ihre Kinder starben wahrscheinlich ohnehin bald. Selbst unter den Jotnar gab es nur wenige Männer, die kaltblütig ein Kind töten würden, doch noch weniger gaben besonders viel für die Bälger, die von einem

Vorgänger stammten. Die Arbeit wurde nachlässig und gleichgültig getan oder in blinden Wutanfällen im Vollrausch. Eine Witwe, die keinen neuen Beschützer fand, wurde schon bald von den anderen Frauen vertrieben und verschwand in den grauenvollen Slums von Finrain.

Doch in jedem Bösen steckt auch etwas Gutes, wie die Priester sagten, und so war es kein Problem für einen neuen Bewohner, einen Platz zum Wohnen zu finden. Er konnte sich vielleicht ein nettes Fleckchen nicht allzu weit von einem der Wasserläufe aussuchen und dort das Haus seiner Träume bauen, oder er konnte einfach in eines der leerstehenden einziehen. Das Angebot war breit gefächert: impische Holzbaracken oder niedrige, dunkle, unter der Grasnarbe liegende Schuppen nach Nordlandart, wie sie von den Jotnar bevorzugt wurden, oder die verschachtelten Bauten, wie sie von den Trolls errichtet wurden. Es gab sogar einige verlassene Gnomlöcher, doch selbst die Ratten trauten sich dort nicht hinein.

Der Faun hatte sich eine alte Holzhütte ausgesucht und bemühte sich, sie in Ordnung zu bringen, während er sich an ein Leben als Seemann gewöhnte.

Nach jeder Reise führte er an der Hütte weitere Reparaturen aus. In dem angenehmen, friedlichen Klima glitten die Monate unmerklich vorbei, und aus dem Frühling war bereits Sommer geworden.

2

Weiter im Osten, unter einer unbarmherzigeren Sonne, verlief die Karawanenstraße vom großen Hafen von Ullacarn gen Osten durch die Vorläufer der Progisten, bevor sie nach Norden abzweigte, sich teilte und zu einem Gewirr aus Pfaden wurde, die in die Zentralwüste führten. Dieser einfache Weg, eingebettet zwischen Sand und Bergen, war den

Händlern als *Gauntlet* bekannt – als Spießrutenlauf. Ihre Wachen nannten ihn *Schlachthof.* An manchen Stellen war die Straße so eng, daß Reisende, die zur Küste wollten, Beleidigungen oder Grüße an jene loswerden konnten, die in die Wüste hineinritten, während die Glocken ihrer Kamele gegeneinanderstießen. Viele Züge der Händler kamen dort durch, doch für mehr blieb es bei dem Versuch, denn in jenem Gebiet bot die Wegelagerei die größte Einnahmequelle. Die Namen der Pässe sprachen Bände: *Knochenpaß, Auge des Dolches, Einer Weniger, Blutige Quelle, Hoher Tod, Niedriger Tod, Magen des Bussards,* und *Acht Manns Tod.*

An beiden Enden des Weges konnten zusätzliche Wachen angeheuert werden, doch waren sie möglicherweise nicht von wirklich königlichem Blut. Die echten Löwentöter mißtrauten ihnen aufs äußerste, und das aus gutem Grund.

Nach vielen Wochen in der Ödnis von Zark war die Karawane, die von dem ehrwürdigen Scheich Elkarath angeführt wurde, endlich zum *Gauntlet* gelangt. Einige gefährliche Tagesreisen voraus lag die schöne Stadt Ullacarn, die für Ruhe, Gewinn und wohlverdiente Behaglichkeit stand. Die Kamele, die den anspruchslosen Leuten im Inneren der Wüste lebensnotwendige Dinge gebracht hatten – Schaufeln und Hacken aus hartem Zwergenstahl, wunderschöne elfische Farbstoffe, starke Leinenfäden –, waren jetzt mit Produkten beladen, die der Rest Pandemias als Luxus feiern würde: Wolle von Bergziegen und aus dieser Wolle gewebte, helle Teppiche, ungeschliffene Smaragde und langlebige Kleidungsstücke aus Leder oder Kamelhaar, hergestellt von dem anspruchslosen, hungrigen Volk, dessen einziger Schatz unbegrenzte Zeit war.

Der Scheich hatte den *Gauntlet* in seinem langen Leben schon viele Male durchquert. Gelegentlich hatte er Bekanntschaft mit Überfällen gemacht, doch hatte er niemals Männer oder Ware verloren. Drängte man ihn, sein bemerkenswertes Glück zu erklären, so lächelte er lediglich geheimnisvoll in seinen schneeweißen Bart hinein und sagte etwas von Wachsamkeit und Vertrauen in die göttlichen Gebote der heiligen Schriften. Diesmal, da war er zuversichtlich, würde die Passage gleichermaßen problemlos verlaufen. Diesmal war seine Karawane weder größer noch reicher als in der Vergangenheit.

Stattlich und würdevoll ritt Scheich Elkarath hoch auf seinem Kamel und überblickte mit ernster Miene unter seinen schneeweißen dichten Augenbrauen die sonnenüberströmte, felsige Landschaft, während er seinen langen Zug zur Oase *Tall Cranes* – Große Kraniche – führte. Hier war er mitten im Herzen des *Gauntlet,* an der gefährlichsten Stelle überhaupt. Die kahlen Felsen um ihn herum verbargen ein Dutzend dunkler Hohlwege, die nur die Einheimischen kannten, und in jeder davon konnte eine Bande bewaffneter Straßenräuber lauern. Die zerklüfteten Gipfel der Progisten näherten sich am nördlichen Horizont.

Die winzige Siedlung in dem Dorf zu ihren Füßen umfaßte einige Dutzend Häuser aus luftgetrockneten Lehmziegeln, einen willkommenen Teich mit Wasser und um die hundert Palmen. Es besaß keine Minen und baute nichts an. Dennoch waren die Menschen in *Tall Cranes* gut genährt und wohlhabend. Auf ihren Koppeln hielten sie viele gute Kamele. Unter anderen Völkern hatten die Djinns den Ruf, heimtückisch zu sein, aber in Zark selbst waren die Bewohner von *Tall Cranes* berüchtigt.

Aufgrund seiner langen Erfahrung rechnete Scheich Elkarath mit einem produktiven Abend voller Handelsabkommen. Er brachte stets Gold mit nach *Tall Cranes,* weil die Älteren für Juwelen, Waren und Vieh nicht anderes akzeptierten. Nach der Quelle ihres Reichtums zu forschen, wäre in höchstem Maße unhöflich und unklug unvorsichtig gewesen.

Hinter dem Scheich ritt, erhaben in seinem Sattel, seine Hauptwache. Nach der uralten Tradition auf den Kamelstraßen war er als Erster Löwentöter bekannt. In seinem Falle war die Anonymität besonders kostbar, weil der aufsehenerregende junge Mann Sultan Azak von Arakkaran war, buchstäblich ein königliches Lösegeld wert. Viel weiter hinten in der Karawane ritt eine junge Frau, die sich als sein Eheweib ausgab, und sie war Königin Inosolan von Krasnegar. Für den durchschnittlichen Entführer wäre sie jedoch nichts wert gewesen, abgesehen von einer kurzen, fleischlichen Befriedigung. Für die Wächter, die vier okkulten Beschützer der Welt, war sie anscheinend erheblich kostbarer.

Aber während seines Besuches in der Oase *Tall Cranes* würde Scheich Elkarath nicht über Magie oder über Politik sprechen.

3

Ogi rief »Schiffskamerad ahoi!«, als er sich der Hütte des Fauns näherte. Die Sonne war gerade erst aufgegangen, und er war gut sichtbar, als er durch das niedrige Gestrüpp und die dürren Bäume herankam, doch das Leben in einer Jotunnsiedlung wie Durthing machte die Vorsicht zur zweiten Natur eines Mannes – reizte man einen Jotunn, so tötete er vielleicht, bevor er sich entschuldigte. Manche taten noch nicht einmal das.

Das Hämmern erstarb, und einen Augenblick später erschien Raps Gesicht im Fenster, ein freundliches Gesicht unter einem Wust aus braunen Haaren, die wie trockener Farn aussahen. Er wischte sich mit einem Arm die Stirn ab.

»Habe hier ein paar Karpfen«, schrie Ogi und hielt die Fische hoch. »Und Wein!«

»Wein? Aus welchem Anlaß?«

»Dachte nur, ein arbeitender Mann könnte vielleicht eine Pause gebrauchen.«

Der Faun lächelte sein übliches, schüchternes kleines Lächeln. »Großartig!« rief er und verschwand.

Ogi ging zur Feuergrube hinüber und freute sich, daß er ein wenig glühende Asche vorfand. Er warf einige Zweige hinein und blies eine Flamme hoch. Dann ließ er sich auf einem Felsbrocken nieder und versicherte sich, daß der Wein die Reise unbeschadet überstanden hatte.

Ein grauer Vogel kam herbeigeflogen, um an einem Zweig zu zupfen und Ogi voll tiefen Mißtrauens zu beäugen. Es gab genügend Felsen, um noch mindestens einem Dutzend weiterer Leute Platz zu bieten: Wer das Haus auch gebaut hatte, mußte also eine große Familie gehabt haben ... nein, der Schuppen war zu klein, also hatte er vielleicht einfach gerne Feste veranstaltet. Es war jedoch ein angenehmer Ort, in einem engen, kleinen Tal errichtet und durch einige halbwegs große Bäume vor der tropischen Sonne geschützt – in Durthing verschwand jegliches nennenswerte Holz bald in den Feuerstellen –, jedoch zu weit von einer Quelle entfernt, um als erste Lage zu gelten; zurückgezogener als die meisten anderen.

Nach einigen Minuten kam Rap heraus und zog sich ein Hemd an. Was Kleidung anbelangte, war er immer noch eigentümlich bescheiden. Er war ein guter Bursche, viel zuverlässiger als für sein Alter üblich. Äußerlich wirkte er so ziemlich wie ein echter Faun, sah man von seinem Haar und seiner Größe ab, und er neigte wie alle Faune dazu, sich keinem sozialen Druck zu beugen. Da war zum Beispiel der Bartwuchs. Er war der einzige Mann auf der *Stormdancer,* der nicht versuchte, sich einen üppigen Schnurrbart nach dem Vorbild Gathmors wachsen zu lassen. Er war außerdem der einzige Mann in Durthing, der stets lange Hosen trug. Ogi fragte sich oft, ob das einfach seine alte Einstellung gegenüber Eigentum war oder ob Rap sich seiner Faunbeine schämte.

Es gab viele Dinge an ihm, die Ogi verwirrten.

Das Feuer knisterte bereits anheimelnd. Ogi begann Zwiebeln zu schälen. Rap ließ sich auf dem nächsten Felsbrocken nieder und wischte sich erneut die Stirn ab.

»Arbeite zu hart! Wollte eigentlich schwimmen gehen.« Er hob die Weinflasche hoch und stieß den Hals ab, um einen langen, kräftigen Zug hinunterzukippen – das war eine angenehme Überraschung für den Imp. Rap an diesem

Abend betrunken zu machen, würde vielleicht doch nicht so schwierig werden, wie sie erwartet hatten.

Rap ließ die Flasche atemlos sinken. »Ich werde später gehen.«

»Hey, im Dunkeln schwimmen ... Na gut, du Klugscheißer, du brauchst nicht so blöd zu grinsen!« Normalerweise benahm sich Ogi nicht wie eine Glucke, aber der junge Rap war im Schwimmen noch nicht besonders erfahren. »Für dich ist es also nicht gefährlich – aber geh nicht so bald nach dem Essen, okay?« Gewisse Leute hatten an diesem Abend Pläne für diesen jungen Seemann, und Schwimmen gehörte gewiß nicht dazu. Das würde er auf später verschieben müssen. »Wie macht sich der Baumeister?«

»Willst du es mal sehen?« fragte Rap schüchtern. Er sprang auf und ging voran zu dem kleinen Schuppen, den er jetzt sein Zuhause nannte. Es ähnelte wesentlich mehr einem Heim als noch vor zwei Monaten, und stolz zeigte er seine neueste Errungenschaft, einen Fensterladen. Er würde den Regen draußen halten, vielleicht sogar den Wind. Rap hatte außer einer Hängematte und einem Stuhl keine Möbel, obwohl Ogi ihm oft angeboten hatte, ihm Geld zu leihen. Natürlich zu angemessenem Zins.

Wie üblich fragte sich Ogi, warum ein Faun-Jotunn-Mischling sich einen impischen Schuppen ausgesucht hatte. In ihrer Heimat in Sysanasso lebten Faune in leichten Hütten aus Weide und Stroh, und dennoch hatte Rap eine uralte Holzhütte gewählt, die ein lange vergessener Imp in diesem einsamen kleinen Tal gebaut hatte. Er schien überrascht, als seine Wahl andere erstaunt hatte und murmelte etwas wie, seine Heimatstadt sei impisch gewesen, selbst wenn er es nicht sei. Es hätte freundlicher gewirkt, wenn er eine Stelle ausgesucht hätte, die weniger isoliert stand.

Er hatte das Dach gerichtet und diesen Ort erstaunlich sauber gehalten. Ogi sah sich um, bewunderte und machte Komplimente. Dann gingen sie zum Feuer und zum Wein zurück.

Ogi schlug vor, einige Toasts auszusprechen, und flößte

dem Burschen auf diese Weise noch mehr Wein ein. Dann zog er den Fang des Tages hervor und machte sich daran, die Fische auszunehmen.

»Da sind Schiffe angekommen?« murmelte Rap und lugte über Ogis Kopf anscheinend in die dünnen Bäume.

»Eine ist vermutlich die *Petrel*. Sie ist fällig. Die anderen kenne ich nicht.«

Ankommende Schiffe stießen immer auf Interesse, aber der junge Wald um Raps Hütte verstellte ihm die klare Sicht auf den Hafen. Er konnte natürlich durch alles hindurchsehen, aber entweder waren die Schiffe noch außerhalb der Reichweite seiner Sehergabe, oder es war ihm egal. Er setzte sich wieder hin und starrte schweigend in die züngelnden Flammen.

Die rasch einsetzende tropische Dunkelheit ließ sich um sie herum nieder, und die Rufe der Vögel verebbten. Heller Rauch, Funken und knisterndes Feuer ... die unersättlichen Grillen begannen bereits ihr Konzert ... es war eine angenehme Nacht.

Ogi schnitt den Fischen die Köpfe ab und warf sie für Hunde oder Gnome über die Schulter. Nachdem er die Bäuche aufgeschlitzt hatte, entleerte er die Gedärme an derselben Stelle im Staub hinter sich. Höchstwahrscheinlich würden in der Nähe schon ein oder zwei Gnomenkinder darauf lauern, angezogen vom Feuer.

»Stimmt etwas nicht?« fragte Ogi.

Rap hatte wie gebannt in die Flammen gestarrt. Er lächelte schwach und zuckte die Achseln. »Nichts, wobei du mir helfen könntest.«

»Wie du willst. Aber wenn du mit einem Freund darüber sprechen willst, ich bin da. Und was man dir auch erzählt hat, einige Imps können Geheimnisse sehr wohl für sich behalten.«

Diese Worte provozierten wieder ganz kurz das kleine Lächeln, und Ogi bemerkte, daß der breite Mund des Fauns nur selten breiter lächelte.

»Es ist nur, daß ich es nicht einfach finde, mich hier niederzulassen.«

Ja, das war sehr eigenartig.

»Durthing ist nicht perfekt«, stimmte Ogi ergeben zu, »aber anderswo ist es auch nicht besser. Du hast dir hier ein ganz hübsches Haus zum Preis von einigen Tagen Arbeit geschaffen, und es gibt eine große Auswahl an Mädchen. Ich kenne viele, die dir gerne dabei helfen würden, dein Haus mit Babys zu füllen.«

Rap erschauerte.

»Man gewöhnt sich an diese kleinen Nervensägen«, sagte Ogi selbstzufrieden. Uala hatte bereits zwei, und ein weiteres war unterwegs. Vielleicht Zwillinge, so wie sie aussah. »Manchmal sind sie ganz liebenswert. Aber zitier mich nicht.«

Rap starrte erneut in die Flammen.

Selbst die Frage, wie der Junge nach Faerie gekommen war, barg ein Geheimnis, und vermutlich hatte es mit Magie zu tun. Ogi war genug Seemann, um darüber nicht gerne zu sprechen. Dennoch war es merkwürdig.

»Ein Mädchen, oder?« fragte er leise. »Oder ein Traum?«

»Ein Mädchen«, erzählte Rap dem Feuer, »aber nicht so, wie du meinst.«

»Sohn, ich habe schon alles ausprobiert«, sagte Ogi wehmütig.

Rap zog seine breite Faunnase kraus. »Ein Versprechen.«

»Was für ein Versprechen?«

Rap warf ihm einen kurzen, geheimnisvollen Blick zu. »Ein verrücktes.« Er nahm einen weiteren Schluck aus der Weinflasche und wischte sich den Mund mit dem Handrükken ab. »Ich möchte eigentlich kein Seemann sein. Das ist der springende Punkt.«

Es würde Rap nicht sehr beliebt machen, wenn Gathmor das zu hören bekam. Oder irgendein anderer Jotunn.

»Dann hältst du uns alle zum Narren, Bursche. Es ging das Gerücht, daß du Maat des Steuermannes werden sollst, wenn Larg befördert wird.«

Rap schnaubte ungläubig und stützte seine Ellbogen auf die Knie. Er war jetzt dreimal zwischen Faerie und anderen

Ländern hin- und hergerudert. In seinem Alter wuchsen Männer schnell, und er hatte bereits die Schultern eines Ruderers. Die würde er an diesem Abend auch brauchen können – einen Augenblick lang verspürte Ogi einen hämischen Anfall von Habsucht. Wunderbares Gold! Dann befeuchtete er einen Finger und schnippte einen Tropfen Speichel auf das Backblech. Es zischte und tanzte zufriedenstellend. Er warf die Zwiebeln darauf und begann, mit seinem Dolch die Fische zu buttern.

»Gathmor hat gesagt, er hat sechsundvierzig Imperial für mich und den Kobold bezahlt«, murmelte Rap. »Wenn ich alles spare, wie lange würde es dauern, mich freizukaufen?«

»Mit Zinsen ungefähr 3900 Jahre.«

»Oh – so schnell, meinst du?«

»Sei realistisch, Rap! Wenn du Gathmor wärst, würdest du dich gehen lassen? Deine Sehergabe ist für ihn unbezahlbar. Er liebt sein Schiff, er ist für die Mannschaft verantwortlich – er wird dich nicht gehen lassen.«

Der Faun seufzte und verfiel in Schweigen.

Sein Talent der Sehergabe machte ihn natürlich einzigartig, und dennoch war es eine verrückte Sache. Die *Stormdancer* hatte sie seit Raps erster Reise nicht gebraucht. Seine folgenden Reisen waren harte Arbeit gewesen, mit viel zu häufigem Rudern und nicht genug Zeit unter Segeln, aber ansonsten absolut ereignislos.

Und Rap verfügte über mehr als nur seine okkulte Sehergabe. Er hatte das Zeug zu einem sehr guten Seemann. Er war kompetent und vertrauenswürdig. Er beklagte sich niemals oder zettelte Raufereien an. Er tat alles, was man ihm sagte, und es schien, als sei er auch noch dankbar dafür. Selbst ohne seine Sehergabe würde Gathmor ihn nicht so einfach gehen lassen. Auch beinahe alle unverheirateten Mädchen in Durthing dachten ernsthaft über den großen Faun nach.

»Man sagt«, bemerkte Ogi, »das Glück gaukle uns vor, daß wir uns das wünschen, was wir bekommen.«

Rap lachte leise, aber er blickte weiter in die Flammen.

Ogi machte sich langsam Sorgen. Wenn der Bursche nicht auf der Höhe war, konnte sich die Operation dieser Nacht zur einer Katastrophe ausweiten. Bevor er über diese Möglichkeit weiter nachdenken konnte, ergriff Rap das Wort.

»Du bist ein Imp. Warum lebst du unter diesen Wahnsinnigen?«

Ogi zuckte nervös zusammen. »Ich würde vorschlagen, daß du dieses Wort nicht zu laut aussprichst, Freund. Und solche Fragen solltest du hier gar nicht stellen.«

»Oh! Verzeihung! Habe nicht dran gedacht.«

»Ich habe damit kein Problem. Ich sage nur, kümmere dich um deine Sachen ...«

»Aber ein Jotunn würde mir den Kopf abreißen«, beendete Rap den Satz. »Das habe ich gemeint.«

»Und du brauchst sowieso nicht zu fragen. Der einzig mögliche Grund, warum ein Nichtjotunn hier leben sollte, ist der, daß es angenehmer ist als im Gefängnis der Imps. Komm schon, Bursche – es ist ein großartiges Leben! Viel Platz und Freiheit! Frauen? Im Gefängnis bekommt man keine Frauen, wenn man nicht wirklich reich ist. Genieße es!«

Nichts davon traf auf Ogi zu. Er hatte niemals gegen das Gesetz verstoßen, und er lebte einfach deshalb in Durthing, weil er das Meer liebte und gerne Seemann war. Das Problem war nur, daß über die einzig mögliche Erklärung schwerer zu sprechen war, als über eine kriminelle Vergangenheit. Er wußte, daß sein Großvater gestorben war, als Jotunnräuber über Kolvane hergefallen waren; sein Vater war ohne Vater zur Welt gekommen. Obwohl die Familie niemals über diese Sache sprach, und obwohl Ogi selbst impisch-kurz, breit und dunkelhäutig war, so war er doch ganz sicher, daß er zu einem Viertel Jotunn war. Gäbe er das zu, würde er seine Position in Durthing und in der Mannschaft der *Stormdancer* erheblich verbessern, aber er würde sich auch mehr Gefahren gegenübersehen – und man würde ihn unendlich hänseln. Ogi war nicht genug Jotunn, um solche Dinge witzig zu finden.

»Aber sie sind verrückt«, murmelte Rap. »Kani nervt mich immer noch damit, ich soll mit jemandem Streit anfangen. Warum, um alles Gute in der Welt? Ich habe gezeigt, daß ich mich selbst verteidigen kann!«

Ogi drehte die Fische mit der Spitze seines Dolches um. Er hatte die Sache eigentlich noch nicht zur Sprache bringen wollen, und der Junge war noch lange nicht betrunken. »Nun, es gibt da einen Unterschied, Rap.«

»Was für einen Unterschied?«

Ogi reichte ihm den Wein. »Hier – du trinkst ja gar nicht deinen Anteil! Ja, du hast einige Kämpfe ausgetragen. Aber sie zählen nicht wirklich.«

Rap stellte die Flasche auf den Boden und warf seinem Gefährten einen kalten Blick zu. »Zählen nicht? Warum nicht?«

Die Karpfen waren durch. Ogi spürte bereits, wie ihm das Wasser im Munde zusammenlief, und er begann, die Fische mit seinem Dolch auf den Holztellern zu verteilen. Zumindest brauchte er dabei seinem Freund nicht in die Augen zu sehen. Er hoffte, sie würden auch am nächsten Tag noch Freunde sein.

»Du weißt, wie es hier mit den Positionen ist, Rap. Ganz unten stehen die, die keine Jotunn sind, wie ich. Besonders ich, denn die Jotnar siedeln die Imps kaum über den Gnomen an. Dann kommen die, die zum Teil Jotunn sind, wie du. Von Fauns hält man sogar recht viel – vermutlich, weil sie so starrköpfig sind, daß sie niemals merken, wenn sie besiegt sind – und du bist fast so groß wie ein Jotunn, also stehst du kurz hinter den reinen Jotnar.« Er wartete, bekam aber keine Antwort. Er machte sich weiter am Fisch zu schaffen. »Und dann haben sie noch ihre eigene Einteilung. Ganz oben stehen die, die in Nordland geboren wurden, wie Brual ...«

»Und Kani stammt in dritter Generation aus dem Süden und haßt sich dafür. Und? Worauf willst du hinaus?«

»Nun, ich weiß, daß einige Burschen dich herausfordern wollen. Du hast dich auch gut geschlagen, aber Dirp kommt wie Kani in dritter Generation aus dem Exil, und der alte Hagmad in zweiter, und beide gelten nicht unbedingt als Kämpfer. Außerdem haben sie nur so getan.«

»Ich habe das nicht so empfunden«, knurrte Rap. »Es hat verdammt weh getan!«

Ogi hatte das Backblech sauber gekratzt. Er hatte keine andere Wahl, als Rap den Holzteller zu reichen und ihm in die Augen zu sehen.

»Komm zur Sache«, sagte Rap sauer. »Du hast mir den Appetit bereits verdorben.«

Ogi seufzte. »Du willst deine Ruhe haben? Nun, dann solltest du mit einem reinrassigen, in Nordland geborenen Jotunn kämpfen. Mit einem von den Guten.«

»O großartig! Ich dachte immer, Gathmor wäre schlecht ...«

»Ich bin noch nicht fertig. Du mußt den Streit anfangen, nicht er. Dein Kampf, verstehst du? Und du mußt ihn bis aufs Blut reizen. Wirklich bis aufs Blut! Eine spielerische Prüfung reicht nicht, um zu sehen, wieviel in diesem Emporkömmling, dem Faun-Mischling drinsteckt. Du reizt ihn, bis er rot sieht, Mordlust verspürt, wild aufs Töten wird, ein Jotunn, der dich *zerquetschen* will. Dann – keine Gnade! Du schlägst ihn zu Brei.«

»Dabei zahle ich nur drauf.«

»Ich meine es ernst, Rap. Iß auf. Wichtiger noch – trink! Du bist neu. Neuen Jungs geben sie Zeit, aber du hast schon die Arme eines Ruderers. Du siehst irgendwie bereit aus, also wirst du bald herausgefordert. Heute? Morgen? Es ist das beste für dich, deinen eigenen Kampf zu suchen, richtig? Wichtig ist, daß du versuchst, die bestmögliche Position für dich zu erreichen. Letztlich bedeutet das viel weniger Schmerzen und Blut, als wenn sie dich alle auf ihrem Weg nach oben zum Üben benutzen.«

Rap stellte seinen Teller zur Seite und verschränkte die Arme. »Welche Rolle spielst du dabei?«

An dieser Stelle konnte Ogi dem Jungen gute Nachrichten überbringen. Er sprach mit vollem Mund. »Wichtig! Ich habe herausgefunden, wen Verg und der verrückte Kani für dich ausgesucht haben: Turbrok! Oder sogar Radrik! Götter! Sie hätten dich verstümmeln oder töten lassen können!«

Rap legte die Ellbogen auf die Knie und warf seinem Gefährten von der Seite einen finsteren Blick zu. »Und du nicht?«

»Hoffe nicht. Dieser Fisch ist köstlich. Probier mal – du brauchst die Kraft. Nein, ich habe die Sache übernommen, und mir kannst du vertrauen. Stimmt, ich habe dich reingelegt, Rap, das gebe ich zu, aber ich weiß, was ich tue.«

Nun, da war er sich nicht ganz sicher.

»Mich reingelegt?«

»Wer hat vorgeschlagen, du solltest mit der charmanten Wulli tanzen gehen?«

Rap richtete sich wütend auf. »Du hast mir gesagt, sie gehöre niemandem? Also doch!«

»Nun, also, ja. So ist das hier. Aber was ich gesagt habe, war, soweit ich weiß, richtig. Keine Verlobung oder Abmachungen. Wie weit bist du mit ihr übrigens gekommen?«

»Kümmere dich um deinen eigenen, vom Bösen erzeugten Mist!«

»Gut! Aber zu dem Tanz davor ist sie mit Grindrog gegangen. Er war auf See, also hat er seitdem keiner Dame den Hof gemacht.«

Rap stöhnte. Er war verständlicherweise blaß geworden; im tanzenden Schein des Feuers hatte sein Gesicht sogar einen leichten Grünstich. »Also nimmt er an, ich würde mich dazwischendrängen?«

»Nun, das tust du ja auch; so sieht man es hier. Grindrog hat sie nie fallenlassen, verstehst du. Und natürlich ist sie eine reine Jotunn, und du nicht. Man erlaubt Mischlingen nicht, sich in die Nähe ...«

»Bastard! Aber ich hätte auch daran denken sollen. Gott der Lügner! Du hast mich reingelegt, du hinterhältiger Bastard! Und ich mag sie nicht mal besonders. Sie sagt dauernd nur ›Ja, Rap‹ und ›Nein, Rap‹, ohne selbst mal nachzudenken.«

Wulli war ein Kind, beinahe sechzehn, bei dem den Männern das Wasser im Munde zusammenlief, mit einem Gesicht und einem Körper, die von Seeleuten als Gefahr für die Mannschaft bezeichnet wurden – wirklich atemberaubend. Kein männlicher Jotunn würde sich irgendwelche Gedanken um ihren Verstand machen.

»Vielleicht mag Grindrog sie auch nicht. Aber das ist irrelevant.«

»*Petrel*? Er ist Bootsmann auf der *Petrel*?«

»Richtig. Laß dein Essen nicht kalt werden …«

»Ungefähr vierundzwanzig, fünfundzwanzig? Zweimal so groß wie ich, mit einem Schielauge und einer schiefen Nase? Etwa der?«

»Das ist er.«

»Und die *Petrel* ist gerade vor Anker gegangen. Ich schätze, es ist kaum möglich, daß er es nicht herausfindet?«

»Völlig unmöglich«, sagte Ogi selbstgefällig. »Kani sorgt schon dafür, daß er sofort davon erfährt, solange die gesamte Mannschaft noch in der Nähe ist und ihm ihr Mitleid ausdrücken kann.«

Rap hob abwesend seinen Teller hoch und begann zu essen, wobei er wieder ins Feuer starrte. »Ich habe ungefähr einen halben Imperial gespart, Ogi. Das Geld liegt auf dem Dachsparren über der Hängematte. Du und Kani, ihr seid meine besten Freunde, und ich würde es gerne mit euch teilen. Meine Stiefel…«

»Ach, halt den Mund! Glaubst du, das würde ich tun?«

Rap sah in Richtung Meer. »Da kommt jemand. Er wird gleich hier sein. Ja, es ist Kani, er läuft. Kommt er, um dir zu sagen, daß die Falle steht? Heraus damit – was habt ihr geplant?« Er schien jetzt besser damit fertig zu werden als noch vor einigen Minuten.

»Grindrog ist die List. Er ist der neunte oder zehnte in Durthing.«

»Du kannst einen Stiefel bekommen und Kani den anderen.«

»Sei still! Hör zu – Grindrog hat über ein Jahr nicht mehr

gekämpft! Er hat sogar Rathkrun herausgefordert. Rathkrun hat ihn für eine Woche außer Gefecht gesetzt.«

Rap schluckte, als würge er an einer Gräte.

»Aber«, fuhr Ogi triumphierend fort, »seitdem hat er keinen Streit mehr gesucht! Jetzt habe ich zufällig mitbekommen, wie er letztes Mal, als er am Hafen war, einen Köder an den Haken gehängt hat. Er hielt ihn hoch, mit links. Ganz nahe vor das Gesicht. Und er ist Rechtshänder!«

Rap kaute in nachdenklichem Schweigen.

»Rathkrun hat ihn ganz schön am Kopf getroffen! Rap, ich glaube nicht, daß er mehr als einen halben Meter weit sehen kann! Ich habe ihn beobachtet. Er stolpert über Dinge. Er sabbert beim Sprechen. Und wenn du ihn heute abend genügend reizt, wird er im Dunkeln kämpfen.«

»*Das ist Betrug*!«

Absurd! Wenn der Junge so dachte, war er nicht alt genug, alleine auf die Straße zu gehen, besonders nicht in einer Jotunngemeinde – und doch hatte Ogi diesen Einwand beinahe erwartet.

»Das ist auch ein Grund, warum wir dir eine Falle gestellt haben. Du mußt hinuntergehen und ihn so wild machen, daß er versucht, im Dunkeln gegen einen Seher zu kämpfen. Wenn er wie ein typischer Jotunn in Wut gerät, dann hast du ihn.«

»Oder anders herum«, sagte Rap ruhig und kaute und sah gleichmütig Ogi an – der diesen gelassenen Blick langsam nervtötend fand.

»Du hast jetzt diese Schultern, Rap. Du kannst es schaffen.«

»Es wird nicht funktionieren. Nicht auf Dauer. Alle wissen, daß ich die Sehergabe habe, wenn ich also gewinne, werde ich schon bald aus Rache zu einem Kampf bei Tageslicht herausgefordert, und du versuchst, ein Maultier gegen Hunderte reiner Jotunn aufzustellen ... Aber ich nehme an, das wichtigste ist, die Sache heute abend zu überleben, oder?«

Damit hatte er schon recht, das Morgen konnte warten.

»Richtig. Mach ihn einfach so wild, daß er es nicht abwarten kann, es mit dir aufzunehmen.«

»Wenn ich sagen würde, Wulli hätte mir erzählt, er hätte es nicht ein einziges Mal mit ihr machen können ... das würde doch reichen, oder?«

Bei dem Gedanken daran, was diese Anschuldigung bei einem betrunkenen Jotunn bewirken würde, brach Ogi der Schweiß aus. »Gerade so eben. Dann hast du morgen vielleicht ihren Vater am Hals, aber er ist schon ziemlich alt.«

Rap warf seinen Teller zur Seite und wischte sich den Mund ab, als habe er eine Entscheidung getroffen. Ogi hielt ihm den Wein hin, aber Rap schüttelte den Kopf.

»Ich bleibe lieber nüchtern.«

»Oh, du bist verschroben! Nüchtern, um der Götter willen? Nüchtern kämpfen? Die Jotnar finden das unmännlich. Das ist schlimmerer Betrug als der Gebrauch der Sehergabe!«

Schweigend stand Rap auf und streckte sich. Anscheinend hatte er sein Schicksal akzeptiert. Ogi hatte sich auf einen viel längeren Wortwechsel eingestellt, und er begann sich zu fragen, ob das ein Trick war und der Faun plante, in den Wäldern zu verschwinden. Er sah gewiß nicht aus wie ein Neuling, der sich auf einen Kampf gegen einen der schlimmsten Killer von Durthing vorbereitete.

Der Lärm zerbrechenden Gestrüpps verkündete die Ankunft von Kani.

»Du nimmst das alles sehr gut auf«, stellte Ogi beklommen fest.

Rap lächelte humorlos. »Es wird mir ein Vergnügen sein.«

»So?« Ogi war sprachlos.

Der Junge trat einen Schritt näher, und seine Augen funkelten im Licht des Feuers. »Wulli hat mir etwas ganz anderes über Grindrog erzählt. Ich wäre ohnehin in Versuchung geraten, wenn ich mir eine Chance ausgerechnet hätte. Jetzt kommst du und sagst, ich habe eine, und du hast mich in die Falle gelockt, also habe ich keine Wahl. Gut! Unser Freund Grindrog verdient es, daß man ihm noch ein paar verpaßt. Und noch mehr.«

Ogi öffnete den Mund und schloß ihn sogleich wieder.

»Aber wir haben noch ein wenig Zeit, oder?« sagte Rap leise. »Ich möchte mir gerne irgendwo ein Paar schwerere Stiefel leihen, und wir müssen Grindrog erst einmal trinken und über seine Probleme meditieren lassen ... *nicht wahr?*«

Ganz plötzlich, irgendwie, hatte der Faun Ogi am Hemd gepackt und riß ihn von seinem Platz immer höher, bis er auf den Zehenspitzen stand. Und er lächelte. Das erste breite Lächeln an diesem Abend. Kein fröhliches Lächeln, alle Zähne waren viel zu nah an Ogis Nase.

»Wie viel?« verlangte Rap zu wissen. »Wie viel verdienst du, wenn das faunische Maultier den blinden Champion besiegt? Oder ist die Blindheit nur ein Wurm, der mich lokken soll?«

»Nein, Rap. Ich glaube wirklich, daß er fast blind ist. Und ich wollte gerade mit dir über meinen Anteil reden ... meinen Gewinn ... und ...«

»Und ich habe vielleicht Zeit, zunächst noch ein oder zwei Schläge einzuüben!«

Natürlich war Rap zur Hälfte ein Jotunn. Normalerweise merkte man es nur nicht.

Jetzt erkannte Ogi es.

Er hätte früher daran denken sollen.

Die Faust an seiner Kehle schnürte ihm die Luft ab. Seine Knie begannen zu zittern. Er konnte die jotunntypische Wut *riechen*. Imps kämpften am besten, wenn sie ein paar Leute zur Seite hatten, und Ogi war kein großartiger Schläger. Als er zum ersten Mal in Durthing gewesen war, hatte er sich ein wenig gerauft, aber nur, weil er mußte, und er war kräftig genug, aber normalerweise kroch er nur zu Kreuze. Außerdem machten sich nur wenige Jotnar in Durthing die Mühe, einen Imp anzurempeln.

»Du und Kani, und wer hat noch damit zu tun?«

Kräftig oder nicht, Ogi hing jetzt richtig in der Luft. Der Faun hielt ihn mit einer Hand hoch und nahe genug an sein Gesicht, um Ogi mit seinen großen Faunaugen direkt anzustarren, und in ihnen funkelte die ganze Wut eines Jotunn.

Ogi hätte diese Möglichkeit wirklich vorher bedenken sollen.

»Du und Kani und wer noch?«

»Verg«, brachte Ogi unter einigen Schwierigkeiten hervor.

»Dann fange ich also mit dir an – und übe die Sache mit dem Brei.«

Ogi murmelte ein stilles Gebet zu jedem Gott, der ihm einfiel.

Kani stürmte in den Lichtkreis, den das Feuer warf, und war so atemlos, daß er kaum sprechen konnte. Offensichtlich ging ihm mehr durch den Kopf, als der geplante Wettkampf zwischen Rap und Grindrog, denn er schien die augenblickliche Konfrontation gar nicht zur Kenntnis zu nehmen. Er japste nach Luft, zeigte zurück über seine Schulter und atmete erneut tief durch.

»*Orka*!«

»*Was*?« Rap gab Ogi frei, der zu Boden fiel und rückwärts taumelte. Als Ogi sein Gleichgewicht wiedererlangt hatte, war Rap in der Dunkelheit verschwunden, und die Geräusche seines Weges durch das Unterholz verstummten allmählich.

»Rap! Warte! Rap, das ist Selbstmord!« Die Geräusche entfernten sich immer weiter. »*Rap, wir haben keine Waffen*!« Aber offensichtlich würde sein Rufen den Faun nicht aufhalten.

Orka?

Ogi, der jetzt vor weit mehr Angst hatte als nur vor Raps Schlägen, setzte hinter ihm her, und überließ es dem atemlosen Kani, ihm irgendwie zu folgen.

Falls er es wagte.

4

In der Oase *Tall Cranes* gelang Inos das Unmögliche.

Es begann damit, daß Azak ihr zulächelte, als er an ihr vorbeiging.

Ein Lächeln von Azak war ein furchterregender Anblick. Es setzte große Mengen kupferroten Haares in Bewegung. Seit sie Arakkaran verlassen hatten, war ihm ein Vollbart gewachsen, ein Vollbart im wahrsten Sinne des Wortes. Mit seiner Hakennase und den scharlachroten Djinnaugen, seiner imposanten Größe und der unerschütterlichen Arroganz war Azak kein Mensch, den man leicht übersah.

Einen Augenblick lang stand Inos da und sah ihm hinterher, wie er in seiner voluminösen Wüstenkleidung auf eine Kamelkoppel zuschritt, eine Hand am Griff seines Krummsäbels. Sie seufzte. Azak ak'Azakar war ein Problem. Jeden Tag machte er ihr mehr und immer heftigere Heiratsanträge, je mehr die Reise ihrem Ende zu ging. Seine Logik war stimmig, und seine Argumente unwiderlegbar. Nur Zauberei würde sie wieder auf den Thron ihrer Vorfahren setzen können, den Thron von Krasnegar. Nur die Wächter durften Zauberei zu politischen Zwecken benutzen, und die Vier würden ihrer Petition viel eher zustimmen, wenn sie einen kompetenten Ehemann an ihrer Seite hatte. Ganz besonders, wenn er stark war und sich bereits als Regent bewiesen hatte. Wie Azak.

Ein Spiel, das die Götter vorhergesagt hatten.

Der einzige Schwachpunkt an diesem Plan war, daß sie sich noch nicht bereit fühlte, Azak als Ehemann zu akzeptieren, trotz seiner offensichtlichen Qualifikation in allen Punkten, trotz des Befehls der Götter. Sie konnte sich nicht vorstellen, daß er die Langeweile eines Winters in Krasnegar überstehen würde; und falls die Wächter sich ihrem Anspruch verschlossen, wäre sie gezwungen, sich der Alternative als Sultana von Arakkaran zu stellen. Und das wäre nicht dasselbe.

Als er in dem röhrenden Durcheinander der Kamele verschwand, kehrte Inos zu ihrer gegenwärtigen Aufgabe zurück, Kade beim Errichten des Zeltes zu helfen. Kade wartete geduldig und beobachtete ihre Nichte mit ihren blassen, alten blauen Augen – und ein Funkeln in eben diesen Augen konnte Inos jetzt manchmal richtig unsicher machen, so hatte sie sich schon daran gewöhnt, um sich herum nur Djinns zu sehen.

»Der Erste Löwentöter wirkt bemerkenswert entspannt«, sagte Kade.

»Oh, ich bin sicher, es braucht mehr als ein paar Straßenräuber, um Azak das Fürchten zu lehren ... Nun, aus welcher Richtung kommt der Wind?«

Doch während die beiden sich mit geübter Handfertigkeit an die Arbeit machten, begann Kades Kommentar in Inos' Verstand aufzuquellen wie Hefe in einem Bierfaß. Wochenlang hatten die Frauen der Karawane beklommen von den Gefahren des *Gauntlet* gesprochen. Hier, in der berüchtigten Oase *Tall Cranes*, waren sie mittendrin, und die meisten Leute waren sichtlich nervös. Die Frauen der Löwentöter murmelten heimlich über die schlechte Stimmung ihrer Männer, denn die Löwentöter waren in mehr als nur einer Hinsicht rotäugig, standen sie doch die ganze Nacht Wache und ritten den ganzen Tag auf dem Kamel.

Aber Azak hatte gelächelt?

Nun, warum nicht? Ganz gleich, wie gereizt der Rest der Reisenden war, Azak war von den bevorstehenden Gefahren ziemlich unbeeindruckt. Er hatte in seinen roten Bart hineingelacht und darauf hingewiesen, daß Scheich Elkarath den *Gauntlet* schon viele Male unversehrt durchquert hatte. Und natürlich war Inos klar, worauf er anspielte – daß dem alten Scheich niemals Gefahr von einfachen, weltlichen Banditen drohen würde.

Das mußte es auch sein, woran Kade gerade dachte.

Doch laut aussprechen sollte man das nicht. Kade war ungewöhnlich kühn gewesen, oder hatte einen starken Willen gehabt, überhaupt so viel zu erwähnen.

Inos sah sich auf dem Paß, in den schotterübersäten Hügeln und den steilen Gipfeln der Progisten um, die sich wie gigantische Legionäre dunkel gegen die untergehende Sonne abzeichneten. Es waren keine Kraniche in Sicht, weder große noch kleine, aber in der Oase *Three Dragons* – Drei Drachen – hatte es auch keine Drachen gegeben. Die Welt hatte sich verändert, seit man den Orten Namen gegeben hatte.

Sie warf einen finsteren Blick auf weiße Hütten, Bäume, die sehr umsorgt wurden, und auf den willkommenen kleinen See. Irgendein lange vergessener Zauberer hatte hier einen Strom gestaut, um diese Siedlung lebensfähig zu machen. Falls die Geschichten stimmten, hatte er damit eine langlebige Aristokratie von Wegelagerern gegründet und den Tod unzähliger, unschuldiger Reisender verursacht.

Nicht den von Elkarath.

Inos starrte nachdenklich ihre Tante an, die jetzt geschäftig auf einen Hering einhämmerte. Normalerweise sprach Kade nicht über den Scheich, auch nicht in versteckten Andeutungen. Azak tat das auch nicht, dachte Inos bei sich. Aber sie konnte sich an einige Male erinnern, als das Gespräch während der Reise ganz nahe an das Thema Magie gekommen war – und beide Male war es schon spät am Tag gewesen, so wie heute.

Ihre Augen gingen wieder zu der bedrohlichen Barriere der Berge. Hinter ihnen lag *Thume*, der Verwunschene Ort. Keiner ging dorthin.

Tatsächlich?

Und so …

Die Versuchung war unwiderstehlich. Was hatte sie schon zu verlieren?

Sie holte tief Luft, ignorierte das plötzliche heftige Pochen ihres Herzens und sah sich vorsichtig um, ob jemand in Hörweite war. In diesen wehenden zarkianischen Kleidern mit ihren weiten Kapuzen wußte eine Frau nie, wer vielleicht hinter ihr stand, aber das nächste Zelt zu ihrer Rechten stand bereits und war offensichtlich leer, seine Seitenwände waren aufgeklappt, um die Abendbrise hindurchwehen zu lassen. Das Zelt zur Linken wurde von einer schwatzenden Gruppe Jugendlicher errichtet – die Töchter des Sechsten Löwentöters.

»Einen Gefallen, Tante?«

Kade sah auf und nickte, und ihre blauen Augen blickten verwirrt; der Rest von ihr war unter ihrem Yashmak und den vielen Hüllen unsichtbar.

»Heute abend richtest du dich nach mir? Ohne Widerrede?«

Die blauen Augen wurden weit und zogen sich dann schnell unter einem Stirnrunzeln zusammen. »Du planst doch nichts *Impulsives*, nicht wahr, Liebes?«

»Impulsiv? Ich? Natürlich nicht! Aber, bitte, Tante? Vertraust du mir?«

»Das tue ich immer, Liebes«, antwortete Kade argwöhnisch.

Nichtsdestoweniger wußte Inos, daß ihre Tante kooperieren würde. »Nun, wenn du mich für einen Augenblick entbehren kannst ... ich muß kurz mit Jarthia sprechen.« Sie wandte sich um und stapfte mühsam durch die Bäume davon.

Sie fühlte sich beinahe wohl in *Tall Cranes*, trotz des unheimlichen Rufes der Bewohner. Vor noch nicht allzu langer Zeit wäre ihr ein abgelegener Ort wie dieser erbärmlich und mitleiderregend erschienen. Wie schnell sich die eigenen Maßstäbe ändern konnten! Vermutlich würde ihr dieses Ullacarn wie eine große Stadt vorkommen, wenn sie nach so vielen einsamen kleinen Wüstensiedlungen dort ankamen, die viel kleiner und mit noch mehr Armut geschlagen waren als diese hier. Sie sehnte sich nicht nach großen Städten. Nur zu gerne hätte sie einen Besuch von Hub gegen einen ruhigen Nachmittag in Krasnegar eingetauscht – im langweiligen, schmuddeligen alten Krasnegar!

Fröhlich erwiderte sie die Grüße ihr vertrauter Mitreisender, als sie an ihren Zelten vorbeikam, Frauen und Kinder, mit denen sie die Torturen der Zentralwüste geteilt hatte:

Durst, mörderische Hitze und die Schrecken eines Sandsturmes. Vielleicht hätte sie einen Krug mit Wasser mitbringen sollen – als Tarnung. Doch Kade stellte sich beim Tragen von Wasser auf dem Kopf viel geschickter an als sie. Geduld war noch nie Inos' starke Seite gewesen.

Schließlich kam sie zum Zelt des Vierten Löwentöters. Er würde irgendwo beschäftigt sein und Azak dabei helfen, das Abladen der Kamele zu beaufsichtigen. Seine Frau, Jarthia, war ungefähr genauso alt wie Inos und sah zugegebenermaßen umwerfend aus – auf eine üppige, djinnische Art und Weise – mit ihrem Haar in tiefem Kastanienrot und Augen so rot, wie Inos sie noch nie gesehen hatte. Kurz nach Abfahrt der Karawane in Arakkaran hatte Jarthia einem großen und gesunden Sohn das Leben geschenkt. Jetzt, wo ihr Bauch wieder flach wurde und ihre Brüste immer noch mit Milch gefüllt waren, wirkte ihre Figur noch sinnlicher als üblich. Natürlich war im Augenblick nichts davon zu sehen, und kein Mann würde es je zu sehen bekommen außer dem Vierten selbst. Er war schon älter und seiner schönen Frau, die ihm einen Sohn geschenkt hatte, völlig verfallen, einer Frau, deren Vorfahren nur zwei Handvoll Töchter hervorgebracht hatten. All dies fand Platz in Inos' hinterhältigen Gedanken.

Jarthia kniete auf dem Teppich vor ihrem Zelt und entzündete die Kohlenpfanne. Sie war einfach ein anonym verhüllte Frau und blickte die Besucherin verwundert an, denn es war die Zeit des Tages, wo die Frauen sich beeilten, das Essen für ihre hungrigen, heißen und aufbrausenden Männer zu bereiten.

»Mistress Hathark?« murmelte Jarthia unergründlich und voller Respekt. Das war Inos' gegenwärtiger Name, den Azak ausgesucht hatte. Es war auf jeden Fall besser als der Name, den er Kade aufgezwungen hatte und der unglücklicherweise bestimmte Assoziationen freisetzte – manchmal verbarg sich hinter der wilden Mine des jungen Sultans ein verschrobener Sinn für Humor.

Mistress Hathark hatte sich ihre Worte nicht zurechtgelegt. Sie murmelte eine Art Begrüßung und beschloß dann, sich zu setzen. Steif ließ sie sich auf dem Teppich nieder.

Jarthias Überraschung verwandelte sich in Mißtrauen. Sie murmelte die übliche Willkommensformel von »Das Haus meines Mannes ist geehrt« bis zum Anbieten von Wasser.

Inos wies das Wasser zurück. »Ich habe mich gefragt«, begann sie und bemühte sich, ihren Hub-Akzent zu verstärken, den sie in Kinvale unter Mühen kultiviert hatte, »ob Ihr vielleicht vorhabt, heute abend das Badehaus aufzusuchen.«

Jarthia lehnte sich zurück und betrachtete ihre Besucherin, ohne mit der Wimper zu zucken, aus ihren roten Augen. »Der Löwentöter besteht darauf. Er ist ein sehr anspruchsvoller Ehemann.«

Das bezweifelte Inos. »Oh, das ist gut ... aber das habe ich eigentlich nicht gemeint. Eigentlich habe ich mehr an Thali gedacht ... ob Ihr daran dachtet, heute abend Thali zu spielen?«

Thali war ein beliebtes Spiel unter Frauen. Inos hatte es einige Male in Kinvale gespielt.

Jarthia war die weibliche Meisterin der Karawane. Ihr roter Blick huschte eilig über die Gebäude auf der anderen Seite des Teiches und dann zurück zu Inos. »Möglich.« Die Frauen von *Tall Cranes* hatten sicher mehr Kostbarkeiten zu verlieren als die Frauen rechtschaffenerer Siedlungen.

»Oh, gut. Meine Tante und ich würden vielleicht gerne zur Abwechslung mitmachen.«

»Mistress Phattas und Ihr seid immer willkommen.« Jarthias Stimme wurde vor lauter Argwohn ganz leise.

»Ja. Nun ... was ich eigentlich dachte ...«

Inos hätte sich wirklich vorher überlegen sollen, wie sie vorgehen wollte. »Was ich eigentlich dachte, war ... also, Glücksspiel und ... äh, *Betrug*?«

Favor the deceit:
When I consider life, 'tis all a cheat;
Yet, fool'd with hope, men favour the deceit;
Trust on, and think tomorrow will repay:
Tomorrow's falser than the former day.

Dryden, *Aureng-Zebe*

(Betrug:
Das ganze Leben ist, wenn ich's bedenk', Betrug;
Doch narrt die Hoffnung, ist dies dem Mensch genug;
Vertraut aufs Morgen, daß es ihm den Lohn bringt ein:
Das Morgen wird noch verlog'ner als das Heute sein.)

Zwei

Keine Frömmigkeit und kein Verstand

1

Fern vom Feuer schienen der Mond und sogar ein paar Sterne. Um Durthing flackerten viele Feuer, und ihr Rauch kräuselte sich im Mondlicht. Der Mond schien auch auf einige große Wolken, die sich im Westen zusammengeballt hatten, aber wenn der Wind wehte, würden sie nicht bis zu dem kleinen Tal vordringen.

Kein Geräusch war zu hören! Das war am unheimlichsten. Ogi konnte nichts außer dem unregelmäßigen Scharren seiner Stiefel auf dem Abhang und seinem keuchenden Atem hören. Wenn Kani nicht phantasiert hatte, sollte eigentlich jede Kehle in der Siedlung aus vollem Halse schreien, jeder Kochtopf Alarm schlagen.

Er hatte kurz daran gedacht, zu Uala und den Kindern zu laufen, aber entweder rechnete er nicht damit, sie schnell genug herausbringen zu können, oder seine verdammte impische Neugier hielt ihn davon ab. Er folgte Rap zum Debattierplatz.

Wenn es zu einem Massaker kam, dann würde es dort beginnen.

Der Debattierplatz war der Ort, wo sich die Männer zum Reden, Trinken und Kämpfen trafen. Sollte es zum Kampf zwischen Rap und Grindrog kommen, würde er bestimmt dort stattfinden. Schiffe, deren Heimathafen Durthing war, legten immer zuerst in Finrain an, um Fracht oder Passagiere abzuladen, und stets luden sie Bier zu. Daher war die Nacht nach der Rückkehr eines Schiffes jedesmal von Raufereien begleitet. Nach Wochen auf See waren die Mannschaften auf Blut aus. Und jeder andere auch, wenn das Bier ausging. Der Debattierplatz war ein offener Platz am Strand mit einem Boden aus festgestampftem Lehm und einem erhabenen

Damm an drei Seiten; darauf wuchsen die letzten großen Bäume des Tales und spendeten Schutz gegen Sonne und Regen und dienten, falls nötig, als Haupttribüne.

In Nächten, in denen keine Schiffe anlegten, gab es Musik und Tanz, und dann hingen Laternen in den Bäumen. Wenn es Bier gab, flackerte in der Mitte ein Feuer, damit die Männer sehen konnten, was sie taten. In diesen Nächten blieben die Frauen zu Hause. An jenem Tag hatten sowohl die *Sea Eagle* als auch die *Petrel* angelegt.

Bald sah Ogi das Flackern des Feuers und die Silhouetten der Männer, die auf dem nächstgelegenen Damm unter den Bäumen standen. Er spürte, wie weitere Männer aus anderen Richtungen herbeigerannt kamen. Doch immer noch hörte er keinen Laut.

In Durthing gab es kein Gesetz – außer einem vielleicht. Falls es jemals vom Senat oder der Volksversammlung in Hub verabschiedet oder von einem schon lange vergessenen Imperator unterzeichnet worden war, so existierte keine Kopie des Originals mehr davon. Die Jotnar hätten ein geschriebenes Gesetz ohnehin nicht akzeptiert, aber es gab ein ungeschriebenes Gesetz, und die imperiale Armee hatte einen Dauerbefehl.

Die einzigen Siedlungen der Jotunn, die innerhalb des Impire geduldet wurden, waren *unbewaffnete* Jotunnsiedlungen. Der Liktor in Finrain hatte seine Spione in Durthing, und jeder Versuch, sich Waffen zu beschaffen, hätte die gesamte Dreizehnte Legion heraufbeschworen, die mit fünftausend Mann einmarschiert wäre. Die Jotnar gaben vor, das nicht zu wissen. Sie selbst ächteten Waffen, wie sie sagten, damit Streitigkeiten mit männlicheren Mitteln bereinigt werden konnten – mit Fäusten und Stiefeln. Und Zähnen. Oder Steinen und Ästen. Dolche waren gelegentlich erlaubt, aber Schwerter waren etwas für Feiglinge.

Doch jedes Gesetz hatte seine Ausnahmen. Der älteste Jotunn in Durthing war Brual, der inoffizielle Bürgermeister. Er wurde langsam alt, aber er stammte aus Nordland, und er hielt das Chaos mit Hilfe seiner fünf Söhne, von denen Gathmor der jüngste war, in gewissen Grenzen. Ogi war sich ziemlich sicher, daß Brual irgendwo ein paar Schwerter versteckt hatte.

Niemals genug! Nicht, wenn Kani wirklich gesehen hatte, was er zu sehen geglaubt hatte. Nicht, wenn das zweite Boot das Emblem eines Orka auf seinem Segel hatte.

Ein Orka war ein Mörderwal, aber in Nordland bedeutete er noch mehr. Er bedeutete, daß es das Schiff eines Than war – ein Räuber.

Japsend und schwitzend kämpfte sich Ogi den Damm hinauf und bahnte sich rücksichtslos seinen Weg durch blonde Seeleute, die mit nacktem Oberkörper in gespenstischem Schweigen dastanden und beobachteten, was auf dem Debattierplatz geschah.

Der große Platz war beinahe leer, abgesehen von dem Feuer und Brual selbst, flankiert von den beiden Söhnen, die zur Zeit im Hafen waren, Rathkrun und Gathmor. Brual trug eine Axt, seine beiden Söhne Schwerter. Ihre Schatten fielen lang über den Boden hinter ihnen.

Drei Fremde schritten vom Meer herauf – Jotnar natürlich, erkennbar an ihrer blassen Haut. Sie trugen Metallhelme, Lederhosen und -stiefel. Sie schienen unbewaffnet.

Aber weit hinter ihnen schimmerte ein ungewohntes Langschiff in der Dunkelheit auf dem ruhigen Wasser der Bucht, und Männer wateten an Land und stellten sich am Strand entlang auf. Als er keine Waffen funkeln sah, entschied Ogi, daß sie ebenfalls unbewaffnet waren. So mußte es sein, denn ihre runden Schilde hingen noch an der Seite des unheimlichen Bootes. Doch auch diese Männer trugen Helme.

Eine Gruppe Männer watete heran und trug ein großes Faß, ein anderes war bereits am Strand abgesetzt worden. Das Schiff hatte Anker geworfen, war jedoch nicht auf den Strand geschoben worden – das war merkwürdig. Die Fässer ließen auf Geschenke schließen und waren somit vielleicht ein gutes Zeichen.

Die gesamte männliche Bevölkerung von Durthing war anwesend. Sie schien den Atem anzuhalten.

Die drei Fremden blieben in sicherer Entfernung stehen, und die Stille der Nacht wurde tiefer und schwerer, als hielten selbst das Meer und die Grillen inne, um zu lauschen. Angst schwebte wie unsichtbarer Nebel durch die Bäume.

»Welches Schiff?« Das war Brual, laut und barsch.

Der Fremde in der Mitte trat einen Schritt vor. Er war groß und jung und muskulös. Während die anderen dichte Bärte trugen, war er glattrasiert.

»*Blood Wave*. Und ich bin ihr Kapitän, Salthan, Sohn des Ridkrol.«

»Was ist Euer Begehr, Kapitän?« Bruals Stimme klang kräftig, aber eigenartig flach.

»Wer will das wissen?« Salthan schien ruhiger und völlig gelassen, obwohl er der Axt und den Schwertern viel näher war als seiner eigenen Mannschaft.

»Ich bin Brual, Sohn des Gathrun. Das hier sind meine Söhne.«

Salthan stemmte die Fäuste in die Hüften, und diese Geste zeigte deutlich seine Arroganz. »Wir kommen in Frieden, Brual, Sohn des Gathrun, doch Euer Verhalten verdrießt mich langsam. Wir haben Bier mitgebracht, das wir mit Euch teilen wollen, vielleicht auch tauschen, gegen die traditionelle Gastfreundschaft der Jotnar?«

Wieder senkte sich Schweigen nieder. Niemand rührte sich. Vielleicht dachte Brual nach. Vielleicht sah er auch eine Katastrophe kommen.

Da brach ein Mann aus der Menge hervor, rannte einige Schritte vorwärts und blieb schließlich stehen, schlecht beleuchtet vom Schein des Feuers. Er war fast der einzige, der dunkle Haare hatte.

»Er lügt!« rief er. »Sein Name ist nicht Salthan! Er ist Kalkor, der Than von Gark.«

Die gesamte männliche Bevölkerung von Durthing schien gleichzeitig nach Luft zu schnappen. Ogi hörte ein tiefes Stöhnen, und ihm wurde klar, daß es von ihm selbst kam.

Wenn der Faun einen Streit anfing, dann tat er es gleich richtig.

Der Fremde ließ die Spannung ins Unerträgliche steigen, bis Ogi am liebsten geschrien hätte. Dann sprach er das Unvermeidbare aus: »Wer nennt mich einen Lügner?«

Es war Gathmor, der antwortete, ohne seinen Blick abzuwenden.

»Er ist ein Leibeigener. Wenn Ihr auf diese Anschuldigung antworten wollt, dann antwortet mir, denn er gehört mir.«

»Das ist nicht wahr!« kreischte Rap schrill. »Ihr habt mir die Freiheit gegeben!« Und er schritt herausfordernd nach vorne, bis er an Gathmors Seite stand.

Kalkor – denn Ogi hatte keinerlei Zweifel, daß der Faun die Wahrheit gesprochen hatte, woher er sie auch wußte, dieser Mann war der berüchtigtste Plünderer auf den vier Ozeanen – Kalkor schien äußerst belustigt.

»Was für ein Streit ist das hier? Ihr beide nennt mich einen Lügner, aber er nennt Euch ebenfalls Lügner, Sohn-des-Brual? Wollen wir es in einer bestimmten Reihenfolge sprechen, oder eine hitzige Diskussion darüber anfangen?«

»Beantwortet Ihr es mir.« Gathmor hatte seinen Blick nicht von Kalkor genommen. Er ignorierte den verrückten Faun neben sich, aber Rap beugte sich nahe zu seinem Ohr, als flüstere er ihm etwas Wichtiges zu.

Ogi riß seine Aufmerksamkeit von dieser Sache los und blickte aufs Meer hinaus. Inzwischen waren ungefähr fünfzig der halbnackten Riesen an Land gegangen und standen abwartend da. Das Feuer funkelte in ihren Bärten und spiegelte sich blitzend in ihren Helmen. Sie kamen langsam näher, und Ogi fragte sich plötzlich begierig, was wohl wirklich in jenen Fässern sein mochte. Rap würde es wissen, und vermutlich hatte er es soeben Gathmor ins Ohr geflüstert, aber Gathmor hatte möglicherweise bereits geahnt, was Ogi nur fürchtete.

Er dachte an Uala und die Kinder, und ihm wurde klar, daß er noch nie in seinem Leben so entsetzt gewesen war. Frauen und Kinder konnten nicht schnell genug rennen.

»Ich werde den Gefangenen nehmen und die Schuld als beglichen betrachten«, sagte Kalkor. Selbst auf diese Entfernung spürte Ogi irgendwie das arrogante Lächeln auf dem Gesicht des Mörders.

Vertraut mir?

»Was führt Euch nach Durthing, Than?« verlangte Gathmor zu wissen. Sein Vater schien die Sache ihm zu überlassen.

Kalkor legte den Kopf schief. »Ihr wiederholt Eure Herausforderung? Ich komme aus vielen Gründen. Meine Geschäfte sind vielfältig. Hauptsächlich bin ich neugierig, wie die Sommerseeleute reisen.«

Ein tiefer Ton wie von einem Stöhnen ging durch die umstehende Menge. Die Jotnar aus Nordland verachteten jene, die im milden Süden lebten. Ihres Jotunnbluts wegen würden die Räuber aus Nordland sie nicht besser behandeln, als sie einen Imp, einen Faun oder sonst jemanden behandeln würden. Die Blutgier würde gegen sie vielleicht noch heißer gedeihen, angefeuert durch ihre Verachtung.

Ogi begann zu beten – um eine Schwadron der imperialen Marine oder einige Kohorten der Dreiundzwanzigsten Legion.

»Ihr habt es gesehen. Jetzt geht in Frieden.« Gathmors Stimme verriet nichts von der unterdrückten Wut, die Ogi so viele Male in der Vergangenheit gehört hatte, bevor ein auf Abwege geratener Seemann blutig geschlagen worden war. Irgend etwas hielt Gathmor in Schach. Er hatte ebenfalls Frau und Kinder.

»Aber ich bin auf der Suche nach dem Faun gekommen. Und ich möchte auch einen Steuermann anheuern, der die Nogiden kennt, da mich mein Kurs gen Westen führt.«

Wieder schienen die Zuschauer gleichzeitig nach Luft zu schnappen, und diesmal war es sicherlich ein Seufzen. Der Than machte ihnen ein Angebot.

»Er wird es nicht wagen, heute nacht zu segeln«, flüsterte eine Stimme an Ogis Schulter. Er sah sich um und erkannte ein Mitglied der Mannschaft der *Petrel*.

»Warum nicht?« flüsterte jemand anderes.

»Dort draußen braut sich ein mordsmäßiger Sturm zusammen, oder ich will kein Seemann mehr sein.«

Ogi wischte sich über die Rippen, wo ihm der Schweiß hinunterlief; jetzt bemerkte auch er die bedrohliche, schwüle Atmosphäre. Er hätte es schon früher merken müssen. Aber wenn Kalkor nicht wagte, loszusegeln, dann brauchte er sich gleichermaßen keine Sorgen zu machen, daß dort draußen imperiale Schiffe einen Orka jagten.

Brual streckte eine Hand aus, um seinen Sohn zurückzuhalten, doch Gathmor stieß sie beiseite.

»Ich kenne die Nogiden so gut wie keiner.«

Diesmal folgte ein sehr langes Schweigen – Kalkor hatte gewiß ein Gefühl für Dramatik. Dann machte er eine Bewegung in Richtung Schiff.

Gathmor rammte sein Schwert in den Boden und ließ es los. Er sprach ein paar Worte zu dem Faun an seiner Seite, und die beiden setzten sich in Bewegung. Brual und Rathkrun blieben an ihrem Platz.

Ein eigenartiges Wimmern erklang von den Zuschauern, für Jotnar ein höchst ungewöhnlicher Laut. Sie waren beschämt. Ihre Führer hatten sich ohne Kampf ergeben. *Und sie hatten Angst*! Hunderte von Jotnar, jeder von ihnen ein Schrecken, Männer, die in blinder Wut töteten oder sich Gegnern entgegenwarfen, die doppelt so groß waren wie sie selbst, Männer, die sich ohne Zögern den schlimmsten Herausforderungen stellten, die das Meer für sie bereithielt – sie alle waren vor Entsetzen versteinert durch diesen arroganten, jungen Than. Im Angesicht des sicheren Todes waren sie nicht besser als Imps, dachte Ogi bitter. Aber sie wußten, was diese Verbrecher Männern antaten, Frauen, Kindern, und sie hatten keine Waffen. Im Gegensatz zu Kalkor.

Gathmor und Rap näherten sich den wartenden Kriegern, und man öffnete ihnen die Reihen, um sie durchzulassen. Sie wateten hinaus ins Wasser zur *Blood Wave*. Kalkor sagte nichts und bewegte sich nicht. Niemand rührte sich. Die ganze Insel hätte gefroren sein können, abgesehen von den zwei Männern, die in das warme Wasser der Bucht hinauswateten. Schließlich erreichten sie das Schiff, packten ein paar Griffe und zogen sich gleichzeitig hinauf und über die Reling.

Über das Wasser drang schwach das Geräusch von zwei Schlägen und ein Grunzen herüber.

Kalkor verbeugte sich ironisch und drehte sich um. Er und seine beiden Gefährten begannen, sich in Richtung Meer zu bewegen.

Es war unvermeidbar gewesen.

Brual und Rathkrun sprangen gleichzeitig vorwärts und erhoben ihre Waffen. Die Fässer wurden umgestülpt und brachten Äxte zum Vorschein, die im Schein des Mondes funkelten. Kalkor und seine beiden Gefolgsleute wirbelten herum, um den Angriff abzuwehren. Brual landete einen Treffer, aber Kalkor selbst machte irgendwie einen Schritt um Rathkrun herum, und brachte ihn mit einem Schlag zur Strecke, der so schnell ausgeführt wurde, daß er kaum erkennbar war; Brual streckte er mit einem Tritt nieder. Dann hatten die Krieger ihre Waffen in der Hand und griffen an.

Die Jotnar von Durthing flüchteten schreiend.

Am Morgen war die Siedlung nur noch Erinnerung.

2

Thume, der Verwunschene Ort ... der Krieg der Fünf Hexenmeister ...

Geschichte hat noch nie zu Inos' Interessengebieten gehört. Während ihrer gesamten Kindheit hatte sie Geschichte mit einer Leidenschaft zurückgewiesen, der nur die fanatische Inbrunst gleichkam, mit der sie sich gegen die Mathematik gestemmt hatte. Ihr Tutor, Master Poraganu, hatte lange darunter zu leiden und gelernt, ihre Ausflüge in die Geschichte auf ein unvermeidbares Minimum zu reduzieren.

Doch selbst Inos hatte schon von dem Verwunschenen Ort gehört. Der Name klang so romantisch.

Als Elkaraths Karawane näher an die Ausläufer der Progisten kam, hatte sie mehr darüber erfahren. Azak hatte einige Male über *Thume* gesprochen, während sie vor ihrem Zelt ihr Abendbrot einnahmen. Für ihn war es ein Ort ärgerlicher Geheimnisse, ein unschöner, wirrer Bruch in der militärischen Logik Pandemias – ein Risiko, wenn Zark ins Impire einfallen wollte, ein unsicherer Schutz, wenn das Impire Zark angriff. Die einheimischen Frauen in den Badehäusern und Basaren hatten mit gedämpfter Stimme und großen Augen von Thume gesprochen und Geschichten von Vorfahren gemurmelt, die sich zu weit in die Berge vorgewagt hatten und nie mehr gesehen worden waren. Für sie war es ein Ort des Schreckens.

Ulien'quith war Hexenmeister des Südens gewesen, und ein Zauberer von hohem Ansehen, aus demselben Holz geschnitzt wie die legendären Meister Thraine und Ojilotho. Ulien', so hieß es, strebte danach, der Größte zu werden, das Protokoll zu vernichten und den Rat der Vier zu dominieren. Seine Pläne waren vereitelt worden, man hatte ihm seine Rechte aberkannt und ihn vertrieben. Er war nach *Thume* geflohen; die anderen Wächter hatten einen anderen Hexenmeister für den Süden bestimmt und ihn verfolgt, um Rache zu üben. Der daraus folgende Krieg der Fünf Hexenmeister hatte dreißig Jahre gedauert.

Um genau zu sein, hatte es damals drei Hexenmeister gegeben und zwei Hexen, und der Krieg sollte richtigerweise Krieg der Fünf Wächter heißen – ein Punkt, den Inos gegenüber Master Poraganu heftig vertreten hatte –, aber er war nun mal unter dem Namen der Fünf Hexenmeister bekannt.

Schon vor dieser Katastrophe war *Thume* immer ein Kampfplatz gewesen. Zwischen Imps und Djinns, zwischen den Gnomen von Guwush und dem Merfolk der Kerith-Inseln, war es zu ewigen Streitereien verdammt. Seine beiden langen Küsten hatten außerdem doppelte Probleme mit den Jotnar mit sich gebracht. Die Eingeborenen, die Pixies, waren überfallen, vergewaltigt, massakriert und schließlich ohne Gnade versklavt worden, noch bevor die ersten Götter auf dem Plan erschienen.

Der Krieg der Fünf Hexenmeister war lediglich die letzte Katastrophe gewesen. Feuer und Erdbeben, Stürme und Ungeheuer, Armeen und plündernde Horden – alle waren über *Thume* – oder übereinander – hergefallen. Tod und Zerstörung hatten immer wieder ihr Werk getan, ohne für irgend jemanden einen Sieg zu bringen. Ohne Bindung an das Protokoll hatten Ulien'quith und seine unbekannten Verbündeten sogar den Legionen, Drachen und Jotunnräubern widerstanden, die normalerweise gegen die Verheerungen der Zauberei immun waren. Er hatte sie zerstört oder sie gegen ihre eigenen Herren und deren Verbündete aufgebracht. Dreißig Jahre lang. Danach hatten anscheinend alle mit dem Kämpfen aufgehört und waren nach Hause zurückgekehrt.

Eine der nicht eben geringen Merkwürdigkeiten der Geschichte war nach Inos' Meinung, daß sie es so oft nicht schaffte, ihre Ereignisse ordentlich zu Ende zu bringen.

Niemand ging jemals dorthin zurück, sagte die Legende. Jetzt war dort oben niemand mehr, es gab nichts mehr, wofür es sich zu kämpfen lohnte. Einzelne Reisende berichteten von unbewohntem Land, Wäldern und Wild im Überfluß.

Oder sie kehrten gar nicht erst zurück.

Einfallende Armeen passierten entweder unbehelligt oder verschwanden auf geheimnisvolle Weise. Versuche, das leere Land zu besiedeln, hatten keinen Erfolg, die Siedler flohen in unerklärlichem Entsetzen oder verschwanden einfach spurlos.

Seit beinahe tausend Jahren hatte niemand einen Pixie gesehen.

3

Prinzessin Kadolan von Krasnegar war *beunruhigt*.

Ihr massiger Körper war in einige Handtücher gehüllt, und sie saß auf einem eher klumpigen Kissen in einem sehr heißen und überfüllten Badehaus und lauschte höflich den Problemen eines ›Blutigen Schleims‹ auf der einen und einer ›Verhärteten Leber‹ auf der anderen Seite.

Sie machte sich keine besonderen Sorgen darüber, daß dieser entlegene Ort in den Bergen angeblich das schlimmste Nest aller Mörder von ganz Zark war. Welche Untaten auch geplant wurden, sicher würden sie nicht im Frauenbadehaus des Dorfes stattfinden, und ganz bestimmt nicht, bevor die Karawane am nächsten Tag weitergezogen war.

Im Augenblick machte sie sich noch nicht einmal Sorgen über den geheimnisvollen Scheich Elkarath, der vielleicht ein Diener der Zauberin Rasha war, oder auch nicht. Wie auch immer, seine lebenslange Immunität gegen die Gefahren des *Gauntlet* bestätigten lediglich ihren Verdacht, daß er ein Zauberer war. Die zweite Gefahr hob die erste auf.

Nein, Kade war besorgt um Inosolan, die ganz eindeutig etwas ausheckte. Inos hatte schon immer lieber gehandelt als abgewartet. Kadolan hatte gelernt, sich auf das Schlimmste gefaßt zu machen, wenn ihre Nichte in dieser Stimmung war, und das Schlimmste konnte in dieser Situation sehr schlecht sein. Inos verabscheute Zwänge jeder Art, und sie suchte möglicherweise nach einem Weg, die erste Gefahr über die zweite triumphieren zu lassen.

Jeden Abend, wenn die Frauen von Zark ihren Männern das Essen serviert hatten, gingen sie in ihr örtliches Badehaus. Dort ließen sie ihre alles umhüllenden Roben und Schleier fallen und machten es sich auf Kissen bequem, die auf uralten Böden aus Kacheln oder Lehm lagen. Sie sprachen über ihre Kinder, ihre Gesundheit, ihre Männer und die Probleme ihrer Männer. Oft spielten sie Thali. An manchen Orten war das Badehaus der Frauen nicht viel mehr als eine kleine Hütte über einer Schlammgrube, aber die größeren, besseren Häuser waren für soziale Kontakte und Erholung bestens ausgestattet.

Die Männer versammelten sich natürlich ähnlich in ihrem eigenen Haus, und sprachen über ernste Dinge: Handel und Politik, Gesundheit und Armut ... Pferde, Hunde, Kamele und Frauen. Besucher waren stets willkommen. Im spärlich besiedelten Inneren Land waren die Karawanen sowohl für ihre Handelswaren als auch für Neuigkeiten und Klatsch geschätzt. Das triste Leben der Einheimischen hielt nur wenig Aufregung bereit.

Das Badehaus in der Oase *Tall Cranes* war so geräumig und bequem wie anderswo, doch der Ort war dicht bevölkert, und so drängten sich mindestens einhundert Frauen und Mädchen im Dämmerlicht. Die massiven Wände hatten die schlimmste Hitze des Tages draußen gehalten, aber es dauerte lange, bis sich die Frauen abgekühlt hatten. Die Fenster waren fest verschlossen, daß die Luft im Inneren Kopfschmerzen verursachte. Lampen qualmten und spuckten, Insekten summten, und Stimmen leierten vor sich hin. Babys schnieften und wimmerten in einer dunklen Ecke.

Der ›Blutige Schleim‹ erklärte soeben wieder die Schwierigkeiten, die sie zur Zeit mit dem Schlafen hatte, und die Frau redete sich heiser, als sie versuchte, die ›Verhärtete Leber‹ zu übertönen, die von den garantiert wirkenden Abführmitteln ihrer Großmutter berichtete. Kadolan nickte und lächelte oder sie runzelte die Stirn, je nachdem. Dazwischen versuchte sie, Inosolan im Auge zu behalten.

Inosolan saß in einer Gruppe jüngerer Ehefrauen in einer relativ hellen Ecke im Schein einer Lampe. Sie bürstete immer noch ihr Haar aus, ein Strahl von Mondlicht in der Dämmerung. Die obere Hälfte ihres Gesichts hatte im grellen Licht der Wüste Farbe bekommen, ein Zug, den sie von ihren Jotunnvorfahren geerbt hatte; ohne ihren Schleier sah sie aus, als würde sie eine Maske tragen.

Natürlich hatte es anfangs einige Fragen gegeben, provoziert durch ihre grünen Augen, durch Kadolans blaue

Augen und ihre blasse Haut. An diesem Abend war Inosolan bei der einfachsten Erklärung geblieben – Jotunnblut in der Familie; schon viel zu lange her, um sich an Einzelheiten zu erinnern. An manchen Abenden verstieg sich Inosolan in unheimliche Einzelheiten über Langschiffe, oder sie erfand statt dessen einfach elfische Vorfahren. Nach einem besonders harten Tag war sie fähig, sowohl Elfen als auch Vergewaltigung in höchst unwahrscheinlichen Kombinationen aufzubieten.

Das Badehaus in *Tall Cranes* war ganz annehmbar. Die Frauen waren, wie Kade bemerkte, besser gekleidet als üblich. Es gab keine besonders protzigen Juwelen, aber die Négligés und sogar die Handtücher waren aus feinem Material. Natürlich lag die Oase nur ungefähr drei Tage von einer großen Stadt entfernt und durfte nicht mit Orten mitten in der Wüste verglichen werden. Andererseits gab es keine örtliche Industrie, die zu diesem Reichtum beitragen konnte, wie Azak erst an jenem Abend angemerkt hatte.

Gedanken an den Sultan brachten Kade darauf, daß sie seinen Namen im Badehaus noch nicht gehört hatte. Er war ein bemerkenswerter Mann, und Löwentöter waren romantische Figuren. An anderen Abenden hatten einige der jüngeren Frauen fast immer sehnsüchtige Fragen an seine angebliche Frau gestellt. Die Frauen von *Tall Cranes* taten das nicht. Diese Diskretion gefiel Inosolan vielleicht, doch stellte dieses Verhalten eine merkwürdige Unterbrechung der üblichen Gewohnheiten dar.

Bislang hatte Inosolan selbst nichts Außergewöhnliches getan. Dieser geheimnisvollen Gefallen, den sie zuvor erbeten hatte, war nicht wieder erwähnt worden. Die Schlafenszeit rückte näher. Die jüngeren Frauen zogen sich bereits an und bereiteten sich auf den Heimweg vor; ihre ungeduldigen Männer erschienen und brachten sie nach Hause, damit die Frauen die letzten Pflichten ihres Tages wahrnehmen konnten.

Die ›Verhärtete Leber‹ war jetzt damit beschäftigt, eine Pediküre zu überwachen, die eine ihrer Großtöchter ausführte. Der ›Blutige Schleim‹ war mitten in ihren Klagen über Schlaflosigkeit entschlummert. Kade rappelte sich auf; sie ergriff ihre Sandalen und hüllte sich in ihren Tschador. Dann ging sie hinüber zu der Gruppe jüngerer Frauen.

Inosolan sah zu ihr auf und lächelte ein wenig.

Als Kade sich setzte, wurde sie durch das erste donnernde Klopfen an der Tür aufgeschreckt.

Inosolan gähnte.

Eines der Mädchen öffnete das Guckloch, wandte sich dann um und rief einige Namen. Die entsprechenden Frauen eilten entweder sofort davon, oder sie sprangen auf und zogen ihre Kleider über. Alle waren Einheimische. Auch die Besucherinnen begannen sich anzuziehen, denn wenn die Männer des Dorfes kamen, um ihre Frauen abzuholen, würden auch bald die Kaufleute, Kameltreiber und Wachen kommen. Kade selbst unterdrückte ein lautes Gähnen, als sie sah, wie Inosolan sich umdrehte, um einen erwartungsvollen Blick auf Jarthia zu werfen, die junge Frau des Vierten. Jetzt ging es also los, um was es sich auch handeln mochte.

Jarthia entleerte eine Tasche voller Thalisteine auf den Boden. »Hat jemand Lust auf ein schnelles Spiel vor dem Schlafengehen?«

Einige der Dorfbewohnerinnen hielten unschlüssig mit dem Anziehen inne.

»Ich würde zu gerne ein oder zwei Würfe wagen«, trällerte Inosolan. Kade wurde vor Erstaunen ganz steif, hatte sie ihre Nichte doch schon vor Monaten gewarnt, daß Jarthia gezinkte Plättchen benutzte.

»Ich auch«, rief Kade ergeben. »Aber ich habe vergessen, Geld …«

»Ich kann dir etwas leihen, meine Liebe«, sagte Inosolan und brachte einen klimpernden Beutel zum Vorschein, was Kade für einen Augenblick völlig verwirrte. Dann erinnerte sie sich, daß Inosolan nach dem Abendessen Azak beiseite genommen hatte. Welchen Grund hatte Inosolan ihm wohl für ihre Bitte nach Geld an einem Ort wie diesem genannt?

Aber Azak hatte vermutlich nicht mit ihr gestritten. Er war vernarrt in Inosolan. Gefährlich vernarrt. Nach dem Klimpern zu urteilen, enthielt der Beutel ein kleines Vermögen.

Nach wenigen Augenblicken war ein Spiel im Gange. Das Spiel war kinderleicht, die einzige Fähigkeit, die erforderlich war, war ein gutes Gedächtnis, damit man sich an den Wert der Steine erinnern konnte, die mit der Oberseite nach unten lagen. Jarthias Spiel war sehr alt, verkratzt und durch häufigen Gebrauch und viel Geschick fleckig geworden.

Kade unterdrückte ein neuerliches Gähnen. Es war schon spät, und sie war sehr müde. Die Wüstenluft schien daran schuld zu sein. Und natürlich ihr Alter.

Sie gähnte abermals.

Zunächst gelang es ihr, das Spiel zu machen, und sie versuchte, die unzulässigen Markierungen auf den Plättchen zu sehen und nicht zu vergessen. Aber das Licht war dämmerig, ihre Augen waren nicht mehr das, was sie einmal gewesen waren, und wie war sie müde! Sie hatte noch nie Spaß am Glücksspiel gehabt, diesem gänzlich dummen Zeitvertreib. Schon bald verlor sie katastrophal. Inosolan erging es noch schlechter.

Ebenso Jarthia – und je höher sie verlor, desto höher wurden ihre Einsätze.

Benebelt versuchte Kade herauszufinden, was los war, denn offensichtlich war etwas im Busch. Azaks Gold verschwand in skandalöser Geschwindigkeit. Natürlich konnten die Frauen des Dorfes das Spiel nicht beenden, solange sie vorne lagen und sich so gut schlugen – das verlangten schon ihre guten Manieren. Bald rief das Mädchen, das an der Tür stand, weitere Namen, und die Spielerinnen entschuldigten sich, flüsterten draußen eindringlich mit ihren Männern und kamen dann zurück. Kade und Inosolan gähnten und kämpften gegen ihre Erschöpfung und beobachteten, wie das kleine Vermögen allmählich immer weniger wurde.

»Mistress Jarthia?«

Jarthia erhob sich und ging zur Tür. Wie vorherzusehen

war, schlug der Vierte seiner verführerischen jungen Frau nichts aus. Nach einem kurzen gemurmelten Wortwechsel eilte Jarthia wieder zurück zum Spiel.

Kade gähnte abermals, und dann wurde sie mit einem Schlag hellwach ... Das war es also!

»Mistress Hathark?«

Inosolan warf ihrer Tante aus schlafschweren Augen einen schuldbewußten Blick zu und rappelte sich auf. Sie schleppte sich geradezu zur Tür. Aber gewiß würde Azak auch kooperieren, weil er Pflichten zu erfüllen hatte, während sich das Lager zur Ruhe begab und es keine ehelichen Freuden gab, auf die man sich freuen konnte.

Nach einer Weile stolperte Inosolan gähnend zurück. »Er sagt, wir könnten bleiben, solange Jarthia hier ist«, sagte sie mit ernster Miene zu Kade, »und der Vierte wird uns nach Hause bringen.«

Das Spiel ging weiter, die Einsätze stiegen. Kade wand sich innerlich, als sie sah, was diese Eskapade kostete. Was in aller Welt erhoffte sich Inosolan davon? Je leerer der Raum wurde, desto größer wirkte er. Unheimliche Echos hallten aus den dunklen Ecken wider. Bald waren nur noch ein halbes Dutzend Spielerinnen übrig, und die drei Einheimischen zwitscherten aufgeregt über ihr erstaunliches Glück. Inosolan reichte ihrer Tante weitere »Kredite«. Kade gähnte schamlos und kämpfte gegen den Schlaf und gegen ihre logische innere Stimme, die ihr sagte, sie solle nicht albern sein, sie sei zu alt für so etwas, und sie solle doch einfach darauf bestehen, ins Bett gehen zu dürfen, und sie hätten am nächsten Tag noch einen langen Weg vor sich ...

Aber eine andere, ganz kleine, innere Stimme flüsterte, daß sie doch *so* alt noch gar nicht sei und daß es nach den Maßstäben in Kinvale noch gar nicht *so* spät sei, und daß Inosolan gewiß etwas im Schilde führe, wenn sie so mit dem Geld um sich warf.

Irgendwie schlug sich Kade durch, gegen Erschöpfung, die ihren Verstand vernebelte, und sie verlor auf lächerliche Weise und beobachtete, wie Inosolan sich um nichts besser schlug. Der dämmrige Raum drehte sich; sie ließ ihren Kopf hängen; ihr Blick verschwamm. Sie hatte ein Zeichen nicht gesehen, aber es mußte eines gegeben haben, denn plötzlich ging Jarthia in die Offensive. Das Geld begann unerbittlich in ihre Richtung zu fließen, und das Lachen und Witzeln der Einheimischen wurde weniger und hörte schließlich ganz auf, als ihre Gewinne dahinschwanden.

Bald würde es vorbei sein, dachte Kade erleichtert. Bald würde Jarthia alle Münzen auf ihrer Seite haben, und die Spielerinnen würden für diesen Abend Schluß machen.

Und plötzlich ließ der Druck nach ... schwoll wieder an ... verschwand gänzlich. Die Welt kam mit entsetzlicher Klarheit zurück.

Kade blickte voller Grauen auf und sah Triumph in Inosolans Gesicht aufleuchten.

4

Gastfreundschaft war eine Pflicht gegenüber dem Gott der Reisenden. Darum war Gewalt innerhalb von *Tall Cranes* selbst in höchstem Maße unwahrscheinlich – das hatte Azak beim Abendessen gesagt. Dann aber hatte er diese beruhigende Feststellung durch seine Bemerkung darüber ruiniert, wie wenig Männer sich gegenwärtig in dem Dorf befanden. Der Rest, so hatte er fröhlich angedeutet, könnte sehr wohl einen Hinterhalt für den folgenden Tag legen – in einer angemessenen Distanz.

Nichtsdestoweniger geleitete der Vierte Löwentöter die Damen zurück zum Lager. Die Entfernung betrug nur ein paar hundert Schritte, und die schlimmsten Gefahren, die sich hier boten, waren bellende Köter, doch der Weg wand sich zwischen den winzigen, zusammengekauerten Steinhütten der Siedlung hindurch und sollte daher von Frauen nicht ohne Begleitung genommen werden. Und dann war da noch die Sache mit den Losungsworten, wenn der diensthabende Löwentöter einen Passanten anrief – Losungsworte waren Sache der Männer. Diese Einstellung machte Inos rasend vor Wut, Kade dagegen genoß es, wie eine zerbrechliche Schwachsinnige behandelt zu werden, eine Rolle, die sie in vielen Jahren in Kinvale kultiviert hatte.

In der großen Höhe war die Luft bereits kühl; der Wüstenhimmel bildete ein leuchtendes Mosaik aus Sternen, die so tief hingen, daß sie über die Schultern der Menschen zu lugen schienen. Einige Wolken segelten voll dunkler Erhabenheit über dieses funkelnde Meer.

Der Vierte lieferte seine Schutzbefohlenen an ihren Zelten ab und ging davon – seine geliebte Jarthia fest im Arm, die ihm bereits von ihren Gewinnen der Nacht erzählt hatte, wobei sie nur vier Fünftel der Summe nannte.

Inos machte keine Anstalten, ihr Zelt zu betreten. Sie lehnte sich gegen eine Palme, verschränkte ihre Arme und machte hämisch »Ha!«

Kade war überhaupt nicht mehr müde. Sie war ziemlich besorgt.

Und fühlte sich ziemlich albern.

»Könnte ich jetzt eine Erklärung bekommen, Liebes?« fragte sie und war böse, daß sie ihren Ärger nicht unterdrükken konnte. Der Wind blies heftig genug, um ihr Gespräch zu übertönen, und die restlichen Bewohner des Lagers schienen schon im Bett zu liegen.

»Ich werde es versuchen«, sagte Inosolan grimmig. »Aber es ist nicht leicht, darüber zu sprechen – oder?«

Nein, das war es nicht. Aber Kadolan hatte oft genug darüber nachgedacht. Scheich Elkarath hatte Azaks Vertrauen gewonnen, und normalerweise vertraute Azak niemandem. Scheich Elkarath hatte Inosolan davon überzeugt, die verrückte Flucht von Arakkaran in die Wüste mitzumachen – und obwohl sie oft impulsiv war, so war das Ganze doch selbst für sie ein absurdes Wagnis. Und schließlich hatte es Scheich Elkarath anscheinend geschafft, jeglicher Verfolgung durch Rasha zu entgehen. Wer, wenn nicht ein Zauberer, konnte eine Zauberin überlisten?

Also mußte Elkarath über okkulte Kräfte verfügen. Entweder hatte er Inosolan der Sultana gestohlen, um dasselbe politische Spiel zu spielen, das sie selbst gespielt hatte, oder er war ihr Günstling, ihr Geweihter, und Rasha hatte ihn benutzt, um die Ware in der Wüste zu verstecken, bis ihr Handel mit den Wächtern perfekt war.

Natürlich konnte der Scheich auch der Jünger eines anderen sein – eines der Wächter vielleicht –, am wahrscheinlichsten war da Olybino, Hexenmeister des Ostens. Aber in diesem Fall stellte sich die Frage, warum es Inosolan gestattet worden war, ihre Reise ungehindert fortzusetzen? Falls sie politisch von Wert war, dann als Königin von Krasnegar, nicht als angebliche Ehefrau eines angeblichen Löwentöters in der Mitte einer Wüste. Die Karawane durchquerte bereits seit Wochen die Wüste.

Das alles war außergewöhnlich schwierig in Worte zu fassen.

»Ich glaube, ich weiß, was du meinst, Liebes.«

Inos lachte leise. »Er muß gesehen haben, wo wir waren, aber Thali wirkt vermutlich so unschuldig, und es ist ein Spiel, mit dem man nicht einfach aufhört, wenn man müde wird. Dann ist er selbst eingenickt – er hatte einen harten Tag, und er ist alt.«

»Soviel habe ich schon bemerkt! Ich meine, was erhoffst du dir davon?«

»Das ist doch offensichtlich, oder? Seit Monaten haben du und ich jede Nacht geschlafen wie ein Murmeltier.«

»Das Reiten auf einem Kamel ist sehr ermüdend.«

»An manchen Tagen sind wir gar nicht geritten.« Inosolan hielt inne, und einige Augenblicke lang war nur das Rascheln der Palmwedel im Wind zu hören, das schläfrige Flattern der Zelte und entferntes Hundegeheul bei den Häusern. »Erinnerst du dich, als Azak dich verbrannte?«

»Natürlich. Es ist immer noch nicht ganz verheilt.« Azaks Hand hatte Kade in der Nacht berührt und ihre Haut angesengt, aber sie war nicht erwacht. Sie hatte es erst am folgenden Morgen bemerkt. Jetzt paßte sie immer auf, daß ihre Decke der seinen nicht zu nahe kam.

»Nun?« hakte Inosolan nach. »Das war kein normaler Schlaf!« Für einen Moment starrte sie hinauf in die tanzenden Palmen, ihr Gesicht ein blasser Schatten im Licht der Sterne. Sie holte ein paarmal tief Luft, als genieße sie die unerwartete Freiheit. Grillen zirpten, Kamele bellten in ihrer Koppel. Ihre Glocken klangen für Kade inzwischen so vertraut wie das Donnern der Brandung unter den Schloßfenstern in Krasnegar.

»Ja, es wird leichter, zu sprechen«, stellte Inosolan fest. »Erinnerst du dich an die Tür oben in Inissos Turm – wie schwer es war, sich ihr zu nähern? *Aversion*, so nannte Doktor Sagorn es. Was meinst du?«

Kadolan sah sich in der Dunkelheit um. »Daß ich mich gerne in einen bequemen Sessel setzen würde.« Sie wich der Frage natürlich aus, aber gewiß log sie nicht. Sie war zu alt für Kamele. Sie konnte sich kaum noch erinnern, wie es sich anfühlte, nicht wundgescheuert zu sein.

»Gewäsch!« Inos klang, als müsse sie sich die Worte abringen. »Nun, ich sage dir, was ich glaube. Nämlich, daß wir hereingefallen sind. Elkarath ist mit Rasha verbündet und war es schon immer. Götter, darüber zu reden verursacht mir Kopfschmerzen! Es war einfach zu leicht, Tante! Sie kann Menschen von Krasnegar nach Arakkaran zaubern, über das ganze große Pandemia hinweg, und wir hüpfen einfach auf ein paar Kamele und reiten davon in die Wüste? Sie wollte uns entkommen lassen. Sie hat das alles arrangiert!«

Kadolan seufzte. »Das ist möglich, nehme ich an.«

»Es ist offensichtlich!«

»Was ist mit der Erscheinung, die du gesehen hast, dem Geist?«

»Ah. Rap ist tot. Das wissen wir. Aber ich glaube immer noch, das war eine Botschaft. Von Rasha – oder sonst jemandem.«

Sie meinte natürlich, daß Elkarath vielleicht selbst dafür verantwortlich war. Er hatte den jungen Faun niemals kennengelernt, aber vielleicht konnte ein Zauberer aus der Erinnerung anderer Menschen die Bilder von Verstorbenen heraufbeschwören. Wer wußte schon, was ein Zauberer alles konnte?

»Er hat dir gesagt, du solltest weglaufen!«

»Und wir haben genau das Gegenteil getan – wir sind geblieben! Wir waren alle der Meinung, daß eine Erscheinung des Bösen nur einen bösen Rat geben könnte. Natürlich haben wir das gedacht! Genau das sollten wir ja denken, es war ein doppelter Bluff. Wirklich, ganz offensichtlich. Warum haben wir das nur nie gemerkt?«

Kadolan seufzte abermals und erschauerte. Sie hatte viele, viele Male dieselben Dinge gedacht, und war nie fähig gewesen, sie in Worte zu fassen. Sie war sogar außerstande gewesen, sich wirklich Sorgen deswegen zu machen. Sie hatte jedoch ziemlich oft zum Gott der Demut gebetet.

»*Magie*!« stieß Inos das verbotene Wort triumphierend hervor. »Am Tage. Er sorgt dafür, daß wir tagsüber zuviel Angst haben oder uns schämen, darüber zu sprechen. Und nachts belegt er uns mit einem Schlafbann, dich und mich. Dennoch ist es nachts leichter, zu reden – ist dir das aufgefallen? Vielleicht wird er müde, oder er spricht den Bann morgens aus und der Zauber wird mit der Zeit schwächer. Jetzt scheint der Bann dahinzuschwinden!«

»Nun, jetzt hast du uns auf jeden Fall die Möglichkeit verschafft, darüber zu reden«, stellte Kadolan fest. »Ich schlage vor, du sagst Azak nichts davon.«

»Warum nicht?« fragte Azak.

»Huch!« Kade schrak auf und schlug ihre Hände vor den Mund. Trotz seiner Größe konnte der Sultan so leicht wie Gaze schweben, und Kade fragte sich, wie lange er wohl schon hinter ihr gestanden hatte – groß und dunkel und bedrohlich, mit Augen, die im Licht der Sterne funkelten.

»Warum nicht mit Azak darüber reden?« knurrte er.

Sie bemühte sich, ihr rasendes Herz zu beruhigen. Selbst bei Tage schüchterte Azak sie ein. »Vielleicht ... vielleicht haben wir einfach einen sehr gesunden Schlaf, der Euch fehlt.«

»Richtig. Keine anderen Gründe?«

»Äh … nein.« Außer, daß Azak Rasha so sehr haßte, daß er vielleicht nicht rational reagierte, wenn er diese Neuigkeit erfuhr.

»Hm?« Azak richtete seine Aufmerksamkeit auf Inosolan, die immer noch gegen den Baum gelehnt stand. »Ich gratuliere Euch! Ihr habt ihn überlistet! Ich hätte das nicht für möglich gehalten.«

»Er ist nur ein Mensch.«

»Ihr wußtet es?« rief Kadolan aus.

»Gewiß. Wie Inos sagt, es ist offensichtlich – bei Nacht. Auch am Tage ist es offensichtlich, aber so absurd, daß ich einfach nicht darüber sprechen kann. Ich weiß es schon seit Monaten.«

»Oh!« riefen Inos und Kade gleichzeitig.

Er hatte recht – es ging schon Monate so. Kadolan konnte die Wochen nicht mehr zählen, aber zwei oder sogar drei Monate … In der Ferne ertönten schwach die Glocken der Kamele. Die Nacht wurde schnell kühler. Sie wünschte, sie hätte ihren Kamelhaarschal dabei, aber sie würde ihn nicht holen und dadurch verpassen, welche irrwitzigen Themen als nächstes besprochen wurden.

Der große Mann sah sie an. »Es war ein Unfall, das versichere ich Euch.«

»Was?«

»Als ich Eure Hand verbrannte. Ich hatte erfolglos versucht, Euch beide aufzuwecken, mehrere Male, und hatte es schon aufgegeben. Ich hatte sogar daran gedacht, Euch wie Gepäck auf die Kamele zu laden und durch die Wüste zu entfliehen, aber ich habe es nicht gewagt. Ich hatte Angst, daß Ihr nie mehr erwachen könntet. Die Verbrennung war ein Unfall.«

Vielleicht! Aber selbst wenn er nicht hatte prüfen wollen, ob er sie wecken konnte, vielleicht wollte er nur sehen, ob Rashas Fluch ihn immer noch davon zurückhielt, Frauen zu berühren.

Azak trat näher an Inosolan heran, die sich nicht rührte.

»Ihr habt ihn überlistet. Was schlagt Ihr vor, meine Taube?«

Kades Herz hatte sich gerade etwas beruhigt, jetzt tat es einige nervöse Sprünge. Hinter ihr flatterte das Zelt im Wind, und die Seile summten.

»Wir haben einmal versucht zu fliehen«, sagte Inos bitter. »Und sind gescheitert. Laßt uns jetzt fliehen!«

Kadolans Knie knickten ein, und sie setzte sich ziemlich schwerfällig auf einen Teppich; an Skorpione dachte sie erst, als sie bereits saß. Oh, was gäbe sie für einen bequemen Sessel!

»Von hier?« rief Azak aus, von irgendwo hoch über ihr, nahe bei den Sternen.

»Ja, hier! Versteht Ihr denn nicht?« Inosolan sprach schnell, als versuche sie, sich selbst genauso zu überzeugen wie ihn, oder als wolle sie sich nicht genügend Zeit lassen, ihre Meinung zu ändern. »Darum hat er ... darum sind wir heute nicht schläfrig! Es ist ihm egal! Er hat entschieden, daß wir es nicht wagen würden, hier im *Gauntlet* vor ihm zu fliehen!«

Das wäre sicher eine Wahnsinnstat, beschloß ihre Tante.

Azaks Stimme antwortete tiefer und langsamer. »Es gibt noch eine andere Möglichkeit. Zauberer können es erspüren, wenn jemand Magie benutzt. Der Scheich hat uns seinen Ring gezeigt – vielleicht hat er diese Geschichte auch nur erfunden –, aber er hat uns gesagt, daß er in Ullacarn Zauberer bei der Arbeit aufgespürt hat. Magier, hat er, glaube ich, gesagt. Es ist wohl wahrscheinlich, daß dort echte Zauberer sind, es ist ein Außenposten des Imperiums. Könnte es nicht sein, daß ... daß ein Zauberer ... es vorziehen würde, so dicht an Ullacarn keine Magie zu benutzen? Ihr habt recht. Es ist leichter, darüber zu reden.«

Kadolan widerstand der Versuchung, ein impisches Sprichwort anzuführen, nach dem schöne Worte das Kotelett nicht salzen. Solange sie sich nur unterhielten! Aber Azak war vernarrt. Inos' kleinster Wunsch war für ihn ein königliches Edikt.

»Dann ist das also ein weiterer Grund!« stimmte Inos ihm aufgeregt zu. »Das bedeutet, wir haben eine noch bessere Chance, zu entkommen! Und was kann er tun, wenn er aufwacht und merkt, daß wir verschwunden sind? Wenn er uns verfolgt, liefert er alle anderen dem Gedeih und Verderb der Banditen aus!«

Die meisten der Händler und Fahrer waren Verwandte des Scheichs.

»Er könnte die Löwentöter schicken«, knurrte Azak. »Ein solch frische Spur wäre für einen Löwentöter kein Problem.«

»Oh!« machte Inosolan enttäuscht. »Dann ist es hoffnungslos?« Eine Herausforderung von ihr würde ihn zu jedem Wahnsinn treiben, und sie war Frau genug, das zu wissen. Teufelin!

Er lachte leise. »Nein.«

»Ah! Ihr könnt es mit ihnen aufnehmen?«

»Mit Gold und Versprechungen. Falls sie sich gen Ullacarn halten und wir nach Norden gehen ...«

»Norden?« Selbst Inosolan klang schockiert.

Das konnte er nicht ernst meinen!

Doch er meinte es ernst. »Nordwesten. Habt Ihr die Ruinen bemerkt, an denen wir heute nachmittag vorbeigekommen sind? Eine große Stadt, sehr alt. Städte in der Nähe von Bergen, das bedeutet normalerweise, es gibt einen Paß. Es muß dort einmal einen Paß gegeben haben. Die Straße ist vielleicht verschwunden, aber der Paß selbst muß noch existieren.«

»Und die Banditen?«

»Falls es sie irgendwo gibt, werden sie an der Straße nach Ullacarn lauern.«

»Das nehme ich an. Norden? Sollen wir es wagen?«

»Ich wage es. Ihr auch?«

Das Spiel der Herausforderung funktionierte offensichtlich in beide Richtungen. Schon bevor ihre Nichte einwilligte, kannte Kade die Antwort. Sie rappelte sich auf, ignorierte ihre alten Gelenke, die sich beschwerten, während sie ihre Argumente vorbrachte. Ihre gesamten Instinkte waren gegen diese tollkühne Unternehmung.

»Inos! Eure Majestät! Selbst, wenn wir recht haben, und seine Erhabenheit ist ein ... hat uns betrogen ... zumindest unterstehen wir im Augenblick seinem Schutz. Dieses Land ist berüchtigt für seine Räuberbanden, Sire; Ihr selbst habt es uns erzählt, und ...«

»Sie werden sich gewiß nicht um Opfer kümmern, die in jene Richtung gehen.« Azaks Stimme klang tief und sicher durch die Dunkelheit, und schließlich fügte er nachdenklich hinzu: »Ich frage mich, wie viele der Legenden nur aus diesem Grunde verbreitet werden – Karawanen davon abzuhalten, Wege um den *Schlachthof* herum zu suchen?«

Kade versuchte es aus einer anderen Richtung. »Aber in Thume verschwinden Reisende und werden nie wieder gesehen!«

»Nicht unbedingt. Ich habe gehört, wie Spielleute darüber redeten. Der Vater des Dritten Löwentöters hat Thume durchquert, so heißt es.«

»Aber welchen Zweck soll das haben? Sicher ist der schnellste Weg nach Hub ...«

»Der schnellste Weg nach Hub geht per Schiff ab Ullacarn«, stimmte Inos zu und klang aufgeregt. Oft stand ihre Logik auf wackligen Beinen; sie wurde sehr bedenklich, wenn Inos aufgeregt war. »Falls wir uns jedoch immer noch in Rashas Klauen befinden, wird sie sicherstellen, daß wir in Ullacarn niemals in die Nähe eines Schiffes kommen. Sie wird gewiß niemals zulassen, daß wir unsere Petition an die Vier richten, Tante. Sie mischt sich in die Politik ein – hat mich aus meinem Königreich entführt, sich in Azaks Regentschaft in Arakkaran eingemischt. Die Wächter werden sie zerquetschen, und sie weiß das! Wir können durch Thume nach Hub reisen, nicht wahr?«

»Falls wir nicht überfallen werden«, stimmte Azak zu. »Vielleicht ein Ritt von einem Monat bis Qoble. Wir können dort sein, bevor der Winter die Pässe unwegsam macht.«

Noch einen Monat auf dem Kamel! Oder dachte er an

Pferde? Kadolan wollte einen Sessel, einen festen, mit Daunen gefüllten Sessel. Und es gab sowieso keine Garantie, daß die Wächter ihnen helfen würden. Das war nur der Traum der idealistischen Jugend. Diese beiden jungen Leute konnten nicht glauben, daß die Welt ein Ort der Ungerechtigkeiten war, doch das war sie ja die meiste Zeit. Die Vier konnten ihre Bitte sehr wohl einfach beiseite wischen oder eine Lösung finden, die noch schlimmer war als die gegenwärtige Situation, so dunkel diese Aussicht auch schien.

»Ein Monat?« protestierte Kade, obwohl sie wußte, daß ihre Proteste vergebens sein würden; dennoch wollte sie es wenigstens versuchen. »Bis dahin werden Nordland und das Impire eine Einigung über Krasnegar erzielt haben, und – bei allem nötigen Respekt, Sire – die Smaragdschärpe von Arakkaran wird einen anderen Regenten zieren. Die Wächter werden Eure Bitten als historische Kuriosität abtun!«

»Vielleicht!« gab Azak gerechterweise zu. »Dann werde ich lediglich darum bitten, daß sie meinen Fluch beseitigen, damit ich Eure Nichte heiraten kann. Das ist mir wichtiger als alle Königreiche in Pandemia.«

Es folgte eine Stille, in der Inosolan ihm hätte beipflichten sollen, aber sie sagte nichts.

Kadolan ergriff einen weiteren Strohhalm – sie hatte nur noch zwei. Einen davon durfte sie nicht benutzen, also versuchte sie es mit dem anderen. »Aber einen Zauberer erzürnen?«

»Ich persönlich würde ihm gerne mit einer Gartenhacke den Kopf abschlagen!« sagte Inos. »Der borstige, fette alte Narr, der mit meinem Verstand Spielchen treibt! Ich werde nicht hier herumhängen, bis Rasha und Hexenmeister Olybino mich an einen Kobold verheiraten können. Könnt Ihr uns hier herausbringen, Erster Löwentöter?«

»Euer Wunsch ist mir Befehl, meine Liebe.«

»Kommst du, Tante?«

Kadolan seufzte. »Ja, Liebes. Wenn du darauf bestehst.« Ihren anderen Strohhalm ließ sie unausgesprochen. Seit Wochen umwarb der riesige junge Djinn Inosolan so gut er konnte, aber für einen zarkianischen Mann konnte es unmännlich wirken, Zeit in Begleitung einer Frau zu verbringen, und besonders, wenn es sich um seine angebliche Frau handelte. Daher war Azaks Werbung ernsthaft behindert gewesen. Jetzt würde er Inosolan ganz für sich haben, von Sonnenaufgang bis Sonnenuntergang, ohne Unterbrechung. Sicher, er würde immer noch durch seine Unfähigkeit, sie zu berühren, eingeschränkt sein – was war dieser Fluch doch für ein Segen! –, aber sie würde seine ungeteilte Aufmerksamkeit haben.

Inos hatte ihn ganz gut behandelt. Sie hatte ihn weder zurückgewiesen noch ermutigt. Sie war taktvoll und freundlich gewesen, hatte nichts versprochen und sich auf nichts eingelassen. Ihr sicheres Auftreten, das sie in Kinvale so gut gelernt hatte, war ihr bislang gut zustatten gekommen. Aber sie war sehr jung; sie war ohne Heimat und ohne Freunde, und sie brauchte dringend Hilfe. Allein mit Azak, einen Monat oder länger, konnte da selbst Inos seiner Logik noch widerstehen, seiner Hartnäckigkeit, seinem unbestreitbaren Charme?

Kadolan war keine Spielerin, aber eine riskante Wette erkannte sie auf den ersten Blick.

5

Der Tag graute und brach durch einen für die Wüste ganz unüblichen Nebel. Es konnte auch eine Wolke sein, denn zu diesem Zeitpunkt befanden sich die Reisenden bereits hoch in den Bergen.

Die Abreise aus *Tall Cranes* war eine sehr lehrreiche Prozedur gewesen. Inos hatte voller Faszination gelauscht, wie Azak sowohl das kleine Dorf als auch die Karawane in äußerste Verwirrung gestürzt hatte. Obwohl die sichtbaren Einzelheiten durch die Dunkelheit verdeckt worden waren, hatte sie doch schon aus den Geräuschen ihre Schlüsse ziehen können.

Der berühmte Kodex der Löwentöter hatte sich als wesentlich weniger verläßlich herausgestellt als das Sprichwort, das besagte, man solle keinem Djinn trauen. Gold und Versprechungen hatten Wunder gewirkt. Zwar hatte sie die genauen Worte des Verrates nicht gehört, doch Inos konnte sich gut vorstellen, daß Prinzen, die im Exil waren, sich gerne dem Angebot, zukünftigen königlichen Status am Hof von Arakkaran zu bekommen, beugten – obschon sie keinen Grund hatten, Azaks Versprechungen mehr zu vertrauen als ihren eigenen Schwüren. Wie er es auch machte, Azak setzte sich durch, und Elkarath war verraten.

Falls die Dorfbewohner eigene Wachtposten aufgestellt hatten, so würden die Löwentöter sich um sie kümmern – Inos wollte es lieber nicht so genau wissen – aber vermutlich hatten die Füchse keine Gefahr von den Hühnern erwartet. Die meisten Männer waren sowieso nicht da.

Die Kamele waren losgebunden, von ihren Glocken befreit und aus ihren Koppeln herausgelassen worden. Bei Sonnenaufgang konnten sie überall sein. Der Rest des Viehs – Maultiere, Rinder, Pferde, sogar Geflügel – war ebenfalls in die Nacht hinausgejagt worden. Einige hatten eine Zeitlang versucht, den Flüchtenden zu folgen, es dann aber schließlich aufgegeben. Die Löwentöter hatten ihre Familien zusammengeholt und waren mit ihnen nach Süden, nach Ullacarn, davongefahren. Wenn der alte Scheich erwachte, würde er viel zu tun haben – von der Außenwelt abgeschnitten und schutzlos mitten in einer sehr feindlichen Bevölkerung. Für eine ganze Weile würde niemand irgend jemanden verfolgen.

In den Bergen waren Maultiere besser als Kamele, hatte Azak gesagt, daher begrüßte Inos den Morgen auf dem Rükken eines Maultieres. Es war kein sanfter Ritt, aber die zähen kleinen Biester waren Stunde um Stunde geklettert, ohne sich zu beklagen. Inzwischen lag *Tall Cranes* schon weit hinter und tief unter ihnen.

Der Wind der Nacht war abgeflaut, oder blies nur noch im Tal und der Maultierzug befand sich oberhalb davon. Ein Leuchten erfüllte die Luft, und zum ersten Mal seit Wochen konnte Inos Feuchtigkeit riechen. Köstlich! Die kleinen Hufe der Maultiere trappelten auf einer weichen Steinoberfläche.

»Eine Straße?« fragte Inos.

Azak und sein Maultier ragten schemenhaft groß und dunkel an ihrer Seite auf, so verschwommen, daß sie nicht greifbar wirkten. Sein rotbärtiges Lächeln war jetzt zu sehen, aber sie hatte es schon einige Zeit in seiner Stimme gehört.

»Gewiß die Straße zur Stadt. Wir folgen ihr seit einer Stunde. Sie kommt und geht. Seht Ihr?« Das Pflaster verschwand unter einer Schicht Sand.

Inos drehte sich um und versicherte sich, daß Kade jetzt ebenfalls in Sichtweite war, wenn auch nur undeutlich erkennbar. Sie winkte und bekam ein Winken zur Antwort. Die wunderbare alte Kade! Inos selbst saß auf dem ersten von vier Tieren, Kade bildete das Schlußlicht. Azak hatte sein Tier frei laufen lassen und ritt voraus oder an der Seite, wie es das Gelände erlaubte. Selbst Maultiere stritten sich nicht mit Azak ak'Azakar.

Entkommen! Freiheit!

Aus dem Nebel tauchten Felsbrocken und einige struppige Büsche auf, zollten ihnen Respekt und blieben wie eine Prozession von Höflingen hinter ihnen zurück. Das Licht wurde heller, der Nebel lichtete sich. Einige Minuten später war der Weg wieder gepflastert. Nach ungefähr einer Achtelmeile kamen die Maultiere zu einer Senke, in der die Pflasterung verschwunden war, doch Azak fand sie auf der anderen Seite wieder.

Er war sehr mit sich zufrieden. Er hatte auch Grund dazu. Man konnte sich die gegenwärtige Verwirrung in *Tall Cranes* kaum vorstellen – doch es war sehr angenehm, darüber nachzudenken. Rache!

Inos, so erschöpft sie war, nachdem sie die ganze Nacht nicht geschlafen hatte, konnte sich selbst immer noch davon überzeugen, daß sie klarer dachte als in den vergangenen Wochen. Das sprach sie auch aus. »Ich habe das Gefühl, mein Verstand sei in eine Decke eingehüllt gewesen! Niederträchtiger, hinterlistiger alter Mann! Alles kommt mir schärfer und klarer vor.«

»Dann willigt Ihr also ein, mich zu heiraten?«

Sie parierte mit einem Spaß und erntete ein Lachen. Azak schien dieselbe Erleichterung zu verspüren wie sie. Er war witzig und lebhaft. Er wirkte ganz und gar nicht wie der finstere Sultan, der einen Palast voller wilder Prinzen mit brutaler Schreckensgewalt regiert hatte. Er war verliebt.

Sie hatte dieselbe Verwandlung in Kinvale gesehen, allerdings niemals in diesem Umfang. Ein verliebter Mann verwandelte sich in einen Jungen. Er entdeckte Spaß und Übermut wieder und spielte auf eine Weise den heiteren Narren, die er sonst niemals für möglich gehalten hätte. Sie hatte gesehen, wie normalerweise vornehme Tribunen in einen Fischteich sprangen, um den Hut einer Dame zu retten. Vorübergehendes Balzgefieder hatten die Mädchen dieses Verhalten unter sich genannt. Es stand Azak gut. Er wirkte dadurch wesentlich glaubwürdiger in seiner Rolle als Ehemann in Krasnegar. Aber wie lange würde es anhalten, wenn die Zeit der Werbung erst vorbei war?

Und er war hartnäckig. Selbst bei Tagesanbruch, auf einem Maultier, nach einer schlaflosen Nacht, vor sich unbekannte Gefahren, vielleicht von einem wütenden Zauberer verfolgt, umwarb Azak sie eifrig. Er ließ ihr keine Ruhe, und jede Zurückweisung pralle an ihm ab. »Sagt es mir! Beschreibt mit diese Sitten, die Ihr so unannehmbar findet.«

»Mord zum einen. Ich weiß, daß Ihr Euren Großvater vergiftet habt ... wie war es mit Harakaz und seinem Schlangenbiß? Hatte die Schlange Hilfe?«

»Gewiß doch. Giftschlangen fallen nicht freiwillig in königliche Wohnungen ein, und es waren sechs. Die in seinem Stiefel hat ihn erwischt.«

Inos erschauerte. »Wie viele Brüder habt Ihr getötet?«

»Achtzehn. Wollt Ihr noch von meinen Onkels und Cousins wissen?«

Sie schüttelte den Kopf und hatte den Wunsch, ihn nicht anzusehen. Die Maultiere liefen wieder auf befestigter Straße, und die umgebenden Hänge waren in üppiges braunes Gras gekleidet, feucht vor Morgentau. Die Luft war noch kalt.

»Wollt Ihr meine Gründe hören?«

»Nein. Ich bin sicher, Ihr hattet Eure Gründe. Und ich weiß, es ist Sitte des Landes, also konnten sie sich nicht beklagen, daß sie ...«

»Klagen gehören auch zu den Gründen.« Er verspottete sie und war doch gleichzeitig ernst. »Aber in Krasnegar werde ich keine Verwandten haben, an denen ich meine Wut auslassen kann. Mit dem gemeinen Volk macht es einfach nicht so viel Spaß.«

»Oh, Azak! Ich weiß, Ihr tut es nicht aus Spaß, aber ... Oh, Azak! Seht!«

Der Nebel verwirbelte, als verbeuge er sich zum Abschied, und zog sich wie ein Vorhang zurück. Die Sonne brannte heiß und hell. Inos starrte verwundert zu einem zerklüfteten Berg auf, der den Himmel ausfüllte und fast über ihr zu hängen schien; und doch waren auch die schroffen Berge direkt vor ihr bereits ganz ansehnlich. Dann schien die zerknitterte gelbe Landschaft auf dramatische Weise zu erwachen – wie ein schlafender Drachen – und sich vor ihren Augen in die Ruinenstadt zu verwandeln, die ihr nächstes Ziel war. Klippen wurden zu Mauern und einem Wachtturm, einem Durchgang durch eine Schlucht.

Kade schrie auf.

Azak hatte sein Maultier herumgerissen, noch bevor Inos ihres zum Stehen gebracht hatte. Sie ließ die Zügel fallen, kletterte vom Rücken des Tieres und war sich plötzlich bewußt, wie steif sie war und daß ihr alles weh tat. Und sie war so viel jünger als Kade! Wie hatte sie so gedankenlos sein können, die alte Dame hier heraufzuzerren, ohne angemessene Pausen? Sie die ganze Nacht wachzuhalten ...

Als sie zum vierten Maultier und ihrer Tante hinübergehumpelt war, stieg Azak ein paar Schritte weiter hinten ab, und Kade entschuldigte sich wortreich. Sie hatte ihr Gebetbuch fallenlassen, das war alles.

Nun, wenn sie gleichzeitig lesen und auf einem Maultier reiten konnte, dann war sie nicht in allzu schlechter Verfassung.

»Dennoch müssen wir eine Pause machen«, meinte Inos.

Azak nickte zustimmend, als er mit dem Buch zurückkam, sein Tier an der Leine. Zwar war dieses Maultier größer als die anderen, doch bei Tageslicht besehen wirkte er neben ihm absurd groß, wie ein Mann, der neben einem Hund herläuft.

Der Himmel war blau, die Sonne heiß, und gegen den Horizont fiel das Land in dürren Gebirgskämmen in die nebelige Weite der Wüste ab. Ganz kurz hatte Inos das berauschende Gefühl, ein Vogel zu sein. Die Aussicht war atemberaubend. Sie war erstaunt über die Höhe, die sie erreicht hatten und über die Größe der Welt, die unter ihnen ausgebreitet lag.

Irgendwo dort unten, zwischen den Steinen, lag die Oase *Tall Cranes*, voller zorniger Wegelagerer und mit einem sehr wütenden Zauberer. Zweifellos wußten die einheimischen Männer von dieser Straße und würden ihnen folgen, sobald sie ihr Vieh wieder eingesammelt hatten, aber bislang hatte der Zauberer nicht reagiert. Er hatte die Flüchtenden nicht zu sich zurückgerufen. Vielleicht hatte er sie verloren, oder sie waren schon außerhalb seiner Reichweite.

Aber eine Ruhepause, heißer Tee und Essen ...

»Welcher Gott?« murmelte Azak höflich, während er durch Kades Gebetbuch blätterte. »Der Reisenden?«

»Der Demut.«

Ohne zu zögern blätterte er durch die Seiten und fand die Stelle, aber als er das Buch zurückgab, zog er eine kupferfarbene Augenbraue hoch. »Und warum solltet Ihr Sie um Hilfe bitten, Ma'am?«

Normalerweise unterwarf sich Kade Azak genauso eifrig wie alle zarkianischen Frauen. Diesmal begegnete sie seinem spöttischen Blick mit eigenem königlichen Selbstvertrauen. Auf dem Rücken des Maultieres war sie beinahe in Augenhöhe mit ihm, was ihr zweifellos dabei half, und vielleicht wollte sie einfach nicht länger die Rolle der Mistress Phattas spielen, denn in ihren eisblauen Augen lag keinerlei Ehrerbietung, als sie antwortete. »Weil ich davon überzeugt bin, daß wir einen schrecklichen Fehler begangen haben, Eure Majestät.«

Er errötete. »Ich bin überzeugt, daß Ihr Euch irrt.«

»Das hoffe ich. Ich bete, daß ich lange genug leben werde, um mich zu entschuldigen.«

In Azaks roten Augen blitzte Wut auf, und er wandte sich ab und riß an den Zügeln des Maultieres.

6

Jemand schlug Rap ins Gesicht, um ihn aufzuwecken. Er war immer noch gefesselt und lag auf irgendwelchen kantigen Säcken unter eine Bank gequetscht. Er konnte seine Füße nicht mehr spüren, und seine Hände waren nur noch anonyme Klumpen, die unter ihm lagen. Tag und Nacht verschwammen, als läge er schon seit Wochen dort, unliebsame Fracht der *Blood Wave*. Selbst in der Taiga hatte er niemals so sehr gefroren. Sein Kopf pochte von den Auswirkungen des Schlages, der ihn beim Betreten des Schiffes zu Fall gebracht hatte, obwohl er den Hinterhalt rechtzeitig gesehen hatte, um sich zu ducken und dem Aufprall ein wenig die Wucht zu nehmen. Gathmor hatte nicht so viel Glück gehabt, er war immer noch ein bewußtloses Bündel, das zusammengesunken neben Rap lag.

Der Sturm tobte unvermindert weiter. Kalkor hatte die Segel tollkühn mitten hineingesetzt, seitdem wurde die *Blood Wave* wie eine Feder hin- und hergeworfen – stand auf dem Bug oder Heck oder hatte starke Schlagseite, stand niemals still. Sie stöhnte und ächzte unter diesem Angriff, aber ein Orkaschiff war beinahe so unverwüstlich wie ein Jotunnräuber selbst. Im Dunkeln hatte Rap die Wellen sehen können, und von seiner Position aus waren sie wie grüne Berge, höher als der Mast. Und sie rollten immer weiter auf ihn zu.

»Wasser!« krächzte er. Das einzige Wasser, das er bekommen hatte, war der Regen auf seinem Gesicht gewesen, vermischt mit salziger Gischt, der ihn und alles andere an Bord in wenigen Minuten durchnäßte.

Dann erkannte er den haarigen Riesen, der über ihm kniete.

»Was ist los, Dummkopf?« Sein zischendes Knurren war Rap ebenfalls vertraut. Diese Stimme hörte er in seinen Alpträumen.

»Wasser!«

Darad schlug eine Faust auf Raps rechtes Auge. So kalt und gefühllos wie Rap war, er empfand den Schmerz als unerwartet heftig. Einen Augenblick lang überschattete er die ganze Welt, zerstörerisch, tödlich, übelkeiterregend. Lichter tanzten um Raps Kopf.

Als sein Verstand ein wenig klarer wurde, grinste der Jotunn sein Wolfsgrinsen, wobei das Hündische noch durch die oben und unten fehlenden Vorderzähne verstärkt wurde. »Andor hat Euch gesagt, er würde einen Weg finden, Euch von diesem Kahn herunterzubekommen. Nun, das haben wir, oder? *Ich* habe es!«

»Freund von Euch, nicht wahr?« krächzte Rap. »Kalkor ein alter Freund?«

Darad nickte und grinste höhnisch. Er war so häßlich wie ein Troll, und beinahe ebenso groß. Mit jedem der fünf Verfluchten war es möglich, sich zu streiten, aber Darad war zu dumm, um sich verwirren zu lassen.

»Und er war bereit, mir einen Gefallen zu tun!«

»Wie habt Ihr ihn getroffen?«

»Glück, Dummkopf. Einfach Glück. Mein Wort bringt mir Glück, versteht Ihr? Eures nicht! Jetzt gehört Ihr mir, Faun. Ein Geschenk von Kalkor! Ihr werdet mir Euer Wort sagen!«

»Ich kenne kein ...« Das andere Auge bekam einen Schlag. Noch härter.

O Götter! Das war noch schlimmer.

»Thinal glaubt aber doch. Das reicht mir.« Darad hob seinen dicken Finger und streichelte seine Koboldtätowierungen. »Ihr werdet reden.«

Rap hatte Darad unter den Kriegern erkannt. Das war der Hauptgrund gewesen, warum er wie ein Wahnsinniger vorgestürmt war, um Kalkor zu enttarnen – denn so hatte er gewußt, warum die Jotnar nach Durthing gekommen waren. Doch ein wenig dieses Wahnsinns war noch der Überrest seiner eigenen Mordswut gewesen. Ohne sie wäre er vielleicht einfach davongerannt, und er wäre entkommen, wenn er nicht den Frauen und Kindern geholfen hätte. Er war kurz davor gewesen, Ogi zu verprügeln; jetzt bekam er, was er verdiente, weil er in Wut geraten war.

Und so dumm! Er hatte gewußt, daß Darad stets eine Gefahr sein würde – Darad und Andor und die anderen – aber er hatte geglaubt, er könne sich in Durthing verbergen, bewacht von einigen hundert Jotnar. Hätte er den Verstand benutzt, mit dem er geboren worden war, dann hätte er sich denken können, daß Darad selbst einige Jotnar anwerben konnte. Also hatte Rap den ganzen Schrecken eines Than aus Nordland über die Siedlung gebracht, und für diese schreckliche Tat verdiente er mehr Strafe, als selbst die Götter verhängen konnten.

Jammern würde ihm nicht weiterhelfen, und sein Wort nennen würde bedeuten, sofort ertränkt zu werden. Dazu war er nicht bereit, noch nicht.

Darum überschüttete er Darad mit einigen sehr obszönen Ausdrücken, die er von Gathmor gelernt hatte. Die folgenden Schläge machten ihn eine Zeitlang bewußtlos, und das war eine Verbesserung seiner Situation.

Piety nor wit:
The moving Finger writes; and, having writ,
Moves on: nor all your Piety nor Wit
Shall lure it back to cancel half a Line,
Nor all your Tears wash out a Word of it.

Fitzgerald, *The Rubaiyat of Omar Khayyam* (§71, 1879)

(Keine Frömmigkeit und kein Verstand:
Der niemals ruhend Finger schreibt; und ist's geschrieben
fährt er fort; und keine Frömmigkeit und kein Verstand
wird ihn verlocken, einen Vers zu löschen,
und keine Träne, die du weinst, spült auch nur ein Wort davon hinfort.)

Drei

Wo wanderst du, Geliebte?

1

»Nickt, wenn Ihr wach seid«, flüsterte eine Stimme an seinem Ohr.

Nur der Schmerz überzeugte Rap davon, daß er noch lebte, aber er nickte leicht.

»Könnt Ihr Euch befreien?« Gathmor brauchte wirklich nicht zu flüstern, wenn der Sturm in der Takelage heulte und jedes Seil, jeder Holm und jede Planke auf der *Blood Wave* unter den Qualen der monströsen Wellen aufschrie. Die Räuber hatten ihre Gefangenen auf jeden Fall völlig vergessen.

Rap schüttelte den Kopf. Seewasser spritzte ihm ins Gesicht.

»Wie lange sind wir schon hier?«

»Ungefähr zwei Tage, nach den Stoppeln auf Eurem Gesicht.«

Gathmor war leichenblaß, sein Haar verkrustet mit altem Blut. Der verrückte Blick in seinen Augen hätte Rap vielleicht beunruhigt, wenn es auf der Welt noch etwas gegeben hätte, das Rap Sorgen bereiten konnte.

»Haben sie gekämpft?«

Rap nickte. Er hatte Kampfgeräusche gehört; er hatte gesehen, wie blutverschmierte Äxte gereinigt und geschärft worden waren. Er hatte sogar einige Dinge unter den paar Handvoll Beute erkannt, die an Bord geworfen worden waren und jetzt herumlagen: Broschen und billige Schmuckstücke.

Gathmor ließ einen langen Seufzer hören und schloß die Augen. Er liebte seine drei Söhne abgöttisch, und seiner Frau hatte er in der Öffentlichkeit soviel Zuneigung erwiesen, wie es für einen Jotnar überhaupt möglich war. Seine geliebte *Stormdancer* war jetzt ein Haufen Asche am Strand.

»Ich glaube, sie lassen uns hier sterben«, krächzte Rap.

Der Seemann schüttelte den Kopf. »Sie machen uns nur mürbe.«

Rap schwieg und fürchtete, gleich loszuschluchzen. Er war so schwach! Mut oder Sturheit ließen sich leichter spielen, wenn man bei Kräften war, aber Tag und Nacht in Fesseln, Durst, Hunger, Kälte, Schmerzen – er konnte spüren, wie sie seinen Willen lähmten. Es war viel schwieriger für einen Mann, einen starken Geist zu haben, wenn sein Körper so übel verwundet war. Und die Unsicherheit tat das ihre. Angst nannte man das.

Die Sehergabe machte seine Qualen noch schlimmer. Jede Bewegung nach Backbord schleuderte seine Rippen gegen einen Sack – in diesem Sack waren Steingutbehälter mit Wein. Er konnte sogar die Aufschrift lesen. Schiffsbewegungen nach Steuerbord ließen ein schweres Faß gegen seine Knie prallen – und er wußte, daß es gesalzenes Rindfleisch enthielt. Der Großteil der Fracht auf der *Blood Wave* war Beute aus Plünderungen: Gold, Juwelen und Putz, in Taschen gestopft und in alle möglichen Ecken verstaut, vieles kaputt oder zerstört; aber innerhalb seiner Reichweite, wäre er nicht gefesselt, gab es Essen und Trinken in Hülle und Fülle.

Er konnte außerdem jeden Mundvoll beobachten, den die schmausenden und trinkenden Räuber zu sich nahmen. Sie aßen gut. Selbst im Höhepunkt des Sturms, als er jede Minute damit rechnete, daß die *Blood Wave* kenterte, gingen die Seeleute ruhig ihren Geschäften und ihrem Vergnügen nach. Es wäre nicht jotunngemäß, Angst oder sogar vernünftige Zweifel zu zeigen, und auf diesem Schiff vermutlich sogar ein schweres Verbrechen.

Falls Kalkor vorhatte, ihn weich zu kriegen, dann würde Rap bereits jetzt eine feine Federmatratze abgeben.

Dunkelheit und Kälte ... ein Guß salzigen Wassers nach dem anderen.. manchmal Regen, das half sehr.

Er wurde herumgerollt, bis seine Knochen sich anfühlten, als hinge an ihnen das rohe Fleisch.

Durst, monströse Qualen aus Durst.

Ein Stiefel in seinen Rippen, wenn er aufschrie.

Du hast dich freiwillig für diese Reise gemeldet, Erbsenhirn! Hast du eine Luxuskabine erwartet?

Hunger. Kälte. Durst.

Machte sich in die eigenen Hosen.

Durst. Kälte. Krämpfe so heiß wie Feuer.

Gathmor, der flüsterte: »Warum habt Ihr Euch eingemischt? Als Ihr wußtet, daß es Kalkor war, warum habt Ihr Euch nicht einfach gedrückt?«

»Ich wußte, er war wegen mir nach Durthing gekommen.«

»Und Ihr dachtet, das würde ihm reichen? Er würde die Stadt verschonen?«

»Vielleicht.«

»Fühlt Euch schuldig, weil Ihr Unglück gebracht habt?«

»Vielleicht. Und Ihr? Eure Gründe?«

»Dieselben.«

Durst. Wellen. Schlingern. Kälte. Dunkelheit ...

Ein oder zwei Schläge, wenn Darad vorbeikam. Er prüfte, ob sie schon mürbe waren.

Wieder Gathmor: »Also hat Kalkor jetzt einen Seher. Ihr werdet seine Augen sein?«

»Nein!«

Wirklich, Master Rap? Nehmt an, er würde Euch jetzt ein Angebot machen, Master Rap? Steuermann eines Orka – leichte Arbeit für einen Seher. Bringt bei Nacht einfach Tod und Vergewaltigung den Fluß hinauf, Master Rap. Umgeht die Wachen. Findet die verborgenen Schätze; Gold unter Mauersteinen, Jungfrauen auf dem Dachboden. Gute Bezahlung – soviel Beute Ihr tragen, so viele Frauen Ihr fangen könnt. Nehmt Ihr dieses Angebot an, oder bleibt Ihr, wo Ihr seid, Master Rap?

Laßt Euch Zeit, darüber nachzudenken.

Euch selbst umbringen, Master Rap? Dazu seid Ihr nicht Manns genug. Später, wenn es Euch besser geht?

Kälte. Durst. Beginnendes Delirium. Inos auf einem Pferd. Darad und Inos. Andor. Bright Water, die wahnsinnige Hexe.

Sie aßen weiter. Tranken.

Welle um Welle ...

Die *Blood Wave* war niedriger, länger und schlanker als die *Stormdancer,* und doch war sie nur ein offenes Boot, es gab keinen überflüssigen Luxus wie Kabinen auf einem Orka-Langschiff. Ein kleines dreieckiges Deck am Achterschiff bot Platz für den Steuermann – das Steuerruder brauchte bei diesem Wetter zwei oder mehr Leute, und falls der Wind die *Blood Wave* jemals breitseitig erwischen sollte, würde sie sofort starke Schlagseite bekommen. Unter diesem winzigen Deck befand sich die einzige einigermaßen geschützte Stelle an Bord. Dort hing Than Kalkors Hängematte. Er hatte dort auch einen Stuhl, einen Thron, und wenn er wach war, saß er da, gelangweilt in seiner Pracht, sprach kaum mit jemandem und wartete auf besseres Mordwetter.

Die Seeleute schöpften Wasser, machten Essen, kümmerten sich um ihre Waffen, aber meistens hingen sie einfach faul herum. Der Sturm würde sie schon irgendwohin bringen, wohin, darauf hatten sie keinen Einfluß; bei einem solchen Wetter war Rudern unmöglich. Vielleicht lagen direkt vor ihnen auch Felsen, aber ein Jotunn würde niemals seine Angst eingestehen.

Trotz des heulenden Windes und des peitschenden Regens trugen nur wenige Männer mehr als ihre Lederhosen. Die Bärte und Haare flogen wild im Wind oder lagen angeklatscht wie Strähnen aus Silber, Gold oder Kupfer auf ihren Gesichtern. Ihr Äußeres hatte etwas Wahnsinniges, Grausames – eine animalische Wildheit, die Rap von ihrem Ruf überzeugt hätte, auch ohne ihre Fracht zu kennen. Ihre

Gespräche waren ein einziger Alptraum. Solchen Männern hätte er jede Geschichte geglaubt. Sie wetteiferten um Grausamkeiten und versuchten einander an Scheußlichkeiten zu übertreffen. Mitleid wäre für diese Männer schlimmer als Feigheit. Ihr Credo und ihr Ziel war Brutalität.

Rap hatte keinen Zweifel, daß sie jeden getötet hatten, dessen sie in Durthing hatten habhaft werden können – Frauen, Kinder, selbst die harmlosen kleinen Gnome, denn er hatte Witze belauscht über das Problem, einen Gnom mit einer Axt zu erschlagen.

Und es funktionierte! Kalkor hatte in Durthing nur einen Mann verloren, denjenigen, den Brual übernommen hatte, obwohl er mehr als genug fähige Krieger in der Siedlung gegeben hatte, die Widerstand hatten leisten können. Sie hätten die Räuber mit Steinen davonjagen können oder zumindest für ihre Taten bezahlen lassen; doch statt dessen waren sie vor dem Ruf der Orkas in die Knie gegangen und so selbst zur Legende geworden. Greueltaten nährten sich selbst.

Aber wer war Rap, daß er das verurteilen wollte? Nur Kalkors Ankunft hatte ihn davon abgehalten, Ogi zu Brei zu schlagen – den vierschrötigen Ogi, der vermutlich wirklich geglaubt hatte, einem Freund einen Gefallen zu tun, indem er einen Kampf für ihn anzettelte, während er sich gleichzeitig dadurch bereicherte, daß er auf das falsche Pferd setzte. Typisch Imp! Seit seinem dreizehnten Lebensjahr hatte Rap nicht seine Geduld verloren, seit er Giths Kiefer gebrochen hatte, aber die Wut war unterschwellig immer noch vorhanden. Er war kurz davor gewesen, Ogi zu meucheln, und nur der Zufall hatte ihn daran gehindert. Kalkor war vermutlich viel häufiger in dieser Stimmung, aber Rap hatte dasselbe Jotunnblut in sich.

Er saß im selben Boot.

Und gehörte jetzt vielleicht zur Mannschaft.

2

Starke Hände zerrten Rap aus seiner engen Ecke und lösten seine Fesseln. Er war so benommen, daß er den Becher, den man ihm reichte, nicht fassen konnte, und so hielt ein blonder Riese mit struppigem Bart ihn an Raps Lippen. Der Mann sah nicht älter aus als Rap und ähnelte so sehr dessen altem Freund Kratharkran, daß Rap zunächst dachte, er habe Halluzinationen. Kratharkran mußte sicher zu Hause in Krasnegar sein und sich mit ehrlicher Arbeit seinen Unterhalt verdienen; dieser junge Jotunn war ein Mörder, und seine Einstellung zu diesem dreckigen, stinkenden Gefangenen entsprach verständlicher Abneigung.

Glücklicherweise gab es genügend frische Luft, obwohl der Sturm langsam abflaute. Der Himmel hellte sich auf, und Rap konnte mit seinen Augen beinahe wieder genauso gut sehen wie ohne sie, abgesehen davon, daß sie so geschwollen waren, und dank Darads kleinem Pläuschchen kaum zu öffnen waren. Die Wellen hatten sich aber noch nicht beruhigt und würden vielleicht noch tagelang unruhig bleiben. Frische Luft, Regen und Kälte. Rap war beinahe zu schwach, um auch nur zu zittern.

»Than will Euch«, sagte der junge Koloß mit der gleichen, unerwartet hohen Stimme, wie sie Kratharkran hatte. »Könnt Ihr laufen?«

Rap schüttelte den Kopf, selbst das bereitete ihm Mühe. Das Wasser fügte zu seinen Schmerzen noch Übelkeit hinzu; er hätte langsamer trinken sollen. Anscheinend würde er jetzt nichts zu essen bekommen, aber besonders viel machte ihm das im Moment nicht aus.

Der Seemann erhob sich, hielt Raps Füße fest und ging nach achtern, wobei er ihn über den schmalen Mittelgang zwischen den Bänken der Ruderer hindurchzog. Leider wurden dort die nicht benutzten Ruder aufbewahrt, und der schmale Gang war gerade breit genug für einen Stiefel, nicht aber für die Schultern eines Mannes. Rap stieß gegen Schaufeln und Gegengewichte. Die erste Hälfte der Reise ging bergab, die zweite bergauf, während die *Blood Wave* weiter durch die graugrünen Hügel des Sommermeeres pflügte. Als sie am Achterschiff ankamen, ließ der schlaksige Räuber Raps Füße los, hievte ihn an den Schultern hoch und stellte ihn hin, so daß er halb kniete, halb auf den Planken saß.

»Danke, Vurjuk«, sagte Kalkor. »Vergeßt nicht, Eure Hände zu waschen.«

»Ay, Sir!« Der junge Krieger grinste und schritt davon, wobei er problemlos das Gleichgewicht auf dem schwankenden Schiff hielt.

Rap konnte noch nicht einmal seinen rasenden Verstand kontrollieren, geschweige denn seinen verabscheuungswürdig nutzlosen Körper. Er lag zusammengesunken wie ein Hund oder ein Haufen Dreck vor den nackten Füßen des Thans auf den Planken. Er wollte aufstehen wie ein Mann, doch seine nichtsnutzigen Muskeln weigerten sich, seinen Befehlen zu gehorchen. Sie zitterten einfach nur. Seine Hände begannen, schmerzhaft zu beben.

Über ihm thronte Kalkor und stieß mit einem verhornten Fuß Raps Kopf hoch, damit er die Schäden begutachten konnte.

»Darad?«

»Ay, Sir.«

»Das verdirbt einem ja den Appetit.« Kalkor drückte – wieder mit dem Fuß – das beleidigende Gesicht nach unten.

Der private Unterschlupf des Thans war vollgestopft mit Säcken und Ballen, die Rap schon lange überprüft hatte und seiner Meinung nach ausgewählte Diebesbeute enthielten. Das Deck darüber war zu niedrig, um einem aufrecht stehenden Mann welcher Rasse auch immer Platz zu bieten; sie war noch nicht einmal hoch genug für Than Kalkors Stuhl.

Dieser Stuhl mußte einmal einem König gehört haben oder einem Bischof. Er war groß und mit feinen Schnitzereien versehen, und mit Juwelen, Emaillierungen und filigranem Gold verziert und mit feinem, scharlachrotem Samt bezogen. Aber der hohe Rücken war mit einer Axt gekürzt worden, damit der Stuhl unter die niedrige Decke paßte, und jetzt war die Hälfte der Juwelen verschwunden und der Samt fleckig und zerfressen vom Salzwasser. Die Beine waren zersplittert, wo man den Stuhl an die Planken genagelt hatte, damit er nicht hin- und herrutschte.

Jetzt gehörte der Thron einem halbnackten Jotunnpiraten, der darin herumlümmelte und mit sarkastischer Belustigung den jämmerlichen Körper beobachtete, der soeben zu seinen Füßen fallengelassen worden war. Er sah genauso aus, wie Rap ihn im magischen Fenster gesehen hatte: groß und jung, in jeder vorstellbaren Hinsicht mächtig. Sein Haar hatte die Farbe weißen Goldes und fiel schwer von seinen Kopf; seine Augenbrauen wirkten auf seinem gebräunten Gesicht wie die weißen Schwingen einer Möwe, ein Gesicht von harter, eckiger Schönheit und teuflischer Grausamkeit. Anders als die anderen Männer an Bord trug er keine Tätowierungen.

Seine Augen hatten das intensivste Blau, das Rap je gesehen hatte. Sie leuchteten wie der Himmel, voller Kälte und tödlichem Feuer und lächelten mit wahnsinniger Freude. Geringere Jotnar, wie Gathmor, konnten sich vielleicht in Mordlust hineinsteigern. Kalkor würde dieses Gefühl niemals loswerden.

Und dieser berüchtigte Mörder, Kalkor, Than von Gark, war ein entfernter Verwandter von Königin Inosolan und angeblich Besitzer eines Wortes der Macht, das ihm von einem entfernten Vorfahren gegeben worden war, dem Zauberer Inisso.

»Ihr seid Rap.«

»Ay, Sir.« Das Sprechen tat weh. Nicht zu antworten war aber möglicherweise noch schmerzhafter.

»Ich habe einige Fragen.« Kalkor schrie, denn die *Blood Wave* balancierte soeben auf einer riesigen grünen Welle, und der Wind kreischte in der Takelage und vermischte stechende, salzige Gischt mit dem Regen. Selbst diese geschützte Ecke hielt ihn nicht trocken. »Ihr werdet sie mir ehrlich beantworten.« Die *Blood Wave* neigte sich abermals nach unten und begann ihre lange Fahrt hinab in das nächste Wellental.

Rap nickte und fiel beinahe um. Er brachte gerade noch ein »Ay, Sir« zustande. In den Tälern war es stiller, also brauchte er nicht so zu brüllen.

Plötzlich tauchte ein Schatten auf, und Rap sah mit seiner Sehergabe auf. Der trollähnliche Darad stand drohend über ihm und machte ein monströs finsteres Gesicht. Er beugte sich hinunter, um unter das Deck des Steuermannes zu sehen und hielt sich mit einer riesigen, beharrten Pranke an der Kante fest. Das Haar auf seinen Schultern wehte wie reife Gerste im Wind.

Kalkor entzog Rap seine Aufmerksamkeit und richtete sie auf Darad, ohne seine Geringschätzung zu verbergen.

»Ihr habt ihn mir versprochen!« bellte Darad.

»So?« Kalkor wartete einen Augenblick und wiederholte dann »So?« mit ein wenig erhobener Stimme.

»Ja! Ihr habt gesagt, ich könnte ihn haben. Ihr habt ihn mir geschenkt! Ein Geschenk für mich!«

»Ich erinnere mich nicht. Seid Ihr sicher?«

Kalkor hatte seine Stimme nur wenig mehr als nötig erhoben, damit sie über den Wind zu hören war, und sein ruhiges, gelassenes Lächeln verzog sich nicht einmal zu einem Zwinkern, außer wenn Regen oder Gischt in sein Gesicht schlugen. Darad verfügte wahrscheinlich nur über wenig mehr Intelligenz als ein hungernder Hund und über keinerlei Reue, was das Leben oder den Tod anderer Menschen anbelangte. Doch anscheinend bedeutete ihm sein eigenes Schicksal etwas, denn er zuckte bei Kalkors unausgesprochener Drohung zusammen.

»Nun … ich dachte, Sir. Muß Euch falsch verstanden haben.«

»Das tut Ihr sehr oft, Wolf. Nicht wahr?«

Es war unglaublich, aber der riesige Unmensch schrumpfte noch weiter zusammen. »Nein, Sir, ich meine, ay, Sir … ich meine, ich werde es nicht wieder tun, Sir.«

»Das würde ich Euch auch nicht raten.«

Darad zögerte mit bebenden Lippen und knurrte: »Aber denkt daran, Than: Er ist ein Lügner! Er wird Euch belügen.«

»Ich glaube nicht.«

Der Riese zögerte erneut verwirrt, denn er wußte, er konnte gehen, und doch war er nicht bereit, Rap zurückzulassen, der von Zauberern, Sagorn, Thinal, Andor und Jalon schwatzen würde. Hatte er tatsächlich erwartet, daß Kalkor Rap für ihn aus einer Jotunnsiedlung entführen würde und dann nicht wissen wollte, warum?

»Er ist außerdem verrückt. Bildet sich Sachen ein.«

»Darad«, sagte Kalkor in demselben Plauderton wie zuvor, »ich habe es mir zur Angewohnheit gemacht, meinen Gästen zum Abschied ein Geschenk zu überreichen. Wollt Ihr Euch jetzt etwas aussuchen? Irgend etwas Schweres?«

Das Monster brauchte einen Augenblick, diese Worte zu verstehen, und dann richteten sich seine Augen auf die grünen Wellen, die das Schiff bearbeiteten.

»Norden von Pandemia«, sagte Kalkor, »aber eine genauere Richtung kann ich Euch nicht angeben, weil ich sie nicht weiß.«

Darad drehte sich um und eilte den Gang hinunter.

Die blauen Feuer sahen wieder Rap an. Das ruhige Lächeln wirkte beinahe so, als wolle es die Belustigung mit ihm teilen; aber das wäre eine gefährliche Annahme gewesen.

»Ich sehe, ich muß Euch mehr Fragen stellen, als ich dachte. Seine Dummheit ist abstoßend. Nun ... Habt Ihr schon einmal einen von diesen gesehen?«

Der Than griff hinter sich und brachte ein scheußliches Artefakt zum Vorschein, das Rap nicht bemerkt hatte. Der Griff war ein hölzerner Zylinder, kurz und poliert, möglicherweise durch lange Benutzung abgegriffen. An einem Ende hingen viele feine Ketten, jede ungefähr so lang wie der Arm eines Mannes. Sie sahen aus, als seien sie in schwarzen Schlamm getaucht worden; dunkle Kügelchen hingen noch an den winzigen Verbindungsstücken.

Rap konnte nur den Kopf schütteln. Seine Stimme versagte ihm den Dienst. Er leckte das Salz von seinen Lippen.

»Das hier wurde von Zwergen gemacht, glaube ich, aber die Imps benutzen sie in ihren Gefängnissen. Sie benutzen sie auch bei ihren Truppen. Das finde ich absurd! Wenn ein Mann nicht gehorcht, töte ihn und suche einen anderen – warum soviel Aufhebens machen? Ja, das hier ist eine impische Bestrafungsmethode. Jotnar benutzen solche barbarischen Dinge nicht.« Seine geschwungenen Augenbrauen hoben sich fragend.

»Nein, Sir.«

Kalkor strahlte. »Falsch! – *Ay, Sir*! Manchmal ist Grausamkeit ganz nützlich. Man hat schließlich einen Ruf zu verlieren. Es macht jedoch so viel Dreck, und am besten macht man es an Land. Sucht einen passenden Baum, hängt das Subjekt an den Handgelenken auf ... Die Männer wechseln sich ab. Derjenige, der ihn tötet, gewinnt. Ich habe noch keinen Mann gesehen, der mehr als zweiundzwanzig Schläge überlebt hat, aber das war ein älterer Bischof, der einen unbedeutenden Schatz nicht verraten wollte, den er versteckt hatte, also seid Ihr vielleicht noch besser. Fünf Schläge könnten einen Mann für sein Leben schädigen, denke ich – wenn sie mit Begeisterung ausgeführt werden, schneiden die Ketten bis auf die Knochen ins Fleisch, versteht Ihr?«

»Ay, Sir.«

»Also, Faun. Ich werde Euch einige Fragen stellen, und Ihr werdet sie mir beantworten. Ich bin sehr gut, wenn es darum geht, Lügen zu bemerken, und jede Lüge bringt Euch einen Schlag mit der Neunschwänzigen Katze ein. Benehmt Euch anständig und ich werde Euch nichts tun. Ich könnte Euch töten, aber das würde zu schnell gehen. Also, sind wir uns über die Regeln einig?«

»Ay, Sir. Sir ... dürfte ich einen Schluck Wasser bekommen?«

»Nein. Erste Frage: Wer ist König von Krasnegar?«

»Es gibt keinen. Holindarn ist tot.«

Kalkor nickte, als sei er zufrieden – als bestätige Rap, was Darad ihm erzählt hatte. Kalkor hatte nichts davon gewußt, also hatte Foronods Brief ihn offensichtlich nie erreicht.

Hatte der Verwalter geahnt, wen er nach Krasnegar einlud? Oder hatte er Kalkor als unvermeidlich angesehen und sich mit ihm einfach so schnell wie möglich gut stellen wollen? Doch Kalkor stand in jeder Hinsicht auf der falschen Seite. Raps Füße begannen schlimmer als seine Hände zu pochen.

»Zweite Frage: Beschreibt Inosolan.«

Rap holte tief Luft und wog die Todesqualen der Auspeitschung gegen die Möglichkeit ab, daß nichts, was er sagen konnte, einen Unterschied machte ... aber sein Mund hatte bereits zu reden begonnen. Feigheit hatte tausend Gesichter, und wenn sie sich auch Erschöpfung nannte oder Schwachheit, Bloßstellung oder *Es-ist-ja-doch-egal*, so war sie doch immer noch Feigheit. Nichtsdestotrotz, er war nicht Manns genug, nicht weiterzureden.

»Größe irgendwo zwischen einer Imp und einer Jotunn. Haare golden ... dunkler als ... nun, dieser Mann, der den Stiefel genäht hat? Ungefähr dieser Farbton. Grüne Augen. Schlank. Sie reitet und ...«

»Ich bin nur an ihrem Körper interessiert. Ist sie schön?«

»Ay, Sir.«

»Seht mich an, wenn Ihr mit mir sprecht. Zeigt mir, wie groß ihre Brüste sind. Hm. Ich mag es, wenn sie größer sind. Ist sie Jungfrau?«

»Ich weiß es nicht!« Beinahe hätte Rap geschrien.

Kalkor lachte leise in sich hinein, das harte Saphirfeuer seiner Augen war unverwandt auf Rap gerichtet. »Ihr habt die okkulte Sehergabe, nicht wahr?«

»Ich, Sir? Nein, Sir.«

»Das ist die erste, Rap! Ich habe Euch gewarnt! Ein Schlag. Könnt Ihr sie kontrollieren, sie nach Belieben an- und ausschalten?«

»Manchmal«, murmelte Rap. Darad hatte nicht mehr Verstand als ein Hering. Er hatte viel zuviel geredet. Wie Gathmor würde auch Kalkor einen Seher nicht freiwillig laufen lassen.

»Es ist nicht leicht, nicht wahr? Ihr seid also diskret? Liebt Ihr sie?«

»Inos? Sie lieben? Ich? Ich war … nein, natürlich nicht!«

»Das sind zwei.«

»Zwei was?« fauchte Rap. Die Schmerzen, die diese Ketten verursachten, konnten niemals schlimmer sein als der Schmerz, der jetzt in seinen Händen klopfte, als das Blut zurückfloß. Und seine Füße … Oh, Götter! … seine Füße …

»Zwei Lügen, zwei Schläge.« Kalkor wedelte leicht mit der Peitsche und ließ die klingelnden Ketten wie ein Pendel hin- und herschwingen.

Vor plötzlichem Entsetzen vergaß Rap die Qualen in seinen Händen und Füßen. »Nein! Ich war ein Stalljun…« *Oh, Götter*! Inos lieben?

Kalkor schüttelte verwundert seinen Kopf. »Ihr wußtet es nicht? Ihr habt es nicht gemerkt! Wie süß! Mein Herz blutet, meine Kehle wird eng. Rap, den zweiten Schlag nehme ich zurück! Ich war nicht so gerührt, seit mir der Prätor von Clastral seine Töchter angeboten hat. Aber laßt uns eines klarstellen: Ihr begehrt Inosolan?«

Rap nickte, zu erschüttert, um zu sprechen. Wie hatte er es wagen können? Deshalb hatte er also diesen verrückten Traum, sie zu finden – um ihr Geliebter zu sein, nicht nur ihr Diener? Sie hatte ihn einmal geküßt und sich von ihm küssen lassen. Sie hatten sich an den Händen gehalten. Liebe zwischen Kindern! Hoffnungslose Liebe. Es war unvorstellbar – sie war eine Königin und er ein Mann niedersten Ranges. Er hatte sich die ganze Zeit selbst belogen. Götter, Götter!

Deshalb war er so erzürnt gewesen, als er im Bild des Spiegels sah, wie ein Mann aus ihrem Zelt kam. *Er war eifersüchtig gewesen*! Narr! Narr! Narr!

Und Kalkor beobachtete ihn mit belustigter Verachtung, als könne er all die peinlichen Enthüllungen lesen, die sich in Raps Verstand abspielten.

»Mehr als Ihr alle anderen Frauen begehrt?«

»Ay, Sir.« Bei den Mächten, es stimmte!

»Nun, das ist eine Empfehlung, aber ich weiß nicht, wie verläßlich der Geschmack eines Fauns ist. Wo ist sie jetzt?«

»Ich weiß es nicht.«

Die hellblauen Augen schienen noch heller zu werden, als Kalkor die Stirn runzelte und Rap genau musterte. Er wartete, während das Schiff einen weiteren, schaumgekrönten Wellenhügel erklomm, dann hakte er vorsichtig nach. »Ganz grob?«

»Vermutlich in Zark, Sir. Eine Zauberin hat sie entführt, und sie war eine Djinn.«

Der Than war überrascht. »Wirklich? Ich hatte wirklich gedacht, der Wolf hätte sich seinen Kopf einmal zu oft angeschlagen! Woher kanntet Ihr meinen Namen?«

»Habe Euch gesehen ... in dem ... magischen Fenster.« Rap mußte sich die Worte abringen. Die Schmerzen wurden immer schlimmer. Seine Arme und Beine hätten ihn schon genug gequält, aber er bemerkte sie kaum, so sehr folterten ihn seine Extremitäten.

»Wißt Ihr, wo in Zark sie ist?«

»Arakkaran, Sir.«

»Das sind jetzt zwei, Rap! Die Wahrheit?«

Rap versuchte verzweifelt, sich zu konzentrieren und brachte es kaum fertig, zu sprechen anstatt zu schreien. »Die Zauberin sagte, sie käme aus Arakkaran.«

»Aber Ihr glaubt nicht, daß Inosolan in Arakkaran ist. Warum nicht?«

Entsetzt und zu sehr von den Schmerzen gepeinigt, um sich überzeugende Lügen auszudenken, platzte Rap mit einem konfusen Bericht über seine Treffen mit Bright Water und Zinixo heraus, wie die Wächter alle versucht hatten, Inos der Zauberin und sich gegenseitig zu stehlen. Er erwartete, daß der Than ihn über Bord warf, weil er solches Seemannsgarn spann – das wäre eine köstliche Erleichterung gewesen – aber Kalkor schien ihm erstaunlicherweise zu glauben.

Die Fragen durchbohrten ihn wie Pfeile, und Rap krächzte benebelt seine Antworten. Beschreibt den Hafen von Milflor ... wie viele Männer in der Armee von Krasnegar ... er verbog die Wahrheit so gut er konnte, bis Kalkor sanft den

Kopf schüttelte. »Jetzt haben wir fünf, Rap. Ich dachte, ich hätte Euch gewarnt. Ich fürchte, wir sehen uns jetzt echten Problemen gegenüber. Nächste Frage ...«

Der Instinkt des Thans für Wahrheit und Lüge schien unfehlbar, obwohl Raps Gesicht so zerschlagen war, daß es schwierig sein mußte, darin zu lesen, und oft riß der Wind ihm die Worte von den Lippen. Erst bei neun Strafschlägen gab Rap jeden weiteren Versuch zu betrügen auf. Danach ließ er seiner Zunge einfach freien Lauf. Es war ihm egal. Die Schmerzen in seinen Händen und Füßen machten ihn wahnsinnig. Hätte er die Kraft gehabt, wäre er über die Reling geklettert und hätte sich ertränkt.

Er mußte ohnmächtig geworden sein, denn hinterher erinnerte er sich, daß er beim Sprechen gelegen hatte, seine verletzte Wange gegen die kalten, feuchten Planken gedrückt. Später spürte er zwei riesige schmutzige Füße direkt vor seiner Nase. Von ihnen schoß der junge Vurjuk wie ein Mast in die Höhe.

»... räumt ihn weg«, sagte Kalkor. »Könnt Ihr ihn an ein Schleppnetz binden, ohne ihn zu töten?«

»Kann es versuchen, Sir.«

»Nun, macht es kurz und gebt ihm hinterher etwas zum Anziehen, denn ich würde es vorziehen, wenn er noch eine Weile leben würde.«

»Eine Auspeitschung?« Vurjuks Stimme klang jungenhaft aufgeregt.

Than Kalkor antwortete nicht auf impertinente Fragen; der Ausdruck in seinen Augen reichte, den Jungen dazu zu bringen, »Ay, Sir!« zu plärren und eilig die Befehle auszuführen.

Ausgezogen, durchs Wasser geschleppt, getrocknet, angezogen, mit Wasser versorgt und gefüttert entdeckte Rap zu seiner Überraschung, daß er immer noch lebte, obwohl er sich wünschte, es wäre anders. Er konnte immer noch nicht laufen, aber er kroch nach achtern zu Gathmor und gab ihm etwas zu trinken. Dann zog er eine Streitaxt zu sich, die das einzige scharfe Ding innerhalb vernünftiger Reichweite war, und fand es noch schwer, sie in so grotesk geschwollenen Händen zu halten. Die Jotnar mußten gemerkt haben, was er da tat, aber sie griffen nicht ein. Als er schließlich Gathmors Fesseln durchschlagen hatte, war Rap so erschöpft, daß er zu nichts mehr in der Lage war. Er schlief stehenden Fußes ein, ungefähr an derselben Stelle, an der er zuvor gelegen hatte.

3

Rap wurde mit Fußtritten geweckt und aufgefordert, sich beim Than zu melden.

Alles drehte sich, und er eilte stolpernd davon, verwirrt durch die neuen Bewegungen des Schiffes. In seinem Zustand war Hinfallen unvermeidbar, aber es gelang ihm, nur gegen unbelebte Dinge zu taumeln – Ruder, Bänke, Kübel. Wäre er auf einem schlafenden Jotunn gelandet, hätte es ihn sicherlich die Hälfte seiner Zähne gekostet.

Soeben ging die Sonne an einem blauen und vielversprechenden Himmel auf. Der Wind blies kräftig, aber nicht mehr gefährlich, und die *Blood Wave* eilte mit den letzten Überresten des Sturmes gen Norden. Selbst das Kreischen von Holz und Seilen hatte einen fröhlicheren Ton angenommen. Vielleicht würde er heute zum ersten Mal seit Durthing trocknen? Er erreichte das Achterschiff und fiel vor dem Thron, wo es sich Kalkor gerade gemütlich machte, auf die Knie.

Einige Minuten lang wurde Rap ignoriert, während der Than suchend in einem Lederbeutel herumwühlte. Auf dem ganzen Boot rührten sich die Männer, sie erhoben und streckten sich, kratzten sich und fluchten.

»Rollt das da auf.« Der Than gestikulierte in Richtung

Hängematte, also erhob sich Rap und ging zur Hängematte hinüber. Er konnte sich unter der niedrigen Decke nicht aufrichten, aber in seinem Zustand verspürte er auch kein Bedürfnis danach. Er war zitterig und schwach wie ein krankes Kätzchen und taumelte bei jeder Bewegung des Schiffes hin und her.

Er stopfte Hängematte und Decke auf den Berg von Diebesgut, aber bevor er sich wieder hinknien konnte – oder einfach hinfallen –, streckte Kalkor ihm eine Hand entgegen. Rap starrte in benommener Verständnislosigkeit auf seine Last und sah dann die arrogante, blaue Verachtung des Jotunn.

»Für jeden Schnitt verliert Ihr einen Finger.«

Das war ohne Frage ein Rasiermesser. Mit offenem Mund griff Rap danach, öffnete es und fand die feinste Stahlklinge, die er je gesehen hatte, offensichtlich zwergischen Ursprungs. Er prüfte die Schneide; bevor er etwas spürte, quollen kleine Tropfen Blut aus seinem Finger hervor.

»Narr!« sagte Kalkor. »Nun, Ihr kennt die Regeln. An die Arbeit.«

Raps Hände waren immer noch steif und geschwollen, und wenn sie vorher nicht gezittert hatten, so zitterten sie jetzt ganz gewiß. Er ging auf den Stuhl zu und versuchte, seinen Kopf gegen die Balken über seinem Kopf zu lehnen – wäre er nur einen Bruchteil größer gewesen, hätte er sich mit den Schultern anlehnen können. Er stand über Kalkor gebeugt, und war viel zu nahe, um sich bequem zu bewegen oder einfach nur leicht arbeiten zu können. Der Than bot ihm sein Gesicht dar ... und seinen Hals.

Warum sollte Rap ihm nicht einfach die Kehle durchschneiden?

Kalkors himmelblaue Augen funkelten. Er wußte, was Rap dachte, und er lächelte ihn so betörend an wie eine Geliebte. Als er sprach, klang seine Stimme ganz sanft. »Denkt nicht einmal daran.«

Es war eine absolut unmöglich Aufgabe, auf einem schwankenden, hüpfenden Boot, einen Mann trocken zu rasieren, im Zustand der Erschöpfung, wenn der kleinste Ausrutscher eine Verstümmelung nach sich ziehen konnte – denn Kalkors Drohungen waren niemals leer. Schon die Aussicht ließ Rap den Schweiß am ganzen Körper ausbrechen. Es war absolut wahnsinnig, völlig unmöglich! Genauso hätte er darum bitten können, nach Zark zu fliegen.

»Ich gebe Euch noch fünf Sekunden«, sagte Kalkor.

Rap ergriff die Nase des Thans und zog daran. Der Jotunn streckte seine Oberlippe, und Rap strich mit dem Rasiermesser darüber. Mit diesem Strich hatte er keinen Finger verwirkt. Er wischte die Klinge an seinem Ärmel ab und bereitete sich auf den nächsten Strich vor. Kalkor hatte sich seit mehreren Tagen nicht rasiert; seine goldenen Stoppeln waren lang und fest, seine Haut trocken und überraschend weich. Raps eigenes Gesicht war, wie sein ganzer Körper, in Schweiß gebadet. Wäre er soeben aus dem Wasser gestiegen, hätte er nicht feuchter sein können.

Warum sollte er Kalkor nicht einfach die Kehle aufschlitzen? Der Mann war ein unerhörtes Monster, das mordende, vergewaltigende, plündernde Grauen ohne seinesgleichen. Selbst diese ganze Charade um die Rasur war eine Form der Folter. Die Mannschaft würde zusehen und lachen – und den Mut ihres Anführers bewundern. Rap hatte hier die Gelegenheit, die Welt für alle Menschen sicherer zu machen, und jeder halbwegs anständige Mann hätte dafür gerne sein Leben gegeben. Das Problem war, daß er vermutlich nicht genug Zeit haben würde, sich über die Reling in einen anständigen Tod zu stürzen, und wenn die anderen Jotnar ihn erwischten, welche unaussprechlichen Folterqualen würden sie ihm dann auferlegen?

Kalkor beobachtete ihn mit schläfriger Geringschätzung. Er wirkte völlig entspannt, wie er so auf seinem Thron lümmelte und sich von seinem neuen Gefangenen rasieren ließ, aber für Raps Sehergabe war er nicht entspannt. Seine Augen waren halb geschlossen, und dennoch aufmerksam, und während seine Hände lose hinunterhingen, waren die

Muskeln seiner Schultern doch hart wie Stahl. Than Kalkor war nicht ganz der unbekümmerte, selbstmörderische Held, den er so gerne spielte.

Rap merkte, daß er mit dem Atmen aufgehört hatte, und er hielt inne, um Luft zu holen. Er wischte sich über die Stirn, obwohl ihm der Schweiß nicht in die Augen rann, die immer noch geschwollen und verschleiert waren. Er hatte mit geschlossenen Augen gearbeitet.

Kalkor beobachtete ihn weiter.

»Streichriemen?« krächzte Rap.

»In der Tasche.«

Rap fischte den Riemen heraus und begann, das Messer zu schärfen. Als er wieder zum Rasieren bereit war, warf Kalkor den Kopf zurück und hielt ihm seine Kehle hin.

»Erzählt mir von Darad und diesem Fluch, der auf ihm liegt.«

Rap zog mit den Fingerspitzen die Haut straff und schnitt die Barthaare mit einem kühnen Strich ab. Ein schneller Schnitt wäre ganz einfach, und die Welt danach um so vieles besser! Er konnte sich nicht erinnern, was er Kalkor am Tag zuvor über Darad erzählt hatte. »Sie sind fünf.« Er mußte auf die Wellenberge achten – die *Blood Wave* hatte die unangenehme Angewohnheit, mit dem Achterschiff zu wackeln, wenn sie die Wellen erklomm, und der Wind ihren Rumpf erfaßte; wenn er sein Gleichgewicht verlor, würde er ganz gewiß auch einen Finger verlieren. »Es kann immer nur einer nach dem anderen existieren. Sie waren eine Bande wilder Jungs. Vor ungefähr hundert Jahren ...«

So leicht zu töten. War er nicht Manns genug? Er fühlte sich wegen Yggingi nicht wirklich schuldig, und dieser Jotunn war tausendmal schlimmer, als der Imp gewesen war. Versuch's einfach und bring's hinter dich! Er schob Kalkors Kinn in einen besseren Winkel. Er stützte seinen Kopf gegen einen Balken und riß sich Splitter in die Kopfhaut. Das Ganze wäre einfacher gewesen, wenn er hätte aufrecht stehen können. Ohne die Schärfe seiner Sehergabe wäre es unmöglich gewesen.

»Jeder von den fünf hat eine Fähigkeit ...« Jetzt schien die Rasierklinge schwerer zu gleiten, und das lag nicht an mangelnder Schärfe. Auch Kalkor begann zu schwitzen. Er tat immer noch so, als sitze er entspannt und locker auf seinem Stuhl, doch erstarrte er immer mehr. Auf seiner Stirn und der Brust zeigte sich ein feiner feuchter Film. Ging diese Tortur länger, als er erwartet hatte? Wahrscheinlich hatte er damit gerechnet, daß Rap ihn gleich beim ersten oder zweiten Strich schneiden würde ... so weit, so gut, die Arbeit war zur Hälfte getan. Vermutlich hatte Kalkor vorgehabt, das Spiel zu beenden, wenn er zehn Schnitte davongetragen hatte. Ein Seher ohne Hände wäre viel einfacher gefangenzuhalten. Aber wenn er Rap verstümmeln wollte, dann würde er es ohnehin tun, ganz gleich, wie oft Rap ihn schnitt.

Es war leichter, beim Schärfen als beim Schneiden zu reden. »Darad muß die anderen nicht sehr oft um Hilfe bitten, also ist er älter geworden. Er bleibt immer sehr lange. Thinal dagegen ist immer noch ein Kind.« Rap ergriff Kalkors Ohr und zog ein wenig fester daran als nötig.

Kein Spiel – es war eine Falle. Der Jotunn erwartete keine Schnitte, er erwartete einen Angriff, erwartete, daß Rap Anstalten machte, ihm die Kehle durchzuschneiden. Erneutes Schärfen. »Jalon ist der Spielmann, der Künstler ...« Er sprach ohne nachzudenken, aber es machte ihm nichts aus, das große Geheimnis der fünf zu verraten. Er schuldete keinem von ihnen irgend etwas. Das einzige, was er nicht erwähnte, war das Wort der Macht. Kalkor hatte bereits ein eigenes Wort, und er könnte in Versuchung geraten, sich zum Jünger zu machen. Er könnte außerdem auch Raps Wort aus ihm herauspressen, und drei Worte würden aus ihm einen Magier machen. Kalkor als Magier – das war ein unerträglicher Gedanke.

Sein Talent war das Kämpfen, hatte Andor gesagt. Konnte ein einfaches okkultes Genie einen Angriff mit einer Rasierklinge abwehren, wenn er aus dieser Nähe kam? Vielleicht. Vermutlich. Also war Kalkor lange nicht so verwundbar wie er aussah. Sollte Rap versuchen, Durthing zu rächen, könnte Kalkor ihn immer noch aufhalten.

Jetzt schwitzte der Mann tatsächlich. Das machte das Rasieren schwieriger, aber Rap konnte es sich leisten, sich Zeit zu lassen. Er dachte schon, er könnte dieses Spiel gewinnen, solange Kalkor ihn nicht betrog, indem er sich absichtlich bewegte, und bislang hatte er fair gespielt. Also schärfte Rap nach beinahe jedem Strich das Messer.

»Sagorn ist der weise Mann ...«

»Vergeßt ihn. Sagt mir, was Ihr in dem Fenster gesehen habt.«

»Wann? Euch oder den Drachen oder den Kobold?«

»Alles. Beginnt mit Inosolans Prophezeiung.«

»Ihr, im Pelz, sonst nichts.« Rap genoß es, den Kopf des Than in die unmöglichsten Positionen zu drehen. »Ein alter Mann, der Euch eine Axt gab ...«

Doch irgendwann mußte jede Folter enden. Rap hatte gerade das Messer geschlossen und zusammen mit dem Streichriemen in die Tasche zurückgelegt, als seine Knie zusammenklappten. Er brach zusammen, als ein Bein unter ihm wegknickte; er fiel nach vorne und bekam krampfhafte Zuckungen, als habe er Fieber. Er würgte, aber sein Magen war leer und nichts passierte. Es war vorbei. Vorbei! Er zitterte und zitterte ...

Nach einem kurzen Augenblick stieß ihn eine schmutzige Zehe unter dem Kinn an und drückte seinen Kopf nach oben. In diesen tödlich blauen Augen leuchtete es eigenartig auf.

»Erzählt mir noch einmal über diesen Ort, wo wir dieses interessante Duell austragen sollen, Ihr und ich?«

Rap leckte sich die Lippen, und es gelang ihm, seinen zitternden Unterkiefer zur Ruhe zu bringen, um zu sprechen. »Ich habe es Euch gesagt, Sir – es war nicht deutlich. Kurzes Gras; abgemäht oder abgegrast. Nebel und Regen. Menschen standen im Kreis herum. Das war alles. Nichts in der Ferne, keine Orientierungspunkte.«

»Der Platz der Raben auf Nintor«, sagte Kalkor und starrte

ihn durchdringend an, »hat einen Kreis mit großen Steinen drumherum. Die Zuschauer müssen dahinter zurücktreten. Draußen bleiben. Auf Nintor gibt es keine Raubtiere oder Aasfresser, abgesehen von den Raben, und die Knochen der Verlierer werden dort liegengelassen. Habt Ihr Knochen gesehen oder die Monolithen?«

»Nein, Sir.«

»Hm.« Kalkor rieb sich das frischrasierte Kinn und schien ins Grübeln zu kommen. »Abrechnungen werden fast immer auf dem Platz der Raben durchgeführt, aber das muß nicht sein. Sie können überall abgehalten werden, wenn gewisse Bedingungen stimmen.«

Beinahe hätte Rap abermals gewürgt. Ihm fiel keine Antwort ein, also versuchte er es erst gar nicht. Sagorn hatte die Situation als Kampf zwischen Kalkor und Rap gedeutet, mit Rap als Inos' Kämpfer; aber er konnte genauso gut Kalkors Spielzeug sein. Die Episode mit dem Rasieren zeigte, daß der Humor des Jotunn genauso entstellt war wie seine Moral, und falls er den Gedanken, mit Rap einen rituellen Kampf auszufechten, amüsant fand, könnte er diesen beim nächsten Landgang arrangieren, wo sie auch landen mochten.

»Und als Ihr versuchtet, einen Blick in das Fenster zu werfen?«

»Das habe ich nicht, Sir. Ich habe mich ihm zweimal genähert, und jedesmal ... nun, es blitzte irgendwie auf. Sehr hell. Alles drehte sich. Unheimlich!«

Kalkor nickte. Dann wurde sein Lächeln ganz langsam breiter – und doch wirkten seine Augen schmal. Er stand von seinem Stuhl auf und kam unter dem Deck des Steuermannes hervor. »Auf!«

Auch Rap erhob sich und richtete sich vorsichtig auf. Er war kleiner und schmächtiger als der Jotunn. Er fühlte sich sehr schwach neben dieser mächtigen Tötungsmaschine.

Kalkor betrachtete ihn zweimal von oben bis unten, vielleicht stellte er denselben Vergleich an und fühlte sich dadurch beruhigt. Dann verschränkte er die Arme und schüttelte spöttisch den Kopf. »Seid nur froh, daß ich ein Spieler bin, Seemann.«

»Sir?«

Rap stolperte durch die Bewegung des Schiffes, und die Hand des Thans schoß hervor, um ihn an der Schulter zu packen und festzuhalten. Seine Finger gruben sich wie Spieße in Raps Fleisch.

»Irgend etwas an Euch ist sehr eigenartig, Halbmann. Sehr eigenartig! Meine Überlebensinstinkte sagen mir, ich sollte Euch eine volle Rüstung schenken und Euch über Bord werfen. Ich habe Euch soeben getestet, habt Ihr es bemerkt?«

Hier kam das Angebot für einen Job. »Sir?«

»Ihr habt bestanden, aber nicht so, wie ich es erwartet hatte. Ich hätte tausend zu eins gewettet, daß es für einen Weltlichen in Eurer Position unmöglich wäre, das zu tun, was ich von Euch verlangte. Aber Ihr habt keine okkulten Kräfte benutzt, oder?«

»Nein, Sir. Nur die Sehergabe. Ich kann im Augenblick nicht sehr gut sehen.«

»Sehergabe ... und noch etwas, aber keine Magie!« Kalkor lachte leise, und dieses Geräusch konnte Knochen gefrieren lassen. »Ich hatte beschlossen, Euch zu töten, wenn Ihr besteht.« Er seufzte. »Aber, wie ich schon sagte, ich bin ein Spieler. Ein sentimentaler Trottel, jawohl. Ich werde akzeptieren, daß Ihr kein Geweihter seid, trotz des Tests.«

Er zog fragend eine Augenbraue hoch, und Rap antwortete. »Danke, Sir.«

»In der Tat. Ihr könntet natürlich ein Magier oder sogar ein Zauberer sein, aber dann bin ich hilflos – und im Augenblick seht Ihr nicht so aus. Faun, es würde mich doch sehr überraschen, wenn wir beide, Ihr und ich, nicht eines Tages diese absurde Prophezeiung wahrmachen würden. Das fasziniert mich! Ich habe auf dem Platz der Raben zwölf Köpfe rollen lassen. Es würde mir sehr gefallen, auch Euren rollen zu lassen.«

»Ich werde auf Euch setzen, Sir, nicht auf mich.«

In den unmenschlich blauen Augen blitzte plötzliche Wut auf. »Macht keine Witze über heilige Dinge! Ich bin kein Imp, der um erbärmliche, wertlose Dinge wie Geld wettet! Eine Abrechnung ist ein feierliches Ritual, eine Darbringung von Mut und ein Opfer des Lebens. Nur wenige Dinge, die weniger gelten als das Leben, sind es wert, daß man um sie spielt.« Einen Augenblick lang glaubte Rap, daß Kalkor in den für Jotunn so typischen Zorn ausbrechen würde, doch dann kehrte das unheimliche Lächeln zurück. »Zwei starke Männer, die um Leben und Tod kämpfen und den Kreis betreten und wissen, daß einer von ihnen nicht zurückkehren wird! Das ist das ultimative Spiel, das beste aller Spiele. Ich hoffe, daß ich eines Tages meine Knochen den Raben von Nintor hinterlassen darf – das ist für einen Than der edelste Tod. Und ich erbitte von den Göttern nur eine Gunst, Master Rap.«

Rap sah, daß er die Frage stellen sollte. »Welche, Sir?«

»Daß mein Mörder würdig ist, ein Mann mit Mut. Sagt Darad, daß ich ihn will.«

4

Es war ein echtes Vergnügen, Darad die Nachricht zu überbringen und zu sehen, wie die Erkenntnis sich auf dem alptraumhaften Gesicht abzeichnete. Es gab nicht viele Vergnügungen auf der *Blood Wave*. Gathmor war bei Bewußtsein, aber zu schwach, um aufrecht zu sitzen. Rap fand für sie beide Wasser und bat schließlich sogar um Essen. Dann machte er sich daran, seinen Mitgefangenen zu reinigen und suchte ihm saubere Kleider. Die Jotnar mischten sich nicht ein, aber sie waren grob und unkooperativ.

Doch konnte selbst ein Gefangener Momente erleben, die weniger elend waren als andere. Boot und Inhalt dampften unter der heißen tropischen Sonne. Das Meer glänzte wie Silber und schoß Ruhmesblitze über den drohenden, widerlichen Orka, der mit groben Strichen auf das Segel gemalt war. Weiße Vögel folgten dem Schiff auf leichten Schwingen. Bei blauem Himmel und einer leichten Brise konnte ein Halbjotunn auf einem munteren Schiff wie der *Blood Wave* an einem schönen Tag nicht völlig unglücklich sein.

Rap hatte bemerkt, daß Darad zu den Füßen des Thans kauerte und ihn dann vergessen. Als nächstes schritt Kalkor selbst an ihm vorbei und blieb stehen, um einen der Säcke mit Diebesgut unter einer Bank in der Nähe des Bugs hervorzuzerren. Rap wußte, was zum Vorschein kommen würde, noch bevor er es sah, und er ließ seine Sehergabe wieder nach achtern gleiten. Unter einem erhöhten Achterdeck hockte der flachshaarige Spielmann Jalon, der sich abmühte, Darads übergroße Hosen um seine schlanke Figur zu wickeln. Jalon, klein und unsicher, war ein äußerst ungewöhnlicher Jotunn, wie er selbst einmal Rap gegenüber ausgeführt hatte, als sie, vor langer Zeit, ein Picknick in den Bergen gemacht hatten. Seine Haut war bleich und wirkte – verglichen mit den gebräunten Seeleuten – krank, und gewiß gab es keinen Spielmann auf dem Sommermeer, der mehr Angst hatte.

Was die Mannschaft von dieser magischen Transformation hielt, war schwer zu sagen. Unter goldenen Augenbrauen schossen blaue Blitze hervor, die in mürrischem Schweigen fragten und kommentierten. Kalkor hatte sich nicht herabgelassen, eine Erklärung abzugeben, und kein Mann an Bord würde es wagen, Angst zu zeigen.

Der Than ging wieder nach achtern und trug eine juwelenverzierte Harfe aus Elfenbein. Nach wenigen Minuten hatte Jalon sein Bestes getan, das alte, unpraktische Instrument zu stimmen und saß jetzt auf dem Deck des Steuermannes und ließ die Beine baumeln.

Und da – ein Wunder! Irgendwie rang er der Harfe eine makellose, engelsgleiche Melodie ab und wob auf ihr Teppiche aus dem feinstem Gesang in ganz Pandemia. Einige

Shantys, dann eine Ballade, und immer mehr, und entweder paßte jedes Lied perfekt zu den Bewegungen des Schiffes, oder die *Blood Wave* selbst tanzte zum Gesang des Spielmannes.

Welch eine Herrlichkeit! Töne stiegen gen Himmel, sie schwebten im warmen Himmel wie eine Schar Regenbogen. Sie erleichterten das Herz oder beschwerten es. So mörderisch brutal diese Jotnar sicher waren, so konnte Rap doch manchmal in ihren Augen Tränen erkennen, während er selbst durch Gedanken an Inos gequält wurde und nicht anders konnte, als zu weinen. Doch dann sang Jalon ein aufputschendes Kriegslied, und Rap war bereit, Zark eigenhändig zu erstürmen. Dann brüllten die Jotnar, schwangen ihre Streitäxte, begierig, das gesamte Impire niederzumachen.

»Gott des Wahnsinns!« flüsterte Gathmor in einer kurzen Pause. »Wer ist er und woher kommt er und wie macht er das?« Doch dann ertönte die rätselhafte Musik wieder, und alle verstummten, um Jalon zuzuhören. Kalkor ließ Jalon stundenlang so weiterspielen, während die *Blood Wave* auf der Suche nach Land über die ewig wogenden Wellen glitt.

Sobald ein Lied zu Ende ging, riefen die barschen Jotunnstimmen Titel von weiteren Stücken, und es gab nur sehr wenige, die Jalon nicht kannte oder nicht singen konnte; sein Repertoire war enorm. Doch selbst er hatte seine Grenzen, und schließlich begann seine Stimme zu versagen. Es wäre absurd zu behaupten, daß Kalkor Mitleid mit ihm hatte, aber zumindest erkannte er die menschliche Schwäche an und schickte den Spielmann zusammen mit Vurjuk fort, damit er essen, trinken und sich ausruhen konnte. Die anderen Jotnar begannen heftige Diskussionen über das, was sie soeben gehört hatten.

Gathmor schlief. Rap hatte Hunger, aber die Seeleute aßen gerade, und er hielt es für klüger zu warten, als sie zu unterbrechen. Statt dessen kümmerte er sich lieber um seine eigenen Probleme und Zukunftsaussichten.

Zunächst einmal, wo genau war das Schiff? Der Sturm konnte es äußerst weit vorwärts getrieben haben; er hatte keine Erfahrung, um die Entfernung abzuschätzen. Die Richtung wußte er so halbwegs, ein Talent, das zu seiner Sehergabe zu gehören schien, und auf jeden Fall konnte er stets das Kompaßhaus des Steuermannes sehen. Nach zwei oder drei Tagen an Bord war jedoch seine Aufmerksamkeit durch Schwäche und Schmerzen abgelenkt worden, und er hatte nicht mehr aufgepaßt. Zunächst hatte der Wind die *Blood Wave* gen Süden getrieben, dann nach Nordosten, aber sie war weder an der Küste von Kith noch in Sysanasso gestrandet. Das eine oder andere lag vermutlich voraus, denn der Steuermann hielt den nördlichsten Kurs, den er in einem Südwestwind halten konnte, und obwohl das Schiff nur ein einziges Rahsegel hatte, war es wesentlich wettertauglicher als die topplastige *Stormdancer.*

Wenn die *Blood Wave* nicht gen Westen gefahren war, dann war Gathmor in schrecklicher Gefahr, weil er nicht mehr als Steuermann durch die Nogiden gebraucht wurde. Kalkor konnte jederzeit einen anderen finden.

Pandemia lag irgendwo im Norden. Wenn die *Blood Wave* westlich an Sysanasso vorbeifuhr, würde sie in die Dragon Sea kommen, voll Waren und guter Beute für einen gnadenlosen Plünderer. Alternativ, im Osten der großen Insel, lag Ilrane mit den Elfen oder Kerith mit dem Merfolk, Gebiete, mit denen Rap sich nie beschäftigt hatte. Weiter östlich lag immer noch Zark, doch ein Sturm konnte ein Schiff wohl kaum so weit tragen.

Was seine Gedanken wieder zu Inos zurück brachte.

Welche Ironie, daß ein grausamer Mörder und Vergewaltiger wie Kalkor etwas gesehen haben sollte, das Rap nie erkannt hatte. Er war in seine Königin verliebt! Wie blind konnte ein Mann sein?

Oder wie verrückt? Ein Stalljunge, der sich in eine Prinzessin verliebte – schon der Gedanke an sich war so dumm, daß er nie davon zu träumen gewagt hätte, zu dumm, um darüber nachzudenken. Auch jetzt noch.

Und nun? Sie verdiente immer noch seine Loyalität als Untertan. Diese Loyalität sollte sogar noch stärker sein, wenn er sie liebte.

Sie erwiderte seine Liebe nicht. Wie konnte sie auch? Ein niederer Angestellter des Verwalters ... jetzt noch nicht einmal das, nur ein Vagabund mit einem Gespür für Pferde und einer Handvoll Fähigkeiten als Seemann. In jener verrückten Nacht, als ihr Vater gestorben war, hatte sich Inos ihrem Freund aus Kindertagen gegenüber höflich und zuvorkommend verhalten, so wie sie es immer tun würde. Sie hatte ihm für seine Hilfe gedankt. Sie hatte sich vor seinen okkulten Fähigkeiten nicht zurückgezogen, weil sie eine gebildete, wohlerzogene Dame war, nicht wie einer der ignoranten, abergläubischen Bauern von Krasnegar.

Falls er sie wie durch ein Wunder finden sollte, würde sie sicherlich bereits in eine adlige Familie eingeheiratet haben. Die Wächter hatten sie vielleicht gerade auf den Thron ihrer Väter gesetzt, mit einem Gatten als Kompromiß, der sowohl für die Thans als auch für den Imperator annehmbar war ... nicht, den Göttern sei Dank, mit Little Chicken!

Niemals aber mit Rap.

Der Mann in ihrem Zelt war ein Schwertkämpfer gewesen, sicherlich ein Aristokrat. Ein großer, gutaussehender Bursche.

Also mußte Rap seine Suche fortführen, und wenn es ein Leben lang dauerte. Sie würde ihn in ihren Haushalt aufnehmen und vielleicht zum Stallmeister machen, wie sie zusammen gescherzt hatten, als sie noch Kinder waren. Sie brauchte niemals zu erfahren, was er für sie empfand. Er würde ihr als loyaler Untertan dienen und sie von ferne anbeten.

Wenn seine Gefühle nur eine jugendliche Schwärmerei waren, würde er mit der Zeit darüber hinwegkommen.

Doch konnte eine jugendliche Schwärmerei so weh tun?

Jetzt wußte er, warum das Elbenmädchen ihm nicht ihr Wort der Macht verraten hatte – ihren Namen, oder vielleicht den Namen ihres ursprünglichen Vormunds, wenn dies wirklich das Wort der Macht war. Sie hatte es Little Chicken verraten, weil der seinen größten Lebenswunsch wirklich kannte, und weil er ihn so sehr wollte, daß er dafür zu sterben bereit war. Rap hatte nicht gesagt, daß er Inos liebte, nur, daß er sie finden und ihr loyaler Untertan sein wollte. Nicht die ganze Wahrheit! Hätte er die Wahrheit gewußt und sie ausgesprochen, dann wäre er jetzt ein Geweihter mit zwei Worten. Und das Elbenkind wäre in seinen Armen gestorben, nicht in denen des Kobolds.

Was geschah, wenn Kalkor Inos zuerst fand?

Oder seine Meinung änderte und Rap kurzerhand ermordete? Er nahm die Prophezeiung offensichtlich ernst.

Oder sich entschloß, das Wort aus Rap herauszufoltern, um selbst zum Geweihten zu werden?

Am besten nicht darüber nachdenken.

Nein, irgendwie mußte Rap den Fängen des Thans entkommen. Er war den Kobolden entkommen, oder? Und den Imps, und einem Hexenmeister.

Wie klar war jetzt der Rat, den König Holindarn ihm gegeben hatte, und selbst Andor – daß okkulte Kräfte um jeden Preis geheimgehalten werden mußten. Zu spät! Ein Jotunnräuber würde niemals freiwillig einen Seher gehen lassen. Noch bevor sie Land sichteten, würde sich Rap in Ketten oder absichtlich verstümmelt wiederfinden, damit er weder laufen noch schwimmen konnte.

»Rap?«

Das Flüstern riß ihn aus seinen Grübeleien, und er sprang auf, um in ein leuchtend rotes Gesicht zu blicken. Einen Augenblick lang ließ die Röte an extreme, komische Verlegenheit denken, doch dann sah Rap, daß es nur ein schlimmer Fall von tropischem Sonnenbrand war. Jalon hatte inzwischen ein Hemd gefunden, das ihm ein wenig Schutz bot, aber er litt sichtlich. Unter seinen Schmerzen war er mitleiderregend verwirrt und verängstigt. Mit einer Hand umklammerte er immer noch die frivol verzierte Harfe und mit der anderen hielt er seine viel zu großen Hosen hoch.

Jalon hatte einmal zugegeben, Elfenblut in sich zu haben. Als Rap ihn jetzt neben so vielen reinen Jotnar sah, glaubte er, einen goldenen Stich auf Jalons Haut zu erkennen und eine leichte Schrägstellung der Augen. Und natürlich fehlte es ihm an Größe und Muskeln. Es wäre allerdings unfreundlich gewesen, darüber eine Bemerkung zu machen.

»Nehmt einen Stuhl«, sagte Rap traurig. »Wein? Bonbons?«

»Nein!« sagte der Spielmann und kauerte sich zusammen. »Verspottet mich nicht, Rap! Götter, Mann, Ihr seid aber gewachsen!«

»Bin ich das?«

»Ihr wißt, wir haben uns erst vor zwei Tagen kennengelernt. Für mich zumindest.«

»Ihr teilt doch die Erinnerungen, oder?« Rap dachte an Thinal und Sagorn und Darad, und all das war in dem Jahr passiert, das seit dem Picknick vergangen war ... es war schon länger als ein Jahr her.

»Ja. Aber meine eigenen sind für mich am deutlichsten. Die anderen *sehen* die Dinge niemals richtig!« Da sprach der Künstler, der Maler. Er sah sich Raps Gesicht genauer an und schnitt eine Grimasse. »Ich habe Darad nicht auf Euch gehetzt, Rap!«

»O nein!«

»Wirklich!« Jalons träumerische blaue Augen füllten sich mit Tränen. »Ich habe Euch gewarnt, vergeßt das nicht! Dann habe ich mich im Wald verlaufen und war versucht, ihn zu rufen, weil er das Land kennt, aber ich wußte, er würde sofort zu Euch zurückkehren, also rief ich statt dessen Andor. Auch er erkannte die Gefahr, Rap. Andor ist nicht völlig schlecht! Er gelang ihm, den Weg nach Süden zu finden ...«

»Hat er irgendwelche Kobolde getroffen?« Rap war plötzlich neugierig.

Der Spielmann nickte. »Ein paar, allein oder zu zweit, und sie konnte er natürlich becircen. Im Sommer sind sie sowieso ziemlich harmlos.«

»Jetzt nicht mehr! Habe ich zumindest gehört.«

»Nun, sie waren es! Aber ich habe versucht, Darad von Euch fernzuhalten. Und ich bin seitdem nicht wiedergekommen.«

»Niemals?« Rap glaubte, eine gewisse Verschlagenheit zu erkennen.

»Nun ... einmal. Nur für einige Minuten. Ich schrieb einen Brief, den Andor brauchte, einen Vorstellungsbrief. Und er hatte mir eine Falle gestellt, weil er mich in einem Zimmer rief, in das viele Leute ihn hatten hineingehen sehen. Sie hätten mich gesehen, wenn ich versucht hätte, das Zimmer zu verlassen.«

Rap lachte in sich hinein. Die fünf nutzten einander ohne Skrupel aus. Er fragte sich, wie viele kleine Tricks dieser Art sie wohl kannten.

Jalon sah sich nervös um und blickte dann zweifelnd auf Gathmor, der seinen Blick starr erwiderte. »Rap, ich brauche Hilfe!«

»Brauchen wir die nicht alle?«

»Nein, sofortige Hilfe! Ich muß ein Epos komponieren, ein Kriegslied für Jotunn.«

»Viel Glück.«

In Jalons verwaschen-blauen Augen flackerte Wut auf, oder vielleicht war es auch nur Angst. »Kalkor hat es mir befohlen. Ihr wißt, was er so will?«

»Nein. Ihr?«

»O ja. Es soll über die Schlacht von Durthing sein.«

Gathmor knurrte wütend; als er sich aufsetzen wollte, streckte Rap eine Hand aus, um ihn zu beruhigen.

»Es war nicht meine Idee!« jammerte der Spielmann und zuckte zusammen. »Aber diese Kriegslieder müssen bestimmten Kriterien entsprechen. Jeder Mann muß erwähnt werden, also muß ich mit allen Männern an Bord reden und die Namen erfahren. Dann muß ich ihn in einen Vers bringen, der von seinen Heldentaten berichtet. Das ist nicht schwer; ich werde einfach alle Klassiker plündern. Aber ich muß die Namen ihrer Gegner wissen, versteht Ihr? Sie müssen auch darin vorkommen.«

»Und diese Rohlinge haben nicht gefragt, wen sie töteten?« fragte Rap bitter.

Jalon nickte. »Bitte, Rap?«

»Warum diese Umstände? Ruft Darad.«

»*Ich traue mich nicht*! Kalkor sagt, wenn ich einen der anderen rufe, sticht er ihm die Augen aus!«

Diese Notlage und sein rotes Gesicht machten aus Jalon eine Farce. Die Fünf Verfluchten hatten einen Mann für jede Situation, und Darad war der richtige für diese Lage, Jalon bestimmt nicht.

»Wart Ihr fünf schon einmal in einer ähnlich vertrackten Lage?«

Der Spielmann schüttelte den Kopf und sah aus, als würde er gleich zu weinen anfangen. Er konnte viel besser über Kriegsführung singen, als sich selbst damit zu beschäftigen.

»Nun gut!« Rap ignorierte Gathmors wütendes Knurren. »Ich werde Euch die besten Kämpfer von Durthing auflisten. Sie sind tot, also tut es ihnen nicht weh. Aber Ihr schuldet mir etwas, Master Jalon!«

Jalon nickte heftig. »Ich werde es nicht vergessen, Rap. Und die anderen werden auch daran denken und Euch dankbar sein.«

Das erschien Rap zweifelhaft. Noch zweifelhafter war die Chance, daß Rap jemals in der Lage sein würde, seine Schuld einzufordern.

Jalon war ein viel zu guter Künstler, um ein Publikum zu enttäuschen, und vermutlich ein viel zu großer Feigling, um es ausgerechnet bei diesem zu versuchen. Bei Einbruch der Nacht hatte er sein jotunnisches Kriegslied über die Plünderung von Durthing fertiggestellt. Alles war frei erfunden, und es wurde ein umwerfender Erfolg. Jedes Mannschaftsmitglied der *Blood Wave* wurde mit Namen genannt und ihm die eine oder andere schreckliche Tat zugeschrieben. Selbst Rap konnte erkennen, daß die meisten dieser Verse von bekannten Balladen oder Heldenepen abgekupfert waren, aber das schien überhaupt nichts auszumachen. Die Jotnar jubelten und brüllten und applaudierten bei jeder Zeile.

Die blutrünstige Erzählung kam schließlich mit dem jüngsten und unerfahrensten der Krieger zum Ende, der sich als Vurjuk herausstellte, das Riesenbaby, das Rap so sehr an seinen Freund Kratharkran aus Kindertagen erinnerte. Für den Schluß hatte sich Jalon berühmte Heldentaten aufgehoben, die er dem alten Jotunnheld Stoneheart zuschrieb. Die Legende erzählte, wie Stoneheart drei mächtige Gegner bis auf einen hohen Baum verfolgt hatte, wo er sie in Stücke schlug, so daß die Zweige der Bäume mit abgetrennten Gliedmaßen und Organen verziert und das umliegende Gras blutdurchtränkt waren. In Jalons Version waren es sechs Feinde, nicht drei, und alle wurden von dem jungen Vurjuk und seiner Axt kurzerhand in der Luft zerteilt. Die Seeleute kreischten vor Freude und kugelten sich vor Heiterkeit, während der jugendliche Held vor Aufregung feuerrot wurde und mit den anderen jubelte, nur allzu bereit zu glauben, daß jedes Wort der Wahrheit entsprach.

Der Himmel war dunkel, doch der Wind hatte sich nicht gelegt, und die *Blood Wave* segelte weiter. Bis tief in die Nacht hinein mußte Jalon sein Meisterwerk wiederholen, immer wieder, bis es so aussah, als hätten sämtliche Krieger akzeptiert, daß die Dinge genau so geschehen waren. Schließlich gratulierten sie einander und beglückwünschten besonders den jugendlichen Helden, der sechs Mann in einem Baum kurzerhand abgeschlachtet hatte.

Auf gewisse Weise waren sie wie Kinder, sagte sich Rap, eigenartig unfertig. Nicht die Blutlinien machten sie zu Monstern, denn er kannte viele anständige, liebenswerte Jotnar – wie zum Beispiel viele seiner früheren Kameraden auf der *Stormdancer,* oder wie Kratharkran, der bei Raps Onkel, dem Hufschmied, in die Lehre gegangen war. Es war auch nicht das Klima, denn Krasnegar war in jeder Ecke genauso kalt und öde wie Nordland. Es konnte nur die Gewohnheit sein. Unter anderen Umständen hätte Vurjuk vielleicht einen prächtigen Hufschmied abgegeben, und wäre Kratharkran ein stolzes Mitglied der Mannschaft, dann würde er vermutlich genauso danach streben, wie die anderen zu sein, zu sein wie ihr Held Kalkor. Doch jetzt hatte Vurjuk, ganz gleich, wie grausam er zuvor gewesen war, einen Ruf zu verlieren. Er würde schlimmer sein als je zuvor, falls das noch möglich war.

In der Zwischenzeit segelte die *Blood Wave* weiter, hinein ins Ungewisse.

5

Die Qualen, die Inos in letzter Zeit auf Kamelen ertragen hatte, führten dazu, daß sie sich inzwischen ein sehr sentimentales Bild von Pferden machte. Der Schritt der Kamele war ein Schwanken, das Übelkeit erregte, und Inos' Gelenke wurden in der unnatürlichen Sitzhaltung steif. Kamele waren dumm, leicht aufbrausend, und sie stanken.

Doch nach drei Tagen auf dem Maultier bemerkte sie, daß sie sich sowohl nach Pferden als auch nach Kamelen voller Wehmut zurücksehnte. Denn Maultiere *hüpften*. Sie verursachten Blasen an unaussprechlichen Stellen. Sie waren dumm, leicht aufbrausend, und sie stanken. Die absurden zarkianischen Kleider, die Inos trug, waren niemals zum Reiten gedacht gewesen, und ihr primitiver Sattel schien mit Feuersteinen ausgestopft zu sein.

Nach drei Nächten auf dem nackten Boden in immer größeren Höhen erinnerte sie sich der Zelte in der Wüste mit viel größerer Zuneigung, als sie erwartet hatte, aber eine Dame beschwerte sich niemals, so hatte ihre Tante es ihr beigebracht, und wenn es der armen alten Kade gelang, das Leben von der heiteren Seite zu sehen – und das tat sie ganz stur –, dann mußte ihre viel jüngere Nichte danach streben, es noch besser zu machen. Azak erwartete von fürstlichen Persönlichkeiten Mut. Also lächelte Inos ohne Unterlaß, und sie riß Witze, und hin und wieder machte sie sich auch selbst etwas vor.

Schließlich war das hier ein großes Abenteuer. Für den Rest ihres Lebens könnte sie sämtliche Gäste eines Dinners zum Schweigen bringen, wenn sie nur die Worte »Als ich in Thume war ...« sprach.

Die Flucht schien zu gelingen. Elkarath war nicht unter Donnergrollen bei ihnen aufgetaucht. Die Wegelagerer von *Tall Cranes* hatten sie nicht auf der Suche nach Rache verfolgt. Vielleicht glaubten sie ihren eigenen Geschichten vom unheimlichen Grauen, das über Reisende herfiel, die so kühn waren, nach Thume zu kommen, aber dieses Grauen hatte sich ebenfalls noch nicht gezeigt.

Die Landschaft war bemerkenswert, redete sie sich mit klappernden Zähnen ein.

Der schwermütige Wald war geheimnisumwittert. Oder so. Auf jeden Fall gab es große Bäume. Unheimlich, gespenstisch.

Die Ruinen waren spektakulär gewesen – riesige, verfallene Türme und Mauern von unvorstellbarem Alter, versteckt im Wald, über Abgründen, halb begraben unter Treibsand in baumreichen Tälern. Was waren das für Städte gewesen? Wer waren ihre tapferen Krieger und hübschen Königinnen? Wie lange hatten schon keine Kinder mehr an den verlassenen Höfen gelacht oder waren Pferde durch die leeren Straßen galoppiert? Jetzt bewegte sich nur der Wind durch leere Türen und starrende Fenster und flüsterte vergessene Namen in unbekannten Sprachen.

Sie war mit Azak zusammen. Azak war ein Problem, aber er war auch ein hervorragender Beschützer, und unter dem Deckmantel des Geliebten hatte er sich als äußerst gute Begleitung herausgestellt. Nur sehr selten verursachte er bei ihr ein Schaudern des Abscheus, wie manchmal damals in Arakkaran, wenn er sich über die Prinzen erzürnt hatte. Er war höflich und rücksichtsvoll, und manchmal sogar lustig. Er hatte einen recht erstaunlichen Sinn für Humor, allerdings war dieser unberechenbar, als sei er in der Kindheit als unwürdig unterdrückt worden und versuche nun, wieder an die Oberfläche zu dringen. Für das Selbstwertgefühl eines jungen Mädchens war es sicherlich eine mächtige Hilfe, von einem riesigen jungen Sultan umworben zu werden.

Azak als Reisegefährte – gut. Als Verteidiger in der Wildnis – auch gut. Aber Azak in Krasnegar? Azak als *Ehemann*?

Konnte das wirklich die Liebe sein, die der Gott Inos versprochen hatte? Sie müsse auf die Liebe vertrauen, hatten sie gesagt. Sie war geneigt zu glauben, daß Azak wirklich, unglaublich in sie verliebt war. Er zeigte auf jeden Fall alle Symptome. Sie mußte also dem Gott vertrauen. Sie durfte nicht auf die schleichenden Zweifel hören, die sie empfand, wenn sie versuchte, sich Azak als Herrscher über die nüchternen Kaufleute von Krasnegar vorzustellen.

Sie versuchte, überhaupt nicht an Krasnegar zu denken, besonders nicht in der Nacht. Sie schlief schlecht, denn ihr fehlte Elkaraths Schlafbann, und sie vermißte sogar die Strohunterlagen des Karawanenlebens. Diese waren ihr zunächst sehr unbequem vorgekommen, doch eine einzige Decke auf nacktem Boden war viel schlimmer. So waren ihre Nächte also erfüllt von ruhelosem Hin- und Herwerfen und düsteren Gedanken.

Krasnegar, das war mehr als wahrscheinlich, brauchte sie jetzt nicht mehr. Die Wächter hatten die Angelegenheit vermutlich irgendwie geregelt, und Inos hatte ohnehin nichts tun können, um ihr Versprechen zu halten, das sie ihrem Vater gegeben hatte. Was also jetzt, Inosolan?

Hatte der Gott ihr gesagt, daß es ihr Schicksal war, einen Barbaren zu lieben und als Sultana von Arakkaran zu leben?

Die Vorstellung einer Sultana, die in Arakkaran zur Jagd ritt, war beinahe genauso schwierig wie die Vorstellung eines Azak, der zufrieden in einer polaren Nacht mit dem Speer weiße Bären jagte ... Nun, sie mußte auf die Liebe vertrauen, wie es der Gott geraten hatte.

Und sie mußte Azak vertrauen.

Manchmal wurde der Bergpfad zu einer gepflasterten Straße, die sich durch unheimliche, verlassene Täler schlängelte und deren uralte Pflastersteine durch Wurzeln und

Erdrutsche verschoben worden waren. Oder es war überhaupt kein Weg sichtbar, und sie kamen nur unerträglich langsam voran.

Doch der dritte Tag brachte die Entdecker zum kahlen Kamm des Passes, eine steinige Wüste voller eigenartiger Felsformationen, über der sich atemberaubende, eisbedeckte Berge erhoben. Inos dachte, sie würde sich an den Wind dort oben besser erinnern als an alles andere.

Spät an jenem dritten Tag begannen sie, eine Straße hinunterzusteigen; sie war alt und zerfallen, aber an den meisten Stellen noch begehbar und wand sich an einer dunklen und düsteren Schlucht steil nach unten in das unbekannte Land Thume hinein.

Where are you roaming:
O mistress mine! where are you roaming?
O! stay and hear; your true love's coming,
That can sing both high and low.
Trip no further, pretty sweeting;
Journeys end in lovers meeting,
Every wise man's son doth know.

Shakespeare, *Twelfth Night*

(Wo wanderst du, Geliebte:
Wo wanderst du, Geliebte?
O bleib und lausch, dein Liebster naht,
Er singt in hohen und in tiefen Tönen.
Zieh nicht weiter, süßer Schatz;
Denn Reisen enden, wenn Liebende sich treffen,
Dies weiß eines jeden Weisen Sohn.)

Vier

Längst vergang'ne Schlachten

1

Jalons Folter auf der *Blood Wave* dauerte drei Tage. Er spielte und sang, bis er heiser war und seine Finger bluteten, und jedes zweite Lied mußte das »Kriegslied von Durthing« sein. Bald kannte Rap es genauso gut wie Jalon. Er verabscheute jede einzelne Note und jedes Wort, und er haßte die grausame Verspottung ehrlicher Seeleute, die brutal ermordet worden waren; noch mehr betrauerte er ihre Frauen und Kinder. *Mögen die Götter mir vergeben*!

Offensichtlich wurde auch der Spielmann des Liedes langsam müde. Er versuchte, es abzuwandeln, aber die Mannschaft bestand auf der Originalversion. Sie akzeptierten nur eine minimale Veränderung – ungefähr bei der vierzigsten Wiederholung trug Jalon den letzten Vers als perfekte Imitation von Vurjuks hoher Quietschstimme vor. Er hätte es niemals gewagt, einen der anderen auf diese Weise zu verhöhnen, aber alle fanden diese Verschönerung des Höhepunktes viel lustiger, und danach mußte es immer so gemacht werden. Vurjuk sah sich mit gefährlich finsterem Blick um, akzeptierte die Änderung schließlich widerstrebend und tat so, als gefiele sie ihm. Anscheinend bildete das Nachahmen von Menschen eine weitere Facette von Jalons okkultem Genie.

Mehrere Male wurde Rap nach achtern befohlen, um Kalkor weitere Fragen zu beantworten. Er versuchte, die Gefahr so gut es ging von Inos und Krasnegar abzulenken, aber der Than erspürte jegliche, noch so geringe Abweichung von der strikten Wahrheit. Der Tribut stieg stetig an, bis Rap zweiunddreißig Schläge mit der Neunschwänzigen Katze versprochen wurden.

Er zuckte die Achseln – was nicht überzeugend wirkte,

wenn man zu Füßen eines Mannes kniete – und versuchte, ein wenig Verachtung in seine immer noch geschwollenen Augen zu legen. »Das ist also mein Todesurteil?«

Kalkor sah ihn belustigt an. »Ich bluffe niemals, Bursche.«

»Warum sollte ich also noch weitere Fragen beantworten? Ihr werdet mich so grausam töten, wie es Euch nur möglich ist.«

Die weißen Augenbrauen hoben sich ungläubig. »Ihr unterschätzt meine Phantasie! Außerdem habe ich nie gesagt, daß Ihr die zweiunddreißig Schläge auf einmal ertragen müßt. Wir können sie verteilen – auf ein oder zwei Tage. Wenn Ihr so weitermacht, könnt Ihr es als Beruf sehen.« Die tiefblauen Augen funkelten. »Ein Seher verdient ein wenig Überlegung.«

Ein wirklich tapferer Mann sollte es vorziehen, am erstbesten Baum zu sterben, anstatt sich zu einer Bande Jotunnräuber einberufen zu lassen.

»Zweiunddreißig, und wir zählen weiter«, sagte Kalkor. »Nächste Frage ...«

Nur bei einem Thema konnte Rap den gewitzten Than hintergehen, und da hatte er keine andere Wahl. Sobald die Fragen sich auf die Bedeutung von Faerie bezogen und die Quelle der Magie, begann Raps Zunge loszuplappern, und er log wie ein Pferdehändler. Diese Lügen schien Kalkor zu akzeptieren, wie phantastisch sie dem Mann, der sie erzählte, auch vorkamen, aber sie entsprangen natürlich der Zauberei, dem Bann, mit dem Oothiana Rap belegt hatte. Er hätte das Geheimnis nicht verraten können, auch wenn er es versucht hätte.

Von diesen Befragungen abgesehen wurde Rap ebenso wie Gathmor völlig ignoriert. Der Seemann erholte sich von seinen körperlichen Wunden, doch sein Verstand schien unter den Belastungen der Gefangenschaft oder durch den Verlust seines Schiffes und seiner Familie gelitten zu haben. Stundenlang lag er zusammengerollt da, verdrießlich und mit stumpfem Blick, ignorierte alles um sich herum und antwortete nicht einmal auf Fragen. Die Gefangenen bekamen

Essen und Wasser, aber nur, wenn sie auf Knien darum baten. Gathmor konnte oder wollte das nicht, also mußte Rap für sie beide betteln, wobei er das Betteln dem Hunger und Durst vorzog. Wenn er den nächsten Landgang überleben wollte, mußte er auf Flucht hoffen, und für eine Flucht brauchte er seine Kräfte – das redete er sich ein, während er am Boden kroch, doch die Nahrung, die er sich dadurch erwarb, schien ihm eigenartig geschmacklos.

Der Wind schwächte ab, frischte wieder auf, drehte nach Süden, dann nach Westen, doch nie legte er sich ganz, so daß Kalkor die Männer nicht rudern lassen mußte; er nahm aber auch nie mehr volle Stärke an. Am dritten Nachmittag, ungefähr bei der fünfzigsten Wiederholung von Jalons Kriegslied, erspähte der Mann im Ausguck Land.

Es war genau wie bei Andor, aber anders als bei Rap – Kalkors Wort der Macht schien ihm Glück zu bringen. Sein Schiff trieb in einer steifen Brise auf einen unbekannten, windgeschützten Strand zu, aber sein Kurs brachte ihn in Sichtweite des Ortes, den er hatte erreichen wollen, ein abgelegenes Dorf.

Das Land war grün, bergig und bewaldet, wenn auch nicht so üppig wie in Faerie oder Kith. Zwischen den Ausläufern des Waldes lagen viele Flächen offenen Weidelandes und sogar öde Felsen. Im großen und ganzen wirkte das Land fruchtbar – warum war es nicht dichter besiedelt?

Als die *Blood Wave* nahe genug herangesegelt war, daß scharfe Augen und die Sehergabe Einzelheiten erkennen konnten, zeigte sich die Mündung eines Flusses und eine Ansammlung kleiner Hütten. Keines der Gebäude sah nach Kaserne aus, und wenn es Boote gab, so mußten sie klein sein. Also war es kein imperialer Außenposten mit einer Marineschwadron oder einer Garnison, und das war alles, was die Krieger fürchten mußten.

Die Jotnar holten ihre Äxte hervor, um sie zu schärfen, und verlangten nach den feurigsten Liedern, die der Spielmann kannte; sie begannen, sich selbst in Mordlust zu reden. Rap fand diesen Vorgang grauenhaft und auf perverse Weise faszinierend. Die Piraten dachten nicht eine Sekunde daran, daß nur ein Bruchteil des Reichtums auf ihrem Schiff ihnen mehr Nahrung und Unterkunft kaufen konnte, als sie brauchten – der Gedanke an einen friedlichen Besuch kam ihnen nie in den Sinn. Sie prahlten jetzt, wie sie töten und weiter töten, vergewaltigen und weiter vergewaltigen würden. Sie forderten einander zu teuflischen Wettbewerben der Grausamkeit heraus. Innerhalb kürzester Zeit waren sie so erregt, daß sie sich kaum zurückhalten konnten. Sie rollten mit den Augen, und einige redeten wie Schwachsinnige vor sich hin. Manche zogen sich nackt aus, als könnte ihre bereits spärliche Kleidung sie irgendwie behindern. Und doch war es dieselbe Mannschaft, die in stiller Disziplin schweigend am Strand von Durthing Aufstellung genommen hatte – wen wunderte es, daß die Krieger aus Nordland der Schrecken von Pandemia waren.

Plötzlich wurde der Spielmann zum Schweigen gebracht, obwohl er durch das wahnsinnige Gebrabbel ohnehin kaum zu hören gewesen war. Kalkor stand oben auf dem Halbdeck neben dem Steuermann und brüllte durch einen Schalltrichter Befehle. Männer hasteten zu ihren Bänken, und die Ruder wurden ausgefahren. Rap und Gathmor, die sich im Bug zusammengedrängt hatten, um in dem Wahnsinn so wenig wie möglich aufzufallen, wurden nach achtern beordert. Mittschiffs kamen sie an Jalon vorbei, der vorwärts stolperte, aschfahl unter seiner Sonnenbräune, und an seinen geschwollenen, blutigen Fingern lutschte. Das Segel wurde eingeholt; der Bootsmann begann, den Rhythmus vorzugeben.

Jetzt bekam Rap das Angebot, mit dem er die ganze Zeit gerechnet hatte. Kalkor trat an die Kante des winzigen Halbdecks und starrte mit Verachtung in den blauen Augen auf ihn hinunter. »Nun, Faun? Man hat mir gesagt, Ihr seid der Lotse des schwimmenden Bordells gewesen, das Eurem Freund gehörte?«

»Ay, Sir.«

»Dann zeigt uns, wie Ihr mit einem Langschiff umgeht. Hinauf mit Euch. Und wenn Ihr Euch als nützlich erweist, könnte ich beschließen, die Auspeitschung noch eine Weile zu verschieben. Zumindest einen Teil davon.«

Da Rap keine Alternative sah, erklomm er die kleine Leiter, um sich zu dem Than und dem Steuermann zu gesellen.

»Und Ihr – wie Euer Name auch lautet ...«, rief Kalkor dem finster blickenden Gathmor zu. »Werft einen Blick auf den Strand und sagt mir, wo wir sind.«

Gathmor war blaß und verdrossen, nicht der Mann, den Rap gekannt hatte. Kein Jotunn hätte diesen Ton akzeptieren sollen, ganz besonders er nicht, aber er drehte sich gehorsam um und beobachtete die Landschaft und sah schließlich wieder zu Kalkor auf.

»So etwas habe ich noch nie gesehen. Es ist nicht Kith, auch kein Teil von Sysanasso, wo ich schon einmal gewesen wäre.«

»Und auch nicht Pithmot, schätze ich«, sagte Kalkor mit höhnischem Grinsen. »Also wissen wir, wo wir sind, nicht wahr?«

Dragon Reach? Es mußte Dragon Reach sein! Ein eigenartig warmer Schauer lief über Raps Rücken, als ihm klarwurde, was das bedeutete.

»Vurjuk!« rief Kalkor.

Der schlaksige junge Krieger saß auf der nächsten Bank und trug nichts außer einem konischen Stahlhelm und einem befangenen Gesichtsausdruck. Er hatte keinen Partner und daher kein Ruder zur Hand. Er sprang auf. »Ay, Sir?«

»Holt eine Waffe und behaltet diesen Jotunnmann im Auge. Wenn er Schwierigkeiten macht, tötet ihn.«

»*Ay, ay, Sir!*« rief Vurjuk mit enthusiastischem Quietschen. Er bückte sich nach der Streitaxt unter seiner Bank. Auf diese geringe Entfernung wäre ein Schwert oder Dolch angemessener gewesen, dachte Rap, aber der Jüngling wog die Axt in einer Hand und trat näher an Gathmor heran. Er war einen Kopf größer und äußerst gefährlich, dennoch ließ sich Gathmor nicht herab, ihn anzusehen.

Rap hatte unterdes ihre Annäherung an das Ufer beobachtet, sowohl mit der Sehergabe als auch mit den Augen, die sich allmählich von Darads brutalem Angriff erholten. Die Sehergabe funktionierte besser – die Sonne stand kurz über dem Horizont, und das Licht war trügerisch.

Doch das Problem war so oder so offensichtlich. Von der heftigen Flut mitgerissen glitt die *Blood Wave* am Rande einer langen Landzunge aus Felsen und Sand entlang, im Rhythmus der brechenden Dünung, die das Schiff in weiße Gischtfontänen hüllte. Hinter dieser unheimlichen Barriere lockten eine klare Lagune und ein freundlicher, gelber Strand, dahinter warteten Bäume und ein Weiler am Fuße steiler Klippen – ein sicherer Hafen, mit frischem Wasser und Dekkung plus ungehinderten Möglichkeiten für die Räuber, ihren blutigen Zeitvertreib zu genießen.

Vor ihnen endete die schmale gekrümmte Landspitze und fiel unter dem klaren Wasser tief hinab in ein schäumendes Durcheinander von Felsen. Dahinter lag ein offener Kanal, durch den die furchterregende Flut drängte. Doch es waren die Felsen, die bei Rap Herzrasen verursachten. Trügerisch für das Auge ... tief unter der sanft wogenden Oberfläche sah er den sich wild hin- und herwiegenden Riementang. Er überprüfte den Tiefgang der *Blood Wave;* er war geringer als bei der *Stormdancer.* Aber es reichte.

Jetzt mußte er sehen, aus welchem Holz er wirklich geschnitzt war.

Er war neu auf dem Schiff, also würde Kalkor auf ihn achtgeben, doch möglicherweise gab es monatelang keine Chance mehr, und er würde vielleicht nie eine bessere natürliche Falle finden. Unter der tiefstehenden Sonne war diese Gezeitenkabbelung für das normale Auge kaum zu erkennen. Wenn er die *Blood Wave* dort quer positionieren könnte, würde sie herumgerissen, und die Ruder könnten sie nicht im Zaum halten. Mehrere Minuten lang wäre sie völlig der Strömung ausgeliefert, und einige dieser felsigen Zähne waren nahe genug unter der Wasseroberfläche.

Manche Worte der Macht brachten ein günstiges Schicksal; vielleicht würde sein Wort ihm endlich ein wenig davon bescheren.

Pfiff! machte die Pfeife des Bootsmannes.

»Kurs halten, Sir.«

Pfiff!

»Die Lücke ist groß genug?« fragte Kalkor argwöhnisch.

»Ay, Sir. Ausreichend.« Und das entsprach der Wahrheit, abgesehen davon, daß das Langschiff die Durchfahrt, die Rap im Auge hatte, niemals erreichen würde. Könnte diese halbe Lüge den Jotunn täuschen? Raps Herz raste wie nie zuvor. Er hielt sein Gesicht dem Meer zugewandt. *Pfiff!*

Bitte, Götter! Bitte laßt mich die Welt von diesem Monster befreien!

Natürlich würde auch Rap sterben. Wenn die Wellen ihn nicht auf den Felsen zerschmetterten, würde er an Land schwimmen, wo die anderen Überlebenden ihn fangen würden. Aber sicher war dieser perfekte Hinterhalt doch von den Göttern selbst geschaffen worden?

Gott der Seeleute, Gott der Gnade, Gott der Gerechtigkeit ... Gewährt mir heute Mut, da ich dem Guten helfen und das Böse verbannen will.

Pfiff! Pfiff! Ruder kreischten in den Dollen und hievten die *Blood Wave* immer näher an jene unheimliche, unauffällige Dünung heran. *Pfiff!*

Zwanzig Schläge sollten reichen.

Geschwind, geschwind in den Untergang.

Achtzehn.

Sechzehn.

»Ihr seid Euch doch sicher, Master Rap?« murmelte Kalkor.

»Ay, Sir. Ganz sicher. Kurs halten, Steuermann.«

Vierzehn.

Zwölf.

Das hob Kalkor seinen Schalltrichter und brüllte Befehle – Ruder hart gegensteuern, backbord auf Rückströmung achten. Die *Blood Wave* schien auf dem Heck zu stehen, als sie herumsprang, ihr Bug schwang seewärts, fort von der starken Strömung.

Die rauhe Hand des Than packte Rap an der Kehle, warf ihn gegen das Dollbord, beugte ihn darüber, bis Raps Füße sich vom Boden hoben, hilflos um sich traten, und er sicher war, daß er gleich auseinanderbrechen würde. Durch dichten schwarzen Nebel sah er die blauen Augen, die voller mörderischer Wut auf ihn hinabsahen. »Wolltet mein Schiff versenken, nicht wahr, faunischer Abschaum?«

Gathmor entwand die Streitaxt aus Vurjuks widerstandsloser Hand und schwang sie gegen Kalkors Kniekehlen. Der Than machte einen Satz, so daß die Axt an ihm vorbei ging und zwischen Raps Beinen in die Seitenplanken einschlug. Rap, für einen kurzen Augenblick von dem Würgegriff befreit, machte einen Salto rückwärts über die Reling und stürzte ins Meer. Vurjuk griff mit beiden Händen nach seinem Gefangenen und wurde von einem Schwinger getroffen, der eine Eiche zu Fall gebracht hätte. Gathmor hechtete über die Reling und folgte Rap.

Die *Blood Wave* drängte vorwärts aufs Meer, hinaus aus der Gefahrenzone.

2

Ein Bad in der stillen Bucht von Durthing ist keine Vorbereitung für das, was geschieht, wenn ein Mann in eine Springtide über einem Riff fällt. Nichts, was Rap in seiner Vergangenheit widerfahren war, hatte ihn jemals auf eine solche Erfahrung vorbereitet. Seine Sehergabe warnte ihn in allen Richtungen vor scharfen Kanten, vor Seetang, der wie Haar im Wasser schwebte, vor Sand, der in Wolken über dem Boden aufwirbelte, vor eigenartigen Meeresgewächsen und schlüpfrigen Dingen, die um ihn herumschlängelten. Und er, im geheimen Suppentopf eines Riesen gut durchgerührt, wurde hin- und her geschleudert, auf und ab und wieder auf, wurde die ganze Zeit hilflos zwischen diesen schrecklich scharf wirkenden Felsen hin- und her geworfen, die mit scharfkantigen Entenmuscheln überzogen waren. Fische flohen vor diesem Monster, das in ihre Gefilde eingedrungen war.

Dann Stille! Er kämpfte sich zur Oberfläche durch, zur Welt aus Luft, Leben und Geräuschen. Luft! Er war in der Lagune – benommen und mitgenommen, aber unverletzt ... zumindest beinahe, er hatte Hautabschürfungen an Schultern und Knien. Aber er lebte!

Sein erster Gedanke war, an Land zu gehen und die Dorfbewohner zu warnen, aber das war unmöglich. Er war zu weit von den Hütten entfernt, da er parallel zur Küste nach Norden getrieben worden war, und außerdem hatte er auch den Strand schon hinter sich gelassen, und landeinwärts gab es nichts weiter außer Felsen und einer Klippe. Also konzentrierte er sich darauf, seine Kräfte zu sparen, seinen Kopf hochzuhalten und nach der *Blood Wave* zu suchen. Er fand sie ganz an der Grenze seines Wahrnehmungsvermögens, weit vom Ufer entfernt, mit Kurs gen Norden wie er auch.

Jetzt konnte er sich ein wenig entspannen. Mit Wind und Strömung im Rücken würde Kalkor nicht zurückkehren, um ein paar armselige Hütten zu plündern, sonst würde er seine Ruderer für allzu wenig Gewinn allzu sehr ermüden. Eher würde er nach einem besseren Fang suchen. Die unmittelbare Gefahr war vorüber.

Doch schon bald merkte Rap, daß er unerbittlich zum Ufer gezogen wurde, wo die Brandung sich an monströsen Felsen brach, die ihn nur zu gerne zerstören wollten. Er war noch nie in richtigen Wellen geschwommen und war entsetzt, als er merkte, wie wenig seine Bemühungen ihm halfen. Das Meer bewegte ihn genau wie den Seetang, und wenn es sich entschließen sollte, ihn zu zerschmettern und die Gischt rot zu färben, dann mußte er das als sein Los akzeptieren.

So sehr er sich auch dagegen wehrte, er wurde immer

näher an die wilden, wahnsinnigen Brecher herangetrieben, an die weißen Donnerschläge. Myriaden felsiger Klauen griffen nach ihm. Querströmungen warfen in höhnisch herum, so daß er manchmal direkt auf seine Zerstörung zuschwamm. Mindestens ein achtloser Wasserstrudel warf ihn gegen die windgeschützte Seite eines besonders großen Felsens. Er trat mit Händen und Füßen Wasser und widerstand dem Sog im Kampf um sein Leben. Eine verzweifelte Minute lang konnte er seine Position halten, dann begann er wieder davonzutreiben. Seine Finger berührten treibenden Seetang. Er griff danach, zog daran und glitt leicht zu dem Felsen – ein Landtier, das endlich wieder Boden unter den Füßen hatte.

Als er wieder zu Atem gekommen war, kroch er in Sicherheit. So weit, so gut! Die Tide schien sich bereits zu beruhigen, das hieß, er würde nicht von seinem sicheren Sitz auf den Felsen hinuntergespült werden, doch immer noch lag die Brandung zwischen ihm und dem Ufer, die Sonne war verschwunden und ebenso jeder Faden seiner Kleidung. Er konnte darauf hoffen, die paar Meter zum Ufer zu schwimmen, wenn die Strömung in einigen Stunden nachließ, oder er konnte auf Ebbe warten und hinüberwaten, aber irgendwann würde er sicher Land erreichen und dann hoffentlich zu dem Dorf laufen können. Barfuß? Nun ja, – im Augenblick war er König auf seiner eigenen Insel.

Und das war gewiß besser, als der Gefangene von Kalkor zu sein.

Andererseits war diese verlassene Insel weder Kith noch Sysanasso, noch Pithmot, daher mußte es sich tatsächlich um Dragon Reach handeln, die östliche Küste im Drachenmeer. Die Dinge begannen, sich ganz offensichtlich gemäß den ersten Prophezeiungen des magischen Fensters zu entwickeln. Einer der drei Männer in der Vision war Rap gewesen, einer Sagorn, und der andere ein Jotunnseemann. Als Rap Gathmor im Hafen von Milflor kennengelernt hatte, war ihm an diesem Jotunn etwas merkwürdig vertraut vorgekommen.

Zum tausendsten Male fragte sich Rap, wie diese drei schrecklichen Visionen wohl interpretiert werden sollten. Waren sie Alternativen, die zeigten, daß es sein Schicksal war, auf die eine oder andere Weise zu sterben? Kalkor war verschwunden, Little Chicken war tot, der Drache war vielleicht nicht weit entfernt. Oder sollten sie aufeinanderfolgen – würde er den Drachen überleben und zu einem späteren Zeitpunkt auch Kalkor? Und wenn das der Fall war, wo war der Kobold?

Das waren ja schöne Alternativen!

Entweder hatte ihn die Brandung so erschöpft oder der nervenzehrende Streß der vergangenen Woche. Er wollte sich ausstrecken und schlafen, aber der Felsen war nicht flach genug. Auf keinen Fall durfte er die Gezeiten verpassen. Wie weit war es von Zark hierher? Zitternd rollte er sich zum Schutz gegen den feuchten Meereswind und die kalte Berührung der Gischt zusammen.

Er war den Räubern also entkommen. Er fragte sich, ob sein okkultes Genie mehr umfaßte als nur seine Sehergabe und sein Geschick für Tiere. Konnte es so etwas geben wie ein Talent, aus vertrackten Situationen zu entkommen?

Festland! Abgesehen von ein paar Zentimetern aufgewühlten Wassers war er in Reichweite von Zark. Vielleicht ein langer Marsch, aber möglich. Inos konnte natürlich in Hub sein oder wieder in Krasnegar oder sonstwo; aber er hatte gesagt, er würde kommen, und das bedeutete, er würde ihr nach Zark folgen, und wenn er sie dort nicht finden konnte, würde er es an den anderen Orten versuchen. Jetzt konnte er anfangen, und das war sehr befriedigend.

Er hatte es nicht geschafft, Kalkor zu töten, aber bei allen Göttern, er hatte es immerhin versucht! Hatte sein Äußerstes versucht. Er war noch zufriedener, wenn er diese Bemühung genauer betrachtete. Vielleicht, ja vielleicht, könnte er aus diesem ehrenhaften Scheitern ein wenig Stolz ziehen. Er durfte sich nicht länger nur als Stalljunge betrachten. Er war jetzt ein Mann. Er war noch nicht lange genug ein Mann, um sich selbst richtig kennenzulernen. Ja, an seine Größe war er gewohnt; er wußte, wie häßlich sein Gesicht aussah, und er kannte die Belustigung anderer Leute, wenn sie ihn ansahen und versuchten, ihn einzuordnen, und er hatte seine absurd behaarten Faunbeine akzeptiert. Aber der Fremde hinter seinen eigenen Augen – er war immer noch eine unbekannte Größe. Jetzt konnte er die Hoffnung hegen, daß der Mann in ihm niemand war, für den er sich schämen mußte. Ganz hübscher Versuch, Bursche, ganz hübscher Versuch! Gar nicht so schlecht, Faun.

So? Vielleicht war es Zeit, sich selbst ein wenig aufzubauen. Vielleicht gab es auch für ihn ein Ziel, das er erreichen mußte.

Drachen, wie?

Ungefähr eine Stunde später war er nicht überrascht, als er ein Boot erspürte, das aus dem Süden auf den letzten kleinen Wellen der Flut näherkam. Es war ein plumpes Schiff, aus einem einzigen großen Baumstamm geschnitzt. Es wurde von einem stämmigen, nackten Wilden gerudert. Selbst im Dunkeln verriet die Sehergabe Rap, daß das Haar und der Schnurrbart des Wilden sowie der stoppelige Bart jotunnisch-silbern schimmerten.

»Boot ahoi!« rief Rap.

Das Boot drehte in seine Richtung bei und eine vertraute Stimme wurde vom Wind herangetragen: »Wie viel seid Ihr bereit, für ein Abendessen zu zahlen?«

»Alles Geld, das ich habe.«

Die starke Strömung der Flut ließ langsam nach und der Wind erstarb. Rap rief Richtungsanweisungen, und einige Minuten später stieß das stabile Bötchen gegen seinen Felsen. Rap hielt es an einer Seite fest.

»Hier, nehmt die Fangleine«, rief Gathmor.

»Man kann sie nirgends festbinden.«

»Legt Sie Euch um den Hals! Die Ebbe beginnt bald, dann können wir einfach zurücktreiben. Habt Ihr noch nie von den Gezeiten im Drachenmeer gehört? Das Meer wird wie Suppe umgerührt.« Er grinste in der Dunkelheit.

Rap schlang das Seil um sein Bein. »Die Dorfbewohner haben Euch das hier ausgeliehen?«

»Die Dorfbewohner hatten schon vor längerem den Verstand, zu verschwinden. Sie müssen einen Krieger auf den ersten Blick erkennen. Ich habe mich selbst bedient, aber ich nehme an, es macht ihnen nichts aus, wenn ich es erkläre. Falls doch, werde ich ihnen die Schädel einschlagen.«

Gathmor war anscheinend wieder ganz der alte.

»Wir sind in Dragon Reach?«

»Richtig.«

»Ich dachte, hier lebt niemand?«

Gathmor zuckte die Achseln und reichte Rap einen Eimer. »Bedient Euch – Ihr könnt besser sehen als ich. Nein, hier gibt es Menschen. Es muß wie ein Leben am Rande eines Vulkans sein. Entflohene Sträflinge, nehme ich an. Schiffbrüchige Jotnar, Merfolk ... abtrünnige Sklaven natürlich. Sie werden ein ganz schön wilder Haufen sein, aber vermutlich freundlich. Habe ich gehört.«

»Aber die Drachen?«

»Sage ich doch. Wie ein Leben auf einem Vulkan, die Menschen sind so. Aber vergeßt nicht, daß Drachen von Metall angezogen werden. Von Gold natürlich oder Silber, aber in gewissem Umfang auch von jedem anderen Metall. In diesem Dorf, das ich gesehen habe, gab es noch nicht einmal einen Nagel. Steinäxte, Steinmesser. Wenn sie ohne Metall auskommen, kümmern sich die Drachen vielleicht nicht um sie.«

»Ihr habt sie gewarnt?« Gathmor war ein unendlich viel besserer Schwimmer als Rap.

»Ich habe es Euch gesagt, Bursche – sie waren bereits verschwunden. Aber ich hätte es getan. Vielleicht hätten sie mich zunächst verprügelt, weil ich ein Jotunn bin, aber ich hatte mir ausgerechnet, daß Ihr hier sein müßt, falls Ihr überlebt habt. Also dachte ich, ich suche Euch.«

»Danke.« Vorsichtig fügte Rap hinzu: »Ich glaube, irgendwo ist noch jemand.«

»Wer?«

»Vielleicht der Spielmann.« Falls es Darad oder Andor war, würde Rap ihn nur zu gerne an Hunger und Auszehrung sterben lassen. Jalon oder Thinal wären es wert, gerettet zu werden. Sagorn niemals, noch nicht. Nachdem Rap einige Früchte und Brotkrusten neben sich auf den Felsen gelegt hatte, reichte er den Eimer wieder hinunter ins Kanu.

»Ist er auch gesprungen?«

»Ich habe ihn nicht gesehen, aber ...« Rap dachte daran, alles zu erklären, und Erschöpfung breitete sich wie eine Decke aus Schnee über ihm aus. »Ich glaube, er könnte es geschafft haben.«

Gathmor knurrte, den Mund voll schwarzem Brot. »Habt Ihr wirklich versucht, das Langschiff zu versenken?«

»Ja.«

»Hübscher Versuch! Guter Mann!« Der Jotunn kaute eine Weile vor sich hin. »Wünschte trotzdem, ich hätte den Bastard mit der Axt niedergestreckt! Habe noch nie einen Mann so springen gesehen.«

»Er hat auch die Sehergabe«, meinte Rap traurig.

»Aufhören!« Gathmor sprach niemals über das Okkulte, noch gestattete er, daß in seiner Gegenwart darüber geredet wurde. Seeleute glaubten, daß es Unglück brachte, über derartige Dinge zu sprechen.

Aber offensichtlich hatte Kalkor die Streitaxt kommen sehen. Als er nach einer Harfe für seinen Spielmann verlangt hatte, war er direkt auf den richtigen Beutel zugegangen, der zwischen einer ganzen Bootsladung von Diebesgut lag. Von daher war der Test mit der Rasierklinge war viel weniger gefährlich gewesen, als es ausgesehen hatte, denn Kalkor hatte jeden einzelnen Muskel von Rap beobachtet, genauso wie Rap Kalkor beobachtet hatte. Er hatte die Gefahren des Riffs gekannt und sie perfekt interpretiert, und er hatte bis zur allerletzten Minute gewartet, um sich Raps böser Absichten sicher zu sein. Kalkor hatte niemals einen Seher gebraucht, er war selbst einer.

»Was werdet Ihr als nächstes tun?« fragte Rap und lutschte an einer Frucht mit dünner Haut, die er nicht kannte. Sie war süßlich und gleichzeitig bitter, und ihr Saft rann in seinen Stoppelbart.

Der Jotunn stellte sein Kauen ein und zeigte die Zähne. »Einen imperialen Posten suchen und vor Kalkor warnen. Wenn es uns gelingt, die Marine schnell genug zu informieren, können sie ihn vielleicht hier einschließen.«

»Wie weit?«

»Mal sehen ... Vor zwei Tagen haben wir das Kap der Flammen passiert ...«

»Haben wir das?«

»Jawohl. Wolken. Vögel. Wellenmuster. Die Nordlichter kennen diese Gewässer nicht. Ich war natürlich nicht sicher, daß es das Kap der Flammen war, aber ich wußte, daß wir in der Nähe von Land waren. Also zwei Tage weiter nordöstlich ...« Er dachte einen Moment nach und verzog sein Gesicht. »Wir müssen ganz nahe bei Pithmot sein. Dragon Neck, so heißt das Stück neben dem Festland. Nicht weit bis Puldarn, aber wir könnten dennoch einige Tage brauchen. Der Teufel könnte bis dahin wer weiß wo sein. Wirklich keine große Chance, ihn zu schnappen.« Er verfiel ins Grübeln, kaute dabei so unbeteiligt wie ein Ochse und wog sich hin und her, als säße er auf einer Welle. Die Fangleine zerrte stur an Raps Knöchel.

»Von Puldarn aus«, sagte Gathmor schließlich, »gehen wir nach Hause, nach Durthing. Die anderen Mannschaften werden inzwischen dort sein oder zumindest sehr bald. Nehme an, sie organisieren etwas.«

»Ihn jagen?« Wie konnte irgend jemand damit rechnen, einen einzelnen Krieger in den Weiten der vier Meere ausfindig zu machen?

»Natürlich nicht. Wir werden alle nach Gark gehen. Das Kompliment zurückgeben – seine Gehöfte niederbrennen, die jungen Frauen entführen.«

Rap erschauerte. Er konnte verstehen, woher die Leute kamen, und die Galeeren könnten schnell genug hergerichtet werden, aber ... »Woher bekommt Ihr die Waffen?«

»Der Prätor. Das Impire ist immer bereit, einen solchen Ausflug zu unterstützen.«

Natürlich. Es würde niemals aufhören. Außerdem nahm Gathmor offensichtlich an, daß er immer noch das Recht hatte, Rap Befehle zu erteilen und daß Rap sie auch befolgen mußte. Das war eine Angelegenheit, die bald geklärt werden mußte, aber jetzt war weder die Zeit noch der Ort dafür. Es würde bedeuten, daß sie kämpfen mußten. »Ihr fühlt Euch auf jeden Fall besser.«

Gathmor nahm eine drohende Haltung ein. »Und was soll das heißen?«

»Nur, daß ich froh bin!« antwortete Rap hastig. Doch der Seemann hatte eine wunderbare Heilung von der Lähmung durchgemacht, die ihn an Bord der *Blood Wave* befallen hatte. Diese Ausfallerscheinungen konnten zwar durch Schwäche und Schock hervorgerufen worden sein, doch wahrscheinlicher waren sie nur vorgespielt. Während ein Faun sich verkriechen und um Essen betteln durfte, würde dasselbe Verhalten eines Jotunn tödliche Verachtung provozieren. Seine eigenartige Lethargie konnte Gathmor sehr wohl vor einer kaltblütigen Exekution gerettet haben, aber er würde niemals zugeben, daß er sich dazu herabgelassen hatte, eine List zu benutzen.

Also tat Rap besser daran, das Thema zu wechseln.

»Ich würde gerne ein wenig weiter gen Norden gehen, bevor die Flut zurückkommt, Sir. Falls es Euch nichts ausmacht.«

Gathmor knurrte unkooperativ.

»Ich meine, den Spielmann springen gesehen zu haben«, log Rap, »aber wenn Ihr meint, es ist zu gefährlich ...«

»Wir können es riskieren. Steigt also ein.«

Das Kanu war ein äußerst unhandliches Ding, das ständig mit Wasser vollief, aber es war besser als schwimmen oder laufen. Direkt hinter der nächsten Landzunge erspürte Raps Sehergabe Jalon, der ausgestreckt auf einem kleinen Stück Sand lag. Er war unverletzt und dankte ihnen überschwenglich für seine Rettung. Die Prophezeiung hatte ihren Test bestanden, das Trio war komplett.

Langsam setzte die Ebbe ein, und bald wirbelte der unbeholfene, gefährlich überladene Einbaum gen Süden. Jalon war den anderen Gefangenen absichtlich über die Reling der *Blood Wave* gefolgt, für ihn eine überraschend mutige oder verzweifelte Tat. Zwar hatte er bereits vermutet, daß dieses verlassene Land Dragon Reach sein mußte, doch schien er es nicht mit der Vision im magischen Fenster in Verbindung zu bringen. Jeder der vier anderen hätte das getan, aber Jalon war bekanntlich unpraktisch. Wenn ein Drache erschien, würde er Sagorn rufen, und die Prophezeiung würde sich erfüllen, ihr verborgenes Ende aufgedeckt werden.

Gathmor wußte nichts von der Prophezeiung; sein einziges Interesse galt seiner Rache an Kalkor. Drachen waren für ihn ohne Belang.

Also war Rap der einzige, der verstehen konnte, was passieren würde. Er hatte seine eigenen Ziele, und die Zeit schien gekommen, daß er zur Abwechslung einmal grausam war.

Seit seiner nächtlichen Begegnung mit Bright Waters Feuerküken im Gazebo hatte er gewußt, daß sein Geschick für Tiere Drachen kontrollieren konnte. Weder Sagorn noch einer seiner vier Mitverfluchten wußten davon, da sie nicht dabei gewesen waren, und Rap konnte sehen, wie diese Situation ihm in nächster Zukunft dazu dienen konnte, gewisse Informationen zu bekommen. Er würde genug Grauen erfinden müssen, um Sagorn zu betrügen.

Das konnte schwierig werden, denn natürlich würde er sich nicht wirklich in Gefahr befinden.

3

Der kleine Weiler hatte keinen Namen. Die meisten Einwohner waren alt oder in mittleren Jahren, es gab nur wenige junge Erwachsene und noch weniger Kinder. Wie Gathmor vorhergesagt hatte, waren sie sehr unterschiedlich: ungeschlachte Trolle, große Jotnar, vierschrötige Imps, und einige männliche Faune – kürzere, schmächtigere Versionen von Rap –, plus einige Leute, die offensichtlich Mischlinge waren. Rap sah mit der Sehergabe neugierig einer Frau hinterher, die von zwei Männern fortgezogen wurde, als die Fremden ankamen. Die Männer steckten sie in die entlegenste Hütte und blieben bei ihr, als wollten sie auf sie aufpassen.

Unter den Erwachsenen gab es weit mehr Männer als Frauen, und viele, sowohl Männer als auch Frauen, trugen Markierungen ihrer Besitzer, die zeigten, daß Sklaverei an den äußeren Rändern des Impires immer noch üblich war. Alle wirkten bitter und teilnahmslos – vielleicht lag es an Krankheit oder an ihrer schlechten Ernährung oder einfach an übermäßiger Schufterei. Jeder und alles stank nach Fisch.

Am Rande eines Feuers wurden die nackten Gestrandeten angerufen, und sie blieben vor drohend erhobenen Speeren und Äxten stehen, die männliche Hände fest umschlungen hielten; hinter sich das Funkeln von wütenden, mißtrauischen Augen in vom Schatten verborgenen Gesichtern.

Gathmor erzählte seine Geschichte, oder zumindest die Teile, auf die es ankam, und einige unbehagliche Minuten lang war sich Rap der Menge der Männer und der Tatsache bewußt, daß es absolut kein Gesetz gab. Hier in der Wildnis regierte die brutale Gewalt. Er sah die Armut und die Auszehrung, er roch die Vorbehalte. Wer war er, daß er an einer solchen Tür betteln wollte?

Da rief eine Frau hinter dem Ring aus Männern: »Bringt Ihr Metall, Fremde?«

»Kein Metall!« rief Gathmor. »Wir haben nichts, wie Ihr sehen könnt.«

»Dann seid willkommen.«

Ohne weitere Wortwechsel, aber auch ohne Begeisterung akzeptierten die Männer die Entscheidung der Frau und ließen ihre Waffen sinken. Kleider wurden nach vorne gereicht, und die Besucher wurden zur Gruppe geführt.

So fand sich Rap bald in einem großen Kreis wieder, in

dem alle im Schneidersitz an einem Feuer saßen. Die Verpflegung, die man ihm reichte, war karg, Fisch und geröstete Wurzeln, aber obwohl er so hungrig war, hatte er ein schlechtes Gewissen, daß er es überhaupt annahm. Seine magere Portion war größer als alle anderen, die er erkennen konnte, und er konnte sehen, wie sich die ausgemergelten Kinder hinter ihren Eltern zusammenkauerten und die Neuankömmlinge mit verdrossener Ehrfurcht beobachteten. Er fand, sie brauchten das Essen nötiger als er.

Die Gebäude am Rande der Feuer waren baufällige Hütten aus Treibholz und Weiden; Funken und Rauch schwebten nach oben in undefinierbare, überhängende Äste, und irgendwo gluckerte ein Wasserlauf auf seinem Weg zum Meer aufgeregt vor sich hin. Die Nacht war schwül und voller Insekten. In der Ferne dröhnte die Brandung wie endloses, gleichgültiges, unveränderliches Totengeläute.

Gathmor saß Rap gegenüber neben der weisen Frau des Weilers, eine alte Halbtrollin namens Nagg. Sie war zweifellos die häßlichste Frau, die Rap je gesehen hatte, eine Riesin mit abgezehrter Haut und krummen Knochen; Haare und Zähne waren nur noch spärlich vorhanden. Gathmor und Jalon hatten ihre Heiterkeit beim Gedanken an eine weise Trollin nur schlecht verbergen können, aber Rap nahm an, daß unter dieser alptraumhaften Parodie eines Gesichts viel Gerissenheit lauern könnte. Auf der *Stormdancer* hatte er Ballast als seinen Freund und einen der besten Männer an Bord kennengelernt; in Durthing war er zu dem Schluß gekommen, daß die Trolle gar nicht so dumm waren, wie sie oft vorgaben. Nagg allein hatte entschieden, daß Gathmor und seine Gefährten bleiben durften; die Dorfbewohner hatten ihre Entscheidung sofort akzeptiert, als könne man ihrem Urteilsvermögen vertrauen.

Sie nickte und lachte leise und war begeistert, während Gathmor erklärte, daß er dringend nach Puldarn mußte, um die imperiale Marine vor den Kriegern zu warnen; doch bei seinen Bemühungen, freundlich zu wirken, wurde er wichtigtuerisch. »Wir werden nicht sagen, daß wir Euch getroffen haben«, sagte er. »Wir werden von diesem Dorf nichts verraten.«

Nagg kreischte vor Vergnügen, selbst als sie ihren Mund voller Fisch stopfte. »Erzählt, was Ihr wollt, Jotunn«, mümmelte sie. »Ihr habt die Markierungen hier gesehen. Einige sind schon lange genug hier.« Sie zog ihre Lumpen zur Seite, um ihre Schulter zu zeigen. »War noch ein Kind, als ich das Impire verließ. Vor langer, langer Zeit, Seemann. Legionen jagen Abtrünnige nicht bis Dragon Reach – richtig?« wandte sie sich an die anderen, und sie johlten und lachten. »Die Küste entlang gibt es noch viel mehr wie wir. Hier und da.«

Gathmor zuckte zusammen, als sie seine Hüfte tätschelte.

»Gold schmeckt am besten«, sagte sie, »aber Bronze ist fast genauso gut, sagt man. Nichts macht einen Drachen heißer, als ein gut mit Waffen ausgerüsteter Krieger. Dafür würde er das halbe Land verwüsten.« Sie lachte keckernd und kaute weiter.

So kam das Gespräch unausweichlich auf die Drachen und auf Metall. Die Dorfbewohner selbst besaßen keinerlei Metall; sie kratzten ihre schmale Ration mit Werkzeugen aus Holz und Stein aus dem kargen Boden. Messer aus zerbrochenem Drachenglas waren scharf genug zum Rasieren, obwohl sie ihre Schärfe schnell verloren. Zum Anbau von Getreide pflügten die Frauen mit Holzpflügen, die von Männern oder anderen Frauen gezogen wurden. Die Männer fingen Fisch mit dem Speer oder Netz, die Kinder organisierten Wurzeln und Beeren aus den Wäldern. Für Rap war dies das Leben eines Tieres, schlimmer als alles, was ein Sklavenbesitzer seinem lebenden Besitz antun konnte, aber die Fischer schienen Freiheit als einzigen Reichtum zu begreifen, und fanden, daß sie so besser dran waren. Er konnte sich keine Vergangenheit vorstellen, die schlimmer gewesen war als das, was sie jetzt durchlebten.

Ja, hin und wieder kamen Drachen zu ihnen, gab Nagg sanft zu, aber sie bedrohten die Menschen nur, wenn sie Metall erspürten. In ihrem ganzen Leben hatte sie nur zwei Angriffe erlebt. Wenn man genau hinsah, konnte man sie in jeder Morgendämmerung am Himmel tanzen sehen – oft allein oder zu zweit, selten ein ganzer Schwarm. Übers Wasser flogen sie nicht, normalerweise.

»Gold zieht sie am meisten an?« fragte Rap seinen Nachbarn, einen älteren Faun mit schiefen Zähnen, dessen Name wie Shyo S'sinap klang.

Der alte Mann nickte so heftig, daß sein faltiger Hals und der struppige Bart in Bewegung gerieten. »Wurm findet goldenen Ring auf zehn Meilen, sagt man.«

Gathmor beschrieb die Fracht der *Blood Wave*, und seine Zuhörer reagierten mit völligem Unglauben. So viel Gold hätte Drachen aus dem gesamten Land alarmieren müssen. Manchmal flogen die Drachen über das Wasser, und ein Schiff voller Gold wäre ein passender Vorwand. Kalkors Glück wirkte anscheinend auch gegen Drachen, dachte Rap bei sich.

Nur ein paar Handvoll dürften schon reichen, meinte Shyo feierlich.

Rap lachte leise durch die Kokosnuß, auf der er herumkaute. »Doch Ihr habt nicht zufällig einige Handvoll da, oder?«

Der alte Mann verzog seine Falten zu einem Lächeln, und das Feuer warf Schatten auf sein ledriges, braunes Gesicht. »Hatte ich mal. Ungefähr vor dreißig Jahren, schätze ich.« Er registrierte Raps Zweifel mit Befriedigung und kicherte. »Habe in den Goldminen gearbeitet!«

Rap betrachtete die verblaßten Zahlen, die auf die knochigen Schultern gebrannt waren. Dann sah er die vorstehenden Rippen des alten Fauns, seine haarigen Faunbeine, dünn wie Spinnenbeine. Er sah sich die baufälligen Hütten am Rande der Dunkelheit an. »Und das hier ist besser?«

»Freiheit, Bursche!«

»Freiheit kann man nicht essen. Freiheit hält Euch bei Nacht nicht warm, heilt nicht die Wunden Eurer Kinder ...«

»Schon mal einen Mann gesehen, der sich als Exempel für die anderen totarbeiten mußte?« fragte der alte Mann und keuchte leise. »Schon mal gesehen, wir Euer bester Freund einen tödlichen Schock bekam, nachdem man ihn kastriert hat?«

Rap schüttelte den Kopf. Er hatte vorschnell geurteilt.

Der Faun entblößte die schiefen gelben Stummel in seinem Mund. »Oder laßt Euch von Nagg erzählen, wie es ist, als Brutmaschine gehalten zu werden und Mischlingsjunge aufziehen zu müssen. Harkor dort drüben ... Die Knochen in seinem Rücken sind verschmolzen. Seht Ihr die Neigung seiner Schultern? Das kommt von der Sklavenarbeit.«

»Und wie ist es mit den anderen? Ihr wart nicht alle Sklaven.«

»Nein. Srapa dort? Hat einen Mann getötet, der sie vergewaltigt hat. Er kam aus einer *guten* Familie. Ihre nicht, also mußte sie abhauen. Echte Schönheit, das war sie, als sie herkam.« Der alte Mann seufzte und schüttelte den Kopf. Er hielt inne und starrte einen Augenblick ins Feuer. »Hat mir einmal einen Sohn geschenkt. Hätte so ausgesehen wie ich, als ... Er starb. Wir haben hier natürlich auch Diebe. Ehrlichkeit ist aus irgendeinem Grund einfacher, wenn man nicht hungrig ist. Witwen. Unerwünschte Konkubinen und peinliche Bastarde. Meuterer? Wir haben einige Meuterer. Ein boshafter Zenturio ist schlimmer als ein schlechter Sklavenbesitzer, Bursche, weil er sich keine Gedanken darüber zu machen braucht, was Ihr Euren Meister kostet.«

Rap wischte sich über die Stirn und wünschte, er könnte sich ein wenig vor dem Feuer zurückziehen, aber das hätte so ausgesehen, als rücke er von dem stark riechenden alten Mann ab. »Ihr habt hier auch eine Frau vom Merfolk?«

»Das Böse soll mich holen! Woher wißt Ihr das? Habt Ihr vor zu bleiben?«

»Nein.«

Shyo sah ihn finster an. »Nur dann könnt Ihr Euren Teil bekommen.«

»Das habe ich nicht gemeint!« rief Rap lauter als beabsichtigt.

»Sicher nicht?« Der alte Mann sah ihn wütend und argwöhnisch an.

»Ich meinte nur, warum sollte eine Frau vom Merfolk hier sein?«

»Aus denselben Gründen wie wir alle natürlich! Sie bleibt hier, weil es draußen noch schlimmer ist. Sie kam zufällig hierher, aber sie bleibt, weil es besser ist.«

»Was für ein Zufall?« Raps Mund stellte die Frage, bevor Rap sie unterbinden konnte. Das ging ihn nichts an. Er hatte nie zuvor eine Frau der Merfolk gesehen und war natürlich neugierig. Diese war nicht jung, aber die Art, wie sie mit ihren Wachen in der entlegensten Hütte herumtanzte bewies, daß an den alten Geschichten viel Wahres dran war.

»Sie ist gestrandet. Sie und ihr Mann.«

»Auch aus dem Merfolk?«

»'türlich.«

»Und was ...«

»Einige verheiratete Männer haben ihn in der ersten Nacht erstochen.«

»Es ist also wahr?«

»'türlich.« Plötzlich lachte Shyo keckernd. »Habt Ihr nie von dem letzten Versuch der Legionen gehört, die Kerith-Inseln einzunehmen, damals, als Emthar noch regierte? Natürlich nicht zum ersten Mal, aber irgendein intelligenter Tribun kam auf die Idee, sie könnten dafür sorgen, daß es funktionierte, wenn sie nur genügend Huren für die Soldaten mitnehmen würden, aber natürlich kam alles ganz anders und ...«

Rap hatte in Durthing schon einige Versionen der Geschichte gehört, eine weitere interessierte ihn nicht sonderlich. Sobald das Gespräch auf die unwiderstehliche Anziehungskraft der Merfolk kam, wurde diese Geschichte erzählt.

Da bemerkte er, daß Gathmor wieder die alte Nagg befragte und ihre Antworten mit ihr diskutierte. Rap wurde immer schläfriger und konnte dem Gespräch kaum noch folgen. Die Gestrandeten könnten leicht nach Puldarn laufen, sagte sie. Vielleicht drei Tage; weit genug, um hungrig zu werden, nicht weit genug, um zu verhungern. Gathmor erkundigte sich vorsichtig nach der Route über das Meer. Sehr gefährlich, versicherte Nagg ihm. Die Gezeiten des Drachenmeeres waren berüchtigt. Sehr felsige Küste. Nein, er und seine Freunde sollten laufen.

Natürlich würden sie laufen, dachte Rap verschlafen. Das Fenster hatte es so gewollt.

Gathmor beharrte, nicht auf nackten Füßen laufen zu können. Drei Tage in der Sonne ohne Essen und ein wenig Wasser ... und schließlich versprach Nagg, ihnen Kleidung zu besorgen.

Kleider, dachte Rap gähnend. Schwarz, grün und braun.

Es würden einfache Sachen sein, sagte Nagg, nur ein paar Kleider aus dem rauhen Stoff, den die Frauen herstellten, aber sie hielten die Sonne ab, den Wind und die Dornen.

Rap fragte sich, ob die Kleider, wenn sie sie bekamen, Jalons Erinnerungen an das magische Fenster zurückbringen würden – Jalons Erinnerungen an Sagorns Erinnerungen. Er wünschte, Gathmor würde ein wenig dankbarer klingen. Dieses arme Volk von Fischern hatte keine Veranlassung, den Fremden mehr als ein Lächeln zu schenken. Die Jotnar bedeuteten ihnen nur wenig, denn sie hatten außer ihrem Leben nichts zu verlieren, und Rap war sich nicht sicher, daß er sich besonders an sein Leben klammern würde, wenn er es hier verbringen müßte. *Gähn*! Seine Gedanken wanderten zu der Frau des Merfolk und ihren zwei glücklichen Wachen. Immer noch ...! Er schalt sich selbst für sein Herumschnüffeln und zwang seine Aufmerksamkeit zurück zu den Verhandlungen.

Schließlich und endlich dankte Gathmor Nagg feierlich für die angebotenen Schuhe und Kleider, und er versprach, daß er und seine Gefährten beim ersten Tageslicht losziehen würden, um keine Minute der kühleren Stunden zu vergeuden. Und das Wetter war so gut, daß sie gleich hier draußen schlafen würden.

Selbst draußen roch es noch schlimm genug, dachte Rap. Diese Haufen getrockneten Seetangs dort drüben würden ein gutes Bett abgeben, sagten die Dorfbewohner.

In diesem Augenblick wären auch Kiesel eine bequeme Unterlage gewesen.

Der Riementang stellte sich als weich, federnd und weniger stinkend heraus, als Rap befürchtet hatte. Es krachte und knackte in Raps Ohren, wenn er sich bewegte, aber er würde sich vermutlich nicht allzu häufig umdrehen. Er schloß seine Augen und gab sich einem letzten – langen – langsamen – Gähnen hin. Und schlief ein.

Gathmor rüttelte ihn in absoluter Dunkelheit wach. »Sch!«

»Hä? Wie spät ist es?«

»Sch, habe ich gesagt! Ungefähr Mitternacht.«

Rap sah Jalon knien, halb wach, und sich mürrisch die Augen reiben.

»Stimmt was nicht? Die Sonne geht erst in Stunden auf.«

»Wir gehen jetzt«, flüsterte Gathmor. »Mit den Gezeiten.«

»Aber ... Oh!« Unten am Strand lagen die vier Einbäume der Dorfbewohner, von denen Gathmor einen ausgeliehen und wieder zurückgebracht hatte. »Stehlen?« Vom Schlaf benebelt versucht Rap sich die Arbeit vorzustellen, die nötig war, um mit Steinwerkzeugen einen Einbaum herzustellen.

»Fahren mit der Flut nach Puldarn«, fügte Gathmor mit bestimmtem Flüstern hinzu. »Wir werden bei Einbruch der Nacht dort sein.«

Rap würde kein Kanu stehlen.

Rap würde nicht nach Puldarn gehen. Rap würde nach Zark gehen.

Doch Gathmor das zu sagen, würde bedeuten, einen Streit heraufzubeschwören, und er hatte gerade keine Lust, mit einem Jotunn zu kämpfen, mitten in der Nacht.

Der Tang krachte und ächzte, als Rap den Kopf hob, obwohl er das nicht brauchte, wenn er sehen wollte.

»Das werden wir nicht.«

Jetzt war es an Gathmor, ein »Hä?« von sich zu geben.

»Sie hat Wachen aufgestellt«, murmelte Rap. »Sechs, am Strand. Sie haben Speere und Äxte.« Er lehnte sich wieder zurück und kuschelte sich bequem in den Tang. »Und sie sind alle wach«, fügte er mit schläfriger Befriedigung hinzu. Er rollte sich auf die Seite und schlief wieder ein.

Gathmor ließ eine ganze Reihe wüster Schimpfworte hören.

Doch er dachte nicht daran, selbst nachzusehen.

4

Der Abstieg im Westen dauerte länger als der Aufstieg, was Inos sehr unfair fand. Die Lebensmittel wurden knapp, die Nächte waren kalt, und es gab nichts zu sehen außer endlosen Mauern aus Stein. Das Tal wurde breiter, einige Nebenflüsse tauchten auf, und es ging stetig bergab; es wollte einfach nirgendwo enden.

In diesen Hügeln lebten Wölfe, die nach Sonnenuntergang heulten; Azak hatte Bärenspuren gesichtet. Als mißtrauischer Mann wählte er grundsätzlich leicht zu verteidigende Lagerplätze aus.

In der vierten Nacht ihres Abstiegs fand er eine Höhle, die einmal ein überwölbter Torweg zu einer kleinen Burg gewesen war; der größte Teil von ihr war von alten Fluten davongespült oder zerstört worden. Schlamm hatte sich über die Ruinen gelegt, so daß hinter Gras und Büschen nur noch wenig zu sehen war; doch das Dach des Eingangs war noch da, und ein Ende wurde durch Bruchsteine blockiert. Azak beharrte, er könne es gegen eine Armee mit links verteidigen.

Inos und Kade kuschelten sich in einer weiteren eiskalten Bergnacht zusammen, eingehüllt in ihre beiden Decken wie ein Ladung für die Wäscherei. Azak schien die ganze Nacht überhaupt nicht zu schlafen, saß im Schneidersitz am Feuer und blickte finster in die Dunkelheit des Tales hinaus. Später erzählte er, einmal habe er dort draußen Augen gesehen, aber das Heulen sei niemals wirklich nahe gekommen.

Beim ersten Licht des Tages nahmen die Reisenden, durchgefroren und steif, ein schnelles Mahl aus Datteln und hartem Brot zu sich, dann brachen sie das Lager ab. Das Tal war abermals äußerst schmal geworden. Seine überhängenden Wände hielten die Kälte der Nacht noch gefangen und die Sonne in Schach und füllten die Luft mit blauen Schatten. Selbst die Maultiere schienen froh, weiterzukommen.

Die Straße, die sie bislang genommen hatten, ging weiter; hier und da war sie zerstört, von Wasser fortgespült oder von Erdrutschen begraben. Azak war fasziniert. Er hatte Spekulationen darüber angestellt, welcher König oder Zauberer eine solche Arbeit angestrengt haben mochte, denn ein großer Teil der Straße war mit riesigen Platten gepflastert, andere Teile waren aus Grundgestein herausgemeißelt worden, so daß sechs Männer nebeneinander hätten reiten können. Zu ihren besten Zeiten mußte sie wunderbar ausgesehen haben. Er versuchte abzuschätzen, wie viele Männer wie lange hatten arbeiten müssen, um sie fertigzustellen, und die Antwort schien ihn mit Ehrfurcht zu erfüllen. Sie mußte mehr als tausend Jahre alt sein, führte er aus, und würde offensichtlich noch einmal so lange bestehen. Und doch waren er und seine Gefährtinnen vielleicht seit Jahrhunderten die ersten, die diese Straße betraten.

Selbst dort, wo die Straße von Erde überschwemmt war, hatte sie den Wurzeln der Bäume oft widerstanden. Dann bildete sie ein Band aus Grasnarben, das sich durch den Wald schlängelte. Die Koniferen wurden weniger, statt dessen nahmen Laubbäume ihren Platz ein. Der schäumende weiße Wasserlauf war zu einem Fluß von Format geworden, in dem noch immer eigenartig milchiges Wasser floß.

Es gab nichts Besseres als einen Ritt auf dem Maultier, wenn man die letzten Krümel Schlaf aus den Knochen schütteln wollte. »Und diese Augen«, fragte Inos. »Waren sie weltlich?«

Azak lachte kehlig. »Ich bin noch hier, meine Liebe.«

Keine Dämonen.

Sie hatten immer wieder die alten Geschichten erzählt.

Azak glaubte an die Theorie von den Dämonen. In jenem schrecklichen Krieg hatte jemand Dämonen freigelassen, und einige waren immer noch da, suchten sich ihre Opfer unter glücklosen Reisenden, aber sie fingen nicht alle, die durch dieses Land kamen. Gegen Dämonen konnte niemand etwas tun, außer zu hoffen, daß sie einem nicht über den Weg liefen.

Inos gefiel der Gedanke an Dämonen ganz und gar nicht. Sie zog die Geschichte mit der Unsichtbarkeit vor, die besagte, daß Ulien'quith alle Pixies unsichtbar gemacht hatte und daß ihre Nachkommen immer noch so lebten, unter ihrem eigenen Hexenmeister. Azak verspottete sie deshalb. Wenn die Pixies in irgendeiner Weise so wären wie andere Menschen, sagte er, hätten sie ihre Unsichtbarkeit schon vor langer Zeit dazu benutzt, die ganze Welt zu erobern.

Inzwischen verfolgte Inos ihre eigene Theorie – daß die vermißten Reisenden von einem Bann gefangen waren, der sie dazu verdammte, niemals anzukommen. Dieses Tal beispielsweise schien einfach nirgendwohin zu führen. Vielleicht würden sie und Kade und Azak auf ewig hinuntersteigen, oder bis sie an Altersschwäche starben.

Sie wollte diese lustige Möglichkeit gerade aussprechen, als die Reisenden an einer Kehre ankamen und ihren ersten Pixie sahen, der in der Mitte der Straße stand. Das Aufblitzen von Azaks Schwert machte sein Maultier nervös. Die anderen reagierten ebenso, und einen Moment lang entstand Verwirrung. Als die Tiere sich wieder beruhigt hatten, konnten die Reiter jedoch erkennen, daß die Gefahr schon seit vielen Jahrhunderten vorüber war.

Sie ritten vorsichtig weiter, um die einsame Figur zu betrachten. Wettereinflüsse hatten die gräuliche Oberfläche zerfressen und mit weißen und gelben Flechten überzogen, doch immer noch waren alle Einzelheiten und Züge genau erkennbar – die perfekte Statue eines laufenden Jungen; nackt, denn welche Kleidung er auch getragen hatte, sie war schon lange verrottet. Schlamm hatte sich um ihn herum abgesetzt, so daß er bis zu den Knöcheln im Schlick stand, und die Grasstengel umspielten seine Knie. Er konnte nicht viel älter als Inos gewesen sein, und das Gesicht, das zu den Bergen aufblickte, wirkte auf sie wild entschlossen, zu siegen, ganz gleich, was es kostete.

Inos brachte das Maultier zum Stehen und stieg ab. Kade blieb im Sattel sitzen und zog ihr Gebetbuch hervor, damit es nicht so aussah, als würde sie zuschauen. Inos hatte bei den Statuen in Rashas Schlafzimmer schon Schlimmeres als reine Nacktheit gesehen. Azak war an ihre Seite getreten und würde ihre Reaktion registrieren. Sie mußte die erfahrene Haltung einer imperialen Dame demonstrieren. Es war ja nur ein Stein, kein Grund für Prüderie. So sahen sie also aus?

»Ein Bote«, sagte sie traurig. »Auf dem Weg, jemanden zu warnen?«

»Oder ein Feigling auf der Flucht?«

»Nein.« Kummer durchdrang ihre Knochen wie die Feuchtigkeit des düsteren Tales. Die Schatten ließen ihr Herz frieren – eine Straße nach Nirgendwo, auf der niemand reiste, ein Junge, der zu einem Denkmal für eine verlorene Sache erstarrt war.

»Das ist nicht das Gesicht eines Feiglings«, sagte sie. »Die Augen sind eigenartig ... Pixieaugen?«

»Sie wirken irgendwie elfisch«, sagte Azak, »leicht schrägstehend. Aber nicht groß genug. Und auch leicht elfische Ohren, aber nicht spitz genug. Für einen Elfen ist er zu kräftig. Sie sind mager. Zu viel Brust für einen Imp, und nicht genug für einen Zwerg. Und diese breitgetretene Nase wirkt faunisch. Ein bißchen von allem. Ich nehme an, er war ein Pixie.«

Inos fand an der Nase nichts auszusetzen. Nicht jeder Mann sah mit der Hakennase eines Djinn gut aus.

Sie ging näher heran, bis sie zwischen der Figur und den Gipfeln stand, so daß die blinden Augen sie direkt anstarrten. Der graue Stein, durch jahrhundertelangen Regen und Wind rauh geworden, wirkte immer noch unheimlich realistisch, wie ein lebender, mit Schlamm bedeckter Mann.

»Kehre um, Pixie«, sagte sie. »Sie können deine Botschaft nicht hören. Sie werden deinem Ruf nicht folgen.« Sie erwartete, daß Azak sie verspotten würde, doch er schien von derselben dunklen Stimmung befallen.

»Der Verwunschene Ort zeigt uns vielleicht noch schlimmere Dinge.«

Sie schüttelte den Kopf. »Nichts könnte trauriger sein als das hier. Geh nach Hause, Pixie, zurück zu deinen Lieben. Sag ihnen, daß der Krieg vorbei ist.«

»Sie werden fragen, wer gewonnen hat«, sagte Azak leise.

»Sag einfach, daß ihr verloren habt.«

»Sie werden fragen warum.«

»Das ›Warum‹ ist den Toten egal. Sag ihnen, ihr seid umsonst gestorben.« Einen Augenblick folgte Stille. Selbst der Wind wagte es nicht, zu flüstern, während er durch das Gras zu den Füßen des Jungen strich.

Azak ergriff wieder das Wort. »Erinnert Euch an die Worte des Dichters – nichts macht so viel Angst wie der morgige Krieg, inspiriert wie der heutige oder macht traurig wie der gestrige.«

Sie starrte ihn überrascht an. »Ihr glaubt daran?«

Er wirkte verlegen und zeigte die Zähne. »Gestern ist mir ganz egal, und heute müssen wir reiten. Sagt Eurem Pixie auf Wiedersehen, meine Liebe. Er wird noch lange, nachdem wir verschwunden sind, seine Stellung hier halten.«

Noch einmal blickte Inos in die anklagenden Augen aus Stein. Dann erschauerte sie und ging zurück zu den Maultieren.

Aber dieser Pixie war nur der erste von vielen. Schon bald kamen sie zu zwei weiteren, die mit dem Gesicht nach unten lagen. Und dann immer mehr. Der Wald verlor sich, als schäme er sich, eine solche Katastrophe zu verbergen, und das Tal war in seiner ganzen Breite überschaubar, überschwemmt mit Steinkörpern. Die Straße selbst war völlig blockiert und zwang die Reisenden, vom Wege abzuweichen und sich ihren Weg durch Gras und Felsen zu suchen, durch die stille Menge der Menschen hindurch.

Der Fluß, der über die Jahrhunderte hier verlaufen war, hatte ganze Gebiete von den schauerlichen Überresten freigespült, sie zusammengeschoben und unter Sand begraben, doch es würde noch viele Jahrhunderte dauern, bis ein Fluß eine derart umfangreiche Metzelei ganz überdecken konnte. Kriechpflanzen und Efeu hatten versucht, einige der Figuren mit einem grotesken grünen Pelz zu überziehen.

Viele lagen auf dem Boden, besonders einzelne Läufer, und oft waren die Gefallenen zerschmettert. In den überfüllteren Gebieten und wo der Boden weich war, standen die meisten noch aufrecht oder lehnten sich gegen ihre Nachbarn. Wenn sie nicht zerbrochen waren, befanden sie sich jedoch in genauso gutem Zustand wie der erste Pixie: stellenweise durch Erosion aufgerauht und mit Flechten überzogen, doch jede Einzelheit von Haar und Muskeln gut erkennbar.

Hunderte oder Tausende von ihnen ... das Gesicht nach oben oder nach unten gewandt oder wie Trauernde zusammengekauert ... alle waren in dieselbe Richtung gelaufen. Wie Azak vermutet hatte, waren sie vor irgend etwas geflohen, und jetzt mußten die Eindringlinge mit ihren Maultieren zwischen den warnenden, anklagenden Blicken von Myriaden von Steingesichtern hindurchreiten.

Die meisten waren junge Männer, eine in die Flucht geschlagene Armee, aber es gab auch viele Zivilisten. Inos sah Frauen jeden Alters, und eine ganze Menge alter Männer, die Spuren ihrer Wagen schon lange verschwunden. Sie sah Familien: Kinder, die die Hände ihrer Eltern ergriffen, Männer, die Kleinkinder auf den Schultern trugen, und ein Steinkind, das an einer steinernen Brustwarze sog. Sie sah Männer, die sich zu irdischen Besitztümern hinunterbeugten, die schon lange verschwunden waren und nur die Erinnerung an ihr Gewicht zurückgelassen hatten. Sie sah Soldaten mit Helmen, die verrostete Schwerter zückten, um sich den Weg durch den Mob zu bahnen, ihr Beinschutz lag zu ihren Füßen, da das Leder ihrer Schuhe schon lange verwittert war.

Einige bewaffnete Männer lagen mit angezogenen Beinen auf dem Rücken zwischen den zerschmetterten Knochen ihrer Pferde. Das Unkraut verbarg vermutlich nicht nur Steigbügel und Geschirr, sondern auch Münzen und Juwelen, Gold und Kunstgegenstände. Mit einer Tasche und einer Schaufel, dachte Inos, könnte sie hier in einigen Tagen ein Vermögen finden – und dabei ihren Verstand verlieren. Diese Augen ...

Ein Zittern überfiel sie, das sie nicht kontrollieren konnte. Sie starrte hoffnungsvoll auf Kade und wünschte, ihre Tante würde darauf bestehen, daß sie umkehrten und sich einen anderen Weg über die Hügel suchten, und zurück nach Zark flohen; aber Kade sagte nichts, obwohl ihr Gesicht bleich war und sich Entsetzen darin abzeichnete. Selbst Azak sah aus, als müsse er sich übergeben. Niemand sprach ein Wort, als die kleine Karawane sich ihren Weg durch das gräßliche Mausoleum bahnte.

Jenseits der letzten Nachzügler lag das Tal wieder verlassen da und endete abrupt in einem blauen Himmel, der von spektakulären Klippen umrahmt wurde.

Eine mächtige Festung hatte einmal stolz auf einem hohen Vorsprung gestanden und den Eingang zum Paß bewacht. Einige Spuren des östlichen vorspringenden Erkers und des Turmes waren noch zu sehen, vornübergebeugt und grotesk verdreht. Aber die Hauptgebäude und ein Großteil des Vorsprungs selbst waren dahingeschmolzen wie Butter und flossen den Hang hinunter, um die kleine Stadt zu verschlingen. Ein großer Haufen zerschmetterten schwarzen Glases und einige vorstehende Giebel und Kamine waren alles, was noch übrig war, verbrannt und zersprungen durch Hitze, verzogen und halb geschmolzen. Hierhin hatten die Pixies fliehen wollen.

Inos sagte nichts, und auch die anderen schwiegen. Sie hatten die gepflasterte Straße aus den Augen verloren, und der Wald rückte wieder näher. Sie ritten ohne Unterbrechung hindurch, ohne ein Wort oder einen Blick zur Seite, und alle hingen Gedanken nach, die ihnen zu melancholisch erschienen, um sie durch Sprechen zu entweihen.

Schließlich trat das Tageslicht durch die Äste, das Gelände fiel ab, und das Tal war zu Ende. Azak brachte sein Maultier zum Stehen; die anderen hielten an seiner Seite an und blickten über eine offene Wiese, die sanft gen Westen anstieg. In weiter Ferne schimmerte silbern ein Fluß und wand sich gemächlich über die Ebene. Dahinter gingen Himmel und Land unendlich weiter und entwanden sich den Grenzen menschlicher Sehschärfe in einem undeutlichen Nebel. Eine warme Brise rauschte durch die Blätter über ihnen und brachte schwach den Geruch des Meeres mit sich.

»*Thume*«, sagte Azak leise. »Der Verwunschene Ort!«

»Er wirkt gar nicht verwunschen auf mich«, entgegnete Inos. »Er sieht friedlich aus. Einladend.« Doch nach dieser versteinerten Armee hätte wohl alles einladend gewirkt.

Sie sah zu ihrer Tante hinüber und erkannte erstaunt einen Ausdruck von ... Sorge? Beunruhigung ... beinahe ein Ausdruck von Angst. Kades normalerweise pralles und zufriedenes Gesicht wirkte abgehärmt und kränklich. Sicher, für eine ältere Dame, die an ein Leben eleganter Tatenlosigkeit gewöhnt war, hatte sie eine unglaublich erschöpfende Reise durchgestanden – aber sie hatte die Unbilden der Wüste und die Härten der Taiga überlebt und niemals so ausgesehen. Ihr dünnes silbernes Haar fiel ihr zerzaust vom Kopf und flatterte im Wind. Ihre Falten waren so tief eingegraben wie Narben; ihre Mundwinkel hingen nach unten. Warum hatte die versteinerte Armee einen solchen Einfluß auf sie?

»Was denkst du, Tante?«

Kade schüttelte den Kopf und kaute auf ihrer spröden Lippe. »Ich weiß es nicht, Liebes. Ich schätze, ich bin nur eine abergläubische alte Frau, aber ... aber das gefällt mir nicht!«

»Umkehren, meinst du?«

Steif sah Kade über ihre Schulter zu der Stelle, wo die westliche Gebirgswand über den Baumwipfeln thronte. Sie zitterte. »O nein! Nicht zurück!«

»Nun, wir haben sonst keine andere Wahl. Großer Mann?«

Azak betrachtete Kade einen Augenblick lang und verengte seine Augen zu Schlitzen, als er sie über seinen dichten, zitternden roten Bart hinweg anschaute. Dann sah er Inos an und zeigte seine aufblitzenden Zähne. »Ich sehe keinen Hinweis auf Menschen. Was meint Ihr, meine Teuerste?«

Er erwartete Mut bei fürstlichen Personen. Inos nahm die heitere, idyllische Landschaft noch einmal in Augenschein.

»Ich sage, wir haben keine Wahl!« Sie schlug ihre Hacken in die Flanken des Maultieres, und das überraschte kleine Tier machte mit allen vieren gleichzeitig einen Satz vorwärts. Dann rannte es den Abhang hinunter, und die anderen donnerten hinter ihm her.

Battles long ago:
Perhaps the plaintive numbers flow,
For old, unhappy, far-off things,
And battles long ago.

Wordsworth, *The Reaper*

(Längst vergang'ne Schlachten:
Mag sein, die klagend Zahlenflut
Steht für die bitt'ren, alten Dinge,
Und die längst vergang'nen Schlachten.)

Fünf

Des Menschen Wert

1

Nun zog ich nach Ilrane,
meine Geliebte zu sehen,
und so schön die Mädchen von Ilrane auch sind,
keine ist schöner als sie.

Wenn ein Mann gebraucht wurde, giftigen Efeu zu finden, ein Hornissennest oder die kratzigsten Dornenbüsche, dann war Jalon der richtige. Brauchte man einen Gefährten, der auf einem Stein ausglitt und seine Sandale im Wasser verlor, ein Lagerfeuer ausgehen ließ, wenn er eigentlich darauf aufpassen sollte, oder der fünf Minuten, nachdem seine Wache begonnen hatte, einschlief ... Jalon, ohne Zögern. Er konnte außerdem völlig unerklärlich verschwinden und eine Stunde später entdeckt werden, zwanzig Schritt entfernt, verloren in der stürmischen Bewunderung einer Orchidee.

Kurz, Jalon konnte einem ziemlich auf den Wecker fallen.

Wenn man jedoch unfehlbaren Humor und Fröhlichkeit schätzte, eine unermüdliche Bereitschaft, sich zu entschuldigen, über sich selbst zu lachen und zu versprechen, es in Zukunft besser zu machen – nun, darüber verfügte er im Überfluß, obwohl es ihm niemals wirklich gelang, sich zu bessern. Und wenn man einen Kameraden schätzte, der seinen Mund öffnen und unvermittelt die schönsten Melodien singen konnte, um die Müdigkeit zu vertreiben, die Seele zu erfreuen und die Schmerzen und Sorgen eines langen Marsches zu lindern ... Selbst Gathmor konnte auf Jalon nicht lange wütend sein.

Die drei Abenteurer hatten ihre ersten Drachen weniger als eine Stunde, nachdem sie das Fischerdorf verlassen hatten, gesehen, eine strahlende Flamme aus vier oder fünf Tieren, aber sehr weit entfernt, kaum mehr als ein paar Flecken, die über einem entfernten Hügel kreisten. Es war zu diesem Zeitpunkt schon hell genug gewesen, um die Farben der Kleider zu zeigen, die die Dorfbewohner den Reisenden geschenkt hatten – braun für Jalon, grün für Gathmor, schwarz für Rap. Dennoch hatte Jalon die Prophezeiung des Fensters nicht mit dem Fortgang der Ereignisse in Verbindung gebracht. Er war weitaus mehr an wilden Blumen interessiert als an Drachen. In den nächsten Tagen waren von den Tieren nur einige Rauchfetzen am Horizont zu sehen, und er hatte sich immer noch nicht an die Prophezeiung erinnert.

Als die Reisenden an den Rand eines kleinen Waldes kamen, fanden sie einen Acker mit wilden Melonen und nahmen ihr erstes gutes Mahl seit zwei Tagen ein. Danach, satt und müde durch die Hitze, genossen sie eine Weile den Schatten, denn vor ihnen breitete sich offener Sand und schwarze Felsen aus, deren Anblick bereits Unbehagen verursachte.

Aber Gathmor war ein anspruchsvoller Führer, der auf einem straffen Tempo beharrte. »Zeit zu gehen!« verkündete er, als Rap einzudösen begann.

»Laßt uns die Sandalen tauschen«, schlug Rap vor und versuchte Zeit zu gewinnen.

»Ihr und ich. Der da nicht.«

Da das Fischervolk kein Leder besaß, stellte es seine Sandalen aus Holz und Seilen her. Diese zogen von den Zehen der Männer innerhalb von zehn Minuten die Haut ab, und danach wurde das Laufen sehr lästig. Es war besser, als barfuß zu gehen, aber es half nicht sehr viel. Da alle Sandalen unterschiedlich waren, tauschten die Reisenden sie untereinander aus, um die Nachteile gleichmäßig zu verteilen. Jalon war jedoch vor ungefähr einer Stunde in einen Sumpf gelaufen, und die Seile waren noch kratziger, wenn sie naß waren.

Der Schuhwechsel dehnte die Rast noch um einige Minuten aus. Anschließend stimmte der Spielmann, der gegen einen moosüberzogenen, weichen Ast gelehnt stand, ein Lied über die Elfenjungfrauen von Ilrane an, vermutlich glaubte er, es sei an ihm, einen Grund für eine weitere Verzögerung zu liefern. Das Lied begann als angenehme, romantische Ballade, driftete dann aber in eine rauhe Unflätigkeit ab, wie Seeleute sie lustig fanden. Gathmor bellte vor Vergnügen, als das Lied sich entwickelte, und sogar Rap merkte, daß er in sich hineinlachte.

Noch ein Tag, und die drei Entdecker würden Dragon Reach sicher hinter sich gelassen haben, wenn Naggs Schätzungen stimmten. Ohne Jalon wären die beiden anderen wesentlich schneller vorwärts gekommen, und sicher wußte er das. Auf seine Art entschuldigte er sich gerade wieder einmal dafür.

Plötzlich, mitten in der Strophe, hielt er inne. Die beiden anderen sahen auf. »Dieser Kamm dort!« rief er. »Seht mal!«

Hinter den Bäumen lag heißer Sand, ein kleines Wüstental umrahmt von sanften Hügeln. Die Hügel waren bewaldet, aber der Wald war so glatt abgeschnitten wie die Mähne eines Pferdes, und in der Senke wuchsen kaum mehr als ein paar schäbige Büschel dornigen Gestrüpps.

Ein langer, zerklüfteter Stützpfeiler aus schwarzem Felsen erhob sich wie eine Insel in der Mitte der Lichtung, einige Bäumchen hatten ihre Wurzeln in die Spalten des Steins geschlagen. Lose Felsbrocken lagen herum. Rap betrachtete die Szene und sah Gathmor fragend an, der die Achseln zuckte.

Sie hatten viele ähnliche Orte gesehen. Die Landschaft war zerklüftet, und obwohl sie lieber an der Küste entlang gezogen wären, waren sie weiter ins Landesinnere gezwungen worden, um die felsigen Schluchten zu umgehen, über die viele Wasserläufe ins Meer stürzten. Überall hatten sie Spuren alter Feuer bemerkt, von uralten verkohlten Baumstämmen, die halb unter Dickicht begraben lagen, bis zu neueren Spuren: lange, nackte Pfähle, zwischen denen sich gerade erst Gras und Unkraut im Schlamm ausgesät hatte.

Als Hindernis war beides nicht von großer Bedeutung. Viel schlimmer waren die Zwischenstadien, wenn die Zweige kurz vor dem Abknicken standen und voller Dornen und Kriechpflanzen hingen.

Doch einige der heißesten Feuersbrünste hatten den Boden bis auf das Grundgestein heruntergebrannt – an manchen Stellen sogar geschmolzen – und nur ein paar Flecken Wüste hatten dem Versuch des Waldes, sich wieder auszubreiten, widerstanden. Über die Jahrhunderte schienen ganze Hügel zu den bevorzugten Zielen von Drachen gezählt zu haben, denn sie waren nur noch zerklüftete Überbleibsel, ausgenommen und zu Glas geschmolzen, als die Monster sich im Felsen um Erzgänge stritten. Das vor ihnen liegende Tal schien denselben Anblick zu bieten, eine Wunde, die Tausende von Jahren alt sein konnte und sich vielleicht bis ans Ende der Zeit nicht mehr veränderte.

»Was sollte ich sehen?« fragte Rap schläfrig.

»Einen Drachen.«

Diese Worte machten ihn sofort hellwach, aber natürlich meinte Jalon einen *toten* Drachen, und wenige Augenblicke später sah Rap, was das Auge des Künstlers aufgespürt hatte: Kopf, Beine ... Der Kamm war tatsächlich der Körper eines Drachen, vor langer Zeit zu Stein erstarrt und verwittert, halb im Sand begraben.

»Götter!« rief Gathmor aus. »Er muß älter sein als das Impire. Und ich wußte gar nicht, daß diese Frechdachse *so* groß werden!«

»Vermutlich ein Männchen!« Vor Aufregung errötete Jalon wie ein kleiner Junge. »Ist er nicht großartig?«

»Schauderhaft«, sagte Rap. Beim Gedanken, daß dieses Monster, so groß wie ein Berg, ein unzerstörbarer Zerstörer so riesig wie Inissos Burg, leben könnte, zog sich seine Haut zusammen; aber das war nun mal das Leben der Drachen. Sie begannen als Geisterscheinung aus reinem Feuer, wie die Flamme, die er auf Bright Waters Schulter gesehen hatte. Mit dem Alter gewannen sie an Substanz, und sie endeten als riesige Wesen aus reinem Mineral. Dieser war hierher gekrochen, um zu sterben, und in seinen Todesqualen hatte er den Wald niedergebrannt und den Boden darunter.

»Wie alt wird er gewesen sein, was meint Ihr?« fragte Gathmor, erhob sich und stampfte ein paarmal auf, um sich an seine Schuhe zu gewöhnen.

»Jahrhunderte«, sagte Jalon. »Kommt! Laßt uns näher herangehen. Vielleicht sind seine Augen noch da!«

Drachenaugen waren angeblich ein Vermögen wert, aber sie hatten auch den Ruf, Unglück zu bringen, und Rap fand den Gedanken, eines davon bis nach Puldarn zu rollen, nicht witzig. An die praktische Seite der Angelegenheit hatte Jalon sicher nicht gedacht.

Während die anderen auf den großen versteinerten Leichnam zugingen, stand Rap auf und streckte sich, um seine Schmerzen zu lindern. Schließlich ergriff er einen Steinspeer. Theoretisch trug er ihn, um sich gegen Leoparden zu verteidigen, doch praktisch war er wertlos. Er neigte dazu, Jalons Theorie zuzustimmen, nach der es das beste war, einfach vor Angst tot umzufallen und so dem Angriff eines Leoparden zu entgehen. Rap trottete hinter den anderen her.

Als er zwischen den Bäumen hervortrat, traf ihn die Mittagshitze mit voller Wucht. Er wedelte mit dem losen Ende seines Umhangs, der ihm als Schutz diente. Nach wenigen Schritten hatte er den körnigen Sand in den Seilen der Sandalen, und schon bald humpelte er, doch den anderen erging es ebenso. Ungefähr auf halbem Wege zu dem versteinerten Drachen holte er sie ein.

Gold?

»Was?«

»Was ›was‹?« fragte Jalon und warf Rap einen Blick aus großen, blauen, unschuldigen Augen zu.

»Habt Ihr was gesagt?«

Spielmann und Seemann schüttelten den Kopf.

»Witzig. Ich dachte ... Nun, egal.«

Das Drachenfossil war weiter entfernt, als Rap gedacht

hatte, und daher auch viel größer. Der Sand hatte sich dick über eine Seite gelegt und begrub den Drachen zur Hälfte. Auf der sichtbaren Flanke waren immer noch die geschwungenen Muskeln unter der gemusterten Haut zu sehen, aber viele Schuppen waren abgefallen und lagen verstreut auf dem Boden am Fuße der Klippen herum, als habe eine Legion ihre Schilder hinuntergeworfen. Baumwurzeln rissen große Spalten auf; das halbe Hinterbein war zusammengebrochen. Alles sah älter aus, als Rap es sich je hatte vorstellen können.

Doch plötzlich traf ihn der Blitz der Erkenntnis, und schlagartig veränderte sich die Szenerie in seinem Kopf.

Mögen die Götter uns beistehen!

Das war es! Warum hatte er es nicht schon früher bemerkt?

»Diese Felsen!« schrie Rap. »Jalon! Vergeßt den Drachen. Wir haben diesen Ort schon einmal gesehen.«

Der Spielmann blieb abrupt stehen. Sein Gesicht war immer noch verbrannt, und die Haut schälte sich ab, dennoch nahm sie jetzt eine unglaublich blasse Farbe an.

Gathmor ging voraus. Er drehte sich herum, und seine nebelgrauen Augen zogen sich gefährlich zusammen. »Was gesehen?«

Gold?

Abermals die Erkenntnis – eine fremde, metallische, bittere Stimme in Raps Kopf. Natürlich! Erregung durchfuhr ihn, vermischt mit Angst und Spannung.

Er überprüfte den Himmel. Er war blau, wolkenlos und so tief wie immer. »Irgendwo ist ein Lebender.« Natürlich.

»Wie, zum Teufel, wißt Ihr das?«

»Ich kann es hören ... und Jalon weiß es. Nicht wahr?«

Der kleine Spielmann kauerte sich wie ein verängstigtes Kind zusammen. Seine Zähne klapperten, als er nickte, und seine starren blauen Augen spiegelten sowohl Entsetzen als auch Vorwurf. »Ihr wußtet es!« Seine Stimme klang schrill.

»Nein! *Ruft nicht Darad*!«

»Warum nicht? Warum sollte ich nicht? Ihr habt uns in die Falle gelockt! Ihr wußtet es, und Ihr habt es nicht gesagt!« Jalon hob leicht seinen Speer an, doch Gathmor schlug ihn ihm aus der Hand. Er schien es nicht einmal zu bemerken. Statt dessen zeigte er anklagend auf Rap. »Ihr wußtet, daß die Vision erfüllt würde!«

Gold?

Der Ruf wurde jetzt stärker und hallte in Raps Kopf wider. Immer noch konnte er am blauen Himmel nichts sehen, nicht einmal Vögel. Seine Sehergabe erspürte nur Bäume auf dem Boden – doch Berge waren für die Sehergabe nicht zu durchdringen. Der Drache konnte hinter jedem der kleinen Hügel lauern, und doch, seine Stimme schien näher zu kommen. Rap glaubte nicht, einen Drachen herbeirufen zu können, wenn er ihn nicht sah.

Bright Waters winziges Feuerküken hatte nicht mit Worten gesprochen.

Jalon schrie ihn immer noch an.

»Ich wußte nichts, was Ihr nicht wußtet!« schrie Rap zurück. »Dragon Reach, und die Kleider? Ihr hättet es auch sehen können.«

»Narr! Narr! Wir hätten uns aufteilen können! Einzeln reisen!«

Vielleicht, doch Rap argwöhnte, daß die Prophezeiung des magischen Fensters unvermeidlich war. Außerdem hatte er Gathmor angelogen, damit er kein Kanu stahl. Er hatte der Prophezeiung geholfen. Er fühlte sich deswegen ein wenig schuldig, als er sah, wie erregt Jalon war.

Doch bevor er antworten konnte, brüllte Gathmor los. »Erzählt mir mal einer von Euch, was hier vor sich geht?«

Rap öffnete den Mund, und da dröhnte erneut die fremde Stimme in seinem Kopf, lauter als zuvor und voll eigenartigen Nachhalls und metallischer Echos: *Gold?* Sie betäubte ihn beinahe, und er faßte mit beiden Händen seinen Kopf und ließ seinen Speer fallen.

Als er wieder zu Verstand gekommen war, erklärte Jalon

Gathmor, wie er und Rap in einem magischen Fenster eine Prophezeiung gesehen hatten. Das Gesicht des Seemannes war jetzt ebenfalls blaß, aber nicht aus Angst, sondern vor Wut.

»Da ist er!« kreischte Rap und zeigte mit dem Finger. Ein Fleck am Himmel. Ganz weit weg.

Er kam. Noch außerhalb der Sehergabe. Nur einer.

Eine plötzliche Welle des Zweifels ließ seine Haut kribbeln.

O Ihr Götter! Wenn seine Stimme schon jetzt so stark ist ...

Gathmor ergriff Rap mit einer massigen Faust an seiner Robe und schwang die andere. »Kleiner Bastard! Ihr habt das gewußt und mich in die Falle gelockt?«

»Laßt ihn!« fuhr Sagorn ihn an.

Gathmor wirbelte herum, um zu sehen, wer da gesprochen hatte, und er geriet ins Straucheln, als er in die schlauen und wütenden Augen des alten Gelehrten blickte.

»Wer, zum Teufel, seid Ihr?«

»Das ist jetzt nicht wichtig. Gebt nicht ihm die Schuld – man kann magischen Prophezeiungen nicht entgehen oder sie ungeschehen machen. Wir müssen jetzt die Sache in die Hand nehmen. Manchmal sind diese drachenartigen Überreste hohl. Kommt!« Der alte Mann setzte sich in Bewegung und schritt mit überraschender Behendigkeit über den heißen Sand.

»Ja. Er hat recht«, sagte Rap. Und doch ... wie unvermeidbar war die Prophezeiung, wie wichtig ihre Einzelheiten? Sie hatte sie alle drei zu Füßen einer Klippe gezeigt, wo sich die Rippen des Drachen aus dem Sand erhoben. Wenn sie sich jetzt teilten, konnten sie sie dann noch vereiteln?

Gold? trompetete die Stimme. *Ist es Gold*?

Rap hatte das Gefühl, als habe ihm jemand einen Metalleimer über den Kopf gestülpt und ihn gegen ein Haus geschleudert. Taub und blind fiel er auf die Knie. Gathmor riß ihn hoch und zog ihn über den Sand hinter Sagorn her.

Raps Sehergabe konnte ihn jetzt erkennen, wie er niedrig über dem Wald herankam und der Windstoß seiner großen

Schwingen die Bäume tanzen ließ. Seine Größe war nicht mit dem Bergfossil vergleichbar, und er war silbern und nicht schwarz, aber er war immer noch so groß wie die *Blood Wave* oder die *Stormdancer.*

Rap versuchte, Gathmors Fragen zu beantworten, während der Seemann ihn zu den schwarzen Felsen hinter sich her zerrte – halb trug er ihn –, aber das letzte Wort des Drachen hatte ihn völlig benommen gemacht. Das war kein winziges Feuerküken, und seine Intensität überwältigte ihn. Er hatte alles hoffnungslos verdorben. Sich verrechnet. Alles war verloren, und sie würden alle sterben.

Noch zweimal klang die gigantische Stimme in Raps Kopf, frohlockend, hämisch, gierig auf Gold ... doch auch neugierig und fragend, als hege sie tief im Inneren Zweifel. Die Kraft dieser Stimme war jetzt unerträglich, jeder Stoß ein Schmerz, der Rap den Eindruck vermittelte, sein Kopf sei geborsten, ein Schmerz, der ihm Übelkeit verursachte, der alles andere ausblendete außer dem Bewußtsein für sein Versagen und seine Dummheit.

Sagorn hatte sich einen Weg durch die herumliegenden riesigen Schuppen gebahnt und lugte in eine Spalte in der zähen schwarzen Wand der Klippe selbst. Er drehte sich um, als Gathmor Rap auf den glühendheißen Sand fallen ließ.

»Wollt Ihr mir jetzt erklären ...«

»Nein. Diese Zwischenräume sind nicht tief genug. Aber vielleicht gibt es irgendwo innerhalb dieses Kadavers eine Höhle, die größer ist.« Der alte Mann starrte auf Rap nieder. »Narr! Ich nehme an, Ihr habt geglaubt, Euer Geschick würde auch bei Drachen funktionieren?«

Rap krächzte heiser und zwang sich dann, sich aufzusetzen. »Bei einem Feuerküken hat es funktioniert.«

Sagorn brüllte wütend auf und schüttelte beide Fäuste gen Himmel. »Wo habt Ihr ein Feuerküken gesehen?«

»In Milflor. Bright Water hatte eines.«

Gold? Zweibeiner haben Gold?

Der Wurm war jetzt ganz nahe. Seine Stimme war wie eine Blaskapelle in Raps Kopf, und ein Erdbeben. Sein Schädel wollte zerspringen.

Inos! Er mußte an Inos denken. Er tat das alles für sie, und er versuchte, aus der Erinnerung an sie Stärke zu ziehen.

»Bright Water! Ihr habt die Hexe wiedergetroffen?« Sagorn verzog das Gesicht und zeigte seine Zähne wie ein wütendes Skelett. »Schwachkopf! Narr! Ihr hättet mich um Rat fragen sollen! Ihr hättet es Andor sagen sollen.«

Rap rappelte sich auf und zog sich zu der rauhen schwarzen Wand der Klippe hoch. Sie war heißer als der Sand. In seinem Kopf klang immer noch der letzte Fanfarenstoß des Drachen, und der Wurm war bereits viel näher. Die Sonne leuchtete auf seinen silbernen Schuppen, als er sich flink hoch über den Wald erhob. Seine Flügel schlugen in rhythmischem Donner gegen Raps Trommelfelle. Riesig! Das nächste Wort, das der Drache sprach, würde Rap umbringen. Er krümmte sich in Erwartung der Worte zusammen und wartete auf den nächsten Blitz aus Todesqualen wie ein Verbrecher, der am Pfosten stand, ausgepeitscht wurde und an nichts anderes denken konnte als an den nächsten Schlag.

»Zu stark!« murmelte er.

»Offensichtlich!« fuhr Sagorn ihn an. »Habt Ihr es trotzdem versucht? Habt Ihr wenigstens versucht, ihn fortzuschicken?«

Rap schüttelte den Kopf. Er lehnte immer noch an dem glühendheißen Felsen, da er es nicht wagte, seinen Beinen zu vertrauen. Der Drache war jetzt nahe genug, daß Rap ihn ansehen konnte, eine silberne Himmelsschlange, die durch die Luft schoß, auf Flügeln so breit wie der Hof der Burg in Krasnegar, mit einem langen, geschwungenen Schwanz und zwei monströsen Augen, die wie Juwelen blitzten. Unter ihm taumelten und erzitterten die Bäume im Sturm wie Streichhölzer.

»Er will Gold«, murmelte Rap. »Er glaubt, wir hätten Gold.«

Sagorn wirbelte herum und schritt davon. »Wir müssen etwas tun!« rief er über seine Schulter zurück. »Ich muß einen Unterschlupf finden.«

»Warum Ihr?« Gathmor folgte ihm und bombardierte ihn mit wütenden Fragen. »Nur Ihr? Und woher kommt Ihr überhaupt?«

Rap rappelte sich auf und trottete hinter den beiden anderen her. Er wußte, er sollte versuchen, dem Drachen einen Befehl zu schicken, aber er hatte Angst, daß er ihm antworten könnte. Diese Stimme verursachte in ihm schlimmere Qualen, als alles, was er bislang kennengelernt hatte. Sie würde seinen Verstand zu Asche verbrennen.

O Inos! Ich habe es versucht! Ich habe es zu sehr versucht!

Sagorn umrundete einen Felsbrocken, der so groß war wie eine Hütte und einmal Teil einer Gelenkfessel gewesen sein mochte. Er beobachtete die Klippen, die sich so hoch erhoben und suchte nach einer Öffnung zu jener sagenhaften Höhle, auf die er hoffte. Selbst wenn er sie fand, wäre sie doch nur eine Todesfalle.

Da schwebte ein riesiger Schatten über sie dahin, und sie blieben stehen.

Das Fenster! Das war der Moment. Rap drehte sich um und starrte über den von der Hitze verzerrten Sand, und einen winzigen Augenblick lang glaubte er, ein Flackern in der Dunkelheit zu sehen, dort, wo die Beobachter gewesen sein mußten, wo er gewesen sein mußte. Falls es dagewesen war, war es jetzt verschwunden ...

»Diese Prophezeiung?« fragte Gathmor. »Was geschieht?«

»Wir wissen es nicht«, knurrte Sagorn und beobachtete, wie das Monster in Kreisen auf sie niederschwebte. »Mehr haben wir nicht gesehen.«

»Ihr meint, wir könnten sterben?«

»Vermutlich. Es sei denn, Rap kann ihn fortschicken.«

Es lag in seiner Hand. Rap nahm sich zusammen und versuchte sich vorzustellen, wie er mit Firedragon umgegangen war, dem Hengst in Krasnegar – oder auch mit einem Hund, wie Köter. Er versuchte sich zu erinnern, wie er das Feuerküken beeinflußt hatte. Er holte tief Luft. *Geh weg*! befahl er.

Die Reaktion war noch schlimmer, als er erwartet hatte – eine schrille Explosion der Furcht, die ihn so körperlich traf, daß er zurücktaumelte und rückwärts in den Sand fiel. Sein Kopf prallte eine Handbreit entfernt von einem zerklüfteten Felsen auf dem Boden auf, aber das bekam er kaum mit. Der Drache scheute wie ein Fohlen, wirbelte am Himmel herum, als wolle er sich selbst in den Schwanz beißen und trudelte dann hinter einem Hügel spiralförmig außer Sicht. Der Wald explodierte in einem rot-schwarzen Pilz aus Flammen und Rauch.

Einen Augenblick später rollte Donnergrollen über die Lichtung. Die Rauchsäule kroch himmelwärts, an ihrem Fuß züngelten die Flammen. Lautes Krachen ließ darauf schließen, daß Äste und Zweige in der Hitze barsten.

Gold?

Das war eine leisere, beinahe zaghafte Frage gewesen, aber auch Hartnäckigkeit hatte durchgeklungen. Rap glaubte nicht, daß der Drache aufgegeben hatte. Er war lediglich verwirrt und durcheinander.

Sagorn stand drohend über Rap gebeugt und starrte voll grimmiger Wut auf ihn hinunter. Sein gespenstisch blasses Gesicht war Schweißnaß, seine knochige Nase und der hohlwangige Kiefer wirkten mehr denn je wie der Schädel eines Skeletts.

»Narr! Habt Ihr geglaubt, ich würde Euch aus Angst mein Wort der Macht verraten?«

Rap brummte und versuchte aufzustehen. Im Hinterkopf konnte er jetzt die Gedanken des Drachen spüren – dunkles Murmeln von Gold und von Zweibeinern bei den Überresten seiner Vorfahren. Es waren nicht einmal Worte, sondern nur ein Nachdenken, und es erfüllte Raps Verstand mit fremdartigen, metallischen Echos, die ihn derart peinigten, daß er nicht denken konnte.

»Ihr dachtet, Ihr könntet Drachen kontrollieren!« schnaubte Sagorn. »Ihr wolltet mich nötigen, Euch mein Wort der Macht zu nennen!«

Rap nickte elend und zwang sich auf die Knie. »Das hätte ich vielleicht tun können – aber er glaubt, wir hätten Gold.«

Sagorn schnaubte erneut. »Das geringste bißchen Gold

macht einen Drachen verrückt. Selbst Ihr müßt das wissen! Es versetzt sie in einen Rausch. Sie brauchen Metall für ihre Metamorphosen, besonders Gold.«

»Haben wir Gold?« mischte sich Gathmor argwöhnisch ein, als er an der Seite des alten Mannes auftauchte.

Sagorn hielt seine Augen auf Rap geheftet. »Thinal hat welches.«

»Was!« rief Rap.

»In Finrain hat er wieder für Andor gestohlen; um dessen Liebschaften zu finanzieren.« Der alte Mann schloß die Augen und schien zusammenzuschrumpfen. »Bevor er fortging, nahm er eine Münze in den Mund.«

Rap heulte auf. Schwankend kam er auf die Füße.

Das Feuer hinter dem Hügel wurde größer und lauter. Bäume barsten, Rauch pulsierte in riesigen schwarzen Wolken gen Himmel. Hoch über ihnen schwebte die Rauchsäule nach Westen. Der Drache kam zu ihnen.

»Warum?« wollte Rap wissen. Mit gerunzelter Stirn streckte Gathmor eine Hand aus, um ihn zu beruhigen.

»Das tut er fast immer«, sagte Sagorn traurig. »Nur so können wir etwas für uns behalten. Was wir in uns haben, nehmen wir mit – also versteckt Thinal normalerweise auf diese Art eine Münze. Wenn er zurückkommt, besitzt er wenigstens etwas. Er ist nur ein einfacher Gelegenheitsdieb, vergeßt das nicht.«

»Und der Drache weiß das?«

»Vielleicht. Drachen sind nicht völlig weltlich. Sie haben ihre eigenen Kräfte. Dieser hier spürt vielleicht Thinals Gold.«

Gold!

Rap geriet ins Schwanken und fiel beinahe wieder hin, als eine neue Welle der Qual seinen Verstand überschwemmte. Konnte der Drache sogar seine Gedanken hören, ebenso wie Rap die des Drachen? Er wünschte, Sagorn hätte ihm nichts von dem Gold erzählt.

»Dann rufen wir Thinal! Wir werfen die Münze fort und laufen weg!«

Auf dem Kamm des Hügels schimmerte Feuer durch den Wald, als der Drache am gegenüberliegenden Abhang hinunterstieg.

Sagorn schüttelte den Kopf. »Sinnlos! Der Drache braucht das Gold nur anzurühren, und er würde meilenweit alles verwüsten. Sein Anfall würde tagelang dauern, während er ein weiteres Stadium der Metamorphose durchmachte. Wir würden ihm niemals entkommen.«

»Dann nennt ihm das verdammte Wort!« bellte Gathmor. Anscheinend hatte er nun eine ungefähre Vorstellung von dem, was vor sich ging.

»Nein!« Der alte Mann starrte ihn wütend und stur an. »Ich bin zu alt! Ich brauche alle!«

»Nicht mehr lange – da kommt er!«

Auf dem Kamm des Hügels explodierten die letzten Säume der Bäume in einem leuchtenden Blitz, und der Drache kam hervor, wie eine enorm lange Kette. Er blieb nicht stehen, sondern lief den Hang hinunter, wobei er mit einer Geschwindigkeit schlitterte, die einem Rennpferd ebenbürtig gewesen wäre. Mit seinen angelegten Schwingen wirkte er wie ein gigantischer Metallwurm, jede Schuppe blitzte farbig in der Sonne, und selbst auf diese Entfernung konnte Rap die von ihnen aufsteigende Hitze spüren.

Verzweifelt nahm er all seine Kräfte zusammen und schleuderte ihm einen Befehl entgegen. *Zurück*!

Das Monster scheute, breitete seine Schwingen aus, um zu bremsen und ließ eine Fontäne aus Sand und Felsen zwischen seinen Klauen aufspritzen. Es kam auf seinen Hinterbeinen zum Stehen, hoch wie der Turm einer Burg, und ließ ein ohrenbetäubendes Heulen aus weißem Feuer hervorschießen. Mit unbeschreiblicher Kraft schlugen immer wiederkehrende Wellen der Macht auf Raps Verstand ein; er fühlte sich genauso hilflos wie damals in der Brandung. Halb benommen taumelte er zurück, und nur Gathmors stahlharter Griff verhinderte, daß er zu Boden fiel.

Ishist? kam der Gedanke. *Zweibeiner spricht*? *Ist Ishist*? Die silberne Figur warf sich vorwärts, und die Vorderklauen gruben sich in den Boden. Der riesige Rücken war gekrümmt wie der einer Katze, während der Drache nachdachte, doch Rap erinnerte er eher an einen Hund, der auf sein erstes Stachelschwein trifft. Der massive dreieckige Kopf wiegte sich auf dem schuppigen Hals hin und her und betrachtete das Problem aus verschiedenen Blickwinkeln; während um sie herum der Sand zu schmelzen begann und immer dunkler wurde, bis schließlich die näheren Regionen zu glühen anfingen. Das ganze Monster war heißer als die Esse eines Schmieds. Hitzeflimmern verzerrte die Luft um den Drachen herum, geschmolzenes Glas bedeckte den Boden.

»Das Wort?« rief Rap.

»Verratet mir Eures!« verlangte Sagorn.

Rap versuchte, das bißchen Mut zusammenzukratzen, das ihm noch geblieben war. Ihm war schlecht, und die Sinne schwanden ihm, und er fühlte sich sehr dumm. Aber er würde sein Wort jetzt nicht preisgeben. Auch wenn er sterben mußte.

»Nein! Erinnert Ihr Euch an das, was Andor sagte, als wir auf die Kobolde trafen? Das Blatt hat sich gewendet, Sagorn. Jetzt brauchen wir mein Talent, nicht seines! Nicht Eures! Meines! Aber ich brauche mehr Macht.«

Genau das hatte er geplant, deswegen hatte er Jalon in die Falle gelockt; aber er hatte gedacht, er würde nur bluffen. Er hatte geglaubt, er könne den Drachen kontrollieren und Sagorn so weit einschüchtern, daß er ihm das Wort der Bande verriet. Jetzt war es kein Bluff mehr. Er konnte dieses Monster genauso wenig kontrollieren, wie er mit ihm ringen konnte. Und er bezweifelte sehr, daß er es als Geweihter besser machen würde. Vermutlich konnte nur ein echter Zauberer einen Drachen bezwingen.

Sagorn sah ebenfalls krank aus, abgezehrt und fuchsteufelswild. Seine Augen wanderten unruhig zu den Klippen. »Dort ist vielleicht eine Höhle. Wenn ich mich vor ihm verstecken kann, spürt er Thinal vielleicht nicht in mir ...«

»Nein!« Rap sprang vor und ergriff den alten Mann an seinen knochigen Schultern. »Das wird nicht funktionieren, und Ihr wißt das! Er wird einfach Feuer hinter Euch her blasen. Sagt es mir! Sagt es mir jetzt, oder wir werden alle sterben.«

Nicht Ishist! schloß der Drache. *Zweibein nicht Ishist*!

Er hastete weiter, und geschmolzener Felsen stob hinter ihm auf. Dornige Büsche gingen in weißen Flammen auf, als der Drache an ihnen vorbeistampfte.

Sagorn heulte auf und beugte sich näher zu Rap hinunter.

»Nun?« schrie Rap. »Sprecht!«

»Ich kann nicht! Es tut weh!«

Rap schüttelte ihn wie ein Federkissen. »In zwei Sekunden wird es noch viel schlimmer weh tun!«

Der alte Mann schluckte schwer, schwankte und sackte über Raps Schulter, ganz plötzlich ein totes Gewicht. Merkwürdige Geräusche formten sich in seiner Kehle, als habe er einen Anfall. Rap konnte ihn kaum aufrecht halten.

»Sagorn!« kreischte er. »Doktor! Sagt es mir!«

Der Drache war in der Ebene angelangt und kam schneller näher, als Rap sich hätte träumen lassen, schneller als ein herabstoßender Falke. Größer und größer, mit funkelnden Juwelenaugen ...

Da raffte sich Sagorn gerade genug auf, um Rap sein Wort der Macht ins Ohr zu flüstern.

2

Ein Wort der Macht zu erfahren mochte so ähnlich sein, wie vom Blitz getroffen zu werden. Es gab nichts Vergleichbares.

Einen ewigen, leblosen Augenblick lang dachte Rap, er werde auseinandergerissen. Lichter schienen in die Dunkelheit zu schießen, dann folgte Musik und eine große Stille. Fanfaren, Glockenspiele und eine tiefe, tiefe Stille. Einsamkeit und wirbelnde Sterne. Da war Schmerz. Da war Ekstase.

Es blieb keine Zeit, diese Erfahrung zu genießen. Rap sah auf, und der monströse Kopf des Drachen war beinahe über ihm, seine Hitze verbrannte Raps Gesicht. Er roch den angesengten Stoff seiner Kleider. Sagorn und Gathmor hatten sich abgewandt und stolperten schreiend von dannen. Die riesigen Augen funkelten wie Edelsteine mit einer tödlichen unmenschlichen Intelligenz auf sie hinunter, voller Gedanken, die kein Mensch denken konnte, voller fremdartiger Gefühle, die kein menschliches Wesen je verstehen konnte; der riesige Mund öffnete sich und entblößte Reihen kristalliner Zähne um einen ewigen Feuersturm wie eine gefangene Sonne. Die Schuppen glänzten wie Metall und strahlten Hitze ab.

Geh weg! kreischte Rap und wußte nicht, ob er die Worte laut aussprach oder nicht.

Erneut schwang sich der Drache im Schock in die Luft; dieses Mal stürzte er rückwärts. Die Klauen griffen ins Leere; das Monster schlug mit einem Aufprall auf, der die Welt erschütterte und seinem Schlund einen Rülpser aus purpurfarbenem Feuer entrang. Felsbrocken fielen von dem Kamm hinter Rap zu Boden, Schuppen und gepanzerte Rükkenplatten und eine halbe Rippe. Der lebende Drache war wesentlich gefährlicher als der tote.

Ein Feuer mentaler Explosionen schien von ihm aufzusteigen, auf diese Entfernung hätten sie Raps Gehirn versengen müssen, aber er blockte sie ab.

»Geh nach Hause!« befahl er wild. »Hier gibt es kein Gold. Geh weg!« Er fühlte eine schimmernde Reaktion. Sie war irreal und fremd, erinnerte ihn aber undeutlich an Firedragon, den Hengst aus Krasnegar: Wut, Scham, Angst, und eine jugendliche Albernheit.

Kein Gold?

»Nichts! Kein Metall! *Geh*!«

Der Drachen wirbelte wie eine Schlange herum und eilte den Hang hinauf, doch gleichzeitig schien er sich irgendwie davonzuschleichen. Er breitete seine Schwingen aus. Staub wirbelte unter Getöse auf, als das Monster sich erhob, um auf seinen Hinterbeinen zu laufen. Noch ein paar Schläge wie von einem Hurrikan, und er erhob sich in die Luft. Er flog hinter der Rauchsäule her, die sich immer noch aus dem brennenden Wald erhob, und schickte eine Mauer aus feurigem Brüllen durch die Bäume. Der Drache verschwand schnell in der Ferne.

Rap hörte sogar ein klägliches Murmeln der Unzufriedenheit – *kein Gold* – schließlich erstarben auch diese Laute.

Er roch nach versengten Kleidern und Haaren, doch Kapuze und Bartstoppeln hatten den größten Teil seines Gesichtes geschützt. Seine Tätowierungen schmerzten, und er konnte winzige Blasen auf ihnen erkennen. Anscheinend arbeitete seine Sehergabe jetzt wie ein Spiegel, doch er konnte sich nicht erinnern, sie schon einmal auf diese Weise benutzt zu haben. Jetzt konnte er auch die Rücken der Hügel erkennen. Die ganze Welt funkelte, hatte eine Schärfe, die er zuvor nicht bemerkt zu haben glaubte, doch ein wenig davon konnte auch die Nachwirkung einer sehr knapp geglückten Flucht sein. In diesem Augenblick fühlte sich das Leben außerordentlich gut an.

Er wandte sich zu Gathmor um, der seine Arme über der Brust verschränkt hatte und breitbeinig dastand und Rap mit furchterregendem Blick anstarrte. »Ihr habt das hier also geplant, Bürschchen?«

Der Mann hatte Angst vor Rap! Es stand ihm ins Gesicht geschrieben.

»Ich habe nicht geplant, zu ...«, seufzte Rap. »Ja, das habe ich. Ja, ich habe es geplant!« Er konnte kaum glauben, daß er noch lebte. Und er kannte zwei Worte der Macht. Er war ein Geweihter. Jetzt war die Welt viel heller für ihn.

»Ihr wußtet, daß wir auf einen Drachen treffen würden. Ihr habt uns in die Falle gelockt. Welcher Schiffskamerad würde ...«

»Ja. Ich habe Euch belogen, Käpt'n, aber ...« Aber nichts, offensichtlich. Rap sollte vor Schreck zittern, als der Seemann sich in Rage redete. Die Wut zog alle Farbe aus seinem Gesicht, sogar aus den Lippen. Seine Haare sträubten sich.

Killerjotunn! Doch was Rap sah, war nur ein ängstlicher Mann, verschreckt durch die unbekannte Macht des Okkulten, ein Mann, der ebenso wütend über die Angst war, die er vor dem Drachen empfunden hatte, der verzweifelt versuchte, seine Selbstachtung zurückzugewinnen, indem er seine Wut gegen einen Dritten richtete – oder vielleicht, indem er litt. Jetzt mußte er sich mit diesem Emporkömmling, diesem jungen Magier, messen und klarstellen, wer der bessere Mann war. Bald hatte sich seine Wut so sehr gesteigert, daß er mehr spuckte als sprach.

»Schlange!« kreischte er. »Undankbarer! Kriechtier!«

Als Rap kein Wort dazwischenbrachte, drehte er sich um und ging davon. Es funktionierte nicht. Hinter ihm riß sich Gathmor die Kleider vom Leib und warf sie beiseite.

Rap wirbelte herum. »Hört auf!« rief er. »Das alles ist ein Wahnsinn! Es ist dumm und kindisch.«

»Ich werde Euch zeigen, was dumm und kindisch ist – ich werde jeden Knochen in Eurem verdammten Faunkadaver brechen!« Gathmor warf seine Sandalen ab. »Wurm! Ihr habt gar keine Knochen!« Den Blick starr auf Rap gerichtet ballte er die Fäuste und trat steif ein paar Schritte vor. Ein Killerjotunn, der auf Blut aus war.

Rap war nicht beeindruckt. »Ihr könnt Euer verdammtes Temperament kontrollieren, wenn Ihr wollt«, sagte er traurig. »Auf der *Blood Wave* wart Ihr ein süßer kleiner Hase.« Er warf seine Schuhe ab, aber seine Kleider behielt er an.

Gathmor setzte zum Sprung an. Rap machte einen Satz zur Seite.

»Ich wünschte, Ihr würdet mir eine Minute zuhören, Käpt'n. Ich bin jetzt ein Geweihter. Ihr könnt nicht erwarten ...«

Doch Gathmor erwartete. Gathmor war blitzschnell. Jeder Mann in Durthing war der Meinung gewesen, daß andere härter zuschlagen konnten, gemeiner waren oder Bestrafungen besser aushalten konnten, doch solange Gathmor einigermaßen nüchtern war, konnte niemand auf der *Stormdancer* ihn an Schnelligkeit übertreffen. Jetzt wirkte er sehr langsam. Vielleicht war es der Sand oder der harte Tag, aber als er sich um die eigene Achse drehte und herumwirbelte, war Rap nicht da. Kreischend versuchte es der Jotunn ein drittes Mal, und jetzt war er darauf vorbereitet, in jeder Richtung zuzugreifen. Dieses Mal blieb Rap stehen und landete mit aller Kraft, die er aufbringen konnte, eine Faust in dem harten, haarigen Bauch. Es fühlte sich an, als schlüge er gegen Inissos Burg. Für Gathmor war es anscheinend noch schlimmer.

Einige Augenblicke lang schien er tot zu sein, doch dann kam er geräuschvoll wieder zu Atem, während er ganz klein zusammengesunken auf dem Sand lag. Rap zog seine Sandalen wieder an, weil seine Zehen brannten. Er betrachtete den Seemann einen Augenblick lang und beschloß, daß er nicht in Gefahr war. Er steckte seine pochenden Fingerknöchel in den Mund und wanderte zu Andor hinüber, der sie beobachtet hatte.

Natürlich hatte die Bande zu diesem Zeitpunkt Andor ausgewählt. Er sah in Jalons braunem Gewand beinahe elegant aus und entspannte sich im Schatten eines Überhangs auf einer Steinplatte, die einmal Teil des Rückenpanzers gewesen war.

Er grüßte Rap mit einem strahlenden Lächeln und einem geräuschlosen, angedeuteten Beifallklatschen. »Ich bin sicher, das tat gut?«

»Nicht wirklich.« Rap hatte Gathmor nicht erniedrigen wollen. Die Niederlage würde den Seemann wesentlich stärker treffen, als der Faun sich über den Sieg freuen konnte. Kein Faun – ein Geweihter! Wenn er jetzt kämpfte, würde er betrügen. Beinahe alles würde in Zukunft Betrug sein.

Andors Gesicht zum Beispiel. Die glatten, hübschen Gesichtszüge des Imp beeindruckten nicht länger. Er war nicht häßlich, aber sein Charme funktionierte bei Rap nicht mehr. Er wirkte sogar unangenehm weibisch.

»Ich hätte es genossen! Du bist ein guter Mensch, Master Rap. Die meisten Menschen hätten viel Spaß daran gehabt, diesen Jotunn in den Boden zu stampfen.« Er nickte ernst.

»Du jedoch nicht, glaube ich. Dir macht es keinen Spaß, andere Menschen zu erniedrigen.«

Rap zuckte die Achseln. Diese neue Immunität gegenüber Andor sollte ihm gefallen, doch er sah das anders. Hinter dem fragenden Lächeln konnte er Wut und Angst erkennen, und kalte Berechnung. Andor hatte Angst, daß Rap ihn töten würde, um den Rest des Wortes der Macht zu bekommen. *Götter*!

Jetzt wurde er durch Raps stillschweigenden, prüfenden Blick aus der Fassung gebracht. Ein falsches Glitzern trat in seine Augen. »Was passiert also als nächstes, großer Zauberer?« Unter dem Humor lag etwas in diesen tiefen dunklen Augen, das schon lange gestorben war. Andor hatte die Menschen so lange manipuliert, daß er sie gar nicht mehr als Menschen sehen konnte.

»Ich biete Dir einen Handel an«, sagte Rap und beobachtete eine Welle der Erleichterung und Freude. Er sah sogar, wie Andor noch schneller nachdachte. Vermutlich fragte sich Andor, ob er Rap töten konnte, um den Teil der Macht zurückzubekommen, den Sagorn abgegeben hatte.

»Heraus damit! Ich habe es dir auf dem Schiff gesagt, Rap – ich glaube, du hast ein Ziel, also wäre ich gerne dabei. Mehr noch, ich möchte wirklich dein Freund sein. Das wollte ich schon immer.«

Hätte auf seiner Stirn *Lügner* gestanden, es wäre nicht offensichtlicher gewesen. Dann warf Rap mit seiner Sehergabe einen Blick in sein eigenes Gesicht und sah angeekelt das unschuldige Lächeln, den jungenhaften Ausdruck. Er versuchte, Abhilfe zu schaffen, und sah, wie er ernst wurde, ein ziemlich unschuldiger junger Mann, der sich großen Herausforderungen gegenüber sah. Er konnte nichts dagegen tun! Er blendete Andor, so wie Andor in der Vergangenheit ihn geblendet hatte, und er konnte damit genauso wenig aufhören, wie er seine Sehergabe ausschalten konnte. Er konnte nur hoffen, daß die Übung im Umgang mit seinen neuen Kräften ihn bald lehren würde, wieder zu einem ehrlichen Mann zu werden. Derweil beobachtete er, wie beeindruckt Andor war, und er fühlte sich elend.

»Eine von drei Prophezeiungen hat sich erfüllt, Andor. Bleiben noch zwei. Ich glaube, daß sie beizeiten eintreten werden.« Sein Verstand bäumte sich auf bei der plötzlichen Erinnerung daran, wie er auf dem Boden der Koboldhütte gelegen hatte. »Wenn ich einen Drachen schlagen kann, schlage ich auch Kalkor.«

»Leicht. So wie du Gathmor niedergestreckt hast.«

»Dann kann ich Inos auf ihren Thron setzen. Das ist alles, was ich will. Hier also mein Vorschlag – du hilfst mir dabei, und danach helfe ich dir bei eurem Problem, den Fluch loszuwerden.«

»Gut!« Andor bleckte die Zähne und streckte Rap eine weiche braune Hand entgegen. »Du kannst auf mich zählen. Für die anderen kann ich jedoch nicht annehmen. Das weißt du. Aber wenn du etwas brauchst, frage mich einfach.«

»Du vertraust mir, daß ich später meinen Teil des Handels einlöse?«

»Natürlich!« Andors Gesicht sagte, daß Rap, wenn er jetzt dumm genug war, ihn nicht zu töten, vermutlich auch dumm genug war, einen Handel einzuhalten, wenn er bekommen hatte, was er brauchte. Andor würde ein Versprechen nur dann halten, wenn es ihm zum Vorteil gereichte.

Im Hintergrund stöhnte Gathmor und hievte sich auf einen Ellbogen. Rap wischte sich den Schweiß ab. »Gleich da drüben gibt es Wasser«, sagte er und machte eine Geste in Richtung Bäume. »Laßt uns dorthin gehen.«

»Dein haariger Freund kann unsere Spur aufnehmen, wenn er sich ausgeruht hat«, stimmte Andor zu und erhob sich.

»Ich denke, Jalon sollte der nächste sein, bitte.« Rap sah seinen Gefährten nicht an, als sie nebeneinander her gingen, aber er sah die Verärgerung, die sich in Andors Stimme nicht zeigte, als er antwortete. »Natürlich.«

Dann war Jalon Raps Gefährte.

Seine blauen Augen füllten sich mit Tränen, und er humpelte eine Weile dahin, ohne ein Wort zu sagen.

»Ihr sagtet, Ihr schuldet mir etwas«, sagte Rap.

»Ich nehme an, Ihr habt nicht erwartet, daß es so viel sein würde.«

»Mein Fehler, daß ich es nicht gesehen habe, so wie Ihr. Ich hätte es sehen müssen.« Er stöhnte. »Und jetzt kann ich nicht!«

Auf seinem sonnenverbrannten Gesicht war keine Täuschungsabsicht zu erkennen, nur Schmerzen, und eine Art Übelkeit.

»Was soll das heißen?«

Jalon wedelte mit der Hand in Richtung Bäume. »Alles ist tot. Das Leben ist verschwunden, die Schönheit. Ihr habt meine Macht gestohlen, Rap. Ich fühle mich blind und taub! Ich könnte nicht einmal mehr eine Scheunentür malen. Und ich nehme an, mein Gesang könnte es nicht mal mit einer streunenden Katze aufnehmen.«

»Habe noch keinen Mann getroffen, der das konnte.« Rap ging eine Weile schweigend weiter und fragte sich, was er sagen sollte und ob das neue Glitzern, das er in allen Dingen sah, genau das war, was Jalon verlorengegangen war. Überall im Wald gab es Schmetterlinge und Millionen winziger Blumen, die außer einer Maus niemand bemerken würde, und bunte Vögel zuhauf, bewegungslos auf einem Zweig oder im Nest, und Blätter in allen vorstellbaren Formen. Selbst im Sand zu seinen Füßen glitzerten Myriaden glimmernder Flocken und Kristallfunken. Er bewunderte eine Vielfalt und Vitalität, die er nie zuvor bemerkt hatte, während Jalon an seiner Seite dahinschlurfte, auf der Lippe kaute und aussah, als wolle er gleich in Tränen ausbrechen.

Da ein Funkeln von Wut ... und ein Wimmern. »Rap? Wir könnten beide Geweihte sein.«

Anscheinend war es nicht so leicht, Macht abzugeben. Jalon war ein Träumer, der am wenigsten ehrgeizige oder selbstsichere Mann der Bande, aber er ärgerte sich über seinen Verlust. Selbst Jalon verzehrte sich nach Macht.

»Nein.« Rap tat das ebenfalls. »Erstens. Sagorn besteht darauf, daß das Teilen des Wortes seine Macht normalerweise nicht halbiert. Also habt Ihr nur einen kleinen Teil Eurer Macht verloren. Zweitens habt Ihr soeben einen schweren Schock erlitten, und dann sieht man die Dinge immer ein wenig schwärzer ...«

Er versuchte, überzeugend zu sein und war angewidert, als er feststellte, daß er damit Erfolg hatte. Schließlich, sie erreichten gerade den Rand der Bäume, überredete Rap ihn, ein wenig zu singen. Er gab ein paar Strophen von ›Die Mädchen von Ilrane‹ zum Besten, das Lied, das er unterbrochen hatte, um seine Aufmerksamkeit dem versteinerten Drachen zu widmen. Götter! Das konnte nicht mehr als eine halbe Stunde her sein, als die Welt noch ein einfacher, ungefährlicher Ort gewesen war.

Der Gesang war hübsch, wenn auch nicht ganz so, wie Rap es vom alten Jalon gewöhnt war, und diese Strophen waren zudem äußerst abstoßend, aber Rap lachte schallend, was ihm genauso unwahrscheinlich vorkam wie ein dreibeiniges Rennpferd. Im Gesicht des Spielmannes leuchtete Erleichterung auf wie bei einer Gnadenfrist auf den bevorstehenden Tod.

»In Ordnung?« flüsterte er.

Rap wischte sich Tränen aus den Augen. »Ich bin kein Musiker, Freund, aber Ihr singt immer noch besser, als die vier anderen Burschen, die ich kenne. Ich kann wirklich keinen Unterschied feststellen.«

Gott der Lügner! Doch Lügen hatten auch ihr Gutes, wie alles andere auch. Jalon lächelte wieder.

Rap hatte die Macht haben wollen, um Inos zu helfen. Er hatte sie nicht haben wollen, um so zu werden, wie er jetzt war.

Am Rande der offenen Lichtung lag eine Sanddüne. Dahinter bot dichter Wald wie eine göttliche Segnung kühlen Schatten. Ein noch größerer Segen war, daß die moosbedeckten Äste sich um einen dunklen, glänzenden Teich wanden. Rap ließ seine Kleider fallen, warf seine Sandalen beiseite und watete hinein. Jalon blieb dicht hinter ihm. Sie sanken dankbar in die warme Glückseligkeit und drückten eine matschig-weiche Matte aus Blättern und Schlamm beiseite. Einige Minuten lang lagen sie einfach nur da.

Dann versuchte Jalon es erneut. »Rap? Ihr ... Ihr würdet nicht ... Ihr würdet Euer Wort nicht teilen?«

Hätte Andor ihn gefragt, wäre die Bitte geschickter vorgebracht worden und Rap hätte sie leichter zurückweisen können. Was hatte Jalon getan, um Raps Rache zu verdienen?

Sehr viel! Als er einen unschuldigen Jungen getroffen hatte, der nicht einmal wußte, was ein Wort der Macht war, hatte Jalon es ihm nicht erklärt, und gewiß hatte er nicht die damit verbundenen Gefahren erwähnt. Er hatte lediglich eine geheimnisvolle und nutzlose Warnung über Darad gemurmelt. Jalon hatte bei ihrem ersten Zusammentreffen jeden Anspruch auf Raps Freundschaft verwirkt, also war Rap jetzt dazu berechtigt ...

Mit Macht konnte man sein schlechtes Gewissen ganz einfach beruhigen.

»Nein. Mein Ziel ist es, Inos zu helfen. Dafür werde ich alle Macht brauchen, die ich aufbringen kann.« Er würde das Wort, das seine Mutter ihm gegeben hatte, nicht teilen. »Aber ich mache Euch dasselbe Versprechen, das ich Andor gegeben habe: Zuerst helft Ihr mir, und dann werde ich Euch helfen. Vielleicht, wenn Inos sicher auf ihrem Thron sitzt ... Vielleicht werde ich Euch dann sogar mein Wort nennen. Wenn es nötig ist, um Euren Fluch aufzuheben, dann werde ich es tun.« Versprechen gingen leicht über die Lippen.

Jalon nickte feierlich und bot Rap eine Hand auf diesen Handel. Dabei war auf seinem Gesicht keine Tücke zu erkennen, verdammt!

Das Wasser wirkte angenehm beruhigend auf die sonnenverbrannten, von der Reise erschöpften Körper, und der dämmrige Friede des Waldes war Balsam für die Nerven, die in der Erinnerung an den Drachen noch immer gespannt waren. Rap konnte Drachen hören, wenn er sich anstrengte, aber sie waren sehr weit entfernt, ein schwaches Murmeln und Gekabbel, für niemanden eine Bedrohung. Sie klangen sogar eher wie schläfrige Hühner.

Gathmor torkelte herbei und ging übermäßig gebückt. Er ließ sein Gewand fallen und watete in den Teich.

»Ich möchte bitte mit Sagorn sprechen«, sagte Rap.

Das Wasser reichte Jalon bis ans Kinn, und als er seinen Kopf schüttelte, zogen Kreise über die Wasseroberfläche.

»Warum nicht?«

»Er stirbt – oder ist zumindest sehr krank. Er hatte einen regelrechten Anfall. Und er hat Euch das Wort genannt!« Jalon erzitterte. »Das tat weh! Götter, das hat ihm weh getan! Und dann ... Nun, es ist erstaunlich, daß er noch die Kraft hatte, Andor zu rufen.« Er verzog sein Gesicht beim Gedanken an den nahenden Tod.

Also hatte Rap Sagorn umgebracht! Selbst wenn er nicht im wahrsten Sinne des Wortes tot war, so würde doch keiner der Bande es wagen, ihn zu rufen.

Rache war eine sehr saure Frucht.

Und was war mit seiner Seele? Sagorn hatte nicht besonders böse gewirkt, obwohl die Götter natürlich mehr über ihn wußten als Rap. Sagorn hatte versucht, Raps Wort der Macht zu stehlen. Das war eine böse Tat, die viel Gutes kompensierte. Aber der Mann war nicht wirklich tot! Wie konnte seine Seele für die letzte Wägung vor die Götter treten, wenn er nicht tot war? Würde sie auf ewig in einer Art Zwischenzustand bleiben, für immer gefangen sein in einem letzten Funken, das Gewicht, das eigentlich dem Bösen oder Guten hinzugefügt werden sollte? Eine untote Dunkelheit?

Gott der Narren!

Gathmor hatte mit hochgezogenen Schultern dagesessen. Jetzt lehnte er sich ganz behutsam zurück und stöhnte auf, als habe er Schmerzen. Argwöhnisch sah er die anderen beiden an, ob sich Spuren der Belustigung auf ihren Gesichtern zeigten.

»Rap!« sagte Jalon. »Ihr habt Macht gegen einen Drachen benutzt!«

»Ich weiß. Ich versuche, nicht daran zu denken.« Der Hexenmeister des Südens konnte Rap bereits auf den Fersen sein. »Bitte, laßt mich mit Darad sprechen.« Das wäre

Magie, aber Oothiana hatte gesagt, daß Transformationen zu schnell gingen, um aufgespürt zu werden.

Jalon zwinkerte mit den Augen, schien widersprechen zu wollen und nickte dann. Mit einem gewaltigen Platschen erschien der riesige Jotunn an seiner Stelle und versetzte das Wasser im Teich in Wallungen. Gathmor, völlig überrumpelt, versuchte sich aufzusetzen und bereute die hastige Bewegung offensichtlich sofort.

Darad sah Rap scharf an, öffnete seinen Mund zu einem breiten Krokodilgrinsen und zeigte seine Zähne. Rap war angespannt und rechnete damit, aufspringen und ihn so behandeln zu müssen, wie er es mit Gathmor getan hatte, aber dazu bestand keine Veranlassung. Das Gesicht des Kriegers war gräßlich zerstört und mit Tätowierungen verunziert, dennoch konnte Rap so leicht darin lesen wie im Gesicht eines Kindes, und jetzt war es mit großer Belustigung erfüllt.

Leise lachend hielt Darad Rap eine Hand hin, die größer war als ein Fuß des Fauns. »Danke, Faun! Ihr habt es ihnen ganz schön gegeben!«

Rap drückte ihm die Hand, sah den unvermeidbaren festen Druck kommen und hielt ruhig dagegen.

Darad wirkte erstaunt über diesen Widerstand, dann beunruhigt, und schließlich heulte er sehr zufriedenstellend auf, so daß hinter ihm die Vögel in Scharen aus den Bäumen aufstiegen. Rap ließ ihn los, denn er schämte sich plötzlich. Er war nicht besser als sie, diese rohen, sadistischen Jotnar! Nein, er war schlimmer, denn er betrog und benutzte nicht einen ehrlichen Muskel.

Unerschrocken massierte sich das Ungeheuer sanft die Hände und setzte abermals sein Grinsen auf. »Dieser hochnäsige, kleinliche Sagorn! Ihr habt ihn ganz schön dumm aussehen lassen!«

»Hat Euch gefallen, oder?«

»Ich liebe es!« Wieder blitzten die Wolfszähne auf. »Habe hundert Jahre gewartet, daß er bekommt, was ihm zusteht! Er war ein widerlicher, klugscheißerischer Bursche, und er wurde immer schlimmer. Aber behaltet diesen Andor im Auge! Vertraut ihm nicht!«

»Das werde ich nicht.« Rap musterte den minderbemittelten Krieger einen Augenblick lang. »Wie steht es mit Euch? Schlagt Ihr in denselben Handel ein?«

Darad nickte heftig. »Darauf könnt Ihr wetten! Ihr könnt auf mich zählen, Sir! Wenn jemand uns von diesem Fluch befreien kann, dann Ihr – und es wird Euch auch nicht hundert Jahre kosten! Ich bin Euer Mann, Master Rap!«

Er meinte es ernst! Selbst als Weltlicher wäre Rap niemals von Darad betrogen worden. Seine neue okkulte Fähigkeit, Wahrheit zu erspüren, zeigte keinerlei Vorbehalte an, und jetzt konnte er deutlich erkennen, daß Darad der geborene Gefolgsmann war, der es vorzog, daß ihm jemand sagte, ob er einen Menschen verstümmeln oder töten sollte. Hatte er einmal sein Wort gegeben, war er loyaler als Andor oder Thinal, und unendlich zuverlässiger als Jalon, alles innerhalb seiner begrenzten Fähigkeiten. Erstaunlich!

Aber Rap hatte noch nicht gesagt, daß er diesen neuen Gefolgsmann akzeptieren würde, und sein Zögern hatte auf den grotesken Gesichtszügen des Jotunn einen beunruhigten Ausdruck hervorgerufen. Er konnte zwar kaum ein richtiges Gewissen haben, doch anscheinend verfügte er über einen gewissen Gerechtigkeitssinn. »Sir?« murmelte er.

»Ich schätze, ich habe an Eurem Gesicht ganze Arbeit geleistet, auf dem Boot. Habe mich ein wenig hinreißen lassen, versteht Ihr? Falls Ihr es mir heimzahlen wollt ... also, ich würde das verstehen.«

Also würde Darad ergeben stillhalten, während Rap ihn systematisch verprügeln würde? Diese Vorstellung reichte, um den frischgebackenen Geweihten zum ersten Mal seit Tagen zum Lachen zu bringen, und die Bestürzung, die sich daraufhin auf Darads Gesicht spiegelte, vergrößerte seine Heiterkeit nur noch.

»Ich denke, wir sind quitt«, sagte Rap und schnappte nach Luft. »Ihr habt mich an die Kobolde verkauft. Ich habe meinen Hund auf Euch gehetzt. Little Chicken hat damit begonnen, Euch zwei blaue Augen zu hauen, aber ich habe den Befehl dazu gegeben. Prinzessin Kadolan hat Euch den Rücken verbrannt, also zählen wir das dazu, in Ordnung?« Als Darad nickte und Zustimmung signalisierte, hatte Rap eine Vision, wie er zu Inos' Tante ging und ihr ein blaues Auge schlug, damit der Gerechtigkeit genüge getan war, und diese absurde Vorstellung ließ ihn erneut in einen Anfall von Heiterkeit ausbrechen, während die beiden Jotnar, die mit ihm im Teich saßen, verwirrte Blicke tauschten.

Vielleicht war seine Heiterkeit eine Reaktion auf das knappe Entkommen. Sie konnte auch die Aufregung über seine neuen Kräfte sein. Sehr männlich war sie sicher nicht. Rap zwang sich wieder zur Ernsthaftigkeit und schüttelte erneut Darads Hand, diesmal zivilisierter, und der Handel war perfekt.

Also würden Andor, Jalon und Darad ihm helfen. Sagorn war praktisch tot. Thinal durften sie nicht rufen, nicht hier im Land der Drachen. Rap machte sich keine Illusionen darüber, einen Drachen zurückhalten zu können, wenn Gold in unmittelbarer Nähe war. Für einen Augenblick entspannte er sich, genoß das warme Bad und fand allmählich Geschmack an seinem neuen Status als Geweihter.

Er konnte dem entfernten Murmeln der Drachen lauschen. Seine Sehergabe war nun schärfer und hatte einen größeren Aktionsradius. Seine Fähigkeit, Gathmor niederzuringen, deutete darauf hin, daß er in allem, was er tat, ein Experte sein würde. Er war jetzt genauso überzeugend wie Andor, und er konnte auf eine Art und Weise den Gesichtsausdruck anderer Menschen lesen, wie er es niemals für möglich gehalten hätte. Sein Gesicht war weniger verbrannt als Gathmors, obwohl er dem Drachen näher gewesen war; die Verletzungen an seinen Zehen schmerzten nicht mehr. Es sah so aus, als heilten seine Wunden sehr schnell, und er fragte sich, welche anderen Fähigkeiten er in den nächsten Tagen an sich entdecken würde.

Er wandte sich zu Gathmors finsterem Blick um.

»Ihr wollt mit Kalkor abrechnen?«

Der Jotunn nickte zögernd.

»Dann schlage ich vor, daß Ihr auch bei mir bleibt. Es gibt noch eine weitere Prophezeiung: ich werde Kalkor wiedersehen.«

In Gathmors blassen Augen zeigte sich Interesse. »Ihr erlaubt, daß ich ihn mir schnappe?«

»Ihr könntet mit ihm nicht fertig werden. Darad könnte ...«

Der Krieger knurrte auf. »Hoffnungslos, Sir! Wir haben einmal spielerisch gekämpft, und er hat mich fast zerquetscht. Nahezu alle Rippen und den Kiefer gebrochen, und da war er kaum mehr als ein Kind. Fäuste, Schwerter, Äxte – er ist der Beste.«

Das war ein bedenklicher Bericht, weil Darad ebenfalls ein Wort der Macht kannte. Entweder verfügte Kalkor über mehr angeborene Fähigkeiten, oder sein Wort war viel stärker.

Oder er kannte, wie jetzt Rap, mehr als ein Wort.

Doch darum sollte er sich erst in Zukunft Sorgen machen.

»Ich will die ganze Geschichte hören«, sagte Gathmor, »bevor ich mich zu irgend etwas verpflichte.«

Es war seine eigene Schuld, daß er sie noch nicht gehört hatte; Rap hatte oft genug versucht, sie ihm zu erzählen. »Wir können beim Laufen reden. Es ist noch weit genug bis Zark.«

»Und als nächstes?« Gathmor hievte sich steif hoch.

»Machen wir uns auf den Weg?« Raps Sehergabe gab ihm einen Anstoß, und er drehte sich zu dem Beobachter am Ufer um. Wo war er hergekommen?

Er sah nicht beunruhigend aus. Er stand auf einem umgestürzten Baumstamm und lächelte zurückhaltend, doch das Lächeln war zum Teil hinter seiner Hand verborgen – einen Finger hatte er in die Nase gesteckt. Die Nase eines Gnoms war nicht mehr als zwei Löcher im Gesicht.

Der Lumpen um seine Lenden war unglaublich dreckig und viel zu zerfetzt, um noch seinem Zweck zu dienen; die natürliche Schlammfarbe des Gnoms war nur dort zu sehen, wo der Schweiß Flocken von Schmutz fortgespült hatte. Rap bedauerte, daß seine neue scharfe Sehergabe das Gewimmel in dem widerlichen Haarschopf des Jungen erkennen konnte. Sein Kopf würde Rap bis zum Bauchnabel reichen; er war ungefähr dreizehn, je nachdem, wie schnell Gnome wuchsen. Die beiden einzigen sauberen Stellen an ihm waren die prachtvollen, bronzefarbenen Augen.

Als der Gnom sah, daß er die Aufmerksamkeit des Mannes errungen hatte, grinste er noch breiter und winkte ihn mit seiner freien Hand zu sich heran. Dann sprang er von dem Baumstamm herunter und verschwand zwischen den Bäumen.

Darad sprang taumelnd auf, Gathmor tat es ihm nach. Sie pflügten durch den Teich, ohne auf Raps Rufe zu hören.

Es erforderte große Willenskraft und war nur möglich, weil seine Sehergabe den Jungen immer noch in Sichtweite hatte, aber es gelang Rap, ihnen den Weg abzuschneiden und fünf der sechs hölzernen Sandalen zu ergreifen. Er wollte auch die sechste Sandale sowie die Gewänder mitnehmen, aber die Dringlichkeit der Aufforderung wurde unerträglich und riß ihn mit sich. Er rannte barfuß um den Teich herum und folgten den anderen.

In dem dicht zugewachsenen Dschungel lagen alle Vorteile auf der Seite des winzigen Gnomjungen. Er konnte sich durch das Bambusdickicht quetschen. Konnte sich unter Mauern aus Dornen hindurchrollen, denen sich drei nackte Männer nicht zu nähern wagten, oder wie ein Käfer über Morast huschen, der die Männer bis zu den Schultern verschlingen würde. Er war schnell, flink und auf okkulte Weise unermüdlich. Seine Kräfte befähigten ihn auch, die Richtung zu erkennen, denn er hielt einen direkten Kurs, und er zog nie so weit davon, daß die Jagd unmöglich erschien. Seine Verfolger mußten immer glauben, daß sie ihn in wenigen Minuten hatten, und wenn sie vor totaler Erschöpfung nachließen, lachte er, und sein Lachen hatte ebenfalls okkulte Kraft, denn es trieb die Männer wie glühende Peitschen weiter an.

Rap konnte seinen Gefährten leicht folgen und gab ihnen ihre Sandalen. Er selbst ging barfuß, und bald taten die anderen es ihm nach, um an Geschwindigkeit zu gewinnen.

Sein größtes Problem war, mit den anderen in Kontakt zu bleiben. Er hätte sie leicht hinter sich lassen können, und der Wunsch, es auch zu tun, nagte sehr an ihm. Darad verfügte natürlich über die Stärke eines okkulten Kriegers, und konnte mit ihm Schritt halten und die Bestrafung besser ertragen als der arme Gathmor, der nur ein Mensch und sehr erschöpft war. Rap nahm seine Hand und zog ihn mit sich, und ihr gemeinsamer Schritt war für Darad gut zu halten.

Als die Stunden vergingen und der junge Gnom sie in die Hügel hinauf führte, ging der Dschungel schließlich in einen Park über und der Park in Heidemoor, das eine willkommene Erholung von dem peitschenden, schlagenden Gestrüpp bot. Doch bei Einbruch der Nacht ging die Jagd über steinigen Untergrund, der wie Messer in ihre Füße schnitt. Rap und seine Freunde, unfähig, einen Augenblick lang auszuruhen, weil sie immer noch hinter dem fröhlich hüpfenden Gnom mit seinem verzaubernden Lachen und seinen schönen Augen her jagten, kletterten immer höher zwischen die kahlen Gipfel. Das Murmeln der Drachen war jetzt sehr nahe.

Man's worth something:
No, when the fight begins within himself,
A man's worth something.

Browning, *Bishop Blougram's Apology*

(Des Menschen Wert:
Nein, erst wenn er mit sich selber kämpft,
Ist der Mensch etwas wert.)

Sechs

Leben und Tod

1

Auf der anderen Seite der Berge, in Thume, lag ein feuchteres, freundlicheres Land als die Wüste im Osten, mit fettem Gras, das sich an die Füße schmiegte und einem Himmel voller Blätter. Die Luft war angenehm und duftete schwer nach Wald. Die Riesen des Waldes selbst konnte Inos nicht identifizieren, aber dazwischen erkannte sie einige kleinere, von Menschen gezogene Arten, die sie schon in Arakkaran gesehen hatte – Zitronenbäume und Oliven, die wild verstreut standen. Was immer auch das alte Volk in Thume zerstört hatte, ihre Obstgärten hatte es verschont. Obstbäume akzeptierte Inos; im Gegensatz zu anderen erfüllten sie einen Zweck.

Doch schon bald wußte sie zu schätzen, daß auch die anderen Bäume eine Hilfe sein konnten. Sie boten Schatten, und Schatten hemmten das Dickicht. Die kleinen Hufe der Maultiere strichen durch hohen Farn und tappten leise auf Lehm oder Moos. Es war keine Straße zu sehen, aber die grünen Tunnel aus Holz waren zumeist gut passierbar und führten von Zeit zu Zeit auf grasbewachsene Lichtungen, die Inos auf merkwürdige Weise an die winzigen, sonnendurchfluteten Höfe in Krasnegar erinnerten. Auf den Wiesen brannte die Sonne erbarmungslos, doch auf der anderen Seite gab es wieder Schatten, weitere dämmerige Durchgänge, an deren Seiten massive Äste emporragten, die sich über ihren Köpfen wie Dachsparren verbanden, über denen dünne Lichtstrahlen lagen. Sie kannte die Fichten der Taiga und sie hatte den Laubwald bei Kinvale gesehen, aber noch niemals hatte sie etwas derart Magisches kennengelernt.

Lange ritten die Eindringlinge schweigend weiter. Kade war immer noch außergewöhnlich niedergeschlagen, und

Inos konnte sich nur vorstellen, daß die unheimliche Begegnung mit der versteinerten Armee ihr noch immer aufs Gemüt schlug. Sie war alt; jede Erinnerung an den Tod mußte auf eine Frau in ihrem Alter makaber wirken, aber Kade würde sicherlich bald wieder die Alte sein.

Azak war angespannt, wachsam, seine Augen irrten unruhig umher. Inos, die ihn nicht mit Gesprächen ablenken wollte, ließ sich vom Gesang eines Vogels fangen. Sein ständiges Gezwitscher erfüllte die Wälder wie ein musikalischer Regenbogen. Einmal nur sah sie einen winzigen Schatten davonfliegen, die meisten Sänger blieben unsichtbar. *Tausend Jahre haben wir geübt*, sangen sie, *und haben darauf gewartet, daß jemand zurückkommt und unser Lied hört. Willkommen! Willkommen! Willkommen!*

Die Geschirre quietschten und klimperten, das Klappern der Hufe aber wurde durch den schwammigen Untergrund verschluckt. Manchmal ließ sich der Fluß hören und plapperte geschwätzig irgendwo zu ihrer Linken, zeigte ihnen den Weg und versprach, sie zu seinem größeren Bruder zu führen, und gemeinsam mit ihm den Weg zum Meer zu weisen.

Die Schönheit des Morgens war Balsam gegen alle Ängste, reines Gold. Kein Ort konnte weniger verflucht sein als dieser.

Je näher der Mittag kam, um so mehr verstummte die Symphonie der Vögel, und Azak begann als erster wieder zu sprechen, als er sich langsam entspannte. Er zeigte auf einige Dinge, die er als Spurenleser erspähte – uralte Spuren von Gebäuden und Wegen, Tierspuren und ihr vermutliches Alter. Jene Laute waren von einem wilden Hund, Haushunde klangen weniger spitz. Die Rinden der Bäume trugen Verwüstungen von Spechten, Kratzspuren von Geweihen, alte Klauenspuren von Bären.

»Das alles habt Ihr doch nicht in der Wüste gelernt!« stellte Inos vorwurfsvoll fest.

Blutrote Augen zwinkerten. »In den Bergen, den Agonisten. Als ich klein war.«

Falls das ein Hinweis auf seine persönliche Geschichte war, von der sie nichts wußte, dann hatte er vergessen, es zu erwähnen. Er kam wieder auf das Leben der Wildnis zurück. Rotwild und Ziegen ganz gewiß, sagte er, und vermutlich wildes Hornvieh.

Aber keine Menschen. Als es Zeit war, den Maultieren eine Pause und den Reitern einen Imbiß zu gönnen, war Azak froh gestimmt. Keine gefällten Bäume, keine Spuren, keine Zäune, kein Rauch. Es gab keine Menschen in Thume, sagte er. Mit allem anderen konnte er natürlich fertigwerden, mit Ausnahme von Dämonen.

Inos lächelte und versicherte ihm höflich, daß sie sowohl seinem Auge als auch seinem Arm vertraute.

Kade sagte nichts, sondern runzelte nur die Stirn und biß sich auf die Lippen.

»Ein herrlicher Ort, um unser Lager aufzuschlagen!« verkündete Azak feierlich und umfaßte die Lichtung mit einer ausschweifenden Geste der Zustimmung.

Inos hatte sich in Tagträumereien über Pläne für Hub verloren. Verwirrt unterdrückte sie ein Kichern. Manchmal legte der große junge Mann eine Leichtigkeit an den Tag, die nicht so recht zu den zerlumpten Kleidern und dem wilden, buschigen roten Bart passen wollte – oder zu seiner Körperhaltung, denn seine Beine waren beinahe genauso lang wie die der Maultiere. Er hatte beim Ritt über die Berge fast die ganze Zeit die Füße über den Boden schleifen lassen, und vermutlich konnte er absteigen, indem er einfach auf Zehenspitzen rückwärts ging. Doch selbst, wenn er sich manchmal aus Gewohnheit immer noch für unfehlbar hielt, so hatte er sich doch als weit anpassungsfähiger erwiesen, als sie in Arakkaran für möglich gehalten hätte. Er hatte zusehen müssen, wie sein Reich von einem Königreich auf eine einzelne Karawane geschrumpft war und schließlich auf zwei Frauen, und nie hatte er sich beklagt oder beleidigt gewirkt. Es hatte sich herausgestellt, daß er ein großartiger

Waldbewohner war, ebenso, wie er ein großartiger Regent eines Königreiches gewesen war. Wie das Spiel auch hieß, wie hoch auch die Einsätze waren, Azak spielte mit ganzem Herzen und mit den Fähigkeiten eines geborenen Gewinners.

Er hatte seine Fehler, dieser Azak ak'Azakar, aber er war eine erhabene königliche Persönlichkeit.

Doch woher rührte sein plötzlicher Sinneswandel? Seit ihrer übereilten Abreise aus Elkaraths Karawane hatte er sie angetrieben, also warum sollten sie jetzt ein Lager aufschlagen, wo sie noch mindestens zwei Stunden Tageslicht vor sich hatten? Sie hatten kein Zelt, das sie aufbauen konnten, und die Lichtung war zwar ein angenehmer Ort, doch war sie nicht besser, als Dutzend andere, die sie gesehen hatten.

Inos warf ihm einen verwirrten Blick zu. »Wir hören und gehorchen, Beschützer der Armen, Geliebter der Götter!«

»Natürlich!« Ein Lächeln blitzte wie ein flüchtender Vogel in seinem roten Bart auf, aber Inos war sicher, daß die rubinroten Augen jeden ihrer Gedanken gelesen hatten. Wer hätte je geglaubt, daß Azak mit ihrem Spott so gut umgehen konnte? Wie hatte er es gelernt?

Plötzlich flackerte in seinen Augen eine Warnung auf. Inos wirbelte herum, um Kade anzusehen, die die Nachhut bildete.

Närrin! Wütend, daß sie so gedankenlos gewesen war – und daß Azak hätte bemerken müssen, was ihr entgangen war – glitt Inos aus ihrem Sattel, ließ die Zügel fallen und eilte zurück zu Kades Maultier.

»Tante! Geht es dir nicht gut?«

»Oh, es geht mir ganz gut, Liebes. Warum halten wir an?« Die blaßblauen Augen bemühten sich redlich, ihr altes Funkeln zu zeigen – vergebens. Ganz gleich, was sie sagte, Kade machte es nicht besser, sondern immer schlimmer. Was hier auch nicht stimmte, es verlangte seinen Preis. Sie hing zusammengesunken auf ihrem Sattel und schien um zehn Jahre gealtert, und zum ersten Mal in Inos' Leben hatte die absurd unfehlbare Heiterkeit ihre Tante verlassen.

»Azak meint, wir sollten hier ein Lager errichten.«

Diese Neuigkeit war nicht willkommen. Kade zuckte zusammen und sah sich offensichtlich beunruhigt um. »Oh, sicher können wir doch vor Einbruch der Dunkelheit noch ein oder zwei Meilen schaffen?«

»Er glaubt nicht. Hier, laß mich dir herunterhelfen.«

»Ich glaube, wir sollten weiterreiten!« protestierte Kade.

»Warum?«

»Der Scheich? Königin Rasha?«

»Der Scheich wird uns nach all dieser Zeit nicht mehr fangen, Tante. Die Maultiere brauchen eine Ruhepause.« *Und du auch*!

»Nun ... Vielleicht finden wir einen besseren Lagerplatz?«

»Azak besteht darauf, daß dieser hier perfekt ist«, sagte Inos fest.

Es war zumindest zufriedenstellend: eine grüne Wiese in einer breiten Schleife des unermüdlichen Flusses, mit Wasser an drei Seiten und ungewöhnlich dichtem Wald an der vierten Seite. Selbst wenn die Maultiere sich von ihren Pflökken losmachten, würden sie sich nicht weit entfernen, solange das Wetter nicht schlechter wurde, und im Augenblick war das Wetter perfekt: heißer Sonnenschein und eine kühle Brise. Hier und dort wölbte sich die Grasnarbe leicht und deutete auf alte Wohnhäuser hin, vielleicht eine Farm – bestimmt machte es Spaß, in einigen freien Minuten ihre Überreste zu erkunden –, und der einzige weitere Orientierungspunkt war ein kleines, niedriges Wäldchen in der Mitte – ungefähr ein Dutzend dürrer Bäume. Inos kannte Azaks Denkweise inzwischen gut genug, um seine Absicht deuten zu können. Er würde diese jungen Bäume zu einer Illusion von Schutzhütte ausschmücken, die nach allen Seiten offenes Land hätte. Praktischer Mann!

Kade stieg, immer noch widerwillig murmelnd, vom Maultier. Azaks Tier, das bereits von Geschirr und Sattel befreit war, rollte sich in dem dicken Gras, alle vier Beine in die Luft gestreckt und stimmte offensichtlich mit Azaks Meinung über diesen Ort überein.

Ungefähr eine halbe Stunde später war die Arbeit erledigt. Azak hatte im Wald junge Bäume und Zweige geschlagen und sie zu dem Wäldchen hinübergezogen, um aus ihnen einen Windschutz zu bauen. Drinnen saß Kade und kochte auf einem kleinen Feuer eine Kanne Tee. Die Maultiere gingen an der langen Leine und kauten zufrieden Gras, und Inos stand mit Azak am Ufer des Flusses. Eine kurze Überprüfung der Erdhügel hatte nicht mehr als ein paar alte Kaminplatten zu Tage gebracht; der Tag war noch nicht vorbei, und sie war sich nicht sicher, was sie als nächstes tun wollte.

Azak schirmte seine Augen gegen die Sonne ab, als er gen Westen blickte. Wahrscheinlich versuchte er festzustellen, wie spät es war.

Inos fragte sich beiläufig, wie es sich wohl anfühlen mochte, ihre Arme um diesen übergroßen Kameljockey zu schlingen und ihn zu küssen, bis sein Bart rauchte, um schließlich selbst so geküßt zu werden, wie Andor sie einmal geküßt hatte. Eigentlich war Andors Kuß gar nicht so spektakulär gewesen, selbst wenn er okkulte Kräfte benutzt hatte. Der Kuß, an den sie sich wirklich erinnerte, aus ihrer kleinen Sammlung, war der, den Rap ihr gegeben hatte, als er sie im Frühling mit dem Wagen verlassen hatte und … aber Rap war tot, und obwohl sie eine gewisse natürliche Neugier hinsichtlich der Frage verspürte, wie ein übergroßer Sultan mit buschigem Bart wohl küssen mochte, konnte sie doch keinerlei echte Erregung beim Gedanken daran verzeichnen. Oder irgendein echtes Verlangen, es zu versuchen, selbst wenn Rashas Fluch aufgehoben würde. In der Abteilung ›Wie-verliebe-ich-mich‹ machte sie also wohl keine besonders großen Fortschritte.

Sie konnte sich keinen Mann vorstellen, den sie lieber an ihrer Seite hätte, um sie gegen die Gefahren eines wilden Landes zu beschützen – natürlich nur solange sein Fluch anhielt –, und noch weniger Männer konnte sie sich vorstellen, mit denen sie ihr Leben teilen könnte. *Auf die Liebe vertrauen*? Lustig vielleicht, daß es sie gab, aber … jeden Tag? Jede *Nacht*?

Götter, er hatte gemerkt, daß sie ihn anstarrte! Eilig blickte sie zur Seite. »Rieche ich da das Meer?«

Es folgte eine Pause, die fast ihr Herz zum Stillstand gebracht hätte, dann hörte sie ihn sagen: »Ich glaube ja. Es kann nicht sehr weit sein – vielleicht zwei Tage.«

»Dann halten wir uns westwärts, nach Qoble?«

»Vielleicht. Wir werden an jenen großen Fluß kommen, und wir sind auf der falschen Seite.«

Daran hätte sie natürlich denken können! »Ich fühle mich sehr schmutzig. Ich nehme an, das Wasser ist warm.«

Er runzelte die Stirn, als er auf den Kreis weißen Sandes blickte, der die Wiese umgab. »Die Strömung ist reißend, kleines Kätzchen.«

»Ich werde nicht tief hineingehen. Ich kann nicht schwimmen. Auf dieser Seite ist das Wasser ganz ruhig.«

In der Nähe des Sandes machte sich das Wasser kaum die Mühe, die Blätter zu bewegen, die auf seiner Oberfläche dahinschwammen, aber auf der anderen Seite war das Ufer zu einer kleinen Klippe unterspült worden, und dort sammelte sich das Wasser in gleißenden Wellen unter den überhängenden Zweigen der Bäume. Als sie diese Stelle betrachtete, schwamm ein Stock hüpfend mit erstaunlicher Geschwindigkeit vorbei.

Azak knurrte und starrte flußauf- und -abwärts und über den Dschungel, der dicht und dunkel dalag und Schatten über den Fluß warf. »Krokodile?«

»Nein!«

»Nun, ich kann keine sehen«, gab er zu. »Aber vertraut keinen schwimmenden Baumstämmen, besonders, wenn sie Euch zulächeln.«

Inos erzitterte. »Daran werde ich gewiß denken. Aber ich werde die Sachen waschen – und mich.«

»Ich bleibe in Hörweite.« Er sprach mit ernster Stimme, sein Gesicht blieb ausdruckslos.

Inos wurde klar, daß sie einen klugen Spruch erwartet hatte oder vielleicht einen Witz über das Wachestehen – die Art kerniger Erwiderungen, die sie von ihren Freunden unter den Stalljungen und Dienern in Krasnegar zu hören bekommen hätte. Selbst die jungen Dandys in Kinvale hätten vermutlich versucht, ihre Verlegenheit durch eine geistreiche Bemerkung zu überspielen. Nicht so Azak. Natürlich barg der weibliche Körper für ihn keine Geheimnisse, und sie heimlich zu beobachten, würde ihm nur Qualen verursachen. Und sein Sinn für Humor war ohnehin ein periodisch auftretendes, unberechenbares Phänomen.

»Ihr geht jagen!« sagte sie fest.

»Oh! Tatsächlich?« Er schürzte erstaunt die Lippen.

»Jawohl. Ihr wißt, daß unsere Lebensmittel knapp werden. Frisches Fleisch wird uns nach diesen vielen Pfannkuchen, Datteln und so weiter eine willkommene Abwechslung sein. Ihr habt Zeit.«

Er nickte belustigt. »Und wer wird Euch verteidigen?«

Sie ging langsam zurück zu ihrer Unterkunft. »Wovor sollte ich verteidigt werden? Moskitos?«

»Löwen«, sagte er und folgte ihr.

»Nein!«

»Ich habe vor einiger Zeit ein paar Spuren gesehen.«

Sie stampfte durch kniehohes Gras. »Jagen Löwen nicht bei Nacht?«

»Das kommt darauf an, wie hungrig sie sind und wie appetitlich die Beute ist. Manche Menschen wirken sehr appetitlich. Sonnenuntergang ist ihre Lieblingszeit. Außerdem könnten es auch Tiger sein, und denen vertraue ich noch weniger.«

»Ich hätte gerne ein schönes Stück Wildbret oder einen fetten Vogel.« Sie war kein dümmliches Stadtmädchen, das bei einer Bemerkung über Löwen in Panik ausbrach.

Er zuckte die Achseln. »Wie Ihr wünscht. Ich werde nicht lange brauchen, um etwas zu finden.«

Offensichtlich stufte er die Löwen und Tiger nicht als besonders gefährlich ein, wenn er bereit war, zwei Frauen auch nur für kurze Zeit allein zu lassen. Sie waren schon zu lange zusammen; eine Pause würde ihnen allen gut tun.

»Erwähnt Kade gegenüber keine Löwen.«

»Das werde ich nicht, aber haltet den anderen Bogen griffbereit, während ich weg bin.«

Inos gehörte immer noch zu den Jungs, und sein Vertrauen in ihre Fähigkeiten war gleichzeitig schmeichelhaft und beruhigend.

Sie setzte sich hin und nippte mit Kade an einer Schale heißen Tees. Als sie fertig waren, hatte Azak das größte Maultier gesattelt und war in den Wald davongeritten. Die anderen Tiere wieherten ein paar Minuten hinterher, dann verloren sie das Interesse. Kade war immer noch merkwürdig unruhig und nervös und offensichtlich bemüht, es nicht zu zeigen.

»Er wird nicht lange fortbleiben, oder?«

»Azak? Nein.« Wie sonderbar! Inos dachte, Kade müsse Azaks Abwesenheit als angenehm empfinden – normalerweise machte er sie nervös. »Sag mir, was los ist, Tante.«

Für gewöhnlich waren Kades rosige Wangen von einem inneren Feuer erleuchtet. Heute schien es von trüben Schatten verhangen. »Nichts! Überhaupt nichts! Nur Aberglaube, das Verwunschene Land.«

»Nun, ich habe noch nie einen Namen gehört, der weniger angemessen gewesen wäre. Es ist idyllisch. Azak ist sich ziemlich sicher, daß es hier keine Menschen gibt.«

Kade nickte unsicher. Dann heftete sie ihre alten blauen Augen fest auf Inos. »Du änderst doch deine Meinung nicht, Liebes, oder?«

»Worüber?« Seit ihren ersten gemeinsamen Wochen in Kinvale hatte Inos diesen Gesichtsausdruck nicht mehr bei ihrer Tante gesehen.

»Nun, über Azak. Ich weiß, daß er sehr hartnäckig ist.« Kade errötete. »Er sieht sehr gut aus, auf seine Weise, und ...«

»Wir wollen unsere Verlobung verkünden, sobald wir ...« Inos lachte und schüttelte den Kopf. »Nein, ich habe meine Meinung nicht geändert! Vielleicht fühle ich mich in seiner Gegenwart inzwischen wohler als früher, und manchmal finde ich ihn lustig. Aber du brauchst das Festtagssilber noch nicht zu polieren.«

»Nun, ich meinte nur. Ich hoffe, es macht dir nichts aus, daß ich gefragt habe?«

»Natürlich nicht! Also, möchtest du hier sitzenbleiben oder mit mir kommen und die Wäsche waschen?«

Kade dachte kurz nach und schien sich schwerzutun, einen bösen Tagtraum zu vergessen. »Ich werde hierbleiben und das Feuer im Auge behalten. Ich werde mich später waschen.«

Sonderbar! Aber die Berge waren sehr schwierig zu überwinden gewesen. Eine solide Nachtruhe war das mindeste, was Kade jetzt brauchte und auch verdient hatte. Selbst eine Stunde für sich allein würde ihr vielleicht gut tun.

Und vielleicht würde sie ihrer Nichte auch ein wenig mehr Selbstbeherrschung zutrauen. Gutaussehender Mann, also wirklich! Es gab viele gutaussehende Männer. Und wenn jemand außen schön war, so war er noch lange nicht innen schön. Dinge wie Ehrenhaftigkeit und Verantwortungsbewußtsein zeigten sich nicht immer im Gesicht. Andor hatte gut ausgesehen, und wer könnte schlichter aussehen als Rap?

Inos ließ ihre nur mit Unterhemd bekleidete Tante zurück, bündelte ihre Kleider und sämtliche Wäsche und ging mit steifem Schritt zum Fluß hinunter. Ein Drittel ihres Weges dachte sie an Azaks Warnung, eine Waffe bereit zu halten. Sie blieb stehen und dachte nach. Die Vorstellung, daß sie einen angreifenden Löwen oder ein Paar Tiger erlegen könnte, war nicht besonders überzeugend. Andererseits hatte er es ernst gemeint, und er vertraute ihr. Azak sprang sehr grob mit denen um, die sich seinen Befehlen widersetzten. Wie würde sie sich fühlen, falls etwas Gefährliches passierte und sie eine solch offensichtliche Vorsichtsmaßnahme mißachtet hatte? Sie fühlte sich ziemlich albern und marschierte entschlossen zurück zu ihrer Unterkunft, fügte ihrer Last einen Bogen und drei Pfeile hinzu und machte sich erneut auf zum Wasser.

Sie öffnete ihr Gewand und lachte über sich selbst, als sie merkte, daß sie innehielt und sich umsah, bevor sie sich auszog, obwohl sie wußte, daß in diesem Teil der Welt seit tausend Jahren niemand herumgeschnüffelt hatte. Ihr Unterhemd ließ sie an. Sie legte ihre Kleider zu den anderen und kniete sich in kühles Wasser, wo sie sich an die Arbeit machte, so gut sie es eben mit einem Stück grober Seife aus Ziegentalg und ohne Steine konnte. Danach breitete sie die Sachen auf dem hohen, warmen Gras zum Trocknen aus.

Inzwischen war die Luft auf ihrer Haut kühl geworden, denn die Sonne hatte sich hinter die hohen Baumwipfel zurückgezogen. In dem Maße, wie die Luft sich abgekühlt hatte, war das Wasser anscheinend wärmer geworden. Wenn sie nicht bald ihr Bad nahm, würden die Krokodile womöglich im Dunkeln Jagd auf sie machen.

Sie warf einen aufmerksamen Blick über den Fluß und konnte keine schwimmenden Baumstämme sehen, ob mit oder ohne Lächeln. In der Ferne schrie ein Maultier, also mußte Azak bereits auf dem Rückweg sein, und sie war überrascht, wie tröstlich sie diesen Gedanken fand – Einsamkeit war ein ungewohntes Gefühl geworden.

Während sie versuchte sich zu erinnern, wann sie das letzte Mal völlig allein gewesen war, zog sie sich bis auf die Haut aus und watete in den Fluß. Schon bald wurde die Strömung unangenehm stark, zerrte an ihren Beinen und schwemmte den Sand unter ihren Füßen hervor. Als sie knietief im Wasser stand, wagte sie sich nicht weiter. Sie kniete sich nieder und seifte sich ein, Spülte die Seife ab und rubbelte ihren Körper trocken.

Zwei Maultiere wieherten.

Sie tauchte ihren Kopf ganz unter, um ihr Haar auszuspülen, dann ging sie zum Ufer zurück und drückte das Wasser aus ihrem Haar. Sie rubbelte die Feuchtigkeit mit den Händen von ihrer Haut und wünschte sich eines dieser verführerisch weichen Handtücher aus dem Palast von Arakkaran. Widerwillig kam sie zu dem Schluß, daß sie sich in feuchte Kleider hüllen mußte ...

Maultiere wieherten nicht!

Da hörte sie Kade schreien.

2

In dem Durcheinander aus Erinnerungen, die Inos von den folgenden Ereignissen behalten konnte, kam es ihr so vor, als sei die Sonne in genau jenem Augenblick untergegangen – als habe sie das Wasser bei Tageslicht verlassen, habe in einem einzigen Sprung den Sand überquert und das Ufer erklommen und sei im Dämmerlicht im Gras gelandet. Lange Schatten der hohen Waldbäume überdeckten die Wiese, als sie über sie hinwegraste, in einer Hand den Bogen, drei Pfeile und ein nasses Unterhemd in der anderen, verfolgt von jedem Grauen, das ihr Verstand sich ausmalen konnte. Zweige und kleine Kiesel gruben sich in ihre Fußsohlen, und dornige Blumen im langen Gras kratzten an ihren Schienbeinen. Sie stolperte über Grasbüschel und versteckte Buckel. Ihre feuchte Haut war kühl, passend zu dem eiskalten Grauen in ihr, und ihr Haar wie ein nasser Lappen, der gegen ihren Rücken klatschte.

Kade! O Kade!

Die Maultiere hatten nicht geschrien, wie sie es bei Löwen hätten tun sollen. Die Maultiere waren noch da und fraßen zufrieden. Inos konnte sie sehen, undeutliche Umrisse in der zunehmenden Dunkelheit. Das Wiehern stammte von Ponys oder Pferden.

Warum hatte Kade nur einmal geschrien?

Plötzlich wurde ihr schlagartig bewußt – was dachte sie sich dabei, nackt über die Wiese zu rennen? Warum, o warum nur dachte sie niemals vorher nach? Sie hätte sich die drei Sekunden leisten sollen, um sich das Kleid anzuziehen anstatt einfach den durchweichten Haufen Unterwäsche zu ergreifen, der ihr nicht viel helfen würde, wenn die Bedrohung menschlich war. Besonders dann nicht, wenn dieser Mensch ein Mann war. Diese Einsicht traf sie, als sie ungefähr die Hälfte des Weges zurückgelegt hatte; sie stolperte, stand wieder auf und beschloß, daß sie Kade nicht im Stich lassen konnte, darum lief sie weiter, ihr Herz klopfte laut vor Angst und Anstrengung.

Zwischen den Zweigen, die Azak als Schutz zwischen den Bäumen aufgeschichtet hatte, stieg immer noch Rauch gen Himmel. Alles sah friedlich aus. Kade war drinnen oder dahinter. Mit was? Mit wem?

Ein Maultier schrie, und alle hoben ihre Köpfe ...

Acht! Vier Maultiere und vier Pferde. Gesattelte Pferde. Richtige große Pferde, unscharf im Dämmerlicht. Seit Kade geschrien hatte, war vielleicht eine Minute vergangen; da trat ein Mann aus der Hütte hervor.

Inos ruderte mit den Armen, blieb abrupt stehen, schnappte nach Luft, zerrte gleichzeitig an den Pfeilen unter ihrem Arm und versuchte mit ihrer freien Hand, ihre spärliche Kleidung wie einen Vorhang vor sich zu halten. Das Ergebnis war nicht sehr befriedigend.

Er hatte sie gesehen. Er streckte ihr in einer Willkommensgeste die Hände entgegen und rief etwas. Sie konnte kein einziges Wort verstehen, aber die Bedeutung war eindeutig: *Da kommt sie.* An seiner Seite tauchten drei weitere Männer auf, in der Dämmerung kaum voneinander zu unterscheiden. Sie konnte nur wenige Einzelheiten erkennen, aber es waren Männer, junge Männer, und sie trug keine Kleider.

Einen Augenblick lang starrte Inos die Männer vor lauter Entsetzen und Unglauben mit offenem Mund an – Azak war sich so sicher gewesen, daß es keine Spuren von Menschen gab. Auch die vier Fremden standen da und starrten sie an. Das waren keine primitiven Wilden; sie waren herausgeputzt mit langen Hosen und einer Art Hemd oder Tunika, alle im selben dunkelgrünen Farbton. Jeder trug eine fesche Försterkappe mit einer Feder und einen Langbogen – die längsten, die Inos je gesehen hatte.

Der erste Mann machte eine auffordernde Bewegung und rief ihr einladend etwas zu. *Kommt herüber.*

Inos' Füße begannen, sich aus eigenem Antrieb zurückzuziehen. Vier fremde Männer in einem Wald zu treffen, war schon schlimm genug, aber völlig unbekleidet – das war der Stoff, aus dem Alpträume gemacht wurden.

Sie konnte noch nicht einmal ihr dummes Unterhemd anziehen, ohne ihre Waffen aus der Hand zu legen.

Die Fremden berieten sich kurz. Einer machte eine Handbewegung in Richtung Pferde, und die anderen lachten ihn höhnisch aus. Der Anführer sagte etwas, und sie lachten. Sie legten ihre Bogen nieder, ließen die Köcher von den Schultern gleiten und ließen auch diese zu Boden fallen.

Erneut rief der Anführer ihr etwas zu, und Inos konnte genug verstehen um zu begreifen, daß er sie aufforderte, sie solle ebenfalls ihre Waffen beiseite legen. Sie hatte drei Pfeile, nur drei. Plus einen Bogen und eine weiße Fahne.

»Wer seid Ihr?« rief sie. »Was wollt Ihr?« Sie zog sich vorsichtig noch ein paar Schritte zurück – näher zum Fluß und zum dahinterliegenden Wald, näher zu dem Haufen mit ihren Kleidern. *Kade*! Was hatten sie mit Kade gemacht?

Was? rief der Anführer. Das nahm sie zumindest an – er legte eine Hand hinter ein Ohr.

»Was wollt Ihr?« wiederholte sie weinerlich und schämte sich ihrer schrillen Stimme.

Einer der anderen sagte etwas, und wieder lachten alle. Der Anführer rief und zeigte: *Euch*!

Einer der anderen machte einen Witz, und alle lachten und bildeten schnell eine Linie. Der Anführer sah sich um und rief dann zwei oder drei Worte. Dann noch zwei ...

Auf die Plätze ...

Fertig ...

Sie wollten sie zu Fuß erjagen. Sie sollte der erste Preis im Querfeldeinrennen der Männer werden.

Und vielleicht auch der Preis für die anderen.

Wenn sie versuchte, aus der Biegung des Flusses zu entkommen, würden die Männer sie leicht einholen. Sie konnte nicht schwimmen. Krokodile waren jetzt ein geringes Übel – sie wirbelte herum und nahm die Beine in die Hand.

Noch ein offensichtlicher Ruf: *Los*!

Ein Blick über ihre Schulter bestätigte Inos' Vermutung. Das Rennen ging los.

Drei Speere, vier Männer, schwächer werdendes Licht ... sie würde es nicht wagen, zu schießen, bevor sie in kürzester Schußweite waren, und falls die Männer sie gemeinsam schnappten, würde sie keine Zeit haben, ihren Bogen zum zweiten Mal zu spannen. Würde sie es fertigbringen, mit einem Pfeil auf einen Menschen zu zielen? Selbst der Versuch mochte dumm sein, denn falls sie einen tötete oder verwundete, wie würden sich die anderen dann rächen?

Sie rannte wie nie zuvor in ihrem Leben, und der Fluß war entsetzlich weit entfernt. Dahinter lag tiefer Wald, wo sie sich verstecken konnte, falls sie ihn jemals lebend erreichte. Heftiges Atmen, ein laut klopfendes Herz und Büschel von Gras, die an ihren Beinen zerrten ... Irgendwo verfing sich ihr nutzloses Unterhemd in einem Busch und war verloren.

Sie würde es niemals schaffen. Sie hatte in ihrem Leben genügend Verfolgungsjagden heraufbeschworen um zu wissen, daß weibliche Beine mit männlichen nicht mithalten konnten, wenn es ums Rennen ging. Sogar als sie größer als Rap und Lin gewesen war, konnte sie sie niemals überholen.

Da – ein Chor aus Maultierrufen in der Ferne, und das Donnern von Hufen – Azak! Mit einem erleichterten Aufschrei blieb Inos stehen und wirbelte herum. Die Männer waren bereits gefährlich nahe und umschlossen sie wie eine Kralle, aber auch sie waren stehengeblieben und hatten sich umgedreht um zu sehen, wer da kam. *Und sie hatten ihre Bogen an der Hütte gelassen*! Hätte sie noch genug Luft gehabt, hätte Inos gejubelt – Azak würde sie niedertrampeln, mit Pfeilen vollpumpen und ihre Köpfe in der ersten Minute abschlagen.

Das Maultier kam in Sichtweite, vom oberen Wasserlauf, aus der Richtung, in die Azak verschwunden war.

Ein großes Maultier, ohne Reiter.

Zitternd und nervös rannte es entsetzt und unentschlossen herum und lief dann zu den anderen Tieren hinüber. Es war Azaks Maultier. Kein Azak. Was das bedeutete, darüber wollte Inos nicht nachdenken.

Die vier Männer lachten, schwatzten und verloren das Interesse an dem Neuankömmling. Sie richteten ihre Aufmerksamkeit wieder auf ihre Beute. Sie standen so weit auseinander, daß es schwierig war, alle im Auge zu behalten.

Der Anführer rief ihr etwas zu, und sie glaubte, einige Worte zu verstehen: *Lady ... Freunde ... Freunde sein* ... Er wiederholte die einladende Geste. Inos schüttelte den Kopf und trat einen Schritt zurück, sprachlos vor Entsetzen und Atemlosigkeit.

Das Blut rauschte in ihrem Kopf. Entsetzen ...

Der Mann lachte. Er zeigte mit einem Arm auf die Maultiere, dann erhob er eine Hand, um Höhe anzuzeigen. Er spannte einen imaginären Bogen, schwang seinen Arm herum und stieß einen Daumen in seine Brust. Er machte eine fallende Bewegung. Die drei anderen brachen über seine Vorstellung in Gelächter aus.

Azak aus dem Hinterhalt überfallen? Aus dem Hinterhalt erschossen? Sein von Panik ergriffenes Reittier war also geflohen und war dann schließlich zu seinen Gefährten zurückgekehrt.

Azak erschossen ... Was hatten sie mit Kade gemacht?

Azak ... Kade ...

Jetzt Inos.

Sie ließ zwei Pfeile fallen und hob ihren Bogen, um ihn zu spannen – schneller, als sie es je zuvor getan hatte –, und sie hatte den dritten Pfeil sofort eingelegt und auf den Anführer gezielt. Im Zwielicht, mit ihrem wild klopfenden Herzen würde sie vermutlich nicht einmal eine Regentonne treffen.

Die Männer an beiden Seiten machten Anstalten, sie einzukreisen. Wieder rief der Anführer etwas in seinem Dialekt, einem ungewohnten Singsang, der dennoch beinahe neckend verständlich war: *verletzt*? ... nein, er meinte *nicht verletzt ... versprechen, versprechen, versprechen* ... Seinem Versprechen würde sie genauso viel trauen wie dem Kuß einer Viper. Die Bedeutung wurde ihr eher durch seine Gestik und Modulation klar als durch seine Worte, aber der Spott und die Schadenfreude wurden dennoch deutlich.

»Geht zurück!« rief sie und spannte den Bogen. »Ruft Eure Männer zurück. Ich bluffe nicht!«

Der Anführer duckte sich in vorgetäuschter Angst und trat ein paar Schritte zurück. Aber die anderen ... Der Teufel sollte sie holen! Sie konnte nicht alle drei beobachten und gleichzeitig auf einen zielen.

Drei? Sie wirbelte herum, und der vierte war nicht mehr als ein Dutzend Schritte entfernt, zwischen ihr und dem Fluß. Als ihr Bogen auf ihn zielte, blieb er stehen und riß seine Hände hoch, als er sich höhnisch ergab. Er war größer als die anderen, mit einem jungen Gesicht, nicht sehr alt. Er sagte etwas, und wieder verstand sie die wichtigsten Worte: ... *Gnade ... bitte um Gnade ... Lady ... Gnade ...*

»Tretet zur Seite!« rief Inos und versuchte, an ihm vorbeizugehen. Er trat ihr in den Weg. Sie sah sich nach den anderen um. Sie waren jetzt noch näher. Der große rief etwas, um ihre Aufmerksamkeit zu erregen; dann riefen die anderen etwas. Jetzt spielten sie nur ein Kinderspiel – wenn sie zu einem von ihnen hinsah, standen sie still, wenn nicht, bewegten sie sich.

Der Fluß war schrecklich breit und schnell, aber in ihm konnten sich kaum Ungeheuer befinden, die schlimmer waren als diese. Sie raste auf die breiteste Stelle zu. Der große junge Mann hechtete hinter ihr her. Sie schlug ihn mit ihrem Bogen, und er griff danach. Sie ließ ihn los, geriet ins Stolpern und spürte, wie zwei Arme wie Faßreifen sie von hinten ergriffen. Sie trat, schrie, wand sich, stieß mit dem Kopf ...

Ihr Peiniger fluchte ihr ins Ohr und drückte fester, bis ihre Rippen knackten. Sie schrie mit ihrem letzten Atem auf und wurde ganz schwach, als dunkle Punkte vor ihren Augen tanzten. Er ließ ein wenig locker. Die drei anderen Männer standen um sie herum und betrachteten prüfend ihre Beute, atemlos, keuchend und grinsend.

Sie waren nicht groß, aber Inos war inzwischen an Djinns gewöhnt. Größe wie ein Imp – für einen Mann also mittelgroß, aber immer noch größer als sie selbst. Ihre Gesichter und Arme hatten ebenfalls einen mittleren Braunton, aber sie waren keine Imps. Ihr Haar war heller, lockig, nicht glatt, sie hatten sehr breite Schultern und schmale Hüften ..., und ihre Augen standen in einem eigenartigen Winkel, wie die Augen von Elfen. Spitze Ohren. Pixies. Lebende Pixies! Junge Männer, die auf böse Streiche aus waren, zwei von ihnen nur wenig mehr als Jungen.

Aber alt genug. Vier.

Gott der Barmherzigkeit!

Sie keuchten viel zu heftig für diesen kurzen Lauf. Sie hörten nicht auf zu lachen und zu kichern, atemlos vor Aufregung. Sie sagten Worte, die nettes Mädchen und viel Freude bedeuteten. Das verhieß Schreckliches.

Sie trugen ärmellose Hemden, lange Hosen und Stiefel – alle gut gearbeitet, bestickt und auf Maß geschneidert. Alle in demselben Olivgrün. Die Kleider und ihre Träger rochen nach Holzrauch, Pferd und männlichem Schweiß.

Der Anführer streckte eine Hand aus, um ihre Wange zu streicheln, und sie versuchte, ihm in die Hand zu beißen. Er lachte und griff ihr statt dessen an die Brust.

»Scheusal!« rief sie so laut sie konnte. »Tier! Teufel!« Sie trat aus, doch er ergriff ihr Bein und hielt es fest, so daß sie auf dem anderen Fuß herumwirbelte, nur der Mann hinter ihr hielt sie fest und lachte ihr leise ins Ohr.

Der Anführer sagte etwas und streichelte ihre Hüfte. Sie bekam eine Gänsehaut, und er lachte darüber.

»Verstehe nicht! Weiß nicht, was Ihr sagt, Monster! Vier gegen eine? Ihr seid Untiere! Feiglinge! Brut des Bösen!«

Der Anführer hielt immer noch ihren Knöchel in einer Hand und spielte mit dem anderen herum und versuchte es erneut, und schließlich fand er ein Wort, das Inos kannte und auf das sie reagierte: »Außenseiter!«

Er warf einen Blick auf die anderen, dann auf Inos und legte sein Lächeln ab. »Außenseiter?« wiederholte er mit seinem merkwürdigen Akzent. Er drehte seinen Kopf und spuckte ins Gras. »Außenseiter!«

Das ergab einen Sinn. Außenseiter – Eindringlinge. Nichtpixies waren eine leichte Beute. Die Männer erschießen, die Frauen vergewaltigen. Und dann? Und was hatten sie mit Kade gemacht? Ganze Legionen konnten in Thume verschwinden.

»Nein!« Sie warf ihren Kopf wild hin und her und versuchte sich wieder freizukämpfen. Es kam wie zuvor – der Mann hinter ihr drückte sie zur Hilflosigkeit zusammen. Sie wimmerte, versuchte, ihr Bein freizubekommen und mit dem Kopf zu stoßen, doch sie war hinuntergeglitten, bis ihr Kopf an seiner Brust lag und all ihre Bemühungen vergebens waren. Erneut glitt sie in die Stille, aber tief innen raste ihr Herz wie wild.

Einer der anderen sprach scharf und ungeduldig.

Der Anführer fuhr ihn an, er solle ruhig sein, aber er ließ ihren Knöchel los und begann, sein Hemd aufzumachen. Sie saß jetzt halb, unfähig, ihre Beine auszustrecken, und glitt langsam immer tiefer in die Arme des Mannes hinter ihr.

Der Anführer warf sein Hemd zur Seite und grinste sie an. Sie konnte sehen, wie Schweißperlen auf seiner harten Brust glänzten. Er verhakte seine rechte Hacke unter seinem linken Stiefel und zog seinen rechten Fuß heraus.

»Ihr seid ein Haufen Tiere!« höhnte sie jetzt ganz ruhig. »Wilde Tiere! Dreck! Was für ein Mann behandelt eine Frau ...«

Wieder der Laut von Hufen, vielen Hufen, beunruhigtes Wiehern von den Pferden.

Die Männer sahen sich um, und Inos verrenkte ihren Hals, um sehen zu können. Der Mann ohne Hemd rammte seinen Fuß wieder in den Stiefel und rannte los, wobei er Befehle bellte. Die beiden anderen folgten ihm sofort und ließen nur den einen zurück, der Inos festhielt. Er drehte sich um, damit er ebenfalls besser sah und gewährte damit auch Inos einen besseren Überblick.

Die drei Männer rannten, als seien Löwen hinter ihnen her, rannten zu ihren Pferden. Pferde und Maultiere waren in wilder Panik. Eines der Pferde stieg und schlug aus, als sein Reiter die Dunkelheit mit dem Feuer eines brennenden Astes erleuchtete.

Nichts konnte Pferde so sehr in Angst versetzen wie Feuer! Zwei waren bereits zwischen den Bäumen verschwunden. Das dritte hatte sich im Zaumzeug eines Maultieres verfangen und lag am Boden. Die Maultiere brachen aus, aber zwei waren ebenfalls zu Boden gegangen, und alle schrien vor Entsetzen. Dennoch schwang die geheimnisvolle Person auf dem Pferd weiterhin ihre Fackel, und jetzt kamen die Maultiere wieder auf die Beine. Stampfende Hufe schienen die Lichtung zu erschüttern, und ihr Laut verhallte allmählich, als die Tiere in wilder Panik in den Wald flüchteten, bis sie in der Nacht verschwunden und nur noch zwei Pferde übrig waren; eines, offensichtlich verletzt, rollte sich hilflos hin und her, das andere trug immer noch den Wahnsinnigen mit der Fackel. Drei junge Männer rannten hilflos über die Wiese und heulten in sprachloser Wut.

Der Reiter schleuderte den brennenden Ast von sich, riß sein Pferd herum und kam über die Lichtung geschossen wie ein rächender Hurrikan – die Hufe des Pferdes schienen kaum den Boden zu berühren. Es war Kade! Unglaubliche Kade, die ein wildes Pferd ritt, als sei sie Azak in Person. Sie trug nichts weiter als ihren dünnen Baumwollunterrock, ihr weißes Haar flatterte in der Nacht.

Wäre sie mit einer Lanze bewaffnet gewesen, hätte sie einen der Räuber aufgespießt. So jedoch sprang er hoch, um ihre Zügel zu ergreifen, stolperte in letzter Minute zur Seite und fiel schwer zu Boden.

Der Griff ihres Wächters hatte nachgelassen. Inos streckte ihre Beine aus, rammte ihren Kopf mit befriedigendem Resultat in sein Gesicht, warf ihr ganzes Gewicht gegen ihn und machte sich wieder schwer. Beide fielen gleichzeitig hart auf den Boden. Sie schlug mit einem Ellbogen nach hinten in der Hoffnung, ihn im Bauch zu treffen, aber er erfaßte ihr Haar und zog sie im selben Moment zu sich hin, so daß sie zur Seite kippte und ihn verpaßte und statt dessen zwischen seinen Beinen landete. Dort schien er einen sensiblen Punkt zu haben, denn er krümmte sich zusammen und schrie auf. Sie schlug erneut zu, diesmal noch fester, und er verlor völlig das Interesse an ihr. Sie strampelte sich frei.

Sie kam auf die Füße und rannte los, als das Pferd an ihr vorbei donnerte, und griff blindlings nach dem Geschirr, als sei sie eine Akrobatin, doch sie erhaschte lediglich einen Blick in Kades entsetztes Gesicht über ihr. Ein harter Stoß schleuderte sie zur Seite und warf sie so fest auf den Boden, daß sie glaubte, sie würde in tausend Stücke zerbrechen.

Einen Augenblick lang war sie wie gelähmt ... vor Schmerzen und Atemlosigkeit und viel zu lädiert, um sich darum Gedanken zu machen, was passiert war. Sie versuchte aufzustehen. Ein glühender Schmerz in ihrem Knöchel hielt sie auf. Die Wirklichkeit kehrte zurück.

Drüben bei ihrem Unterschlupf brannte Gras, ein Quell gelben Lichtes in der Dämmerung. Kade hielt sich immer noch irgendwie auf ihrem rasenden Pferd. Es mußte sich geweigert haben, den Fluß zu durchqueren, oder aber Kade hatte es herumgerissen, denn jetzt galoppierte es zurück zu den beiden Männern, die noch aufrecht standen. Wieder sah es so aus, als müsse einer zu Boden gerissen werden. Erneut sprang der Mann rechtzeitig zur Seite und ging nicht zu Boden.

Der andere stellte sich zwischen Inos und das sich ausbreitende Feuer – er hatte einen Bogen! Er zielte; das Pferd hatte erneut gewendet. Der Pfeil flog, Inos schrie warnend auf, das Pferd bäumte sich auf und peitschte mit den Hufen die Luft. Dann sank es zurück auf seine Schenkel und rutschte auf die Seite. Kade! Inos konnte nicht erkennen, was mit Kade geschehen war.

Stille.

Keine Reiterin erhob sich neben dem gefallenen Pferd.

Abermals versuchte Inos aufzustehen, und wieder wurde sie von dem fürchterlichen Schmerz aufgehalten. Sie mußte sich den Knöchel gebrochen haben.

Einer nach dem anderen humpelten die Männer herbei und starrten auf sie hinunter.

Der Mann, der hingefallen war, umklammerte seinen Arm auf eine Art und Weise, die sie an Kel erinnerte, der sich vor Jahren das Schulterblatt gebrochen hatte, als er Vogeleier gesucht hatte. Der Mann, der sie festgehalten hatte, hielt sich die Leiste, beugte sich vor und murmelte

Entsetzliches. Aus seiner Nase floß dunkles Blut über sein Kinn und sein Hemd. Die beiden anderen schnappten nach Luft und sahen genauso wütend aus.

Sie wollte sich verkriechen, sich vor ihrem Zorn so klein wie möglich machen. In ihren schrägstehenden Augen lag jetzt keinerlei Belustigung oder Spott, sondern nur *Schmerz*, *Qual* und *Rache*. Zwei ihrer Reittiere waren geflohen, zwei getötet oder verkrüppelt, zwei Männer verletzt, und alle vier standen wie Idioten da. Jetzt waren sie nicht mehr auf Spaß aus. Sie würden sie bezahlen lassen. Lange und schmerzhaft.

Ihre Finger scharrten auf dem Boden, um Sand und Steinchen zusammenzusammeln, die sie ihnen in die Augen schleudern konnte. Sie würde sich nicht verkriechen, und sie würde nicht schreien, egal, was sie ihr antaten. Sie war eine Königin, verdammt noch mal!

»Tiere!« brüllte sie. »Geschieht Euch recht. Wartet, bis meine anderen Freunde kommen! Ihr! Geht und bringt mir von dort drüben mein Kleid ...«

Einer der beiden jüngeren, der nicht verletzt war, sagte mit entschiedener Stimme etwas und zog sich sein Hemd aus. Gegen diese Muskeln konnte sie nicht viel ausrichten, selbst, wenn die anderen Männer ihm nicht halfen. Er schleuderte seine Stiefel von den Füßen und starrte Inos an. Dann ließ er seine Hosen fallen, und sie wandte instinktiv ihre Augen ab. *O Götter*! Das Trommeln ihres Herzens verursachte ihr ein Schwindelgefühl. Diesmal konnte es kein Entkommen geben, aber was auch passierte, sie würde sich nicht geschlagen geben. Sie würde sie für jedes bißchen Befriedigung kämpfen lassen, und wenn sie das eine oder andere Auge herauskratzen konnte, dann zum Teufel mit den Konsequenzen, denn danach würden sie sie ohnehin töten.

Kam dieser ganze Lärm wirklich nur von ihrem klopfenden Herzen? Hufe?

Ein drittes Mal wurde Inos durch den entfernten Laut von Hufen gerettet.

Ein drittes Mal drehten sich alle um.

Ein Pferd galoppierte zwischen den Bäumen hervor. Es war riesig, gespenstisch und glänzte weiß, als sei es in einen Heiligenschein gehüllt. Sein Reiter war ganz in Weiß gekleidet, und sein Umhang leuchtete wie der Morgenstern in der Nacht. Pferd und Reiter umgab gleichermaßen ein unirdisch silberner Glanz, der immer heller wurde, als sie über die Wiese heran galoppierten und die Erde zum Erzittern brachten. Die Pixies riefen sich beunruhigt etwas zu, und der Nackte riß eilig seine Hosen hoch. Dann schwiegen plötzlich alle und blieben bewegungslos an ihrem Platz stehen. Inos spürte eine Welle der Ruhe und des Friedens über sich hinwegfluten. Sie war gerettet. Das Okkulte war da.

3

Seine heitere Gelassenheit war so deutlich wie eine Unterschrift. Sie und das Flackern roten Feuers um seinen Kopf sagten Inos, wer der Reiter war, noch bevor er näher kam und seinen prächtigen, leuchtenden Hengst zum Stehen brachte.

Als sie ihn zum ersten Mal in der Abgeschiedenheit seines Hauses getroffen hatte, war Scheich Elkarath mit einem aufwendigen Gewand in bunten Farben bekleidet gewesen. Beim Verlassen von Arakkaran hatte er diese ungeschäftsmäßige Pracht zu Gunsten eines einfachen weißen Gewandes aufgegeben. Von seinem ganzen Putz war nur noch sein juwelenübersäter Agal übriggeblieben, als sei er ein kleiner Fehler, den er selbst leicht übersehen konnte. Wie ein blutiger Heiligenschein wirkten die funkelnden Rubine, die den Agal umgaben, jetzt. Die herunterhängenden Säume seines Keffieh glänzten heller als das Mondlicht, verglichen mit seinen schneeweißen Augenbrauen und dem weißen Bart, die ebenso zu leuchten schienen, während die Stoffbahnen seines Kibr in weißer Herrlichkeit in Wellen auf seine Stiefel hinabfielen. Er war beinahe so hell, daß Inos ihn nicht ansehen konnte, und er erhellte die Lichtung bis zu den Bäumen.

»Erhabenheit, Ihr seid ein sehr willkommener Anblick«, sagte Inos schwach. Sie spürte, wie sie selbst von sonderbaren Gefühlsaufwallungen mitgerissen wurde – wie die Dünung des Meeres, auf und ab und auf ... Irgendwo in sich spürte sie Schmerz, Entsetzen und Hysterie, die sie am liebsten durch Schreien und Haareraufen herausgelassen hätte, da war der gebrochene Knöchel und die Sorge um Kade und Azak, aber all das wurde überdeckt von der Ruhe, die Elkarath ausstrahlte. Es war eine verstärkte Auswirkung des Bannes, den er seit ihrem ersten Treffen jeden Tag bei ihr angewandt hatte, bis sie in *Tall Cranes* vor ihm geflohen war. Jetzt wirkte der Bann noch stärker, um nach allem, was sie durchgemacht hatte, ihre Schmerzen zu lindern. Das langsame Auf und Ab mußte die Intensität der Magie sein, mit der er versuchte, ihren Bedürfnissen zu entsprechen.

Er nickte gelassen von seinem Pferd herunter. »Ich bedaure, daß ich nicht früher gekommen bin, Majestät. Doch es sieht so aus, als habt Ihr keinen Schaden erlitten, den ich nicht heilen könnte.«

Das Pochen in ihrem Knöchel ließ bereits nach. Abwesend betastete sie die Schwellung. »Meine Tante?«

Elkarath warf über die Lichtung hinweg einen Blick auf das getötete Pferd. »Sie ist betäubt, aber nicht in Gefahr. Ich werde mich um sie kümmern, sobald wir hier der Gerechtigkeit genüge getan haben.«

»Und Azak?«

»Auch er wird überleben. Auch bei ihm kam ich gerade rechtzeitig.«

Eine Welle der Erleichterung drang durch die Gefühlsdecke, und Inos murmelte ein hastiges Gebet zu den Göttern. »Das sind wirklich gute Nachrichten, Hoheit!«

»Mm!« Die weißen Brauen zogen sich in einem finsteren Blick zusammen, und Elkarath richtete seine Aufmerksamkeit auf die vier erstarrten Jugendlichen. Sie zuckten ganz leicht und murmelten etwas. Völlig harmlos sabberten sie und rollten mit den Augen beim Versuch, ihre Lippen und Zungen zu bewegen.

»Dieses Gewürm«, sagte der Scheich mit eisiger Stimme, »schießen einen Mann aus dem Hinterhalt nieder und haben dann noch nicht einmal so viel Gnade ihn zu töten. Er hätte tagelang dort liegen und leiden können. Er war beinahe verblutet, als ich ihn fand. Sonst wäre ich schon früher hier gewesen.«

Er schwang ein Bein in die Luft und sprang so flink wie ein Heranwachsender ab, obwohl der Hengst mindestens siebzehn Handbreit hoch war. Doch plötzlich wurde das Tier kleiner. Das großartige Pferd schrumpfte zusammen, und in wenigen Augenblicken war es nur noch ein struppiges Bergpony, ähnlich denen, die Inos in den Vorgebirgen auf der anderen Seite der Progisten gesehen hatte. Noch durch den Euphoriebann hindurch spürte Inos Stiche des Entsetzens, und sie hörte die vier unbeweglichen Pixies guttural murmeln.

Das Pony selbst schien am wenigsten überrascht. Es bewegte die Ohren und wedelte mit dem Schwanz, als zucke es auf Pferdeart mit den Achseln, dann senkte es seinen Kopf und zupfte an dem üppigen Gras.

Der Scheich kniete sich hinunter, um Inos' Knöchel in Augenschein zu nehmen. Inos trug keine Kleider. Er lachte leise. »Ihr braucht keine Hemmungen zu haben. Keine Frau hat vor mir Geheimnisse.« Er legte eine kühle Hand auf die Schwellung, die daraufhin sofort abklang. Auch ihre anderen Kratzer und blauen Flecken verschwanden.

»So! Das soll für den Augenblick reichen.« Der alte Mann erhob sich ohne die Steifheit, die seine Glieder gezeigt hatten, als andere zugegen gewesen waren, die sich um ihn kümmerten. Zuvorkommend hielt er Inos eine Hand hin, um ihr aufzuhelfen. An ihren Füßen erschienen silberne Sandalen, und als sie sich aufrichtete, wurde sie von einem seidenen Gewand umhüllt. Ein durchsichtiger Schal legte sich über ihr schmutziges, wirres Haar. Die Unterwäsche hatte er entweder vergessen oder er war zu taktvoll, um seine Magie bei solch intimen Dingen einzusetzen.

Sie murmelte ein Dankeschön und verbeugte sich zitternd. Er dankte ihr ebenfalls mit einer Verbeugung und lachte leise, als genieße er diese seltene Gelegenheit, Fähigkeiten zu zeigen, die er normalerweise verbarg. Doch er sah sie nicht direkt an. Das tat er niemals. Als Zauberer konnte er sehen, ohne genau hinzusehen, nahm sie an, und das war ihm zur Gewohnheit geworden. Doch fand sie das stets irritierend.

Die Gefangenen stöhnten, geiferten und zuckten in ihren Bemühungen, sich zu bewegen. In Elkaraths furchteinflößendem Schein wirkten alle jünger und schwächer – vielleicht ungewöhnlich breit, mit lockigen Haaren, wie Inos sie nie zuvor bei Männern gesehen hatte, nur bei Frauen, wenn sie künstlich hergestellt worden waren. Ihre Augen waren groß und winklig wie die von Elfen, und jetzt waren sie vor Entsetzen weit aufgerissen. Die Iris war hellbraun, beinahe golden. Aber sie waren keine scheußlichen Monster, eher Jugendliche, die nur wenig älter oder größer waren als Inos. Wie hatten sie sich derart benehmen können?

»Abschaum!« sagte der Scheich.

»Wer sind sie?« fragte Inos.

Er zuckte die Achseln. »In ihrem Alter keine offiziellen Wachen. Nur ein paar Jäger, nehme ich an.«

»Sie sind gepflegt, sehen zivilisiert aus. Ihre Kleider sind von guter Qualität.«

»Ha! Ihr Verhalten war aber nicht zivilisiert. Sie hatten Euch schon einige Zeit heimlich verfolgt. Ihre Leben sind verwirkt, also ist es nicht von Bedeutung, wer sie sind oder woher sie gekommen sind.«

Die bernsteinfarbenen Augen rollten in ihren Höhlen. Inos bemerkte verwundert, daß sie ihren Angreifern gegenüber nur sehr wenig Haß verspürte. Vielleicht lag es daran, daß sie so hilflos aussahen und sie sich erinnern konnte, wie es war, wenn man durch Zauberei unbeweglich gemacht wurde, oder vielleicht, weil sie ohne dauerhaften Schaden davongekommen war. Vielleicht war es auch nur der Bann des Zauberers, der ihre Gefühle beeinflußte, aber die Jungen erschienen ihr doch sehr jung, um schon zu sterben.

Der Scheich streichelte in würdevoller Nachdenklichkeit seinen leuchtenden weißen Bart. »Sie haben ihre Absicht, Euch Gewalt anzutun, zwar nicht vollendet, Königin Inosolan, aber es war ihre feste Absicht. Ihr seid so knapp entkommen, daß Euch die traditionelle Genugtuung zusteht.« Er zog seinen Dolch und bot ihn ihr, Griff zuerst, mit einer schwungvollen Gebärde an.

Inos starrte bestürzt auf den Dolch. »Was soll ich damit?«

»Nehmt Euch, was sie Euch so gerne geben wollten.« Sie zog sich einen Schritt zurück und wandte sich um und sah den entsetzten Blick der unbeweglichen Jugendlichen. »Nein!« antwortete sie. »Ich bin kein Scharfrichter! Und zu einer derartigen Barbarei würde ich mich nicht herablassen!«

»Tatsächlich?« murmelte Elkarath und zog die okkulte Decke fort, die er über ihre Gefühle gelegt hatte.

Wut und Haß schlugen wie eine Bombe ein, sofort gefolgt von wilder Freude darüber, daß sich das Blatt gewendet hatte. Wieder schlug ihr Herz wild in ihren Ohren. Sie spürte, wie Gallenflüssigkeit ihre Kehle verbrannte, als sie sich erinnerte, was diese vier moralischen Krüppel ihr angetan und was sie vorgehabt hatten. Die Schadenfreude, der Spott, der konkrete Schmerz, und vor allem die geplante Entwürdigung ... vier Männer gegen eine Frau ... ihre Hand zitterte, als sie nach dem Dolch griff. Rache würde ihr guttun.

Und sie hörte die Stimme ihres Vaters. »Tue das, was gut *ist*, nicht, was gut zu sein scheint«, hatte er ihr einmal gesagt. Wann? Warum? Sie konnte sich nicht daran erinnern, wann es gewesen war – vielleicht ging es um irgendeine banale Sache in ihrer Kindheit. Aber das Gebot war nicht banal. Mit großer Mühe zähmte sie ihre Wut und blickte den alten Mann an.

»Nein! Sie verdienen eine Bestrafung, da stimme ich zu. Aber nicht durch mich.«

Der Scheich zog voller Unglauben seine schneeweißen Augenbrauen hoch und sah ihr auf einmal direkt ins Gesicht.

»Bestrafung und Vergeltung sind nicht dasselbe«, rief Inos. »Ihr seid hier der Richter. Die Macht liegt bei Euch. Sie sind Eure Gefangenen. Also richtet, und führt Euer Urteil aus.« Sie holte tief Luft, zügelte ihre Stimme und fuhr fort: »Falls es Eurer Erhabenheit genehm ist – ich ziehe die Welt auf diese Art vor. Ich will das Leben so nehmen, wie es ist und mich wie ich bin.«

Er runzelte die Stirn. »Ihr zittert.«

»Unter diesen Umständen schäme ich mich nicht dafür. Ich zittere lieber, als eine Marionette zu sein.«

Ein schwaches Lächeln legte sein dickliches rotes Gesicht in Falten. »Aus Euch spricht eine Königin! So soll es sein.« Er steckte den Dolch in seine Scheide zurück und wandte sich an die vier Gefangenen. »Ich befinde Euch also des Lebens für unwürdig. Sterbt, und mögen die Götter mehr Gutes in Euch finden als ich es kann.«

Sie setzten sich ruckartig in Bewegung, drehten sich auf dem Absatz um und begannen zu laufen. Inos drückte ihre Fingerknöchel gegen den Mund, als sie sah, was dieses Urteil bedeutete. Natürlich würde der alte Mann sie beobachten, aber falls er erwartete, daß sie einen hysterischen Anfall bekam, so würde sie ihm diese Befriedigung nicht gönnen. Also hielt sie sich tapfer und sah zu, und durch irgendeinen okkulten Trick konnte sie durch die Dunkelheit sehen, wie die vier Jungen über das Gras näherkamen, das kleine Ufer hinunterstolperten und weiter über den Sand liefen. Sie wateten in den Fluß, bis ihnen das Wasser bis zur Taille reichte, der größte ging weiter, bis es an seine Brust reichte. Dann riß die Strömung auch ihn mit. Keiner von ihnen tauchte wieder auf.

Inos atmete lange aus. Ihr war schlecht. Sie zitterte immer noch. Sie würde jahrelang Alpträume haben ... So sei es!

Es war die Gerechtigkeit des Scheichs gewesen, nicht die ihre.

»Und jetzt meine Tante, Eure Hoheit?«

»Natürlich. Und der Erste Löwentöter wird in Kürze hier sein. Also kommt.«

Er ging über die Wiese voran, im Kreis seiner eigenen Strahlung. Das Buschfeuer, das Kade entzündet hatte, war bis auf einige rote Funken und ein wenig blassen Rauch, der zwischen den Bäumen schwebte, erloschen, also würde der Wald nicht abbrennen. Der Himmel stand bereits voller Sterne – hier kam die Nacht viel überraschender als in Krasnegar.

Tue das, was gut ist, nicht, was gut zu sein scheint. Nein, es war nicht ihr Vater gewesen, der ihr diesen Satz gesagt hatte. Es war einer von Raps kleinen Homilien gewesen. Rap hatte viele solcher Sprichworte gewußt. Oft hatte sie ihn damit aufgezogen. Die ganze Bande hatte Rap mit seinen Sprichworten geneckt; nicht, daß es schwer gewesen wäre, Rap aufzuziehen oder besonders befriedigend, denn es hatte ihm anscheinend niemals besonders viel ausgemacht. Er hatte nie wie ein Jotunn die Geduld verloren oder wie ein Imp geschrien. Er hatte einfach die Achseln gezuckt und getan, was er für richtig hielt.

Warum dachte sie gerade jetzt an Rap? Wegen der Jagd? Weil sie voller Entsetzen vor den Männern geflüchtet war, wie sie so oft spielerisch vor Rap davongelaufen war? Sie konnte sich gut daran erinnern, wie er sie fing und in den Sand warf, und sie dort so lange festhielt, bis sie sich küssen ließ – als sie kleiner waren, natürlich. Nicht in den letzten ein oder zwei Jahren. Nachdem ein Kuß zu einer ernsten Angelegenheit geworden war, hatten sie sich nur einmal geküßt.

Oder lag es daran, daß Rap für sie gestorben war, und daß jetzt wieder vier Männer wegen ihr tot waren? Vielleicht war es das.

Der Scheich war bereits bei dem toten Pferd angelangt, und Kade rappelte sich auf, wieder anständig gekleidet wie Inos selbst, doch sah sie sehr bestürzt aus.

Inos rannte zu ihr hinüber, und sie umarmten sich.

4

Elkarath warf die Macht mit beiden Händen um sich. Das tote Pferd verschwand, und an seiner Stelle erschien ein Freudenfeuer, eine Pyramide aus Ästen, die knackten und funkelten und ein willkommenes Licht warfen. Dann schuf er um das Feuer herum einen Ring aus Teppichen.

»Wir haben nicht viel Zeit«, sagte er. »Laßt uns diesen schönen Abend genießen.« Er sah sich auf der Lichtung um. »Es besteht keine Gefahr ... noch nicht.«

Er setzte sich in den Schneidersitz und lachte leise über die verwunderten Ausrufe der Frauen. »Nehmt Platz, Ladies! Nun, zieht Ihr einen bestimmten Wein vor, Hoheit?« Der okkulte Schein um ihn war verblaßt, und er war nur noch ein alter Mann in einem weißen Gewand und mit einer weißen Kopfbedeckung. Das Feuer brach sich in den Rubinen des Bandes, das seinen Kopfputz zusammenhielt.

»Oh, ich vertraue Eurem Geschmack, Erhabenheit«, äußerte Kade mit affektiertem Lachen, ließ sich auf einem der Teppiche nieder und verschränkte ihre Beine in die in Zark übliche Position, wobei sie sich nicht steifer bewegte als üblich. Sollte sie bei ihrem Sturz Verletzungen erlitten haben, hatte der Zauberer sie offensichtlich geheilt, und ihre zuvor gezeigte Unruhe war völlig verschwunden.

Wie sehr sie ihre Gefühle unterdrückte, konnte Inos nicht sagen. Es sähe Kade ganz und gar nicht unähnlich, wenn sie sogar eine Tortur wie diese durchstehen würde, ohne ihre Haltung zu verlieren. Ihre Hände zitterten kaum erkennbar, und ihre Augen blickten nervös, doch ansonsten war sie fast wie immer. Seit sie an jenem Morgen Thume betreten hatten, war sie nicht in solch guter Stimmung gewesen. Welche Ängste sie auch gequält hatten, jetzt waren sie offensichtlich durch die schützende Gegenwart des Scheichs zerstreut.

Silberne, mit einem feuchten Schleier überzogene Flaschen von Wein tauchten an ihrer Seite auf, und ein erster Schluck überzeugte Inos, daß der Tropfen genauso gut war wie alles in Herzog Angilkis oder in Azaks Keller. Der Wein war kalt, obwohl man selbst im Palast der Palmen Probleme hatte, genügend Schnee für die Kühlung der Weine herbeizuschaffen, Schnee, der auf schnellen Kamelen aus den Bergen geholt wurde.

Kade sah in die herannahende Nacht. Die Wipfel der Bäume zeichneten sich wie dunkle Finger gegen die Sterne ab. »Diese ... äh – Rüpel?« Man hatte ihr gesagt, man sei sie los, und so hatte sie keine Fragen gestellt. »Sie waren Pixies? Lebende Pixies?«

Der Scheich nickte und nippte an seinem Wein. Mit seinem schneeweißen Bart und den vom Wüstenleben geröteten Wangen wirkte er wie der ideale Großvater. Seine Stimme war langsam und gelassen wie ein Gletscher. Hin und wieder zwinkerten seine Augen unter den schweren weißen Augenbrauen; aber es war beinahe unmöglich, einen Blick in diese Augen zu erhaschen. Inos fragte sich, ob seine wohlwollende Art echt war oder ob er einmal mehr einen okkulten Glamour projizierte, um ihren Verstand zu vernebeln. Vielleicht tat er es automatisch, ohne nachzudenken, so wie ein Verkäufer Höflichkeit einsetzte. »Es sieht so aus, als lebten in Thume noch immer Pixies«, stimmte er zu.

»Dann könnten noch mehr von ihnen in der Nähe sein?« Abermals versuchte Kade die Dunkelheit jenseits des Feuers mit ihren Augen zu durchdringen.

»Ich nehme stark an, daß da irgendwo noch Frauen sind, da die Rasse sich weiter vermehrt.« Er lachte leise. »Und andere Männer. Vielleicht wollen sie Rache.« Er nippte an seinem Wein, um die Spannung zu erhöhen. »Eine Gruppe nähert sich uns. Sie kommen den Fluß herauf, aber sie sind noch weit. Vielleicht wissen sie überhaupt nichts von uns. Falls sie einen Zauberer gegen mich aufbieten, sind wir natürlich verloren, aber im Augenblick erspüre ich innerhalb von drei Meilen niemanden in unserer Nähe – mit Ausnahme eines fußlahmen jungen Djinn, der in der Dunkelheit nur langsam vorwärts kommt. Ich habe dafür gesorgt, daß er in die richtige Richtung geht«, beruhigte er Inos, »und jetzt kann er schon das Feuer sehen.«

Inos erschauerte. Elkarath war ein Mensch; er brauchte

Schlaf, und er konnte hintergangen werden, wie sie in *Tall Cranes* bewiesen hatten. Wie stark waren seine Waffen gegen die Gefahren in Thume?

»Aber wenn diese anderen herkommen ... wie viele?«

»Ich weiß es nicht. Viele.«

Warum wußte er es nicht? »Aber selbst wenn Ihr ... wenn Ihr mit diesen fertig werdet, könnte sich noch vor Morgengrauen eine ganze Armee von Pixies an uns heranschleichen?«

Der alte Mann schüttelte den Kopf und betrachtete das kondensierte Wasser auf seinem Kelch. »Bei Morgengrauen müssen wir verschwunden sein.«

Er machte keine Anstalten, sich näher zu erklären, und Inos spürte einen Stich Unbehagen.

Elkarath strahlte jedoch und lächelte seine beiden Gesprächspartnerinnen, wenn auch indirekt, an. »Sollen wir essen, meine Damen?« Drei silberne Teller erschienen funkelnd im Licht des Feuers, vollgehäuft mit duftendem Curry, Gemüse und schneeweißem Reis.

Inos wußte, daß sie hungrig war, doch ihr Inneres war immer noch sehr aufgewühlt. Aber sie hatte Elkaraths okkulte Beruhigung abgelehnt, also mußte sie den Anschein der Ruhe aufrechterhalten. Sie griff ins Essen und verbrannte sich prompt die Finger. Einige Minuten lang folgte Schweigen ...

»Die ... Rüpel ... haben dir nichts getan, Tante?« fragte sie zwischen zwei Mundvoll.

»Nein, Liebes. Sie haben mir viele Fragen zugebrüllt, aber ich konnte nur ein Wort von vieren verstehen. Also gaben sie es auf.« Selbst in dem flackernden Licht des Feuers war Kades Erröten zu erkennen. »Ich fürchte, eine fette alte Frau war für sie nicht von Interesse. Du warst das, was sie wollten.« Sie sah ihre Nichte bange an. Inos hatte ihr versichert, daß ihr kein bleibender Schaden zugefügt worden war, aber trotzdem ...

»Ihr habt Glück gehabt, daß sie Euch nicht sofort die Kehle durchgeschnitten haben, Hoheit«, bemerkte Elkarath ruhig.

»Aber ich gratuliere Euch zu Eurem Ablenkungsmanöver mit dem Pferd. Ich war nahe genug, um Euch beobachten zu können, aber nicht nahe genug, um Einfluß zu nehmen. Das war eine seltene Zurschaustellung von Mut und Reitkunst.«

Kade errötete noch mehr. »Man tut, was man kann«, murmelte sie.

»Und ich gratuliere Euch auch zu Eurem Geschick im Thalispiel!«

»Du liebe Zeit!« Kade wurde dunkler, als Inos sie je gesehen hatte und vermied es, ihrer Nichte in die Augen zu sehen.

Der Scheich lachte leise in sich hinein. »Ihre Majestät die Sultana hat mich gewarnt, vor Euch auf der Hut zu sein. Ich gebe zu, ich war unvorsichtig geworden.«

Merkwürdig! Glaubte der Scheich, Kade hatte diesen kleinen Betrug geplant? Einen Augenblick lang war Inos versucht, ihren Anspruch dafür anzumelden, doch dann beschloß sie auf einmal, nichts zu sagen. Doch es war sonderbar! Warum hatte Rasha auf Kade achtgegeben?

Das Gespräch hatte einen gefährlichen Verlauf genommen. Eine Weile beschäftigten sich alle drei mit ihrem Essen, und die Stille wurde nur durch das geschäftige Knistern des Feuers unterbrochen. Flammendroter Rauch zog mit dem Wind davon, und Funken stiegen auf, um sich zu den Sternen zu gesellen. Inos zitterte immer noch, wenn sie an ihre Begegnung mit den Pixies dachte. Der Gedanke an eine ganze Gruppe war höchst beunruhigend, aber sie würde sich von Schatten keine Angst einjagen lassen, und wenn der alte Mann hoffte, sie aus der Fassung zu bringen, dann würde sie ihn enttäuschen. Sie redete sich selbst fest ein, daß eine Begegnung mit den sagenhaften Pixies eine Erfahrung sei, die man nur einmal im Leben machte, und dieses Picknick im Schein eines Feuers in einem Spukwald war zumindest ein erinnerungswürdiges Erlebnis. Sie brauchte keinen Zauber, um Spaß zu haben, auch wenn ihr Mund trockener schien als üblich und ihr das Schlucken schwerer fiel.

»Dieses Curry ist hervorragend, Hoheit«, sagte sie.

»Danke sehr. Meine liebe Mutter hat es so gekocht, müßt Ihr wissen.«

»Und Ihr habt mich gelehrt, daß der Schutz eines Zauberers nicht so einfach abgelehnt werden sollte.«

»Ah!« Er seufzte. »Ich bin kein Zauberer, Ma'am. Im Augenblick wünschte ich wirklich, ich wäre einer. Einem Zauberer hättet Ihr nicht so leicht entkommen können.«

»Dann ... Kein Zauberer?« Inos sah Kade an und sah eine Spiegelung ihrer eigenen Verwunderung.

»Ich bin nur ein Magier«, sagte Elkarath. »Wie mein Großvater zuvor und vor ihm der seine.«

»Und ein Jünger der Sultana Rasha, oder?«

Er nickte – traurig, wie sie fand. »So ist es. Sie spürte mich auf, bevor ich von ihrer Existenz wußte. Aber ich bin zufrieden damit, ihr zu dienen.«

Bei diesem Stichwort spürte Inos, angesichts der wohlwollenden Stimmung des alten Mannes, eine Chance, ihre seit langer Zeit bestehende Neugier über Magie zu befriedigen. Doch würde er danach trachten, sie abzulenken? »Wir kennen den Unterschied zwischen beiden nicht, Hoheit. Würdet Ihr uns den Unterschied erklären?«

Er lachte leise, als habe er diese Frage erwartet. »Ein Magier, der nur drei Worte kennt, kann nur Magie vollbringen, keine echte Zauberei.«

»Worin besteht der Unterschied?«

»Zauberei ist beständig, Magie nur vorübergehend. Sie verändert sich – Menschen lassen sich leichter beeinflussen als unbelebte Objekte. Es war relativ einfach, den Löwentöter und Eure Tante zu heilen. Jeden Abend habe ich einen Schlafbann über Euch ausgesprochen. Das ist zufällig eine der leichteren Techniken, und der Bann hielt ohne Erneuerung bis zum Morgen an. Aber der Euphoriebann, denn ich bei Tage bei Euch anwandte, schwächte sich langsam ab, wenn ich nicht daran dachte, ihn in mehreren Abständen zu erneuern.« Er nippte nachdenklich an seinem Wein. »Ein Zauberer hätte Euch leicht aus den Hügeln zurückbefohlen.

Und natürlich mußte ich meine Verfolgung aufschieben, bis ich das Durcheinander entwirrt hatte, das Ihr für mich geschaffen hattet. Ich sage Euch ehrlich, daß *Tall Cranes* in heller Aufregung war.«

Inos schluckte.

Kade warf ihr einen warnenden Blick zu. »Ihr seid zu gütig, uns nicht zu zürnen, Erhabenheit«, murmelte sie.

»An jenem ersten Morgen war ich ein kleines bißchen verärgert«, sagte der Magier, »aber in meinem Alter sieht man auch die guten Seiten in einer solchen Situation. Ihr habt gute Arbeit geleistet.«

Erleichtert begann Inos, sich weitere Fragen zurechtzulegen, aber da kam Azak aus der Dunkelheit geschlichen.

Die Vorderseite seines Kibr war schwarz von getrocknetem Blut, und der Ausdruck auf seinem Gesicht war noch dunkler. Inos wäre beinahe aufgesprungen und ihm entgegengelaufen, doch sie besann sich.

Oh, der arme Azak! Für einen Weltlichen war es eine läßliche Sünde, sich von Zauberei besiegen zu lassen – so schwer es ihm auch fallen würde, das zuzugeben –, aber sich von einer Bande zusammengewürfelter Jugendlicher aus dem Hinterhalt überfallen zu lassen, das war bodenlose Unfähigkeit.

Vielleicht hatte er noch nie im Leben echte Erniedrigung kennengelernt. Sein Ruf der Unfehlbarkeit war erschüttert. Er hatte versagt. Er war durch verhaßte Magie vor seiner eigenen Torheit gerettet worden, und das schmerzte vielleicht am meisten. Er war offensichtlich in mörderischer Stimmung, als er seine Arme verschränkte und den Scheich über das Feuer hinweg anstarrte.

In Arakkaran hätte Inos es niemals für möglich gehalten, daß sie einmal Mitleid für Azak ak'Azakar empfinden würde, jetzt aber tat er ihr leid. Doch Sympathie zu bekunden würde heißen, Salz in die Wunde zu streuen.

»Willkommen, Löwentöter«, sagte Elkarath milde. Ein sehr großer Teller mit Essen erschien auf dem Teppich zu Azaks Füßen.

Der große Mann ignorierte ihn. »Ich bin kein Löwentöter!«

Der alte Mann runzelte warnend die Stirn. »Setzt Euch, ak'Azakar.«

Azak knirschte mit den Zähnen. »Ihr seid ein Geweihter dieser unbeschreiblichen Schlampe Rasha!«

Inos fühlte ihr Herz immer tiefer sinken. Azak wußte sich nicht zu unterwerfen, mit Erniedrigung umzugehen. Er war nicht wie normale Menschen an Versagen gewöhnt – wie mußte er leiden! Sie hielt ihren Blick starr auf ihren Teller gerichtet, aber das Essen war in ihrem Mund zu Sägemehl geworden. Armer Azak!

»Ich biete Euch Gastfreundschaft an«, sagte Elkarath leise.

»Ich weise sie zurück.«

Azaks Beine schienen unter ihm zusammenzubrechen, und er sackte zu Boden. Inos schluckte einen Protest hinunter, und Kade machte eine warnende Geste. Das war nicht fair! Er rappelte sich in eine sitzende Position und stützte sich mit den Armen ab, und er war fuchsteufelswild.

»Ja«, bemerkte der Scheich in die allgemeine Runde, »ich diene tatsächlich ihrer Majestät. Warum sie nicht Euch alle in ihre Dienste gebunden hat, weiß ich nicht.« Er warf ein kurzes Lächeln in Richtung Inos. »Ich nehme an, daß es in Eurem Fall etwas mit den Hexenmeistern zu tun hat und Eurer Bestimmung als Königin von Krasnegar – großartige Zauberer können vielleicht feststellen, welche Banne in der Vergangenheit auf einer Person gelegen haben. Ich weiß es nicht so genau, aber das könnte der Fall sein. Wie auch immer, ich hatte die Anweisung, so lange wie möglich List zu benutzen. Es war ein amüsanter Sport.«

Er lachte leise, während aus Azaks Richtung ein Laut knirschender Zähne kam.

Aber er hatte Inos' Heimatland erwähnt. »Dann ist Krasnegar immer noch ... Die Angelegenheit ist noch nicht geregelt?«

»Ich kenne die neuesten Nachrichten nicht«, sagte Elkarath ruhig und warf sich eine Handvoll Reis in den Mund.

»Und die Sultana hat wirklich vor, mich auf den Thron meiner Väter zu setzen?«

Er zuckte die Achseln. »Das behauptet sie. Ich stelle ihre Absichten nicht in Frage, versteht Ihr.«

Kade strahlte.

»Außerdem hat sie die Absicht, mich mit einem Kobold zu verheiraten?« fuhr Inos fort.

Elkarath warf ihr unter seinen struppigen weißen Brauen einen kurzen, ausweichenden Blick zu. »Und wenn ja? Sich einer Zauberin zu widersetzen wäre eine unglaubliche Dummheit, junge Dame. Heute abend habt Ihr mir erzählt, daß Ihr es nicht schätzt, wenn Euch Eure Gefühle diktiert werden. Vielleicht beschließt Königin Rasha jetzt, daß sie Euch dazu bewegt, einen Kobold heiraten zu *wollen*.«

Inos zuckte zusammen, und ihr wurde plötzlich schlecht. Sie rieb mit den Fingern über das Gras und hatte noch nicht einmal Lust, sie auf die in Zark übliche Art und Weise sauberzulecken. Sich in einen Kobold verlieben? Sie sah hinüber in Azaks unvernünftig wütendes Gesicht. Plötzlich schien sein Haß auf Zauberei viel verständlicher. Es handelte sich dabei wirklich um ein großes Übel.

Diese Aussicht machte ihr angst. Die Zauberin konnte dafür sorgen, daß sie sich in jeden Mann verliebte – Azak oder irgendeinen annehmbaren Imp oder sogar in einen verabscheuungswürdigen Kobold. Und sie würde ihr Schicksal voller Freude akzeptieren! Grauenvoll!

»Also wußte ihre Majestät von unserer Absicht, Arakkaran zu verlassen?« hakte Kade höflich nach.

»Sie hat alles in die Wege geleitet, da bin ich sicher.«

»Um meine Nichte vor den Wächtern zu verbergen?«

»Richtig. Hexenmeister sind daran gewöhnt, ihren Willen durchzusetzen. Inosolan ist ein wertvoller Besitz, wie ich es verstehe. Sie hätten den Palast sicher schon bald überfallen.«

Normalerweise rang Kade den Menschen auf subtile Weise Informationen ab, aber jetzt nutzte sie ganz deutlich die Bereitschaft des alten Mannes aus, zu reden. »Die

Geisterscheinung, die meine Nichte gesehen hat, in jener ersten Nacht«, stocherte sie weiter. »War das Euer Werk?«

Der alte Mann runzelte die Stirn. »Nein. Das hatte nichts mit mir zu tun.«

»Dann war es Rasha?« fragte Inos.

Er schüttelte den Kopf, und seine Rubine versprühten Blitze. »Ich glaube nicht. Sie rechnete damit, daß man sie überwachte. Sie sagte, sie würde unsere Abreise nicht einmal beobachten, damit sie den Ort unseres Aufenthaltes nicht verrät.«

»Aber ...« Inos zitterte. »Ihr meint, es war wirklich ein Geist?«

Rap? Oh, armer Rap!

Elkarath zuckte die massigen Schultern. »Oder es war eine Botschaft von jemand anderem. Ich bin nicht rechtzeitig wach geworden um zu sehen, ob Zauberei im Spiel war.«

»Botschaft?« wiederholte Inos. »Welche Art von Botschaft?«

»Von einem anderen Zauberer. Zufällig von einem Hexenmeister.«

Inos' Herz tat vor Entsetzen einen Sprung. »Ihr meint doch nicht etwa, daß Rap vielleicht noch lebt?«

Wieder zuckte der alte Mann die Achseln. »Wer weiß? Ich hatte Schwierigkeiten erwartet ... aber bis jetzt ist nichts weiter vorgefallen. Eigenartig! Auch das kann ich nicht erklären, Ma'am.«

Rap nicht tot? Aus irgendeinem Grund war diese Information niederschmetternd. Inos nahm einen großen Schluck Wein, während sie die Neuigkeiten verarbeitete. Sie hatte niemals glauben wollen, daß Rap so schlecht gewesen war, daß er nach seinem Leben als Geist weiterleben mußte. Wie hatte er den Imps entkommen können? Wie hatte er ihr eine Botschaft senden können? Wie ...

Nein. Traurig entschied sie, daß es nicht möglich war. Rap konnte niemals den Zorn der Legionäre überlebt haben.

Kade preßte den alten Mann weiter aus. »Und was geschieht, wenn wir nach *Ullacarn* kommen?«

Er kaute und schluckte. »Dort erwarten wir weitere Instruktionen. Es ist eine angenehme Stadt.«

Inos warf einen traurigen Blick auf Azak, dessen finsterer Blick nicht düsterer hätte sein können. Alle Dinge sind sowohl gut als auch böse. Ihre Freude über ihre Rettung vor den Pixies hatte ihr den Blick auf das Böse dieser Befreiung verstellt. Wären vier Pixies schlimmer gewesen als ein Kobold, ein Leben mit einem Kobold?

Ullacarn war einmal der erste Halt auf dem Weg zu den Wächtern gewesen. Jetzt konnte es zum ersten Halt auf dem Weg in die Sklaverei werden. Sie würde dem Hexenmeister des Ostens übergeben, während Rasha ihr Lieblingsspielzeug Azak zurückfordern würde.

Kade starrte unbehaglich hinaus in die Nacht. »Aber zuerst müssen wir *Ullacarn* erreichen. Ihr sagt, bei Sonnenaufgang werden wir fort sein ... Müssen wir in der Dunkelheit über jenen grauenhaften Paß?«

Elkarath schüttelte ungestüm den Kopf. »Nein! Ich fürchte, dieser Paß wäre zu keiner Zeit ein kluger Weg.«

»Ich bin froh, das zu hören!« sagte Kade mit scharfer Stimme. »Nichts hat mich jemals so deprimiert wie der Anblick dieser vielen ... Statuen.«

»Warum unklug?« fragte Inos.

Er nippte an seinem Wein und betrachtete über den Rand seines Weinkelches hinweg das Feuer. »Ich bin nur ein Magier, Ma'am. Normalerweise kann ich es nicht spüren, wenn Okkultismus am Werk ist. Diese Fähigkeit liegt außerhalb meiner Möglichkeiten, mit einigen Ausnahmen, etwa wenn ich merke, daß meine Sehergabe blockiert ist. Ich gehe davon aus, daß andere meiner Art auf ähnliche Weise eingeschränkt sind. Aber ich glaube, ich habe etwas gespürt, als ich den Paß überquerte. Und selbst, wenn ich falsch liege, es könnte gut sein, daß ein wenig von dem Bann immer noch wirksam ist.«

Inos runzelte verständnislos die Stirn.

»Der Bann war richtungsgebunden«, erklärte er mit einem Anflug von Ungeduld. »Er wurde ausgesprochen, um Flüchtlinge aufzuhalten. Wir alle konnten Thume sicher betreten. Hinaus könnte es vielleicht nicht so leicht sein.«

»Zu Stein erstarren?«

»Vielleicht nicht. Dafür könnte der Bann schon zu schwach sein, aber er könnte uns zum Krüppel machen oder umbringen. Nein, für alle Juwelen in Kerith würde ich diesen Weg nicht nehmen, wenn ich hinaus wollte.«

Inos warf Azak erneut einen Blick zu, und jetzt wirkte er geringfügig mehr interessiert und weniger mordlustig.

»Ich habe andere Mittel«, erklärte Elkarath und wendete so die nächste Frage ab, bevor sie gestellt werden konnte. Wieder fragte sich Inos, ob er weniger selbstsicher war, als er sie glauben machen wollte. »Ihr habt mich in diesen letzten Tagen durch einen lustigen Tanz geführt, aber es hat mir Spaß gemacht.« Er hob seinen Kelch und prostete Kade zu.

»Und wie habt Ihr uns gefunden, Hoheit?«

»Oh, es war nicht schwer, Euren Spuren zu folgen. Verglichen mit einem Magier ist ein Löwentöter ein blindes Kätzchen.«

Azak fletschte wütend die Zähne, und der alte Mann lächelte sanft ins Feuer.

»Habt Ihr wirklich damit gerechnet, mir zu entkommen, ak'Azakar?«

»Ich hatte gehofft, daß Ihr es nicht wagen würdet, so nahe bei *Ullacarn* Eure widerlichen Fähigkeiten anzuwenden.«

»Aha! Nun, das war nicht dumm, das gebe ich zu, aber ich muß natürlich meine Mission vollenden, und ich mußte das Risiko eingehen. Doch zunächst mußte ich für den Rest meiner Leute und meiner Waren gewisse Vorkehrungen treffen. Ich bin erst gestern gegen Morgengrauen losgeritten.«

»Dann habt Ihr es in exzellenter Zeit geschafft«, sagte Kade beiläufig.

Elkarath nickte selbstgefällig. »Es ist ein sehr angenehmer Abend, nicht wahr? Ich hoffe, Ihr habt bemerkt, daß Magie sehr wirksam ist, wenn es darum geht, Moskitos zu verjagen?« Er warf einen gütigen Blick auf Azak. »Ihr seid ganz sicher, daß Ihr nicht mit uns essen wollt, Löwentöter?«

Erneut wies Azak die Gastfreundschaft zurück. Wütend oder nicht, er mußte am Verhungern sein, und doch brachte sein Gefühl des Versagens ihn dazu, sich so kindisch zu benehmen. Warum mußten manche Männer so stur sein, so dickköpfig? Inos fühlte sich von einer eigenartigen Welle der Nostalgie bedrückt, die sie nicht einordnen konnte.

»Es war nicht schwer, Euch zu folgen«, sagte der Magier milde. »Obwohl es auf dieser Seite der Berge ein wenig schwieriger wurde.«

»Als die Spur wärmer wurde?« knurrte Azak skeptisch. Unter Zuhilfenahme seiner Arme lehnte er sich zurück und zog seine Füße vor dem Feuer zurück.

»Als Zauberei dazwischen kam.«

»Ich habe keine Hinweise auf Menschen gesehen.«

»Aber offensichtlich gibt es Menschen.« Der alte Mann starrte hinaus in die Dunkelheit, und Inos tat es ihm instinktiv nach. Im Dämmerlicht bewegten sich Schatten, und sie dachte, ihr Herz höre für immer auf zu schlagen, bis sie sah, daß es sich um Pferde und Maultiere handelte, die leise wie Geister zurückgekehrt waren, eine Kette stummer Beobachter. Sie erschauerte.

»Ich habe auch Stellen mit okkultem Schild gesehen«, sagte Elkarath, »oder besser, ich habe sie nicht gesehen. Meine Sehergabe war blockiert, und ich nahm an, daß auch meine Augen getäuscht wurden und daß, was mir wie Wald erschien, etwas anderes war. Manchmal verschwanden Eure Spuren völlig, und manchmal ergaben sie keinen Sinn. Thume ist bewohnt!«

»Und wie habt Ihr uns dann gefunden, Erhabenheit?« fragte Kade und leckte voller Schwung ihre Finger ab, was sie vermutlich niemals getan hatte, bevor sie nach Zark gekommen war.

»Ich hatte ein wenig Hilfe.« Der alte Mann streckte eine Hand aus und ließ das Licht des Feuers in seinen Juwelen aufblitzen.

»Der Ring?« fragte Azak. »Ihr habt uns also nicht in allen Punkten getäuscht?«

»Nein.« Die Stimme des Alten fiel um eine halbe Oktave. »Aber ich habe gelogen, als ich behauptete, es handele sich um ein Familienerbstück. Ihre Majestät hat ihn extra für mich geschaffen.« Nachdenklich blickte er auf seine Finger. »Im Moment ist nichts Besonderes darin zu sehen ... Normalerweise hilft er mir, Zauberei aufzuspüren wie ein echter Zauberer, aber Thume scheint ihn nicht zu beeinflussen. Aus dem Tal dort, wo die Menschen sind, bekomme ich keine Signale. Und dennoch kommen sie sehr schnell näher.«

»Könnte die Magie in Thume anders sein?« Inos war jetzt ganz entschieden unbehaglich zumute.

Der Magier zuckte die Achseln. »Möglich. Heute früh flakkerte er jedoch die ganze Zeit grün, nervös wie die Flöhe auf einem toten Hund.«

»Und wie hat Euch das geholfen?« fragte Azak scharf.

»Ich habe Euch mit ihm verfolgt.«

Einen Augenblick lang starrten die anderen einander verwundert an. Der Magier nippte in stiller Belustigung an seinem Wein. Schließlich warf er einen indirekten Blick auf Inos, seine Augen unter seinen Brauen geschützt. »Ihr habt ein Wort der Macht geerbt, Kind. Ihre Majestät war ziemlich verwundert, daß es sich noch nicht in einem besonderen Talent manifestiert hatte. Sie trug mir auf, darauf zu achten, und sie hat mir diese Vorrichtung gegeben, um es aufzuspüren. Heute sah ich zum ersten Mal, wie diese Spielerei reagierte.«

»Ich ... *ich* habe Magie benutzt?« Inos hoffte, daß es sich hier um einen komplizierten zarkianischen Witz handelte. Sie hatte Azak niemals von Inissos Wort der Macht erzählt, und sie wagte nicht ihn anzusehen und seine Reaktion auf diese Worte zu erfahren. Azak verabscheute Magie in jeder Form.

»Einer von Euch«, antwortete der Magier. »Grünes Licht bedeutet ein Wort, ein Genie. Die Gebiete, von denen ich erwartet hatte, daß sie sich als okkult herausstellen, machten sich nicht bemerkbar. Wenn ich es richtig gesehen habe, waren sie allesamt gut abgeschirmt. Nein, die Macht kam von Euch. Von einem von Euch, und wenn nicht von Euch, von wem dann?«

»Ich kann es nicht gewesen sein! Tante – habe ich irgend etwas Ungewöhnliches getan? Azak?«

Kade warf Azak einen besorgten Blick zu und antwortete dann: »Nein, Inos.«

Der alte Mann strich über seinen Bart. »Ich bin verwirrt, muß ich zugeben. Es war lediglich ein okkultes Talent, kein Versetzen von Bergen. Ihr wart nicht ... nun, Ihr habt nicht vielleicht vom Ersten Löwentöter eine Lektion im Spurenlesen bekommen? Im Singen? Magie erspüren, vielleicht?«

Inos schüttelte den Kopf. »Ich glaube nicht, daß ich heute irgend etwas getan habe, was ich nicht schon tausendmal zuvor getan habe. Außer, mich vergewaltigen zu lassen, natürlich.«

»Nein – noch früher. Auf Eurem Weg hierher.«

Kade versuchte, diese peinliche Stille zu durchbrechen. Leise hustete sie, um die Aufmerksamkeit auf sich zu ziehen. »Im Impire, Erhabenheit, gibt es ein Sprichwort über den Regen und die Traufe. Kennt Ihr es?«

»In Zark sagen wir ›dem Löwen aus dem Weg gehen und die Löwin aufrütteln‹. Derselbe Grundgedanke?«

»Genau. Ich bekomme allmählich den Eindruck, daß meine Nichte ein okkultes Talent besitzt, das genau dazu paßt.«

Er lachte leise. »Ich glaube fast, Ihr habt das Rätsel gelöst!«

Kade lächelte dünn. »Aber selbst, wenn dieser Magiefinder in unsere Richtung zeigte, Sire, ist es nicht denkbar, daß er jemand anderen gesehen hat? Könnte uns nicht jemand ganz dicht gefolgt sein, und diese Person war die Quelle der Magie?«

»Ich nehme an ...« Der Magier nickte nachdenklich. »Unsichtbarkeit vielleicht? Falls Ihr einen unsichtbaren Gefährten hättet ... aber nein. Das würde eine stärkere Macht erfordern, als ich sie erspürt habe. Zumindest Magie.«

Azak gab einen wütend knurrenden Laut von sich. »Ich war über dieses Wort der Macht nicht informiert. Das erklärt vieles.« Er starrte Inos mit einer Intensität an, die sie erschreckte.

»Ihr habt eine andere Erklärung?« fragte der Scheich.

»Die vier, die mich aus dem Hinterhalt überfallen haben?«

Elkarath schüttelte den Kopf. »Sie kamen aus dem Norden. Sie haben Eure Spur gefunden und Euch verfolgt. Hatte nichts mit dem zu tun, was ich gesehen habe.«

Azak knurrte. »Aber habt Ihr bedacht, *warum* sie uns verfolgt haben könnten?«

Elkarath schüttelte nur den Kopf. »Nur, daß vermutlich alle Besucher von Thume wie Freiwild gejagt werden.«

»Ich dachte, ihr Ansinnen wäre ganz eindeutig gewesen«, fauchte Inos.

Azak fauchte zurück: »Genau!«

Sie spürte, wie ihre Wut in ihr aufstieg, um sich gegen jede wie auch immer geartete Anschuldigung zu verteidigen. »Sie nannten mich *Außenseiterin*. Ich glaube, das war das Wort. Als sei es ein schmutziges Wort, wie ... wie *Parasit*.«

Hastig mischte Kade sich ein. »Das würde das Geheimnis erklären, das Verschwinden ...«

Aber Inos starrte in das schwelende Feuer in Azaks Augen. »Habt Ihr eine andere Idee?«

»Ich meine, daß die vier genauso auf Magie reagiert haben könnten.«

»Ich glaube nicht, daß ich Eure Majestät richtig verstehe«, sagte Kade scharf.

»Es ist ganz klar. Eure Nichte ist sehr attraktiv, wie ein Magnet! Das könnte erklären, wodurch die vier Schweinehunde hierher gezogen wurden.«

»Azak!« rief Inos. »Was sagt Ihr da?«

»Ich sage, daß Ihr mich möglicherweise verhext habt, Frau, und daß Ihr möglicherweise heute auch diese anderen verhext habt.«

»Nein! Nein! Ich ...«

»Oh, vielleicht wißt Ihr gar nicht, daß Ihr das tut«, brüllte Azak. »Aber warum sollten sich vier junge Männer auf der Jagd plötzlich in gierige, vergewaltigende Monster verwandeln?«

Und warum sollte sich ein Djinn-Sultan verlieben? Aber er ging nicht so weit, das auszusprechen.

Hätte er sie geschlagen, sie hätte nicht mehr überrascht sein können. Sie schreckte zurück. Der Gedanke vor unvorstellbar – daß sie bei Azak womöglich okkulte Kräfte angewandt hatte, so wie Andor sie dereinst bei ihr benutzt hatte? Ja, natürlich hatte sie versucht, ihn zu beeindrucken, aber nicht auf diese Weise. Furchtbar! Widerlich! Daß sie eine Art okkulte Meerjungfrau sein könnte, die unschuldigen Jugendlichen auflauerte und sie dazu verführte, sie anzugreifen, und so ihren Tod durch die Hand des Scheichs provozierte ... Nein! Undenkbar!

Vom Entsetzen gepackt wollte sie an Elkarath appellieren.

Er runzelte die Stirn und strich über seinen Bart. »Ihr seid eine sehr schöne Frau, Königin Inosolan, und es überrascht mich nicht, daß Sultan Azak von Eurem Charme hingerissen ist, okkult oder nicht. Aber daß Ihr vier Fremde herbeizitieren könnt, ohne sie zu sehen, und in eine solche Wut steigern, daß sie über Euch herfallen wollen ... ich nehme an, daß dem Okkulten nichts unmöglich ist. Aber Ihr provoziert keinen Aufruhr, wo Ihr geht und steht! Warum sollte es nur heute passiert sein?«

Azaks Schnaufen bauschte seinen buschigen roten Schnurrbart auf. »Vielleicht sind die Pixies besonders empfänglich.«

Dieser Gedanke ließ Inos wieder erschauern. Vier junge Männer, die sie unwissentlich verhext hatte, und die der Scheich dann genau deswegen exekutiert hatte? Und jetzt hastete eine noch größere Gruppe von Männern auf der Suche nach ihr den Hügel herauf? Nein, nein! Wahnsinn! Wahnsinn! »Ihr meint, ich sei wie eine läufige Hündin, die alle Hunde der Stadt anlockt?«

Die beiden Männer vermieden es, ihr in die Augen zu sehen. Kade biß sich auf die Lippe und errötete.

Der Scheich seufzte. »Nun, ich werde meiner Herrin von dem Zwischenfall berichten und sie ihre Schlüsse ziehen lassen. In der Zwischenzeit ...« Er sah hinauf zu den Sternen. »... ich denke, es ist die zweite Stunde der Nacht?«

»Ungefähr«, stimmte Azak zu.

»Dann können wir uns auf den Weg machen. Löwentöter, ich habe die Reittiere herbeigerufen. Geht und nehmt ihnen die Geschirre ab; wir geben ihnen ihre Freiheit. Und bringt mir die Satteltaschen von meinem Pony.«

Azak preßte die Lippen aufeinander. »Das Wort meines Herrn ist mir Befehl!« Seine Worte wurden von einem haßerfüllten Blick begleitet. Er rappelte sich auf, offensichtlich von seiner Lähmung geheilt, und schritt davon in die Dunkelheit. Beim Gehen richtete er sein Krummschwert und träumte vielleicht davon, was er mit einem Kaufmann machen würde, der ihn wie einen Handlanger behandelte.

»Eure Hoheit«, sagte Elkarath, »habt Ihr irgend etwas in Eurem Gepäck, das Ihr gerne behalten möchtet? Wir können nur wenig mitnehmen, aber vielleicht irgend etwas ganz Besonderes?«

»Oh!« Kade sah in Richtung des kleinen Unterschlupfes, den Azak gebaut hatte. »Nun, mein Gebetbuch ...«

»Dann würdet Ihr es vielleicht jetzt holen, Ma'am? Hier!« Elkarath machte eine Handbewegung und hielt Kade eine große Kugel blauen Lichtes entgegen.

Kade machte wieder »Oh!«

»Nehmt sie. Sie ist nicht heiß.«

Kade erhob sich steif. Unsicher nahm sie die Kugel in beide Hände. Sie hielt sie weit von sich und stapfte schwerfällig durch das lange Gras davon.

Inos goß ein wenig Wein in ihren Kelch und nippte daran, während sie abwartete, ob man ihr ein Geheimnis anvertrauen oder sie schelten wollte.

Mehrere Minuten lang spielte der alte Mann jedoch nur mit seinen juwelenübersäten Fingern, um die Blitze zu beobachten, die das Feuer von ihnen aussandte.

Schließlich ergriff er das Wort. »Ich spreche jetzt nicht als

Magier. Auch nicht als Geweihter der Sultana, obwohl ich natürlich gar nichts sagen könnte, wenn ich glaubte, meine Worte könnten ihre Interessen verletzen. Ich spreche nur als sehr alter Mann zu einer sehr jungen Frau. Ich will nur Eurer Bestes, Königin Inosolan. Könnt Ihr, nur für ein paar Minuten, akzeptieren, daß die Älteren manchmal tatsächlich weise sind?«

»Ich werde es versuchen, Sir«, sagte Inos mit ihrer ganzen nach Kinvale klingenden Freundlichkeit. Sie würde also offensichtlich gescholten.

»Das ist alles, was ich verlange. Hört also gut zu. Ich bin sehr alt. Viel älter, als Ihr vielleicht annehmt. Würde ich meine Jahre zählen ... nun, sagen wir einfach, ich habe alles in allem so viele davon in der Wüste verbracht, wie Ihr auf dieser Erde seid. Mindestens. Und in der Wüste gibt es etwas, das die Schale der Menschen aufbricht. Das Licht der Wüste ist sehr hell, sehr enthüllend.«

Inos sagte nichts, und er sah nicht auf, um ihr sorgfältig interessiertes Lächeln zu erwidern.

»Und ich habe noch viele Jahre mehr – alles in allem – in Ullacarn verbracht, und in Angot und anderen Außenposten des Impire. Vermutlich verstehe ich die Imps und ihre Lebensweise besser als jeder andere Mann in Arakkaran; oder jede andere Frau. Mir ist klar, daß Ihr keine Untergebene seiner Imperialen Majestät seid, aber Euer Werdegang und die Art, wie Ihr aufgewachsen seid entsprechen mehr den Imps als anderen Völkern. Ist es nicht so, meine Liebe?«

»Natürlich, Erhabenheit.«

Er seufzte. »Und ich sage, er ist nichts für Euch. Ja, er ist verrückt nach Euch, und Ihr glaubt vielleicht, in ihn verliebt zu sein. Nein, hört mich an, Kind! Er ist ein guter Mann, auf seine Weise. Er ist der perfekte Sultan für Arakkaran, es sei denn, er beginnt sich zu langweilen. Dann begibt er sich auf den blutroten Kriegspfad. Das tun sie immer, Männer wie er. Glücklicherweise, für uns einfaches Volk, leben Sultane selten so lange. Körperlich ist er natürlich einmalig ...

Was er meiner Herrin bedeutet, kann ich nicht einmal im

Ansatz verstehen. Die Wege und Ziele der Zauberer sind verschlungen und geheimnisvoll. Sie ist auf eigenartige Weise zu ihrer Macht gelangt. Ich fürchte, sie möchte Männer bestrafen, die schon lange tot sind.« Er seufzte wieder und griff nach seinem Kelch.

Inos wartete höflich. Es würde noch mehr kommen.

»Wenn er nur einen Kompromiß …« murmelte Elkarath. »Nur einmal das Haupt senken! Die Worte sagen, die sie hören will! Ich glaube, dann wäre sie nur zu gerne die Frau, die er sich wünscht: Geliebte, Mutter, Helferin …«

»Sie würde seine Lügen sofort durchschauen«, murmelte Inos angeekelt.

»Vielleicht«, erwiderte der alte Mann leise. »Aber er hätte sie ausgesprochen! Und ich glaube, damit wäre sie zufrieden. Ich schätze, daß eine Zauberin sich genauso selbst betrügen kann wie jeder von uns. Wir alle glauben, was wir glauben wollen, und fragen nicht weiter nach, damit wir unverheilte Wunden nicht weiter aufreißen. Wir alle streben nach Glück. Wer weiß, wonach sie strebt – jetzt, nach einem langen Leben? Könnte da nicht ein freundliches Wort als Triumph gelten?«

Er trank, und der Kelch verschwand aus seiner Hand. Elkarath erhob sein Gesicht zu den Sternen oder vielleicht zu den ruhelosen Baumwipfeln, und sie hatte freien Blick in seine blutroten Augen und auf die Falten an seinem dürren Hals.

»Doch auch ohne die Gefahren, die von der Sultana Rasha drohen, Kind, sage ich Euch, daß Ihr einen schlimmen Fehler begeht. Selbst, wenn Ihr beide in Euer Königreich am Ende der Welt flieht, so werdet Ihr doch an der Seite von Azak ak'Azakar kein Glück finden. Ja, er hat Euch die Ehe versprochen. Er begehrt Euch und kann Euch nicht haben, also wird er zu allem bereit sein. Viele gute Ehen sind einem solchen Keim entsprungen! Nein, es ist sein Hintergrund, der nicht stimmt. Er liebt Euch? Das heißt, er wünscht, Euch zu besitzen und Söhne mit Euch zu haben, und, ja, ich nehme an, er möchte Euch auch glücklich machen. Aber er ist nicht in der Lage, Euch glücklich zu machen, ganz gleich, wie ernst er es meint.«

»Da stimme ich Euch absolut zu.«

»Ich meine es ernst, Kind.«

»Ich auch, Erhabenheit. Vielleicht hat meine imperiale Art Euch getäuscht, und ich fürchte wirklich, sie hat seine Majestät getäuscht. Im Impire ist es durchaus nicht ungewöhnlich, daß Männer und Frauen befreundet sind.«

»Als ich Euch sagte, er sei nicht von den Pixies getötet worden ...«

»Ich war entzückt, ja. Natürlich! Azak und ich haben viel gemeinsam, von unserem königlichen Blut bis zu unseren Problemen mit Zauberei. Es ist natürlich, daß wir eine Basis für eine Freundschaft gefunden haben. Ich bewundere ihn, genieße seine Gesellschaft, weiß seine unschätzbare Hilfe zu würdigen. Zumindest von meiner Seite ist da nicht mehr.« Jawohl!

Der Magier betrachtete mit dem längsten direkten Blick, den er ihr bislang gegönnt hatte, traurig ihr Antlitz. Das Feuer jagte sonderbare Schatten über die verwüstete Landschaft seines Gesichtes.

Dann seufzte er tief und sah zur Seite.

»Da könnte mehr sein, als Ihr annehmt. Wie lange könnt Ihr seinem Werben widerstehen? Von einem Mann mit seiner Macht und Ausstrahlung begehrt zu werden – das ist sehr schmeichelhaft.«

»Sehr!« antwortete Inos zwischen zusammengebissenen Zähnen. Zuerst Kade, jetzt er! Konnten die Alten niemals lernen, den Jungen zu vertrauen? »Aber Sultan Azak ist mein Freund und politischer Verbündeter. Mehr nicht.«

Der Magier seufzte erneut und sah zur Seite.

Ein älterer Djinn ...

Alberner alter Mann.

Azak trat mit einer sperrigen Ledertasche aus der Dunkelheit.

»Ah!« Der alte Mann sprang mit jugendlicher Geschicklichkeit auf die Füße. »Die Männer kommen sehr schnell näher. Wir müssen abreisen, bevor sie zu nahe sind. Also, laßt mich einmal sehen ...«

Er zerrte an den Verschlüssen der Tasche und zog ein Bündel heraus, das wie goldener Stoff glitzerte. Er drehte sich um, betrachtete den Boden um sich herum und ging mit gesenktem Kopf herum, als suche er etwas. Azak schleuderte die Tasche fort und verschränkte seine Arme. Er warf dem Scheich einen finsteren Blick hinterher und ignorierte Inos.

Kade kam vorsichtig mit dem blauen Licht in Händen zurück über die Wiese gestapft. Inos ging zu ihr hinüber, und sie tauschten besorgte Blicke. Kade legte die Lichtkugel so sorgfältig ins Gras, als sei sie aus feinstem Kristall. Sie richtete sich wieder auf und nahm die Hand ihrer Nichte. Ihre Finger zitterten ganz leicht. Doch vielleicht war es auch Inos selbst, die zitterte.

»Hier scheint es mir flach genug«, verkündete Elkarath jenseits des Feuerscheins. »Und in jener Richtung ist Norden.«

Er schüttelte ein Tuch aus, das blitzte und flimmerte und sich als überraschend groß erwies. Es schwebte zu Boden, schien sich aus eigener Kraft zu winden, bis es glatt dalag – völlig flach, obwohl es offensichtlich außerordentlich dünn war.

Inos eilte hinüber und zerrte ihre Tante beinahe hinter sich her.

»Das habe ich schon einmal gesehen! Rasha nannte es den Willkommensteppich.« Inos erinnerte sich außerdem, daß der Teppich im Palast eine gefährlich hypnotische Wirkung gehabt hatte. Hier, im sternenerleuchteten Dunkel des Waldes, lag er schwarz wie Wasser vor ihr, und ein leichtes Schimmern schien direkt von innen zu kommen, wie von Goldfischen in einem schattigen Teich. Sie versuchte, nicht hinzusehen.

»Tatsächlich?« Der alte Mann strahlte kurz. Er wirkte aufgeregt, als hege er eine geheime Erwartung, wie ein Kind, das eine Belohnung erwartet. »Es ist ein magischer Teppich. Ihre Majestät hat ihn mir extra für Notfälle wie diesen hier gegeben. Es könnte genau der sein, den Ihr gesehen habt.«

Azak, der Inos weiter ignorierte, schritt hinüber zum Rand des Teppichs und starrte darauf.

Elkarath betrachtete einen Augenblick lang den Himmel. »Ja, dort ist Norden ... Um hin und her zu reisen braucht man natürlich drei von ihnen. Wir haben nur zwei, aber wir haben ja auch nicht vor, nach Thume zurückzukehren, nicht wahr?« Er lachte leise und rieb sich die Hände.

Dann blickte er nachdenklich flußabwärts.

»Und wo ist der andere?« fragte Inos und spürte, wie die Erkenntnis ihr Schauer über den Rücken jagte. Sie versuchte, Azaks Blick zu erhaschen, aber er beobachtete den Scheich.

»Wenn Skarash meinen Befehlen gefolgt ist, liegt er jetzt in meinem Haus in *Ullacarn*. Wenn nicht ... dann werden wir bald in Schwierigkeiten sein. Fertig?«

»Was müssen wir tun?« fragte sie und bemerkte, daß sich Kades Griff verstärkte.

»Stellt Euch einfach gemeinsam auf den Teppich. Ich komme als letzter, da der Zauber des Teppichs an meine Person gebunden ist.«

»Und dann?« knurrte Azak und spielte mit dem Griff seines Krummschwertes.

»Dann legt er sich über den Teppich in *Ullacarn*. So funktionieren sie.«

Azak war argwöhnisch. »Ihr sagtet, Ihr wagt es nicht, in *Ullacarn* und Umgebung Eure Kräfte anzuwenden, und dennoch wendet Ihr jetzt eine derart große Zauberei an?«

»Seid still!« sagte der Magier scharf. »Für Ignoranten schickt sich Schweigen. Das Wichtigste an magischen Geräten ist, daß sie viel schwerer aufzuspüren sind als grobe Macht. Also – muß ich Euch erst zwingen?«

Azak zuckte die Achseln und machte zwei lange Schritte,

die ihn in die Mitte des Teppichs beförderten, der nicht einmal schwankte oder sich unter seinem Gewicht verbog. Inos warf ihrer Tante einen Blick zu, und sie gingen gemeinsam vorsichtig einen Schritt näher und hielten sich an den Händen. Die Oberfläche fühlte sich fest an und ein wenig schlüpfrig.

»Da!« sagte Elkarath. »Ich schlage vor, Ihr macht Euch ein wenig kleiner, Löwentöter – die Decke könnte ein bißchen niedrig sein. Genau! Jetzt ich.«

Er trat mit zwei schnellen Schritten auf den Teppich und brachte ihn zum Tanzen und Schlingern.

Kade schrie auf, und Inos beruhigte sie. Schließlich fanden sie ihr Gleichgewicht wieder und blinzelten in die plötzliche Helligkeit von Lampen, die an zerbröckelnden, verputzten Wänden hingen.

Azak erhob vorsichtig den Kopf und warf den schrägen Dachsparren über sich einen finsteren Blick zu. Aus der Dunkelheit hinter dem offenen Fenster schallten Straßengeräusche: man hörte Hufe, Stimmen und Räder. Der Duft von Gras und Bäumen wurde durch Gerüche nach Kerzen, Gewürzen und von alten Essensdüften ersetzt.

»Willkommen in *Ullacarn*«, sagte Elkarath.

Life and death:
O to dream, O to awake and wander
There, and with delight to take and render,
Through the trance of silence,
Quiet breath;
Lo! for there, among the flowers and grasses,
Only the mightier movement sounds and passes;
Only winds and river,
Life and death.

Stevenson, *In the Highlands*

(Leben und Tod:
Oh, zu träumen, oh, zu wachen und zu wandern,
Zu nehmen und zu geben voll Entzücken,

Dort, entrückt in tiefer Stille,
Ruhiger Atem;
Horch! Denn dort, zwischen Blumen und Gräsern,
Erklingen und vergehn die mächt'geren Elemente nur;
Nur Wind und Fluß,
Leben und Tod.)

Sieben

Der Glanz, er fällt

1

Benebelt vor Entkräftung starrte Rap auf ein Loch in den Klippen. Die Sterne erleuchteten die Nacht, und die Luft lag angenehm kühl auf seiner Haut, aber eine ganze Weile begriff er nicht, was er tat. Schließlich erinnerte er sich an den letzten Teil: Dunkelheit, und er suchte sich mit seiner Sehergabe einen Weg durch ein Durcheinander aus Felsgestein. Seine Füße waren blutig aufgeschürft, seine Knöchel und Knie wie durch ein Ödem geschwollen, selbst seine Arme hatten Schürfwunden und waren voller blauer Flekken. Die Reise war in seiner Erinnerung nur ein nebliger Alptraum, und er erinnerte sich undeutlich, ein oder zwei Stunden lang Gathmor getragen zu haben, doch jetzt war er allein und am Ende seiner Kräfte. Seine Gefährten hatte er schon lange hinter sich gelassen, ihre weltlichen Kräfte durch ihre Bemühungen gebrochen, dem Kommando eines Zaubers zu gehorchen.

Der Gnomenjunge war verschwunden, und zuletzt war er noch so frisch herumgesprungen wie zu Anfang. Also mußte Raps Ziel diese Höhle sein. Sie war kugelrund, mittels Zauberei durch viele Schichten schwarzen Steins in die Klippen geschmolzen. Offensichtlich waren hier Drachen am Werk gewesen. Seine Sehergabe war blockiert; was wahrscheinlich bedeutete, daß er sich in der Nähe eines Verstecks eines Zauberers befand. Doch das Versteck konnte auch sonst wem gehören – Leoparden oder Bären könnten drinnen auf ihn warten.

Rap lehnte sich kurz erschöpft gegen den Felsen. Eigentlich sollte er Angst haben. Er sollte sich gegen den Drang wehren, den er wieder in sich wachsen spürte. Vielleicht war er einfach zu erschöpft, um klar zu denken, und doch sagte ihm eine eigenartige innere Ahnung, daß der Ruf gut war, eine Chance – daß das Glück ihn bevorzugte, indem es ihn hierher brachte.

Diese verrückte Illusion mußte zu der Aufforderung dazugehören! Unfähig, noch länger zu widerstehen, fiel er auf Hände und Knie und kroch in die Röhre. Der Wind, der ihm in der Röhre entgegenblies, brachte die Kühle uralter Steine und lange vergessener Höhlen mit sich.

Die Barriere war dicker als jede Burgmauer eines Weltlichen, doch schließlich gelangte er in eine tiefe Felsspalte, von der aus er die Sterne sehen konnte. An beiden Seiten reckten sich zerklüftete Felswände in die Höhe, nahe genug, daß Rap sie berühren konnte. Der Boden war glatt und ebenmäßig, jedoch mit unangenehm scharfen Kieseln übersät. Hier und da waren riesige Felsblöcke von den Gipfeln heruntergefallen. Sie waren in der Schlucht aufgeschichtet worden, um Bogengänge zu errichten; kleinere Steine waren anscheinend entfernt worden. Rap hinkte weiter und folgte zehn oder fünfzehn Minuten lang den Windungen in den Berg hinein und bemerkte, daß dieser rätselhafte Eingang drachensicher gestaltet worden war; er konnte leicht sein immenses Alter schätzen. Schließlich wurde der Graben durch eine Mauer uralter Maurerkunst versperrt. Schwaches gespenstisches Licht quoll aus einer Tür, die so klein war, als führe sie in eine Hundehütte.

Er duckte sich und zuckte vor dem bekannten Gestank nach Gnom zurück. Gnome aßen Aas und verdorbenes Fleisch, und sie wurden an vielen Orten toleriert, weil sie jeden Fetzen Müll beiseite schafften. Gewiß waren sie besser als anderes Ungeziefer, wie etwa Ratten, aber sie galten niemals als angenehme Gefährten. Außer einem Gnom würde niemand jemals eine Gnomenhöhle betreten – abgesehen davon, daß Rap jetzt wohl keine andere Wahl hatte. Nur ein winziger Augenblick des Zögerns brachte den Zwang zurück, dem kleinen Jungen hinterherzujagen.

Sehr widerwillig und mit zugehaltener Nase tauchte er unter dem Eingang hindurch und stellte sich sofort heftig würgend auf. Seine Augen tränten.

Das war keine Höhle. Er war in einer riesigen Halle, deren Wände wie große, von Maurerhand erschaffene Klippen nach oben strebten in einen undeutlichen, leuchtenden Nebel hinein, der die Decke verbarg und den restlichen riesigen Raum in ein dämmerigblaues Licht tauchte. Es gab viele dunkle Schatten, die nicht alle sofort erklärbar waren.

Der Boden bestand aus gewachsenem Fels, verborgen unter einem glitschigen Teppich aus Fäulnis – Gnome machten an ihren Eingangstüren unangenehme Dinge, um Besucher abzuschrecken. Hier und da war seine Sehergabe blokkiert oder zumindest wie durch uralte, vergessene Barrieren vernebelt. Er konnte Umrisse erkennen, die nicht ganz solide wirkten, einschließlich riesiger Steinringe, die in die Wände eingebracht waren; weitere Umrisse konnte er nur erspüren, in der Dämmerung jedoch nicht erkennen. Der ganze Ort hatte etwas Unheimliches, Zauberhaftes. Und er stank schlimmer als jeder Schweinestall.

Auf einer kleinen Steinmauer an der anderen Seite dieser enormen Kammer saß seine schwer faßbare Beute, der kleine Junge. Der zumindest war echt. Er beobachtete Rap mit einem verständlicherweise befriedigten Grinsen, während er ausgiebig in seiner Nase bohrte.

Wasser! Der Wall umfaßte einen runden Brunnen voller Wasser! Rap, der eine Hand unter seine Nase hielt in der Hoffnung, daß sein eigener Geruch den Gestank überlagerte – was er aber nicht tat – humpelte vorsichtig durch den großen Raum. Er konnte es nicht vermeiden, in Schmutz zu waten, aber er hoffte, daß er nicht ausrutschte und hineinfiel. Das Wasser stellte sich als ein mit grünem Schleim bedeckter Tümpel heraus, aber Rap schob den Schleim mit einer Hand zur Seite und kniete sich nieder, um zu trinken. Obwohl das Wasser so schmeckte, wie er es sich immer von Waschzubern vorgestellt hatte, war er doch so ausgedörrt wie eine Rosine und sog daher gierig ganze Eimervoll der abscheulichen Brühe in sich hinein. Zumindest konnte er sicher sein, daß die Gnome es nicht als Badewasser benutzt hatten.

Schließlich sank er auf seinen Hosenboden und wischte sich mit einer Hand das Gesicht ab, und ihm wurde klar, daß er nun in der Tinte saß. Was zum Teufel machte das schon aus?

Sein zweites Wort der Macht hatte ihm anscheinend eine gewisse okkulte Fähigkeit verliehen, Schmerzen zu ignorieren, und er argwöhnte, daß er ohne diese Fähigkeit schreien würde. Doch er wußte, daß der Schmerz existierte – in seinen gepeinigten Füßen, seinen Gelenken, seinen Muskeln –, aber der Zwang war endlich verschwunden, der Bann gebrochen, und schon der Akt des Hinsetzens ließ eine Welle der Müdigkeit über Rap hinwegfluten, die ihn beinahe sofort in Schlaf versetzt hätte. Doch sobald seine Aufmerksamkeit nachließ, kam der Schmerz zurück. Er setzte sich gerade hin, unterdrückte den Schmerz und starrte mit trüben Augen den Jungen an, der ihn hierher geführt hatte.

»Ich bin Rap.«

Der Junge kicherte.

»Hast du keinen Namen, Jungchen?«

Der Junge zog seinen Finger lange genug aus der Nase, um *Ugish* zu sagen und zu kichern. Er hatte mehr Zähne als ein Hecht. Und schärfere.

»Du bist ein Zauberer, Ugish?«

Breiteres Grinsen und Kopfschütteln. Gnome waren am liebsten nachtaktiv, Rap hatte in Durthing einige getroffen. Er hatte sie in Finrain gesehen und auf seinen Reisen nach Milflor. Ihre Augen waren sehr groß und rund und zeigten beinahe kein Weiß. Bei Tageslicht war auch fast keine Pupille zu sehen, nur eine glänzende, schwarze Iris. Ugishs Augen waren groß, aber anders – das Weiße hell inmitten dem Schmutz, und die Iris bronzefarben mit einem intensiven Glanz. Vielleicht gab es ja mehr als eine Art von Gnom.

Nicht alle Bewohner von Krasnegar waren für ihre persönliche Reinlichkeit bekannt gewesen, und einige waren in geschlossenen Räumen berüchtigterweise unbeliebte Gefährten, aber keine andere Rasse schien den Dreck so zu genießen wie die Gnome.

Rap bemühte sich um ein Lächeln. »Wer also – *gulp*!«

Eine Frau war aus einer Tür getreten und schritt um das Wasserloch herum auf sie zu. Eilig zog Rap die Knie an und schlang die Arme um seine Schienbeine.

Sie war kein Gnom – so groß wie er und erstaunlich gebaut. Zunächst konnte Rap ihre Rasse kaum erkennen. Sie trug ein lockeres Kleid, schmutzig, ärmellos, kurz und so zerrissen, daß es schon unanständig war, aber sie bewegte sich voller Anmut und Grazie. Sie war in jeder Hinsicht genauso dreckig wie der Junge, ihre Hautfarbe war unbestimmbar und ihr langes Haar ein ekelhaftes, schleimiges Durcheinander, das halb über ihren Rücken hing. Dann sah er die schweißdurchnäßten Haarbüschel unter ihren Armen – sie waren hell-golden.

Und ihre Augen! Sie waren sehr groß und standen eigenartig schräg; die Iris schimmerte in allen Feuern des Regenbogens wie Opal oder Perlmutt. Also war wohl auch ihre Haut golden; sie war eine Elfin. In Milflor und Finrain hatte er einige Male kurz ein paar Elfen gesehen, aber niemals aus der Nähe. Ihr Alter konnte er nicht schätzen, aber er fand, sie könnte sehr schön sein, wenn sie nur sauber wäre.

Das erklärte auch Ugishs Augen, obwohl er noch nie zuvor von einem Gnom-Halbblut gehört hatte.

Rap umfaßte seine Knie fester, als sie stehenblieb und in seine Richtung einen Knicks andeutete.

»Ich bin Athal'rian.« Sie lächelte abwesend, so daß in der Schicht auf ihrem Gesicht feine Risse entstanden, und kratzte sich abwesend am Kopf.

»Ich bin Rap, Ma'am. Ich ... ich habe keine Kleider.«

Sie runzelte die Stirn. »Oh, aber ... Nun, Ugish, gib ihm erst einmal deine.«

Grinsend löste der Junge den Lumpen und hielt ihn Rap hin, der vor lauter Ekel zurückschreckte. Rap hätte sie normalerweise nicht einmal mit einem langen Stock berührt, doch er wollte seine Gastgeber nicht beleidigen. Eigentlich waren Gnome zurückhaltend und friedfertig, aber sicher hatten sie Gefühle wie jeder andere, und Elfen hatten ganz gewiß welche.

Also nahm er die zerlumpten Überreste an und erhob sich mit aller Würde, die er aufbringen konnte. Glücklicherweise war der Stoff nicht lang genug, um seine Hüften umfassen zu können, also hielt er ihn nur wie ein Handtuch vor sich, ohne seine Haut damit zu berühren. Der Fetzen war für ihn noch weniger angemessen als für Ugish.

Er konnte nichts dagegen tun, daß er schwankte.

Athal'rian lächelte wieder und hielt ihm ihre Hand mit den schwarzen Fingernägeln hin. »Seid willkommen in Warth Redoubt, Zauberer. Es ist lange her, daß wir beim Essen Gesellschaft hatten.«

Rap schluckte schwer und ignorierte die Hand, da er beide Hände voll hatte. »Ich bin kein Zauberer, Ma'am. Ich bin nur ein Geweihter – und was das anbelangt noch ganz unerfahren.«

Sie wirkte verwirrt. »Aber ich dachte, Ishist hätte gesagt, Ihr benutzt Euer Geschick bei ... Du meine Güte!« Sie starrte zu Boden – auf seine Füße, wie Rap erleichtert feststellte. »Tun sie nicht weh? Ugish, lauf und sag deinem Vater, er soll herkommen.«

Der Junge zuckte die Achseln und schlenderte gemächlich davon, wobei er müßig gegen ein paar Pilze trat, die aus dem Unflat am Boden wuchsen.

»Ihr müßt uns vergeben, Geweihter! Mein Ehegatte muß gedacht haben ... Bitte, setzt Euch.« Sie machte eine Geste auf den Rand des Wasserloches.

Rap hockte sich auf den bröckelnden Stein und legte sich widerstrebend den schleimigen Lumpen über den Schoß. Schließlich hielt sie ihm erneut ihre Hand hin, und er hatte keine andere Wahl, als sie zu schütteln. Er hoffte, daß sie nicht von ihm erwartete, daß er die Hand küßte.

Athal'rian, die immer noch stand, begann in einem melodischen Singsang zu sprechen. »Es ist wunderbar, Besuch zu haben! Ich habe seit Jahren kein richtiges Essen mehr zubereitet. Ich meine, man gewöhnt sich an den Geschmack der Gnome, aber ... nun, es war nett, ein paar der alten Rezepte meiner Mutter hervorzukramen. Ishist hat einige frische Sachen für mich gemacht. Bei Tisch zu essen wird für die Kinder eine gute Erfahrung sein. Ich dachte, er sagte, Ihr seid zu dritt?«

Selbst im Sitzen schwankte Rap vor Müdigkeit. Er fragte sich, ob er verrückt war oder sie. Oder beide. »Meine Freunde haben noch weniger Kraft als ich, Ma'am. Sie sind irgendwo dort draußen.«

»Nun, wir müssen sie sofort hereinholen. Dort draußen gibt es Leoparden und andere schlimme Dinge. Das hier ist ein wildes Land, habe ich gehört.« Sie sah sich vorsichtig in der riesigen Kammer um. »Tanzt Ihr, Geweihter Rap?«

»Äh ... nicht sehr gut, Ma'am.«

»Oh.«

Raps Lider senkten sich allmählich schwer über seine Augen, und auf einmal verbrannten Feuerqualen seine Füße. Schlagartig wurde er wieder wach. Weiterreden ...

»Ma'am, was ist das hier für ein Ort?«

»Ort?« Seine Gastgeberin lächelte und schwieg einen Augenblick. Dann begann ihr Verstand wieder zu arbeiten. »Wir nennen ihn den Stall, aber natürlich benutzen wir ihn nur für ...« Rap hatte bereits gesehen, wofür er benutzt wurde. »... aber vor langer Zeit war es ein Stall.« Entschuldigend wies sie auf eine der Mauern, und Rap sah, daß dort ein halb verbarrikadierter Bogengang lag. Ursprünglich war er wohl groß genug gewesen für ...

»*Drachen*stall, Ma'am?«

Schweigen. »Drachenställe? Wir bringen keine Drachen hierher.«

»Die Burg ist sehr alt, oder?«

»Älter als das Protokoll, sagt Ishist.« Sie lachte.

»Und heute?« War es nur ein Zufluchtsort, den Gnomsiedler eingenommen hatten, oder gab es einen Grund, warum Rap hierher gezogen worden war?

»Heute?«

»Diese Burg, Ma'am? Wem gehört sie?«

»Gehören?« lächelte sie kurz an seinem linken Ohr. »Nun, meinem Mann –, er ist der großartige Zauberer Ishist, wißt Ihr – er ist Drachenaufseher. Schon seit vielen Jahren. Darum leben wir in Warth Redoubt. Es ist ein sehr wichtiger Job, aber jemand muß ihn machen.«

Rap versuchte, den Sinn ihrer Worte zu begreifen und spürte, wie er wieder in den Schlaf glitt. Erneut zog ein Anfall von Todesqualen seine Aufmerksamkeit auf sich und machte ihn schlagartig wach. Er bemerkte überrascht, daß drei kleine Kinder erschienen waren und sich an Athal'rian klammerten und den Fremden mit tiefem Mißtrauen beobachteten. Sie waren alle nackt und schmutzig und stanken, und sie waren kleiner als Ugish.

Und alle hatten sie diese großen, prächtigen Augen. Jedes Paar war anders – blau, tiefrot, rosa –, aber alle hatten denselben intensiven Schimmer. Die meisten Halbblute glichen einem Elternteil mehr als dem anderen, so wie er hauptsächlich wie ein Faun aussah, und die einzigen Züge, die diese kleinen Gnome von ihrer elfischen Mutter geerbt hatten, waren diese leuchtenden hellen Augen.

»Was genau tut ein Drachenaufseher, Ma'am?«

»*Der* Drachenaufseher. Es gibt nur einen! Er hält natürlich die Drachen davon ab, jenseits des Neck herumzustreifen. Sie knabbern dauernd am Zaun, und er muß ihn reparieren. Er zählt die Brut und verteilt Metall und belegt die Feuerküken mit einem Bann, damit sie nicht über Wasser fliegen. Das ist sehr wichtig!« Sie hielt inne, um zu hören, was eines der Kinder ihr so dringend zuflüstern mußte.

Welche Frau würde einen Gnom heiraten? Wie ein Gnom leben? Ihre Kinder wie Gnome leben lassen?

Offensichtlich war der Drachenaufseher der Gehilfe eines Wächters, wie die Prokonsulin von Faerie. »Also arbeitet Euer Mann für den Hexenmeister des Südens, Ma'am?«

Athal'rian sah auf, strahlte, und ihre bunt schillernden Augen blitzten bernstein und chromgrün. »Das ist richtig, für Hexenmeister Lith'rian. Habt Ihr meinen Daddy kennengelernt?«

2

Ishist war der erste pummelige Gnom, den Rap zu Gesicht bekam. Sein kahler Schädel reichte nicht bis an Athal'rians Brüste, doch sie beugte sich hinunter, um ihn zu umarmen und zu küssen, als seien sie Tage oder Wochen getrennt gewesen, und er stellte sich auf die Zehenspitzen, um die Umarmung mit, wie es schien, gleicher Zuneigung zu erwidern. Er war mit einer Eskorte aus sechs Feuerküken eingetroffen, die jetzt um die Liebenden herumflatterten, funkelnde Silhouetten aus gelbem und orangefarbenem Licht. Fünf der sechs Tiere waren unkörperliche Flammenwesen, wie Rap sie bereits gesehen hatte, leuchtende Andeutungen ohne festen Umriß oder Substanz, und einige waren nicht größer als Kolibris. Der sechste hatte jedoch die Größe einer Möwe und war sichtlich greifbar, ein sich schlängelnder, silberner Drachenkörper, der sich in einem Strahlenkranz aus Feuer wand. Er flog zielgerichtet und voller Selbstvertrauen zu Rap hinüber, um sich ihn genauer anzusehen.

Während er Rap umkreiste, erstarrte dieser nervös. Rap war sicher, daß er ihn nicht herbeigerufen hatte, und er hoffte, der Zauberer wußte das. Bevor er sich entschied, ihn fortzuschicken, glitt der Drache zu ihm herunter und setzte sich auf seine Schulter. Er war viel schwerer, als Rap erwartet hatte, und schmiegte sich unangenehm warm gegen Raps Ohr und seinen Hals – wie ein frisch gebackener Brotlaib. Seine Klauen waren sowohl scharf als auch sehr heiß. Rap mußte seine Fähigkeit, Schmerzen zu unterdrücken, auf die Stellen leiten, wo die Klauen sich in sein Fleisch gruben, und seine Sehergabe sah, wie dunkle Blutströpfchen hervorquollen. Das Küken trat außerdem von einem Fuß auf den anderen. Es war ihm egal! Seine Korona verwandelte sich in helles Blau, und als es seinen warmen, schuppigen Hals gegen Raps Hals preßte, spürte er, wie eine erstaunlich angenehme Welle des Wohlbehagens ihn durchflutete. Es war wie die Balgerei mit einem Welpen. Es war wie Zunge und Schwanz eines Hundes, die ihm sagten, er sei der netteste Bursche der Welt. Es war beinahe so gut, wie ein hübsches Mädchen zu küssen. Jetzt verstand er, warum Bright Water so gerne einen Babydrachen als Haustier hatte.

Er erhob eine Hand, um die glatten, heißen Schuppen zu streicheln, und das Feuerküken schnurrte in seinem Kopf und strahlte Liebe aus, die in Wellen blauer Flammen aufleuchteten, heller als die der fünf anderen zusammen, und sogar Schatten warf, wo zuvor keine gewesen waren. Es fühlte sich so gut an, daß Rap am liebsten geweint hätte.

Inzwischen umringten sechs Gnome Athal'rian, in allen Größen von Ugish bis zu einem Baby im Taschenformat. Das Baby kroch zu eigenen Abenteuern davon, aber die anderen brachen in schrilles Gelächter über Rap aus, der den Drachen erobert hatte.

Ishist hatte sich umgedreht und starrte ihn mit seinen vorstehenden Gnomenaugen – so rund wie schwarze Knöpfe – an. Er war nicht reinlicher als seine Frau, und viel älter. Sein Haarkranz war vermutlich grau – selbst Raps Sehergabe konnte das nicht sicher feststellen –, aber in sein Gesicht waren Falten tief wie Gräben eingegraben. Sein Bart war das abstoßendste, das Rap je in einem menschlichen Gesicht gesehen hatte. Er trug eine Art Uniform, unkenntlich unter einer steifen Schicht aus Dreck, und die Vorderseite seiner Tunika klaffte offen über seiner Wampe. Barfuß platschte er durch den Unrat vorwärts, um Rap aus der Nähe zu betrachten.

Die Mauer, auf der Rap so unbequem saß, war nicht höher als ein normaler Stuhl, und dennoch überragte Rap den Gnom. Rap beschloß sitzenzubleiben und versuchte, keine Nervosität zu zeigen, als er von den harten schwarzen Augen gemustert wurde.

So klein der Mann auch war, sein Gestank war stark genug, um alle anderen Gerüche zu überlagern. Konnte dieser ekelhafte kleine Aasfresser wirklich ein mächtiger Zauberer sein?

»Lily glaubt anscheinend, daß sie Euch schon einmal getroffen hat, Geweihter.«

Das war es also! »Vielleicht hat sie … my Lord …«

»Nennt mich einfach Ishist. Ich spüre stets den ironischen Unterton, wenn Männer des Tages mir einen Titel anbieten. Euer Name ist Rap. Ihr sagt, Ihr seid nur ein Geweihter?«

»Ja … Ishist.«

In diesen tintenschwarzen Augen lag Schlauheit und plötzliche Überraschung. »Ihr habt Lily wirklich schon einmal getroffen!«

»Damals nannte man sie Schätzchen.«

Das Feuerküken reagierte mit einem Blitz aus blaugrünem Licht auf den Namen, so daß Rap sich fragte, wann seine Haare wohl Feuer fangen würden. Ohr und Hals wurden schmerzhaft rot.

»Bright Water?« murmelte der Gnom. »Nun! Das wußte ich nicht. Mein Meister hat mich nicht ins Vertrauen gezogen.« Er grinste und zeigte zahlreiche kleine Zähne, immer noch weiß und trotz seines Alters scharf wie Nadeln. »Ihr tragt eigenartige Geheimnisse mit Euch herum, Geweihter!«

Er lachte leise über Raps Entsetzen. »Ja, ich schnüffle in Euren Erinnerungen. Keine Sorge – Ihr habt da drinnen nicht mehr bizarre Merkwürdigkeiten als die meisten Männer. Eher bemerkenswert wenige.« Er zeigte noch mehr winzige Zähne. »So mancher Verstand kann sogar einen Gnom abstoßen, Master Rap, aber ich gratuliere Euch. Jetzt muß ich mich um Eure Wunden kümmern, aber ich werde dabei kein Feuerküken auf Eurer Schulter dulden. Komm her, Lily.«

Der Drache nahm ein trübes Grün an und duckte sich, während Blutströpfchen unter seinen immer fester zupackenden Klauen hervorquollen. Die anderen Feuerküken umrundeten ihn derweil in sonderbarem Pink und wagten es allmählich, näher zu kommen. Rap fürchtete, sie würden ihn versengen oder zerfetzen, falls sie alle versuchten, auf ihm zu landen.

»Ich kann nichts dafür, Sir! Ishist, meine ich.«

Der Zauberer kratzte nachdenklich den festgebackenen Schmutz um seinen Mund. »Das weiß ich. Das ist sehr ungewöhnlich, und vermutlich ein echtes Kompliment. Aber wir können nicht die ganze Nacht hierbleiben. Fort mit Euch allen!«

Lily schoß in einem Strahl purpurfarbenen Feuers von Raps Schulter hoch, und die ganze jugendliche Bande von Babydrachen wirbelte hoch in die geisterhaften oberen Regionen der Kammer, wo sie wie sechs violette Kometen hin und her rasten, während ihr Kreischen der Wut und der Angst wie eine mißtönende Glocke in Raps Kopf anschlugen.

Ishist ignorierte sie und sah stirnrunzelnd zu Rap. »Nun, Master Geweihter, man kann ohne weiteres bei Euch ein wenig Macht anwenden! Ist mir nie in den Sinn gekommen, daß Ihr kein echter Zauberer sein könntet. Ihr habt die arme Primrose zu Tode erschreckt. Wo Magier nicht zu gehen wagen, eilen Narren voraus ...« Während er vor sich hin murmelte, schlossen sich Raps Wunden und heilten, von seinen geschundenen Füßen bis zu den Kratzern des Drachen auf seiner Schulter. »... darum habe ich es mit dem Aufforderungsbann übertrieben ... Zumindest wissen wir jetzt, daß Ihr nichts vor uns verbergt, wenn Ihr das hier aushalten mußtet .... Wie ist das?«

Die schwarzen Knopfaugen zwinkerten schlau, und Rap wurde plötzlich klar, daß sogar seine Müdigkeit verschwunden war, oder das meiste davon, und daß er seinen Geruchssinn verloren hatte. Das war der größte Segen.

»Das ist viel besser, Master Ishist. Danke.«

Der Gnom nickte in ironischer Belustigung. »Ich hatte vor, Euch in einen Kerker zu werfen, aber meine Frau ist sehr darauf erpicht, daß Ihr mit uns zu Abend eßt.«

Athal'rian hatte sich zurückgehalten, als wolle sie sich nicht in die Geschäfte einmischen. Jetzt rief sie atemlos »O ja!« und kam herüber, um sich an ihren Mann zu schmiegen und eine Hand auf seine Schulter zu legen. Ishist nahm die Hand und küßte sie; Athal'rian beugte sich hinunter und drückte einen Kuß auf seinen kahlen Schädel, obwohl er mit etwas bedeckt war, das aussah wie alter Vogelkot. Der ältliche Gnom und die viel jüngere Elfenfrau benahmen sich wie zwei liebeskranke Heranwachsende, und sie hatte ihm anscheinend bereits sieben Kinder geschenkt ..., nein, jetzt waren acht da. Doch was *aß* das Baby da?

»Das wird eine Weile warten müssen, Liebste«, sagte Ishist. »Ich muß Master Raps Gefährten finden, bevor es die wilden Tiere tun.«

Athal'rian jammerte. »Du bleibst doch nicht lange, Liebling?«

»Nein, nein! Und es ist noch dunkel. Ich mache so schnell ich kann, Liebste.« Er tätschelte ihr liebevoll das Hinterteil, als sei sie ein Pferd.

»Aber das Essen wird verderben. Und ich hatte mich so gefreut, den Kindern zu zeigen, was eine richtige Dinnerparty ist.«

Als Mutter schien sie eigenartige Prioritäten zu haben. Ugish und das älteste Mädchen kämpften jetzt wütend miteinander, rollten sich im Dreck herum und bissen einander, aber Athal'rian schenkte ihnen keinerlei Beachtung.

»Es wird ihnen nicht weh tun, einmal bis nach dem Morgengrauen aufzubleiben«, sagte Ishist fest. »Magie ist Magie, aber der Schlaf hat seine eigene Magie. Ich bin sicher, daß unser Gast ein wenig Ruhe zu schätzen weiß. Wo willst du die Besucher unterbringen?«

Sie zögerte und scharrte mit den Zehen im Dreck. »Ich dachte ... im nordwestlichen Turm?« Sie wartete bange auf seine Meinung.

»Sehr gute Wahl, meine Liebe. Du bringst Master Rap also zu seinem Zimmer. Ich habe Ugish versprochen, daß er mit mir kommen darf. Hört auf damit, ihr zwei!« Er trennte die beiden Kampfhähne mit einigen wohlplazierten Tritten. Schließlich nahm er eine lange, feste Umarmung seiner Frau entgegen, bevor er sich zur Tür schleppte. Klein-Ugish folgte ihm und leckte sich mit einer sehr langen schwarzen Zunge wütend über einen blutenden Arm.

Rap hielt immer noch den schmutzigen Lumpen vor sich und folgte seiner Gastgeberin durch unzählige Korridore und über schmale, gewundene Treppen. Die Wände bestanden aus rauhem Mauerwerk, die Fußböden waren mit weichem Schmutz bedeckt, als seien sie seit der Gründung des Impire nicht mehr gefegt worden. In trockenen Ecken lagen mumifizierte Kadaver und abgenagte Knochen, während in feuchteren Teilen der Schlamm knöcheltief stand; die Türen waren bis auf die rostigen Überbleibsel von Türangeln verrottet. An anderen Stellen waren die Decken zusammengebrochen, so daß eine schwierige Kletterei über Steinhaufen erforderlich war.

Den vollen Umfang der riesigen Ruine konnte er nicht abschätzen, aber er glaubte wohl, daß sie alt genug war, um die Drachenkriege miterlebt zu haben. Überall erspürte er uralte okkulte Barrieren, doch hin und wieder erhaschte er einen Blick auf Schatten, die in unendlichen Weiten zwischen ihnen liefen. Dann er sah er manchmal eine weit entfernte Gruppe von Gnomen, die ihrem Geschäft nachgingen.

Viele Teile waren mehr oder weniger von dem zauberhaften Nebel erleuchtet, den er im Stall gesehen hatte, an anderen Stellen war es stockdunkel. Athal'rian schien den Weg hauptsächlich mit ihrer Erinnerung oder durch Berührung zu finden, er aber folgte ihr mit seiner Sehergabe und versuchte, die Einzelheiten zu ignorieren: den Ausschlag unter dem Schmutz, die dichten Insektenbisse, die elfische Anmut ihrer schlanken Hüften. Sie glitt dahin wie ein Mondstrahl und bestätigte alle Geschichten, die er über tanzende Elfen gehört hatte.

Es machte ihn krank – wie konnte irgendein menschliches Wesen unter solchen Bedingungen existieren? Doch auf eine schauerliche Weise fand er sie faszinierend. Er versuchte weiter, sie sich sauber und gut gekleidet vorzustellen.

Wenn Ugish ungefähr dreizehn Jahre alt war, dann mußte seine Mutter natürlich über dreißig sein, aber sie hatte eine

Figur, um die jede Heranwachsende sie beneiden würde. Vielleicht hatte ihr hier die Zauberei geholfen, und das Austragen winziger Gnomenbabies war für eine Frau einer großen Rasse vielleicht nicht besonders strapaziös. Außerdem meinte Rap zu wissen, daß Elfen ziemlich lange lebten.

Obwohl er sich für diesen Gedanken tadelte, fühlte er sich dennoch unbehaglich bei der Vorstellung, daß eine Elfin einen Gnom geheiratet hatte. Er war davon überzeugt, daß ihre offensichtliche Vernarrtheit ein Produkt der Zauberei war, und dennoch hatte Ishist ebenso verliebt gewirkt. Konnte ein Zauberer sich selbst einen Bann auferlegen? Würde er das tun? Und wer war Rap, die Torheiten der Liebe in Frage zu stellen, wo er selbst so verrückt war, sich in eine Königin zu verlieben?

Endlich brachte ihn Athal'rian, am Ende einer atemberaubend gewundenen Treppe, zu einem Ort, der ihn unangenehm an Inissos Kammer in Krasnegar erinnerte, beinahe ebenso groß, der höchste Raum in einem runden Turm. Der Boden unter seinen Füßen ächzte besorgniserregend. Durch Lücken im Dach, das durch Kragsteine gestützt wurde, sikkerte das Licht der Sterne herein, aber die vier winzigen Fenster waren fest verriegelt und vor lauter Ruß undurchsichtig. Das einzige Möbelstück war ein gigantisches Himmelbett, dessen Vorhänge im wesentlichen aus Spinnweben bestanden.

Sie wartete an der Tür und warf ihm einen zweifelnden Blick zu.

»Es ist großartig, Ma'am«, sagte er mutig. »Ich werde mich in diesem fürstlichen Quartier wie ein König fühlen.«

Erleichterung blitzte unter dem Schmutz auf, aber ihr Lachen hatte einen verlegenen Unterton. »Ich weiß, wie schwierig es sein kann, sich an die Lebensweise der Gnome anzupassen, Geweihter. Ich bin sicher, daß lange niemand hier war.«

Er hielt es nicht für notwendig ihr zu sagen, daß man ihm den Geruchssinn genommen hatte. »Es ist ein schöner

Raum«, beharrte er. »Und er muß eine wundervolle Aussicht haben.«

Er ging zu einem der Fenster und rieb über das Glas. Seine Sehergabe war blockiert, und er konnte im Licht der Sterne nichts sehen, außer, daß die Wände enorm dick waren, ohne Zweifel drachensicher.

Seine Anerkennung hatte die einfache Athal'rian mit Entzücken erfüllt, obwohl sie in die falsche Richtung lächelte, weil sie nicht gehört hatte, daß er sich bewegt hatte. »Nun, Ihr wollt Euch sicher ausruhen. Ich werde Ugish oder Oshat nach Euch schicken, wenn das Essen fertig ist.« Sie knickste anmutig.

Er verbeugte sich so tolpatschig wie ein betrunkener Troll. Er dankte ihr und sah ihr einen Augenblick lang nach, als sie auf nackten Füßen die Treppe hinuntertappte. Schließlich sah er sich wieder im Zimmer um. Die Löcher in der Decke beherbergten Fledermäuse, und einige von ihnen, die von ihren nächtlichen Ausflügen zurückkehrten, flitzten bereits über seinem Kopf dahin. Er konnte ein wenig Schlaf gebrauchen – aber wo? Das Bett würde schon zusammenbrechen, wenn er nur eine Hand darauf legte. Käfer hatten das Holz zerfressen, die dicke Federmatratze war von ganzen Mäusegenerationen ausgehöhlt. Hunderte von ihnen steckten immer noch darin.

Der Boden war jedoch vielleicht genauso weich wie das Bett, auf beidem lag zentimeterdick der Kot der Fledermäuse. Rap versuchte, die Decke auf dem Bett zurückzuschlagen, und seine Hand riß einen Fetzen Stoff ab, nicht größer als ein Taschentuch. Er seufzte, entschied sich für den Boden und legte sich nieder.

3

Inos, die sich endlos von der Seite auf den Rücken und wieder auf die Seite rollte, hatte nie zuvor eine schlimmere Nacht verbracht, und sie fragte sich tausendmal, ob sie die Fähigkeit verloren hatte, ohne Elkaraths Zauberbann einzuschlafen. Sobald sie leicht dahindämmerte, waren sofort die vier Pixies da, sie standen um sie herum, schadenfroh und verletzend, wiederholten die Grausamkeiten des Tages und schickten sich an, noch schlimmere Dinge zu tun, bis sie vor Entsetzen zuckend aufwachte, schweißgebadet und zitternd, und ihr Schreien unterdrückte. Dann verachtete sie sich für diese Feigheit, aber das half ihr nicht, diesen Alpträumen zu entkommen.

Der kleine Raum war mit vier winzigen Betten derart überfüllt, daß es beinahe unmöglich war, sich ohne Klettern zu bewegen. Zwei Betten waren leer geblieben, als Ausdruck des Respektes gegenüber den königlichen Damen. Kade schnarchte im vierten friedlich und ohne Unterbrechung vor sich hin. Nach Monaten im Zelt wirkte die stickige Dachstube so beengt wie ein Sarg, und obwohl ihr kleines Gaubenfenster nur auf ein schräges Ziegeldach hinausging, verfügte es über die unerklärliche Fähigkeit, den Radau von der Straße darunter hereinzulassen: den Lärm zechender Seeleute bis eine Stunde vor Sonnenaufgang, das Rattern der Räder von Wagen, die über das Kopfsteinpflaster polterten. Wo war jetzt der Friede und die gelassene Ruhe der Wüste?

Dämonen jagten durch die Nacht und sponnen in ihrem Verstand schwindelerregende Kreise aus Spott. Sie war weder Rasha noch deren Plänen entkommen. Rasha würde fortfahren, sie an Hexenmeister Olybino zu verschachern, und er würde Inos dafür mit einem Kobold verheiraten. Womöglich würde Rasha Inos den Fluchtversuch ziemlich übelnehmen und in Zukunft noch rücksichtsloser sein.

Welche gehässige Strafe würde sie Azak jetzt auferlegen?

Vielleicht hätte Inos den Sultan heiraten sollen, solange

sie noch die Gelegenheit dazu gehabt hatte. Um ihrer beider willen.

Inos und Kade waren königliche Gäste, jedoch gleichzeitig Gefangene, denn die Tür war verschlossen. Nur eine Katze konnte durch das Fenster entschlüpfen. Azak, der sich geweigert hatte zu versprechen, daß er nicht fliehen würde, war in irgendeinen Kerker geworfen worden.

In *Ullacarn* würde eine Flucht nicht so einfach zu bewerkstelligen sein wie in *Tall Cranes*, da Elkarath jetzt gewarnt war und auf sie aufpaßte. Es wäre Wahnsinn, zu versuchen, aus einer fremden Stadt ohne Freunde oder Plan sich davonzustehlen. Nein, die nächste Flucht mußte viel sorgfältiger vorbereitet werden als der verwegene Aufbruch aus der Oase, und Inos hatte keine Ahnung, wie lange sie Zeit hatten, einen Plan auszuarbeiten. Vielleicht gar keine – Olybino konnte schon am Morgen erscheinen, um die Sendung zu übernehmen.

Azak war möglicherweise kein Verbündeter mehr. Seit Elkarath angedeutet hatte, daß Inos vielleicht Magie benutzte, hatte der Sultan kein einziges Wort mehr mit ihr gesprochen. Wäre an der Anschuldigung etwas Wahres, hätte Inos ihn verstehen können. Sie wußte, wie sie sich bei Andor und seinen scheußlichen Zaubertricks gefühlt hatte, aber in ihrem Fall war diese Annahme grotesk. Kade hatte ihr mit ihrer Bemerkung, Azak sei nur wütend wegen seiner eigenen Unzulänglichkeiten, auch nicht geholfen. Jetzt betrachtete Azak Inos als eine seiner Unzulänglichkeiten. Das tat weh.

Das Haus von Elkarath in *Ullacarn* war ein prächtiges, verschachteltes altes Gebäude, dennoch schien es vom Keller bis unter das Dach voller Menschen. Das vollgestopfte kleine Dachzimmer war nicht gerade der Palast der Palmen in Arakkaran oder auch nur mit Kinvale vergleichbar, aber für zwei Personen war es ganz bequem. Ein Dachboden war einem Kerker gewiß vorzuziehen, einem Kerker voller Fliegen, Ketten und Ratten, wie Elkarath gesagt hatte.

Azak hatte den Kerker gewählt.
Sturer Narr!
Ein Magier konnte Lügen vermutlich erspüren. Hätte Azak sein Ehrenwort einem Weltlichen gegeben mit der Absicht, es zu brechen, sobald sich die Gelegenheit bot? Waren alle Männer so stur?
Und da war Inos, die nackt im Gras tanzte und Dutzenden junger Männer undenkbare Versprechen zurief, als sie auf sie zugelaufen kamen, um sie beim Wort zu nehmen. Aber sie verwandelten sich zu Stein und sanken in den Boden. Hunderte und Tausende von ihnen versanken im Boden, und jeder von ihnen war Azak. Da erwachte sie wieder und schnappte nach Luft und zitterte.
Würde sie jemals wieder neben einem Mann stehen können, ohne eine Vergewaltigung zu befürchten, ohne vor Entsetzen in Schweiß auszubrechen?
Sie hatte entfernte Verwandte in Hub, einige von ihnen sehr einflußreiche Leute. Senator Irgendwie zum Beispiel. Auch Kade hatte dort unzählige Freunde. *Ullacarn* war mit dem Impire verbündet, also mußte es hier auch eine Post geben. Wenn Kade einen Brief schreiben konnte mit einer Petition an den Imperator oder die anderen Wächter, dann könnten sie ihn vielleicht für sie übermitteln. Das war eine Möglichkeit. *Ullacarn* war ein betriebsamer Hafen. Das war eine weitere Chance.
Doch wie konnte man einen Magier und eine Zauberin überhaupt täuschen?
Abermals war Inos im Wald an der Wiese, und diesmal war auch Rasha dort und lachte schallend. Sie hatte Inos' Füße am Boden festwachsen lassen wie schon einmal in Krasnegar. Sie beobachtete schadenfroh die Pixies ... nein, es waren keine Pixies, sondern Kobolde.
Das schwache Leuchten des Morgens lächelte durch das Fenster herein. Die gesamte imperiale Armee schien ihre Reittiere durch die Straße zu treiben, aber die ewige Nacht war schließlich zu Ende.
Und Inos war wieder im Wald, diesmal waren die Män-

ner, die sie folterten, Djinns, und der leuchtende Umriß, der herbeiritt, um sie mit seinem strahlend weißen Pferd zu retten, war Rap.

Rap, der loyal geblieben war, als die Imps und Jotnar von Krasnegar sich gegen ihre Königin gewandt hatten.

Rap, der einzige Mann, der ihren Kuß angenommen hatte, ohne mehr von ihr zu erwarten.

Rap, der für sie gestorben war.

Rap, dessen Geist sie in jener Nacht heimgesucht hatte, als sie Arakkaran verlassen hatte.

Verrückte Träume!

4

»Warum schlaft Ihr nicht im Bett?« fragte Ugish und stupste Rap mit einem Zeh an.

Rap stöhnte, rieb sich die brennenden Augen und setzte sich auf. Er nieste sechsmal in schneller Folge. Der Morgen sandte sein schwaches Licht durch das östliche Fenster. Rap war steif und durchgefroren und so schmutzig wie ein Gnom.

»Ist das für mich?«

»Hm-hm.« Ugish hatte ein Gewand mitgebracht, ein wunderbar aussehendes Stück aus Leinen, dessen offensichtlich neuer Zustand darauf schließen ließ, daß sein Vater es extra hergestellt hatte. Leider hatte Ugish es hinter sich hergezogen, und das konnte man auch sehen.

Hier würde es keine Möglichkeit geben, sich zu waschen oder zu rasieren. Rap rappelte sich auf und nahm das Gewand. »Du kannst deinen Lendenschurz zurückhaben, vielen Dank.«

Ugish zuckte die Achseln. »Will ihn nicht. Warum muß ich mich richtig anziehen, nur weil wir Besuch haben?«

»Mütter sind in solchen Dingen eben komisch.«

»Hm-hm. Warum habt Ihr nicht im Bett geschlafen?«

Rap fuhr sich mit den Fingern durch die Haare und bedauerte es sofort. »Weil es voller Mäuse ist.«

Die prächtigen bronzefarbenen Augen des kleinen Gnoms wurden weit. »Auch Babies?«

»Ja. Aber du solltest sie besser für später aufheben. Wenn du dir jetzt den Appetit verdirbst, wird deine Mutter mit dir schimpfen.«

Ugish nickte widerstrebend. »Sicher – wenn Ihr versprecht, es nicht den anderen zu sagen!«

Als Rap auf die große Terrasse trat, erblühten soeben die ersten pink- und pfirsichfarbenen Strahlen der aufgehenden Sonne über dem Wald aus zerbröckelnden Türmen und Türmchen hinter ihm. Warth Redoubt war zehnmal weitläufiger, als er sich vorzustellen gewagt hatte, eine eigenständige, wuchernde Landschaft. Es mußte einmal eine ganze Stadt in seinem pochenden Herzen beherbergt haben, aber sie war schon lange zu Ruinen verfallen. Zertrümmerte Pfeiler und zerbrochene Statuen lagen zwischen unkrautüberwucherten Bruchsteinen herum.

Warth thronte wie ein Vogelhorst am Rande einer riesigen natürlichen Arena. Zu allen Seiten zeichneten sich zerklüftete Gipfel dunkel gegen den heller werdenden Himmel ab.

Ishist wartete mit Darad und Gathmor. Die beiden Jotnar waren geheilt und wiederhergestellt, genau wie Rap, und wie er trugen sie weiße Gewänder. Auf ihren Gesichtern spiegelte sich eine große Erleichterung, als sie ihn sahen.

»Ich dachte, Ihr würdet vielleicht gerne den Sonnenaufgang sehen«, bemerkte der Zauberer. »Hier sind wir sicher und geschützt.«

Rap hatte die okkulte Barriere, die die Terrasse schützte, bereits bemerkt, und er nahm an, daß es noch andere Bannsprüche gab, die er nicht erspüren konnte, denn es war nicht der Sonnenaufgang, den sie beobachten würden.

Weit unter ihnen lag das verdorrte, öde Tal noch in der Dunkelheit, die ab und an dort unterbrochen wurde, wo erwachende Drachen bunte Feuerstrahlen in die Luft bliesen. Grollend hallte ihre Wut von den felsigen Wänden wider. Rap fragte sich, ob die Drachen eine derart riesige Grube allein hätten ausheben können, selbst wenn sie vor dem Erscheinen der Götter auf der Erde gewesen waren.

»Das ist Warth Nest«, sagte Ishist, »Heimat der größten überlebenden Feuerspeier. Zu ihren besten Zeiten ernährte sie ein Vielfaches der heutigen Tiere. Von hier aus sandte Olis'laine seine Himmelsarmee los, um die Städte des Ambly-Paktes zu zerstören. Von hier kamen auch die Todeslegionen im Zweiten Drachenkrieg.« Er redete eine Weile weiter vor sich hin und genoß es offensichtlich, ein Publikum zu haben, wie wenig es seine Bemühungen auch zu schätzen wußte. Rap wußte nicht viel über Geschichte und kam bald zu dem Schluß, daß er es auch gar nicht wissen wollte.

Schließlich wand sich ein Drachen in die Luft, bis sein dunkler Umriß gegen die Helligkeit abstach. Die Sonne blitzte hell auf seinen Schuppen und Flügeln. Schnell folgten ihm die anderen, und der Zauberer hielt inne. Die Monster waren unzweifelhaft tödlich, doch ihre Schönheit war unbestreitbar. Bald war der Himmel mit ihnen übersät, hundert oder mehr, und sie tanzten für den Morgen. Sie schwangen sich so hoch hinauf, daß man sie nicht mehr sehen konnte, stießen herab wie Falken auf der Jagd, sie wirbelten und überschlugen sich zu zweit oder in Gruppen, in wildem Durcheinander wie ein Schwarm Fische oder so diszipliniert wie Gänse. Einige waren so klein wie Ponys, andere länger als Langschiffe und älter als historische Städte. Ihre Stimmen brüllten und klangen wie alle Instrumente der Welt zusammen, hallten im Chor von den Gipfeln wider, und Rap glaubte, ganz leise ein inneres Lied zu hören, die geheime Melodie eines Drachen, der einem anderen Drachen ein Ständchen bringt.

Sie glitzerten in den Farbtönen von Perlen, Tau und

Schmetterlingsflügeln; sie strahlten wie ein Ball zum Winterfest. Auf einmal waren sie das Prächtigste und Furchteinflößendste, das er je gesehen hatte. Er spürte, wie Tränen durch seine Bartstoppeln über sein Gesicht rannen, doch das war ihm egal. Er wünschte, Jalon wäre da und könnte das Schauspiel beobachten, oder Inos. Als das blendende Leuchten sich zerstreut und der Lärm nachgelassen hatte und die letzten in der Ferne verschwanden, fühlte er sich gleichzeitig in Bedeutungslosigkeit versinken und dennoch innerlich eigenartig aufgerichtet.

Er wischte sich die Wangen ab und sah den winzigen alten Zauberer an. »Danke, my Lord. Danke!«

»Gern geschehen, Bursche«, sagte der Gnom sarkastisch. »Es hat Euch gefallen.«

»Es war wunderbar! Wie viele Menschen haben das gesehen?«

»In diesen Zeiten nur sehr wenige.« Ishist betrachtete die sprachlosen, entsetzten Gesichter der beiden Jotnar und lachte leise. »Nicht viele verdienen es. Gehen wir und genießen das Essen, auf das sich meine Frau so freut.«

Schon oft war die große Bankethalle unter dem Gelächter berühmter Helden und mächtiger Könige erzittert, erzählte Ishist. Von hier aus war Alsth'aer in sein geweissagtes Schicksal aufgebrochen. Olis'laine hatte hier gespeist, sowie der grausame Jiel, und ihre edlen Gefährten hatten ihnen zugejubelt, sich mit silbernen Kelchen zugeprostet und als Ehrenbezeugung noch härtere Metalle gegeneinander klingen lassen. Hier waren die Tapferen und die Schönen einhergeschritten, hatten gesungen und historische Eide geschworen. Trompeten hatten geschmettert, Violen geklagt, und so mancher geschickte Tänzer war mit Gold überhäuft worden. Hexenmeister Thraine, ein hochberühmter Mann, hatte Warth mehr als einmal besucht, so hieß es, und hatte für Allena die Makellose in seiner Kammer die größten Wunderdinge geschmiedet.

Doch jetzt war kein Glas mehr in den fein geschwungenen Fenstern, und die erlesenen Täfelungen waren von den Wänden gefallen. Jetzt gehörte die Halle den Nagetieren, den Vögeln und den Gnomen. Stellenweise waren die Bodendielen verrottet, und ein unvorsichtiger Schritt konnte einen Mann vier Stockwerke tief in den Keller befördern.

In der Mitte dieser staubigen, windgepeitschten Trostlosigkeit stand jedoch ein langer glänzender Tisch. Goldene Teller glitzerten auf Damast, Kristall funkelte. Der Zauberer hatte das Seine getan, sah Rap, und er fragte sich, ob das Gold gegen die Drachen geschützt war oder nur eine Illusion, die sie nicht täuschen würde. Als die Männer näher kamen, ordnete Athal'rian acht Kinder um sich herum an, wobei sie das Baby auf dem Arm hielt. Jedesmal, wenn Rap sie traf, schien sich ihre Familie vergrößert zu haben. Die kleineren zerrten an ihren Kleidern, und sie ermahnte Ugish und die älteren Mädchen, sich wieder anzuziehen. Ugish selbst gab ein schlechtes Beispiel.

Sie reichte das Baby einem der älteren Kinder, damit sie ihren Mann umarmen konnte. Als der lange Kuß endlich vorüber war, hatte sich mehr als die Hälfte der Kinder wieder ausgezogen, und eines der kleineren kroch auf eine Lücke im Boden zu. Rap selbst lief hinterher und brachte es zurück. Dabei wurde er gebissen.

»Sind wir soweit?« fragte Ishist.

»Stühle, Liebster?« fragte Athal'rian.

»Natürlich, Stühle. Beschreibe sie mir.«

Athal'rian wurde ganz aufgeregt und machte ein paar vage Bewegungen. »Blauer Samt. Eiche. Ungefähr so hoch. Geschnitzte Rückenlehnen, hoch ...«

Drei Stühle erschienen an einem Ende des Tisches, ungefähr ein Dutzend am anderen Ende.

Ihr fettiges Gesicht erhellte sich. »Danke, Geliebter. Master Geweihter, vielleicht wollt Ihr und Eure Gefährten an jenem Ende sitzen, damit die Kinder Euch nicht stören?«

So viel Takt von einer offensichtlich so konfusen Frau wirkte sonderbar rührend.

Rap setzte sich an ein Ende des langen Tisches, Darad und Gathmor nahmen zu beiden Seiten Platz. Beide schienen von ihren Gefühlen zu sehr überwältigt, um etwas zu sagen, und an dem grünlichen Ton ihrer Wangen las Rap ab, daß ihr Geruchssinn vermutlich mit normaler Leistungsfähigkeit arbeitete. Eine leichte Brise wehte durch die Ruine, doch selbst die Vorstellung, mit Gnomen gemeinsam zu essen, reichte aus, um jeden zum Schweigen zu bringen.

Zum ersten Mal sah Rap jetzt außer dem Drachenwärter und seiner Familie noch weitere Bewohner von Warth Redoubt. Mit seiner Sehergabe hatte er sie bereits erspürt, und der Boden des Stalles hatte auf eine große Population hingedeutet. Ein Zug von Gnomdienern brachte Speisen herein, stellte sie vor die Speisenden und zog sich dann gnädigerweise zurück.

Der erste Gang bestand aus einer dünnen Suppe. Sie war kalt und fettig, aber Rap schluckte sie tapfer hinunter, wobei er an den knorpeligen Klumpen würgte und die in der Flüssigkeit schwebenden Federn ignorierte. Die anderen taten es ihm mit grimmiger Entschlossenheit nach. Der Wein hatte einen sauren Beigeschmack, war jedoch trinkbar und vermutlich okkult.

Schließlich kehrte die schauerliche Gesellschaft zerlumpter Lakaien mit dem zweiten Gang wieder. Und zog sich wieder zurück.

»Das war ... ist ... Fisch«, bemerkte Rap heiter. »Ihre Ladyschaft sagt, sie verwendet frisch bezauberte Zutaten, zubereitet nach berühmten elfischen Rezepten.« Er warf seinen beiden Gefährten einen stählernen Blick zu; beide knurrten leise und wandten sich widerwillig ihren vollgepackten Tellern zu. Der Fisch war eine Art Hecht, bestand hauptsächlich aus Gräten und lag unter süßlicher Karamelsauce begraben.

Am anderen Ende des Tisches hatten die Kinder große Schwierigkeiten, sich an die Stühle zu gewöhnen, und nicht zu Unrecht, denn die Kleinen konnten die Kost nicht sehen, selbst wenn sie sich auf die Sitze stellten. Einige ignorierten die wirkungslosen Proteste ihrer Mutter und setzten sich wie üblich auf den Boden, doch die meisten krochen auf den Tisch und aßen aus den Servierschüsseln. Das Essen an jenem Ende bestand aus der traditionellen Gnomküche, und Rap wünschte, seine Sehergabe wäre nicht so ausgeprägt. Schweiß machte sich auf seiner Stirn breit, als er versuchte, klebrigen, grätigen Hecht hinunterzuwürgen.

Ishist selbst hatte seinen Stuhl auf eine passende Höhe gezaubert und aß unter dumpfem Schweigen mit beiden Händen, anscheinend irgendwo zwischen Ärger über diese Narretei und toleranter Zuneigung zu den sonderbaren Vorstellungen seiner Frau.

»Dieser Fisch ist sehr köstlich, Ma'am«, sagte Rap.

Athal'rian warf ihm ein erleichtertes Lächeln zu und dankte ihm für das Kompliment.

Er suchte verzweifelt nach weiteren Worten. Er wußte, wie man sich bei formellen Anlässen benehmen mußte, weil er Holindarn beobachtet hatte, wenn er in Krasnegar Gäste an seiner Tafel empfangen hatte. Feine Leute unterhielten sich bei Tisch. Sie machten Witze und lachten.

Doch worüber machten sie Witze?

Darad mußte in seiner Erinnerung über die richtige Information verfügen, doch war sein Verstand zu sehr beschränkt, um sie zu nutzen oder auch nur ihren Sinn zu erkennen. Gathmors Vorstellung von einem Gespräch beim Dinner bestand in der Planung der folgenden Rauferei.

Die Eingebung überkam Rap wie eine Begnadigung den Schwerverbrecher. »Ich habe noch nie eine solch prächtige Halle gesehen, my Lady! Die Königshalle in Krasnegar würde viele Male hier hereinpassen.«

»Oh, erzählt mir davon, Master Geweihter!«

Also beschrieb Rap den Palast von Krasnegar, und falls die Frau des Drachenwärters annahm, daß er am Tisch auf dem erhöhten Podest gesessen hatte und nicht bei den Bediensteten, nun, so war es das, was sie erwartete, nicht das, was er gesagt hatte. Anschließend erkundigte er sich nach den Speisesälen in Hub, und sie beschrieb sie ihm lebhaft, wobei sie ihren ironisch lächelnden Mann und das Chaos der Kinder ignorierte, die sich zwischen den goldenen Tellern kabbelten. Als Tochter des Hexenmeisters des Südens war sie in die höchsten Ränge der Gesellschaft eingeführt worden. Mit fünfzehn hatte man sie dem Imperator vorgestellt. Sie hatte den Opal-Palast mit eigenen Augen gesehen.

»Ich denke kaum noch an Hub«, versicherte sie und lächelte ihren Mann an, »und ich würde nicht einmal davon träumen zurückzugehen.« Sie küßten sich.

Sie konnte nicht sehr alt gewesen sein, als sie fortgegangen war, dachte Rap, es sei denn, ihr Alter war per Magie verändert worden. Geistig gesehen war sie ein kleines Kind. War das der Grund, daß sie jetzt als Gnomin lebte, oder war sie geistig normal gewesen, als sie hergekommen war?

Irgend etwas leckte an seinen Zehen ...

Unauffällig schob Rap seinen Teller vom Tisch und stellte ihn sich auf den Schoß. Schon bald hörte er zufriedenes Schmatzen, als die Gräten des Hechtes zerkaut wurden. Als er den Teller wieder auf den Tisch stellte, war er blankgeleckt. Die beiden Jotnar kauten verbissen, über ihre Gesichter rann der Schweiß.

Erneut kamen die Diener herein und brachten einen weiteren Gang, und Rap sah sich dem Kopf eines Hirsches gegenüber, mit vergoldetem Geweih und einer Kartoffel im Maul. Anscheinend erwartete man von Rap, daß er das Fleisch tranchierte, doch die Köche hatten es versäumt, dem Tier vor dem Kochen das Fell abzuziehen, und das Fleisch schien ohnehin noch nicht ganz durch zu sein. Der Hirsch sah ihn immer noch mit vorwurfsvollem Blick an.

In dem Versuch, beschäftigt zu erscheinen, füllte Rap sich und den anderen haufenweise Gemüse auf den Teller, einschließlich ungewaschener Knollen und matschig gekochter Zitronen. Die beiden anderen kauten lustlos daran herum, während er sich daran machte, den Kampf gegen den Hirsch aufzunehmen. Außerdem mußte er das wahnwitzige

Gespräch mit der Kindfrau am anderen Ende des Tisches aufrechterhalten.

Sie überschrie die lärmenden Kinder und fragte ihn nach seinen Reisen. Rap erzählte etwas davon, daß er von Jotunnräubern entführt worden sei, und etwas von Schiffbruch. Schließlich erwähnte er, daß er in Faerie Gast der Prokonsulin gewesen war. Diese Beschönigung rief in Ishists vorquellenden Augen ein schwarzes Funkeln hervor. Er mußte Raps Erinnerungen bereits durchwühlt haben und vermutlich auch die der anderen.

»Ich wollte schon immer mal nach Faerie«, bemerkte Athal'rian sehnsüchtig, »aber die Pflichten meines Mannes machen es uns natürlich nicht leicht hier fortzugehen.«

Rap stieß seine Gabel in den Kopf des Hirsches, und eines der feuchten Augen zwinkerte ihm zu. Er zuckte zurück und starrte vorwurfsvoll den Zauberer an, der voll und ganz damit beschäftigt schien, aus einer konturlosen Masse, die ein Vogelnest hätte sein können, ein Stück herauszubeißen. Ishist, so argwöhnte Rap, hatte einen gefährlichen Sinn für Humor.

Athal'rian hatte sein Zögern bemerkt. »Ist das Messer nicht scharf genug, Master Geweihter?«

»Doch, doch, Ma'am! Ich lasse mich durch Eure angenehme Konversation von meinen Pflichten abhalten.«

»Oh, Ihr schmeichelt mir! Aber Daddy hat immer gesagt, daß Verstand die beste Sauce ist, und ein Essen ohne Diskurs hat keinen Geschmack. Mal sehen ... Wer ist zur Zeit die Prokonsulin von Faerie?«

»Lady Oothiana, Ma'am.«

»Oh!« Athal'rian wirkte bestürzt. Sie warf Ishist einen unbehaglichen Blick zu, dann wanderten ihre Augen kurz zu den Kindern. »Nicht am Tisch, Shuth. Geht in den Stall. Die liebe Oothie und ich haben zusammen Violenunterricht bekommen. Wie geht es ihr?«

Rap fluchte im stillen und hatte das Gefühl, daß er ein gefährliches Thema angeschlagen hatte. »Es geht ihr sehr gut, Ma'am.«

»Ich habe vergessen, ob ... Hat sie endlich diesen muskelbepackten Soldaten geheiratet? Wie hieß er noch? Yodello?«

Heikler Start, Landung ungewiß ... »Ja, das hat sie, Ma'am.«

Athal'rian biß sich auf die Lippe und schien sich in Erinnerungen zu verlieren. »Er war sehr gutaussehend. Viel zu hübsch für einen Mann, wißt Ihr.«

»Ja, Ma'am.«

Die prächtigen Opale ihrer Augen blickten ihn über den Tisch hinweg an, und ihr Feuer funkelte durch Tränen hindurch. »Er wollte, daß ich ihn heirate, aber Daddy hatte mich Konsul Uppinolis Jüngstem versprochen.«

Ishist runzelte die Stirn. »Meine Liebe ...«

»Wie wütend er war, als ich sagte, ich würde eher einen Gnom heiraten!« Zögernd sah sie auf Ishist hinunter und wirkte bestürzt über ihre eigenen Worte. »Und ich hatte recht!« Sie beugte sich zu einem weiteren Kuß hinunter.

Die Konversation endete, als zwei der kleineren Jungen über die letzte Ratte in Streit gerieten und sie in einer Art Tauziehen auseinanderrissen. Darad lehnte sich seitwärts über seine Stuhllehne und übergab sich und regte damit auch Gathmors Reflexe an. Das war schlimm. Schlimmer noch war die Art, wie die Kinder herbeieilten und alles beseitigten.

5

Die Besucher standen auf, als Athal'rian sich mit ihrer Brut zurückzog, fortgeschickt von einem wütenden Ishist. Der Tisch verschwand ganz plötzlich, ebenso alle Stühle mit Ausnahme dem des Zauberers.

Offensichtlich war die Zeit gekommen, über Geschäfte zu reden. Rap trat vor und war sich bewußt, daß seine zwei Gefährten ihm dichtauf folgten und alles ihm überließen. Er war ein Geweihter, und sie verließen sich darauf, daß er sie rettete. Aber er war auch der Grund, warum sie sich in Gefahr befanden, denn er hatte seine Macht gegen einen Drachen gewandt. Er hatte das Protokoll verletzt, das Pandemia dreitausend Jahre regiert hatte.

Er blieb vor dem stinkenden kleinen Zauberer stehen, der auf seinem hohen Stuhl lümmelte und sich mit einem kleinen Knochen in den Zähnen bohrte. Der Sitz war so groß für ihn, daß seine dreckverkrusteten Füße gerade über die Kante hinausstanden. Seine vorquellenden schwarzen Augen waren undurchdringlich.

Barsch richtete der Gnom das Wort an Rap. »Danke, Master Rap. Ich bin Euch dankbar.«

Das ergab überhaupt keinen Sinn! Rap hatte nichts getan, was die Dankbarkeit des Zauberers verdiente – das mußte ein Trick sein. Doch warum sollte ein Zauberer einen Trick benutzen?

»Wofür, my Lord?« Da erinnerte sich Rap daran, daß er einen Gnom nicht mit Titel ansprechen sollte. Anscheinend war das jedoch egal, denn Ishist zuckte nur unergründlich mit den Achseln und richtete seinen Blick auf die beiden verdrossenen Jotnar.

Rap wußte, wie schwer das Ganze für die beiden sein mußte. Sie waren mit Gnomen aufgewachsen. In allen Städten und Ortschaften des Impire gab es Gnome, die das Ungeziefer beseitigten und sich des Mülles annahmen, und alle großen Schiffe hatten einen oder zwei, doch in Krasnegar hatte es keine gegeben. Er hatte erst welche kennengelernt, als er erwachsen war, und da hatte er sie in seinem Kopf einfach als weitere, ihm unbekannte Rasse abgelegt, wie Elben oder Trolle. Gathmor und Darad, die ergeben darauf warteten, daß dieser untersetzte und verwahrloste, zerlumpte Kerl über ihr Schicksal entschied, mußten sich fühlen, als habe ein Straßenköter den Opal-Thron erstiegen und belle nun seine Befehle. Wenn man es recht bedachte, ähnelte Ishist mit seinen vorstehenden Augen und der nach oben gerichteten Nase, mit den blutverschmierten Haaren um seinen Mund und den Zähnen, in denen er jetzt bohrte, eher einem Mops.

Vor Angst erschauernd wurde Rap klar, daß der Zauberer vielleicht immer noch seine Gedanken las.

Der häßliche alte Mann schnippte seinen Zahnstocher fort und kratzte wie im Reflex die haarige Wölbung, die über seinen Gürtel quoll. »Seemann, Ihr seid ein unschuldiger Weltlicher, der in okkulte Angelegenheiten verstrickt wurde, die ihn nichts angehen. Ihr seid frei zu gehen.«

Gathmor blickte finster drein, warf Rap einen Blick zu und antwortete: »Ich werde auf meinen Schiffskameraden warten.«

»Wie Ihr wollt!«

»Nein!« rief Rap. »Um der Götter willen, Käpt'n ...«

»Ich bleibe.« Gathmor verschränkte die Arme, schlug seine Jotunnkiefer aufeinander und war jeder Zoll so stur, wie man nur sein konnte. Er trat einen Schritt zur Seite und blickte finster vor sich hin. Rap erkannte, daß ein Streit nutzlos wäre, und wurde sich erneut jämmerlich bewußt, daß er diesen Mann in Gefahr gebracht hatte.

Die pechschwarzen Augen des Gnoms waren jetzt auf Darad gerichtet. »Als nächstes kümmern wir uns um das Goldproblem. Ruft Thinal.«

Darad stöhnte bestürzt auf und warf Rap einen vorwurfsvollen Blick zu.

»Er hat es mir nicht gesagt«, sagte Ishist. »Falls ich die Verwandlung erzwingen muß, werde ich Euch vielleicht weh tun.«

Die Drohung wirkte. Darads Gewand lag zerknüllt am Boden und entblößte Thinal. Er beugte einen Arm, damit es nicht ganz an ihm hinunterglitt. Dann stand er einfach da und starrte voller Entsetzen den Gnom an. Von den Ellbogen aufwärts war er nackt, schlang die Arme um seinen Oberkörper und wurde allmählich ganz bleich. Wie üblich war er unrasiert, und das Haar hing ihm strähnig vom Kopf. Seine Zähne klapperten mit einem eigenartig metallischen Geräusch.

Irgendwo brüllte ein Drache, und schließlich ein zweiter.

Thinal schluckte schwer, befreite eine Hand aus dem überlangen Ärmel und spuckte etwas hinein.

»Reicht es mir.«

Erneutes Brüllen, diesmal schon näher.

Der kleine Dieb schlurfte nach vorne, wobei die Falten seines Gewandes ihm um die Füße schlotterten. Er warf das Gold in die Hand des Zauberers und zog sich dann eilig zurück. Ishist warf die Münze hoch; sie blitzte golden auf und kam nicht zurück. Das Brüllen der Drachen erstarb.

Der Zauberer starrte Thinal einen Augenblick lang sauer an. »Ihr habt unangenehme Gedanken über Gnome, Gassenjunge. Ich bin versucht ... doch ich mag es auch nicht, wenn Schnorrer um meine Burg herumschleichen, also beruht es auf Gegenseitigkeit. Ruft Andor.«

Thinal hatte gerade noch Zeit für ein kurzes Nicken, bevor er verschwand ohne eine Wort gesagt zu haben. Aus seiner Sicht war ihm eine schnelle Flucht geglückt, und das war alles, was ihn interessierte.

Andor hob das Gewand und drapierte es angemessen um seine Schultern, wobei es ihm gelang, aus einem schlichten Gewebe einen eleganten Anzug zu machen. Er war sauber, frisch rasiert, gewaschen, gekämmt. Er verbeugte sich.

»Es ist mir eine Ehre, den berühmten Drachenwächter kennenzulernen ...«

»Still!« Der Gnom rümpfte seine Mopsnase, wodurch der festgebackene Schmutz absprang. Er starrte Rap an. »Sie werden immer schlimmer. Wollt Ihr sie in der Nähe haben, oder soll ich sie vergessen?«

Rap war abermals verwirrt. »My Lord?«

Ishist zuckte die Achseln und wandte sich an Andor: »Ruft also Sagorn.«

Andor wurde steif. »Eure Erhab...«

»Noch ein Wort der Schmeichelei, und ich verwandle Euch in einen Troll.«

»Aber der alte Mann ist ...«

»Ich weiß. Ruft ihn.«

Andor öffnete den Mund, dann nickte er verstehend. Er verschwand.

Sagorns Gesicht hatte die Farbe von verbrannter Holzkohle, ein Farbton, den sonst nur ein Jotunn hatte, und das auch nur, wenn er kurz vor dem Tode stand. Er schwankte, als wolle er gleich umfallen. Bevor Rap ihn auffangen konnte, hielt der Zauberer Sagorn mit seiner Magie fest. Der alte Mann stand wieder fest und sicher. Die Farbe kehrte in seine Wangen zurück, seine Augen öffneten sich. Schließlich holte er tief Luft und richtete sich auf. Sein Gesicht nahm ein gesundes Leuchten an und schien sogar anzuschwellen, so daß es weniger hager und ausgezehrt wirkte. Plötzlich sah Sagorn zehn Jahre jünger und gesünder aus, als Rap ihn kannte.

Lange starrte er den Gnom an, als warte er darauf, daß die Transformation vollendet wurde, oder vielleicht wollte er auch sehen, ob noch mehr kam. Dann verbeugte er sich.

»Ich bin Euch ehrlich dankbar, Zauberer. Es scheint, als hättet Ihr jeden einzelnen Schmerz gefunden.« Auch seine Stimme klang kräftiger.

Ishist kratzte seinen Bart und grub etwas daraus hervor. »Ich habe einige Dinge gefunden, von denen Ihr nichts wußtet. Tumore zum Beispiel.«

Sagorn verbeugte sich erneut, und in seinen blaßblauen Augen lag nicht eine Spur ironischer Belustigung. »Ich dachte, die Prophezeiung über den Drachen bedeute meinen Tod, aber es sieht so aus, als habe sie mir ein neues Leben beschert. Ich gebe zu, ich hatte meine Vorurteile gegen Gnome, Drachenwärter, aber jetzt werde ich das anders sehen.«

Der Gnom knurrte skeptisch. Er richtete seinen Blick auf Rap.

»Zauberer«, warf Sagorn hastig ein, »es gibt noch ...«

»Nein.« Ishist blickte ihn mit furchterregend finsterem Blick an. »Zunächst einmal habe ich es eben versucht und keinerlei Wirkung erzielt. Euer Orarinsagu muß außerordentlich mächtig gewesen sein – es ist viel zu stark für mich.

Ihr braucht wahrscheinlich einen Hexenmeister oder eine Hexe. Und zweitens wären mir dann fünf von Euch im Wege, und Euer Wort der Macht müßte durch sechs geteilt werden. Also, nein.« Er richtete seine Aufmerksamkeit wieder auf Rap.

»Ihr habt im Sektor des Südens Macht demonstriert, Junge. Nach alter Sitte gehört Euer Wort ihm.« Er deutete mit einem schwarzen Daumen auf Sagorn. »Seines natürlich auch.«

»Ich habe meines zuerst im Norden benutzt«, antwortete Rap vorsichtig.

Ishist nickte. »Ja, und später im westlichen Sektor. Es ist sehr sonderbar, daß keiner von ihnen Euch mit einem Loyalitätsbann belegt hat. Falls doch, so kann ich ihn nicht finden. Aber Ihr seid sowieso ein merkwürdiger Fall, Bursche. Keiner von ihnen konnte Eure Zukunft sehen, oder?«

»Ich glaube nicht, daß Zinixo es versucht hat, aber Bright Water sagte, sie könne es nicht, my Lord.«

»Ishist«, sagte Ishist leise und entblößte lächelnd Myriaden von Zähnen.

»Ishist.«

»Das ist besser! Ihr seid ein Geweihter, und wir Zauberer müssen zusammenhalten! Aber wenn Bright Water es versucht hat und gescheitert ist, dann bin ich sicherlich machtlos. Doch Ihr seid der erste Mensch, für den ich nicht die Zukunft erspüren kann. Alles, was ich bekomme, ist ein weißer Nebel. Es tut weh! Hat sie es erklärt?«

»Nein.«

»Ich wünschte, ich hätte einen Hexenspiegel zur Hand ...« Der Gnom seufzte und lehnte sich zurück, um seinen Blick über die Ruinen des einstmals prächtigen Daches schweifen zu lassen. Einen Augenblick lang bewegte sich nichts außer einiger Staubmäuse, die von Luftwirbeln über den Boden getrieben wurden. In der Ferne polterte ein Drachen.

Ishist setzte sich auf, als sei er zu einer Entscheidung gelangt. »Setzt Euch.«

Einer der verschwundenen Stühle erschien auf magische Weise hinter Rap. Er setzte sich gehorsam hin und war sich bewußt, daß Sagorn und Gathmor stehengeblieben waren, und er fragte sich, warum der alte Gnom ihn den beiden anderen vorzog.

»Ich bin *geprägt*«, sagte Ishist. »Versteht Ihr das? Ein Geweihter. Früher oder später werden die meisten Zauberer von ihrem Wächter in die Falle gelockt – deswegen versuchen so viele, lieber selbst zum Wächter zu werden. Sobald ein Hexenmeister in seinem Sektor Magie bemerkt, wird er versuchen, sie aufzuspüren und den Urheber mit einem Loyalitätsbann zu belegen. Viel mehr tut er womöglich gar nicht ... das hängt davon ab, wie viele Worte und Geweihte er bereits hat und welche Bedürfnisse. Ich bin Drachenwächter für Hexenmeister Lith'rian und sehr glücklich mit meiner Arbeit. Vielleicht hat ein Bann bewirkt, daß es mir Spaß macht. Ich weiß es nicht, aber ich habe den Eindruck, die Arbeit ist es wert, und das Quartier ist ideal für Gnome.« Er grinste boshaft.

Auch Rap lächelte und dachte an die Helden aus alten Zeiten, die dieses riesige Bollwerk gebaut hatten und wie entsetzt sie wären, wenn sie es jetzt sehen könnten.

Die bodenlosen schwarzen Augen fixierten ihn. »Und ich bin glücklich verheiratet.«

War dieses Glück ebenfalls durch einen Bann verursacht? »Das sehe ich, Ishist.« Rap sprach so nüchtern er konnte. »Und Athal'rian scheint ebenfalls sehr glücklich zu sein. Ich bin sicher, Ihr liebt einander und seid stolz auf Eure Familie. Ich hätte sie nicht gerne als Kinder, und ich würde hier nicht gerne leben, aber mein Geschmack ist ein anderer – nicht besser, nur anders«, fügte er unbehaglich hinzu. Wer war er, ein solches Urteil zu fällen?

Der Gnom lachte leise und warf einen kurzen Blick auf Sagorn und Gathmor. »Ja, meine Frau ist glücklich. Vermißt manchmal ihre Familie. Ihr Vater ist seit fünf oder mehr Jahren nicht hier gewesen, doch vor einigen Monaten tauchte er eines Tages in aller Eile hier auf. Brauchte ein Feuerküken.

Warum, ist nicht meine Sache, er ist der Boß. Er brachte es am nächsten Tag zurück. Es ist der einzige Babydrachen, der in den letzten Jahren hiergeblieben ist. Es war Lily, die ihr kennengelernt habt.«

Er wartete und gab Rap Zeit zum Nachdenken. Das Feuerküken konnte kaum ein Geschenk oder eine Bestechung gewesen sein, wenn es am nächsten Tag zurückgegeben worden war.

Was Bright Water Zinixo auch erzählt hatte, sie mußte mit Lith'rian verbündet sein.

»Was genau macht ein Feuerküken mit Magie?«

Ishist lächelte böse. »In der Nähe von Drachen, ob jung oder alt, ist Magie nicht mehr auszumachen. Ihr seid nur ein Geweihter, also hätte Primrose Euch gestern zu Asche verbrennen sollen, doch Ihr habt sie beinahe verrückt gemacht. Das arme Ding hat nur dummes Zeug geschwätzt, als es zurückkam! Andererseits gibt es den okkulten Zaun um das Neck schon seit Tausenden von Jahren, alle großen Zauberer der Geschichte haben daran gearbeitet, und doch scheinen die Würmer ihn einfach aufzufressen. Manchmal werfen sie ihren Bann ab und fliegen über das Wasser. Ich weiß nicht, warum Bright Water ein Feuerküken haben wollte, oder warum Lith'rian ihr eines geliehen hat – aber ich nehme doch an, daß sie ihre Gründe hatten.« Seine Knopfaugen funkelten.

Bright Water lebte schon seit Jahrhunderten und mußte alle Tricks kennen, die es gab. Zinixo war im Geschäft des Hexenmeisters natürlich neu und ... Rap sah, daß seine Tagträumerei den Gnom dazu brachte, zustimmend zu lächeln. Sie lagen auf der selben Linie.

»Warum könnt Ihr meine Zukunft nicht sehen?«

»Das weiß ich auch nicht.« Zum ersten Mal schien der Gnom zu zögern. Er wandte sich zu den beiden Jotnar, die ohne ein Wort zu sagen herumwirbelten und davongingen. Als sie das nächstgelegene Fenster erreichten, blieben sie stehen und starrten hinaus in die unirdische Landschaft, Weiser und Seemann gemütlich plaudernd Seite an Seite, während der Wind ihr Haar zerzauste und an ihren Gewändern zerrte. Ishists melancholische Augen hefteten sich wieder auf Rap.

»Erzählt mir von diesem Gott, der Inosolan erschienen ist.«

Rap runzelte die Stirn. Das hatte er beinahe vergessen. Er konnte sich erinnern, daß er mit Inos auf dem Boden gesessen und ihre Hand gehalten hatte, inmitten der alten Bande und den vielen Hunden, und daß er Jalon beim Singen zugehört hatte. Rückblickend war das der letzte Abend seiner Kindheit gewesen.

Aber das war später gewesen, nachdem sie ihm von ihrem Zusammentreffen mit dem Gott erzählt hatte. »Ich weiß nur, was Inos mir gesagt hat. Er hat nicht gesagt, welcher Gott er war. Er sagte, sie solle es weiter versuchen. Ich glaube, das ist alles.«

Der Gnom schüttelte den Kopf. »Da ist noch mehr. Denkt nach!« Seine Augen schienen noch größer zu werden, schwärzer, tiefer und glänzender.

»Er sagte, der König würde ihr viele Gewänder schenken. Sie war darüber sehr erregt, fast erzürnt, weil ...«

»Er hat noch mehr gesagt.«

Rap lehnte sich zurück und starrte zu den verzogenen Dachsparren und dem schadhaften Dach hinauf. »Daß sie ... vertrauen muß ... sich erinnern ... an die Liebe! Auf die Liebe vertrauen!«

Er schreckte auf, als habe er gerade gedöst und sei durch eine laute Stimme geweckt worden. »Was habe ich gerade gesagt?«

»Nicht viel.« Ishist zeigte seine nadelspitzen Zähne. »Aber denkt daran, den Gott meinem Meister gegenüber zu erwähnen, wenn Ihr ihn kennenlernt. Natürlich könnte er bereits davon wissen.«

»Wie?«

Der Gnom setzte sich gerade hin und kratzte sich heftig. »Selbst Hexenmeister sind mit den Göttern sehr vorsichtig, Freund Rap. Götter zeigen selten ein derartiges Interesse an menschlichen Belangen, aber wenn sie es tun, dann ist Zauberei nichts dagegen! Die Macht der Götter ist unbegrenzt. Daran könnte es liegen, daß Ihr ... aber ich rate nur. Ich muß Euch zu meinem Meister schicken, versteht Ihr? In dieser Hinsicht habe ich keine Wahl.«

»Ich verstehe.« Oothiana hatte so ziemlich dasselbe gesagt.

Ishist rutschte leicht auf seinem Stuhl nach vorne, so daß seine Beine über die Kante baumelten. »Aber es liegt in meinem Ermessen, wie ich es mache. Ich bin sein Beauftragter, kein dressierter Hund. Wenn ich eine magische Tür oder sogar einen magischen Teppich hätte, könnte ich Euch sofort nach Hub schicken oder zu seinem Haus in Valdorian – er verbringt mehr Zeit in Ilrane als im Blauen Palast. Aber magische Spielereien dieser Art sind in der Nähe von Drachen eine heikle Sache. Sie könnten den Rest dieses Bollwerkes zerstören, nur um ihrer habhaft zu werden. Also haben wir nichts dieser Art.« Er zwinkerte feierlich.

»Und wie ...« Aber das sollte nicht Raps Sorge sein.

Doch anscheinend war es seine Sorge. »Wie kommt er zu Besuch? Nur durch Zauberei. Ein magisches Fenster wie das des Inisso... solche Dinge sind praktisch, aber sie können niemals stärker sein als der Zauberer, der sie gemacht hat. Oft sind sie schneller und einfacher. Und ein weiterer Vorteil ist, daß sie normalerweise nicht so viele Wellen aufwerfen. Reine, grobe Macht ist so subtil wie ein Gewitter. Sie zieht die Aufmerksamkeit auf sich, und Zauberer sind alle verschlossene, heimlichtuerische Leute. Als Lith'rian zweimal in zwei Tagen hier auftauchte, brachte er alles ganz schrecklich durcheinander. Es kostete mich zwei Wochen, das Vieh wieder zu beruhigen.«

Rap fühlte Hoffnung in sich aufsteigen. Vielleicht würde er doch nicht sofort versklavt werden.

Ishist beobachtete ihn still und belustigt. »Und er ist viel besser als ich. Ich könnte Euch per Magie mindestens auf den halben Weg nach Hub bringen, aber dabei könnte ich auch eine Panik verursachen, und das könnte zu einer großen Katastrophe führen, falls sie über den Zaun fliegen. Also werdet Ihr laufen müssen. Eure beiden Freunde werden Euch natürlich begleiten.« Er warf einen Blick auf die beiden Jotnar am Fenster, die in die Bewunderung für die düster-fremdartige Landschaft versunken waren. Raps Zukunft war dem Zauberer verborgen, doch er hatte nicht gesagt, daß er auch ihre nicht erkennen konnte. Rap beschloß, nicht danach zu fragen.

»Also«, sagte Ishist leise, »ich muß entscheiden, wie ich Euch hinschicke. Ich könnte einen Zwang benutzen, wie den, der Euch hergebracht hat. Weniger dringend natürlich, aber ich kann Euch den unwiderstehlichen Befehl geben, Lith'rian aufzusuchen.« Sein Lächeln war grauenhaft. »Oder ich selbst könnte Euch mit einem Loyalitätsbann belegen; nicht so stark wie er es kann, aber stark genug. Ich kann dafür sorgen, daß Ihr zu Lith'rian gehen *wollt*, um ihm zu dienen.«

Kaltes Entsetzen griff nach Raps Herz, und er schüttelte heftig den Kopf.

»Dann wäret Ihr glücklicher«, spottete der Gnom. »Ihr würdet das tun, was Ihr tun wollt.«

So wie die ehemals hübsche Athal'rian, vernarrt in einen Gnom? Derartige Macht war obszön und pervertierte den Benutzer ebenso wie das Opfer. Gestern war Rap zum Geweihten geworden, und nach wenigen Minuten hatte er gemerkt, wie er seine Fähigkeit gegen Andor einsetzte.

»Ich ... ich würde es vorziehen, einfach einem Befehl zu gehorchen, my Lord.«

Er wußte, daß der Zauberer seine Gedanken kannte, aber der kleine Mann schien sich nicht beleidigt zu fühlen. Er legte herausfordernd den Kopf schief. »Ihr wollt Inosolan helfen, nicht wahr? Das ist Euer Ziel: sie auf ihren Thron zu setzen?«

»Ihr als loyaler Untertan zu dienen. Das ist alles.« Raps Sehergabe sagte ihm, daß er wie ein Kind errötete.

Ishist lachte sanft. »Hm? Alles? Das schafft Ihr nicht allein, das wißt Ihr. Faune gehen gerne ihren eigenen Weg, aber selbst ein Geweihter kann im Ozean nicht eine bestimmte Makrele finden, Rap.«

Zark ... aber er wußte noch nicht einmal, ob Inos immer noch in Zark war. Sie hatte vielleicht auf seine Warnung gehört und war geflohen. Oder auch nicht. Oder einer der Wächter hatte sie entführt oder die Zauberin hatte sie zurückbekommen. Er hatte die grauenhafte Vision, daß ganz Pandemia vor ihm lag und er sein ganzes Leben damit verbringen würde, auf der Suche nach Inos von Ort zu Ort zu wandern.

So gesehen schien sein Traum nutzlos. »Ich denke nicht.«

»Ich könnt' die vier nicht bekämpfen! Nichts und niemand kann die vier bekämpfen. Außer den Göttern.«

»Nein«, sagte Rap. Er war ein Narr.

»Also würde ich Euch raten, daß Ihr losgeht und Lith'rian um Hilfe bittet.«

Einen Augenblick lang war Rap sprachlos. Einen *Hexenmeister* um Hilfe bitten? Bei dieser Vorstellung brach der gesunde Menschenverstand in Hysterie aus. Dennoch fühlte er ein eigenartiges Prickeln der Erregung. War das eine Art okkulter Fähigkeit seinerseits, oder trieb der Zauberer ein Spiel mit ihm? Oder war es Phantasie? Verblüfft fragte Rap: »Würde er das tun?«

Ishist zuckte die Achseln. »Ehrlich gesagt, ich weiß es nicht. Es wäre natürlich gefährlich für Euch. Normalerweise halten sich diejenigen, die der Zauberei mächtig sind, von den Hexenmeistern fern, und Ihr seid ein Geweihter. Er könnte Eure Worte einfach einem anderen geben und Euch mit einem Handstreich töten. Ich weiß nicht, welche Stelle Krasnegar in seiner gegenwärtigen politischen Strategie einnimmt, aber Elfen ... Sie sind ein lustiges Volk. Sie stellen den Schein über das Sein. Sie bewundern *Eigenschaften* – Schönheit, Verstand, Anmut, Eleganz. Eure Vermessenheit könnte Lith'rian einfach belustigen. Das sähe ihm ähnlich. Er kann gegen jede Vernunft großzügig sein, und er ist grausam, wenn seine Pläne durchkreuzt werden.«

Der Schatten von Athal'rian fiel über das Gespräch. Ishist

runzelte die Stirn und fuhr dann fort. »Aber ein guter Witz macht ihm Freude. Er bewundert auch Mut. Ich würde sagen, realistisch gesehen ist er Eure einzige Hoffnung.«

»Nun, Ihr werdet mich zu ihm schicken, dann werde ich ihn fragen.«

Der alte Mann schüttelte sanft den Kopf. »Wenn ich Euch hinschicke, werdet Ihr ihn nie zu sehen bekommen. Nicht persönlich. Ihr werdet in ein Kellergewölbe geworfen, bis er Euch brauchen kann.«

»Aber ...« Rap starrte Ishist ungläubig an. »Oh – Ihr meint, ich verspreche einfach, daß ich zu ihm gehen und ihn um Rat fragen werde? Ihr würdet mir vertrauen?«

»Genau. Kein Bann. Keine Zauberei.«

Konnte Rap überhaupt sich selbst vertrauen, einem solchen Befehl zu gehorchen? Argwöhnisch sagte er: »Ein unter Druck abgelegter Eid ist nicht viel wert. Habe ich eine Wahl?«

»Darum geht es ja, Bursche – ich lasse Euch die Wahl.«

Er hätte nicht viel zu wählen, wenn er ein Versprechen gab, oder? Nicht, solange er nicht sein Wort brach.

Grausam, wenn seine Pläne durchkreuzt werden. »Ihr steuert selbst einen ganz schön gefährlichen Kurs, nicht wahr ... Ishist?«

Der Gnom lächelte in seinen widerlichen Bart und wartete. Er sagte jedoch nicht die ganze Wahrheit oder er prüfte Rap irgendwie. Oder wollte, daß Rap diese Dinge dachte. Oder er log einfach und hatte vor, Rap dennoch mit einem Bann zu belegen.

Aber Rap wäre viel lieber für sich selbst verantwortlich als eine Marionette, oder zumindest wollte er das gerne glauben – und dieses gespenstische innere Nagen stimmte ihm wieder zu. »Dann verspreche ich, hinzugehen und Euren Meister zu finden und ihn zu bitten, mir bei der Suche nach Inos zu helfen – wenn Ihr mir sagt, wie, und mir versprecht, nicht ... nicht an meinem Verstand herumzupfuschen.«

Ishist lachte leise. »Typisch Faun! Immer davon überzeugt, daß der eigene Weg der beste ist.« Abrupt glitt er von seinem Stuhl.

Rap erhob sich ebenfalls und ergriff die winzige Hand, die ihm hingehalten wurde und beugte sich zu diesem Zweck leicht vor. »Ich verspreche es«, wiederholte er.

»Ich auch.« Für einen Augenblick lüftete sich ein Schleier über dem kleinen Gnom – ein kleiner, häßlicher, schmutziger alter Mann, mit enormer okkulter Macht begabt, jedoch nur ein einfacher Mann, der in seinem Job das Beste gab, nach der Tradition seines Volkes lebte, sich um seine Kinder kümmerte und seine Frau innig liebte. Es war nicht seine Schuld, daß seine Rasse verdorbenes Fleisch fraß. Doch bald war der sonderbare Augenblick vorüber, und er war wieder ein Zauberer, auch wenn sein Kopf kaum höher als bis zu Raps Ellbogen reichte.

Er untersuchte seine eigene Hand, die Rap gerade losgelassen hatte.

»Das macht zwei«, bemerkte er leise. »Ihr und Athal'rian.«

»Zwei?«

»Die mich berührt haben.« Er sah mit einem geheimnisvollen Leuchten in seinen schwarzen Knopfaugen auf. »Nur wenige Tagesmenschen schütteln einem Gnom die Hand, Rap. Noch weniger glauben, ein Versprechen, das einem Gnom gegeben wurde, müßte eingehalten werden. Aber Ihr ... Ich denke, Ihr seid ein Mann, der sein Wort hält.«

The splendour falls:
The splendour falls on castle walls,
And snowy summits old in story ...
O sweet and far from cliff and scar
The horns of Elfland faintly blowing!

Tennyson, *The Princess*

(Der Glanz, er fällt:
Der Glanz, er fällt auf Festungsmauern,
Und Gipfel, schneebedeckt und alt ...
So süß und fern von Schlucht und Kliff
Der Elfenländer Hörner tönen!)

Acht

Zurück aufs Meer

1

»Speck und Eier haben so etwas Ästhetisches«, sagte Kade. »Vielleicht, weil die Formen und Farben sich vermischen? Oder liegt es daran, daß ich meine Kindheit damit assoziiere? Oder die Wintermorgen in Kinvale?« Sie tupfte sich die Lippen mit ihrer Serviette ab und seufzte wie jemand, der nichts mehr essen konnte.

Kade war in Ekstase. Sie hatte in einem Bett mit echten Leinenlaken geschlafen. Man hatte ihr heißes Wasser zum Waschen gebracht und für später ein heißes Bad versprochen. Ein junges Mädchen, vermutlich eine von Elkaraths unzähligen Enkelinnen oder Urenkelinnen, hatte ihr die Haare shampooniert und danach recht fachmännisch aufgedreht. Die matronenhafte Nimosha, eine seiner Töchter oder Enkelinnen, hatte ein Kleid hervorgezaubert, das *beinahe* Kades Größe hatte und *beinahe* der gegenwärtigen Mode entsprach, und gefragt, ob Kade damit zufrieden wäre, bis Kade selbst sich bessere Kleider von den Kaufleuten besorgen konnte, und natürlich könne das sofort nach dem Frühstück erledigt werden. Dann hatte Kade Speck und Eier gegessen, und zwar mit silbernem Besteck anstatt mit den Fingern.

Die beiden Damen hatten ihr gemächliches Frühstück im persönlichen Speisezimmer des Scheichs eingenommen. Es war spät genug, daß alle fieberhaft irgendwo beschäftigt waren.

Wie alle anderen Zimmer, die sie bislang gesehen hatten, war der Raum winzig; nur sechs Stühle standen um einen Tisch gedrängt, und der Rest des Raumes wurde von einem grotesk sperrigen Sideboard eingenommen. Die Möbel waren alt und ziemlich häßlich; da sie Eigentum eines Kaufmannes waren, wenn auch eines wohlhabenden Kaufmannes, fehlte ihnen die herzögliche Üppigkeit von Kinvale. Aber es waren *imperiale* Möbel. Speck und Eier waren *imperiale* Speisen, und Kades viel zu langes Kleid war ein *imperiales* Kleidungsstück. Das Fenster war geschlossen, aber die Stimmen, die von der Straße herein schallten, waren *imperiale* Stimmen. Und sie würde *imperiale* Schneider herbeiholen.

Kade schwebte auf rosa Wolken.

Inos hatte Ringe unter den Augen und fühlte sich schlapp, weil sie zu wenig Schlaf bekommen hatte. Wie ein Schwarm aufgeschreckter Möwen schossen ihr Ideen für eine Flucht durch den Kopf, doch keine davon schien ihr passend. Als sie merkte, daß sie eine schlechte Gesellschafterin war, schob sie ihr Ränkeschmieden beiseite und versuchte, sich auf taktvolle Weise mit der Frage Speck und Eier zu beschäftigen – denn der wirkliche Grund, warum Kade Speck und Eier mochte, hatte nichts mit Ästhetik zu tun, sondern lediglich damit, daß sie alles liebte, was in Fett schwamm.

In diesem Moment wurde erstens kräftig an die Tür geklopft und zweitens die Tür für einen jungen Mann aufgerissen, der sich bereits zu einer tiefen Verbeugung verneigt hatte. Er richtete sich auf, ordnete ganz leicht eine schneeweiße Spitzenmanschette und ließ ein blendendes Lächeln aufblitzen. »Meine Damen, ich stehe zu Ihren Diensten! Führer und furchtloser Beschützer! Dichter, Troubadour, ergebener Sklave!« Schließlich trat er ein und verbeugte sich ein zweites Mal.

Inos zwinkerte verwirrt und wechselte verblüfft einen Blick mit Kade. Das war entweder Skarash oder ein Zwillingsbruder.

Skarash war einer der vielen Enkel des Scheichs und einer seiner Lieblinge. Aber Skarash war bisher ein ernster, griesgrämiger junger Mann um die Zwanzig gewesen, und Inos hatte ihn zuvor nicht als fesch betrachtet. Er hatte in all den Wochen, seit sie Arakkaran verlassen hatten, niemals gelächelt oder auch nur zehn Worte mit ihr gesprochen; allerdings war das zugegebenermaßen die korrekte zarkianische Verhaltensweise gegenüber Frauen.

Jetzt war er wie ein Imp herausgeputzt, in halbhohen Stiefeln mit Silberschnalle, Strümpfen in Meergrün, aufgeblähten Seidenreithosen und einem weißen Hemd mit unzähligen Rüschen – ein sehr großer junger Mann mit schlanker Taille, mit einem Wust kupferfarbener Locken, die hübsch in seine Stirn fielen. Ohne seinen widerspenstigen rötlichbraunen Bart wirkte er irgendwie älter, und auf jeden Fall sah er besser aus. Sein unverschämtes Pferdegrinsen war voll und ganz impisch.

»Guten Morgen, Master Skarash.«

»Ein herrlicher Morgen! Wunderbares Wetter draußen, wundervolle Damen drinnen. Die Götter sind großzügig.« Er verbeugte sich erneut.

Skarash reichte in Schliff und Finesse nicht an die Gepflogenheiten von Kinvale heran, aber er kam ihnen sicher viel näher als alle anderen Djinns, die Inos kennengelernt hatte. Er schwatzte daher wie ein Imp.

»Wie lauten Eure Pläne für diesen herrlichen Tag? Großvater dachte, Ihr möchtet vielleicht den Geschäftsbezirk besuchen – hier gibt es keinen echten Basar. Oder einfach nur eine Besichtigungstour machen? *Ullacarn* ist berühmt für seine Blumen.« Seine granatroten Augen zwinkerten Inos zu.

Kade und Inos warfen sich noch mehr überraschte Blicke zu.

»Ich würde sehr gerne die Geschäfte sehen«, rief Kade sehnsüchtig. »Mistress Nimosha erwähnte das Haus eines Couturiers in eben dieser Straße, glaube ich?«

Skarash lachte laut. »Das hat sie auch gegenüber Großvater erwähnt, und er hat ihr die Ohren abgebissen! Er sagte, wegen Kleidung und Schmuck solle ich Euch zum Ambly Square führen, wo die reichen Damen einkaufen.« Er brachte einen Waschlederbeutel zum Vorschein und wedelte vielsagend damit herum. »Ich habe noch nie erlebt, daß er so erpicht darauf war, Geld auszugeben, aber er hat gedroht, ich müsse jede einzelne Münze aufessen, die ich zurückbringe. Ihr werdet mir also helfen müssen und dafür sorgen, daß alles ausgegeben wird.«

Inos spürte, wie kalter Argwohn ihren Hals hinaufkroch. Was hatte der Magier jetzt vor? »Seine Gastfreundschaft macht seinem Haus alle Ehre. Sind an diese Großzügigkeit zufällig Bedingungen geknüpft?«

Skarashs unverschämtes Lächeln verschwand weder, noch wurde es durch ein Wimpernzucken getrübt. »Er sagte, er würde gerne mit Euch sprechen, bevor wir losgehen. Vielleicht wollt Ihr ihm diese Frage persönlich stellen?«

Sie hingen also an Fäden. An höchstwahrscheinlich unzerreißbaren Fäden. Würde Inos sich gebunden fühlen, wenn sie ein Versprechen abgab? Ein Versprechen, das unter Druck gegeben wurde, war vielleicht nicht so bindend wie ein freiwilliges, aber womöglich hätte sie nur die Wahl, in einer Zelle zu bleiben ... und dieser Gedanke erinnerte sie an Azak.

»Ist der Erste Löwentöter immer noch in den Kerkern?«

»In einem Kerker. Eigentlich ist es nur ein Keller, aber er ist zu feucht, um dort wertvolle Dinge aufzubewahren.«

»Darf ich ihn besuchen?«

»Gewiß! Mistress, ich versichere Euch einmal mehr, daß Euer kleinstes Begehr mein größter Wunsch ist.« Skarash öffnete die Tür und hielt sie für sie auf.

Inos erhob sich. Kade warf einen unentschlossenen Blick auf die prallen Brötchen und die Pfirsichkonfitüre. »Ich mache mir nicht viel aus Kerkern. Ich glaube, ich warte hier auf dich, Liebes.«

»Soll ich noch Tee bringen lassen?«

»Nein, das ist nicht nötig. Ich bin bestimmt mit dem Essen fertig.« Sie setzte sich auf ihren Stuhl und versuchte, ein unschuldiges Gesicht zu machen.

Der Korridor war schmal, gewunden und uneben. Das übrige Gebäude war ähnlich, ein Irrgarten aus niedrigen Decken, abbröckelnden Putzwänden und unebenen Böden – eine Ansammlung von unzähligen Gebäuden, umgebaut, verbunden und neu angeordnet. »Nach links, Inos«, sagte Skarash leise.

Inos blieb stehen und sah ihm in die Augen. »Ihr wißt, wer ich bin? Warum bin ich hier?«

Er grinste höhnisch und trat näher an sie heran, um einer Frau mit einer Ladung Wäsche auszuweichen. Er blieb so nahe stehen und sah in einem Duftschwall nach Rosenwasser mit einem Zwinkern auf Inos hinunter.

»Natürlich! Ich werde Euch Hathark nennen, wenn Ihr es wünscht, aber das ist beinahe ebenso schlecht wie Phattas.« Seine Stimme verlor die djinnische Härte, und seine Gesten wurden die eines Imp. Konnte es sich um Zauberei handeln?

»Ihr habt Euch ganz eigenartig von dem griesgrämigen jungen Mann verändert, den ich in der Wüste gekannt habe.«

»Hier sind wir im Impire. *Bist du in Hub* ...«

»... *dann kleide dich wie die Hubbianer*?«

»Genau.« Er nahm ihren Arm und hielt ihn fest. »Hier entlang. Und denkt daran, ich bin Kaufmann. Ich versuche immer, es den Leuten recht zu machen, besonders schönen Damen. Ich gebe, was Ihr haben wollt.«

War ein Flirt das, was sie wollte? Skarash schien darauf zuzusteuern. Sicherlich wäre es lustig, mal wieder ein wenig Geplänkel herauszufordern.

»Die Veränderung ist eine Verbesserung, finde ich. Was zieht Ihr vor – Imp oder Djinn?«

Er grinste und legte den Arm um sie. »Mit Euch – Imp.« Wieder mußten sie Platz für Gepäckträger machen, und diesmal richtete er es so ein, daß er Inos in eine Ecke drückte. »Djinns können einem Mädchen nicht allzu oft in den Ausschnitt gucken«, fügte er hinzu, sprach's und leckte sich die Lippen.

Inos stellte drohend einen Absatz auf seinen Fußrücken. Ihr geliehenes Kleid spannte zugegebenermaßen eng über ihrem Busen, und ihr fiel ein, daß sie vor noch gar nicht so langer Zeit Polster in ihre Kleider hatte stecken wollen.

In diesem Augenblick – und nur in diesem Augenblick –

fielen ihr die Pixies ein. Ihr Herz klopfte bis zum Halse. Plötzliche Todesangst. Männer, zu nahe. Hände. Augen.

»Stimmt etwas nicht?« fragte Skarash.

»*Nein!*« Trockener Mund, feuchte Haut. Sie rang mühsam um regelmäßigen Atem. Flirt war keine Vergewaltigung! Sie durfte diesem Gefühl jetzt nicht nachgeben, oder es würde sie bis ans Ende ihrer Tage verfolgen. Konnte sie sich erinnern, wie man auf sich aufmerksam machte? »Überhaupt nicht. Ich nehme an, ich bin einfach vom Anblick eines wohlgeformten männlichen Burschen überwältigt, auf den ich so lange verzichten mußte.«

Er schluckte und war Djinn genug, darüber einen Augenblick nachdenken zu müssen. Inos lief weiter, wobei sie verbissen versuchte, nicht an die Pixies zu denken. »Ich könnte beinahe glauben, daß Eure Veränderung durch Zauberei bewirkt wurde.«

»Zauberei? Ich weiß nichts von Zauberei«, antwortete Skarash ernst. Aber die rosigen Augen schienen ganz leicht ihre Farbe zu verändern und zu sagen: *Niemand sonst weiß etwas darüber, und wenn der Magier mich als Euren Führer ausgewählt hat, so um sicherzustellen, daß es kein dummes Gerede über Zauberei gibt.*

Elkarath hatte erwähnt, daß Skarash derjenige gewesen war, dem er das Auslegen des ersten magischen Teppichs anvertraut hatte. Er hatte vor der Tür Wache gestanden, als der zweite mit den Passagieren angekommen war. Er war sehr wahrscheinlich der Erwählte, der Erbe, der die Worte der Macht bekommen würde, wenn der Scheich starb.

»Nur ein Witz«, sagte Inos.

Er nickte, als sei er beruhigt, und sie liefen weiter über den Flur, in dem geschäftiges Treiben herrschte, eine weitere gewundene Treppe hinunter – die sechste oder siebte bereits. Der Lärm, der im ganzen Haus zu hören war, wurde lauter. »Wir müssen ohnehin hier durch, und Großvater möchte mit Euch sprechen.« Skarash öffnete eine Tür und geleitete Inos in das größte offene Zimmer, das sie bis dahin in *Ullacarn* gesehen hatte.

Es handelte sich offensichtlich um den Geschäftsbereich des Hauses des Elkarath, und da die jährliche Karawane erst am Tag zuvor angekommen war, herrschte hier ein wildes Durcheinander. Licht ergoß sich durch drei offene Türen ins Innere, von der jede groß genug war, ein Sechsergespann hindurchzulassen, aber die Luft war derart staubig, daß Inos sofort niesen mußte und ihre Augen zu tränen begannen – also legte Skarash aufmerksam wieder einen Arm um sie und führte sie zwischen hohen Fässern, Bündeln und Kisten hindurch. Der Duft nach Gewürznelken, Zimt und Kümmel war berauschend, aber auch ein Hauch von Kamel und Pferd war unverkennbar. Träger, Wagenlenker und Käufer liefen hin und her, schrien und stritten sich über das Getöse hinweg, beluden und entluden, brachten und holten etwas.

Die Legionäre, die an den Türen standen, überraschten sie. Draußen, in der sengenden Sonne, war die betriebsame Straße vollgestopft mit Menschen, anscheinend alle Imps: Damen in hellen Kleidern und mit unverschleierten Gesichtern; viele Männer, und selbst Frauen mit unverhüllten Köpfen – obgleich vornehme Leute natürlich moderne Hüte trugen. Plötzliche Wehmut nahm Inos den Atem.

Mit tränenden Augen und laufender Nase fand sie sich am Fuße einer Treppenflucht wieder, die zu einem Absatz hinaufführte. Dort saß, auf einem großen Stuhl hinter einem langen Tisch, Elkarath, der mit einer Hand schrieb und mit der anderen seinen Bart streichelte, eine Oase der Ruhe inmitten des Stimmengewirrs, Stille inmitten des Radaus. Kein Scheich mehr, hier im Impire war er nur noch Master Elkarath der Kaufmann, gleichwohl imposant in seiner ausladenden scharlachroten Robe und mit seinem goldenen Käppchen. Neben ihm lagen Hauptbücher aufgestapelt, Angestellte eilten hin und her oder hielten sich in Erwartung seiner Anweisungen irgendwo in der Nähe auf. Hier konnte der Herr das Laden und Entladen überwachen, das Handeln und Auswerten.

Inos war dankbar, daß sie keine Röcke lüften mußte, denn

ihr Saum reichte ihr nicht einmal bis zu den Knöcheln; sie erklomm die ausgetretenen Holzstufen, natürlich unterstützt von Skarashs williger Hand.

»Ihr müßt vielleicht einen Moment warten, Mistress«, murmelte er ihr ins Ohr. »Das hier sieht wichtig aus.«

Elkarath erhob sich steif, um einen Besucher, einen Legionär, zu begrüßen. Das weiße Büschel Pferdehaar auf dem Helm identifizierte ihn als Zenturio.

»Warum Soldaten?« murmelte Inos und trat ein paar Schritte zurück, damit sie den herumlaufenden Angestellten nicht im Wege stand. »Was hat die Armee mit Kaufleuten zu tun?« Mindestens ein Dutzend Helme waren zu sehen, alle mit schwarzen oder braunen Federbüscheln.

»Wachen«, antwortete Skarash und kam näher. »Diese Ware ist ein Vermögen wert.«

»Und wer sollte sie stehlen?«

»Die Armee vielleicht.« Er lachte leise, als er ihren überraschten Gesichtsausdruck sah. »Beobachtet Großvater ganz genau. Da!«

Unauffällig wechselte eine Ledertasche von Kaufmann zu Zenturio.

»Bestechungsgeld?«

»Natürlich.«

Jetzt wurden über dem Tisch Hände geschüttelt, und der Zenturio salutierte.

Inos richtete ihre Aufmerksamkeit auf das geschäftige Gedränge auf der unteren Ebene. »Rotes Haar? Die meisten dieser Männer sind offensichtlich Djinns?«

»Mindestens die Hälfte sind Verwandte.«

»Warum kleiden sie sich dann wie Imps?«

Skarash fletschte die Zähne. »Glaubt mir, rotes Haar zu haben ist schon schlimm genug. Sich wie ein *Barbar* zu kleiden, fordert Schwierigkeiten heraus.«

»Ist *Ullacarn* also Teil des Impire? Ich dachte, es sei ein unabhängiger Stadtstaat.«

»Nur auf dem Papier. Ein imperiales Protektorat, durch

einen Vertrag verbündet. Aber hier gibt es Legionäre. Viele.«

Oh! So war das also? In Krasnegar waren jetzt Legionäre, oder waren zumindest dort gewesen, als Inos das letzte Mal von ihrer Heimat gehört hatte.

»Man hat Euch bemerkt«, sagte Skarash.

Elkarath hatte wieder Platz genommen und winkte sie zu sich. Inos suchte sich ihren Weg über den Absatz zwischen den hin- und hersausenden oder herumstehenden Lakaien hindurch. Der Zenturio stand immer noch dort, aber als sie sich näherte, nahm er seinen Helm ab, um zu demonstrieren, daß sein Besuch rein gesellschaftlicher Art war. Er betrachtete sie kühl; sie hatte lange keine Imps mehr gesehen, so daß ihr die dunkle, pockennarbige Haut auffiel, die dicke Taille und die schmalen Schultern. Nach Djinnmaßstäben klein ... aber in seiner glänzenden Bronzerüstung ziemlich gutaussehend. Mehr Muskeln als Fett, dunkles, welliges Haar. Nicht schlecht.

»Mistress Hathark!« rief Elkarath dröhnend. Auch seine Stimme und sein Verhalten hatten sich dramatisch verändert, allerdings nicht so sehr wie bei seinem Enkel. »Habt Ihr gut geschlafen, Lady?«

Hatte er ihre Schlaflosigkeit überwacht? Inos schenkte ihm ein hirnloses, für die Gesellschaft bestimmtes Lächeln, wie es Kade so gut konnte. »Niemals habe ich besser geschlafen, danke, Sir! Ich war von der Reise erschöpft.« Sie fragte sich, ob ein Knicks angemessen war und deutete als Kompromiß eine leichte Verbeugung an. Die Augen des Zenturio zogen sie immer noch aus, und sie wünschte, ihr Kleid entspräche nur ein wenig mehr zarkianischem Standard oder sei an manchen Stellen nicht gar so eng.

Elkarath nickte, ohne sich zu erheben. »Skarash wird dafür sorgen, daß es Euch an nichts fehlt, Mistress. Darf ich Euch Zenturio Imopopi vorstellen?«

Sie nickte erneut, der Imp salutierte.

»Euer erster Besuch im wunderschönen *Ullacarn*, Ma'am?«

Inos spürte eine eigenartige Unentschlossenheit. Sie war sich nicht sicher, welche Antwort man von ihr erwartete. Elkarath hatte wohl kaum erklärt, daß sie eine Königin auf der Flucht aus einem Königreich am anderen Ende der Welt war. Andererseits waren seine Betrügereien seine eigene Sache, und sie brauchte Informationen wie ein Fisch das Wasser.

»Jawohl. Ich bin sogar zum ersten Mal in diesem Teil der Welt.«

Das Gespräch hätte jetzt auf Krasnegar kommen sollen, doch Elkarath mischte sich ein. »Mistress Hathark und ihre Begleiter werden nicht lange hier bleiben. Sie sind nur auf der Durchreise, auf ihrem Weg zurück nach Hub.«

Waren sie das? Warum sollte Rasha ... war Inos schon verkauft worden? Sollte sie in Hub an Olybino übergeben werden? Welchen Zweck hatte ein Fluchtversuch, wenn sie ohnehin nach Hub gehen sollte, oder war das ein Trick?

Bevor sie fragen konnte, lachte Zenturio Imopopi hart auf, und Inos spürte, wie ihre Haut kribbelte, wie bei einer Vorahnung, daß etwas nicht stimmte, aber sie hatte keine Zeit, dieses Gefühl zu analysieren, denn er sprach sie an.

»Ich würde es nicht wagen, *Ullacarn* zu loben, wenn Ihr die Stadt der Götter kennt, Ma'am. Doch Ihr solltet besser nicht zu lange hierbleiben. Es ist schon spät im Jahr. Bald werden die Pässe schließen.«

»Pässe?« Inos versuchte verzweifelt, sich an die Geographie zu erinnern, die ihr einen Moment lang entschlüpft war.

»Der Qoble-Gebirgszug natürlich.« Warum machte seine Stimme sie nervös? »Ihr seid also ursprünglich nicht aus Hub?«

Er selbst kam von dort oder irgendwo aus der Umgebung. Vielleicht war es lediglich sein Akzent, der sie beunruhigte, und doch hatte sie in Kinvale diesen Unterton schon oft gehört.

»Noch nicht einmal aus der Nähe.«

»Ihr habt also eine weite Reise hinter Euch?« Ein leichtes

Stirnrunzeln deutete an, daß sich zur fleischlichen Überprüfung des Soldaten auch ein wenig intellektuelles Interesse dazugesellte. Er fragte sich, wer sie war, da sie zu keiner der üblichen Rassen so richtig paßte. Goldenes Haar bedeutete entweder Elf oder Jotunn im Familienstammbaum – plus was? Daraus würde sich ergeben, wo ihre Heimat war.

»Oh, sehr weit!« sagte Inos. »So weit, daß – so sehr ich es auch bedaure, das sagen zu müssen – wir niemals von *Ullacarn* gehört haben.«

Ein wohlerzogener Dandy hätte das Wortgeplänkel noch verlängert; ein Soldat kam direkt auf den Punkt. »Und wo ist das?« Wieder zerrte seine Stimme an ihren Nerven. Das war nicht die Stimme eines gewöhnlichen Schwertkämpfers, entschied sie. Er sprach wie ein Mitglied der Oberschicht aus Hub. Aber die Söhne reicher Familien mußten nicht mit dem gemeinen Volk zusammen ihren Weg nach oben erarbeiten.

»Ich bin sicher, Ihr habt noch nie davon gehört«, sagte Inos mit zuckersüßer Stimme. »Ein entlegenes Königreich namens *Krasnegar*? Es …«

Plötzlich verschwand das Lächeln aus Zenturio Imopopis Gesicht. Er errötete heftig und wirkte plötzlich hart und gefährlich. Drohend trat er einen Schritt vor und setzte sich herausfordernd den Helm auf. »Welche Gerüchte Ihr auch gehört habt, Miss, es handelt sich um arglistige Lügen. Wenn wir diejenigen erwischen, die derartige Verleumdungen verbreiten, werden wir sie angemessen bestrafen.«

Unwillkürlich trat Inos einen Schritt zurück. Der Zenturio folgte ihr mit funkelnden Augen. »Die Männer werden ausgepeitscht, weil sie gegen das Interesse der Öffentlichkeit gehandelt haben. Frauen werden wie gewöhnliche zänkische Weiber bestraft. Ist das nicht gerecht?«

Sie war aus der Fassung geraten. Sie war völlig überrascht. Es kam zu schnell nach den Pixies, und dieser Mann war potentiell genauso gefährlich, wenn auch auf andere Weise. Er konnte sie an seinem Pferd festbinden und sie bis zum Gefängnis hinter sich herziehen, wenn er es wollte. Skarash hatte sie gewarnt, und ein imperialer Legionär auf Streife war nicht dasselbe wie ein Tribun oder Prokonsul, der in Kinvale Tee trank. Plötzlich dachte sie wieder an die Pixies, und sie begann zu zittern und fand keine Worte. Ihr Mund war ohnehin zu trocken, um irgend etwas zu sagen.

»Beim zweiten Vergehen reißen wir ihnen die Zungen heraus.«

Inos versuchte ein »Aber, Zenturio«, und brachte nur ein Krächzen zustande. Sie trat noch einen Schritt zurück.

Der Zusammenbruch ihrer Fähigkeit, Konversation zu betreiben, hatte Elkarath belustigt, aber jetzt eilte er zu ihrer Rettung. »Zenturio, hier handelt es sich wohl um ein Mißverständnis. Ich bin sicher, daß Mistress Hathark sich nicht gegen die öffentliche Ordnung vergehen wollte. Sie hatte nicht vor, den Imperator oder seine Armee zu beleidigen. Ich glaube, Ihr habt sie einfach falsch verstanden. Sie stammt von einer kleinen Insel namens Har Nogar, in der Nähe von Uthle.«

Zenturio Imopopi hielt seinen funkelnden Blick auf Inos geheftet. »Habt Ihr ›Har Nogar‹ gesagt, Mistress?«

Inos nickte heftig. Elkaraths Hand bewegte sich auf einige Lederbeutel zu und umschloß einen davon mit einem schwachen Klimpern, das die Aufmerksamkeit des Zenturio erhaschte.

»Mistress Hathark und ihre Tante wollen heute wahrscheinlich ein wenig von der Stadt sehen«, bemerkte der Magier unschuldig. »Vielleicht die Märkte besuchen. Ich frage mich, da sie hier ja fremd ist, ob eine Eskorte ratsam wäre?« Der Beutel wanderte eine Handbreit näher zu dem Legionär.

Sein Zorn schwand zögerlich wie ein sommerlicher Sonnenuntergang. »Wir dulden auf den Straßen von *Ullacarn* keine Belästigungen, aber ich kann verstehen, daß sich hochgeborene Damen mit persönlichem Schutz wohler fühlen. Gerne werde ich einige Männer zu ihrer Begleitung bereitstellen.«

Der Beutel legte den Rest des Weges zurück und klimperte

erneut, als er von einer starken Soldatenhand ergriffen wurde. Imopopi wandte sich wieder an Inos. »Viel Vergnügen bei Eurem Besuch, Ma'am. Glaubt nicht alles, was Ihr hört. Und vor allem wiederholt es nicht.« Mit einem letzten warnenden Blick salutierte er, wirbelte herum und stampfte davon, als ginge er an der Front Patrouille.

Inos blieb zitternd zurück und wünschte sich einen Stuhl herbei. Bestürzt über ihre eigene Ängstlichkeit – und erschreckt von dem Gedanken, daß sie durch den Zwischenfall mit den Pixies auf ewig seelisch am Ende sein könnte – stützte sie beide Hände auf dem Tisch auf. »Was sollte das?« kreischte sie.

Elkarath zuckte die Achseln. »*Ullacarn* ist die reinste Schlangengrube für Gerüchte. Offensichtlich seid Ihr auf eine der Schlangen getreten.«

»Krasnegar? Eine imperiale Niederlage in Krasnegar?«

»Das scheint mir wahrscheinlich. Habt Ihr etwas gehört, Skarash?«

Skarash wischte einen imaginären Fussel von einer makellosen Spitzenmanschette. »Nicht viel, Großvater, nur, daß eine Legion auf dem Rückweg von einem Höflichkeitsbesuch in einem Kaff, von dem niemand je etwas gehört hat, von Kobolden überfallen worden ist. *Höflichkeits*besuch? Das gefällt mir gut! Die Hälfte der Männer wurde in Stücke geschlagen; oder noch schlimmer. Es geht das Gerücht, daß einige Gefangene die traditionelle Gastfreundschaft der Kobolde genießen. Mehr weiß ich nicht.«

Sein Großvater nickte und blickte in Inos' Richtung. »Meidet dieses Thema, wenn Ihr mit Soldaten sprecht, würde ich vorschlagen.« Er griff nach einem dicken Hauptbuch, alt und verwittert.

»Ganz sicher. Es war also keine ganze Legion.«

»Beinahe die Hälfte. Gerüchte übertreiben stets. Doch gewiß war es noch schlimm genug. Und eine Niederlage durch Kobolde ...« Er öffnete das Buch, aber Inos glaubte, ihn leise lachen zu sehen. »Kein Wunder, daß die bronzenen Maulhelden nicht gerne darüber reden.«

In ihrem Kopf schien sich alles zu drehen. Vier Kohorten übel zugerichtet von Kobolden? Das Waldvolk war immer tückisch gewesen, niemals aber kriegerisch. Jetzt hatte der Hexenmeister des Ostens einen vernichtenden Schlag erlitten. Wo paßte sie da hinein? Würde er Rache an den Kobolden üben wollen? Waren die Legionäre von Kalkor und seine Jotnar aus Krasnegar vertrieben worden oder waren sie freiwillig geflohen?

Und da war noch etwas anderes ...

»Ich fahre wirklich weiter nach Hub?«

Der alte Mann nickte und tauchte seinen Federkiel in ein silbernes Tintenfaß. »So hat es ihre Majestät verfügt.«

»So! Also bin ich verkauft worden? Sie hat ihren Handel mit Olybino abgeschlossen, und jetzt bleibt nur noch, die Ware auszuliefern?«

»Ganz und gar nicht. Ihr seid immer noch Gast ihrer Majestät. Genießt Euren Aufenthalt in *Ullacarn*, er wird nicht lange dauern.«

Seine Augen! Sie wollte seine Augen sehen!

»Ich kann mir nicht vorstellen, warum sie mich dann nach Hub schicken sollte!«

»Ich habe nicht danach gefragt. Aber wenn Ihr es Euch nicht vorstellen könnt, dann können andere es vermutlich noch weit weniger?« Die Stimme des alten Mannes hatte sich um einen halben Ton verschärft, aber er ließ seinen Finger ruhig über eine Seite gleiten, als zähle er etwas zusammen.

»Ihr meint, ich bin in der Wüste versteckt worden, und jetzt werde ich auf der Straße nach Hub versteckt ... ein Ort, an dem sehr wahrscheinlich nicht nach mir gesucht wird? Und wenn der Vertrag schließlich unterzeichnet ist, werde ich ...«

»Zieht Eure eigenen Schlüsse. Ich habe in der Zwischenzeit zu arbeiten.«

»Und Azak? Geht er zurück nach Arakkaran oder kommt er mit mir oder laßt Ihr ihn verrotten ...«

»Er geht mit Euch.« Der dicke Finger blieb auf den Zahlen

liegen, aber der alte Mann sah nicht auf. »Auf der *Dawn Pearl*, die in drei Tagen segelt, sind Kabinen für Euch reserviert. Ihr wart auf dem Weg nach Hub, oder? Nun, nach Hub fahrt Ihr auch.«

»Ich wünsche ihn zu sehen!«

»Selbstverständlich. Auf jeden Fall. Nur eine *Freundin*, die einen Freund besucht, nehme ich an? Skarash wird Euch hinbringen.« Elkarath griff in die Falten seiner scharlachroten Robe und ließ einen rostigen Schlüssel auf den Tisch fallen. »Das könnt Ihr ihm geben.«

»Kein Bedingung?«

Er seufzte brummig. »Ganz und gar nicht. Ihr werdet kein besseres Schiff als die *Dawn Pearl* finden, und sicher auch keines, das früher abfährt. Fort mit Euch!«

Verwirrt und argwöhnisch sah Inos zu, wie Skarash den Schlüssel an sich nahm, und gestattete ihm schließlich, sie zu den Stufen zurück zu geleiten. Eine Horde von Angestellten und Gesinde nahm dies zum Anlaß, vorzupreschen und den Kaufmann zu konsultieren. Inos blieb nichts, außer über ihr Schicksal nachzusinnen. Warum sollte Rasha sie nach Hub schicken? Noch eigenartiger war, warum sie Azak dorthin schicken sollte? Das alles konnte auch ein Täuschungsmanöver sein.

Sie zumindest würde eine Militäreskorte bekommen, die eine Flucht nicht gerade erleichtern würde. Hatte Elkarath die Szene mit dem wütenden Zenturio absichtlich arrangiert?

An Imopopi war etwas Eigenartiges gewesen – etwas sehr Eigenartiges. Schon der Gedanke an ihn jagte Inos kalte Schauer über den Rücken. Sie mußte mit Azak reden. Zumindest ihm konnte sie vertrauen.

2

»Sonderbare Menschen, die Elfen«, sagte Ishist, und seine Stimme verebbte in der schwarzen Höhle.

In dieser Bemerkung lag etwas Unheimliches. Vielleicht fühlte sich Rap aber auch nur ein wenig unbehaglich, als er so mit einem Zauberer durch das Erdinnere marschierte.

»Sie leben lange?« fragte er hastig, unfähig, einen intelligenteren Kommentar abzugeben.

»Eigentlich nicht. Man sieht nur ihr Alter nicht so wie bei anderen Leuten.«

Die bedrückende Stille kehrte zurück, nur von dem sanften Tappen der Füße unterbrochen und dem Rascheln der Kleider, die über Steine strichen.

Nichts außer Zauberei hatte einen derart glatten, regelmäßigen und erstaunlich langen Tunnel hervorbringen können. »Thraines Wurmloch« hatte der Gnom ihn genannt, mit einem Lächeln über irgendeinen obskuren historischen Witz, den nur Eingeweihte verstanden. Das Wurmloch schlängelte sich abwärts, stellenweise kaum wahrnehmbar und niemals steil. Doch hielt es sich stetig westwärts, wie von einer heimkehrenden Biene gegraben. Das Loch war trocken und roch modrig; der Gnom hatte erwähnt, daß es vielleicht schon seit Jahrzehnten nicht mehr benutzt worden war. Verständlicherweise war es dunkel und still.

»Sonderbare Leute«, wiederholte er. Mit Rap an seiner Seite schritt er kühn in die Dunkelheit. Ein gespenstisches Leuchten zu ihren Füßen spendete Gathmor und Darad Licht, die ihnen dicht folgten; hinter ihnen umschloß die Dunkelheit sie wieder. Das Licht leuchtete schwach rosa, ohne erkennbare Quelle, und es warf keine Schatten.

Ishist hatte Sagorn fortgeschickt. Anscheinend zog er Darad den anderen vor, vielleicht, weil er sich nicht verstellte. Darad war nur ein brutaler Mörder, und er war stolz darauf.

»Inwiefern sonderbar?« fragte Rap.

»In jeder Hinsicht, Bursche. Sie sagen Euch, daß jeder Elf zu einem Clan gehört und diesem Clan Loyalität schuldet. Jeder Clan besitzt einen Baum oder vielleicht besitzt der Baum den Clan. Und jeder Clan hat ein Oberhaupt. Klingt einfach?«

»Nein. Himmelsbäume?« Raps tiefe Stimme hallte noch stärker wider als die des Gnoms. Die Oberfläche konnte er jetzt nicht mehr erspüren. Ein ganzer Berg schien über ihnen zu liegen und gnadenlos auf sie niederzudrücken.

»Natürlich.« Ishist war barfuß; die anderen waren mit Elfenstiefeln beschuht, die so weich wie feine Gaze waren. Ihr Schritt war gespenstisch leise.

»Und es ist noch komplizierter?« fragte Rap und schickte ein Grollen durch die lange Röhre.

»Nichts, was mit Elfen zu tun hat, ist einfach. Es ist auch keine Hilfe, daß sie Nichtelfen nichts erzählen. Clans haben Verbündete und Fehden, über die sie nicht reden und die wie die Gezeiten zu kommen und zu gehen scheinen. Es gibt Unterclans und Oberclans. Ein Clan hat vielleicht mehr als einen Baum, und mehr als ein Clan könnte Anrecht auf ein und denselben Baum haben. Jeder Clan könnte mehr als ein Oberhaupt haben – ein Oberhaupt für die Gerechtigkeit, ein Oberhaupt für die Weisheit, ein Oberhaupt für Krieg, ein Oberhaupt für das Recht ... die Götter wissen, wie sie ausgewählt werden und wie alles funktioniert, wenn es funktioniert.« Ein paar Schritte lang sagte er nichts, dann fügte er hinzu: »Aber historisch gesehen haben die Elfen die Imps besser abgewehrt als alle anderen, abgesehen von den Zwergen, also nehme ich an, daß es einigermaßen funktionieren muß.«

»Menschenfresser?«

»Äh, ja. Ich hatte die Menschenfresser vergessen – ich frage mich, wie viele Imps sie in einem Jahr fressen können? Das Merfolk hat auch so seine Eigenarten. Wie auch immer, das sind die Elfen. Falls es eine komplizierte Möglichkeit gibt, etwas zu tun, dann finden die Elfen sie; besonders, wenn sie gut aussieht oder sich gut anhört. Der Clan ist das

Wichtigste. Selbst wenn die Familie eines Elfs über Generationen im Impire leben würde, so würden sie sich doch als Mitglied dieses einen, besonderen Clans fühlen, eines speziellen Baumes, obwohl die meisten Clans mehrere Bäume kontrollieren. Innerhalb seines Clans kann er sehr gut noch andere persönliche Loyalitäten und Bindungen haben.«

Rap fragte sich, warum er sich diese Lektion anhören mußte, aber er nahm an, daß er das schon bald herausfinden würde – entweder würde der kleine Gnom zur Sache kommen, oder die Ereignisse würden ihm das abnehmen. Er zwinkerte einige Male bevor ihm klar wurde, daß der Schmutz in seinem Auge ein Lichtschimmer war, der weit vor ihnen aufblitzte. Seine Sehergabe sagte ihm, daß der Berg über ihnen wieder innerhalb seiner Sehweite war und steil abfiel.

»Wir kommen nicht weit vom Zaun heraus«, wechselte Ishist das Thema. »Ungefähr drei Meilen. Und noch drei weitere Meilen dahinter liegt die imperiale Straße von Puldarn nach Noom. Schnurgerade. Imps haben keinerlei Sinn für künstlerische Wirkung. Sagt man bei den Elfen.«

»Es muß eine vielbefahrene Straße sein.« Rap hatte mit den Menschenmengen im Impire keine Erfahrung. Der Gedanke an große Städte machte ihn nervös.

»Götter, ja! Der gesamte Verkehr zwischen der Drachensee und dem Home Water geht über diese Straße. Sie sollte weiter vom Zaun entfernt liegen. Meine Tierchen spüren das Metall, das hier vorbeikommt, und heulen wie Hunde. Wenn der jährliche Steuerzug fällig ist, werden sie schier verrückt. Ihr nehmt Eure beiden Freunde mit?«

»Äh ... das liegt bei ihnen.«

»Ich denke, Ihr solltet sie mitnehmen.«

»Aber einer von ihnen hat ein Wort der Macht, und Hexenmeister Lith ...«

»Richtig, aber das kann er auch so aus Euch herausbekommen«, sagte Ishist gefühllos. »Falls er jemanden umbringen muß, dann ist er meiner Ansicht nach mehr von einem guten

Gruppenfluch beeindruckt als von einem übergroßen Faun mit Koboldtätowierungen.«

Das klang wie eine Drohung. Trotz der augenscheinlichen Freundlichkeit des Gnoms war er doch gefährlich, sehr gefährlich und sehr unberechenbar. Seine auf komische Weise abstoßende Erscheinung verbarg nicht nur große okkulte Kräfte, sondern ebenso einen tödlich scharfen Verstand. Seine Denkweise war so fremd wie die Drachen. Rap konnte sich nicht vorstellen, was so viele Jahre der Fürsorge für diese Monster aus einem Mann machen konnten, und vor allem wußte er nicht, wie ein Gnom überhaupt dachte. Wer hatte schon je mit Gnomen gesprochen, um das herauszufinden?

Der Fleck war jetzt ein sichtbarer Kreis aus Licht. Die Luft wurde feuchter und kühler.

»Sie können mit mir kommen, wenn sie es wünschen – oder auch nicht, wenn sie das vorziehen«, sagte Rap stur. Schließlich wurde ihm klar, daß Ishist einfach dafür sorgen könnte, daß seine Freunde es sich anders überlegten. Mit Zauberern war es, wie mit den Elfen, niemals einfach.

Der Tunnel endete urplötzlich in einer kleinen natürlichen Höhle. Grauer Himmel und feuchtes Grünzeug waren durch den Eingang zu sehen, dessen zerklüftete Kanten von Moos und Farn verdeckt wurden. Ein stetiger Nieselregen durchnäßte die Hügel, als wolle er noch wochenlang so weitermachen, zischte auf den Felsen und im Schlamm, trommelte auf die Blätter. Die vier Männer standen im Schutz der Höhle und warfen einen Blick nach draußen. Überall, sogar vom Dach herunter, tröpfelte und plätscherte das Wasser.

Gathmor gab einen langen zufriedenen Seufzer von sich. »Froh, Tageslicht zu sehen«, murmelte er. »Mag keine Höhlen.«

Darad knurrte zustimmend, und Rap fragte sich, ob die Abneigung gegen Höhlen ein Charaktermerkmal der Jotunn war. Er mochte sie auch nicht.

Ishist sah an Gathmor hoch. »Richtung Westen bringt

Euch die Straße nach Puldarn. Falls Ihr nach Hause wollt, heißt das.«

Der Seemann nagte kurz auf seinem silbernen Schnurrbart herum, dann sprach er über den Kopf des Gnoms hinweg mit Rap. »Ihr trefft Kalkor wieder?«

»So lautet die Prophezeiung.«

Seine blassen Augen wurden zu eiskalten Schlitzen. »Dann bleibe ich an Bord.«

»Danke, Käpt'n.«

»Ostwärts nach Noom«, sagte der Zauberer. »Zuerst Tithro, dann Noom. Dort könnt Ihr es Euch aussuchen – über Land nach Hub, mit dem Schiff nach Ilrane. Valdorian ist im Westen, an der Küste, das ist ganz praktisch für Euch.«

Ilrane!

Nach Osten? Näher an Zark? Nein, das war es nicht ...

Rap wurde klar, daß der Zauberer ihn mit einem sehr neugierigen Gesichtsausdruck beäugte. »Sir?«

»Ihr habt eine Vorahnung?« fragte der Gnom und kratzte sich geschäftig.

»Ich bin nicht sicher.« Der Gedanke, nach Ilrane zu gehen, hatte plötzlich etwas in Rap berührt, etwas Ermutigendes. Er erinnerte sich, daß er einen stechenden Schmerz verspürt hatte, als Ishist zum ersten Mal vorgeschlagen hatte, er solle Lith'rian aufsuchen. Er hatte Spuren ertastet von ... was es auch war ... als er in Warth Redoubt angekommen war. Und was es auch war, es schien jedesmal stärker zu werden. Machte das die Übung?

Ishist zog noch immer verwirrt einen Flunsch. »Normalerweise können Geweihte ... Natürlich haben Genies normalerweise keine Sehergabe ... Neu, oder?«

Rap nickte unbehaglich. »Man sagt, meine Mutter sei eine Seherin gewesen.«

Der Gnom zuckte die Achseln. »Gut möglich also. Faune haben den Ruf, daß sie ihren eigenen Gefühlen trauen, nicht wahr?« Er lachte leise in sich hinein. »Und ich habe damit nichts zu tun. Ihr werdet merken, daß sie selten zur passenden Zeit kommen, aber wenn sie kommen, dann könnt Ihr darauf vertrauen. Also, wohin soll es gehen? Nach Hub oder Ilrane?«

»Wie weit?«

Der Gnom schloß für einige Augenblicke die Augen, als befrage er eine Landkarte in seinem Kopf, vielleicht betrachtete er im Kopf irgendeine Karte. »Ein wenig mehr als vierhundert Wegstunden in beide Richtungen.«

»Wasser ist schneller!« sagte Gathmor schnell, und selbst Darad nickte, während er verzweifelt versuchte, dem Gespräch zu folgen.

»Nicht, wenn Ihr eine Etappe reiten könnt«, sagte Ishist.

Ilrane schien immer noch richtig. Rap konnte zehn Wegstunden pro Tag laufen, auf einer imperialen Straße vielleicht noch mehr. Das bedeutete immer noch mehr als einen Monat bis Hub, selbst wenn nichts schiefging. Wasser war schneller und sicherer. »Doch wie komme ich an ein Schiff?«

»Ein Boot stehlen«, sagte Gathmor ungeduldig.

»Dann könnte sein Besitzer verhungern, und seine Kinder auch.«

Der Jotunn verzog über diese jämmerliche Sentimentalität das Gesicht.

»Thinal?« fragte Darad triumphierend.

»Ich nehme es an«, antwortete Rap traurig. Falls Thinal bereit war, ihnen zu helfen, konnte er das Geld für ein Ticket in Noom zusammenstehlen, so wie er es für Andor in Milflor getan hatte. Als Rap daran dachte, glaubte er, diese Dinge inzwischen auch selbst tun zu können. Er würde einfach hoffen müssen, daß derjenige, den er dafür auswählte, sich diese Ehre auch leisten konnte.

Der Gnom beobachtete sie und kratzte irgendwelche Dinge aus seinem Bart.

»Was ratet Ihr uns, Ishist?« fragt Rap und versuchte, ihm zu vertrauen.

»Oh, das Meer! Euer größtes Problem ist nicht, an Euer Ziel zu gelangen. Ihr solltet Euch mehr Sorgen darüber machen, wie Ihr Lith'rian trefft. Eine Audienz beim Imperator könnte leichter zu arrangieren sein, als ein privates Gespräch mit einem Hexenmeister.«

»Wenn ich meine Kräfte gleich außerhalb der Tore benutze? Er würde es spüren, so wie Ihr, als ich den Drachen fortgeschickt habe.«

»Die Wachen werden Jünger sein. Sie werden Euch zu Stein verwandeln, bevor Ihr noch zwinkern könnt.«

Rap schluckte.

»Außerdem«, fügte Ishist hinzu, »ist Hub gefährlich. Andere Wächter und Möchtegernwächter. Am sichersten seid Ihr im Sektor des Südens.«

»Bitte, gebt mir einen Rat«, bettelte Rap, wie es von ihm erwartet wurde.

»Es gibt einen sicheren Weg. Würde jedoch nur für einen Elf funktionieren.«

»Ja?« Rap war vorsichtig. Er mißtraute aus Prinzip dem Humor eines Zauberers, und Ishist ganz besonders.

»Ich würde Euch ein elfisches Äußeres verschaffen müssen. Es wäre ein Zauber von geringerer Kraft. Lith'rian würde dadurch nicht getäuscht, falls Ihr zu ihm gelangt; auch andere echte Zauberer nicht. Aber ansonsten kämet Ihr durch.«

»Und?«

»Und Ihr kommt direkt zu Lith'rian.« Der alte Mann lachte leise. »Express.«

Rap sah, wie seine eigenen Wangen unter dieser Herausforderung erröteten – seine neue, nach allen Richtungen geleitete Sehergabe konnte ihn ziemlich aus der Fassung bringen. »Das ist der schnellste Weg?«

»Ja.«

»Dann los! Gebt mir das Aussehen eines Elfen.«

Die Stoppeln, die sich auf Raps Kinn seit Verlassen von Durthing angesammelt hatten, fielen ab wie Baumwolle vom Strauch. Seine Haut wurde gelb – und das nicht nur im Gesicht. Seine Augen ... er beobachtete mit Erstaunen, wie sie größer wurden und sich irgendwie schräg stellten, als das Grau seiner Iris das buntschillernde Funkeln eines reinen Elfen annahm. Die Veränderung der Haut hatte beinahe seine Zehen erreicht. Sein Haar lockte sich und nahm einen metallischen, goldenen Glanz an – sogar seine Körperbehaarung, wie er unbehaglich feststellte. Seine Beine wurden so glatt wie sein Kinn. Und wenn Little Chicken hier wäre, könnte er ihn nicht länger Flat Nose nennen. Seine Tätowierungen waren verschwunden.

Es war vollbracht. Auf gewisse Weise war Rap immer noch Rap, aber er war ein elfischer Rap – ungefähr genauso groß wie zuvor, aber schlanker und schwächer. Natürlich sah er besser aus als vorher, aber er war ein häßlicher Elf.

Seine Kleidung blitzte auf, verschwand und enthüllte eine enganliegende Lederweste und lange Hosen aus demselben feinen Leder wie seine Stiefel, in hellem Grün und Blau. Er konnte sich nicht erinnern, diese Dinge angezogen zu haben. Aus dem Nichts fiel ihm eine passende Jägerkappe auf den Kopf und blieb leicht auf seinen glänzenden goldenen Locken liegen. Er befühlte nachdenklich eines seiner Elfenohren.

Er rümpfte die Nase und bemerkte, daß sein Geruchssinn zurückgekehrt war – schlagartig trafen ihn Waldgerüche nach feuchtem Lehm und Blättern sowie der mächtige Gestank des Gnoms neben ihm.

»Götter!« rief Gathmor entsetzt. »Ihr seht genauso aus wie ein Elf! Sogar Eure Augen.«

»Ja, ich weiß.« Raps Stimme war nach oben gerutscht und klang irgendwie *süßer.* »Es wird wohl dauern, bis ich mich daran gewöhnt habe.«

Ishist lachte leise und war sehr mit sich zufrieden. »Ihr braucht Euch keine Sorgen zu machen! Alles ist noch da, es sieht nur anders aus. Das Haar wird später wieder nachwachsen. Macht keine Dummheiten, Seemann. Er sieht aus wie ein Elf und fühlt wie ein Elf, aber er hat immer noch seine Kräfte. Und er ist immer noch ein Geweihter.«

Gathmor zog einen Flunsch. Er mußte die Versuchung gespürt haben. »Ich habe die Verwandlung auf ein Jahr begrenzt, Bursche«, sagte der Zauberer. »Ihr geht aus eigenem freiem Willen zu Lith'rian, versteht Ihr? Das gilt immer noch. Aber falls Euch niemand von diesem Bann befreit, verschwindet er in einem Jahr von selbst. Und Ihr anderen – ich glaube, Ihr solltet Euch zumindest genauso kleiden.« Die Kleider verschwanden, und an ihrer Stelle erschienen an Gathmor die Jägerkleider in Rot und Gelb, an Darad in Grün und Weiß. Einschließlich Käppchen.

Der Anblick des muskelbepackten Darad in dieser Kleidung war nicht so leicht zu verdauen, dachte Rap, und ihm wurde klar, wie sehr er sich bereits an Zauberei gewöhnt hatte. Gathmor hingegen hatte sich nicht daran gewöhnt – er fluchte verhalten und wand sich unbehaglich.

»Erklärt mir, wie mich diese Verwandlung zu dem Hexenmeister bringt, Ishist«, bat Rap.

Die schwarzen Augen des Gnoms funkelten. »In Noom gibt es viele Elfen. Im Impire sind sie für gewöhnlich irgendwelche Künstler. Im Geschäftsleben können sie mit den Imps nicht konkurrieren, und sie bekennen sich dazu, daß sie den Kampf verabscheuen. Sie stellen Skulpturen her, singen und so weiter. Sucht einen großen aus.«

»Einen großen?« wiederholte Rap argwöhnisch.

»Wichtigen. Ein Elfenoberhaupt in einer Gruppen von Elfen.«

Mit dem eigenartigen Gefühl, daß ihm dieses Gespräch bekannt vorkam, fragte Rap: »Was tue ich dann?«

Der kleine alte Mann lachte keckernd. »Dann haut ihr ihm auf die Nase.«

3

Wie das gesamte Haus des Elkarath, bestanden die Keller aus einem wilden Durcheinander aus schlecht zusammenpassenden Ebenen und Formen – unzählige verschiedene Bauten, die über die Jahrhunderte zusammengewachsen waren wie eine riesige Familie, deren Mitglieder sich niemals einigen konnten. Die meisten Gewölbe waren bis an die Decke mit Waren vollgestopft, und viele davon konnte man schon durch ihren Geruch identifizieren: Brandy, Essig und Terpentin in Fäßchen; Häute und Zedernholz in Haufen. Aber die Dunkelheit hielt auch geheimnisvolle Bündel, Fässer und Körbe bereit; Blöcke, Lattenkisten und Deckelkrüge, Urnen, Wasserkrüge und Wäschekörbe. Und Schatten! Eine Hand sicher von Skarash umfaßt, in der anderen eine Laterne, um Unebenheiten des Bodens oder niedrige Balken zu sehen, redete Inos sich ganz fest ein, daß Königinnen kein Angst vor Schatten hatten. Oder Staub. Oder Ratten, falls es welche gab.

Oder Skarash.

Sie hoffte, daß er das Zittern in ihrer Hand nicht spürte.

Hin und wieder sah sie, wie hinter Bögen oder am Ende von Gängen andere Lichter aufleuchteten; selten hörte sie entfernte Stimmen und Schritte. Das alles war sehr unheimlich.

Bald kam ihr der Verdacht, daß der merkwürdig freche Skarash sie im Kreis herumführte, auf und ab, hinein und hinaus, immer weiter durch die verwirrende Katakombe, aber sie würde ihrer gestrigen Erfahrung mit den Pixies *nicht* erlauben, sie zu einem nervösen Dummkopf zu machen mit Angst vor jedem, dem Haare auf dem Kinn wuchsen. Als der Zenturio aufgebraust war, hatte sie sich beschämend verhalten, aber sie sollte in der Lage sein, mit Master Skarash fertig zu werden, ganz gleich, wie freundlich er wurde. Wenn er nur versuchte, ihr Angst einzujagen, dann würde er sich zuerst seinen Weg nach Arakkaran zurückgraben müssen. Aber ihre beiden Laternen ließen die eigenartig geformten Schatten einen unheimlichen, schweigenden Tanz vollführen.

Etwas raschelte ... sie fuhr zusammen. Hol's der Teufel!

»Nur Ratten, glaube ich«, sagte Skarash und beugte sich unter einigen tiefhängenden Balken hindurch, die wie ein Nachgedanke eingefügt schienen, um einen Teil des Dachs zu stützen. »Oder Gnome, die noch schlimmer sind. Alle zwei Jahre oder so kommen Gnome hier herein, und sie sind eine Plage der Götter, die man kaum wieder los wird. Achtet auf die Spinnweben. Diese nächste Tür ist, wenn ich es recht erinnere, besonders melodiös.«

Er hatte recht – sie öffnete sich mit einem langen, ohrenbetäubenden Todesschrei.

»Ich kam zum ersten Mal nach *Ullacarn*, als ich zehn war«, sagte er und führte sie weitere Stufen hinunter. »Ich dachte, die Wüste sei der wunderbarste Ort der Welt – bis ich diese Keller entdeckte.« Die Kammer, ein hohes Gewölbe und ziemlich leer, ließ seine Stimme schaurig widerhallen. Die Luft war naßkalt, die Mauer mit Salpeter überzogen.

»Und seitdem hat mich Großvater jedes Jahr mitgenommen. Wir Kinder haben ... Psst!« Er blieb abrupt stehen, drehte sich um und starrte zu der Tür, durch die sie soeben gekommen waren. »Hört Ihr das?« flüsterte er.

»Nein.«

Er kniete sich hin, wandte sich wieder um und sah eindringlich zu ihr auf. »Sicher?«

Er spielte ein Spiel, dachte sie, aber sie schüttelte den Kopf und lauschte. »Nein.«

Skarash runzelte die Stirn und stellte seine Laterne ab.

Über ihr kreischte die Tür wie eine getretene Katze und schlug dann donnernd zu. Inos machte einen Satz, Skarash griff nach ihr und hielt sie fest. Sie schlug mit ihrer Laterne gegen seine Knie, stach in seine Augen, stieß instinktiv mit dem Knie in seine Leistengegend und kämpfte sich frei.

Schließlich drückte sie sich gegen die Wand und kämpfte heftig atmend eine wahnsinnige Panik nieder; ihr Herz hämmerte in ihrem Kopf und in ihrer Kehle machte sich ein übler Geschmack breit. Sie hob die Laterne, um ihn zu schlagen, falls er näher kam. *In Paarungslust hineinsteigern*, hatte Elkarath gesagt.

Ihr Knie hatte die weiche Stelle verpaßt, die bei dem Pixie so wirkungsvoll gewesen war, aber Skarash hatte sich mehrere Schritte zurückgezogen. Er hob eine Hand an seine Wange und sah sich prüfend das Blut auf seinen Fingern an.

»Meine Güte, Lady! Ich wollte nicht ...« Selbst in dem flackernden Licht der Laternen war zu erkennen, daß sein Entsetzen echt war.

Doch sie hatte nicht geschrien. Sie versuchte verzweifelt, ihren wilden Atem zu beruhigen. Sie sah zurück zur Tür. »Kinder?«

»Immer. Ganze Schwärme von ihnen hier unten. Aber ...«

Er betupfte erneut sein Gesicht und starrte sie an. Er war besorgt.

Keine Paarungslust, nur ein einfacher grausamer Scherz.

Kinder! »Was genau hattet Ihr vor?« fragte Inos jetzt wütend.

Er errötete dunkel in dem dämmerigen Licht. »Ich dachte ... es war nur ein Scherz, Mylady. Ich wollte Euch nichts tun.«

Sie brüllte ihn an. »Erklärt es mir!«

Er wand sich. »Wir haben das immer mit den Mädchen gemacht. Damit sie sich uns in die Arme warfen. Nichts Böses, wirklich. Nur ... ich habe noch nie eine Königin geküßt.«

Eine Königin. Sie würde es *nicht* zulassen, daß die gestrigen Ereignisse ein Trauma hinterließen. Sie würde *nicht* ihr ganzes Leben lang vor Schatten zurückweichen. Pixies, Zenturios ... jetzt war sie auf einen dummen, unreifen, kindischen Jux hereingefallen. Männer!

Sie stellte klappernd ihre Laterne ab. »Versuchen wir es also noch mal!«

»*Was?*«

Inos stampfte die Stufen hinauf zu ihrem Ausgangspunkt. »Ich sagte, versuchen wir es noch mal!«

Mit großen Augen ging auch Skarash zu seinem Ausgangspunkt zurück und starrte sie einfach nur an.

»Nun?« Sie ignorierte ihr hämmerndes Herz und die Feuchtigkeit in ihren Handflächen und wünschte, er würde sich beeilen.

Skarash flüsterte »Peng?«

Unbehindert von einer Laterne sprang sie vor, er fing sie auf und hielt sie fest. Dann holte er tief Luft und küßte sie auf die Lippen.

Anscheinend hatte Skarash den Kuß nicht richtig geplant oder er hatte jetzt Angst, aber sie hielt sich fest, schloß die Augen und küßte weiter und machte diesen Kuß zu einer langen, intimen Angelegenheit. Er war nicht so erfahren wie Andor. Er hatte vermutlich nicht mehr Erfahrung, als Rap gehabt hatte, aber er lernte schnell. Und schließlich war sie es, die den Kuß abbrechen mußte.

»Götter!« murmelte er. »Majestät! Götter!«

Skarash, so wurde ihr plötzlich klar, könnte vielleicht ein wertvoller Verbündeter werden, falls sie ihm überhaupt vertrauen konnte. Zenturios, Pixies ... Sie hatte keine Panik bekommen. Sie hatte sich sogar besser geschlagen als er – er sah verängstigter aus als sie sich fühlte. Und sie hatte ihn auch nicht in Paarungslust getrieben. Außer einem merkwürdig zittrigen Gefühl hatte sie die Sache ganz gut überstanden.

»Ich kann Euch als Imp mit Sicherheit besser leiden.«

Skarash murmelte nur »Götter!«, als sei er über die impischen Verhaltensweisen bestürzt.

»Also, dann gehen wir.«

Er nickte stumm und ergriff die Laternen. Inos nahm ihre entgegen und folgte ihm durch den Keller, wobei ihr Herz immer noch wild klopfte.

Sie hatte die Pixies aus ihren Gedanken vertrieben! Sie hatte nicht unbewußt Magie angewendet, um den Mann aufzustacheln, aber sie war auch nicht in Panik geraten, als er sie berührte. Sie hatte den Kuß beinahe genossen. Allerdings nur ein bißchen.

Und ganz gleich was Elkarath sagte – und was Tante Kade offensichtlich fürchtete –, sie hatte nicht an Azak gedacht.

Sie hatte an Rap gedacht.

4

Eine weitere Tür öffnete sich knarrend, dann kamen noch mehr Stufen und noch eine Tür. Skarash blieb stehen. »Dieser Keller wird nie für Waren benutzt«, sagte er leise. »Nur für Menschen. Hier drin haben wir das junge Gemüse immer zu Tode geängstigt!«

Inos zog den Kopf ein, trat hinter Skarash durch die Tür und schreckte zurück. Mauern und Boden glänzten feucht im Flackern der Laterne, und vom niedrigen Dach fielen stetig Tropfen. Azak saß auf nackten Steinen, einen Arm erhoben, um seine Augen vor dem Licht zu schützen. Sie war von Grauen gepackt – kein Bett, kein Licht; stickige, abgestandene Luft. Das einzige Möbelstück war ein Eimer; das Loch war kaum groß genug, daß er sich ausstrecken konnte, und eine rostige Metallkette verband seinen Knöchel mit einer Krampe in der Mitte des Bodens.

»Guten Morgen, meine Liebe. Oder ist es Abend?«

»Haben Sie Euch nichts zu essen gegeben? Kein Wasser? Welche Grausamkeit?«

»Standard-Überredungskunst.« Er nahm vorsichtig die Hand von den Augen und sah zwinkernd zu dem zweiten Besucher hoch.

»Skarash ak'Arthark ak'Elkarath, Sire.« Ungeachtet seiner teuren Hose kniete sich Skarash auf die feuchten Steine und neigte seinen Kopf.

»Sire?« Azak legte unendliche Häme in dieses kleine Wort.

Skarash sah auf. »Ein echter Bürger Arakkarans, Eure Majestät! Einer Eurer treuen Untertanen!«

Woher kam er, dieser ernste junge Mann? Der Witzbold war verschwunden, und das Gesicht erschien im Schein der Laterne hart und angespannt. Selbst seine Stimme klang härter, ganz nach Zark.

Azak zuckte die Achseln. Er bewegte seine Füße, und die Kette rasselte. »Dann schlage ich vor, daß Ihr Ergebung dadurch demonstriert, daß Ihr mich hier herausholt.«

»Ich habe die Ehre, Sire!« Skarash holte den rostigen Schlüssel hervor und griff nach dem Vorhängeschloß.

»Stop!« bellte Azak. »Ich lasse mich doch nicht von jedem flohgeplagten Kamelhändler aus der Haft entlassen!«

»Sire ...«

»Nein! Falls Ihr hergekommen seid, um mir zu sagen, daß Ihr Euch benehmen wollt und zu versprechen, ein guter Junge zu sein, dann verschwendet Ihr Eure ...« Azak brach ab, weil ihn ein Hustenanfall übermannte. »Und dasselbe gilt für Euch«, herrschte er Inos heiser an.

Sturer Ochse! Maultier! In dieser Gruft würde er es nicht eine Woche aushalten. Sie konnte schon spüren, wie die Feuchtigkeit in ihre Knochen kroch, und er war die ganze Nacht dort gewesen. Starrköpfiger Narr!

»Bitte, Sire?« bettelte Skarash. »Ein Wort?«

»Ich kann Euch einige Minuten erübrigen, nehme ich an.«

»Sire, in *Ullacarn* liegen imperiale Legionen ...«

»Wie immer ... Weiter!«

Die Worte sprudelten aus Skarash hervor: »Viel mehr Truppen, als ich je gesehen habe! Ich bin zum zehnten Mal in *Ullacarn*, und so etwas habe ich noch nie gesehen. Ich bin kurz vor Euch hier angekommen, Sire, und ich hatte keine Zeit, angemessene Nachforschungen anzustellen, aber die gesamte Zwanzigste Legion kam letzten Monat hierher, und jetzt läuft die Vorhut der Zweiunddreißigsten ein. Es heißt, der Emir stehe unter Hausarrest, und man spricht von Rebellion in Garpoon und daß das Impire dahinter stecke.«

»Gott der Qualen!«

»Und die Vierte Flotte liegt im Hafen.«

Azak sah zu Inos, änderte dann seine Meinung und richtete das Wort an den besorgt wirkenden Skarash. »Schwört Ihr?«

»Aye, Sire! Möge das Gute meine Seele verschmähen!«

»Hat Euch Euer Großvater dazu gebracht?«

»Nein, Sire. Ich bezweifle, daß er überhaupt davon weiß. Er war noch nicht draußen. Ich meine, ich bin mit der Karawane in die Stadt geritten. Er ... nun, Ihr wißt es ja.«

Azak knurrte und zog die Knie an den Körper, wobei Roststückchen von seinen Fesseln absprangen. Er lehnte seine Arme auf die Knie, legte das Kinn auf die Arme, sagte nichts und starrte in die Laternen.

»Sie werden zuerst Garpoon angreifen, nicht wahr?« flüsterte Skarash. »Dann um die Küste herum ... eine nach der anderen ... Stadt für Stadt?«

Azak warf ihm einen Blick zu. »Handeln Kaufleute heute mit Strategien?« In seiner Stimme klang Belustigung.

»Ji-Gons letzter Feldzug – ich habe davon in der Schule gehört. Und der Witwenkrieg begann auf diese Weise, oder?«

»Ja, genau, Master Skarash. Man kann eine Armee nicht durch die Wüste schicken, also kommen sie so oder so immer über die Küste. Normalerweise von Norden, aber sie haben es auch schon aus Süden versucht.«

»Und wir Djinns tun uns nie zusammen, bis es zu spät ist! Warum darauf warten, bis sie uns zermürbt haben? Geht nach Arakkaran zurück, Sire, und hißt selbst das schwarze Banner, solange noch Zeit ist!«

»Gott des Gemetzels!« Azak schüttelte verwundert den Kopf und starrte auf die Laternen. »Das ergibt keinen Sinn! Sie können im Winter über den Qoble-Gebirgszug keinen Nachschub herbeischaffen. Sie könnten wieder durch Thume kommen ... die Elfen werden sie niemals durch Ilrane lassen. Vielleicht über die Keriths? Sie könnten es wieder über die Keriths versuchen!«

»Ich weiß es nicht, Sire! Ich bin nur ein Händler.«

Azak knurrte. »Sie könnten Garpoon jetzt einnehmen

und erst im Frühling zuschlagen ...« Er stöhnte. »Wie lauten seine Bedingungen?«

»Keine, Eure Majestät!« Skarash wollte den Schlüssel herumdrehen, doch das Schloß blieb stur. »Ihr seid frei. Ohne Bedingung.«

»Was!« Azak sah zu Inos auf.

Ihr Hals wurde unter der niedrigen Decke langsam steif. »Es stimmt. Er sagt, wir gehen nach Hub! Er hat eine Schiffspassage für uns gekauft. Wir segeln in drei Tagen.«

Azak knurrte erstaunt, starrte sie an und schenkte dem sich kreischend öffnenden Schloß keine Beachtung. Skarash entfernte die Kette vom Knöchel des Sultans.

Schließlich sah Azak hinab und rieb sich das Bein. »Ich bin dankbar, Master Skarash! Möglicherweise können wir uns später unterhalten? In der Zwischenzeit könnte ich sicher ein Bad gebrauchen.«

»Sofort, Sire!« Skarash war bereits auf den Beinen und mit einer Laterne verschwunden. Seine Schritte verhallten, schließlich kreischten Türangeln laut in der Ferne. Azak schnaubte. »Hat keine formelle Entlassung abgewartet, oder? Schwach in Etikette!«

»Worin ist er noch schwach? Ich habe ihn noch nie so reden hören, und hier spielt er die ganze Zeit den impischen Dandy.« Impischer Liebhaber.

»Skarash? Pah! Er ist ein Schauspieler, ein Mann der tausend Masken. Ich habe ihn beim Handeln beobachtet. Er wird einmal ein großartiger Kaufmann sein. Er zeigt, was man sehen will und sagt, was man hören will.«

Küßt, wenn man geküßt werden will.

Also konnte man Skarash niemals vertrauen. Hatte Inos überhaupt irgendwelche Verbündete? Sie nahm die Laterne und zog sich aus der winzigen Zelle zurück. Azak folgte ihr und streckte sich mit einem erleichterten Stöhnen auf volle Länge. Er rieb sich den Rücken.

Versöhnung! »Azak, ich habe keine okkulten Kräfte bei Euch angewendet! Ich schwöre es.«

Er sah einen Augenblick lang auf sie hinunter und schüttelte dann traurig den Kopf. »Nein. Hättet Ihr das getan, dann wären die Auswirkungen verblaßt, nicht wahr? Der Bann wäre in der Nacht verschwunden, es sei denn, ihr seid eine richtige Zauberin.«

»Ja.«

»Das tat er nicht! Ich bin immer noch hoffnungslos in Euch verliebt!«

Das war zu ihrer großen Überraschung eine große Erleichterung. Vielleicht war sie selbst erstaunt gewesen. Vielleicht erwiderte sie langsam seine Liebe.

Vielleicht hatte er sich deshalb dafür entschieden, die Nacht im Keller zu verbringen. Sie wandte sich eilig ab und ging auf die Treppe zu, in der Hoffnung, einen Weg aus dem Labyrinth zu finden.

»Ich freue mich, das Tageslicht wiederzusehen«, knurrte Azak hinter ihr. »Ich mag keine Höhlen ... aber was soll das Gerede, daß wir ins Impire segeln?«

»Ich weiß es nicht. Das hat Elkarath gesagt. Vielleicht ist es nur eine Lüge, um uns von der Flucht abzuhalten.«

»Oder Rasha hat uns beide an Olybino verkauft. Euch als Marionettenkönigin von Krasnegar, mich als Verräter, der nach Zark zurückgebracht wird.«

»Verräter?« Sie blieb stehen und sah zu ihm auf. »Ihr?«

Sein Gesicht blieb ausdruckslos. »Ihr habt Skarash gehört. Es kommt, wie wir vermutet haben. Immer, wenn das Impire einmarschiert, tun wir Djinns uns zusammen und werfen sie wieder raus. Würden wir das früher tun, könnten wir sie aufhalten, aber letztendlich schaffen wir es immer. Zum Schluß hißt der höchste Führer das schwarze Banner. Ich bin der naheliegende Kandidat.«

»Äh ... natürlich.«

»Und wenn der Hexenmeister des Ostens einen Loyalitätsbann über mich gelegt hat?«

Sie nickte, einmal mehr entsetzt über die dunklen Seiten der Zauberei. Azak könnte in größerer Gefahr schweben als sie selbst.

Sie begann, die Treppe hinaufzusteigen, und ihr Schatten

tanzte neben ihr auf der Wand. »Ihr solltet auf Skarashs Rat hören. Sucht sobald Ihr könnt ein Schiff nach Arakkaran.«

Sie hatten die Tür am Ende der Treppe erreicht, bevor Azak antworten konnte. »Nein. Ich bleibe bei Euch. Ihr bedeutet mir mehr als Zark oder Arakkaran oder sonst etwas.«

Wieder blieb sie stehen und wirbelte herum, um ihn verwundert anzusehen. »Das ist Wahnsinn!«

»Ja. Aber Liebe ist immer Wahnsinn, oder?«

»Euer Königreich? Eure Söhne?«

»Ich würde mein Königreich auf immer verschenken, wenn ich Euch nur einmal küssen könnte.«

Darauf wußte sie keine Antwort.

To the seas again:
I must go down to the seas again,
  to the lonely sea and the sky,
And all I ask is a tall ship and a star to steer her by.

Masefield, *Sea-Fever*

(Zurück aufs Meer:
Zurück muß ich, hinab zur See,
  zum verlass'nen und zum Lüften-Meer;
Ein schlankes Schiff, zum Steuern einen Stern,
  was brauch ich mehr?)

Neun

Auch jene dienen

1

Der Regen rann Ulynago den Hals hinunter, und es standen nur noch zwei Stunden Tageslicht zur Verfügung, um Puldarn zu erreichen, darum schlug er heftig mit den Zügeln und bellte sein Team an. Vor ihm lief die alte Straße wie ein Strahl grauen Lichtes durch den schwarzen Wald, direkt auf den freien Platz zwischen der vor ihm liegenden Baumreihe. Hätte er zurück über die Ladung blicken können, die Aussicht nach hinten wäre beinahe identisch gewesen; bei diesem Wetter herrschte so gut wie kein Verkehr. Seit Thin Bridge, gleich hinter Tithro, war er niemandem begegnet.

Neben ihm rollte Iggo auf der Bank hin und her, er konnte sich kaum noch wach halten. Kein Mensch würde bei einem solchen Regenschauer schlafen können, aber Iggo war schon in guten Zeiten kaum richtig wach.

In Puldarn gab es warmes Essen, Bier und eine gewisse, gut gepolsterte Kellnerin. Ulynago war ein Mann von einfachem Geschmack.

Bis vor vier Jahren war er Legionär gewesen. Er hatte keine echten Kämpfe miterlebt, aber während seiner Dienstzeit hatte er einige rebellierende Gnome erwischt. Revoltierende Gnome hatten die Legionen sie genannt – Gnome revoltierten immer. Witz! Doch die Gnome waren gute Verlierer gewesen. Bis zum Ende seiner Zeit hatte er sich bis zum Zenturio hochgekämpft. Dann hatten sich bessere Möglichkeiten ergeben. Er hatte mit viel mehr als seiner offiziellen Vergütung den Dienst quittiert, genug, um Pferd und Wagen zu kaufen und nach Hause zu gehen, nach South Pithmot, wo er aufgewachsen war. Als Helfer hatte er Iggo angeheuert, der groß und dumm war – einmal dumm genug, um sich mit einem betrunkenen Troll anzulegen, und hinterher noch viel dümmer.

Alles war so, wie die Götter es wollten, abgesehen von diesem verdammten Regen. Ulynago hoffte, daß die Feuchtigkeit nicht seinen Weizen durchnässen würde, guter Weizen aus dem Norden, der ganz von Shimlundok gekommen und für das Brot der feinen Leute bestimmt war. Die feuchte Luft würde dem Weizen nicht guttun, und daher auch ihm nicht. Die Kaufleute würden versuchen, ihn ihm Preis zu drücken.

Ohne Vorwarnung vergaß er den Weizen. Er hatte ein neues Problem – die Pferde gerieten aus dem Tritt und versuchten, nur noch zu gehen. Was zum Teufel? Der Wagen ruckelte. Ulynago kreischte und zog seine Peitsche hervor. Er ließ sie knallen. Keine Wirkung. Irgend etwas hatte ihnen Angst eingejagt, sie kämpften gegen das Gewicht, alle im falschen Tritt. Das Gespann verkantete sich. Eilig zog er die Bremse. Iggo rutschte nach vorne und erwachte unter einem Schwall von Flüchen.

»Halt's Maul und hol die Schaufeln!« brüllte Ulynago.

»Was 'n los?«

Mit einigen düsteren Ausschmückungen erklärte Ulynago, daß er keine Ahnung hatte. Das Gespann kam rumpelnd zum Stehen. Die Pferde standen dampfend in der Feuchtigkeit, aber sie zitterten. Stille. Was zum Teufel?

Ulynago schlug erneut mit den Zügeln. Ohren bewegten sich ... nichts. Gott des Wahnsinns! Die Pferde starrten in die Bäume, die vor ihnen lagen. Er spürte, wie sich seine Haare aufrichteten. Wer würde eine Ladung Weizen entführen? Natürlich hatte er noch achtzehn Goldkronen in seinem Geldgürtel. Falls die Männer hinter dem Geld her waren, was hatten sie mit seinem Gespann gemacht?

Er stand auf und warf einen Blick zurück über die Ladung auf die Straße hinter sich – kahler Felsen, glänzend vor Feuchtigkeit, gerade und menschenleer so weit er durch die Regenschleier sehen konnte. Dieser Teil des Weges gefiel ihm nicht. Zu nahe am Drachenland, nur ein Hauch eines

Drachen würde sein Gespann bis Puldarn befördern. Keine Drachen.

Ein Mann trat zwischen den Bäumen hervor und kam auf das Gespann zu.

Mit einem Schrei versuchte Ulynago die Pferde in Bewegung zu setzen, doch wieder geschah nichts. Unter einer Mischung aus Armeeflüchen und technischen Ausdrücken der Fuhrleute schüttelte er das Wasser von seinem Hut, ergriff sein Schwert und sprang vom Bock. Da sah er, daß der Mann nur ein Elf war. Das dumpfe Gefühl im Magen ließ ein wenig nach – mit Elfen konnte er fertig werden. Nur einer? Iggos Stiefel polterten auf der anderen Seite des Wagens zu Boden.

Ulynago ging auf den Elf zu. Er war gewiß keine Bedrohung – unbewaffnet, nur ein Kind in lustigem Blau und Grün, völlig durchnäßt und voller Grasflecken. Bei Elfen war das Alter schwer zu deuten, vielleicht war er auch schon älter. Er schritt dahin ... normalerweise hüpften Elfen. Sonderbarer Elf.

Sie trafen sich neben dem ersten Gespann, und Ulynago berührte das Gör mit der Schwertspitze an der Mittelrippe.

»Wer, zum Teufel, seid Ihr? Was macht Ihr mit meinem Gespann?«

»Es tut mir wirklich leid«, sagte der Junge und sah ihn mit Augen an, in denen es grün und blau funkelte. Er ignorierte die Klinge.

»Was tut Euch leid?«

»Das hier.«

Flach auf dem Rücken liegend, konnte Ulynago spüren, wie der Regen direkt in seine Augen tropfte. Im Himmel drehten sich wild die Bäume. Er dachte daran, wie vor fünf oder sechs Sekunden etwas wie ein Geschoß sein Kinn getroffen hatte. Er hielt immer noch sein Schwert. Niemand hatte ihn jemals so überrumpelt. Kein Helm. Sein Kopf war auf den Steinen aufgeschlagen ... Gott der Qualen!

Irgendwo schrie Iggo auf, einmal nur. Dann ertönte das Geklirr von Metall und ein gedämpftes Rumpeln.

Ein Elf? Eine magere, nichtsnutzige, gelbbäuchige halbe Portion von Elf? Dann weitere Stimmen ... Es waren mehrere. Klangen wie Jotnar. Ulynago versuchte aufzustehen, und alles wurde schwarz.

Irgendwann später merkte er, daß er unter dem Wagen lag, geschützt vor dem Regen, das Kissen der Sitzbank unter dem Kopf. Iggo lag schnarchend neben ihm. Die Straßenräuber waren schon lange fort.

Er fragte sich, warum Jotnar einen Elf vorausgeschickt haben könnten.

Und bis zum Ende seiner Tage verstand Ulynago nicht, warum sie nur drei seiner Pferde genommen hatten und nur eine der achtzehn Goldkronen aus seinem Geldgürtel.

2

Es war die vierte Stunde der Nacht, und im *Mainbrace Saloon* heizte sich die Atmosphäre allmählich auf. Bithbal konnte den drohenden Unterton durch den ohrenbetäubenden Lärm der Gespräche hören. Durch einen Nebel aus Rauch und Bier konnte er die Wut riechen. Selbst das dämmerige, flackernde Licht war hell genug, um zu zeigen, daß die glänzenden roten Gesichter langsam ihre Farbe veränderten und eine tiefe, primitive Kampfeslust kribbelte wie Ameisen auf seiner Haut und sagte ihm, daß die Zeit für Taten gekommen war. Er tastete nach dem Totschläger an seinem Gürtel. Diese vielen blonden Jotunnköpfe, die im Dunkeln leuchteten – wie viele von ihnen würden heute nacht bluten?

Bithbal war zweiundzwanzig, hatte Haare wie Werg und war groß, selbst für einen Jotunn. Er war hier in Noom vom Schiff abgehauen, als er entdeckte, was ein Job als Rausschmeißer ihm einbringen konnte. Die Gelegenheit, jede Nacht zu kämpfen und dafür noch bezahlt zu werden, war unwiderstehlich gewesen, reinste Jotunnekstase. Nach sechs Monaten war er ein Veteran. Er hatte gelernt, seinen Stolz hinunterzuschlucken und einen Totschläger zu benutzen, wenn die Chancen für ihn nicht gut standen, und er hatte die Vorderseite seiner Kniehosen gepanzert. Beinahe täglich war er verletzt worden und hatte sich wieder erholt, aber er hatte nie weniger als acht in einer einzigen Nacht erledigt, selbst wenn sein Arm gebrochen war. Sein Rekord lag bei siebenunddreißig. Er liebte seine Arbeit.

Jetzt fand er, die Zeit reiche noch, um eine weitere Runde Bier auszuschenken. Er ging zum Förderkorb und warf das Geld ein, das er für die letzte Runde kassiert hatte und beobachtete, wie es in seinen Abrechnungstopf fiel, damit er sicher sein konnte, daß er auch seinen Anteil bekam. Dann hängte er sich ein Dutzend hufeisenförmiger Würste über den Ellbogen, stemmte ein volles Tablett mit Bierkrügen und schwankte davon in das Brüllen, die Dunkelheit und die Menge. Mit hart verdienter Geschicklichkeit hielt er das Tablett in seiner entzündeten linken Hand, verteilte das Bier und nahm mit seiner Rechten das Geld. Bei diesem Lärm wurde kein Wort zuviel gesprochen, und seit einiger Zeit hatte niemand mehr richtig gelächelt.

Als er prüfend die Gesichter betrachtete, merkte er, wie die Anspannung in ihm wuchs, ein Zittern purer Freude irgendwo in der Gegend seiner Blase. Ja, heute würde eine Nacht der Knochenbrecher werden. Es gab eine ganze Anzahl von Imps, die man anheizen konnte, und die Jotnar entsprachen ganz gut den Anforderungen. Er hatte gelernt, die schwierigen Typen zu erkennen, und heute nacht waren sie überall. Noch nie hatte er so viele offensichtlich schwere Fälle gesehen. Eigenartigerweise waren es normalerweise nicht die wirklich harten Männer, die einen Streit anfingen, aber wenn die erst einmal in Fahrt kamen, waren sie bald diejenigen, die übrigblieben, so daß er gerade sie hinterher hinausschmeißen mußte, bevor sie sich an den Möbeln zu schaffen machten. Die Möbel bestanden aus solider Bronze, alle an die Steinplatten geschraubt, aber Seeleuten machte eine solche Herausforderung Spaß.

Er leerte sein Tablett und ging zur Tür. Krat und Birg waren bereits da, denn dort war der sicherste Ort, und der strategisch günstigste, die Anfänge zu beobachten. Normalerweise arbeitete man sich von der Tür nach innen vor. Gott des Kampfes, da waren heute abend aber auch ein paar große Typen dabei! Und doch ... und doch klopfte es in seinem Magen nicht so heftig wie früher, wie noch vor ein paar Monaten. War es möglich, daß ein Kerl des Kämpfens *müde* wurde? Nicht verängstigt, sondern *gelangweilt*? Oder einfach nur hin und wieder eine freie Nacht brauchte? Vielleicht das Meer vermißte?

Bithbal lehnte sich an die Wand, verschränkte die Arme und brachte es fertig, gegen seine gebrochenen Finger zu stoßen. Er wimmerte auf. Das war zwei Nächte zuvor passiert, ebenso das Klingeln in seinem rechten Ohr ... vor vier Nächten, oder waren es fünf? Es machte keine Anstalten, sich zu beruhigen.

Ein Walfänger war in der Stadt, der nach Hilfskräften suchte.

Bithbal grinste Birg und Krat auf der anderen Seite der Tür an, und sie machten ihm ein Zeichen, daß sie bereit und willig waren. Der Raum schwankte wie ein kleines Boot im Nordwestwind – nicht mehr lange. Er fragte sich, wann es losgehen würde. Der große Halbdjinn dort drüben in der Ecke würde sicher bald für irgend jemanden unwiderstehlich werden.

Da wurden die Türen aufgerissen und wieder geschlossen. Drei Männer.

Heiliges Gleichgewicht!

Einer von ihnen war größer als alles andere, was auf zwei Beinen lief, ein Jotunn in mittleren Jahren, groß wie ein Troll – mit sonderbaren Tätowierungen auf dem ganzen Gesicht. Ein Jotunn in Jägerkleidung? In kreischenden Farben wie ein affektierter Elf? *Gott des Blutes*! Bithbal änderte seine Meinung über den Ursprung der heutigen Schlägerei. Seine Kopfhaut kribbelte, und er wünschte, er befände sich ein wenig weiter von dieser Stelle entfernt – denn die Neuankömmlinge standen einfach da, beleuchtet von einem schwachen Lichtschein. Als sie Gegenstand der allgemeinen Aufmerksamkeit wurden, fiel der Lärmpegel ziemlich schnell ab.

Der auf der anderen Seite, neben Birg und Krat ... noch ein Jotunn, mit einem Seemannsschnurrbart, ebenso aufgeputzt! Was sollte das – Massenselbstmord? Der Mann hatte den unruhigen Blick, den die Jotnar um sich warfen, wenn sie im Hafen ankamen und bereit waren, es mit jedem aufzunehmen.

Es war beinahe still geworden. Männer auf der anderen Seite des Raumes sprangen auf, um besser sehen zu können, rieben sich die Augen und sahen ein zweites Mal hin. Einige, die sich soeben beinahe an die Kehle gegangen wären, tauschten erwartungsvoll ein ungläubiges Grinsen. Jeden Moment ... Bithbal begann seinen Rückzug zu planen. Hartsein war gut und schön, aber zu Tode getrampelt zu werden war nicht besonders angenehm.

Da wandte sich der dritte Mann zu ihm und lächelte ihn an.

In sechs Monaten harter Arbeit hatte Bithbal geglaubt, alles gesehen zu haben, was man im Mainbrace sehen kann, aber ein Elf war etwas Neues. Ein dreifaches Selbstmordkommando? Er fragte sich, ob das Blut eines Elfs genauso braun-schwarz antrocknete wie die restlichen Flecken auf dem Boden.

»Verzeiht die Frage«, trillerte der Elf. »Ich nehme an, um diese Zeit haben die Geschäfte der Schneider nicht mehr geöffnet?«

Also war sein bunter Putz schmutzig und das kleine Schmuckstück wollte etwas Hübscheres kaufen? Ein starker Geruch nach nassem Pferd lag über ihm, der sogar durch den Dunst von Bier und Schweiß zu riechen war.

»Keine Chance!« Merkwürdig ... Elfen und ihre glänzenden Locken brachten normalerweise Bithbals Finger zum Jucken, aber dieser Junge hatte ein gewinnendes schiefes Grinsen.

»Es ist nur … meine Freunde finden sich ein wenig auffällig.«

»Jungchen, wenn Ihr meinen Rat hören wollt …«

»Ja, das will ich. Ich nehme ohnehin nicht an, daß ein Schneider die großen Größen vorrätig hat.« Der Elf runzelte die Stirn. »Hätte daran denken sollen! Nun, was ich wirklich brauche, ist ein Gasthaus für *Elfen*.«

»Ein Gasthaus für Elfen?« Das Klingeln in Bithbals Ohren mußte schlimmer geworden sein. »Ihr habt nicht ›Gasthaus für Elfen‹ gesagt?«

»Gehen Elfen nicht – ich meine, gibt es keinen Ort, wo Elfen etwas trinken können?«

»Hier nicht«, murmelte Bithbal und war sich klar, daß der ganze Raum jetzt so still war wie eine Krypta. In dieser Gegend war es schon ausgesprochen dumm, nur bei einem Gespräch mit einem Elf gesehen zu werden. Man konnte hören, wie das Blut pulsierte. Man konnte hören, wie Fäuste geballt wurden. »Habe noch nie Elfen im Hafen gesehen.«

»Wo dann?«

»Weiß nicht. Vielleicht im Theater?«

»Zeigt mir den Weg … schnell!« Die Augen des Elfs funkelten in Meergrün und Himmelblau. Das Licht blitzte auf, wo sein metallisch goldenes Haar unter dem niedlichen Käppchen hervorlugte.

»Weiß nicht«, wiederholte Bithbal blöde. Der Schweiß lief in Strömen an ihm hinunter. Das *Mainbrace* würde gleich stehenden Fußes in einen Kampf explodieren. Er konnte ihn förmlich riechen. Zunächst würde dieser arme Junge plattgestampft werden, und Bithbal gleich mit ihm. Er fragte sich, warum er das Gör nicht einfach herumdrehte und ihn mit einem Tritt in den Hintern aus der Tür beförderte. Krat und Birg würden sich um die beiden Jotnar kümmern. Aber er sagte nur »Jungchen … um Eurer selbst willen, bitte geht. Schnell.«

»Zuerst sagt Ihr mir, wo ich ein Elfen-Gasthaus finde.«

Bithbal konnte sich ein Elfen-Gasthaus nicht einmal vorstellen. »Geht nach Westen über den Platz, dann nordwestlich und haltet Euch steuerbord bis zur Gabelung, dann den Weg hinauf, schließlich wieder nach Westen zum Tempel und ungefähr drei Kabellängen Kurs nach Norden, dort sind die Theater. Mehr weiß ich nicht, Sir.«

Seit wann nannte er einen Elfen *Sir*?

»Danke. Kommt, Jungs.«

Der Elf drehte sich auf dem Absatz um.

Seine Gefährten wollten sich ebenfalls, ganz gehorsam, umdrehen.

Am Ende des Raumes stieß jemand einen Pfiff aus.

Die beiden Jotnar wirbelten herum, um zu sehen, wer dort gepfiffen hatte.

Ein Pfeifkonzert, dann …

… aber Bithbal sah nicht *wirklich*, was dann passierte. Die Tür schloß sich hinter den Fremden, und der Raum explodierte in ohrenbetäubender Heiterkeit. Bithbal starrte zu Krat hinüber, der lachte und zu Birg, der so blaß wie Packeis geworden war.

Vielleicht hatte Birg dieselbe Täuschung erlitten wie er.

Die Kellner, die die Stimmungsänderung der Gäste spürten, eilten hinüber zum Förderkorb, um weiteres Bier zu holen, und Bithbal fragte Krat niemals, was genau geschehen war.

Was er zu sehen *geglaubt* hatte, waren zwei Jotnar, die einen Satz nach vorne machten und Streit anfingen. Und dann … dann hatte es so ausgesehen, als ob sich der schlaksige Elfenjunge noch schneller bewegt und beide von hinten am Kragen gepackt hatte …

Und sie im Laufen festgehalten?

… und herumgedreht?

… und vor sich aus der Tür geschoben?

Gott des Wahnsinns!

Als Bithbal gegen Morgen seinen geschundenen Körper zur Ruhe legte, bemerkte er, daß er eigenartigerweise nicht schlafen konnte. Er kam bald zu dem Schluß, daß sein Klingeln im Ohr schlimmer geworden sein mußte, als er erwartet hatte, und vielleicht ein wenig Frieden und Zeit zum Heilen brauchte.

Er zog seine Stiefel an, hängte sein Bündel über die Schulter und reiste ab – durch das Fenster, denn er war ein wenig mit der Miete im Rückstand. Er stolzierte am Hafen entlang, bis er den Walfänger gefunden hatte, der noch Leute suchte. Der Bootsmann streckte ihm eine Hand hin, und Bithbal schlug ein, also nahmen sie ihn. Er machte sein Zeichen ins Logbuch und lief mit der Flut aus.

Seemann Bithbal erreichte ein hohes Alter, aber nie wieder ging er in Noom vor Anker. Und nie wieder bekam er es mit Elfen zu tun.

3

Die beiden Legionäre leuchteten im Licht der Fackel immer noch wie bronzene Statuen, die den Eingang zur *Verzauberten Lichtung* flankieren. Mit einem Seufzer der Erleichterung schlich Arth'quith auf dem dicken Teppich ganz leise um die Ecke zurück in die innere Vorhalle.

Er hatte schon Angst gehabt, daß die ungehobelten Kerle ihm entschlüpft sein könnten, während er mit den Gästen beschäftigt gewesen war und sie nicht beobachten konnte. Und sie waren auch ungehobelt! Sie waren zu früher Stunde in der *schmutzigsten* Rüstung gekommen, die er je gesehen hatte, und sie hatten jeder vier Gänge gegessen, während sein ohnehin schon überarbeitetes Personal die Rüstung für sie poliert hatte. Parasiten! Aber natürlich hatten sie erwartet, wie alle anderen bewirtet zu werden, und zumindest mußte er nicht für sie zahlen. Der Senator hatte als eigenen

Anteil ein paar Wachen zur Verfügung gestellt. Ebenfalls große, eindrucksvolle Typen, falls man Imps mochte, oder *Rindfleisch*. Arth'quith mochte sie nicht, aber die Kerle waren ein vernünftige und notwendige Vorsichtsmaßnahme.

Er wimmerte über einen Anfall von Verdauungsstörung. Der Arzt hatte ihn gewarnt, jede Aufregung zu vermeiden, aber ein *Künstler* mußte seiner *Kunst* nachgeben.

Arth'quith schaute liebevoll ins Hauptspeisezimmer – erst seine dritte Nacht in diesem Geschäft, und jeder Tisch war besetzt! Goldene Teller, in denen sich das Licht der Kronleuchter spiegelte ... das beste elfische Orchester in Noom spielte diskret in einer Ecke auf ... luxuriös gekleidete Frauen, die mit reichen, fetten Männern tanzten. Die meisten waren leider Imps. Es war eine *Tragödie*, daß sich nur so wenige Elfen seine Preise leisten konnten. Düfte der besten Gerichte aus der gesamten Provinz South Pithmot vermischten sich mit dem berauschenden Duft der Blumen. Feine Stoffe, glänzendes Holz, Damast wie frischer Schnee auf den Tischen ...

Sein ganzes Leben lang hatte Arth' davon geträumt, ein eigenes Restaurant zu haben, ein Etablissement von *Klasse* und *Geschmack*. Wie stolz wäre seine Mutter auf das gewesen, was er erreicht hatte! Durch die Leute vom Theater war im ganzen Haus kein freier Platz mehr zu bekommen.

Natürlich war er gezwungen gewesen, einen Imp als Geschäftspartner zu nehmen, und natürlich hatte sich herausgestellt, daß der tintenverschmierte kleine Schmutzfink mehr bedürftige Verwandte hatte als eine Termitenkönigin, aber von einem Künstler konnte man nicht erwarten, daß er sich mit derart *gemeinen* Angelegenheiten wie *Geld* befaßte. Den Senator als stillen Teilhaber zu akzeptieren war ebenfalls ein schlauer Schachzug gewesen, wie sehr er auch manche Gefühle verletzen mochte. Die *besten* Leute aus Noom kamen her, weil der Senator am ersten Abend hier getafelt hatte.

Die Zukunft schien gesichert. Der Senator würde hier alle

paar Tage speisen, wenn er in der Stadt war. So hatten sie es abgesprochen, und es würde ihn nichts kosten, ganz gleich, wie groß seine Gesellschaft war. Die Qualität würde stets *unübertroffen* sein – Arth'quith selbst würde sich ohne Fehl und Tadel darum kümmern. Er hatte die Gewohnheiten der Imps sogar in Hub studiert. Er hatte sich in Valdolyn ausbilden lassen, in Valdopol und sogar in Valdofen, wo er von Loth'fen persönlich in der Kunst des Kochens unterwiesen wurde. Vater hätte vor Stolz geweint, wenn er die *Verzauberte Lichtung* gesehen hätte.

Die Einrichtung war ein Wunderwerk in Pink und Gold.

Das Orchester spielte die letzten Töne einer Gavotte und machte mit einem Menuett weiter. Es war Zeit, daß sich der Gastgeber unauffällig unter die Gäste mischte.

Draußen auf der Straße hörte er einen Knall – vielleicht ein Zusammenstoß von Wagen.

Die Gäste des Liktors kehrten an ihre Plätze zurück. Arth'quith mußte auch dort einen guten Eindruck hinterlassen – vielleicht sollte er ein paar Flaschen Wein aus dem Valdoquiff hinüberschicken? Oder etwa aus dem Valdociel?

Erneut ein gedämpftes Poltern …

Arth'quith spürte wieder ein Ziehen in seinen verabscheuungswürdigen Innereien und ein plötzliches Tröpfeln von Eiswasser auf seiner Wirbelsäule. Er wirbelte herum und lief zum Eingang.

Ein Elf kam um die Ecke. Gott der Bäume!

Arth'quith scheute zurück wie ein erschrockenes Fohlen und baute sich vor ihm auf. »Kann ich Euch helfen, Sir?«

Der Elf zog eine Augenbraue hoch. »Ich glaube nicht.« Er war noch jung, und seine Kleidung war *ekelerregend*. Er stank wie … wie ein Tier!

Dieses Mal zogen sich Arth'quiths Gedärme heftig zusammen. »Reserviert, Sir?«

»Na klar«, bemerkte der Bauerntrampel ruhig und lugte über Arth'quiths Schulter auf die Gesellschaft, »aber ich habe auch meine Instruktionen. Dies hier scheint ein vielversprechender Ort zu sein.«

»Sir, ich bedaure, wir sind für heute abend ausgebucht. Wenn Ihr keine Reservierung habt ...«

Um die Ecke bog – ein *Jotunn*!

Und *noch einer*! Ein Riese! Ein *Monster*!

Glühende Messer schienen sich in Arth'quiths Gedärme zu drehen. Er fühlte sich *besudelt*. Diese zwei metallischen Geräusche, die er am Eingang gehört hatte ...

»Ist das hier so eine Art Erpressung?« schrie er. »Ich Euch wissen lassen möchte, daß der Liktor *persönlich* ...«

Der Junge lächelte ihn matt an, und Arth'quith vergaß, was er hatte sagen wollen.

»Wen haltet Ihr für den wichtigsten Elf, den es hier gibt?«

»Wi – wichtig?« stammelte Arth'quith.

»Elf. Wichtiger Elf?« Der Bursche starrte ihn über den Raum hinweg an. »Wer ist das?«

Widerwillig drehte Arth'quith sich um und folgte mit den Augen dem anmaßend ausgestreckten Finger. »Das ist Lord Phiel'. Die anderen bei ihm ...«

»Ist er wichtig?«

»Lord Phiel'nilth? Er ist der Hofdichter des Impire!«

»Ausgezeichnet. Entschuldigt mich.«

Mit erstaunlicher Geschicklichkeit glitt der Bursche hinter Arth'quith, und bevor dieser ihm folgen konnte, schloß sich eine Faust so fest wie der Kiefer eines Alligators um seine Schulter. Der kleinere Jotunn trat näher und fletschte die Zähne. »Still!« knurrte er durch seinen *abstoßenden* Walroßschnurrbart.

Der stinkende junge Elf in den verdreckten Arbeitskleidern schritt direkt zu dem Tisch, an dem Lord Phiel'nilth mit seinen Bewunderern Hof hielt.

Es war die reine *Katastrophe*.

4

Nie zuvor in ihrem Leben hatte Inos solche Kopfschmerzen erlebt, ein wirklich, knochenzertrümmernder Schmerz, der ihre Augen hervorquellen ließ und sie beinahe in den Selbstmord trieb. Das konnte an dem hellen Sonnenschein liegen, obwohl sie daran gewohnt sein sollte, und sie wurde von einem fransigen Baldachin geschützt. Es konnte von dem andauernden Rattern der Räder auf den Steinen kommen. Höchstwahrscheinlich war der Grund jedoch einfach Frustration.

Kade war wieder beim Schneider. Azak wollte ein wenig herumschnüffeln. Inos hatte, als ihr Kopf zu schmerzen begann, Skarash gebeten, sie zu einer Ausfahrt an der frischen Luft mitzunehmen und ihr die Sehenswürdigkeiten der Stadt zu zeigen. Sie hatte aber kein Wagenrennen erwartet.

Es war ihr zweiter Tag in *Ullacarn*, und sie fühlte sich unsicher zwischen viel zu vielen Fragen und viel zuwenig Informationen. Sollte sie versuchen, vor Elkarath zu fliehen? Wenn sie seine Geschichte glaubte, würde er sie weiter nach Hub schicken, und dorthin wollte sie ja, um sich an die Vier Wächter zu wenden. Doch Elkarath war gewiß in der Lage, sie anzulügen, und ob er nun Rasha oder Olybino diente, Inos würde in Hub wahrscheinlich nicht viel Handlungsspielraum haben, falls sie immer noch von einem oder allen dreien kontrolliert wurde.

Und wie sollte sie überhaupt entkommen? Selbst wenn sie die Sehergabe des Magiers überwinden konnte, so waren da immer noch Skarash und die imperialen Wachen, die überall herumlungerten. Schlimmer noch: Sie hatte keine Freunde in *Ullacarn*, und sie hatte kein Geld. Man hatte Azak sein Gold abgenommen. In der Wüste ein paar Maultiere zu stehlen war einfach gewesen im Vergleich zu dem Problem, in der Stadt Pferde zu stehlen und einer Verfolgung zu entgehen. Außerdem war der einzig möglich Weg von *Ullacarn* ins Impire eine Reise per Schiff, und Inos konnte sich Kade und sich selbst nicht als blinde Passagiere vorstellen.

Geld war das schlimmste Problem. Der Scheich war unglaublich großzügig. Skarash erbot sich, alles zu kaufen, was ihr ins Auge fiel, ohne Rücksicht auf den Preis. Aber gewiß hätte er Einwände, wenn sie ihn um Gold für Bestechungen und Verkleidungen bitten würde.

Hatte Rasha Inos bereits an Olybino verkauft? War Elkarath die ganze Zeit der Jünger des Ostens gewesen? Die Antwort auf diese Fragen schien ›nein‹ zu lauten. Wenn sie dem Hexenmeister gehörte, würde sie sicher ohne Umschweife per Magie nach Hub geholt. So viel zumindest schien klar – Rasha hatte immer noch die Macht über sie.

Ullacarn war zugegebenermaßen eine schöne Stadt. Die meisten Straßen waren gerade und breit, typisch für imperiale Planung und völlig anders als die chaotischen Gassen von Arakkaran. Hier und dort kauerten noch ein paar heruntergekommene Überreste alter Baukunst wie nicht verheilte Wunden, einschließlich das alte Haus des Elkarath selbst, doch diese ganzen alten Slums waren für den Abriß in naher Zukunft vorgesehen, damit sie durch moderne, gesündere Bauten ersetzt werden konnten.

Das hatte Skarash ihr erzählt.

»Wie gefällt Euch das?« hatte sie gefragt.

»Wollt Ihr meine Antwort als Imp oder als Djinn?« Das war auch eine Antwort. Selbst Skarash wirkte heute nicht auf der Höhe. In der Nähe seines Großvaters war er unterwürfig und zurückhaltend. Für Azak spielte er den strammen Patrioten, für Kade die pflichtbewußte Eskorte, für Inos den respektlosen Playboy – und jetzt den Wagenlenker. Einen Tag zuvor hatte er nicht einen falschen Schritt getan, doch an jenem Morgen war er einige Male ins Stolpern geraten, hatte das falsche Gesicht gemacht oder während des Sprechens seines Stimme verändern müssen. Entweder versuchte er, zu viele Rollen gleichzeitig zu spielen, dachte Inos, oder etwas Neues bereitete Master Skarash Sorgen.

Die Besichtigungstour war ein Fehlschlag gewesen; ihre

Kopfschmerzen waren immer schlimmer geworden. Jetzt, den Göttern sei Dank, war sie auf dem Rückweg, wo sie Kade abholen und dann nach Hause zurückkehren sollte; falls sie das noch erlebte. Die Räder ratterten auf dem Kopfsteinpflaster und ließen Blitze durch ihre Augen zucken. Die Kalesche schlingerte und ruckelte den Hügel hinunter, wobei sie Fußgänger und Lasttiere gleichermaßen erschreckte, und schwenkte auf einem Rad zwischen Wagen und Transportkutschen hindurch. Passanten schrien wütend auf und schüttelten ihre Fäuste. Hunde bellten, und Pferde scheuten. Zwerge mit Hämmern schlugen auf Inos' Hirn ein wie auf einen Amboß.

Skarash als Wagenlenker ... die beiden Husaren, die zu Inos' Schutz abkommandiert worden waren, hatten sich seiner schnellen Fahrweise zu widersetzen versucht. Sie warfen ihr Gewicht hin und her, um den reichen Djinn zu schikanieren. Also hatte Skarash sie herausgefordert, den Imelada-Weg hinunterzurasen, die steilste, engste und übelste Gasse in der ganzen Stadt, so weit Inos das beurteilen konnte. Er würde auch gewinnen, und wenn es sie alle umbrachte.

Ullacarn war flacher als Arakkaran oder Krasnegar, aber es gab den Imelada-Weg, und es gab einen Palast auf dem Hügel. Es ging das Gerücht, daß der Emir unter Hausarrest stehe, hatte Skarash erzählt. Es mußte eine starke Anti-Impire-Fraktion in der Stadt geben, also konnte Azak vielleicht einige geheime Verbündete unter den örtlichen Djinns finden.

In drei Tagen? Und warum sollten die Feinde des Impire einem Sultan helfen, der nach Hub wollte? Viel eher würden sie in ihm einen Verräter sehen und ihn mit einem Krummschwert durchbohren; und die Probleme einer flüchtigen Königin aus dem entlegenen Nordwesten würden sie erst recht nicht interessieren. *Begrabe diesen Gedanken.*

Oder begrabt Inos! Die Kalesche schlingerte auf einem Rad um die Ecke und passierte nur haarscharf einen Wagen voller Gemüse.

Jetzt wurde der Weg vor ihnen flacher und breiter und war voller Menschen. Skarash schrie Warnungen und ließ die Peitsche durch die Luft zischen. Inos klammerte sich fest und versuchte, ihre Augen zu schließen, aber das half auch nicht viel. Jeder Stoß ließ in ihrem Kopf Flammen aufblitzen, und sie kamen ihr nur noch heller vor, wenn sie ihre Augen geschlossen hielt. Irgendwo hinter der ruckelnden Kalesche kamen die beiden Reiter, aber Skarash hatte sie gleich zu Anfang überlistet; er hatte sie dazu überredet, ihm einige Schritte Vorsprung zu gewähren, und seitdem hatten sie nicht genügend Platz gefunden, ihn zu überholen. Wenn er nicht vorher jemanden umbrachte, würde er das Rennen gewinnen.

Gestern hatte Azak Inos eskortiert; heute war er allein losgezogen. Widerwillig hatte er sich bereit erklärt, impische Kleidung zu tragen, solange er in *Ullacarn* war, denn sonst wäre er zu auffällig gewesen und hätte vielleicht die Soldaten gereizt, ihn zu belästigen. Wie immer hatte er ganze Arbeit geleistet: er hatte seinen Bart abrasiert und sein Haar auf impische Kürze abgeschnitten; es war kupferfarben und heller als sein Bart. In Strümpfen, enganliegenden Hosen und Rüschen war er ein Anblick, der die Augen aller Frauen in der Stadt auf sich ziehen mußte. Plötzlich war der Gedanke an Azak in Kinvale oder sogar Krasnegar gar nicht mehr so seltsam – doch das war ein ganz anderes Problem.

Die Kalesche schleuderte besonders stark und glitt zur Seite. Inos murmelte ein Gebet und klammerte sich noch fester. Da hörte sie in der Nähe Triumphschreie und öffnete ihre Augen genau in dem Moment, als die Husaren vorbeidonnerten. Ambly Square lag direkt vor ihnen.

»Ihr habt verloren!« sagte sie.

Skarash wagte noch nicht, sie anzusehen, aber er grinste. Sein Gesicht war scharlachrot und glänzte vor Schweiß, sein Haar flatterte lose im Wind, und sein Federhut war verschwunden. Er war offensichtlich sehr mit sich zufrieden. »Natürlich habe ich verloren! Glaubt Ihr, ich bin verrückt genug zu gewinnen?« Er zerrte immer noch an den Zügeln, damit die Pferde langsamer wurden.

Zwei Minuten später lieferte er Inos sicher, wenn schon nicht gesund, an der Tür des Schneiders ab. Zusammen mit seinen Glückwünschen übergab er den Husaren Gold. Er war immer noch ein Händler und gab, was verlangt wurde.

Das Geschäft des Schneiders war ein imposantes Haus auf einem imposanten Platz. Djinn-Diener eilten herbei, um die Pferde in die Ställe zu führen, und Skarash ließ erneut eine Münze aufblitzen, als er forderte, auch die Pferde der Husaren mitzunehmen, damit sie abgerieben und zur Beruhigung herumgeführt wurden. Schließlich hielt er Inos seine Hand hin, damit sie aussteigen konnte, gefolgt von seinem Arm, damit sie die breiten Stufen zur Tür erklimmen konnte. Er keuchte und war noch vom Rennen erregt. Er hätte gewonnen, wenn er es gewollt hätte, also war die Niederlage ein doppelter Sieg für ihn.

Inos versuchte, sich trotz der pochenden Brandung in ihrem Kopf zu konzentrieren. »Master Skarash?« murmelte sie, als vor ihnen große weiße Türen aufschwangen.

»Ja, meine Geliebte?« erwiderte er sanft.

Inos ignorierte das. »Ich habe Verwandte in Hub. Meine Tante kennt dort viele Leute. Ich habe mich gefragt, ob wir ihnen einen Brief schreiben könnten, um sie vor unserer Ankunft zu warnen?«

Gemeinsam betraten sie einen reich geschmückten Gang, möglicherweise alles aus zweiter Hand, denn die Teppiche und Vorhänge schienen nicht ganz zusammen zu passen. Inos wandte sich dem Raum zu, wo sie Kade zurückgelassen hatte, aber der Lakai führte sie zur Treppe, also mußte Kade inzwischen woanders sein.

»Briefe?« grübelte Skarash. »Das hätte im Moment wenig Sinn, nicht wahr? Vor der *Dawn Pearl* segelt kein Schiff, also würdet Ihr nur für Post zahlen, die mit demselben Schiff reist wie Ihr. Wenn wir Qoble erreichen, könnten die Dinge natürlich anders liegen. Ihr wollt doch sicher nicht mit der Geschwindigkeit der Post reisen.«

»Ihr werdet uns begleiten?« Einen Augenblick überlagerte die Überraschung sogar ihre Kopfschmerzen.

Skarash lächelte unschuldig. »Nur bis Angot, um einige Nachrichten für meinen Großvater zu überbringen.«

Also fuhr Elkarath nicht mit! Doch wie konnte er es riskieren, seine Gefangenen ohne Begleitung zu schicken? Die Winde waren tückisch. Selbst wenn die *Dawn Pearl* vor Qoble nicht an Land ging, könnten die Götter eine Landung arrangieren. Rasha würde es nicht wagen, sämtliche okkulten Bindungen zurückzuziehen – was sagte das über Skarash aus?

Schließlich wurde Inos in ein Zimmer geführt, in dem Kade sich vor einem Spiegel zurechtmachte. Sie wirbelte herum und strahlte Inos an. »Ah! Hattest du eine angenehme Reise, Liebes? Setz dich und gib mir einen Rat. Diese Perlen sind ein Problem.«

Inos setzte ein Lächeln auf und sank auf einen chintzbezogenen Stuhl. Die Vorhänge waren aus purpurfarbenem Samt, die Teppiche weich und dick in einem unpassenden Malve. Die Möbel waren aus alten Stücken zusammengewürfelt.

Kade frohlockte natürlich beim Gedanken an eine Reise nach Hub. Ihr ganzes Leben lang hatte sie die Hauptstadt sehen wollen. Beinahe zweimal war ihre Absicht wahr geworden, und jedesmal hatte irgend etwas sie davon abgehalten, Kinvale zu verlassen.

Kade war auf ihre Weise genauso trügerisch wie Skarash. Nachdem sie monatelang die Rolle der Wüstennomadin gespielt und Härten und Unannehmlichkeiten ohne Murren ertragen hatte, so hatte sie sich jetzt in eine hirnlose Lady aus Kinvale verwandelt, die sich völlig den Kleidern und dem Firlefanz ergab. Nun, wenn ihr das Spaß machte – sie hatte es sicherlich verdient, auch wenn es nur dem schönen Schein diente.

»Was hältst du von dieser Kette?« fragte sie. »Oder von dieser hier?«

Die impischen Verkäuferinnen um sie herum machten

Wirbel und waren entzückt, eine Kundin zu haben, die einen solch exquisiten Geschmack hatte und über solch eindrucksvollen Reichtum verfügte. Natürlich gab es reichlich Perlen in *Ullacarn*, an den Küsten des Meers der Leiden. Trotz ihrer Sorgen und ihre klopfenden Schläfen war Inos von den funkelnden Haufen beeindruckt, die ihnen gezeigt wurden.

»Warum nehmt Ihr nicht beide, Hoheit?« schlug Skarash vor. »Genauso wie das Mieder?«

»Glaubt Ihr wirklich?« Kade schien in Versuchung zu geraten. »Und was ist mit Ohrringen und Broschen? Sieh dir die hier an, Inos!«

Inos murmelte etwas Zustimmendes und äußerte ihre Meinung, schließlich erhob sie sich widerwillig von ihrem Stuhl und trat vor einen Spiegel, damit sie ebenfalls Schließen und Broschen ausprobieren konnte, die mit feinen Perlen besetzt waren. Skarash unterstützte sie und applaudierte, demonstrierte seinen Reichtum und drängte die Damen, alles zu kaufen, wonach ihnen der Sinn stand. Die Angestellten murmelten vor sich hin und waren begeistert.

In Inos' Kopf pochte es weiter, aber selbst während sie über Fassungen und Größen schwatzte, rang ihr Verstand mit dem Hauptproblem und wies diese ganze Scharade als unglaublich zurück. Es gab einfach keinen Grund, warum Rasha ihre Gefangenen nach Hub schicken sollte. Die versprochene Reise nach Qoble mußte ein Ablenkungsmanöver sein, damit sie zufrieden waren, während etwas anderes geplant wurde.

Doch was konnten drei mittellose Flüchtlinge ohne Freunde in einer unbekannten Stadt anfangen? Sie konnten keine Schiffspassage zahlen, sie konnten keine Wachen oder Seeleute bestechen. Sie schienen keine andere Wahl zu haben, als weiter mitzuspielen, bis Elkarath die wahren Pläne der Zauberin enthüllte.

»Und du solltest die Spitzen sehen!« rief Kade aus. »Erinnerst du dich an diese Spitzenmanschetten – nein, das war vor deiner Zeit, Liebes. Ich hatte ein paar Spitzenmanschetten, die ich von einem Kleid zum anderen mitgenommen habe, mindestens zehn Jahre lang, bis sie nur noch in Fetzen herunterhingen. Spitze war ja so teuer in Kinford! Und hier haben sie Spitze, wie ich sie noch nie zuvor gesehen habe. Kragen und Manschetten ...«

»Die beste Spitze kommt aus Guwush«, kam kurz der Händler in Skarash zum Vorschein. Er beschrieb, wie die Gnome die Seide von den Waldspinnen ernteten und kam dann auf technische Einzelheiten von Qualität und Sorten zu sprechen.

Ungefähr eine Stunde später stand Inos dankbar auf, sie war bereit zu gehen. Die Sonne ging bald unter, und der Gedanke, sich in ihr unbequemes kleines Bett im Haus des Elkarath zu legen, schien ihr himmlisch. Kade hatte schamlos ein Vermögen vergeudet, schien aber zumindest zufrieden – liebe Kade! Die Verkäuferinnen packten hastig diese Reichtümer zusammen, und Skarash zählte ihnen das Gold so achtlos hin, als sei es wertloses Metall.

Kade erhaschte kurz Inos' Blick. Inos zwinkerte ihr zu, doch ihre Tante hatte sich bereits umgewandt, um über Änderungen an dem türkisfarbenen Nachmittagskleid zu reden.

Da verstand Inos. Direkt vor ihren Augen hatte Kade eines der Probleme gelöst. Die Flüchtlinge mochten kein Gold haben, aber sie hatten einen enormen Vorrat an wertvollen Ohrringen und Broschen und Anstecknadeln. Zumindest als Bestechung waren sie vielleicht genauso dienlich.

In einem kleinen Einspänner saßen drei Leute ziemlich eng beieinander, und obwohl Skarash sich keinen Wagenrennen mehr hingab, schien er von unerklärlicher Eile getrieben. Die Straßen waren voller Arbeiter, die nach Hause gingen. Durch sie bahnte er sich ungeduldig seinen Weg und fluchte dabei verhalten.

Inos betrachtete ihn aus den Winkeln ihrer trüben,

schmerzenden Augen. Nervös oder nicht, er hatte den ganzen Nachmittag, bei jeder Gelegenheit, geflirtet. Würde sie es wagen, Elkaraths Enkel von seiner Loyalität abzubringen? Würde sie sich jemals auf irgend etwas verlassen, was dieser hinterhältige junge Mann versprach? Wenn er tatsächlich der Auserwählte war, wäre er verrückt, wenn er nur für einen kleinen Flirt die Chance aufs Spiel setzte, solche Kräfte zu erben, denn Inos hatte nicht die Absicht, weiter zu gehen. Wenn er wirklich auf dem Schiff ihr Wächter würde, dann war er vielleicht schon mit okkulten Kräften ausgestattet worden, und so wußte er vielleicht auch, was sie dachte – und ein Flirt würde ganz schnell sehr unwahrscheinlich. Sie beschloß, diese Sache nicht weiter zu verfolgen ... Skarash zu verfolgen. So wie ihr Kopf dröhnte war sie sowieso nicht in der Lage, auch nur ein gewinnendes Lächeln auf ihr Gesicht zu zaubern.

Endlich bog das ratternde Gefährt in eine schmale Gasse und kam vor dem Haus des Kaufmannes polternd zum Stehen. Skarash knurrte unhörbar. Es gab zu viele Legionäre, die herumlungerten, zu viele Pferde, zu viele Bürger, die sich über irgend etwas aufregten.

Inos, die plötzlich begriff, folgte ihm und rannte, ungeschickt in ihren Stadtschuhen, voran, sie wartete nicht auf Kade. Dann hörte sie eine vertraute Stimme und blieb abrupt stehen.

Sie sah ihn sofort, Zenturio Imopopi. Er bellte Befehle, und sie spürte wieder dieses unheimliche Unbehagen. Seit dem vorangegangen Morgen hatte sie ihn nicht gesehen, aber sie hatte mehrere Male an ihn gedacht, ohne genau zu wissen, warum er sie so aus der Fassung gebracht hatte. Seine Stimme weckte in ihr dieselbe geheimnisvolle Unruhe wie zuvor. Die Soldaten standen in einer Gruppe zusammen, und die Djinnarbeiter traten aus dem großen Laderaum und versammelten sich um sie. Wo sahen sie alle hin?

Sie bahnte sich ihren Weg durch die Menge und schob dabei sogar Leder und Bronze der Legionäre zur Seite, und mußte sich dabei zwicken und anfassen lassen. Sie sah, wie

Elkarath selbst erschien, groß und erhitzt in seiner scharlachroten Robe, sein Käppchen hing schief auf seinem weißen Haar, und sein rötliches Gesicht war noch roter als üblich. Alle starrten auf irgend etwas am Boden.

Sie erreichte die Mitte noch vor dem Scheich. Azak lag ausgestreckt auf dem Kopfsteinpflaster, offensichtlich bewußtlos. Sein Gesicht war mit Schlägen bearbeitet worden, seine Kleider zerrissen. Er war blutüberströmt. Als sie sich an seiner Seite auf die Knie fallen ließ, schloß sich eine Hand fest um ihr Handgelenk und zog sie wieder hoch.

»Ihr kennt den Mann, Ma'am?« Die schwarzen Augen des Zenturios spiegelten gräßlichen Argwohn.

»Ich ... ja.« Entsetzt über den Schmerz, den sein Griff verursachte, versuchte Inos, sich freizumachen, aber sie hätte genausogut versuchen können, eine Eiche mit den Wurzeln auszureißen. »Scheich – ich meine, Master – Elkarath hat ihn ... beschäftigt ihn. *Ihr tut mir weh!*«

Imopopi ignorierte ihre Klage und richtete seine Aufmerksamkeit auf die andere Seite des Kreises, wo die Legionäre jetzt dem würdevollen Elkarath Platz machten, der sehr finster dreinblickte.

»Er war einer meiner Wachen, Zenturio.«

Imopopi lockerte seinen schmerzenden Griff um Inos' Handgelenk und hinterließ weiße Abdrücke, die langsam flammend rot wurden.

»War, Master?«

Elkarath zuckte die Achseln. »Vielleicht ist er es nicht länger. Darf ich Näheres erfahren?«

Der Zenturio verschränkte die dicken Arme. »Er hat seine Nase in Dinge gesteckt, die ihn nichts angingen.«

»Es sieht so aus, als hätte er dafür bezahlt.«

»Er kann von Glück sagen, daß er noch lebt. Wollt Ihr ihn haben, oder soll ich ihn woanders hinbringen?«

Mit finsterem Blick sah Elkarath über den Kreis bewaffneter Männer. Dann zuckte er erneut die Achseln. »Ich nehme an, ich kann mich um ihn kümmern, bis er sich erholt hat. Ist die Angelegenheit damit erledigt?«

»Eine Strafe wird noch fällig.«

Elkarath seufzte. »Fünf Imperial, nehme ich an?«

»Und Schadenersatz von zehn.«

Der Scheich verzog das Gesicht, schließlich nickte er resigniert.

»Sowie ein Pfand, daß er sich in Zukunft anständig benehmen wird ... sagen wir, noch einmal zwanzig?«

Jetzt starrte der alte Mann ihn wütend an, bereit, sich aufzulehnen. »Er hat noch Lohn zu erwarten, aber er ist nicht der Erbe eines Emirs! Ich darf eine Trage holen und den Narr hereinbringen lassen?«

Imopopi nickte zufrieden. Die meisten seiner Männer grinsten ganz offen höhnisch, als sie ihren Anteil an dieser netten kleinen Erpressung überschlugen. Elkarath wandte sich um und knurrte ein paar Anweisungen. In der Mitte der Menschenmenge zuckte und stöhnte der Grund für die Ansammlung und blieb wieder still liegen.

Narr! Hatte er gedacht, die Imps würden einem Djinn gestatten, in ihren Kasernen oder in der Marinebasis herumzuschnüffeln? Geschah ihm recht!

Natürlich konnte Elkarath seine Wunden heilen, falls er es wagte, seine Kräfte in *Ullacarn* anzuwenden.

»Ein Freund von Euch, Mistress Hathark?«

Inos zuckte zusammen und wandte sich dem unheimlichen Zenturio zu, der neben ihr stand. Warum unheimlich? Vertraut? Nein, nicht das Gesicht, das Gesicht war ihr völlig fremd.

Die Stimme?

Die Augen! Die Erkenntnis erwischte sie wie eine geballte Faust.

Sie stolperte zurück und rannte gegen einen Legionär, der ihr so hart wie ein Steinpfeiler erschien. Er lachte leise und hielt sie fest, während sie Imopopi anstarrte.

»Stimmt etwas nicht?« Spott tanzte über das harte Gesicht des Zenturios.

»Ich glaube, wir kennen uns.« Ihre Stimme war nur ein Krächzen. Olybino! Der Hexenmeister persönlich. Er hatte sie an der Hand genommen, weil sie Azak gerade hatte berühren wollen und sich dann durch den Fluch verbrannt hätte. Er wußte es! Sie wand sich, doch der Mann hinter ihr hielt sie noch fester. Aber ihre Augen blieben auf den Zenturio geheftet.

»Gestern?« Er wußte es! Er wußte, daß sie es wußte! Er wollte, daß sie es wußte.

»Früher, Sir!« Inos schob aufdringliche Hände beiseite, und der junge Mann hinter ihr seufzte laut. Soldaten lachten leise.

Imopopi sah sich um und grinste schließlich boshaft. »Ich kann mich nicht erinnern. Wie könnte ich solch ein hübsches Gesicht vergessen? War es zufällig dunkel? Oder gab es andere Dinge zu sehen, die mich ablenkten?«

Die Legionäre lachten brüllend. Inos spürte, wie ihre Wangen so rot wurden wie die einer Djinn.

»Vielleicht bin ich diejenige, die sich irrt, Zenturio.«

Imopopi betrachtete sie, den Kopf schiefgelegt. »Vielleicht. Aber wir könnten woanders über die Sache reden. Ausführlich.«

»Nein ... äh ... nein!« Sie versuchte, sich zurückzuziehen und wurde erneut von dem Mann hinter ihr festgehalten. Sie wand sich, doch er drückte sie warnend und zwang sie, die Peinigung seines Anführers zu ertragen.

Der Hexenmeister leckte sich die Lippen und trat näher. »Ihr genießt Euren Aufenthalt in dem wunderschönen *Ullacarn*, Mistress? Oder wartet Ihr ungeduldig darauf, Euch auf den Weg nach Hub zu machen?«

O Götter! Jetzt war es so offensichtlich, warum sie nach Hub ging! Warum er sie per Schiff und nicht per Zauber schicken wollte, war ihr ein Rätsel, aber sie wußte nun, warum sie gehen mußte.

Sie schüttelte den Kopf, und es gelang ihr, eine Antwort hervorzubringen. »Ich genieße meinen Aufenthalt, Sir.«

»Ich bin sicher, wir könnten ihn noch angenehmer machen.« Imopopi sah sich in seiner Gruppe um, und seine

Männer lachten gehorsam. Er spielte vor zwei verschiedenen Zuschauergruppen und genoß es.

Zwei stämmige Lagerarbeiter waren mit einer Trage erschienen, gefolgt von Elkarath. Inos erhaschte einen kurzen Blick auf Skarash, als sie über ihre Schulter sah, und sein Gesicht hatte die blasse Farbe von Lachs angenommen. Also wußte Skarash es! Am Tag zuvor hatte er es nicht gewußt. Deswegen mußte er so nervös gewesen sein – weil er entdeckt hatte, daß ein Hexenmeister in die Sache verwickelt war.

Sie sah zurück in den gräßlichen Spott in Olybinos Augen.

»Ihr hättet früher nach Hub gehen sollen, Ma'am.« *Als wir uns das erste Mal trafen.*

Inos schluckte einige Male und fand schließlich ihre Stimme wieder. »Meine Tante konnte mich nicht früher begleiten, Sir.«

»Pech!« Der Hexenmeister zuckte die Achseln. »Nun, ich wünsche Euch eine sichere Reise, Mistress Hathark.« Er wurde wieder zu Zenturio Imopopi, nickte dem Mann zu, der Inos festhielt, damit er sie freigab, und nahm einen schweren Beutel von Elkarath entgegen. Inos zog sich mit vor Angst zitternden Knien in die Menge zurück.

Und für den Fall, daß sie noch irgendwelche Zweifel hegte, hatte der Hexenmeister ihre Kopfschmerzen geheilt. Sie waren völlig verschwunden.

Männerhände legten Azak auf die Trage. Azak hatte eine Lektion erhalten und war gewarnt. Eine Flucht war jetzt unmöglich.

In *Ullacarn* konnte Inos nur noch auf ein Schiff warten, das sie mit sich nahm.

5

Ketten rasselten, und Gathmor öffnete die Augen, zumindest versuchte er es wenigstens. Er stöhnte auf und leckte sich die Lippen. »Rap?«

»Ich bin hier«, antwortete Rap ruhig, dem die Fußfesseln in den Ohren klirrten. Die beiden waren in einen sehr kleinen Raum gesperrt worden. »Ihr habt einen gebrochenen Fingerknochen, und Ihr habt einen Zahn verloren. Eure Nase sieht aus, als würde sie wieder richtig zusammenwachsen. Der Rest sind blaue Flecke und Schnitte – die habt Ihr bekommen, als der Kronleuchter herunterkam.«

»Ihr?«

»Ein paar Knochen in der Hand gebrochen und einige Rippen angeknackst.« Es war nicht nötig zu erwähnen, daß sie ungewöhnlich schnell zu heilen schienen.

Gathmor versuchte sich zu bewegen und stöhnte noch lauter. Nach einer Weile sagte er leise: »Das war ein hübscher kleiner Tumult.«

Rap schauderte bei der Erinnerung an die Zerstörung. »Dann möchte ich nicht wissen, wie ein großer aussieht.«

»Wer hätte gedacht, daß Imps so gute Kämpfer sind?«

»Es lag an ihrer Anzahl und ihrer Motivation, schätze ich.«

»Darad?«

»Nicht hier.« Vermutlich hatte Darad schließlich Thinal gerufen oder vielleicht Andor und war dann in dem Durcheinander, das durch das Feuer entstanden war, entkommen.

Wieder stöhnte Gathmor. Er versuchte sich aufzusetzen, besann sich aber eines Besseren. »Ich kann nichts sehen.«

»Es gibt nicht viel Licht, und mit diesen Veilchen würdet Ihr ohnehin nicht viel sehen. Wir sind in einer Zelle. Ungefähr Gnomengröße, also ein wenig kompakt. Drei Seiten Stein, eine Seite Holz.«

»Riecht auch nach Gnom.« Gathmor lächelte, oder versuchte es. »Auf jeden Fall besser als die *Blood Wave*. Es wird langsam zur Gewohnheit, daß ich so aufwache. Aber es war eine sehr zufriedenstellende Prügelei. Wißt Ihr zufällig, wie es ausgegangen ist?«

»Nein!« Rap schluckte ein paar wütende Bemerkungen hinunter.

Die Zelle lag zwei Stockwerke unter der Erdoberfläche, und war eine von hundert oder mehr ähnlichen Zellen, die mit Männern und Ketten vollgestopft waren. Die Luft war stickig, ein Mief, der sich in Jahrhunderten nicht verändert hatte.

Gathmor biß die Zähne zusammen und setzte sich geräuschvoll auf. Er lehnte sich gegen die Wand und wimmerte auf, als er versuchte, die Beine auszustrecken.

»Ich glaube, wir bekommen Besuch«, sagte Rap. Draußen gingen die ganze Zeit Gefängniswärter vorbei, aber jetzt wurde ein Elf die Treppe am Ende des Flurs hinuntergeführt; in den Zellen war Rap der einzige Elf. Kurz darauf flackerte Licht durch das Guckfenster und Riegel knirschten.

Rap nahm seine Beine zur Seite, um ein wenig Platz zu schaffen, als der Besucher sich unter dem Rahmen der Zellentür duckte und blinzelnd stehenblieb. Die Tür donnerte hinter ihm ins Schloß, und er zuckte zusammen. Er war schmächtig, dennoch konnte er sich nicht aufrecht hinstellen, alles in allem wirkte er sehr wie ein Heranwachsender – vermutlich war er auch einer. Seine Kleider sahen selbstgenäht aus, seine goldenen Locken hätten einen Schnitt vertragen können, seine Fingernägel aber waren sauber und kurz geschnitten.

»Rap'rian?« fragte er argwöhnisch und sah starr geradeaus.

»Das bin ich«, antwortete Rap zu seinen Füßen.

Der Besucher machte einen erschreckten Satz und stieß sich den Kopf. »Ich bin Quip'rian.« Er würgte und schlug sich mit der Hand über den Mund. »Ich glaube, ich muß mich übergeben.«

»Wenn Ihr das tut, bringe ich Euch um«, sagte Gathmor.

Wieder schrak er auf. »Wer? Sind da noch mehr von Euch?«

»Mein Gefährte, Kapitän Gathmor.«

»Ein Jotunn? Sie haben Euch mit einem *Jotunn* eingesperrt? Wie könnt Ihr diesen Ort nur *ertragen*?«

»Ich habe keine Alternative.« Rap begann sich allmählich besser zu fühlen. »Euer Name – Quip'rian? – sind wir verwandt?«

»Das bezweifele ich ... ich bin ein Aliel, jüngere Linie der vorletzten Offiniol-Sippe. Und Ihr?«

»Weiß nicht.« Rap war doch noch ratloser, als er gedacht hatte.

Einen Augenblick lang geriet das Gespräch ins Stocken. Der Jugendliche streckte seinen Arm aus und betastete die Wände. Sein Gesicht verzog sich entsetzt, als ihm klar wurde, wie klein dieses Loch war.

»Master Rap'rian?« flüsterte er. »Seid Ihr verrückt? Werdet Ihr auf Wahnsinn plädieren?«

»Nein. Hätte ich einen Vorteil, wenn ich es täte?«

»Sie schneiden Euch vielleicht nur den Kopf ab.«

Das sollte ein Vorteil sein? »Ich habe es richtig gemacht, oder?«

Quip'rian schloß die Augen und erschauerte. »Das könnt Ihr doch nicht wirklich glauben!«

»Nun, später ist der Plan gescheitert«, gab Rap zu. »Aber ich habe die Formel gesagt – ›Ich spucke auf Valdonilth!‹ Das war richtig, oder? Und dann habe ich ihm ins Gesicht geschlagen. Nicht sehr fest. Und der alte Junge sagte das, was er sagen sollte: ›Gemeiner Schuft‹ und so weiter. Er machte es ganz gut, dachte ich, da er so etwas nicht hatte erwarten können. Und dann sagte ich ›Ich knie im Schatten des Lith'rian‹. Und das war alles, dachte ich.«

Der echte Elf wischte sich über die schweißnasse Stirn. »Wie hätte ich es wissen sollen? Heute tut niemand mehr so etwas! Hättet Ihr jemand anderen als Lord Phiel' ausgesucht, vermutlich hätte er keine Ahnung gehabt, wovon Ihr schwärmtet.«

Rap knurrte unverbindlich. Als die Stille zu drückend wurde, ergriff er wieder das Wort. »Wer seid Ihr? Was habt Ihr damit zu tun?«

»Ich war der nächste männliche Verwandte, als Ihr den Kampf angezettelt habt.«

»Wie alt seid Ihr?«

»Fünfzehn. Ich bin Kellner in Ausbildung! Ich habe am nächsten Tisch die Teller abgeräumt.« Er sah aus, als wolle er in Tränen ausbrechen.

»Und was muß der nächste männliche Verwandte tun?«

»Ihr meint, Ihr wißt es nicht? Ihr sprecht die *Hehre Herausforderung* und wißt nicht, wie sie funktioniert?«

Rap schossen ein paar unfreundliche Gedanken über Zauberer Ishist und dessen Humor durch den Kopf. »Sagt es mir.«

Quip'rians Lippen zitterten. »Ihr fragt mich das wirklich? Ich weiß nur, was sie oben geschwatzt haben. Ich muß Eure Eskorte sein. Ich muß Euch nach Valdorian begleiten, falls Ihr es schafft, dorthin zu gelangen.«

In Raps Gedärmen rumorte es. »Ihr meint, es gibt da einigen Zweifel?«

»Zweifel?« kreischte der Elf. »Der Liktor selbst hat einen gebrochenen Arm! Die Halle lag in Schutt und Asche, regelrecht in Schutt und Asche! Noch ist niemand gestorben, aber acht Legionäre sind verwundet, und zwei oder drei *Dutzend* Zivilisten. Der arme Master Arth'quith hatte einen Anfall. Es war schrecklich, einfach schrecklich! Oben tobt ein mächtiger Streit. Das wird *Millionen* kosten!«

Gathmor seufzte glücklich.

Rap setzte seine Sehergabe ein und entdeckte schließlich im dritten Stock eine Zusammenkunft. Die Worte konnte er nicht hören, aber er sah, daß ungefähr zehn Männer wild herumgestikulierten.

»Nun, ich gebe zu, der Streit gehörte nicht zum Plan«, sagte er traurig. »Man sagte mir – ich meine, ich hatte vor – einen wichtigen Elfen mit anderen Elfenzeugen zu finden. Mir war nicht klar, daß Imps nicht begreifen könnten, was vor sich ging. Ich hätte mir eine Zeit aussuchen sollen, wo nur Elfen da waren. Es tut mir wirklich leid, weil natürlich kein Elf eine feierliche Zeremonie wie diese durch den Versuch gestört hätte, mich mit einer Flasche niederzuschlagen.« Es war ein jämmerlicher Schlag gewesen und Rap hatte leicht zur Seite springen können, aber ... »Meine Freunde glaubten, ich sei in Gefahr, versteht Ihr.«

Gathmor und Darad waren wie eine Zwillingslawine zu seiner Rettung herbeigeeilt.

Quip'rian heulte auf. »Nun, der Liktor persönlich war da. Er wurde verletzt, und seine Frau bekam die Wehen, und die Hälfte seiner Gäste liegt immer noch im Krankenhaus.«

Jetzt erst erfaßte Rap den Umfang des Problems. »Und er erkennt keine alten elfischen Sitten an?«

»Im Impire gelten sie nicht.«

»Aha. Ich verstehe.«

»Er sagt, er werde die normale Vorgehensweise per Edikt umgehen – um Zeit zu sparen, weil Ihr so offensichtlich schuldig seid.«

»Und dann?«

Der Junge sann nach. »Ihr werdet um die Mittagszeit auf dem Emshandar-Platz zu Tode gepeitscht werden. Die Bekanntmachungen werden bereits angeschlagen.«

Rap erinnerte sich an Kalkors abscheuliche Neunschwänzige Katze, und seine Kehle fühlte sich an, als werde sie zusammengedrückt. »Und mein Freund hier?«

»Er zuerst, Ihr als zweiter.«

»Worum wird dann dort oben gestritten?«

»Lord Phiel'nilth sagt, die Ehre seines Clans ist berührt. Er ist entzückt! Seit dreihundert Jahren hat niemand die *Hehre Herausforderung* gesprochen. Er will das gesamte Ritual durchführen.«

Wo Elfen beteiligt waren, erinnerte sich Rap, war nichts einfach. »Kann er das hinkriegen?« fragte er hoffnungsvoll.

Einen Augenblick lang rang der Junge die Hände. Schließlich antwortete er flüsternd. »Wenn sie den Preis des Liktors herausfinden.« Er sah mit jeder Minute kränklicher aus. Was für ein Fünfzehnjähriger war er?

»Ich hätte gedacht, die Chance einer kostenlosen Reise nach Ilrane würde Euch gefallen. Doch sicher besser als schmutziges Geschirr, oder?«

Quip'rian zuckte zwanghaft. »*Ein Schiff betreten*?«

»Nicht? Nun, Kopf hoch! Vielleicht peitschen sie mich ja doch aus, dann könnt Ihr zur Feier des Tages sämtliche Gläser in Noom polieren.«

»Verspottet mich nicht!« fauchte der Elf, und endlich zeigte sich ein wenig Leben in ihm. »Ich habe nicht darum gebeten.«

»Stimmt! Tut mir leid.« Rap meinte es ehrlich. »Ich nehme an, ich versuche einfach nur, ein wenig Mut zu fassen. Wird der Liktor wanken?«

»Wie soll ich das wissen? Ich bin ein Nichts ... Doch auf diese Weise würde für den Schaden bezahlt. Ich glaube, einigen wichtigen Leuten gefällt der Gedanke.«

In Milflor hatte Rap Gathmor sechsundvierzig Imperial gekostet. Diesmal würde er beträchtlich teurer sein. »Wer bezahlt das alles?«

»Lith'rian natürlich. Ihr habt in seinem Schatten gekniet.«

Nun, ein Hexenmeister konnte ganz nach Bedarf Gold produzieren. Wenn er wollte.

»Ich werde für das Urteil zu Lith'rian gebracht?«

Der Elf nickte und wirkte wieder äußerst verwirrt.

»Und dann?«

»Dann fällt er natürlich sein Urteil. Wenn er beschließt, daß Ihr kein Recht hattet, auf die Nilths zu spucken, dann schickt er Euren Kopf nach Valdonilth.«

»Buchstäblich?«

»Der Tradition nach in einem goldenen Eimer.«

»Und wenn nicht? Wenn er glaubt, daß ich recht hatte?«

Quip'rian heulte laut auf. »Dann habt Ihr einen Krieg angezettelt.«

6

Entweder war die für Mittag angesetzte Exekution verschoben worden, oder in letzter Minute hatten sich einige anders besonnen; denn der Streit im Büro des Liktors über die Elfenangelegenheit ging den ganzen Tag weiter. Rap sah, wie die Menge immer größer wurde, doch was die Informationen anbelangte, mußte er sich auf Quip'rian verlassen.

Der junge Elf war dabei ein Spielball. Die uralten Rituale sprachen den nächsten Verwandten eine tragende Rolle in sämtlichen Handlungen zu, aber altgediente imperiale Beamte zogen es vor, in Gegenwart eines auszubildenden Kellners nicht über vertrauliche finanzielle Angelegenheiten zu sprechen, also schickten sie ihn fort, damit er Rap überwachte.

Ein kurzer Aufenthalt in der Zelle reichte aus, und ihm wurde schlecht, er fühlte sich wie gelähmt und stand kurz vor einer Ohnmacht. Wenn er an diesem Punkt angelangt war, schlug Rap ihm vor, er solle sich wieder ungebeten unter die Diskutierenden mischen, und nachdem er einige Zeit nach den Gefängniswärtern gerufen hatte, wurde er entlassen. Nach ungefähr einer Stunde wurde er im Büro des Liktors entdeckt und wieder hinausgeworfen. Dann zwang er sich erneut hinunter in den Kerker, um Rap Bericht zu erstatten, denn er unterlag dem für einen Elf typischen Zwang, seine Pflichten gewissenhaft auszuführen.

Er erzählte alles, was er wußte, aber der junge Quip' war, so sensibel und bereitwillig er war, ganz eindeutig weder gebildet noch besonders intelligent, und er hatte nicht den blassesten Schimmer von Gelddingen oder Politik. Er berichtete, daß jetzt die gesamte Elfengemeinde von Noom beteiligt und um Lord Phiel'nilth versammelt war. Sollte der vornehme Besucher beschließen, die Beleidigung als Ehre aufzufassen, würde er jede Unterstützung brauchen können. Geheimnisvolle Riten zogen Elfen unwiderstehlich an.

Die Imps waren anscheinend gespalten in jene, die die

praktischen Vorteile einer Kompensation sahen, und jene, die darauf bestanden, dem Recht Geltung zu verschaffen – daß also die beiden Übeltäter so bald wie möglich in der Öffentlichkeit auseinandergenommen werden sollten. Rap kam der Verdacht, daß der Streit unfair verlief, daß die Elfen über den Tisch gezogen würden und irgendwo zwischen zwei Stühlen saßen. Im weiteren Verlauf des Tages nannte Quip' Zahlen, die selbst Gathmor nicht begreifen konnte.

Gewiß waren die Verhandlungen überhaupt nur möglich, weil der Schutzherr, dessen Name Rap heraufbeschworen hatte, ein Zauberer war. Lith'rians Ansehen war unermeßlich.

Natürlich war sich Lith'rian vermutlich gar nicht klar über die vielen guten Dinge, die in seinem Namen geschahen. Die Imps schlugen vor, die Übeltäter einige Wochen im Kerker schmoren zu lassen, während eine Nachricht nach Hub geschickt wurde. Die Elfen bestanden darauf, den Ritualen exakt zu folgen, darum sollte Rap sofort zu Lith'rians Enklave geschickt werden, den Himmelsbäumen von Valdorian.

Der Hexenmeister stand nicht zur Verfügung, um die Sache unter Dach und Fach zu bringen. Banker konnten die nötigen Geldmittel gegen angemessene Sicherheiten zur Verfügung stellen, aber sämtliche Banker waren, mehr oder weniger durch Definition, Imps. Wenige Elfen waren reich, und Quip' berichtete, daß jeder Elf in der Stadt eine Hypothek auf alles aufnehmen mußte, was er besaß, um die nötigen Mittel aufzubringen. Rap kam niedergeschlagen zu dem Schluß, daß nur eine Einigung erzielt werden konnte, wenn die letzte Silbermünze verpfändet war, und darauf schien es tatsächlich hinauszulaufen.

Kurz nach Sonnenuntergang kamen Quip'rian und ein Anwalt in die Zelle und informierten Rap fröhlich, daß er nach Ilrane geschickt würde, um die uralte Zeremonie zu durchlaufen, die er erfleht hatte.

Rap blieb auf dem Boden. »Was ist mit meinem Freund?«

»Morgen mittag, fürchte ich.«

Rap benutzte einige nautische Ausdrücke, die weder Quip' noch der Anwalt je gehört haben würden. »Wir beide oder keiner von uns«, fügte er hinzu, um Mißverständnisse zu vermeiden.

Die erschöpften Verhandlungspartner aus dem dritten Stock wollten gerade gehen, als der entsetzte Quip'rian heraufgeeilt kam, um die Nachricht zu überbringen. Die Verhandlungen wurden wieder aufgenommen.

Sie dauerten die ganze Nacht und den größten Teil des nächsten Tages. Rap wollte seine Zelle nicht freiwillig verlassen, also wurde er mit Gewalt herausgeholt und vor den Liktor gezerrt. Man warnte ihn, daß dies seine letzte Chance sei, einen schrecklichen Tod zu umgehen. Er weigerte sich, eine bessere Behandlung zu akzeptieren als sein Mitgefangener. Da er einen ganzen Tag und eine ganze Nacht im Kerker verbracht hatte, konnte schon seine bloße Gegenwart selbst den größten Raum verpesten. Er wurde eilig wieder dorthin gebracht, wo er hergekommen war, und danach sprachen die Besucher, die ihn aufsuchten, nur durch das Guckloch mit ihm.

Elfen kamen und klagten sowohl darüber, wie unmöglich es sei, einen Jotunn in die traditionellen Zeremonien einzubeziehen als auch darüber, noch mehr Geld aufzubringen. Die Anwälte kamen und murmelten, wie äußerst unangemessen diese Prozedur war und daß sie zu einem Ende gebracht werden mußte, falls das bekannt wurde. Der Liktor persönlich, die Familien der Verletzten, Vertreter der Stadt ... alle kamen, um zu streiten, zu betteln und abgewiesen zu werden. Man verweigerte ihm Nahrung und Wasser. Zwei kräftige Gefängniswärter kamen mit Stiefeln und anderen harten Sachen. Rap blieb hart. Er war sich nicht sicher, wieviel Einfluß er überhaupt hatte, aber anscheinend mußte er freiwillig reisen, und sowohl das alte Ritual als auch die heimlichen Verhandlungen hatten inzwischen ein Eigenleben angenommen, das nicht mehr rückgängig gemacht werden konnte. Also hatte er irgendwie Einfluß. Die Schmiergelder sickerten langsam bis ganz nach oben, bis sie den Prätor erreichten, und so stiegen die Kosten ganz immens. Inzwischen wußten die Imps natürlich, daß sie auf eine Goldmine gestoßen waren, und die Elfen saßen hoffnungslos in der Falle.

Als die erste Runde gescheitert war, kamen alle zurück und versuchten es erneut, einschließlich der beiden Gefängniswärter.

Rap sagte schließlich gar nichts mehr.

Er wußte, daß er verrückt war. Der Gedanke, daß er sein Wort gegenüber Ishist brechen würde, machte ihn wahnsinnig, aber er brachte es nicht über sich, Gathmor im Stich zu lassen.

Er hätte seine Fähigkeiten einsetzen können, um die Besucher von seinen Gründen zu überzeugen, aber dieser Gebrauch von Macht hätte womöglich jeden Zauberer in der Stadt alarmiert, und der gute Wille wäre verpufft, sobald sie aus seinem Dunstkreis verschwunden waren. Also versuchte er, es nicht zu tun, obwohl er die Prügel ein wenig abmilderte.

Selbst Gathmor stellte fest, daß er verrückt sei.

Rap sagte, er solle den Mund halten, er sei keine große Hilfe.

Eine elfische Persönlichkeit nannte ihn einen dummen Troll, und ein anderer einen hirnlosen Jotunn. Die Imps sagten, er sei so stur wie ein Faun. Quip'rian brach weinend zusammen und erklärte dann entschuldigend, so reagiere er immer auf den Geruch von Blut. Und er habe die letzten beiden Nächte nicht geschlafen. Wie alle anderen auch.

Als die zweite Runde scheiterte, kamen alle zum dritten Mal herbei.

Schließlich brachen alle einfach unter der Erschöpfung zusammen und Rap hatte gewonnen.

They also serve:
... thousands at his bidding speed,
And post o'er land and ocean without rest;
They also serve who only stand and wait.

Milton, *On His Blindness*

(*Auch jene dienen:*
... es hasten Tausende auf seine Bitte hin,
Rastlos über Land und See;
Doch auch jene dienen ihm,
Die still verharr'n und warten.)

Zehn

Trauer um die Barre

1

Es war spät am Nachmittag, und der unvergleichliche Hafen von *Ullacarn* wimmelte von Schiffen; es war ein prachtvoller Anblick. Kade liebte Schiffe – ob sie nun auf ihnen segelte oder sie nur beobachtete. Das war natürlich die Jotunn in ihr.

Während ihres kurzen Aufenthaltes hatte sie nur einen kleinen Teil der Stadt gesehen, aber der hatte ihr auf jeden Fall gut gefallen. In einem offenen Wagen mit Inos und Frainish hatte sie sich beinahe gewünscht, noch länger bleiben und mehr sehen zu können. Die Straßen waren breit und sauber, die vielen Parks quollen über vor Blumen. Die Einwohner waren Djinns, doch sie kleideten sich in der Öffentlichkeit wie Imps, und durch ihre Größe und ihren schlanken Körperbau sahen sie zumeist sehr gut in diesen Kleidern aus, besser, als es den schwer gebauten Imps jemals vergönnt sein würde. Kade hatte dasselbe schon bei den Jotnar in Krasnegar bemerkt, denn während sie durch ihren verschlungenen Stammbaum die Jotunnfarben geerbt hatte, war ihre Figur so impisch wie nur irgend möglich. Doch durften die Götter nicht annehmen, sie sei undankbar oder gedankenlos gegenüber Ihren Segnungen. Schließlich hatte sie *Ullacarn* in magisches Gold getaucht gesehen, gefiltert durch Vorhänge aus Seide und Spitze, Samt und Popeline; wenn sie bliebe, würde sie die Illusionen womöglich zerstören. Nein, es war Zeit zu gehen. Zeit, an Bord der *Dawn Pearl* zu gehen und fortzusegeln.

Zeit, nach Hub aufzubrechen! Kadolan sprach ein weiteres kleines Dankgebet. Ihr Instinkt bestand immer noch darauf, daß Inosolan besser daran getan hätte, in Arakkaran zu bleiben, unter dem Schutz der Sultana, aber uralte Knoten konnten niemals entwirrt werden, und die Gelegenheit, die

Hauptstadt des Imperiums zu besuchen, war eine äußerst erhebende Aussicht.

Inosolan saß in der Ecke des Wagens zusammengekauert und ignorierte verdrießlich die aufregende Aussicht auf den Hafen und die Docks. Zu schade, daß sie noch nicht gelernt hatte, die Zukunft warten zu lassen. Diese Lektion konnte ihr nur das Alter erteilen.

Frainish fiel vor Aufregung beinahe aus dem Wagen. Frainish war sehr jung, ein Sproß von Scheich Elkarath, und war als Zofe der Damen mitgeschickt worden. Der sympathische und rücksichtsvolle Master Skarash würde sie bis Qoble begleiten. Der Scheich war sehr zuvorkommend gewesen, ganz gleich, wer sein letzter Herr war. Inosolan hätte beim Abschied wirklich freundlicher sein können.

Jetzt waren die Schiffe schon sehr nahe, als der Wagen über den Kai ratterte. Frainish zwitscherte Fragen und veranlaßte Kadolan, ihren alten Verstand mit der Suche nach den passenden Antworten zu zermartern. Karavellen und Dhaus waren einfach, aber sie konnte sich nicht mehr an den Unterschied zwischen einem Langboot, einer Galeone und einer Galeere erinnern. Doch was für großartige Schiffe! Viel größer und schöner als die kleinen Koggen, mit denen sie so viele Male zwischen Krasnegar und Shaldokan gesegelt war.

Während Kadolan noch versuchte, die Fragen des Kindes zu parieren, kam der Wagen rumpelnd neben einem ausnehmend großen Schiff zum Stehen. Das mußte ihr Ziel sein, denn Skarash zog die Stufen herunter und reichte ihnen eine Hand. Diese Schönheit war also ihr Schiff, *Dawn Pearl*, und das lärmende Gedränge von Menschen um die Gangways war ein deutlicher Beweis, daß die Abfahrt nahe bevorstand.

Sie ließ sich von Skarash durch die Menge führen, da er viel besser als sie über die Köpfe hinwegsehen konnte, während sie Frainish im Auge behielt, die klein genug war, in einer solchen Ansammlung von Menschen völlig zu verschwinden. Inosolan konnte auf sich selbst aufpassen.

Über der wogenden See aus Schultern erhaschte Kade

einen kurzen Blick auf Azaks Kopf. Er sah entschlossen und wütend aus. Schließlich machte Skarash ihr Platz, und schon war sie auf der Gangway. Auf halbem Weg blieb sie stehen und sah zurück, ungeachtet der Menschen, die ihr folgten, und erneut machte sie Azaks roten Schopf aus. Er war der einzige Djinn, der die Menge wie ein Jotunnseemann oder ein Troll überragte. Die Imps wirkten gegen ihn vergleichsweise gedrungen. Inosolan stand neben ihm in einem Pulk aus Legionären. Vermutlich benahm sich Azak gerade schlecht. Seit dem Tag, als die Soldaten ihn geschlagen hatten, war er schlechter Laune, und Elkarath, der seine gebrochenen Knochen und Wunden geheilt hatte, war vermutlich kein Dank zuteil geworden. Azak war einer dieser Menschen, die es sich selbst gerne schwer machten, und damit auch allen anderen. Dieses Verhalten würde Kadolan niemals verstehen können.

Als ihr plötzlich klar wurde, daß die vulgären Rufe ihr galten, nahm sie ihren Weg über die Gangway mit angemessener Würde wieder auf. Sie trat durch eine Türöffnung in die *Dawn Pearl*. Galeone oder Galeere, es war sicher das größte Schiff, das sie je betreten hatte.

Kade war erstaunt über ihre Kabine, größer und luxuriöser als sie es sich für ein Schiff vorgestellt hatte, mit einem echten Bett anstelle einer Koje und richtigen Fenstern an der hinteren Seite. Mollige ältere Damen würden den anderen nur im Wege herumstehen, also beschloß sie, in der Kabine zu warten, denn sie wußte, daß Inosolan sie schon finden würde. Sie schickte die aufgeregte Frainish unter Skarashs Aufsicht zu einer Erkundungstour fort, so daß das Mädchen das Ablegen des Schiffes beobachten konnte. Das Auspakken konnte warten.

In der Zwischenzeit konnte sie selbst sich der Betrachtung der Ausstattung hingeben, das glänzende Holz bewundern, die raffinierten Sicherungen an den Türen der Schränke und die Schubladen, die sich nicht öffneten, wenn das Schiff schlingerte. Träger klopften, traten mit Gepäckstücken ein und gingen wieder. Der Raum wirkte trotzdem noch geräumig.

Schließlich zog sie einen wunderbar bequemen Stuhl zu sich heran, drehte ihn zu den großen Fenstern und sank mit einem Seufzer hinein. Sie schleuderte die Schuhe von den Füßen und schickte sich an, einfach nur das Treiben im Hafen zu beobachten.

Einige Minuten später öffnete sich die Tür und fiel laut wieder ins Schloß. Inosolan kam schweigend zum Fenster. Über ihnen liefen Füße hin und her, Stimmen riefen etwas und Holzbohlen quietschten. Das Schiff entfernte sich bereits vom Kai. Die *Dawn Pearl* neigte sich leicht, als der Wind ihre Segel erfaßte. Inosolan hatte noch kein Wort gesagt.

»Wo ist seine Majestät?« fragte Kadolan.

Gut geraten – Inosolan drehte sich um und sah sie finster an. Sie trug ein richtiges Kleid aus kühler, smaragdgrüner Seide mit halblangen Ärmeln und einem tiefen Ausschnitt. In den letzten Monaten hatte sie ihre Haare wachsen lassen, und jetzt waren sie hoch auf ihrem Kopf aufgetürmt und wurden von einer Perlentiara gehalten. Sie war so schön wie der Traum eines Dichters von der Jungfernschaft. Ihr tödliches Schmollen hätte eine Sechsjährige beschämt, die ohne Abendessen zu Bett geschickt wurde.

»Unten, im Gnomquartier, wie sie es hier nennen. In Ketten.«

»Das erscheint mir keine gute Wahl.«

Inosolan drehte ihr den Rücken zu und sprach zu den Fenstern. »Er hat sich geweigert, an Bord zu gehen und hat verlangt, sich an den Emir wenden zu dürfen. Die Imps haben ihn natürlich mit dem Schwert im Rücken die Gangway hinaufgetrieben.«

Der Lärm draußen riß nicht ab, in Kadolans Kabine dagegen senkte sich nachdenkliche Stille nieder. Es wäre interessant zu erfahren, was mit Azak geschehen würde, wenn die *Dawn Pearl* Angot erreichte. Die Weiterreise nach Hub mit der Postkutsche würde lange dauern, hinüber zum Qoble-

Gebirge und dann durch die Shimlundok-Provinz. Skarash schwor, er würde nicht weiter als bis Angot reisen.

Würde sie in Angot *Magie* erwarten? Oder war bereits Magie an Bord? Würde Azak den ganzen Weg in die Hauptstadt in Ketten liegen? Im Augenblick war das kaum von Belang. Kadolan beugte sich hinunter, um ihre Schuhe zu suchen.

»Sturer Narr!« murmelte Inosolan.

»Selbst schuld.«

Inosolan hatte sich wirklich gut geschlagen. Monatelang hatte sie sich in der Wüste den Sultan vom Hals gehalten, ohne seine Gefühle zu verletzen oder ihm falsche Hoffnungen zu machen. Das war keine geringe Leistung gewesen. Jetzt machte sich Kadolan Sorgen, daß die Beziehung sich auf eine Weise veränderte, die sie nicht genau beschreiben konnte. Die schrecklichen Ereignisse in Thume hatten alle erschüttert. Azak war beinahe gestorben, Inosolan fast vergewaltigt worden. Seitdem hatte sich vieles verändert, die Stimmung war anders, die Werte neu geordnet. Vielleicht hatte *Ullacarn*, die Rückkehr in die Zivilisation, zu dieser Veränderung beigetragen. Azak in Impkleidung war ein Schock gewesen – auf jeden Fall für Kadolan, und vermutlich auch für Inosolan. Er war kein Barbar mehr.

Vielleicht war es für alle Betroffenen besser, wenn er den Rest der Reise in Ketten verbrachte, den ganzen Weg bis nach Hub. Inosolan konnte im Wagen sitzen, und der *gefährliche junge* Mann mit dem Gepäck aufs Dach geschnallt werden.

Kadolan tadelte sich für ihre unwürdigen Gedanken.

»Also, das hier ist purer Luxus«, sagte sie. »Ist deine Kabine genauso prächtig wie meine?«

»Ich habe nicht nachgesehen.«

Kadolan, wieder angemessen in Schuhen, stand auf. »Dann laß uns hinübergehen und einen Blick hineinwerfen, und dann gehen wir hinauf und ...«

Inosolan wirbelte herum und starrte sie an. »Und machen uns einen schönen Tag, nehme ich an?«

»Warum nicht?«

»Nun, für dich ist es einfach! Ich bin auf dem Weg zur Hochzeit mit einem Kobold. Ich wurde von einem Hexenmeister gefangen, und gemessen an der Art, wie er mich angesehen hat, wird mich der Kobold womöglich gebraucht bekommen. Azak ist dort unten im Kielraum, und ich hasse Schiffe, und ich bin ein lausiger Seemann ...«

»Und du klingst wie ein verzogenes Kind.«

»Und ich – Was? Du wirst doch nicht seekrank!«

»Bist du jetzt seekrank? Ist es die Seekrankheit, die dir Sorgen macht?«

Inosolan machte ein schnaubendes Geräusch und schritt zur Tür.

Kadolan spürte eine Welle der Verärgerung. »Antworte mir!«

Inosolan blieb stehen und drehte sich hastig um, ihr Mund stand vor Schreck halboffen.

»Du benimmst dich immer noch wie ein verzogenes Kind«, sagte Kadolan – sie war so weit gegangen, da konnte sie auch weitermachen. »Im Augenblick bist du nicht mit einem Kobold verheiratet. Du wirst von keinem Hexenmeister belästigt. Du hast vielmehr eine luxuriöse Reise vor dir, auf dem schönsten Schiff, das ich je gesehen habe, durch das Meer der Leiden, ein Gewässer, das für sein schönes Wetter und die guten Segelbedingungen bekannt ist. Außerdem wirst du die Reise deines Lebens machen, durch einige der schönsten Landschaften der Welt, durch das halbe Impire bis nach Hub, wo dir sehr wahrscheinlich königliche Ehren zuteil werden und die ganze Gastfreundschaft des imperialen Hofes. Falls du wirklich glaubst, daß man dich an einen Kobold verheiraten wird – und ich persönlich finde diesen Gedanken so absurd, daß ich ihn nicht ernst nehmen kann –, dann schlage ich vor, daß du versuchst, den Luxus zu genießen, der dir im Augenblick zuteil werden, anstatt dich dadurch unglücklich zu machen, daß du über Dinge nachgrübelst, die vielleicht nie geschehen werden.«

»Absurd, sagst du?« Inosolan war blaß vor Wut. »Absurd?«

»Absurd.« Kadolan seufzte und wünschte, sie hätte ihren Ärger für sich behalten. »Das habe ich dir schon einmal gesagt. Das Prinzip des Kompromisses liegt darin, etwas, oder in diesem Falle jemanden, zu finden, das ... der ... für beide Seiten akzeptabel ist. Ein Kobold wäre, glaube ich, für beide Seiten gleichermaßen inakzeptabel. Für alle vier Seiten: für dich, und die Bürger und das Impire und ...«

»Du hast diesen Hexenmeister nicht gesehen ...«

»Nein, und ich bin auch nicht sicher, daß du ihn gesehen hast.«

Inosolan holte tief Luft, aber bevor der Schwall losbrechen konnte, fügte Kadolan hinzu: »Es könnte auch Rasha gewesen sein.«

»Rasha? Das ist verrückt!«

»Ich sehe nicht ein, warum das verrückter sein sollte als das, was du sagst. Ein Hexenmeister kann sein Äußeres verändern, doch eine Zauberin kann das ebenso. Du hast jemanden getroffen, der dich erzürnt hat. Du behauptest, du kanntest die Stimme, aber ich bin sicher, daß seine Omnipotenz des Ostens nicht so dumm ist, sein Gesicht zu verändern und seine Stimme zu vergessen. Du sagst, er hat deinen Kopfschmerz geheilt, aber das könnte auch eine Auswirkung des Schocks gewesen sein. Die ganze Episode könnte ebensogut eine Illusion des Elkarath gewesen sein. Meinst du nicht auch?«

Inosolan schüttelte den Kopf. »Man wird verrückt, wenn man diese Gedanken weiterspinnt.«

»Genau«, stimmte Kadolan zu. »Deshalb versuche ich, es nicht zu tun. Es tut mir leid, daß ich so grob war, Liebes. Und jetzt gehen wir und lassen uns ein wenig den Wind um die Nase wehen. Du wirst sterben, weißt du.«

»Ich?« Inosolan sperrte vor Erstaunen den Mund auf – und lächelte plötzlich, immer noch blaß. »Wir alle, meinst du?«

»Genau, Liebes. Letztendlich. Wir dürfen nur einfach nicht darüber nachgrübeln. Also, gehen wir. Nach dir ...«

2

Ob Rap nun aussah wie ein Elf oder wie ein Faun, er war immer noch derselbe Junge – uneins mit sich selbst –, der am Hafen von Krasnegar herumgehangen hatte, wenn er nicht in den Ställen herumlungerte. Es gab fast nichts, das ihn mehr erregte, als ein Schiff zu betreten, und die *Allena* war ein ganz besonders schönes Schiff, ein Luxus-Viermaster – mit Rahsegeln an beiden Vordermasten und einem Lateinsegel am Achtermast –, und sie war das großartigste, sauberste, atemberaubend schönste Gefährt, das Rap je gesehen hatte. Wenn möglich, reisten Elfen stilvoll, so wie sie auch alles andere stilvoll machten.

Ein paar bewundernde Blicke hatte er für den betriebsamen Hafen von Noom übrig, der dunkel und verlassen dagelegen hatte, als Rap zum ersten Mal die Stadt betrat. Er bewunderte die Vielfalt und die Größe der Schiffe, die Kutter, Dhaus, Dschunken, Karavellen und ein Dutzend andere Schiffstypen und staunte über das Durcheinander und das geschäftige Treiben in einem der größten Häfen des Impires, dem Tor zum Drachenmeer und nach Pithmot. Er war beeindruckt, ja beinahe beschämt, von dem Komfort der kleinen Kabine, die ihm auf der *Allena* zugeteilt worden war. Doch im wesentlichen stand er einfach an Deck und sah verlangend in alle Richtungen gleichzeitig.

Er fragte sich, ob es Passagieren gestattet war, in die Takelage zu klettern. Wenn ihn niemand festband, würde er die *Allena* von vorn bis achtern und vom Kiel bis zum Oberbramsegel erkunden, sobald sie auf See waren. Natürlich konnte er inzwischen alle Menschen zu allem möglichen überreden, und die Versuchung, seine Fähigkeit zu benutzen, war in diesem Falle unwiderstehlich, so sehr sein Gewissen auch murrte. Doch der Ausdruck auf Gathmors immer noch entstelltem Gesicht zeigte ihm, daß auch er nicht däumchendrehend in seiner Kabine bleiben würde. Wahrscheinlich brauchte Rap nur in der Nähe des Seemannes zu bleiben, und er würde schon eine Möglichkeit finden.

Verspielte weiße Wolken eilten über einen wundersamen blauen Nachmittagshimmel. Die Ebbe setzte ein, und der Wind wurde stärker, als sich der Abend näherte. Seevögel kreischten über den Masten und der Takelage, der scharfe Geruch nach Teer und Fisch vermischte sich mit dem eindrucksvollen Duft des ewigen Meeres. Jotnar, Imps, Trolle und sogar ein paar Elfen drängten sich auf dem Dock, Träger schlurften die Gangway hinauf und hinunter und luden die letzten Vorräte der Bäcker und der Märkte von Noom ins Schiff. Die Mannschaft war beinahe fertig zur Abreise. Rap war auf dem Weg nach Ilrane, zu Lith'rian und – bitte, Ihr Götter! – zu Inos. Doch auch diese aufregende Tatsache konnte kaum mit der schieren Freude konkurrieren und der Aufregung, soeben ein großartiges Schiff betreten zu haben.

»Zehn Knoten bei diesem Wind, oder ich werde zum Elf«, murmelte Gathmor.

»Dann müßt Ihr Euch auch wie einer kleiden«, sagte Rap.

Er selbst war wie ein Elf gekleidet und versuchte, keine Notiz davon zu nehmen. Krasnegarer erwarteten Schutz vor der Kälte im Winter und den Mücken im Sommer; sie verabscheuten kurze Hosen und ärmellose Hemden. Rap schaute mit finsterem Blick auf die bunten Arme, die vor ihm auf der Reling lagen. Wer hatte schon einmal einen Elf mit Kratzern und blauen Flecken gesehen? Das kegelförmige Absurdum auf seinem Kopf war gar noch alberner als das Försterkäppchen, das Ishist ihm gegeben hatte – und ein Spitzenkragen! Obwohl er ganz goldfarben war, paßte er doch nicht zu Magenta und Pfirsich. Mit seinen Armen, Beinen und dem Gesicht, die Erinnerungen an die Keilerei in der Verwunschenen Lichtung und noch mehr an die Überzeugungskraft der Gefängniswärter boten, war er kein glaubwürdiger und sicherlich kein schöner Elf.

Quip' dagegen war ein schöner Elf. Er war viel mehr an seinen neuen Kleidern interessiert, als an der Aussicht, die man vom Schiff hatte. Die ersten *richtigen* Kleider, die er je besessen hatte, sagte er, und war von ihrer Pracht überwältigt. Er hatte sie selbst ausgesucht: türkisfarbene Halbstiefel mit Silberschnürung, kurze Hosen und Bluse in Chromrot und Sulfatgelb, mit einer floralen Verzierung aus Staubperlen und kornblumenblauer Stickerei. Überall hatte er Spitze, sogar auf seinen Hosen, und seine Kappe wurde ihm immer wieder vom Kopf geweht wegen der übergroßen Straußenfedern in Grün. Doch erstaunlicherweise paßte alles beinahe zusammen. Mindestens fünf Minuten waren vergangen, seit er Rap gefragt hatte, ob ihm die Wirkung gefiele – *wirklich* gefiele –, so daß die Frage sicher gleich wiederholt würde. Quip' war im Augenblick das prächtigste Wesen im Hafen und doch auch das unsicherste.

Ein wenig weiter hinten stand eine Gruppe von sechs ebenso bunt gekleideten Passagieren. Was die Traditionen auch verlangten, die Elfenkommune von Noom würde nicht ihren ganzen Reichtum auf den Eleven Quip'rian verschwenden. Er war der nächste Verwandte und somit die offizielle Eskorte, aber eine verläßliche Person mußte ihn im Auge behalten. Die Anführer schienen Mistress Fern'soon zu sein, Direktorin der städtischen Kunstgalerie – die aussah wie zwanzig und schon Großmutter war – und Sir Thoalin'fen, Chefchoreograph des South-Pithmot-Balletts, der in seiner Jugend einmal für die Großmutter des Imperators getanzt hatte. Sein Gesicht fiel wegen einer Reihe fehlender Zähnen leicht zusammen, und ein milchiger Schleier verhüllte die Opalfeuer seiner Augen, doch Elfenhaut welkte niemals, und Elfenhaar wurde niemals von gesponnenem Gold zu Silber. Ein gebückter oder dickbäuchiger Elf war undenkbar. Das ist nicht fair, dachte Rap. Eines Tages würde Thoalin' vor Altersschwäche tot umfallen und dennoch nicht älter aussehen als Rap, der echte Rap.

Lord Phiel' hatte seine herzlichsten Wünsche gesandt, aber die Etikette gestattete es ihm nicht, persönlich zu erscheinen, und er mußte ohnehin nach Hub zurückkehren, um die Feierlichkeiten zum Geburtstag des Imperators vorzubereiten.

Die Legionäre, die den Kai abschritten, würden dafür sorgen, daß die Vereinbarungen eingehalten wurden. Wahrscheinlich hatte der Liktor auch ein oder zwei Leute an Bord.

Eine prächtige Kutsche fuhr längsseits vor, mit einer atemberaubend schönen und offensichtlich reichen Dame, die so sehr in leidenschaftlichen Abschied von ihrem männlichen Begleiter versunken war, daß sie nicht bemerkte, daß man sie von Deck aus sehen konnte. Als die tränenreiche Umarmung zu Ende war, sah Rap voller Erstaunen, daß der Mann Andor war.

Was konnte *ihn* hierhergebracht haben?

Es war tatsächlich Andor, und er schlenderte anmutig hinter seinem Schrankkoffer über die Gangway. Andors Kniehosen warfen niemals Falten, keine Brise wagte es, sein Haar zu zerzausen. Ohne Rap eines Blickes zu würdigen, ging er zu der Gruppe elfischer Persönlichkeiten hinüber.

Zehn Minuten später fand sich die hübsche, jedoch leicht verwirrte Fern'soon wieder, wie sie Sir Andor Master Rap'rian und seinen ... nun, Freunden vorstellte. Man tauschte formelle Höflichkeiten aus, wobei Andor seine Abscheu vor diesen Schwielen, geschwollenen Augen und aufgesprungene Lippen zu verbergen suchte.

Als er Fern'soon zu besserer Gesellschaft folgte, preßte er zwischen den Zähnen hervor: »Später, in meiner Kabine. Sagorn hat Neuigkeiten für dich.«

Selbst diese faszinierende Nachricht konnte Rap nicht von seiner Aufregung über die bevorstehende Abreise abbringen. Er beobachtete weiterhin die Vorbereitungen.

»Sie ist eine Schönheit«, murmelte Gathmor, und er beobachtete keine Frauen.

»Ja, Käpt'n, das ist sie.«

»Ohne ein gutes Schiff abwerten zu wollen, übertrifft sie die *Stormdancer* doch um Klassen.« Er verglich ein Rennpferd mit einem Esel, doch dann machte ihn sein eigenes

Eingeständnis wütend. Er wandte sein Gesicht ab, als wolle er seine Tränen vor dem Seher verbergen.

»Höllische Feder!« knurrte Quip'rian, als der Wind abermals seine Kappe erfaßte. »Hätte ich eine kleinere Feder wählen sollen, was meint Ihr, Sir?«

»Nein. Die hier paßt zu Euch«, sagte Rap. »Sie ist das Tüpfelchen auf dem I!«

»Oh, glaubt Ihr wirklich? Ganz ehrlich?« Das Gold auf Quips Wangen wurde kupferrot.

»Das hier ist besser als Teller spülen, oder? Nicht wahr?«

Quip' schluckte schwer. »Ich mußte einmal auf die Hafenfähre.«

»Und?«

Er erschauerte. »Ihr wart noch nie auf einem Boot?«

»O doch. Und auf Schiffen.«

Quip' warf ihm einen gequälten und verwirrten Blick zu. »Euch wird nicht schlecht, Sir?«

»Quip!« protestierte Rap. »Ich habe Euch schon einmal gesagt – nennt mich nicht ›Sir‹! Ich bin nicht viel älter als Ihr.«

»Aber Ihr seid so viel ... *weltgewandter*! Erfahrener. Männlicher.«

»Das werdet Ihr auch bald sein. Und nein, ich werde nicht seekrank.«

»Wirklich? Ich dachte, alle Elfen werden seekrank. Ich werde es. Gräßlich.«

Im Hafen? »Das passiert nur in Eurem Kopf«, antwortete Rap munter. Schließlich begann er sich zu fragen, wie stark sein eigener Kopf von Ishists Magie durchdrungen worden war. Ein Zauberer, der praktische Witze liebte, fand Seekrankheit vielleicht zum Lachen.

Die Gangway wurde eingeholt. Die anderen Elfen gingen zu ihren Kabinen. Quip' wurde zunehmend nervös.

»Sollte ich seekrank werden, bin ich nicht in der Lage, meine Pflichten als Eskorte zu erfüllen, Sir-ich-meine-Rap!«

Rap versuchte, ermutigend zu lächeln. Konnten okkulte Kräfte sogar Seekrankheit überwinden? »Macht Euch deswegen keine Sorgen. Das ist nur eine Formalität. Ich werde nicht über Bord springen.«

Der Gedanke, daß jemand über Bord springen könnte, ließ Quip' erschauern und legte einen silbernen Schatten über sein goldenes Gesicht. »Ihr seid furchterregend tapfer!«

»Nein, das bin ich nicht.«

»Aber Ihr geht zu Lith'rian! Einem Hexenmeister! Er schneidet Euch vielleicht die Kehle durch!«

»Das glaube ich nicht!« antwortete Rap mit aller Zuversicht, derer er habhaft werden konnte, und er wünschte, er könnte seine okkulten Fähigkeiten benutzen, um sich selbst genausogut davon zu überzeugen wie die anderen.

»Ihr wollt also wirklich einen Krieg? Die Clan'rians gegen die Clan'nilths? Und natürlich werden auch alle verbündeten Clans mit hineingezogen, oder die meisten von ihnen ...«

»Auch das hoffe ich nicht! Ich bin sicher, ein Hexenmeister kann eine Lösung für dieses Problem finden, Quip'. Ich habe nichts gegen Phiel'nilth. Ich habe ihn nur durch Zufall, oder durch Glück, ausgesucht. Ich habe nichts gegen seinen Clan. Ich muß nur ganz dringend Hexenmeister Lith'rian sehen, das ist alles. Ich habe gehört, dies sei der leichteste, schnellste Weg zu ihm.«

Die großen Opalaugen des Elfen schienen noch größer zu werden und funkelten wie Amethyste und Perlen. »Aber warum?« flüsterte er.

Rap wollte zusehen, wie die Leinen losgemacht wurden, aber er beschloß, er müsse gleichzeitig reden, um seinem nächsten Verwandten ein paar Erklärungen zu geben. Quip' verdiente es, denn Raps Taten hatten seine eintönige, unbedeutende Existenz schlagartig verändert. Einige Menschen waren nicht dafür gemacht, die Trompeten zu hören. Quip'rian würde immer ein Schoßhund, niemals ein Wolfshund sein.

Rap selbst war anders. Er hatte sich diese wahnsinnige Wanderschaft nicht ausgesucht. Alles, was er gewollt hatte, war Inos zu helfen, indem er sie von der Krankheit ihres Vaters in Kenntnis setzte. Und wohin hatte das geführt? Hätten Andor und seine Bande sich nicht eingemischt, würde Rap jetzt einen Wagen lenken und die Ernte nach Krasnegar bringen. Oder er wäre der Assistent des Verwalters, der auf einem Pony hin- und herreiten würde, um Vorräte zu kontrollieren.

Und wer würde im Schloß regieren?

Kalkor?

Rap richtete seine Gedanken wieder auf die *Allena* und den besorgten Jugendlichen an seiner Seite. Gathmor war davongeeilt, um mit den Seeleuten die Seile einzuholen, denn er konnte einfach nicht länger müßig herumstehen.

»Warum? Wegen einer Dame.«

»Oooo!« Quip' seufzte tief. »Wirklich? All das für eine Herzensangelegenheit? Wie wunderbar!« Seine Augen wurden feucht.

»Ein wenig mehr noch ...« Rap lehnte seine Ellbogen auf die Reling und begann zu erklären. Der Elf zog sicherheitshalber seine Kappe vom Kopf und lehnte sich an Raps Seite, während er voller Faszination mit offenem Mund lauschte.

Rap begann am Anfang, in Krasnegar. Er erwähnte nicht, daß er erst vor kurzem ein Elf geworden war – das war zu kompliziert. Es gelang ihm sogar, beinahe sämtliche Magie aus dem Bericht herauszuhalten, besonders seine eigene, aber er mußte Rasha erwähnen, Ishist und Bright Water.

Selbst in der Kurzfassung war es eine sehr bemerkenswerte Geschichte, doch das Bemerkenswerteste überhaupt war, daß der junge Quip' offensichtlich jedes Wort glaubte. Zuerst schnüffelte er, dann zog er die Nase hoch, und schließlich weinte er ganz offen, so daß er nicht sah, wie sich die Segel über ihm öffneten und rosa in der Sonne leuchteten. Auch die sanfte Bewegung des Schiffes spürte er nicht, als die *Allena* sich majestätisch auf den Hafeneingang zu bewegte. Und als Rap sich schließlich aufrichtete und mit den Worten schloß »Da kamt Ihr ins Spiel«, blinzelte der Elf ihn mit seinen bronzeumrandeten Augen an und versuchte – von Gefühlen überwältigt und sprachlos –, Rap zu umarmen.

Rap benutzte seine okkulte Wendigkeit, um die Umarmung abzuwenden, so daß Quip' sich wieder an der Reling festhielt, bis er seine Tränen unter Kontrolle hatte.

»Das ist wunderbar!« schluchzte er. »Die Barden von Ilrane werden noch in Jahrhunderten ihre Lieder darüber singen! O Rap! Das ist die *hübscheste* Geschichte, die ich je gehört habe! Ihr werft Euer Leben für eine Frau fort, die zu heiraten Ihr niemals erhoffen könnt!«

Rap warf ihm bei dieser letzten Bemerkung einen harten Blick zu.

»Hä? Ich habe nicht vor, irgend etwas fortzuwerfen.«

»Nun, ich nehme an, daß Lith'rian ...« Der Elf blickte verwirrt hoch. »Ich meine, viele Clankriege sind wegen geringerer Dinge ausgefochten worden. Der Krieg um den *Schlechten Apfel* zum Beispiel. Die Menschen vergessen manchmal, daß wir Elfen sehr grausam sein können, wenn wir wollen, sogar blutrünstig wie die Jotnar, falls nötig.«

»Das habe ich schon gehört.«

»Und niemals können wir einem selbstmörderischen letzten Auftritt widerstehen ... nicht in diesem Falle!« Er hatte eine Entscheidung getroffen. »Nein, es ist viel befriedigender, wenn der Hexenmeister Euch dem Tode überantwortet. Bitter! Herzzerreißend!« Er betupfte sich die Augen mit einem apricotfarbenen Seidentuch.

»Hm. Geht Ihr davon aus, daß andere Elfen dies als angemessene Wahl betrachten?« Lith'rian sicherlich.

»Aber ja! Ich kann Euch alle möglichen Arten von idyllischen Szenen aufzählen. *Rap*! Ihr könnt doch nicht wirklich wieder als Stalljunge leben wollen, nicht nach allem, was geschehen ist? Ihr könnt doch nicht erwarten, daß einen Prinzessin einen ... einen Niemand *heiratet*! Es ist viel romantischer, wenn Ihr sterbt und Ihr Euer letztes Wort der ...« Er brachte kaum ein Wort hervor, und noch mehr

Tränen flossen über seine Wangen »– ein letztes Wort der *Liebe*!«

Und zwei Worte der Macht für den Hexenmeister für dessen Mühen? Ishist hatte nie abgestritten, daß Rap sich in Gefahr begab, er hatte ihm keinerlei Garantien gegeben.

»Und was geschieht mit Inos in dieser Oper?«

»Sie stirbt an gebrochenem Herzen.«

Rap fühlte sich ein wenig besser. Inos war viel zu praktisch veranlagt, um so etwas zu tun. Weder um einem Freund aus Kindertagen hinterherzutrauern, noch um die Barden aus Ilrane zufriedenzustellen. »Doch stirbt sie auf ihrem Thron?«

Quip' schüttelte den Kopf und war wieder so überwältigt, daß er seine Arme ausstreckte, und dieses Mal ließ Rap sich umarmen und tätschelte verlegen Quips Rücken, als dieser sein Gesicht an Raps Schulter barg. Er durchnäßte sie, bevor er noch unter Schluchzen hervorbringen konnte, was er sagen wollte. »Das ist der traurige Teil!«

»Ja? Warum?«

»Weil ... weil alles vergeblich ist natürlich! Weil Lith'rian nicht ... Inos nicht ... helfen kann!«

Rap ergriff Quips Arme und richtete ihn auf. »Was meint Ihr mit ›kann nicht‹? Er ist ein Hexenmeister!«

Nicken, Schlucken, Schnüffeln ... »Ja. Aber sie ist in Zark. Das ist der Osten! Lith'rian ist der Süden. Er kann sich nicht einmischen!«

»Er kann ihre Sache unter den Vier verfechten!«

»O Rap, Rap! Selbst ein Elf würde für ein Mädchen nicht einen *solchen* Krieg anzetteln! Ich meine, ein Bürgerkrieg zwischen den Clans ... derartige Streitigkeiten brodeln eigentlich immer. Aber ganz Pandemia ... zwischen Hexenmeistern, Drachen und so weiter ... Nein, nein, nein!«

»Wie könnt Ihr das wissen?« stieß Rap zwischen den Zähnen hervor und hätte Quip' am liebsten geschüttelt.

»Ich bin einfach sicher! Ilrane liegt im Süden. Lith'rian ist seit siebzig Jahren Hexenmeister, und für die Elfen ist er gut – er hält die Drachen fern. Inos' Königreich liegt im nördlichen Sektor. Und die Jotnar gehören ebenfalls zum Norden. Die Legionen gehören zum Osten, und Inos ist im Osten. Der Süden wird sich gewiß nicht von sich aus einmischen, Rap! Auch nicht der Westen. Ich meine, das ist offensichtlich!«

»Ishist hat mir etwas anderes erzählt!«

»Aber er ist nur ein Gnom, habt Ihr gesagt!« winselte Quip'. »Ihr wißt doch, wie hinterlistig Gnome sind!«

Vielleicht war Ishists Humor noch makaberer, als Rap befürchtet hatte.

»Ihr *könnt* einem Gnom nicht trauen, Rap'!« Quip' starrte seinen Freund voller Entsetzen an. »Ihr meint also, Ihr habt wirklich damit gerechnet, daß Lith'rian Euch am Leben läßt? Nach all dem? Ihr versucht, einem Hexenmeister *eine Falle zu stellen*? Ihr könnt doch nicht erwarten, daß ein *Hexenmeister* Euch damit *durchkommen* läßt?«

Der Süden konnte grausam sein, hatte Ishist gesagt. Wie viele Menschen wußten überhaupt, daß er seine ungebärdige Tochter an einen Gnom verheiratet hatte? Wenn schon dieses eine Geheimnis eifersüchtig gehütet wurde, wie viel war dann Raps Leben wert?

»Nein, Rap«, sagte Quip' resolut und straffte seine schmalen Schultern. »Es ist wunderbar und schön, und die Menschen werden um Euch weinen, Hunderte von ...«

Von plötzlichem Entsetzen ergriffen starrte er in die Wolken aus Segeltuch über ihnen.

Die *Allena* hatte die Mündung des Hafens erreicht. Sie hüpfte wild auf und ab und bereitete sich auf den Tanz in der langen Strömung vor. Anscheinend bemerkte Quip'rian erst jetzt, daß sie den Kai bereits verlassen hatten. Seine Augen flogen über das glänzend blau-grüne Meer um sie herum, über die hohen weißen Wellenbrecher und den Nebel, der sich über den entfernten Türmen von Noom sammelte.

Vor Raps faszinierten Augen verfärbte sich Quips Gesicht von Gold zu Asche, und schließlich nahm es genau den Grünton alten, angelaufenen Kupfers an. Er wirbelte herum, beugte sich über die Reling und gab alles wieder her, was er in den letzten fünf Jahren gegessen hatte.

Moaning of the bar:
Sunset and evening star,
And one clear call for me!
And may there be no moaning of the bar,
When I put out to sea.

Tennyson, *Crossing the Bar*

(Trauer um die Barre
Der Morgen- und der Abendstern,
Und ein klarer Ruf nach mir!
Und keine Trauer um die Barre,
Wenn in See ich steche.)

Elf

Strömende See

1

Rap bot sich an, Quip' zu seiner Kabine zu begleiten, und mußte ihn schließlich fast den ganzen Weg tragen. Nachdem Rap es ihm so weit gemütlich gemacht hatte, wie es für einen Mann möglich war, der glaubte, bald sterben zu müssen, und zwar je eher, je besser, ging er Andor suchen.

Die *Allena* neigte sich jetzt stark gegen den Wind, mit längeren, langsameren Bewegungen als eine Galeere oder ein Langschiff, und vermittelte so zusätzlich das Gefühl, als flöge sie auf den Wellen dahin. Sie schlingerte spürbar, und der Wind mußte immer stärker werden, denn die Mannschaft reffte bereits die Segel.

Als er über den Korridor ging, bemerkte er, daß jeder Elf an Bord ebenso entkräftet wie Quip' darniederlag und den Beweis lieferte, daß der elfische Zwang, immer stilvoll zu sein, sich auch auf die Seekrankheit ausdehnte. Auch impische Passagiere ergaben sich jetzt ihren Gefühlen.

Rap lokalisierte Sagorn, der lesend auf einer Bank lag, rief seinen Namen und wurde hereingebeten.

Die *Allena* verfügte auf ihrem Oberdeck über zweiundvierzig Luxuskabinen für Erster-Klasse-Passagiere. Raps Kabine lag weit achtern und war eine der besten; Andors lag nahe des Bug und war kleiner und einfacher. Obwohl sie an Land kaum als großer Schrank durchgehen würde, war sie immer noch größer und angenehmer als die winzigen Kabinen auf der *Stormdancer* oder die Zelle, die Rap vor kurzem mit Gathmor geteilt hatte. Vor den Luken hingen blumenverzierte Vorhänge, der Teppich war dick, Holz und Messing glänzten. An der Stirnwand waren zwei Kojen festgeschraubt. An der anderen Seite hing ein Spiegel mit einer Ablage für das Gepäck des Bewohners. Die obere Koje war zurückgeklappt, und der alte Mann lag entspannt auf der unteren, und seine langen, blassen Schienbeine lugten aus einem blaßblauen Gewand hervor. Vermutlich hatte Andors Freundin es bezahlt.

Rap verschränkte die Arme, lehnte sich gegen die Tür und wartete.

Sagorn hatte das Buch dicht vor seine Nase gehalten, um die letzten Strahlen des Tageslichtes zu nutzen, die durch das Bullauge schienen. Jetzt schloß er das Buch, wobei er einen Finger zwischen die Seiten steckte, und betrachtete Rap mit der üblichen, verdrießlichen Mißbilligung.

»Warum habt Ihr mich nicht zu Rate gezogen?«

»Wobei?«

Sagorn preßte empört die Lippen zusammen. »Bei allem! Nach meiner Einschätzung des Gnomen-Zauberers gefragt. Was die Bedeutung der *Hehren Herausforderung* betrifft. Die Wahl des Opfers. Ihr seid wie eine Herde von Behemoths in Noom eingefallen.«

»Es sieht eher so aus, als habe ich genau das erreicht, was ich geplant hatte.«

»Nachdem Ihr mehrere Male zu Brei geschlagen worden seid.«

Rap zuckte die Achseln. Er hatte immer noch Schmerzen, die er noch nicht genau erfaßt hatte, und diese Geste brachte noch weitere zum Vorschein. »Ich werde es überleben.«

»Ihr habt äußerstes Glück gehabt, daß man Euch keine Knochen gebrochen hat.«

»Neun, hauptsächlich an den Fingern, aber sie scheinen sehr schnell zu heilen.«

Der alte Mann schloß den Mund und ließ dabei die Zähne klickend aufeinanderstoßen. Nach einem Augenblick antwortete er. »Das liegt also in der Macht eines Geweihten?« Ein Anfall von Neid und Verlangen zuckte über sein Gesicht.

Einige Minuten lang starrten sich die beiden aus Halsstarrigkeit nur an. Das Licht lag hinter Sagorn, doch natürlich konnte Rap jede Falte ausmachen. Der alte Mann sah auf jeden Fall jünger und gesünder aus, seit Ishist ihn überholt hatte – schade nur, daß der Zauberer sich nicht um seine Launen gekümmert hatte.

Abermals war es Sagorn, der die Stille mit dreistem Sarkasmus durchbrach. »Ihr übt Euch darin, unergründlich zu sein?«

»Ich versuche, bei Euch meine Fähigkeiten nicht anzuwenden.«

Sagorn zuckte zusammen. Er kennzeichnete die Stelle in seinem Buch mit einem Faden und legte es neben sich auf die Koje. Das gab ihm natürlich einen Moment Zeit, seine Sinne zusammenzuraffen. Er war jetzt mitleiderregend durchschaubar, und gewiß plante er irgend etwas. »Mit Erfolg?«

»Anscheinend. Bislang wart Ihr nicht sehr hilfreich.«

»Ich bin in Noom in Eurem Namen ein beträchtliches Risiko eingegangen.«

»Das war Eure Entscheidung, ich habe nicht darum gebeten.«

»Ha! Schlagfertigkeit liegt also auch in der Macht eines Geweihten?«

Wellen!

»Was war das?« rief Rap und sah sich um.

»Was war was?«

»Ich habe etwas gespürt.« Doch das Schiff neigte sich und schlingerte weiter. Die Seeleute an Deck zeigten keine Anzeichen von Beunruhigung.

»Wie ›etwas‹?« fragte Sagorn gereizt.

»Ich bin nicht sicher.« Rap war sich nicht einmal sicher, wie er dieses Gefühl überhaupt empfunden hatte. Weder Laut noch Bewegung, weder in den Ohren noch in den Knochen oder auf der Haut. Er konnte auch nicht sagen, aus welcher Richtung es gekommen war, aber er war sicher, daß er irgend etwas gespürt hatte – es war nur schwach, aber real gewesen. Er erschauerte bei der unheimlichen Berührung durch eine Vorahnung, aber sie sagte ihm, *es ist wichtig*, aber nicht besonders *gefährlich*. Er mochte diese eigenartigen neuen Talente nicht.

Sagorn tat das Problem mit einem Schnauben ab. »Die Nerven!«

»Vielleicht. Erzählt mir von diesem Risiko.«

»Ich habe einen alte Freund aufgesucht, einen Gelehrten und eine Art Autorität in Fragen der imperialen Politik. Wir haben uns dreißig Jahre lang nicht gesehen.«

»Warum war das ein Risiko?«

»Weil ich nicht als Zauberer angeprangert werden möchte. Ich bin in diesen dreißig Jahren nicht um dreißig Jahre gealtert.« Seine aquamarinblauen Augen funkelten in plötzlicher Belustigung auf.

»Und?«

»Er auch nicht!«

Rap lachte leise. »Das war für Euch beide peinlich.«

»Ziemlich. Er sieht immer noch genauso aus wie früher. Durch die Hilfe Eures Gnomfreundes sehe ich heute vielleicht noch jünger aus als damals. Aber mein Freund hat mich herzlich aufgenommen, und wir haben ein langes Schwätzchen gehalten. Er gehört einer sehr großen und mächtigen Familie an. Er ist ihr Experte für politische Fragen, und ich nehme an, auch ihr Stratege für Einmischungen in diese Fragen. Er wurde von Emthar nach Noom verbannt, und es gefiel ihm dort so gut, daß er niemals darum bat, zurückkehren zu dürfen. Dennoch behält er Hub ganz genau im Auge.«

»Inos? Krasnegar?«

»Er wußte von Krasnegar.« Sagorn verzog seine Lippen zu dem grausamen Lächeln, das Rap immer an eine Tierfalle erinnerte. Er wartete aufreizend lange. Als er keine Reaktion provozierte, fuhr er fort. »Die Imps haben sich zurückgezogen, wie ich es vorhergesagt hatte. Es gibt viel Klatsch über die Kosten. Viele Männer sind gefallen.«

»Ich glaube nicht, daß es mir leid tut.« Rap machte sich wenig aus Kobolden, aber die Imperialen Truppen waren schlimmer, und sie hatten mit den Feindseligkeiten begonnen. Ihre Besetzung würde der kleinen Stadt bittere Wunden zufügen – vergewaltigte Frauen und deren Männer getötet oder verstümmelt bei dem Versuch, ihnen beizustehen, Eigentum ausgeplündert oder zerstört. Diese Truppen waren Abschaum der Imperialen Armee gewesen. Es war besser, nichts Genaues darüber zu wissen.

Interessanter als die Nachricht an sich war die Verwicklung von Zauberei in diese Angelegenheit. Eindeutig war der okkulte Schutz, den Hexenmeister Olybino um seine Legionäre gelegt hatte, erfolgreich abgeblockt worden, entweder durch Raspnex, den Zwerg, der sich als Kobold verkleidet hatte, oder durch Bright Water selbst.

»Der Marschall der Armeen hat die Angelegenheit dazu genutzt, um dringend benötigte Säuberungsaktionen zu rechtfertigen.« Sagorn lachte hämisch. »Längst überfällig! Das Oberkommando ist ein Sumpf voller Kröten. Er schickte eilends die Zwölfte Elitelegion nach Norden, wo Kobolde über die Berge gekommen sind und in Nordwest-Julgistro einige Überfälle gestartet haben. Er hat auch noch andere Probleme. In Farther Shimlundok sind Revolten ausgebrochen – natürlich der übliche Streit mit den Zwergen um den Zugang zum Dark River –, auch halb Guwush liegt in Schutt und Asche. Absolut nichts kann den Senat eher wachrütteln als der Gedanke, daß einfache *Kobolde* imperiale Truppen besiegen. Das ist ...«

»Was ist also in Krasnegar geschehen, nachdem die Imps abgezogen waren?« Rap hatte gehört, wie Bright Water von Überfällen der Kobolde geredet hatte, schon vor Monaten, und der Rest interessierte ihn nicht.

Das Licht wurde jetzt schnell schwächer. Für Raps Augen war Sagorn kaum noch erkennbar, aber seine Sehergabe sagte ihm, daß er mit den Achseln zuckte. »Wer weiß?«

»Die Wächter natürlich.«

»Ganz recht. Aber Ihr seid der einzige Weltliche, von dem ich je gehört habe, daß er herumläuft und ganz selbstverständlich mit Hexenmeistern und Hexen ein Schwätzchen hält. Natürlich seid Ihr gar kein Weltlicher, nicht wahr?« Erneut zeigten sich für einen kurzen Augenblick Schmerz und Neid. Sagorn war der Meinung, daß er und nicht Rap es verdient hatte, ein Geweihter zu sein.

»Und wie lauten die Pläne des Imperators?«

Der griesgrämige alte Jotunn verabscheute es, ausgefragt zu werden, und normalerweise hätte er stur reagiert. Vermutlich benutzte Rap seine Fähigkeiten, ob es ihm gefiel oder nicht, denn er bekam eine Antwort.

»Warme Suppe und ein weiches Bett, nehme ich an.«

Rap betrachtete das vertraute zynische Feixen. »Schlechte Neuigkeiten?«

»Wie es scheint, geht es mit Emshandars Gesundheit rapide bergab. Schade! Er war ein guter Mann ... relativ gesehen. Man wird ihn vermissen.« Sagorn machte ein finsteres Gesicht, als bereue er sein Eingeständnis von Mitgefühl. »Aber das Impire macht weiter. Natürlich haben seine Berater eine Lösung gefunden.«

»Erzählt es mir!«

Widerwillig kam der alte Mann auf den Punkt. »Gerüchte – und es sind nur Gerüchte – sagen, daß der Kron-Rat seine Fühler nach Nordland ausgestreckt hat.«

»Ein Kompromiß?«

»Natürlich. Es sieht ironischerweise so aus, als habe keine der beiden Seiten in der Vergangenheit jemals groß über Krasnegar nachgedacht. Könnte das eine Auswirkung von Inissos Macht sein, was meint Ihr? Die Bürokraten des Impire haben Krasnegar immer nur als eine Art abhängiger Staat oder Protektorat gesehen; die Thans scheinen es als Jotunnterritorium zu betrachten. Es war auf jeden Fall keiner Seite jemals einen Überfall wert. Es hat wegen seines Handels einigen kommerziellen Wert, dennoch ist es keinen Krieg wert.

»Falls sich alle logisch verhalten.«

Sagorn zuckte die Achseln, als sei er nicht bereit zuzugeben, daß Rap selbst logisch denken konnte. »Man geht davon aus, daß das Impire folgendes vorschlägt: Herzog Angilki soll als König anerkannt werden, jedoch bleiben, wo er ist und wie gewöhnlich Teppiche ausmessen und Vorhänge aufhängen. Die tatsächliche Macht wird in den Händen eines Vizekönigs liegen, der in seinem Namen regiert?«

»Kalkor, nehme ich an?«

Der alte Mann gestikulierte mit seiner zerbrechlich wirkenden, weißen Hand. »Wer auch nominiert – das heißt gewählt – wird, und zwar von der Volksversammlung der Thans. Es könnte Kalkor sein, wenn er will, aber warum sollte er? Vermutlich ist es sogar ein Einheimischer, wie Foronod. Das Impire sagt, Nordland könne Krasnegar haben, wenn auch nicht dem Namen nach. Es darf regieren, solange es den Sieg nicht für sich beansprucht. Die Kartenmacher werden es immer noch als imperiales Gebiet kennzeichnen ... Und bitte tötet nicht mehr Menschen als nötig, oder ihr werdet unseren Nachschub an Pelzkragen kürzen.«

Also würde man Inos vertreiben?

»Die Wächter haben diesem Vorschlag doch sicher zugestimmt?«

»Gewiß. Nur Olybino konnte die Legionen von einer richtigen Invasion in Koboldgebiet abhalten. Das steht nicht zur Diskussion.«

Inos, ihres Königreiches beraubt, wäre keine Königin mehr und ... Rap schreckte entsetzt vor den Gedanken zurück, die daraus folgten. Wäre sie keine Königin, wäre sie frei, einen Stallknecht oder einen einfachen Seemann zu heiraten. Was für ein elfisches Monster war er? Er würde diese Möglichkeit nicht einmal in Erwägung ziehen.

In der Zwischenzeit war da noch etwas, das Sagorn vor ihm verbarg. Er grinste hämisch, also mußte es sich um schlechte Nachrichten handeln.

Stewards bahnten sich mit angezündeten Laternen ihren Weg über den Korridor und klopften an Türen, um sie den Passagieren anzubieten, verbunden mit einigen respektvollen Ermahnungen über die Gefahren eines Feuers auf einem Schiff.

Über ihnen refften die Seeleute erneut die Segel, während die Balken und die Seile unter dem plötzlichen Sturm ächzten. Gewiß hätte der Kapitän den Hafen nie verlassen, wenn er dieses Unwetter vorhergesehen hätte. Wieder hatte Rap das gruselige Gefühl einer Vorahnung, als übersehe er etwas Offensichtliches.

Jetzt hatten die Stewards ihre Kabine erreicht – zwei Jugendliche in hübscher weißer Livrée. Als der größere der beiden gerade die Faust zum Klopfen erhoben hatte, drehte Rap sich um und öffnete die Tür. Er streckte eine Hand nach einer der kleinen Laternen aus und sagte vorschnell »Danke!«

Der blonde Junge, der die Lampe hielt, erstarrte und schaute Rap mit offenem Mund an, als sehe er, wie mitten in der Nacht jemand einem Grab entsteigt. Seine ohnehin helle Gesichtshaut wurde so blaß wie Pergament. Sein ebenfalls blonder Gefährte wirkte genauso verblüfft.

Belustigt legte Rap einen Finger an die Lippen. »Sch!« machte er. »Ich bin ein verkleideter Jotunn. Sagt es niemandem.«

Die Jungen wurden knallrot. Der erste gab Rap eilig die Laterne, und der andere fand seine Sprache wieder. »Wollt Ihr heute abend essen, Sir?«

Höfliche männliche Jotnar? Was war aus dieser Welt geworden?

Aber Rap hatte nach dem Gefängnis noch etwas nachzuholen. »Gewiß, und mein Freund hier ebenfalls. Was steht auf der Karte?«

Erneut tauschten die Stewards belustigte Blicke und ratterten dann eine Listen von Gerichten herunter, die Rap das Wasser im Munde zusammenlaufen ließen. Auf der *Stormdancer* war es ganz anders zugegangen.

»Hört sich gut an. Wenn ich eine doppelte Portion des gegrillten Schweinefleisches haben möchte, blutig und extra fettig, glaubt Ihr, der Küchenchef könnte mir diesen Wunsch erfüllen?« Lachend schloß er die Tür vor ihrer Nase. Er hängte die Laterne an einen Haken in den Balken, wo sie wild hin und her schwang.

Sagorn lächelte sauer über diesen Scherz. »Der Speisesaal

in der Ersten Klasse? Was wißt Ihr über die Tischmanieren der Oberschicht?«

»Ich glaube, das sollte mit den Kräften eines Geweihten zu bewältigen sein.« Rap hatte Augen, er konnte nachmachen, was er sah.

Er bemerkte, daß ihm das Stehen zu anstrengend wurde und ging hinüber zu Andors Schrankkoffer und setzte sich. Der hinterhältige alte Gelehrte verbarg sicherlich etwas vor ihm. Es wurde Zeit, ein wenig herumzuschnüffeln.

»Erzählt mir von Lith'rian.« Er sah sofort, daß er falsch geraten hatte – der alte Mann antwortete ohne zu zögern.

»Pa! Er gelangte im ersten Jahr von Emthars Regierungszeit auf den blauen Thron, vor achtundsechzig Jahren. Über seine Herkunft ist so gut wie nichts bekannt, aber es heißt, er sei in Valdojif geboren, nicht in Valdorian selbst. Die Clan'jifs gehören zur Sippe der Clan'rians, dem ältesten Clan in den Eol Gens. Für die Elfen im allgemeinen ist er natürlich ein Held, und für die Clan'rians ganz besonders. Er ist *High War Chief*, ein äußerst ehrenvoller Titel, der nur selten verliehen wird und gleichbedeutend mit dem unumschränkten Oberherrscher der gesamten Gens – nicht, daß solche Ehren für einen Hexenmeister wirklich von Bedeutung wären, wie ich annehme. Sein Alter ist unbekannt und natürlich nicht zu schätzen, da er sowohl Zauberer als auch Elf ist, aber es sieht so aus, als habe ihn Umthrum persönlich zu ihrem Nachfolger bestimmt und ihm auf dem Totenbett ihre Worte genannt, also würde ich sagen, er war damals um die achtzehn oder zwanzig Jahre alt ...«

»Wie kommt Ihr darauf?«

Sagorn schnaubte. »Die meisten Zauberer und Zauberinnen werden seltsam, wenn sie älter werden, und Umthrum war mindestens zweihundert. Außerdem war sie eine Merfrau.«

»Oh.«

»Sie unterhielt ein großes Gefolge von gutaussehenden, jungen ...«

»Ich verstehe.«

»... ausgewählt aus allen Rassen, und bekannt für ihren ...«

»Ich verstehe!« beharrte Rap und fühlte eine Abscheu, die nichts mit Seekrankheit zu tun hatte. »Wie könnt Ihr Euch an so viel erinnern?«

Der alte Mann feixte. »Übung natürlich. Ich habe ein eidetisches Gedächtnis – ich kann mir alles, was ich je gesehen habe, oder jede Seite, die ich gelesen habe, ganz real vor Augen holen. Ich hätte gedacht, daß ein Geweihter ebenfalls über diese Fähigkeiten verfügt.«

»Tatsächlich?« Rap hatte noch nicht daran gedacht, und erneut überfiel ihn eine leichte Erschütterung der Vorahnung. Nein, eine *Erregung*. Irgendwie war dieser Fetzen Information wichtig, und bestimmt übersah er etwas. Ein Geweihter konnte jede menschliche Fähigkeit meistern – warum nicht das Erinnerungsvermögen? Am besten sollte er in seine eigene Kabine gehen und ein wenig nachdenken. Und diese unheimlichen Vorahnungen ... waren sie ein Zeichen dafür, daß sich bei ihm ein Talent zum Hellsehen entwickelte? Oder war es nur Einbildung?

Seine Mutter war Seherin gewesen.

Er hatte immer noch nicht entdeckt, welch schlechte Kunde Sagorn zurückhielt. »Glaubt Ihr, der Hexenmeister wird mir helfen?«

»Ich habe keine Ahnung.« Das Verhalten des alten Mannes implizierte, daß er auch nicht gedachte, es herauszufinden.

»Wann werde ich Valdorian erreichen?«

Sagorn warf einen besorgten Blick über das Glas des Fensters. Wasser tröpfelte an den Rändern herein. »Wenn Ihr vorhersagen könnt, wo wir morgen sein werden, dann seid Ihr mehr als ein Geweihter. Ihr müßt den Fahrplan der *Allena* kennen. Malfin ...«

»Ich weiß, daß wir frühestens in vier Wochen in Vislawn erwartet werden. Ich wünschte beinahe, ich hätte nicht auf Ishists verrückte Ideen gehört. Sogar zu Fuß wäre ich schneller in Hub gewesen.«

Sagorn fletschte verächtlich die Zähne. »Also wart Ihr vielleicht doch nicht ganz der freie Reisende, der Ihr zu sein hofftet? Versteht Ihr nun, warum Ihr mich hättet fragen sollen, bevor Ihr derart übereilt vorgingt?«

Es hatte Zeiten gegeben, da hatte Rap Wut über die höhnischen Bemerkungen des alten Mannes verspürt. Jetzt war er nur traurig über die engstirnige Gehässigkeit, die sie hervorbrachte.

»Ich habe es so verstanden, daß ein Leibeigener nicht einfach an die Tür eines Hexenmeisters klopfen und um Einlaß bitten kann.«

»Ich habe Freunde in Hub, die eine Audienz hätten arrangieren können.«

»Schnell?«

»Vielleicht nicht sofort«, gab der Gelehrte zu.

»Also ist dieser Weg letztlich vielleicht doch schneller?«

Sagorn nickte widerwillig. »Sobald Ihr Ilrane erreicht, werdet Ihr sofort nach Valdorian weitergeleitet. Da habe ich keinen Zweifel. Die größten Zauderer der Welt sind die Zollbeamten von Dwanishia, aber die Elfen folgen dicht auf, und es gefällt ihnen nicht, wenn Fremde durch Ilrane streifen. Ein Elf jedoch, der die *Hehre Herausforderung* ausgesprochen hat – der ist eine Staatsangelegenheit! Ihr werdet wie Eis verschifft werden, Hals über Kopf.«

»Wie lange also?«

Sagorn zuckte die Achseln. »Sechzig Meilen vielleicht. Ein langer Tagesritt auf guten Pferden.«

Sechzig Meilen an einem Tag? Während Rap diese erstaunliche Aussage noch verdaute, erhob sich Sagorn steif. Unsicher schwankend schloß er die Fensterblende. »Die Frage könnte hypothetisch sein, versteht Ihr? Die Anker sind zwar gelichtet, aber wir können die Bucht von Noom noch nicht verlassen haben. Unsere Lage ist prekär.« Er setzte sich wieder, vermutlich viel schwerfälliger, als er beabsichtigt hatte.

Ein Steward lief schlingernd über den Gang und rief mit einer Glocke zum Abendessen.

»Ich glaube nicht, daß ich den Weg in den Speisesaal auf mich nehmen werde«, murmelte Sagorn. »Und Andor hätte keinen Appetit. Jalon würde vielleicht ein gutes Essen zu schätzen wissen, doch die Mannschaft kennt keinen von uns ...«

»Ich sehne mich immer noch nach diesem gebratenen Schweinefleisch«, meinte Rap. Zeit zu gehen, und daher Zeit für einen direkten Angriff. »Ich bin auf Eure Motive neugierig, Doktor. Und die Eurer Freunde. Andor, Jalon und Darad haben mir alle die Hand geschüttelt. Jeder von ihnen hat mir versprochen, mir zu helfen, wenn ich ihnen hinterher ebenfalls helfe. Euch und Thinal habe ich noch nicht gefragt. Aber ich war sehr überrascht, Andor an Bord kommen zu sehen. Treue ist nicht Andors Lieblings-Zeitvertreib.«

Der alte Mann wurde rot. »Er hegt die Vorstellung, Euch irgendwann auf der Reise Euer Wort der Macht zu entlokken.«

Rap schüttelte den Kopf.

Der Weise sah in finster an. »Vielleicht begleiten wir Euch nicht ganz bis nach Vislawn. Der Fahrplan sieht Aufenthalte in Malfin und Dal Petr vor und ...«

»Nein. Andor ist auch nicht übermäßig mutig. Er würde nicht ohne guten Grund eine Seereise riskieren, und er würde tausend Wegstunden weit laufen, um sich von einem Hexenmeister fernzuhalten. Darf ich schließen, daß Ishist Euch fünf mit einem Zwang belegt hat, mich zu Lith'rian zu begleiten?«

Sagorn erblaßte. »Gewiß nicht!«

»Dann liegt die Frage nahe, was Euer Freund in Noom Euch noch erzählt hat?«

Sagorn fletschte seine gelben Zähne. »Ihr werdet zu schlau, junger Mann! Also gut. Inosolan ist tot!«

Nein!

Rap sah sein eigenes Gesicht und war sicher, daß er keine Reaktion gezeigt hatte, und Sagorns offensichtliche Enttäuschung bestätigte das.

»Wer sagt das?« fragte Rap mit eisigem Gesicht. *Nein! Nein! Nein!*

»Emshandar. Er hat den Senat entsprechend informiert, als er über Krasnegar Bericht erstattete.«

»Und wer hat es dem Imperator erzählt?«

»Ich weiß es nicht.«

Sagorn log nicht. Sein namenloser Freund hätte keinen Grund gehabt, ihn anzulügen. Vor Monaten, in der Nacht, als Rap Inos irgendwo in der Wüste von Zark gesehen hatte, wußten mindestens drei Wächter, wo sie war, und mindestens zwei von ihnen hatten sie entführen wollen. Wenn Hub glaubte, sie sei tot, dann war etwas schiefgegangen. Rap kämpfte gegen schiere Verzweiflung an, aber er glaubte, daß seine Vorahnung ihm half. Irgend etwas an dieser Geschichte klang nicht echt. »Das glaube ich nicht.«

Sagorns Buch begann wegzurutschen. Er griff zu spät danach, und es glitt plötzlich an das Ende der Koje. Er verlor wieder das Interesse daran, lehnte sich zurück und lächelte Rap höhnisch an.

»Je älter und klüger Ihr werdet, um so mehr wird Euch klar werden, daß die erste Reaktion auf schreckliche Ereignisse oft die Ablehnung ist. Der Verstand weigert sich einfach, es zu glauben, und die Gefühle haben die Oberhand. Aber diese Neuigkeit kommt wohl kaum unerwartet. Schon bald werdet Ihr sie akzeptieren.«

»Und dann?«

»Und dann werdet Ihr sehen, daß Eure Suche beendet ist. Sie ist unmöglich geworden. Nach der Vereinbarung, die Ihr mit den anderen getroffen habt, seid Ihr jetzt moralisch verpflichtet, uns zu helfen. Ich apelliere an Euch, das zweite Wort mit uns zu teilen.«

Rap sagte nichts, sondern dachte wütend nach.

Sagorn runzelte die Stirn. »Stimmt, so genau wurde das nicht gesagt. Meine Gefährten haben es versäumt, vernünftige Bedingungen mit Euch auszumachen. Aber gewiß habt Ihr eine ethische Verpflichtung.« Er war nicht annähernd so selbstbewußt wie er tat, aber Andors Entscheidung, an Bord zu gehen, war jetzt erklärbar.

Ishist hatte Rap gesagt, er solle seinen Vorahnungen vertrauen. »Ich glaube es nicht«, wiederholte er stur.

»Pfui! Ihr seid kindisch! Sie ist vielleicht schon in der Nacht gestorben, als die Zauberin …«

»Sie lebte noch, als wir in Milflor waren.«

»Woher wißt Ihr das?« brüllte Sagorn.

»Egal! Ich will wissen, wer es dem Imperator erzählt hat.«

»Dann geht nach Hub und fragt ihn!«

»Wer hat die Macht? Er oder der Senat?«

Sagorn kniff die Augen zusammen. »Vor zehn Jahren – noch vor fünf Jahren – konnte Emshandar die Senatoren zum Tanz in ihren Nachthemden antreten lassen. Heute … wer weiß?«

»Krasnegar war für ihn also ein Ärgernis. Es war vielleicht einfacher, eine Lösung ohne Inos zu finden, also vielleicht … vereinfachte er die Dinge?«

Sagorn lachte spöttisch.

Es klang sogar in Raps Ohren schwach, aber er blieb fest. »Ein junge Königin in einer Notlage, Legionäre, die bei dem Versuch, ihr zu helfen gestorben waren, und Emshandar wollte ihr Königreich an die Thans geben, aber die Senatoren haben vielleicht …«

»Wunschdenken!«

Und doch …

»Der Imperator hat vielleicht gelogen!«

Ja! sagte die Vorahnung. *Weiter! Weiter*!

Oder war das auch nur Wunschdenken? O Inos!

»Euer Optimismus ist so unglaublich wie Euer Anspruch auf die Wahrheit«, sagte Sagorn. »Warum sollten die Wächter eine solche Lüge unterstützen? Sagt mir, was Ihr in Milflor erfahren habt.« Seine Neugier brachte ihn beinahe um, und er versuchte, es nicht zu zeigen.

Rap, der allmählich Mitleid mit ihm bekam, begann ihm von der Nacht zu erzählen, als er Bright Water und Zinixo getroffen hatte, und von den sonderbaren Vorgängen im

Gazebo. Reden war eine willkommene Ablenkung. Er erzählte alles – wie die beiden Wächter Little Chickens Zukunft gesehen, wie sie sich gegen Olybino verbündet, wie sie Inos in dem okkulten Spiegel beobachtet hatten, und wie er versuchte hatte, Inos zu warnen.

Als er fertig war, nahmen die Offiziere und eine Handvoll Passagiere im Speisesaal gerade den dritten Gang ein, und Schatten wirbelten wild durch die Kabine, und Rap mußte brüllen, um den Sturm zu übertönen. Sagorn war ansich ein äußerst ungewöhnlicher Jotunn, aber er ignorierte das furchterregende Wetter wie ein echter Jotunn und hörte hingerissen zu.

»Ihr glaubt, sie hat Eurer Warnung Beachtung geschenkt und ist entkommen?« fragte er schließlich zweifelnd.

»Ich weiß es nicht. Ich hoffe es.«

»Es erscheint mir unwahrscheinlich, daß es ihr gelungen sein könnte. Und jetzt kann ich Euren rührenden Glauben noch weniger akzeptieren. Ich würde eher annehmen, daß es einen Streit um sie gegeben hat, und daß sie zufällig zwischen die Fronten geriet. Oder sie versuchte zu entkommen, wie Ihr es ihr geraten habt und ist in ihr Unglück gelaufen. Die Wächter haben es dem Imperator erzählt.«

Rap sank der Mut.

»Wir haben nicht genügend Informationen«, räumte Sagorn ein. »Was wir auch folgern, es können nur Spekulationen sein.«

Rap stimmte ihm traurig zu. Seine Hoffnung klang wie ein ganz dünnes Pfeifen in einem sehr großen Wald. Und doch bestand seine Vorahnung darauf, daß Inos nicht tot war.

»Lith'rian wird es wissen.«

»Hoffen wir, daß Ihr ein Treffen mit ihm noch erleben werdet!« Sagorn hielt sich jetzt an seiner Koje fest, um nicht hinunterzufallen, wenn das Schiff sich zur Seite neigte. »Macht Eure Sehergabe irgendwo Land aus?«

»Nein«, antwortete Rap beruhigend. »Nur viel Wasser.«

Die Masten lagen beinahe nackt da, jeder Spant und jede

Bohle ächzte unter der Belastung. Die *Allena* hielt, Bug im Wind, so gut es ging ihren Kurs, aber der alte Mann hatte mit Fug und Recht Angst. Rap ließ ihn drauflosreden und hörte nicht auf das nervöse Geschwätz. Er setzte sich selbst zu, er solle etwas essen gehen, solange es noch etwas gab, und ließ doch seinen Verstand seine eigenen Wege gehen …

Plötzlich hatte er es. Das Bild, das er aus seiner Erinnerung hatte ausgraben wollen, wie frisch gemalt, deutlich bis in alle Einzelheiten, als blicke er wieder über die Schulter eines Elfs.

Er sprang auf und taumelte zur Tür.

»Was ist los?« fragte Sagorn.

Rap griff mit verletzten Fingern nach dem Türgriff, und ein heißer stechender Schmerz ließ ihn zurücktaumeln. Aber seine Sehergabe war schon viel weiter und suchte … Er traf auf Widerstand, beharrte, wurde zurückgeworfen …

Er stolperte zurück und rutschte unbeholfen auf die Knie. Mit Übelkeit erfüllt schlug er sich die Hände vors Gesicht.

»Seekrank, Master Rap? Nicht genügend Jotunn in Euch?«

Es dauerte eine Weile, bevor Rap antworten konnte. Er befeuchtete seine Lippen und schluckte zweimal. Schließlich griff er zu einer Lüge. »Nur ein stechender Schmerz.«

»Meidet das Schweinefleisch, würde ich vorschlagen.«

Doch Rap spürte die vertraute Berührung eines Aversionsbannes. Wenn er dem alten Mann die Wahrheit über den Sturm erzählte, würde er sich nur noch mehr ängstigen. Dieses Wetter war absichtlich heraufbeschworen worden.

Inos lebte noch!

Oder Little Chicken.

2

Als Rap im kalten, grauen Morgenlicht erwachte, wand sich die *Allena* immer noch in unerbittlichem Sturm. Als er sich auf den Weg machte, sich Frühstück zu besorgen, erkannte seine Sehergabe gen Süden scharfe Kanten, die mit Schaum und Gischt geschmückt waren. Er beschloß, daß er etwas gegen sie würde tun müssen.

Ein oder zwei Stunden später schwankte Gathmor nach achtern, um seine Gefährten zu suchen. Er hatte die ganze Nacht mit den Offizieren verbracht und vergnügt Seemannsgarn gesponnen sowie potentielle Partner für eine entspannende Rauftour zu einem späteren Zeitpunkt gewonnen. Er stieß die Tür auf und wankte in Raps Kabine.

Jalon lag auf dem Bett und zupfte müßig an einer Laute, die er sich von einem bewußtlosen Elf geliehen hatte. Seit er am Abend zuvor ein üppiges Mahl gegessen hatte, zeigte er keinerlei Eile, Sagorn oder Andor zurückzurufen. Wind und Wellen hatte er mit Verachtung gestraft. Entweder ließ ihn die Wucht des Sturmes unbeeindruckt, oder er hatte ihn wirklich nicht bemerkt.

Rap saß auf einem der gut gepolsterten Stühle, seine Füße lagen auf dem zweiten. Er nahm die Füße herunter und bedeutete Gathmor mit einer Geste, sich zu setzen.

»Wißt Ihr, was dieser verrückte Skipper macht?« knurrte Gathmor wütend.

»Hißt er noch mehr Segel?«

»Woher wißt Ihr das?«

»Oh, ich habe es ihm vorgeschlagen.« Rap grinste hämisch. Da er noch nicht wußte, wie effektiv seine Fähigkeiten waren, war er sich nicht sicher gewesen, wie lange der Zwang anhalten würde, nachdem er den Kapitän verlassen hatte, aber anscheinend hielt er lange genug. Andor hatte es auf ungefähr eine Stunde gebracht, erinnerte er sich.

Gathmor ließ sich auf den Stuhl fallen. »Gott der Stürme!

Warum? Die Masten werden herausgerissen, oder wir kommen vom Kurs ab.«

Rap zeigte mit dem Daumen in die entsprechende Richtung. »Wir schwanken in diese Richtung.«

Der Seemann blickte ihn finster an. »Ich meine, warum hört er auf Euch, eine zimperlichen Landratte von Elf?«

Rap zuckte die Achseln. »Wir haben zusammen gefrühstückt, und Kapitän Prakker bemerkte zufällig, daß er noch nie einen Elf gesehen hatte, der aufrecht gestanden hätte, wenn der Wind nicht totenstill war. Eines führte zum anderen.«

»Noch mehr Segel bei diesem Wetter?«

»Ich habe ihn überzeugt, daß es den Versuch wert ist.«

Der Seemann sah ihn düster an, und ihm wurde klar, daß er sich in der Gegenwart okkulter Kräfte befand.

»Bei diesem Wind wird sie eine gute Zeit schaffen, nicht wahr? Das heißt, falls sie sich über Wasser hält. Der Skipper sagt, Malfin liegt direkt vor dem Wind, aber wir können einem Zickzackkurs folgen. Und falls Ihr eine Wette abschließen wollt, Käpt'n, würde ich sagen, daß wir Malfin auf dieser Reise nicht zu sehen bekommen.«

Gathmor blickte düster. »Ich wette nicht gegen Euch, niemals. Aber Prakker wird beidrehen, sobald er aus der Bucht von Noom heraus ist.«

»Seid Ihr sicher, daß Ihr nicht wetten wollt?« sagte Rap fröhlich.

Er sah zu dem Spielmann hinüber, der stirnrunzelnd eine leise Melodie zupfte.

»Ihr wart schon einmal in Ilrane, nicht wahr?«

Jalon zuckte ohne aufzusehen die Achseln. »Andor zumeist. Ich war nur einige Stunden dort.«

»Erzählt mir von den Himmelsbäumen.«

»Andor hat Euch einmal davon erzählt«, sagte Jalon und zupfte leise weiter.

»Aber Ihr verfügt über das Auge des Künstlers und die Zunge des Dichters.«

Selbst Darad hätte eine solch dick aufgetragene Schmeichelei durchschaut, aber Jalon merkte nichts. Er legte die Laute zur Seite, stützte seinen flachsfarbenen Kopf in beide Hände und starrte die Deckenbalken an. Eine lange Minute blieb er still, dann seufzte er. »Sie sind herrlich, einfach atemberaubend. Wie Artischocken aus Kristall.«

Gathmor rollte mit den Augen und machte ein verächtliches Geräusch.

Jalon hatte Rap gegenüber einmal zugegeben, daß er zum Teil ein Elf war, und heute schien die Zeit gekommen, es noch einmal zu erwähnen, doch das tat er nicht. Er hatte vielleicht vergessen, schon einmal darüber gesprochen zu haben, oder er wollte Gathmor nichts davon sagen. »Nein, wirklich. Es sind eigentlich keine Bäume, sondern eine Art mineralisches Gewächs.«

»Wie groß?«

»Riesig. Viele sind tausend Meter hoch, einige noch höher, und ihre Spitzen sind schneebedeckt. Valdobyt Prime soll so hoch gewesen sein, daß es ganz oben keine Luft mehr zum Atmen gab. Vor Tausenden von Jahren wurde er von irgendeinem Zauberer zerstört. Ich würde Euch ein oder zwei Balladen darüber vortragen, wenn ich nur diese E-Saite reparieren könnte.«

»Artischocken?« fragte Rap. »Eine Wegstunde hoch? Kommt schon, nun mal ernsthaft!«

»Hätte sie von Kith aus sehen müssen«, schnaubte Gathmor ebenso ungläubig. Doch Jalon war in Erinnerungen versunken.

»Oft werden sie von Wolken verdeckt. Es kann Tage dauern, sie zu erklimmen. Deswegen wurde ich gerufen – Andor war erschöpft. Ich glaube, ich wäre nie wieder von dort fortgegangen, wenn seine Gastgeber mich gekannt hätten und nicht ihn; kümmert Euch nicht um diese Geschichte ... Jedes Blatt sieht aus wie eine Hand. Stellt Euch Hunderte von Kristallhänden vor, die aus einem gemeinsamen Ast ragen, allerdings kann man von dem Ast selbst nicht viel sehen. In der Handfläche ist normalerweise ein kleiner See, und die Finger gehen in kleine Verästelungen aus Kristall über, verzweigen sich immer weiter und bilden schließlich Blütenblätter wie ein Nebel aus bemaltem Glas und Schmetterlingsflügel in der Ferne. Den ganzen Tag scheint die Sonne in allen Farben, die Ihr Euch vorstellen könnt, hindurch, und auch in Farben, die Ihr Euch nicht vorstellen könnt, und die Wolken schweben wie Perlmuttfeuer vorbei.«

»Wo leben die Menschen?« fragte Gathmor, wie immer praktisch veranlagt.

»Sie bauen Häuser um die Seen herum oder höher auf den Hängen, zwischen den Bäumen. Es sind echte Bäume und echtes Gras, und natürlich Blumen. Elfen ohne Blumen in der Nähe gibt es nicht! Kleine Felder. Jedes Blatt ist ein Dorf. Man geht über lange Leitern von einem zum anderen, oder durch Tunnel, die sich durch den Stein winden. Die Himmelsbäume sind das Schönste, was es auf der Welt gibt«, schloß Jalon ungewohnt fest. »Kein Wunder, daß Elfen die Schönheit so sehr lieben.«

Gathmor rieb sich die Augen. »Ich glaube, ich werde mir ein wenig Schlaf gönnen.«

Rap verbarg ein Lächeln. »Gute Idee. Seht Ihr vielleicht eine Möglichkeit, mir einen Umhang und einen Hut zu leihen, Käpt'n?« Er würde einige Zeit an Deck verbringen müssen, um den Skipper auf Kurs zu halten. Er glaubte bereits zu spüren, wie der Wind auf den neuen Kurs des Schiffes reagierte.

Wenn alles andere fehlschlug, würde er dem Kapitän einfach erklären müssen, daß der Hexenmeister des Südens wollte, daß er, Rap, so bald wie möglich an Ilrane ausgeliefert wurde; er glaubte jedoch, daß Lith'rian das als Betrug betrachten würde. Vermutlich würde er diese ganzen Schwierigkeiten nicht auf sich nehmen, nur um an Raps Wort der Macht zu gelangen, also mußte Rap irgendeinen Wert haben, vielleicht war er auch nur ein Unterpfand im Streit um Krasnegar; in diesem Falle war das Spiel noch nicht zu Ende, und Inos war noch am Leben.

Diese Gedanken waren reine Augenwischerei, reichten

jedoch aus, ihn vom Grübeln abzuhalten, solange er nicht daran dachte, daß er versuchte, die Absichten eines Mannes zu durchschauen, der seine Tochter mit einem Gnom verheiratet hatte.

Oder er sich fragte, ob die unsichtbare Hand Bright Water gehörte, die Rap brauchte, um Little Chickens Schicksal zu erfüllen. Lith'rian war der Verbündete der Hexe.

Wie auch immer, Rap würde das Schiff so gut er konnte nach Vislawn führen. Den Rest der Zeit würde er in seiner wundervollen Kabine verbringen. Er hatte ein sehr gutes Frühstück genossen. Nie zuvor in seinem Leben hatte er in einem solchen Luxus gelebt.

Und er hatte einen ganzen neuen Zeitvertreib gefunden. Mit seinem neuen eidetischen Gedächtnis konnte er genaue Bilder von Inos und sich selbst aus ihrer gemeinsamen Kindheit heraufbeschwören – Inos zu Pferde, Inos rennend, tanzend, lachend, spielend, laufend. Es war fast so gut, wie sie bei sich zu haben.

3

Irgendwann am zweiten Tag öffnete Inos ihre Augen und sah Kade, die sich über sie beugte und sie besorgt ansah, mit zerzausten weißen Haaren und einem vom Wind geröteten Gesicht. Hinter den Bullaugen lagen blauer Himmel, das Meer, weiße Vögel – und Wellen. Inos schloß ihre Augen hastig wieder.

»Ich hatte gehofft ...«, sagte Kade leise. »Der Wind hat sich fast völlig gelegt.«

»Ich habe ein wenig ...«

»Falls du über Essen oder Trinken reden willst oder ... oh! ... Suppe ... dann geht alles wieder von vorne los«, sagte Inos fest. Sie hörte ein schwaches Seufzen und ein noch schwächeres Klappern von Porzellan.

Undeutliche Geräusche ließen darauf schließen, daß ein Stuhl herangezogen wurde. Sie öffnete ihre Augen gerade in dem Moment, als Kade sich neben dem Bett niederließ.

»Bitte, Tante? Laß mich allein. Vielleicht morgen?«

Doch Kade entstammte einer langen Ahnenreihe von Königen, und manchmal konnte sie unnachgiebig und stur sein. Bedauerlicherweise schien ein solcher Moment soeben gekommen.

»Es gibt da etwas, das du wissen solltest«, sagte sie fest.

»Raus damit.« *Bring es hinter dich.*

»Ich habe versucht, es Azak zu sagen, aber man hat mich nicht zu ihm gelassen.«

Wie ging es ihm wohl da unten im Kielraum? Azak schwor, daß er das Meer liebte, und doch gingen Djinns normalerweise nur widerwillig aufs Meer. Inos fragte sich, wie es in den Quartieren von Gnomen wohl roch, und sofort wünschte sie sich, sie hätte es nicht getan. Sie knurrte unverbindlich. Sie hatte selbst genug Sorgen. Er war alt genug und konnte auf sich selbst aufpassen.

»Also werde ich es dir erzählen. Dieses Schiff fährt nicht nach Angot.«

Inos drehte ihren Kopf schnell auf dem Kissen zu Seite – zu schnell. »Nicht?«

»Nicht, wenn es nach Süden fährt! Ich bin vielleicht alt, aber ich bin nicht dumm.« Prinzessin Kadolan verlor nur sehr selten die Fassung. Doch dafür mußte soeben die Zeit gekommen sein.

»Du bist nicht alt«, sagte Inos automatisch, während sie versuchte, diese erstaunliche Neuigkeit zu verdauen.

»Trotz der ruhigen See und der sanften Brise ist das hier nicht das Meer der Leiden. Wir sind in der Kerith-Passage.«

»Und wohin fahren wir dann?«

»Ich habe die letzten anderthalb Tage versucht, das herauszufinden. Die Mannschaft und die Offiziere sind äußerst abweisend. Frainish weiß es nicht – ihr hat man gesagt, wir führen nach Qoble –, und ich scheine der einzige Passagier zu sein, der sich noch aufrecht halten kann.«

»Arakkaran?« flüsterte Inos. Es mußte nach Arakkaran gehen.

»Arakkaran, ja. Ich habe gerade die Kabine eines älteren Priesters aufgesucht. Er wollte auch keine Fischsuppe, aber er hat zugegeben, daß er auf dem Weg nach Githarn ist und damit rechnet, daß das Schiff in Torkag anlandet, dann in Brogog und Arakkaran.«

Seekrankheit war nicht besonders vorteilhaft, wenn man klar denken wollte. Die Deckenbohlen zeigten ein sehr welliges, körniges Muster, und wenn Inos sie lange ansah, begannen diese Wellen sich zu bewegen.

Sieh nicht hin, Dummkopf!

»Du bist immer noch überzeugt, daß dein Zenturio der Hexenmeister war?« fragte Kade.

»Ja. Ja, die Augen. Bestimmt seine Stimme. Und kein einziger Fehler. Er wollte, daß ich wußte – daß er mich auslacht.«

Ihre Tante stampfte einige Male mit dem Fuß auf den Teppich. »Nun, ich verstehe das nicht! Wenn wir immer noch Rashas Gefangene wären, könnte ich verstehen, warum wir auf dem Rückweg nach Arakkaran sind, aber ich verstehe nicht, warum der Hexenmeister des Ostens uns dorthin schicken sollte. Ich meine, entweder will er dich als Königin von Krasnegar haben, oder er will dich gar nicht, oder ich würde meinen, er will sowieso nicht.«

Das war für Kades Verhältnisse nicht besonders verworren, doch in ihrem schwachen Zustand brauchte Inos einige Zeit, diese Worte zu überdenken. »Das meine ich auch«, murmelte sie schließlich.

»Wenn du also recht hattest, daß der Hexenmeister uns der Zauberin gestohlen hat, dann sieht es doch so aus, als habe die Zauberin uns zurückgestohlen!«

In diesem Augenblick war das nicht von besonderer Bedeutung. »Was sagt Skarash dazu?«

»Master Skarash«, antwortete Kade brummig, »ist ein Jotunn.«

»Jotunn?«

»Er trägt die Kleider eines Seemannes und verkehrt mit Seeleuten. Das eine Mal, als ich versuchte, ein paar Worte mit ihm zu reden, versuchte er sich gerade im Seemannsjargon in breitem Nordlanddialekt – einer sehr schlechten Imitation des Nordlanddialektes.«

»Und was hat er gesagt?«

»Das ist äußerst fraglich. Ich konnte ihn nicht verstehen, und als ich einen authentischeren Nordlanddialekt benutzte, konnte er mich offensichtlich nicht verstehen, gab es aber nicht zu.«

Inos versuchte sich zu merken, über diese Geschichte zu lachen, wenn sie erst einmal wieder gesund war und ihren Sinn für Humor wiedergefunden hatte. Händler Skarash mußte die Wahrheit kennen. Wenn Azak da wäre, könnte er es aus diesem dünnen kleinen Gauner herauspressen

»Ich weiß es nicht. Wie lange?«

»Wir werden in einer Stunde in Torkag sein, wenn der Wind sich nicht völlig legt.«

Inos erhob sich so weit, daß sie ihren Arm auszustrecken und die Hand ihrer Tante mitfühlend drücken konnte. »Und du bekommst wieder nicht deinen lang ersehnten Besuch in Hub, nicht wahr?«

»Diesmal anscheinend nicht.« Kade preßte wütend die Lippen zusammen.

Und wieder in Arakkaran, würde sie die vielen hübschen Kleider, die sie sich gekauft hatte, nicht tragen können. Auch das würde ihr weh tun.

4

Als die *Allena* in der Nähe der vielen Mündungen des Vislawn-Flusses Land sichtete, legte sich der Wind so plötzlich wie mit der Axt abgeschnitten. Auf dieser Reise waren die Seeleute, was das Wetter anbelangte, durch nichts mehr zu überraschen. Sie setzten mehr Segel und begannen mit den Aufräumarbeiten, die unweigerlich auf einen Sturm folgten. Unter Aufbietung sämtlicher Segel, die der *Allena* zur Verfügung standen, glitt sie vornehm auf der morgendlichen Flut dahin, angetrieben von einer schwachen Brise über spiegelglattem Wasser. Das echte Schiff und die sich im Wasser spiegelnde Pracht schwebten zwischen bewaldeten Inselchen wie Tänzer dahin.

Rap und Jalon standen gegen die Reling gelehnt und bewunderten die Landschaft, das Wetter und die Fischerboote mit ihren weißen Segeln und erhaschten kurze Blicke auf malerische Gebäude in den Wäldern. Nachdem Jalon in der Nacht zuvor von Sagorn herbeigerufen worden war, hatte er es immer weiter aufgeschoben, einen der anderen zu rufen, bis es zu spät gewesen war, denn nun war er der Mannschaft schon bekannt. Rap war es egal, denn er zog ohnehin Jalons Gesellschaft vor, aber es war eine Überraschung – normalerweise war der Spielmann nach drei Tagen von allen Dingen gelangweilt. Glücklicherweise hatte er einen Seemann gefunden, der einen ihm noch unbekannten Liederzyklus kannte. Er hatte seine Zeit damit verbracht, diesen Zyklus zu lernen und zu verbessern.

Rap fühlte sich durch den Mangel an Schlaf benommen und schlapp. Als Geweihter konnte er beinahe jeden Menschen zu allem möglichen überreden, aber das hielt nicht lange vor. In den ersten drei Tagen und Nächten im Home Water hatte er fast überhaupt nicht geschlafen. Später war es besser gegangen, als er an Autorität gewonnen hatte und die Seeleute beschlossen hatten, er müsse ein Zauberer sein, weil er entweder die Winde kontrollierte oder zumindest vorhersagen konnte, was sie als nächstes taten. Gegen den Wind zu segeln, wenn er davon abriet, hatte jedesmal dazu geführt, daß sie zum Stillstand kamen. Jeder Versuch, Richtung Malfin zu segeln, war verhindert worden; die Straße nach Vislawn hatte offen da gelegen. Hätten sie die Grenzen von Raps Macht erkannt, hätten sie ihn über Bord geworfen.

Jetzt gab es nichts weiter zu tun, als an die Reling gelehnt dazustehen und die hin und her schnellenden Möwen und den schönen Morgen zu bewundern.

»Gott der Wunder«, bemerkte Jalon leise. »Täuschen meine alten Augen mich?«

Rap zuckte zusammen, kehrte aus seinen Tagträumen zurück, und sah einen Elf, der soeben an Deck gekommen war. Direkt hinter ihm erschien ein weiterer. »Wir müssen uns der Stadt nähern«, stellte er fest.

»Das hier *ist* die Stadt.«

Bänder aus sonnenbeschienenem Wasser zwischen grünen Inseln? Stakenboote und ein paar Schaluppen? »Wo?«

»Hier.« Jalon machte eine undeutliche Handbewegung. »Elfen blicken lieber auf Bäume als auf Häuser, obwohl die Häuser, die sie verstecken, von allen anderen protzig zur Schau gestellt werden würden. Wir segeln seit mindestens einer Stunde durch die Wohnviertel von Vislawn.«

Rap reckte seinen Hals und sah sich prüfend um. Richtig, überall gab es versteckte kleine Holzhäuser und malerische Geschäfte. Nur wenige hatten mehr als ein Stockwerk, und nur Bootshäuser und einige Lagerhütten verfügten über einen direkten Zugang zum Wasser. Die *Allena* glitt langsam an einem Strand mit weißem Sand vorbei, wo ein halbes Dutzend goldener Kinder kreischte und planschte. Hinter den Bäumen verborgen lag eine Töpferei aus bunt lasiertem Holz und funkelnden Ziegeln. Ihr hoher Schornstein ragte in einer unmöglichen Spirale gen Himmel.

»Wie viele Inseln?« wollte Rap wissen.

Er hätte es besser wissen müssen. Jalon sah bei dieser Frage total verständnislos drein. »Viele. Warum?«

Sagorn hätte die genau Anzahl gewußt. »Egal. Wenn wir nicht bald den Ankerplatz erreichen, müssen wir hier ankern. Die Ebbe kommt.«

Jalon lachte leise. »Dann werden sie Euch bitten, ein wenig Wind herbeizurufen.« Er sah wieder träumerisch über die Landschaft.

Wellen!

Götter!

Rap umfaßte fest die Reling und redete beruhigend auf sein Herz ein. Diese Wellen hatte er beinahe erwartet, doch nur weil er richtig geraten hatte, machten sie ihm nicht weniger angst. Sie hatten sich genauso angefühlt wie die ersten, die Wellen, die ihn beunruhigt hatten, als er mit Sagorn sprach, doch diesmal hatte er sie deutlicher gespürt. Die ganze Welt hatte geglitzert – Meer, Inseln, Schiffe, Gebäude – sowohl vor seinen Augen als auch vor seiner Sehergabe, als beobachte er eine Spiegelung in einer Wasserschale und jemand gebe der Schale einen Schubs. Es hatte nur den Bruchteil einer Sekunde gedauert, aber das hatte gereicht, ihm angst zu machen. Er hatte auch nicht gespürt, woher die Wellen gekommen waren, doch er konnte es ahnen.

Noch mehr Elfen kamen zum Vorschein. Die meisten Imps waren bis zum dritten Tag der Reise seefest geworden, doch bei den Elfen gelang das anscheinend nicht, und Raps einzigartige Fähigkeit, es doch zu schaffen, schien nur ein weiterer Beweis dafür, daß er über Zauberkräfte verfügte. Auf diesem spiegelglaten Kanal jedoch konnte Sir Thoalin'fen in Silber und Seegrün umherspazieren. Fern'soon zeigte ihre wunderbaren Beine unter einem außerordentlich gewagten burgundroten Umhang. Großmutter hin oder her, sie war ein hübsches Mädchen! Jalons goldenes Jotunnhaar war, verglichen mit diesen elfischen Locken, ein verschossener Waschlappen.

Schließlich erschien Quip', immer noch blaß, aber prächtig in Rosa und Pfauenblau.

Er blieb ziemlich unsicher in der Tür stehen und sah sich suchend nach Rap um. Sehr erleichtert ging er zu ihm hinüber und richtete das safrangelbe Käppchen, das mit einer scharlachroten Feder geschmückt war. Rap verbeugte sich, als Quip' noch ein paar Schritte von ihm entfernt war. Jalon war in tranceähnliche Kontemplation über eine Schaluppe versunken, die vorbeifuhr und bemerkte nichts, doch Quip' blieb plötzlich abrupt und verwirrt stehen.

»Warum verbeugt Ihr Euch vor mir, Rap?«

»Weil ich glaube, daß Euer Name nicht Quip' ist, Eure Omnipotenz.«

Eis! Einen Moment lang spürte Rap mehr Angst, als je zuvor in seinem Leben. Dann zwinkerten die Opalaugen, und der Elf trat an seine Seite und legte die Hände auf die Reling. Seine physische Erscheinung veränderte sich nicht im mindesten – er blieb kleiner als Rap und viel dünner, und er sah immer noch nicht älter aus als fünfzehn. Aber er war eine andere Person.

War da die Andeutung einer Welle gewesen, oder waren es nur Raps Zähne, die zu klappern versuchten? Oder sah er schon Gespenster?

Lith'rian fragte mit Quips heiseren hohen Stimme: »Nun?«

Rap fand ein wenig Spucke. »Ich habe gelernt, mein Erinnerungsvermögen zu kontrollieren. Als ich die *Herausforderung* aussprach, war niemand in der Nähe von Lord Phiel'nilth, um die Teller abzuräumen.«

Der Elf lachte leise und schüttelte traurig den Kopf. »Wie ein winziges Detail doch den Gesamteindruck zerstören kann! Gut gemacht, Master Rap! Sonst noch etwas?«

»Er hat es bestritten, aber ich glaube, der Drachenwärter muß eine Möglichkeit haben, mit dem Hexenmeister des Südens in Kontakt zu kommen.«

»Ja, das hat er; eine magische Schriftrolle. Was er darauf niederschreibt, kann in Hub auf ihrem Gegenstück gelesen werden. Das ist nur eine kleine Magie, und den Drachen scheint es egal zu sein. Ist das alles?«

»Ich bin einige Male seekrank geworden. Ich war nicht sicher, daß Ihr ... ich meine, ich wollte sehen, ob es Quip' gutging.«

Quips Kabine war nicht auf dem Schiff gewesen, und je mehr Rap danach gesucht hatte, persönlich oder mit der Sehergabe, um so stärker hatten seine Gedärme protestiert.

Der Elf schürzte die Lippen. »Wenn Ihr nahe genug gekommen seid, um einen Anfall von Übelkeit zu spüren, dann seid Ihr ein bemerkenswert entschlossener junger

Mann – Ihr habt Euch durch drei Schichten ... Aber das wußten wir ja von Euch, nicht wahr?« Er lachte leise. »Und das erinnert mich daran, daß ich Kapitän Prakker seine Kabine zurückgeben muß!«

Wellen!

Lith'rian wurde steif und starrte Rap mit festem Blick an. »Ihr habt das gespürt!«

Rap nickte nervös. »Ja, Eure Omnipotenz!«

»Ihr seid nur ein Geweihter! Ihr könnt die Umgebung lesen? Was könnt Ihr sonst noch alles?«

Rap listete die Talente auf, die er an sich entdeckt hatte, und sie schienen ihm alle bedeutungslos, verglichen mit der Macht eines Hexenmeisters. Aber er hatte Wellen gespürt, als der unechte Quip' gegangen war und auch, als er vor einigen Minuten zurückgekehrt war, und jetzt hatte er bemerkt, daß Lith'rian den Bann von der unauffindbaren Kabine genommen hatte. Der Elf wirkte beeindruckt, aber gewiß nicht erfreut.

Mit diesem unheimlich jungenhaften Äußeren und der entsprechenden Stimme wirkte Lith'rian sogar noch einschüchternder als Bright Water oder Zinixo. »Ich bin nach Hub gesprungen, das hat viel grobe Macht gekostet. Zurück bin ich auf dieselbe Weise gekommen. Und gerade eben war ich Euch sehr nahe. Könnt Ihr das hier fühlen? Oder das?«

Rap schüttelte den Kopf.

Die großen Opalaugen flackerten von Blau und Grün zu Rot und Orange. »Eure Sensibilität ist also nicht sehr hoch. Doch sei's drum! Nur sehr wenige Magier können Störungen in ihrer Umwelt wahrnehmen. Einige Zauberer können es auch nicht oder nur sehr schlecht. Ich kann mich an keinen Präzedenzfall erinnern, wo ein Geweihter dazu in der Lage gewesen wäre.«

Rap zwang sich, dem Hexenmeister in die funkelnden Augen zu blicken und sah in ihnen, wie er ihn abschätzte. »Was bedeutet das, Eure Omnipotenz?«

»Das bedeutet, daß Ihr über einige überraschende Fähigkeiten verfügt. Das ist alles.«

Doch offensichtlich war es von Bedeutung. Ebenso wie andere Dinge. »Inos, Eure Omnipotenz?«

»Es geht ihr gut.«

Rap sackte über der Reling zusammen, als hätte sein Herz Flügel bekommen und sei in den Himmel aufgestiegen. Logik und Vernunft waren ganz schön, doch mangelte es ihnen an Überzeugungskraft. *Es geht ihr gut*! Wie viel diese Worte ausdrückten! Wie sehr sie den Sonnenschein verstärkten! Selbst die Blumen wirkten lebendiger. Inos war am Leben und es ging ihr gut. So richtig, *wirklich* hatte er Sagorn gar nicht geglaubt. Aber jetzt wußte er es. Es geht ihr gut! Es geht ihr gut!

Nach einer Weile merkte er, daß der Hexenmeister ihn mit einem Gesichtsausdruck betrachtete, der für alle Welt wie ein jugendliches Hohngrinsen wirkte.

»Könnt Ihr meine Zukunft vorhersagen?« bat Rap.

Einen Augenblick veränderte sich Lith'rians Lächeln nicht, und doch mußte Rap an einen Jungen denken, der Insekten auseinanderriß oder Kätzchen quälte. Er erschauerte und ermahnte sich, daß dieses Kind mindestens neunzig Jahre alt war.

»Nein, kann ich nicht«, antwortete der Hexenmeister leise.

Mit seinem Verhalten forderte er Rap heraus, ihm noch mehr impertinente Fragen zu stellen, doch Rap war nicht verrückt, sondern recht ungestüm. Schnell wechselte er das Thema. »Ishist hat mir aufgetragen, ich solle Eurer Omnipotenz gegenüber erwähnen, daß Inos ein Gott erschienen ist.«

»Ja. Das weiß ich. Ich glaube, ich kenne die ganze Geschichte, Master Rap.«

Holz quietschte, als die Seeleute die Segel einrollten. Auf der anderen Seite des Decks warf jemand eine Leine. Die *Allena* war dabei, an einer Mole festzumachen, und die meisten Passagiere standen auf der anderen Seite. Jalons träumerische Unaufmerksamkeit war außerordentlich stark, sogar für seine Verhältnisse, er mußte durch okkulte Kräfte abgelenkt werden.

Der Hexenmeister beobachtete ein vorbeifahrendes Stakboot. Der Junge darin sah aus wie ein Elf in Quips Alter und trug nur einen Lumpen. Er glänzte vor lauter Mühen, seine Arbeit zu tun, und seine knochige Brust hob und senkte sich heftig. Lith'rians Stimmung schien sich erneut zu verändern. Er lachte und legte beide Ellbogen auf die Reling.

»Der Drachenwärter braucht vielleicht Urlaub! Er spielt wirklich den Clown. Aber er hatte recht. Diese kleine Eskapade hat mich amüsiert. Quip'rian zu sein, war eine grauenhafte Erfahrung!«

Rap beschloß, nicht weiter zu fragen, doch der Hexenmeister erzählte es ihm trotzdem. »Es gibt wirklich einen Quip'rian. Er war in der Küche, als Ihr die *Herausforderung* aussprachet. Ich habe lediglich seinen Namen und seine Persönlichkeit geborgt, so wie ich auch sein Äußeres hätte benutzen können, wenn ich gewollt hätte. Er weiß nichts davon, und wird es nie erfahren. Niemand wußte, wie er aussah ...

Die Welt durch die Augen eines Niemand zu sehen – das ist furchterregend! Wißt Ihr, daß ich beinahe gar nicht wieder ich selbst werden *wollte*?«

Rap hatte den sanften Quip' nicht als Niemand betrachtet. Mit ihm hatte er sich viel wohler gefühlt als mit dem unheimlichen, tödlichen Hexenmeister, trotz ihrer identischen Erscheinung.

Lith'rian nahm seine Kappe ab. Er zog die Feder heraus und ließ sie in den Fluß fallen. Als er die Kappe wieder aufsetzte, verändert sie ihre Farbe passend zum Hemd. Irgendwann empfand Rap das Schweigen als bedrückend.

»Ihr habt gesagt ... ich meine, Quip' sagte, Ihr müßtet entweder meinen Kopf abschlagen oder mit den Clan'nilth einen Krieg beginnen – Eure Omnipotenz.«

Der Hexenmeister nickte. »So lauten die Regeln.« Er tätschelte Raps Hand auf der Reling. »Doch es gibt verschiedene Auswege, sehr alte Präzedenzfälle. Ein junger Mann der Clan'lyns sprach einmal die *Hehre Herausforderung* gegen die Clan'ciels und kniete im Schatten seines eigenen Vaters. Sein Vater war reich und anscheinend dumm. Wie auch immer, er schickte den goldenen Eimer, aber der Kopf darin war eine Replik.«

Rap fühlte eine belebende Welle der Erleichterung. »Das war akzeptabel?«

»Voll und ganz. Sie war auch aus solidem Gold.«

»Ich kann verstehen, wie das wirkte.«

Lith'rian nickte. »Ich denke, in diesem Fall wird es funktionieren. Im Augenblick befinden wir uns in Pandemia in einer zivilisierten Periode, wo Bürgerkriege einen schlechten Beigeschmack haben.«

Rap riskierte noch einen Schritt weiter. »Dann teilt Ihr also nicht Quips Ansicht über das wahrscheinliche Ergebnis meiner Jagd, Eure Omnipotenz?«

Der Hexenmeister schnaubte. »Sein Sinn für Romantik ist abstoßend. Schwärmerische Gefühlsduselei! Was kann man von einem Tellerwäscher schon erwarten?« Er hob sein Gesicht gen Himmel und beobachtete einen kreisenden Seevogel. Er seufzte. »Nein. Ich kenne ein viel romantischeres Ende.«

»Tragisch oder glücklich?«

Der Elf seufzte. »Kann ich noch nicht sagen. Die Waage zittert noch.«

Offensichtlich gab es also keine Antworten mehr.

»Dennoch, Rap, Ihr habt sehr gut daran getan, die *Allena* hierher zu lenken.«

Er brauchte nicht zu fragen, warum das nötig gewesen war. Elfen gefiel es, wenn etwas mit Stil gemacht wurde und nicht auf die einfache, offensichtliche Art und Weise. »Es war eine wilde Reise, Eure Omnipotenz.«

»Die nächste wird noch wilder werden. Ich hatte geschätzt, acht Tage seien das absolute Minimum, eher zwölf, und Ihr habt es in neun Tagen geschafft. Das hilft uns weiter.«

»Hilft uns, my Lord?«

»Die Zeit ist sehr knapp. Sehr! Ich kann Euch noch nicht

einmal nach Valdorian mitnehmen, um die *Hehre Herausforderung* zu einem Ende zu bringen, so angemessen es auch wäre. Leider wird der Rap'rian, der nach Valdorian geht, ein Faksimile sein, nicht Ihr selbst. Hier ist Euer Transportmittel.«

Ein kleines Boot glitt über die blaue, spiegelglatte Oberfläche des Kanals auf das Schiff zu und zog einen strahlenden Fächer von Wellen hinter sich her. Die *Allena* war jetzt festgemacht, und sowohl Mannschaft als auch Passagiere richteten ihre Aufmerksamkeit auf die andere Seite des Decks. Niemand schien das geheimnisvoll schnelle Boot zu bemerken, obwohl sein Segel chaotisch im Winde flatterte, als es gegen die leichte Brise kreuzte. An Bord hatte es drei junge Elfen, dünne goldene Jungen, die mit beinahe Nichts bekleidet waren. Zwei von ihnen stritten sich um die Ruderpinne, obwohl das Boot sich ohnehin nicht um das Ruder kümmerte.

Auf der anderen Seite des Decks der *Allena* hörte man schrille Schreie, als die ersten Passagiere erkannten, daß sie die lange Reise nach Vislawn und nicht nach Malfin gemacht hatten.

Schmutzig wie ein gewöhnlicher Seemann kam Gathmor, der sich seine schwieligen Hände an der Hose abwischte, zu ihnen herüber. Er blieb stehen und runzelte die Stirn, als habe er vergessen, warum er gekommen war.

»Kapitän Gathmor«, sagte Lith'rian liebenswürdig. »Bringt schnell eine Strickleiter.«

Gathmor öffnete den Mund und warf schließlich einen harten Blick auf den heranwachsenden Elf. »Ay, Sir!« sagte er und rannte los.

Rap holte tief Luft, unsicher, ob er es wagen sollte, eine Frage zu stellen. »My Lord ... Wo ist Inos?«

»In Arakkaran.«

»Immer noch?«

»Schon wieder.«

»Bright Water sagte ...«, begann Rap.

»Falls Ihr den Abend im Gazebo meint, weiß ich genau, was passiert ist, und was gesagt wurde. Genau.«

Rap spürte Herausforderung. »Tatsächlich? Ich meine ... Oh! Feuerküken?«

Lith'rians Augen tanzten in Regenbogenfarben, und er nickte.

»Ihr *wart* das Feuerküken?«

»Nein, aber ich habe es benutzt. Sie haben sonderbare Eigenschaften, die Drachen. Manchmal ganz nützlich. Konnte Bright Water nicht ohne Unterstützung in dieses Nest von Tunnelratten schicken. Und was sie da gesagt hat, dürft Ihr nicht allzu wörtlich nehmen. Ihr versteht doch, warum sie Inos an den Maulwurf verraten hat?«

Natürlich konnten Elfen die Zwerge nicht mehr leiden als umgekehrt, und Rap spürte unsicheres Gelände. »Nein, my Lord.«

»Es ist ganz einfach«, sagte Lith'rian schwungvoll. »Wir haben den Felsenbewohner als Hexenmeister am Hals, aber wir können ihn nicht herumlaufen und jeden beleidigen lassen, also müssen wir mit ihm einige Übereinkünfte treffen. Verbündete können ihn in gewisser Weise unter Kontrolle halten, richtig? Also hat Bright Water ihm Olybinos Kopf auf einem Tablett angeboten, versteht Ihr? Und so wie der nervöse Kuhhirte denkt, wenn man ihm die Gelegenheit gibt, vermutet er sofort eine Falle und geht in die entgegengesetzte Richtung. Dasselbe mit Inos – Bright Water sagte, ich hätte sie Rasha gestohlen, aber natürlich versteckte Rasha sie lediglich vor Olybino – die Hexe hat das vorausgesagt, denn nur eine Frau kann vorhersagen, wie eine Frau denkt, also wartete sie, um Inos aufzuspüren – und ließ sie dem Maulwurf die Gelegenheit geben, Inos von mir wegzubringen, wie auch aus Olybinos Gebiet und sie dem Imperator als Bestechung anzubieten oder sonst die angebliche Verschwörung an Olybino zu verraten und so zu versuchen, ihn zu bestechen. In jedem Fall würde er glauben, einen Verbündeten gefunden zu haben, entweder den Osten oder Emshandar. Könnt Ihr mir folgen?«

»Äh ... Wo lag der Fehler?«

»Bei Olybino, natürlich. Narr! Er hat alles zunichte gemacht, als er Emshandar erzählt hat, Inos sei tot, also wurde der Plan aufgedeckt. Dann entkam Inos selbst Rashas Jünger, und er mußte so viel Macht benutzen, um sie zurückzubekommen, daß Olybinos Leute ihn aufspürten und er sie fing, nur war sie dann für ihn wertlos. Er hat sie nicht getötet, also ist sie jetzt wieder in Arakkaran. Es ist alles ganz einfach.«

Noch einfacher, und Rap wäre in einem Zustand völliger Verwirrung. »Ja, my Lord.«

»Dennoch ist sie in Gefahr«, sagte Lith'rian bitter. »In Gefahr, einen schrecklichen Fehler zu machen. Ihr müßt sie warnen.«

»Ich, Sir? Ich meine, Eure ...«

»Ihr.« Der Hexenmeister seufzte. »Quip' hatte mit einigen Dingen recht. Arakkaran liegt im Sektor des Ostens. Ich wage es nicht, mich einzumischen.«

»Aber ...«

»Nichts aber. Ihr habt bereits zwei von ihnen kennengelernt – was meint Ihr, wer ist verrückter? Und der vierte, Olybino, ist ein Dummkopf, ein aufgeblasener, ängstlicher Dummkopf. Er ist dumm, aber wenn ich in seinen Angelegenheiten herumstochere, wird er vielleicht noch dümmer. Die Dinge können zu leicht aus dem Gleichgewicht gebracht werden. Ich darf dem Westen keinen echten Verbündeten liefern!« Er wedelte ausdrucksvoll in einer unergründlichen Geste mit der Hand.

Rap machte »Oh!«. Seine Hoffnungen verschwanden in endloser Dunkelheit. Wie konnte er helfen, wenn sich nicht einmal ein Hexenmeister traute?

»Ihr müßt es tun«, sagte Lith'rian fest. »Oder es zumindest versuchen. Ich kann Euch dabei helfen, aber die Zeit ist verdammt knapp.«

»Ja, Mylord.«

Gathmor kam mit einem Bündel aus Holzpflöcken und Seilen unter dem Arm herbeigeeilt, gerade als das kleine

Boot unterhalb der Zuschauer mit schlaffem Segel zum Halten kam. Die drei jungen Leute sahen mit erwartungsvollem Grinsen herauf.

»Macht schnell, Seemann«, sagte der Hexenmeister ungeduldig, und Gathmor begann, die Seile zu einer handlichen Strickleiter zu binden.

»Was genau soll ich tun?« fragte Rap und war gleichermaßen beunruhigt wie argwöhnisch. Er hatte es noch nie gemocht, zu irgend etwas gedrängt zu werden.

»Tut, was die Götter Inos geraten haben – vertraut auf die Liebe!«

»Ja?« fragte Rap unverbindlich.

»Und erinnert sie an diese Anweisung! Spielmann, könnt Ihr eine davon spielen?« Lith'rian hielt Jalon, der irgendwann wieder Interesse an den Vorgängen um sich herum gefunden hatte, ein Gestell silberner Flöten hin. Woher die Flöten gekommen waren, wußte Rap nicht.

Jalons verträumte blaue Augen weiteten sich. »Natürlich. Sie sind faunisch, aber ich habe sie schon benutzt.«

»Kennt Ihr 'Und bald kommt der Morgen'?«

Jalon zog eine Schnute. »Eine dwanischianische Melodie auf sysannassischer Panflöte?«

»Barbarisch, das gebe ich zu.«

»Doch ich schätze, ich kann es ganz gut nachmachen.«

»Gut. Und ›Ruhe aus, Geliebte‹?«

»Noch schlimmer – aber, ja.«

Die Leiter fiel laut an der Seite hinunter, und die Jungen begannen heraufzuklettern.

»Wir fahren *damit*?« protestierte Gathmor. »Rahsegel? Der Mast steht zu weit vor. Damit können wir nicht mehr als vor dem Wind segeln.«

Der Hexenmeister lachte leise. »Aber dieses Boot hat immer einen Wind im Rücken! Zieht kein Gesicht, Seemann. Manchmal dient die Magie auch dem Guten. Ihr werdet steuern, und Master Jalon wird den Wind blasen. ›Bald kommt der Morgen‹ für mehr Wind, ›Ruhe aus, Geliebte‹ für weniger. Noch Fragen?«

Die drei Jungen purzelten schnell nacheinander über die Reling, und keuchend und grinsend versammelten sie sich um Lith'rian. Er warf ihnen ein Lächeln zu und zerzauste ihre Locken.

Rap hatte auf die Bündel im Boot hinuntergeblickt.

»Dieses lange Paket – Schwerter?«

»Natürlich.«

Rap sah den Hexenmeister mißtrauisch an, den Mann, der seine Tochter an einen Gnom verheiratet hatte.

»Ich bin ein Geweihter. Ich kann diese beiden Melodien lernen. Ich kann gewiß ein Boot lenken. Die beiden anderen brauchen nicht ...«

»Nein! Nein!« Lith'rians jugendliches Gesicht nahm den gefühlvollen Ausdruck an, den Quip' bevorzugt hätte. Seine Augen verschleierten sich. »Versteht Ihr denn nicht? Ihr drei, die Ihr nach Arakkaran eilt ... Jotnar, die einem Faun helfen ... das ist wunderbar! Das ist viel romantischer als nur einer.«

»Natürlich.« Jalon stopfte die Flöten in seinen Gürtel und kletterte über die Reling.

»Versucht nur, mich aufzuhalten«, sagte Gathmor mit seiner ganzen, alten Drohhaltung aus. »Ist alles da, was wir brauchen ... äh ... Mylord?« Vielleicht wußte er immer noch nicht, wer der Elf war, aber er hatte seine Autorität erkannt.

»In der großen Truhe findet Ihr eine Karte. Irgendwo ist ein Tintenklecks zu sehen. Das seid Ihr.«

Der Seemann versuchte, nicht wieder sein Gesicht zu verziehen.

»Und, Kapitän ... eine Prophezeiung. Steuert gen Süden aus den Keriths hinaus. Wenn Ihr nach Norden fahrt, werdet Ihr das Schiff zerstören, und wenn Ihr versucht, *The Gut* zu durchqueren, lauft Ihr unweigerlich auf Grund. Ihr wißt über das Merfolk Bescheid! Denkt immer daran, was sie sonst auch sein mögen, sie sind auf jeden Fall wahnsinnig eifersüchtig. Die Männer haben schnelle Messer.«

»Unruhestifter!« stimmte Gathmor zu. »Hatten sie 'n

paarmal in Durthing. Brachte immer Blutvergießen.« Er folgte Jalon die Leiter hinunter.

»Mögen die Götter mit Euch sein, Master Rap«, sagte der Hexenmeister. »Verschwendet keine Zeit.«

Rap, der immer noch das Gefühl hatte, sich mit Lith'rian streiten zu müssen, ergriff die Reling und hob ein Bein.

Gathmor hielt bereits die Ruderpinne, das Segel war gehißt. Das winzige Boot schaukelte, als Rap sich mittschiffs auf der Ruderbank neben Jalon niederließ, der kindisch grinste und die Flöten an seine Lippen hob. Bei den ersten geisterhaften Noten huschte ein Schatten von Wellen über das Wasser und blähte das Segel.

»Wie ist ihr Name?« wollte Gathmor wissen. Er sah zu dem Elf hinauf, doch zwischen dem kleinen und dem großen Schiff tat sich bereits offenes Wasser auf.

»Nennt sie die *Königin von Krasnegar*», preßte Rap zwischen den Lippen hervor.

»So sei es. Möge das Gute sie begleiten.«

Ein noch stärkerer Windstoß erschütterte das Boot. Die Palmen am Strand bogen sich und wurden hin und her geworfen.

Welle? Die Welt beruhigte sich ganz plötzlich wieder.

Diese war nur schwach gewesen, aber Rap hatte sie gespürt – entweder, weil er langsam lernte, sie zu spüren, oder weil die Macht ihn persönlich berührt hatte. Seine Arme und Knie hatten sich vor seinen Augen von Golden in Braun verwandelt. Er schnappte in Todesangst nach Luft, und schließlich platzte sein Hemd einem Schauer von Knöpfen auf und seine Hose barst am Hosenboden. Jalon hörte auf, die Flöte zu blasen, um in Gathmors bellendes, rauhes Gelächter einzustimmen. Das Boot schaukelte unter ihrer Heiterkeit. Narren!

Wie auch immer, Rap betrachtete sein eigenes faunisches Gesicht mit echter Erleichterung, die flache Nase, die Koboldtätowierungen, seinen ganzen Körper. Es war nie ein schönes Gesicht gewesen, aber er war glücklich, es zurückzuhaben.

Er grinste den recht rosafarbenen Jalon an und schließlich auch Gathmor. »Kurs auf Arakkaran, Käpt'n!«

»Ay, Sir!«

»Seht!« Jalon zeigte mit dem Finger hinaus aufs Meer.

Quip'rian winkte ihnen vom Deck der *Allena* zu. Neben ihm standen der elfische Rap – und Jalon und Gathmor. Alle vier winkten. Rap hob seine Hand zu einem Abschiedsgruß, dann wandte er sein Gesicht dem offenen Meer zu.

Rushing Seas:
One port, methought, alike they sought –
One purpose hold wher'er they fare;
O bounding breeze, O rushing seas,
At last, at last, unite them there.

Clough, *As Ships Becalmed*

(Strömende See:
Einen Hafen, dünkt's mich, suchten sie –
Ein festes Ziel, wo immer sie auch reisten;
O treibend' Brise, strömend' See,
Bringt endlich dort zusammen sie.)

Zwölf

Das Weibchen einer Art

1

Die Morgensonne lag glitzernd auf dem prächtigen Hafen, als die *Dawn Pearl* langsam zu ihrem Ankerplatz glitt. Inos stand an Deck – Azak zur einen, Kade zur anderen Seite – und betrachtete das geschäftige Treiben und die erstaunliche Vielfalt der Schiffe – genau so, wie sie es vor vielen Monaten hatte tun wollen, als sie das fürchterliche Baby Charak am Hals gehabt hatte. Jetzt war sie viel weniger interessiert, denn die Hoffnungen jenes erinnerungswürdigen Tages waren getrübt. Zerstört! In Stücke zerborsten. Sie wagte nicht, Azak anzusehen, denn seine Gefühle mußten ebenso hoffnungslos sein wie ihre eigenen. Sie hatten gespielt und verloren, und immer noch wußten sie nicht einmal sicher, wer gewonnen hatte.

Selbst das Gemisch der Gerüche war Inos sonderbar vertraut – der Fischgestank eines Hafens und die Blumendüfte der Stadt. Sie fühlte sich viel mehr wie eine heimkehrende Bewohnerin, als sie erwartet – oder gewollt – hatte. Der funkelnde Palast auf dem Hügel wirkte wie Spott, ein Marmorgefängnis, das nur darauf wartete, sie zurückzubekommen, ein Sarkophag. Sie wurde wieder in den abscheulichen Tschador der Erniedrigung gehüllt, eine Flüchtende, die man gefaßt hatte.

»Seht!« rief Kade aus. »Auf dem Kai. Ist das nicht eine Willkommensparty?«

So war es, und Inos hatte sie schon lange vor Kade ausgemacht. Azak hatte es vermutlich noch früher gesehen, denn er verfügte, wie es für seine Rasse üblich war, über die Augen eines Falken. Keiner von beiden hatte etwas dazu gesagt.

»Von Kar veranlaßt«, murmelte Azak.

Das konnte Inos noch nicht sehen, aber es wäre ein willkommener Anblick für Azak. Wenn der hingebungsvolle Kar noch lebte, hatte kein anderer Prinz den Titel des Sultans an sich gerissen. Dieser Gedanke machte Inos klar, daß Azak um sein Leben gefürchtet haben mußte, seit er vom wahren Ziel der *Dawn Pearl* erfahren hatte.

Wer es ihm wann gesagt hatte, das hatte er nicht erwähnt, aber er war aus dem Kielraum entlassen worden, sobald das Schiff in Brogog, dem letzten Hafen vor Arakkaran, ausgelaufen war. Er war wieder wie ein Prinz gekleidet, ganz in Grün: Hosen, Tunika, Umhang und Turban. Inos wußte nicht, woher er die Kleider hatte. Wahrscheinlich waren sie von Elkaraths Frauen an Bord gebracht worden, sie hatten vermutlich auch die zarkianischen Kleider für Inos und Kade unter das Gepäck geschmuggelt. Die ganze grausame Posse war gut geplant gewesen.

Azak hatte kaum gesprochen. Sie wußte nicht, was er jetzt für sie empfand. War er immer noch in sie verliebt? Seine Gedanken konnte sie nicht lesen.

Aber Azak kehrte als Sultan zurück, so war sein Thron anscheinend noch sicher. Wenn der tüchtige Kar für sein Willkommen zuständig war, würden das Fehlen von Juwelen und eines Krummschwertes schon bald korrigiert werden.

Willkommen? Öffentlicher Empfang ... man gewährte ihnen noch nicht einmal die Gnade, unauffällig in die Stadt zu gelangen. Es würde Musikgruppen und eine Parade geben. Freut Euch! – Der Sultan kehrt zurück!

Verhöhnung.

Inos wandte sich ab. Sie sah sich um und versicherte sich, daß die Truhen heraufgebracht worden waren und alles für sie bereitstand. Die *Dawn Pearl* würde mit der nächsten Ebbe wieder auslaufen.

Nun denn! Dort drüben waren die verhüllten Umrisse der kleinen Frainish zu sehen, die großen Kummer darüber empfunden hatte, als ihr klar wurde, daß sie nach Hause fuhr und nicht nach Angot. Doch neben ihr stand Skarash, wieder unergründlich in den fließenden Roben eines zarkianischen Kaufmannes. Nun denn!

Master Skarash war angeblich in Torkag von Bord gegangen. Seitdem hatte niemand ihn gesehen, also hatte ihm auch niemand Fragen stellen können. Und jetzt war er wieder da? Entweder war das abermals Zauberei, oder er hatte die Seeleute mit Gold bestochen, damit sie ihn versteckt hielten. Es gab eine Möglichkeit, diese Frage zu lösen.

Inos schritt über das Deck zu ihm hinüber und stellte sich neben ihn. »Master Skarash?«

Er hob sein Kinn, starrte weiter auf den Hafen hinauf und ignorierte sie mit verschränkten Armen. Er war wieder ein Djinn, und Djinns sprachen nicht mit den Frauen, oder angeblichen Frauen, anderer Männer.

»Ich hatte auf einen Abschiedskuß gehofft«, sagte Inos.

Er zuckte zusammen. Granatrote Augen blickten sie zukkend an und sahen dann schnell wieder weg. Sein Adamsapfel hüpfte, aber er sagte nichts.

»Wenn ich Azak von jener Episode erzähle«, fuhr Inos fort, »wird er Euch jetzt mit seinen bloßen Händen töten.«

Erneut schweres Schlucken.

»Ich werde bis drei zählen, dann erzähle ich ihm, wie Ihr mich in den Kellern gezwungen habt, Euch zu küssen. Eins!«

»Geht weg!«

»Nicht bevor ich einige Antworten bekommen habe. Zwei!«

Frainish starrte mit großen Augen über ihren Yashmak. Skarash sah sich nicht um, aber Schweißperlen schimmerten zwischen den pinkfarbenen Stoppeln auf seiner Lippe. »Was wollt Ihr wissen?« flüsterte er.

Inos hatte bereits eine Antwort bekommen – Skarash war kein Zauberer. »Wem dient Ihr?«

»Meinem Großvater natürlich.«

»Und wem dient er?«

Er leckte sich die Unterlippe. Der Kai war jetzt ganz nahe, Kar und Dutzende weiterer Prinzen waren zu sehen, alle lächelten loyal. Die Musikgruppe hob an, die lärmenden Disakkorde der arakkianischen Nationalhymne zu spielen.

»Hexenmeister Olybino.«

Aha! »Seit wann?«

Skarash warf Inos einen wütenden und verängstigten Blick zu. »Seit der Nacht unserer Ankunft in *Ullacarn*. Der Zenturio ... Ihr habt ihn gesehen! Das war der Hexenmeister persönlich!«

»Ja, ich weiß. Also hat Euer Großvater Rasha gedient, als wir Arakkaran verließen?«

Er fauchte sie an. »Ja, und jetzt tut er es nicht mehr, und das ist alles Eure Schuld!«

»Meine?«

»Ihr seid aus *Tall Cranes* geflohen. Er mußte so viel Macht benutzen, um Euch zu finden und zurückzubringen, daß der Hexenmeister ihn finden konnte! Ihr habt alles kaputtgemacht, Inosolan! Jetzt geht!«

»Ich bin noch nicht ganz zufrieden. Also ist es nicht Rashas Wille, der uns zurückbringt. Weiß sie, daß wir kommen?«

»Ja. Ich glaube. Das muß sie, wenn sie es wissen.« Er machte eine Geste in Richtung Kai.

»Und warum kommen wir her?«

Skarashs rötliches Gesicht glänzte vor Angst. Er sah einen Augenblick lang zu Azak hinüber und schließlich wieder zu Inos. »Er beobachtet uns! Bitte geht!«

»Nicht bevor Ihr es mir sagt.«

»Die Wächter brauchen Euch nicht! Das Problem Krasnegar ist gelöst. Ihr seid ein Nichts, Inosolan! Nichts!«

Sie zuckte zusammen. Doch irgendwie war es auch ein Trost, wenn die eigenen schlimmsten Befürchtungen bestätigt wurden und die Unsicherheit beseitigt. Jetzt konnten die schönen Hoffnungen beiseite gelegt werden. Jetzt konnte Krasnegar vergessen werden, denn wer dort in Zukunft auch regierte, man würde es einer ehemaligen Königin nicht gestatten, zurückzukehren. Andere Alternativen konnten ausgelotet werden, und Inos konnte anfangen, einige Pläne zu machen. Der Schmerz ... der Schmerz konnte warten.

»Warum macht man sich also die Mühe, uns zurückzuschicken?«

Skarash blickte verlangend auf den Kai, als frage er sich, ob er in Sicherheit springen und in der Menge verschwinden sollte. Schließlich warf er einen weiteren verstohlenen Blick auf Azak und wurde bleich.

»Als Botschaft an Rasha. Sie ist ebenfalls ein Nichts! Olybino ist der Stärkere – er hat ihren Loyalitätsbann gebrochen. Großvater war ihr Jünger, und jetzt ist er seiner. Er kann Rasha ebenso versklaven!«

Aha!

»Bitte, Inos!« flüsterte Skarash. »Habt Gnade! Ihr bringt mich um. Er ist immer noch Sultan dieser Stadt, und Großvater ist nicht hier, um mich zu schützen.«

Inos zögerte zunächst, doch schließlich nickte sie. »Ich werden den Kuß nicht vergessen«, sagte sie mit süßer Stimme. Sollte er sich doch Gedanken darüber machen, was das bedeuten konnte! Sie drehte sich um und ging zurück zu Azak, der sie anstarrte, und suchte sich vorsichtig ihren Weg durch Seile, und Gepäckstücke und herumeilende Seeleute.

Jetzt lagen die Dinge ein wenig klarer vor ihr.

»Nun?« fragte Azak. In seinem finsteren Blick schien ein winziges Zwinkern erkennbar, das in Inos die Frage aufkommen ließ, wie viel er absichtlich bei der Befragung von Skarash geholfen hatte.

»Rasha weiß, daß wir kommen. Olybino hat uns als Drohung zurückgeschickt – seine Zauberfähigkeiten sind stärker als die ihren. Sie ist jetzt selbst in Gefahr.«

»Götter des Guten!« Das Gesicht des großen jungen Mannes wurde von einem breiten Lächeln überzogen.

Aber Rasha war immer noch eine Zauberin, und sie würde im Palast auf sie warten.

2

Nichts!

Während der gesamten Verbeugungen, der Kniefälle, der Begrüßungsreden, hallte der furchtbare Satz in ihrem Kopf wider.

Ihr seid ein Nichts, Inosolan!

Während die Musikgruppe spielte und die Prozession sich langsam die lange, hügelige lange Straße zum Palast hinaufbegab, saß sie mit Kade in einer sittsam abgeschirmten Kalesche, in Begleitung zweier anonym verhüllter Frauen, deren Gegenwart jegliche Gespräche im Keim erstickte.

Sie dachte darüber nach, ein Nichts zu sein. Wenn ihr Königreich verloren war und sie ein Nichts, dann war sie doch sicher auch zuvor nichts gewesen? Inosolan war schon immer nichts gewesen. Krasnegar war alles gewesen. Das war bitter.

Die Mengen jubelten nicht ihr zu – sie konnten gar nicht wissen, wer in dem dunklen kleinen Ofen saß, der auf seiner ungefederten Achse dahinholperte. Sie knieten nieder, Gesichter im Staub, und sie ließen ihren Sultan auf seinem großen schwarzen Pferd hochleben. Sie riefen *Azak! Azak! Azak*!, aber in Inos' Ohren klang es genau wie *Nichts! Nichts! Nichts*!.

Jetzt brauchte sie sich keine Sorgen mehr um Krasnegar zu machen. Jetzt stand es ihr frei, Alternativen in Betracht zu ziehen. Davon gab es nicht viele.

Sie hatte kein Vermögen. Sie beherrschte kein Gewerbe. Ihre Handarbeiten waren skandalös, ihr Lautenspiel peinigte die Ohren. Wer hatte schon einmal von einem weiblichen Stallknecht gehört oder einer Köchin, die das Essen zwar fangen oder erjagen, nicht aber zubereiten konnte? Mit ihrem königlichen Titel war sie für Ränkespieler wie die Herzoginwitwe von Kinvale leichte Beute gewesen. Ohne könnte sie vielleicht Gouvernante werden oder Tanzlehrerin. Oder sie könnte einen reichen, fetten Kaufmann heiraten, der darauf hoffte, in die Gesellschaft aufzusteigen und ein wenig Führung in Fragen des vornehmen Benehmens brauchte.

Eine Chance hatte sie natürlich. Zweifellos konnte sie schon bald die Fähigkeiten erwerben, die nötig waren, um Vorteile für sich zu erlangen; doch dieser Weg führte sie in jene Niederungen, die Rasha kennengelernt hatte, den Morast, aus dem so gut wie niemand außer Rasha je entkommen war.

Nichts!

Falls ihr Vater, wie es jedermann glaubte, ihr ein Wort der Macht hinterlassen hatte, so hatte sie es falsch verstanden. Bislang hatte sie keinerlei Zeichen an sich bemerkt, daß sie in irgendeiner Hinsicht ein okkultes Genie sein könnte.

Warum war der Hexenmeister so grausam gewesen, sie nach Zark zurückzuschicken? Jeder Ort im Impire wäre für eine alleinstehende Frau ohne Fähigkeiten, ohne Titel, ohne Geld, ohne Freunde besser gewesen.

Vielleicht hatte sie einen Freund, aber sie war sich nicht sicher, daß sie ihn zum Freund haben wollte. Und selbst seiner war sie sich nicht mehr sicher. Seit Azak aus dem Schiffsgefängnis entlassen worden war, hatte er nicht mehr gesagt, daß er sie liebe. War sie es, die er zu lieben geglaubt hatte, oder nur der romantische Mythos einer schönen, enteigneten Königin? Wovon hatte er geträumt – ihr Ehemann zu sein oder König von Krasnegar? Wenn er sie immer noch wollte, könnte sie ihn jemals wollen?

Der Azak, der ihr in der Wüste ein guter Gefährte gewesen war, das war Azak der Löwentöter, ein unabhängiger Kämpfer ohne Königreich auf den Schultern. Der Azak, den sie soeben auf dem Kai erspäht hatte, war der grausame Sultan, hart und finster, der alle in Angst und Schrecken versetzte.

Vielleicht hätte sie lernen können, den einen zu lieben; sie bezweifelte, daß es ihr bei dem anderen jemals gelingen würde.

Falls Rasha jetzt aus Arakkaran fliehen mußte, um dem

Hexenmeister zu entgehen, dann wäre Azak frei, als Sultan zu leben, wie er es sich wünschte. Es stünde ihm frei zu heiraten, wenn er das wollte, obwohl er keine Königin mehr heiraten konnte, denn die gab es nicht mehr. Vielleicht zog er eine Frau seiner eigenen Rasse vor, eine, die sich leichter tun würde, den königlichen Haushalt zu führen. Die die Gesellschaft der Prinzen nicht schockieren würde, weil sie auf die Jagd gehen wollte. Die ihrem Herrn gegenüber angemessen respektvoll wäre, ihn nicht necken und ihm nicht widersprechen würde.

Er begehre sie, hatte Elkarath gesagt. Aber Azak war niemals kleinlich. Vielleicht würde er sein Eheangebot aus politischer Zweckmäßigkeit zurückziehen, aber ... aber gewiß würde es doch immer ein Bett für sie im Palast geben?

Sie hatten zusammen gespielt.

Inos hatte verloren.

Und Rasha hatte verloren. Also hatte Azak gewonnen.

Wenn Inos den Posten einer Gebärmaschine für Söhne akzeptierte, was geschah dann, wenn sie vierzig war, und Azak schon lange hingemeuchelt, und jemand anderes auf dem Thron saß? Wem würde dann das Eigentum an ihrer Person übertragen werden?

Über all diese Dinge dachte sie in der heißen und stickigen Kalesche nach, während diese den Berg erklomm. Sie dachte immer noch darüber nach, als der Wagen im Hof des Palastes rumpelnd zum Stehen kam.

»Nach den Härten der Wüste und der Enge eines Schiffes«, sagte Kade heiter, »wird es hübsch sein, wieder ein wenig echte, luxuriöse Dekadenz zu genießen.«

3

Ihre alten Quartiere waren von einem anderen Prinzen und seinem Haushalt übernommen worden. Kade und Inos wurden zu einer kleinen Flucht von Zimmern geleitet, die sie nie zuvor gesehen hatten. Verglichen mit den früheren Räumen waren sie schäbig; verglichen mit irgendwelchen anderen aber immer noch prächtig. Ein halbes Dutzend verschleierter Frauen erwartete sie, aber sie waren mürrisch und wenig gesprächig. Von Zana war nichts zu sehen.

Inos verlangte nach einem Bad, und sie genoß es sehr. Danach wühlte sie trotzig ihn ihrem Schrankkoffer, bis sie ein hautenges imperiales Kleid aus kühler grüner und weißer Seide fand; ihr Haar flocht sie sich selbst. Sie behängte sich mit Perlen, bewunderte ihr Bild in einem Spiegel und hätte am liebsten geweint.

Kade trug, als sie erschien, einen zarkianischen Tschador aus weißer Baumwolle bei sich, doch war ihr Kopf nicht bedeckt.

Sie umarmten sich ohne Worte und schlenderten hinaus auf einen Balkon, der auf einen wunderschönen Garten hinausging. In den Bäumen kreischten Papageien.

»Schön, wieder zu Hause zu sein?« fragte Inos bitter und schnupperte die Blumendüfte in der Luft.

»Ich genieße die kleinen Annehmlichkeiten.« Kade wartete, und als sie keine Antwort bekam, fuhr sie fort. »Glaube nicht alles, was Master Skarash sagt, Liebes. Er ist kein sehr zuverlässiger Zeuge.«

»Aber es ergibt einen Sinn. Alles ergibt einen Sinn. Und sonst nichts.«

Kade seufzte und ging zu einem Sessel hinüber. »Nun, vielleicht hast du dein Königreich verloren. Sicher wissen wir das noch nicht. Und selbst wenn – ein so wunderbares Königreich war es nun auch wieder nicht.«

Inos kämpfte gegen einen Kloß in ihrem Hals und sagte nichts.

»Kinvale war schon immer viel angenehmer. Und Kinvale gibt es immer noch. Dort sind wir immer willkommen.«

»Um Almosen von der hinterhältigen alten Schlampe anzunehmen, die Yggingi auf uns gehetzt hat?«

»Inos!«

»Ist doch wahr! Und sie wird immer noch glauben, daß ich ein Wort der Macht habe. Sie wird einen neuen, teuflischen Plan aushecken, um es mir zu entreißen für ihren kostbaren, närrischen Sohn.«

Kade strahlte und gab sich mütterlich. »Nun denn, also nicht Kinvale. Wir kennen Hunderte von Leuten im Impire. Wir werden Hub besuchen.«

»Und wie sollen wir dorthinkommen? Auf Kamelen? Können wir mit unseren Ohrringen Kamele kaufen?«

»Damit könnten wir so einiges kaufen.« Kade lächelte heiter. »Du bist jung, gesund, reich und gebildet. Du verfügst über Schönheit und Anmut. Ich bin sicher, daß Sultana Rasha immer noch Mitgefühl hat, vielleicht noch mehr als vorher. Die Männer sind hart mit dir umgesprungen, und es gefällt ihr nicht, wenn Frauen unterdrückt werden. Sie wird dafür sorgen, daß du zurück ins Impire gelangst, wo du hingehörst. Vielleicht schickt sie dich sogar auf magischem Wege dorthin. Jetzt, wo die Wächter von ihr wissen, hat sie keinen Grund mehr, ihre Existenz oder ihre Macht zu verbergen.«

Inos war nicht sicher, ob sie das alles glauben sollte. Sie vertraute Rasha nicht, und ganz sicher wollte sie ihr nicht zu Dank verpflichtet sein.

Kade versuchte es abermals. »Erinnerst du dich an die Worte des Gottes? Er sagte, du sollst auf die Liebe vertrauen. Liebe ist mehr wert als alle Königreiche von Pandemia.«

»Wessen Liebe? Azaks?«

Ihre Tante zögerte und schürzte die Lippen. »Wenn du meine ehrliche Meinung hören willst ... Nein, ich glaube nicht. Du übst eine große Anziehung auf Männer aus, Inos. Er wird nicht der letzte Mann sein, der sich in dich verliebt.«

»Aber keiner wird es ehrlicher meinen«, sagte Azak, der soeben durch die Tür trat.

Inos zuckte zusammen und unterdrückte eine scharfe Bemerkung über den Lauscher an der Wand. Er war wieder Sultan; sie mußte ihre Zunge hüten.

Er schritt zu ihr hinüber und blieb ganz nahe vor ihr stehen, und seine Juwelen funkelten im Licht der Sonne. Sein Bart bestand aus zwei Wochen alten Stoppeln, aber die reichten aus, ihn von dem forschen Imp zu unterscheiden, der er in *Ullacarn* gewesen war oder von dem behaarten Löwentöter der Wüste. Mit seinen dunkelroten Augen starrte er auf sie herunter.

»Ich habe mich nicht verändert«, sagte er.

Sie versuchte nicht zu zeigen, wie viel ihr das bedeutete. Dann fühlte sie sich schuldig. Sie wollte seine Liebe gegen ihn verwenden, Vergünstigungen erwirken, nicht ihn ebenfalls lieben. Konnte sie das? Königinnen heirateten nicht aus Liebe; sie heirateten aus Gründen der Staatsräson.

War das so viel anders als das, was Rasha in ihren jungen Jahren getan hatte?

Er lächelte, aber es war kein sehr wärmendes Lächeln. Es wirkte allzu überlegt. »Keine Antwort?«

»Azak ... ich weiß nicht, was ich sagen soll. Kade hat mich soeben gewarnt, daß wir über Krasnegar immer noch nicht sicher Bescheid wissen. Skarash ist nicht gerade einer der zuverlässigsten Zeugen.«

Azak schnaubte. »Natürlich nicht. Nun, Ihr werdet hierbleiben, als ...«

Er wand sich und wurde ganz steif. Sie sah, wie Schweißperlen auf seinem Gesicht erschienen.

»Azak! Stimmt etwas nicht?«

Er entspannte sich mit einem Keuchen und erzitterte. »Ich bin gekommen um Euch mitzuteilen, daß wir zur Sultana kommen sollen. Ich habe vielleicht zu lange gebraucht. Das war ein Anstoß, mehr nicht.«

Rasha! Die Spinne im Herzen des Netzes.

»Dann laßt uns gleich gehen!«

Er war wütend, weil er Schwäche gezeigt hatte. »Es besteht keine Eile. Habt Ihr einen Schal oder etwas Ähnliches ... für den Weg?«

Inos nickte und rannte hinein, um ein Stück Stoff zu suchen, mit dem sie ihr Haar und ihre Schultern bedecken konnte. Kade folgte dichtauf.

4

Bernsteinfarbene Juwelenaugen rollten in ihren Höhlen, um die Besucher zu inspizieren, und das Gesicht des geschnitzten Dämonen verzerrte sich. »Nennt Eure Namen und Euer Begehr!« Auf dem anderen Flügel der Tür verzog der Dämon seine Lippen zu einem Hohnlächeln.

»Sultan Azak von Arakkaran und Königin Inosolan von Krasnegar!« Kein okkulter Betrug konnte Azak in bezug auf Hohn etwas beibringen.

»Wer ist die andere?«

»Ihre Königliche Hoheit Prinzessin Kadolan.«

Es folgte eine Pause – als würde das Groteske persönlich um Einlaß bitten. Im Korridor war es dämmerig und so kalt wie mitten im Winter in Krasnegar. Inos versuchte nicht zu zittern und war absurderweise froh, daß Azak bei ihr war. Sie bezweifelte, daß sie allein den Mut gehabt hätte, herzukommen und sich der Zauberin zu stellen. Plötzlich spürte sie, wie er auf sie hinabsah. Sie blickte ihn an.

»Sie hat Macht«, sagte er kalt, und es gab keinen Zweifel daran, wen er meinte, »aber vergeßt nie, was sie ist. Und was Ihr seid, Cousine.«

Ich bin ein Nichts! »Natürlich, Cousin.«

Er nickte und fuhr fort, das Hohnlächeln der dämonischen Gesichter an der Tür zu übertreffen. Inos' Stimmung verdüsterte sich noch mehr.

Er sagte, er habe sich nicht verändert, doch das stimmte

nicht. Er war wieder Sultan, wie damals, als sie ihn kennengelernt hatte. Am Hafen und im Hof des Palastes hatte er die schmeichlerische Prinzessin verschmäht und starke Männer durch einen Blick aus seinen kalten Augen zu Gehorsam gezwungen. Sie hatte vergessen, wie einschüchternd er in seiner königlichen Rolle war.

Auch sie hatte sich verändert. Sie war keine Königin mehr. Königlicher Status war Azak viel wichtiger, als er ihr je gewesen war. Jetzt war sie eine Ausgestoßene, wie einer der verbannten Prinzen, die in anderen Palästen als Familienväter lebten, oder wie die Löwentöter, die Kaufleuten dienen mußten. Obwohl er es abstritt, verabscheute er diese Männer als Versager. Rashas Anstoß hatte ihn getroffen, bevor sie zu Ende geredet hatten – war er kurz davor gewesen, Inos die Ehe anzubieten oder die Flucht nach Hub oder einen sicheren Posten als Mutter von Söhnen? Was wollte sie?

Rashas Fluch trennte sie weiterhin voneinander.

»Ihr beide dürft eintreten, die dritte nicht«, stellte die Schnitzerei fest.

»Nein!« Kade sah aus, als wolle sie sich mit der Tür streiten.

Inos küßte sie auf die Wange. »Du gehst zurück und bleibst in der Suite, Tante. Warte nicht auf uns. Es dauert vielleicht eine Weile.«

»Ich halte es für meine Pflicht …«

»Geht!« donnerte Azak, und Kade kapitulierte.

Inos sah traurig zu, wie ihre Tante über den langen, düsteren Korridor zurückwanderte, und sie spürte, wie die Einsamkeit sich wie Rauhreif über sie legte.

Schließlich ließen die quietschenden Angeln der Tür sie zusammenzucken. Die Doppeltüren hatten sich geöffnet.

Sie trat an Azaks Seite ein und sah sofort, daß der Einfluß aus Kinvale in Vergessenheit geraten war. Abermals stand die große runde Schlafkammer voller Truhen und Tische aller möglicher Stilrichtungen. Der herrliche Boden lag unter Teppichen, die nicht zueinander paßten, verborgen, und die obszönen Wandbehänge und erotischen Statuen, die Kade verbannt hatte, waren wieder da. Über die erste Kollektion war Inos entsetzt gewesen, doch diese Stücke waren noch schlimmer. Inos errötete bei ihrem Anblick. Die Luft roch süßlich.

Hinter den beiden großen Fenstern lag weiß der Mittag. Auch dort, wo eine Wendeltreppe in die oberen Räume führte, ergoß sich Licht in den Raum, doch es war eigenartig gedämpft ... rauchig? – weniger hell, als es Inos in Erinnerung hatte oder erwartete. Der große Raum wirkte dadurch sonderbar düster und kühl.

Die Türen schlossen sich mit einem Knall, der ein schwaches Echo wie ein Trommeln hinterließ. Die beiden Besucher traten näher auf die untere Stufe zu. Schließlich blieb Azak stehen, und Inos tat es ihm nach. Das riesige, mit einem Baldachin überdachte Bett stand immer noch auf der anderen Seite des Zimmers, hinter der Treppe, und die Zauberin stand an einer Ecke und lehnte sich provokativ gegen den geschnitzten Pfosten, als wolle sie ihn umarmen.

Inos spürte, wie eine Welle aus Erkennen und Ekel sie durchfuhr, als sie sah, daß Rasha in verführerischer Stimmung war, sinnlicher als je zuvor. Nur eine kleine Stelle um ihre Augen war zu sehen, doch der Schleier aus Gaze und Juwelen, der ihren Körper umhüllte, verbarg nichts – weder ihr langes rostbraunes Haar, noch das heiße Schimmern ihre Brustwarzen und des Warzenhofes oder die vielen Perlenschnüre, die auf ihrer nackten Haut um ihren Körper und ihre Glieder gewunden waren. Aber nicht die Haut, die heiße, rötliche Haut eines verführerischen Djinnmädchen. Nichts oberhalb ihrer Sandalen barg irgendwelche Rätsel, die die Phantasie herausforderten. Sie sah nicht älter aus als Inos. Schätzten die Männer wirkliche eine derart obszöne Erscheinung? Sahen sie nicht das Gewöhnliche oder die Verachtung?

»Kommt näher«, sagten die feuchten roten Lippen.

Azak und Inos traten langsam vor und blieben erneut stehen. Inos wartete auf Azaks Stichwort, bis ihr klar wurde, daß er sich nicht vor der Hafenschlampe verbeugen würde.

Inos hatte vor langer Zeit ihre eigenen Regeln für eine solche Situation geschaffen, und sie jetzt zu ändern, würde nur Trotz bedeuten, also machte sie einen Knicks. Rasha bestätigte diese Bewegung mit einem Zucken einer schön geschwungenen Augenbraue.

Schließlich fiel Azak auf die Knie und stützte sich mit den Händen ab. Er war nicht freiwillig gefallen, und vermutlich hatte es weh getan.

»Ihr scheint nichts dazu gelernt zu haben, Muskelmann«, sagte Rasha.

»Doch!« Azaks rötlich-stoppeliges Gesicht teilte sich, um in fröhlichem Strahlen die weißen Zähne zu zeigen.

»Erzählt.«

»Ich habe gelernt, daß Ihr Hexenmeister Olybino nicht das Wasser reichen könnt!«

Rasha lehnte sich noch verführerischer gegen den Pfosten des Bettes und streichelte ihn mit ihrer Brust. »Was glaubt Ihr also, wird jetzt geschehen?«

Er zuckte die Achseln. »Ich nehme an, der Hexenmeister wird Euch holen, wenn er dazu kommt, und Eure Worte der Macht fordern. Aber ich glaube kaum, daß eine alternde, mißgestaltete und verstümmelte Hure für ihn von Nutzen ist. Er wird die Worte mit Folter aus Euch herausholen und Euch wie einem Schwein die Kehle durchschneiden!«

»Dabei würdet Ihr natürlich gerne zusehen.«

»Ich würde noch einige andere Dinge gerne sehen.«

»Und gerne dabei helfen?«

»Warum nicht? Ihr habt mir in der Vergangenheit genügend Schmerzen bereitet.«

Jetzt war es an Rasha, die Achseln zu zucken, und die Geste schien ihren ganzen Körper zu bewegen. Sie richtete einen Blick interesseloser Verachtung auf Inos. Von einem derart jungen Mädchen wirkte er unverschämt.

»Ich habe Euch meine Hilfe angeboten, und Ihr habt sie verschmäht. Jetzt hat man Euch enterbt. Ihr seid ein heimatloser Flüchtling.«

O je! Es stimmte also. Skarash hatte vielleicht gelogen, aber eine Zauberin hatte keine Veranlassung dazu.

»Eure Hilfe schien unter anderem darin zu bestehen, mich mit einem Kobold zu verheiraten«, sagte Inos und sprach langsam und mit wohl gewählten Worten.

Die Zauberin glitt um den Pfosten herum. »Wenn Ihr Eure Augen nur geschlossen haltet, meine Liebe, dann sind sie alle so ziemlich gleich. Einige sind schwerer als andere, einige haariger, andere tun mehr weh. Das ist alles.«

»Ich kann meine Augen kaum für immer geschlossen halten.«

»Ihr habt sie nie geöffnet! Ihr seid eine Närrin.«

Inos spürte keine Wut, nur Begreifen. »Es sieht ganz so aus, als wurde auch ohne meine Gegenwart über mein Königreich verfügt. Es hat niemals eine Möglichkeit für Euch bestanden, mich auf den Thron zu setzen – das Protokoll hat es verboten.«

Die Augen der Zauberin funkelten wütend auf.

Inos wartete nicht auf eine Antwort. »Ich weiß es zu schätzen, daß Ihr gute Absichten hattet, Eure Majestät. Jetzt bitte ich untertänigst darum, daß meine Tante und ich nach Krasnegar zurückkehren dürfen, wo Ihr uns gefunden habt.«

Rasha lachte voller Hohn, und es klang wie Jubel. »Und den Hund kann ich vielleicht für geleistete Dienste behalten? Wie wäre es mit einer Entschädigung für meinen Jünger, den ich wegen Eurer Dummheit verloren habe? Nein, Inosolan, Ihr habt jeglichen Anspruch gegen mich verwirkt, als Ihr aus meiner Stadt geflohen seid.«

Ihre Stadt? Azak knurrte ohne Worte.

»Ihr habt die ganze Angelegenheit arrangiert!« rief Inos, und endlich wurde sie wütend. »Es war alles Eure Idee, und ...«

»Es war Eure Idee, Kätzchen. Ich habe sie Euch nicht in den Kopf gesetzt. Und wenn meine Zauberei ihn nicht davon abgehalten hätte, dann hätte der Muskelmann dort Euch bereits ein Kind gemacht.«

Zorn! Wie konnte diese Schlampe es wagen, solche Lügen zu verbreiten? Inos holte sehr tief Luft ...

»Seid still, oder ich bringe Euch zum Schweigen. Er kann Euch nicht ansehen, ohne beinahe an seiner Begierde zu ersticken.« Rasha lachte leise, und Inos lief es kalt den Rükken herunter. »Nein, wir werden Euch hier behalten. Wir werden die königlichen Parasiten lehren, sich nützlich zu machen. Eure Tante werden wir in die Spülküche stecken, wo sie den Boden schrubben kann. Und Ihr – Euch werde ich einem der Wachposten schenken. Ich habe schon jemanden ausgesucht. Er hat einen ungewöhnlichen Geschmack, was Entspannung anbelangt.« Sie beobachtete Azak, während sie sprach.

O Ihr Götter! Sie hatte einen neuen Weg gefunden, ihn zu quälen, indem sie die Frau quälte, die er liebte. Inos fühlte, wie ihre Hände zu zittern begannen, darum verschränkte sie sie hinter ihrem Rücken. Sie würde leiden, damit Azak litt. Jede Erniedrigung, die ihr auferlegt wurde, würde ihm berichtet werden, so daß auch er gedemütigt wurde. Vielleicht wurde er auch gezwungen zuzusehen.

Stille. Niemand sprach.

Schließlich verhöhnte die Zauberin den Mann, der vor ihr auf den Knien lag. »Und Ihr, Wunderhengst? Laßt mich Euch ein paar *enttäuschende* Neuigkeiten berichten.«

Azaks Augen wurden zu schmalen Schlitzen, aber er sprach immer noch kein Wort.

Rasha richtete sich auf, legte die Hände auf ihre Hüften und reckte ihr zierliches Kinn in einer sonderbar unangemessenen Geste. »Es ist wahr, daß Elkaraths Ergebenheit gebrochen wurde und Olybino so meinen Bann durchbrechen konnte. Vielleicht hat er mehr Macht zur Verfügung als ich, denn er hat Jünger, die ihm helfen. Doch ich habe nicht meine ganze Macht in den Bann gelegt – das tun Zauberer so gut wie niemals, eben aus diesem Grunde. Ich habe immer noch Macht in Reserve, und er kann nicht wissen, wieviel. Wichtiger noch ist, daß ich in meiner Trutzburg bin.« Sie warf triumphierend ihre Hände in die Luft. »Warum, glaubt

Ihr, bauen Zauberer Türme? Der ganze Palast ist von einem Schild umgeben, und es ist enorm viel Macht nötig, mich hier zu besiegen. Falls er seine Jünger schickt, kann ich sie vielleicht auf meine Seite ziehen. Falls sie sich ihren Weg herein erzwingen, wird der gesamte Komplex vielleicht durch die freigesetzten Energien in die Luft gejagt. Denkt noch einmal nach, hübscher Mann.«

Azak betrachtete sie einen Augenblick lang und antwortete dann leise. »Hat der Hexenmeister des Ostens über mich ebenfalls einen Bann gelegt?«

Rasha zögerte, und Inos spürte, daß die Stimmung sich verändert hatte.

»Nicht, daß ich es spüren könnte«, antwortete die Zauberin vorsichtig.

Er seufzte schwer. Diese Neuigkeit war eine große Erleichterung für ihn.

»Laßt mich bitte aufstehen.«

Bitte?

Rashas glühende Augen weiteten sich ein wenig. »Also erhebt Euch.«

Azak stand auf und rieb sich die schmerzenden Knie. Er reckte sich zu voller Höhe auf und verschränkte die Arme. »Wenn Ihr versprecht, Euch zu benehmen, Eure Majestät ... lade ich Euch zu meiner Hochzeit ein, in drei Tagen von heute an.«

Inos schnappte nach Luft. Rashas Gesicht überzog sich angesichts dieser Herausforderung mit Wut.

Bevor sie etwas sagen konnte, wiederholte Azak leise »Eure Majestät.«

Es war der königliche Titel, nach dem es sie gelüstete. Einen Augenblick lang schien die Stille unerträglich zu werden, dann fragte Rasha argwöhnisch: »Und was ist mit dem Fluch? Sie wird in Euren Armen zu Kohle verbrennen.«

»Ich erbitte untertänigst, daß Ihr ihn von mir nehmt, als Euer Hochzeitsgeschenk.«

Untertänigst? Rasha bemühte sich, zu ihrer Geringschätzung zurückzufinden. »Soll ich den Bann für alle Frauen aufheben, oder nur für sie?«

Da ging ein unheiliger Handel vor sich, und Inos versuchte, alle Einzelheiten zu erfassen.

»Für alle wäre natürlich vorzuziehen, aber nur für Inosolan wäre auch annehmbar.«

Inos rief »Azak!« und hielt sprachlos inne. Von ihm diese unglaubliche Erklärung der ... der Liebe?

Und Kapitulation.

Mehr hätte er nicht anbieten können, nicht einmal seinen gesamten Herrschaftsbereich.

Rashas Augen funkelten in einem langsamen Lächeln auf, das Inos das Blut in den Adern gefrieren ließ. »Nur drei Tage?«

Azak war so angespannt wie ein Bogen, sein Gesicht unergründlich.

»Sieben Tage wären vielleicht schicklicher«, sagte er heiser.

Sie trat einen Schritt näher und sah ihn herausfordernd an. »Und bis dahin?«

»Wie Ihr wollt.«

Das Entsetzen kroch über Inos Haut, als sie Rashas Triumphlächeln sah. Mit zierlicher Geste öffnete sie ihren Yashmak und ließ ihn zu Boden fallen, dann erhob sie ihr Gesicht zum Kuß. Ihre Erscheinung wirkte vielleicht sanft und jugendlich, doch die geöffneten Lippen waren allzu begierig, um mädchenhafte Unschuld zu vermitteln.

Doch Azak wußte das alles. Er nahm sie in die Arme und küßte sie.

Sie kann jeden Mann bis zum Wahnsinn reizen, hatte er einmal gesagt. Nach der langen Umarmung war er atemlos, und seine stets rötliche Djinnhaut brannte so dunkel wie Feuerglut. Er nahm seine Augen nicht von der Verführerin, Inos sah er nicht an.

Schließlich veränderte sich Rasha. Die junge Schönheit schrumpfte und alterte und verwandelte sich zurück zu der scheußlich lädierten, untersetzten alten Frau, die Inos schon zweimal zuvor gesehen hatte. Die Juwelen und durchscheinenden Stoffe wurden zu einer schmutzigen braunen Hülle, ihr schönes Haar zu einem grauen Gewirr, die seidige Haut welkte und wurde faltig.

Azak, der sich diesmal noch weiter hinunterbeugen mußte, küßte sie abermals.

Inos sah fort, bis sie entdeckte, daß sie zwei verschlungene Körper einer obszönen Statue anstarrte.

Elkarath hatte es gewußt: »Wenn er doch nur einen Kompromiß finden würde! Nur einmal vor ihr knien. Die Worte sagen, die sie hören möchte.«

Als der zweite Kuß endete, hielt Azak die Zauberin weiterhin im Arm. Er hob seinen Mund gerade so weit von ihrem, um sprechen zu können – leise, aber ohne Zögern. »Inosolan, Ihr habt sieben Tage. Geht und bereitet unsere Hochzeit vor.«

»Trachte danach, das Gute zu finden«, hatten sie gesagt, *»und vor allem, denke an die Liebe! Wenn du nicht auf die Liebe vertraust, wird alles verloren sein.«*

Ohne ein weiteres Wort wandte sich Inos um und floh aus der Kammer.

Rasha hatte gewonnen.

Female of the species:
When the Himalayan peasant meets
  the he-bear in his pride,
He shouts to scare the monster,
  who will often turn aside.
But the she-bear thus accosted rends the peasant
  tooth and nail
For the female of the species is more deadly
  than the male.

Kipling, *The Female of the Species*

(Das Weibchen einer Art:
Trifft der Bauer im Himalaja auf ein stolzes Männchen
aus dem Bärenvolk,
So verscheucht das Biest mit Schreien er
und hat auch meist Erfolg.
Doch kommt er so der Bärin nah,
trifft ihn Zahn und Klaue hart,
Denn tödlicher als jeder Mann,
ist das Weibchen einer Art.)

Dreizehn

Aus dem Westen

1

»Ein hübsches Plätzchen haben sie da auf dem Hügel«, rief Gathmor.

Rap, der sich am Dollbord festhielt, lehnte sich zur Seite und lugte unter dem Segel hindurch auf die großartige Stadt – weiß und grün, reich und schön; in der brütenden Sonne wirkte sie sonderbar kühl.

»Nicht schlecht«, brüllte er, wohl wissend, daß der Wind ihm die Worte entreißen konnte, bevor sie die Ruderpinne erreicht hatten. »Wird im Winter verdammt schwer zu heizen sein.«

An beiden Seiten glitten Landzungen vorbei, als die *Königin von Krasnegar* in den Hafen schoß. Es konnte keinen Zweifel darüber geben, wo sie waren, denn der Fleck auf der Karte lag genau über dem Namen Arakkaran. Falls Inos in diesem unglaublichen Palast lebte, in diesem funkelten Wunderwerk aus Kuppeln, Türmen und Dachkammern, dann mußte sie das Leben als ziemlich angenehm empfinden. Rap dachte kurz an den Dschungel und an Galeerenbänke, an Jotunnräuber, Drachen und die alptraumhafte Reise, die jetzt zu Ende ging, und er spürte den absurden Stich des Neides.

Narr! Wo lebten Stalljungen schon wie Königinnen? Nirgendwo. Niemals.

Und er hatte sie ohnehin in einem Zelt gesehen.

Jetzt war die Reise vorüber, es war Zeit, zu handeln. Er wandte sich an Jalon, der schlapp auf den Ruderbänken mittschiffs hing, bedeckt von einem Stück salzverkrustetem Segeltuch. Es war der einzige Platz an Bord, wo jemand hoffen konnte, Schlaf zu finden, wo das unendliche wahnsinnige Schwanken des Bootes die Zähne eines Mannes nicht zum Klappern brachte und ihn hin und her schüttelte, bis er mit blauen Flecken übersät war. Ein richtiger Sturm sorgte für heftige Strömung, aber der okkulten, örtlichen Bö, von der die *Königin* angetrieben wurde, hatte es an Kraft gemangelt, so daß das Meer relativ ruhig geblieben war. In fliegende Gischt gehüllt, war das Boot auf dem ganzen Weg von Vislawn in einer sonderbaren, unheiligen Bewegung auf und ab geschaukelt.

»Sichert den Wind, Pilot!« rief Rap.

Mit roten Augen und abgezehrtem Gesicht tastete Jalon nach den Flöten. Er hatte sie an einem Riemen um den Hals getragen, seit Gathmor gefragt hatte, was passieren würde, wenn sie über Bord fielen.

»Ich hoffe, ich erinnere mich an die Melodie.«

»Wenn nicht, werden wir einige Schiffe zerstören.«

Die *Königin* und ihre Takelage waren anscheinend unzerstörbar, andere Boote waren es nicht. In der ganzen Bucht holten verängstigte Männer die Segel ein, als der wütende Sturm vom Frühlingsmeer hereinbrauste, das silberne Wasser in Blei verwandelte und einen Nebel aus Gischt mit sich brachte. Niemand würde in diesem Durcheinander ein kleines unbekanntes Boot bemerken.

Der Spielmann begann, die sanften Klänge von »Ruhe aus, Geliebte« zu spielen, und der Wind geriet ins Stocken und zog sich schließlich zurück. Jalon hatte dieses Lied auf der Reise erst einmal gespielt, nachdem Raps Nörgeln ihn dazu gebracht hatte, einen Taifun heraufzubeschwören, der sowohl Mannschaft als auch Ladung beinahe über Bord geworfen hätte.

Rap duckte sich unter dem Segel hindurch und kniete auf dem Gepäck im Bug, während er auf und ab geworfen und von der Gischt durchnäßt wurde. Seit zwei Wochen war er nicht mehr trocken gewesen. Besorgt lugte er zu der riesigen Stadt hinüber, die vor ihnen lag. Seine Pläne waren äußerst vage – Inos finden, ja, aber wie? Der Palast allein war größer als ganz Krasnegar oder Durthing. Arakkaran war doppelt so groß wie Noom oder Finrain, die einzigen echten Städte, die er kannte. Er sah viel Ladung, die am Hafen festgemacht war, aber auf den Straßen weniger Geschäftigkeit, als er erwartet hatte. Es war zu spät für eine Siesta und zu früh für ein Trinkgelage.

Und das hier war nicht das Impire. Die Gesetze und jene, die sie gemacht hatten, standen Besuchern ohne Referenzen und ohne Gönner vielleicht skeptisch gegenüber. In einem Hafen dieser Größe gab es sicher jede Menge Jotnar, aber ein Faun wäre eine Seltenheit, und ein übergroßer Faun mit Koboldtätowierungen um die Augen wäre ein auffälliger Fremder.

Das Boot sank tiefer ins Wasser, als der Wind weiter abflaute. Zum ersten Mal seit zwei Wochen lichtete sich der Nebel, und die *Königin* segelte in der hellen Sonne. Rap kroch unter dem Segel hindurch wieder nach achtern, und er sah, wie Jalon seine Kleider auszog.

»Ihr braucht mich jetzt nicht mehr, Rap?« fragte er entschuldigend. »Ihr könnt mit den Flöten umgehen, falls Ihr sie braucht?«

»Natürlich.«

»Darad?«

»Ja, ich denke schon. Und, Jalon – Tausend Dank!« Rap schlug dem schmächtigen Spielmann auf die Schulter und erntete ein Grinsen. Ein weiteres Mal, wie in Dragon Reach, hatte Jalon erstaunliche Zähigkeit bewiesen. Er hätte jederzeit verschwinden können, wenn er es sich nur gewünscht hätte, doch hatte er zwei Wochen schlimmster Stürme und Schlaflosigkeit ertragen, Kälte, Nässe und Entzündungen durch das Salzwasser, Gefahr und Langeweile. Er war vielleicht kein reiner Jotunn, aber sogar Gathmor gestand jetzt zu, daß er aus dem richtigen Holz geschnitzt war.

»War mir ein Vergnügen!« Der Spielmann lächelte durch seinen Stoppelbart, und die Salzkrusten auf seinen Lippen brannten und ließen ihn zusammenzucken. »Ich plane eine romantische Ballade über Euch, Rap, für die Elfen. Und eine Heldenerzählung für die Imps. Vielleicht ein Kriegslied für die Jotnar?«

»Ich hoffe nicht!«

»Seid nicht überrascht! Geht mit Gott.« Jalon schüttelte Raps Hand, und die *Königin von Krasnegar* machte einen Satz, als Darads massiger Körper an seiner Stelle erschien. Eine Gischtfontäne durchnäßte den nackten Riesen, und er brüllte wie ein Seelöwe im Frühling. »Hätte mich vielleicht erst anziehen sollen!« beklagte er sich und setzte sein wildes Grinsen auf.

»Willkommen an Bord! Eure Kleider sind hier drin.« Rap zeigte auf ein Bündel. Er wandte sich an den rotäugigen, stoppelbärtigen Gathmor. »Bemerkt Ihr etwas an dieser Stadt, Käpt'n?«

Gathmor starrte hinaus. »Zum Beispiel?«

»Flaggen? Ruhige Straßen?«

»Feiertag?« nickte Gathmor. »Vielleicht. Eine Feier?«

Rap spürte den Stich der Vorahnung. Er sah auf das Bündel mit den Schwertern.

»Was machen wir jetzt, Sir?« Darad zog sich eilig ein paar Hosen über, die groß genug waren, um sie als Segel einer Galeone zu benutzen. Bislang hatte die Ladung des Bootes ihnen alles gegeben, was sie brauchten, bis hin zur letzten Nadel. Offensichtlich mußte Lith'rian über die perfekte Voraussicht verfügen, und Rap machte sich ständig Sorgen darüber, was der Hexenmeister sonst wohl noch vorhergesehen haben mochte – irgendein Ereignis, das er noch nicht definieren konnte.

»Ich glaube, wir legen an«, überlegte Rap. Ja, er lernte, diesen Stichen zu vertrauen, diesem Beweis dafür, daß er ein Geweihter war. »Und dann ... dann glaube ich, bleibt Ihr beide hier und bewacht das Boot. Ich gehe an Land und frage jemanden, wofür die vielen Flaggen gedacht sind.«

2

Inos war schon seit Stunden fertig, oder zumindest kam es ihr so vor. Ihr Kleid war schwer und heiß; sie war auf den Balkon hinausgegangen – um allein zu sein, um die kühle Brise zu genießen, um auf die Juwelenstadt hinabzustarren und den blaugelackten Hafen. Wie hell die Farben unter der tropischen Sonne leuchteten! Wie schwarz die Schatten waren. Tiefschwarz.

Doch heute wurden die scharfen Ränder von einem eigenartigen, unerklärlichen Nebel gemildert, durch den sie eine andere Stadt sah – eine kleine, triste, schäbige Stadt unter einem graueren Himmel, mit einem Hafen, der die meiste Zeit des Jahres unter einer weißen Decke lag. Sie hatte sich immer noch nicht ganz daran gewöhnt, daß sie nie wieder dorthin zurückkehren würde, obwohl diese Möglichkeit offensichtlich gewesen war, seit die Zauberin sie mitgenommen hatte. Das gute Volk von Krasnegar würde vielleicht niemals erfahren, was mit ihrer Prinzessin geschehen war. Und sie erfuhr womöglich nie, was ihnen widerfuhr.

Mögen sie Glück finden.

Ich hoffentlich auch.

Staub, der in ihr Gesicht wirbelte, brachte sie zurück in die harte Wirklichkeit. Palmwipfel warfen sich hin und her, irgend etwas zog an Inos' Schleiern. Ein plötzliche Bö war vom Frühlingsmeer hereingedrungen, passend zu ihrer Stimmung, überzog die strahlende Bucht mit einem dumpfen Schatten und schob die vielen kleinen Boote wie ängstliche Entlein vor sich her. Inos drehte sich vorsichtig um und lief wieder ins Zimmer.

Es mußte bald Zeit sein hinunterzugehen. Prinz Gutturaz mußte in Kürze hier sein, der Prinz, der die Braut zum Altar führen sollte. Er war Azaks ältester noch lebender Bruder und ein stattlicher Mann.

Es hatte sich herausgestellt, daß es ganz einfach war, in Zark eine Hochzeit zu organisieren. Inos hatte lediglich Kar erzählt, was sie wollte, und Kar hatte getan, was nötig war. Dann hatte Azak angeordnet, daß alles anders gemacht werden sollte. Schließlich hatte Rasha noch einmal sämtliche Pläne geändert. Kein Problem.

Fast die einzige Entscheidung, die Inos zugestanden worden war, betraf ihr Kleid, und diese Wahl durfte sie innerhalb sehr eng gefaßter Grenzen treffen, die von der Tradition vorbestimmt waren. Jetzt war sie in Spitze gehüllt, die ausgereicht hätte, sämtliche Fenster in Krasnegar zu verhüllen, und trug genügend Perlen, um einen Hexenmeister loszukaufen. Perlen waren in Zark ein Symbol für Jungfräulichkeit. Inos fragte sich, ob die Austern daran glaubten.

Sie blieb stehen, um sich selbst einen finsteren Blick zuzuwerfen, in einem der zahllosen Spiegel, die ihr Zimmer überschwemmten und es wie einen Basar wirken ließen – Wandspiegel, freistehende Spiegel, viereckige, runde und ovale Spiegel. Da stand sie, mit düsterem Gesicht – ein menschlicher Eisberg. Im Moment hatte sie ihre Schleier noch nicht vor das Gesicht gezogen, aber wenn sie unten waren, war Inos nicht mehr von einem Eisberg zu unterscheiden, nicht einmal von Experten. Sie hätte die Lockenwickler in den Haaren lassen und ihr Gesicht blau anmalen können, niemand hätte es unter all diesen Stoffschichten bemerkt.

»Ah, da bist du, Liebes«, sagte eine vertraute Stimme. »Du sieht bezaubernd aus.«

Inos zog es vor, sich nicht umzudrehen, damit sie ihre Schleppe nicht durcheinanderbrachte, also sprach sie zu Kades Spiegelbild.

»Ich sehe nicht bezaubernd aus! Ich sehe *überhaupt* nicht aus! Wenn wir diese Kleider auf der Schneiderpuppe ließen und sie an meiner Stelle in die Halle rollen würden, dann würde der Imam sie mit Azak verheiraten, ohne daß es jemandem auffiele.«

Kade erzitterte, und einen Augenblick lang glaubte Inos, sie würde vorschlagen, genau das zu tun, doch Kade wäre niemals so herzlos. Statt dessen sagte sie: »Nun, jedes Land hat seine eigenen Sitten, Liebes. Und Hochzeiten sind immer sehr traditionell.« Mit einem zufriedenen Nicken über diese Erkenntnis sah sie in einen Spiegel und lächelte höflich ihr Bild an, als brauche auch die Spiegelung ein wenig Aufmunterung.

Kade selbst war in vielen Schichten eines schweren Goldstoffes, der nicht zu ihrer Haut paßte, beinahe unsichtbar; das Kleid mußte noch heißer und schwerer sein als Inos' Hochzeitsgewand. Für die Zeremonie würde nur der untere Teil ihres Gesichtes verschleiert sein, da man männlichen Arakkaranern anscheinend zutrauen konnte, beim Anblick von Kades Augen nicht in einen Tumult auszubrechen.

Sie glaubte, daß Inos einen schrecklichen Fehler machte. Das hatte sie gesagt, als Inos ihr eine Woche zuvor die Neuigkeiten mitgeteilt hatte.

Heiße Worte damals, seitdem nur Kälte.

Selbst jetzt war Kade sichtlich gereizt und unglücklich über diese Paarung, doch wollte sie Inos an ihrem Hochzeitstag nicht erzürnen, denn sie war sich klar, daß es ohnehin zu spät war, die Lawine zu stoppen – jedes Wort dieser Gedanken stand in ihren Augen geschrieben und lag auf ihren zusammengekniffenen Lippen.

Inos gelang es, sich herumzudrehen, ohne sich selbst zu verknoten. »Erinnerst du dich an Agimoonoo?«

Kade zwinkerte. »Ja«, meinte sie zögernd.

»Es war kurz nachdem ich nach Kinvale kam. Sie kündigte ihre Verlobung mit diesem fetten Zollbeamten an. Erinnerst du dich?«

»Ja, ich erinnere mich.«

»Ich habe einige böse Sachen gesagt. Daß er ekelhaft sei und gemein. Daß sie ihn nicht liebe. Daß sie ihn nur wegen seines Geldes heirate und weil ihre Mutter darauf bestehe.« Inos lächelte. »Das war, bevor du mir beigebracht hast, mich diskreter zu verhalten, Tante. Aber zumindest habe ich das alles nur zu dir gesagt, nicht zu anderen Leuten.«

Kade biß sich auf die Lippe. »Was ist mit ihr?«

»Du sagtest, sie werde lernen, ihn zu lieben. Daß, solange ein Mann nicht wirklich grauenvoll sei, eine Frau lernen könne, mit ihm zu leben und glücklich zu sein, und oft schon sei die Liebe später gekommen.«

Auf Kades Lippen erschien ein schwaches kleines Lächeln und verschwand sofort wie eine schmelzende Schneeflocke. »Vielleicht habe ich etwas Ähnliches gesagt, aber ...«

»Und in meinem Falle hat der Gott mir gesagt, ich solle auf die Liebe vertrauen. Was Azak für mich getan hat – für mich tut ... das tut er für mich. Aus Liebe.« Sie hatte Azak in der vergangenen Woche nur zweimal gesehen, und das auch nur ganz kurz. Beide Treffen waren in aller Öffentlichkeit und sehr förmlich vor sich gegangen, und die beiden hatten kaum miteinander gesprochen. Sein Gesicht war unergründlich, finster und hölzern gewesen. Das Opfer, das er für sie brachte, war grausam und sonderbar, doch es war ein Opfer. »Keinem Mann gefällt es, wenn er verliert, Tante. Jämmerliche Kapitulation war für jeden schwer. Für einen stolzen Mann wie Azak war es fast ein Wunder! Das beweist seine Liebe, verstehst du nicht? Wir müssen auf die Liebe vertrauen.«

Inos wiederholte diesen Gedanken jetzt seit einer Woche – bei Tage vor Kade und bei Nacht vor sich selbst – also mußte sie wirklich daran glauben. Oder nicht?

Kade nickte, leicht errötet. »Ich wünsche Euch beiden alles Glück, Liebes.« Sie meinte es ernst, aber sie rechnete nicht damit.

Auf dem Höhepunkt ihrer Streitereien hatte Kade einige sehr schmerzliche Dinge gesagt, aber Inos würde vergeben und vergessen. Heute konnte sie niemandem böse sein, denn heute war ihr Hochzeitstag. Heute sollte sie glücklich sein. Oder nicht?

Alle Mädchen waren an ihrem Hochzeitstag nervös. Jede Braut mußte dieses Gefühl kennen, als liege ihr ein Klumpen Eis im Magen.

Sie hatte Kade nichts von der Spülküche erzählt. Rasha hatte ihre Drohungen ernst gemeint, und nur Azaks Unterwerfung hatte sie davon abgehalten, sie auch wahr zu machen. Schon die Spülküche machte die Heirat unvermeidlich, damit Inos Kade davor bewahren konnte, sich durch das Schrubben von vielen Quadratmetern Steinboden einen frühen Tod zu holen.

Undenkbar.

Damenhaftes Geplänkel? »Eine ziemlich kurze Verlobung, Tante.«

»Ja, Liebes?«

»Aber länger als meine letzte, glaube ich.«

»Ein echte Verbesserung. Wenn ich mich recht erinnere, hatten wir noch nicht den Wein geöffnet, um deine Verlobung zu feiern, als du schon vor dem Bischof standest.«

»Und dann Rap ...« Inos zuckte die Achseln. Dieses Gespräch führte zu nichts. Aber wenn Rap nicht hereingeplatzt wäre und die Hochzeit verhindert hätte, was wäre dann geschehen?

»Ich meine immer noch, daß du vielleicht zu eilig ...« Kades Stimme verebbte, und in dieser Spiegelhalle war es unmöglich zu sagen, ob sie wegen Inos' Gesichtsausdruck nicht weitersprach oder weil es ohnehin zu spät war oder weil plötzlich ein Dutzend schwarz gekleideter Zanas aufgetaucht waren. Zana war einen Tag nach Inos auf geheimnisvolle Weise in den Palast zurückgekehrt und kümmerte sich wieder um das Wohlergehen der königlichen Gäste. Ohne Zana wäre der heutig Tag schon lange in Chaos versunken.

»Seine Erhabenheit ist hier?« Inos machte eine alles umfassende Geste.

Zana nickte mit einem Zwinkern. Mit geschickten Fingern zog sie die Schleier hinunter, damit Inos gesellschaftsfähig war. Inos lugte durch einen Nebel aus feiner Spitze auf die Welt draußen und sah in jeder Richtung Eisberge.

Plötzlich bekamen die Spiegel ein weiteres Bild zum Spielen, als die massige grüne Figur eines grauhaarigen Prinzen Gutturaz die Tür ausfüllte und sich steif verbeugte. Er trat drei Schritte vor und verbeugte sich abermals. Schließlich rauschten zwei Reihen aufgeregter junger Pagen hinter seiner alles in den Schatten stellenden Körperfülle hervor.

Schwatzend und kichernd gingen die Jungen zu Inos hinüber und nahmen ihre Plätze ein. Die meisten waren sehr klein, aber alle zwölf waren Prinzen, grün gekleidet, gekommen, die Schleppe der Braut zur Hochzeit ihres Vaters zu tragen.

3

Gott der Narren!

Rennen, rennen, er rannte immer weiter. Die Hügel waren steil, die Treppen noch steiler. Nicht wie zu Hause, wo beides überdacht war – hier waren sie offen, aber steil und gewunden.

Lith'rian ... Sollte der Teufel ihn holen. Er mußte es gewußt haben!

Kann ich noch nicht sagen, so hatte er sich ausgedrückt. Vielleicht. Vielleicht. Nur romantisch? Weiter laufen. Romantisch schwitzen, romantisch riechen? Um Ecken flitzen ... An Eseln vorbeidrücken, weiter laufen. Das Schwert schlägt gegen die Beine, die Leute gucken. Königliche Hochzeit, Flaggen und Banner. Inosolan heiratet? Inosolan verläßt ihre Heimat? Das klang nicht nach Inosolan!

Gott der Narren, er hätte warten sollen, nur einen Augenblick. Hätte nur einen Moment bleiben sollen, um es den beiden anderen zu sagen.

Dann wären beide losgelaufen, den Hügel hinaufgerannt, wie er. Er konnte um einiges schneller laufen, so wie er rannte, hätte es sie umgebracht, sie hätten sicher einen Herzanfall bekommen. Das Problem war, er hätte es ihnen sagen sollen, ihnen sagen, daß er zu Inos wollte, nicht einfach wie verrückt davonhetzen und sie mit dem Boot allein lassen. Das Schwert schlug gegen seine Beine, die Leute guckten. Niemand war bewaffnet. Wenn er nicht zu Inos gelangte, würde man ihn schnell verhaften, und die anderen würden es nicht erfahren. Gathmor und Darad konnten ihm dann nicht helfen, auch wenn er es ihnen erzählt hätte; vielleicht würden sie versuchen, ihn zu finden – und das würde ihm auch nicht helfen. Er wäre dann sicher tot, und auch das würde ihm nicht helfen.

»Laßt mich vorbei, bitte!«

Am schlimmsten war Unentschlossenheit – was konnte er zu erreichen hoffen? Selbst wenn er zu Inos vordrang, was im Himmel konnte er tun? Ihr vielleicht sagen, daß er sie liebte, es nur einmal in Worte fassen? Wenn das alles war, sollte er sich lieber beeilen – damit er dort ankam, solange sie noch nicht verheiratet war, wenn auch schon verlobt. Einer verheirateten Frau gegenüber von Liebe zu sprechen, würde ihren Mann sicher in Wut versetzen.

Königliche Hochzeit im Palast, im Palast ganz oben auf dem Hügel. Der Palast war mit der Sehergabe nicht zu sehen! Die Zauberin war sicher dort, verborgen an jener unsichtbaren Stelle. Wenn ein Mann durch ein Fenster hereinstieg, würden die Wachen ihn sicher töten – alle Eindringlinge würden gewiß mit dem Tode bestraft.

Welch ein Gewirr von Straßen! Es wand sich weiter nach oben. Steiler, immer steiler wurden die Treppen. Sein Herz zog sich zusammen, sein Atem ging schwer, das war ganz und gar nicht romantisch. Hätte er seine Sehergabe nicht gehabt, hätte er den Weg niemals gefunden.

Jetzt erschien der Palast über ihm, aber das Tor war noch einige Wegstunden entfernt, und das Getümmel im Vorhof war die Bevölkerung von hier, die vom Sultan anläßlich der Hochzeitsfeierlichkeiten bewirtet wurden – Tausende tummelten sich im Hof. Also wurden die Tore bewacht, zusätzlich von der Menge bewacht. Sollte ein Fremder mit einem Säbel versuchen, über den Vorhof hereinzukommen, würden die Wachen sich ihm entgegenstellen und für die Hochzeitsgäste eine weitere Vorstellung bieten.

Die Mauer, die neben ihm verlief ... sie war hoch, aber sie war alt, und der Mörtel in den Zwischenräumen der Steine war stark verwittert. Ein Krimineller wie Thinal könnte einfach über die Steine hinüberklettern, wie eine Fliege; und ein Geweihter konnte alles tun, was andere auch konnten.

Halt!

Herzen ... Lungen ... Beine zittern ... Kopf dreht sich ...

Weiß nicht ... was ist auf der anderen Seite ... war das ein Wiehern?

Was habe ich zu verlieren?

4

Trompeten ertönten. Durch die weißen Nebel aus Spitze sah Inos, wie vor ihr die prächtigen Türen aufschwangen. Eine Hand auf dem Arm von Prinz Gutturaz, schwebte sie langsam vorwärts, in Gedanken bei den kurzen Beinchen der winzigen Schleppenträger hinter ihr ... ebenso bei den Eisbergen, die durch das Packeis drifteten, wie man es manchmal vor den Fenstern des Schlosses in Krasnegar sehen konnte. Nie wieder.

Sie betrat die Große Halle. Sie hatte die Große Halle nicht gesehen – und noch nicht einmal davon gehört –, bis die Proben begannen. Sie hätte es geglaubt, wenn man ihr gesagt hätte, daß sie der größte überdachte Raum in ganz Pandemia sei.

Kopf hoch. Lächeln nicht nötig. Niemand konnte es sehen.

Zu beiden Seiten warteten die Persönlichkeiten des gewöhnlichen Volkes von Arakkaran in ihren feinsten Kleidern; weiter vorne standen die Prinzen, von ganz jung bis sehr alt, in Grün. Die Jungen waren zahlreicher als die Alten. Alle hielten ihre Augen nach vorne gerichtet, niemand wandte sein Gesicht, um sie anzustarren. Außer einem Eisberg gab es nichts zu sehen.

Die grellen Strahlen der Sonne stachen durch die hoch über ihnen liegenden Fenster, um von Filigranarbeiten aus

Marmor zerstreut und von Streben, Pfeilern und Fliesen reflektiert zu werden, bis sie wie ein Schleier aus Milch auf die Versammlung niederfielen. Nur Männer. Kade würde, als offizielle Mutter der Braut, auf der Tribüne stehen, und ein Seitenbereich war für Azaks Schwestern reserviert, von denen Inos nur wenige kennengelernt hatte. Selbst in familiären Angelegenheiten spielten die Frauen hier eine geringe Rolle, und die Hochzeit eines Sultans war keine familiäre, sondern eine Sache der Politik. So hatte es Kar erklärt. Von Rechts wegen sollte das hier eine politische Ehe werden – Azak sollte die Tochter aus irgendeinem Nachbarstaat heiraten, um ein Bündnis zu untermauern. Er brach eine Tradition und ging ein Risiko ein, indem er eine Außenseiterin heiratete, eine unwichtige Heimatlose. Die offizielle Proklamation hatte sie als Königin ausgewiesen, aber wer hatte sich davon täuschen lassen?

Zithern und andere Folterinstrumente quengelten und winselten schwach fremdartige Klagemelodien ... langsam gehen ...

Hinter ihr, schon weit entfernt, fielen die prächtigen Türen mit einem Donnern ins Schloß, das wie das Ende der Welt klang, wie die letzte Abrechnung zwischen Gut und Böse – *Das Ende*! Das Donnern rollte von Bogen zu Bogen und von Pfeiler zu Pfeiler, regnete in Echos hernieder und entschwand über dem entfernten Podest, der ihr Ziel war.

Über ihr erstreckte sich weißer Marmor, flach wie ein gefrorener Kanal, bis hin zu dem Podest, wo der Rest der Hochzeitsgesellschaft wartete. Mittelpunkt war der Thron, und auf dem Thron saß die siegreiche Rasha. Selbst sie trug königliches Grün, wenn auch ein sehr dunkles, glänzendes Grün. Inos konnte bereits die tiefroten Augen über ihrem durchsichtigen Yashmak sehen, das Diadem aus Smaragden und Perlen, das Rashas einziger Schmuck war, die karmesinroten Nägel, die müßig an den Armlehnen des Thrones zupften. Sie war von ihren Illusionen aus Jugend und Schönheit umgeben. Inos ebenfalls und das zu Recht.

Zarkianische Sitten ließen eine sonderbare Konzession an

die Weiblichkeit, oder Mutterschaft, zu – bei Hochzeiten saß eine Frau auf dem Thron. Wäre die Frau von Azaks Großvater noch am Leben gewesen, hätte sie dort gesessen, bis ihre Nachfolgerin rechtmäßig bestimmt war. Da es gegenwärtig keine richtige Sultana gab, hätte der Thron von Rechts wegen leer bleiben müssen, bis Azak seine Braut am Ende der Zeremonie dort hinführte. Doch Rasha hatte darauf bestanden, und Azak hatte ohne viele Worte eingewilligt. So war ihr Triumph komplett, und eine uralte Hure saß auf dem Thron von Arakkaran. Welche bittere Befriedigung zog sie daraus?

Zumindest hatte sie keinen Anspruch auf die königliche Schärpe erhoben, die immer noch grün an der Brust des Sultans funkelte. Azak kam jetzt von der Seite herein und nahm in Erwartung seiner Braut Aufstellung. Groß, grimmig und gutaussehend zeigte er sein Adlerprofil. Lieber Azak!

Armer Azak! War seine lange Erniedrigung jetzt tatsächlich vorüber? Er hatte seine sieben Tage und Nächte der Buße abgeleistet. Rasha würde ihn nicht weiter peinigen. Oder doch? Dafür gab es keine Garantie, Inos hatte kein Versprechen gehört. Mußte sie ihren Ehemann ebenso mit dieser entstellten alten Hure teilen wie mit den Frauen seines Harems, die ihm Söhne gebären würden?

Und heute nacht? Welch ein Ersatz wäre Inos? Sie hatte gebetet, daß sie ihn in seiner Hochzeitsnacht nicht enttäuschte. Sie wollte ihm gefallen. Sie mußte ihm vertrauen – er war sicher erfahren.

Er sah gut aus, war männlich und königlich; und er liebte sie. Was konnte sich ein Mädchen sonst erträumen? Dieses Land war viel reicher als Krasnegar. Der Gott hatte ihr ein glückliches Ende versprochen.

Sie war beinahe bei den Stufen angelangt. Dort stand der Imam, uralt, ein wenig zum Sabbern neigend. Dort stand der stets lächelnde Kar mit seinem Babygesicht, Trauzeuge und umsichtiger Beschützer. Dort war der junge Prinz Quarazak, *groß für sein Alter,* der stolz ein grünes Kissen hielt. Auf dem Kissen lag die schmale goldene Kette, das Symbol der Ehe in Zark. Inos hatte den halbherzigen Versuch gemacht, sie durch einen Ring ersetzen zu lassen, aber in Zark zog man eine Kette vor. Kade war sehr zornig gewesen, als sie von der Kette hörte. Inos hatte versucht, mit einem Witz darüber hinwegzugehen und hatte behauptet, eine Kette sei nur weniger subtil als ein Ring, aber sie beide hatten dasselbe gemeint.

Die ganze zarkianische Zeremonie war weniger subtil. Inos erklomm die beiden Stufen des Podestes. Sie wandte ihr Gesicht Azak zu, und Gutturaz stützte sie, als sie sich, in ihrem voluminösen Kleid sehr ungeschickt, auf das bereitliegende Kissen kniete.

Die Musik erstarb und wurde unter dem Geräusch der sich setzenden Zuschauer begraben.

Der Imam wankte nach vorne, wobei er ein Buch umklammert hielt. Azak trat ein paar Schritte näher, flankiert von Kar und dem strahlend um sich schauenden kleinen Quarazak.

Er konnte ihr Gesicht nicht sehen, aber sicherlich konnte er sie anlächeln? Kar lächelte.

Es war erstaunlich, daß der Sultan sich unter all den Juwelen, mit denen er behangen war, noch bewegen konnte. Selbst die sagenhafte Smaragdschärpe wurde durch den Schein der Juwelen überstrahlt. Er war der absolute Monarch eines reichen Königreiches.

Und Inos war ein Niemand. Sie hatte das Kade immer wieder erklärt.

Schweigen senkte sich wie der Staub von Jahrhunderten nieder. Das Husten und Rascheln verebbte. Ein letzter Stuhl wurde laut quietschend über den Boden gezogen.

Der Imam räusperte sich. Er begann.

Azaks Antworten kamen wie königliche Erlasse. Er versprach viele Dinge: Fürsorge, Schutz, Liebe.

Dann war sie an der Reihe. Inos versuchte, mit tragender Stimme zu sprechen, aber sie versuchte auch, nicht zu schreien.

Sie versprach alles.

Quarazak hielt das Kissen hin, so daß der Imam die Kette segnen konnte. Dann reichte er sie seinem Vater, und Azak griff danach, wobei jedes einzelne Glied im abendlichen Sonnenschein aufleuchtete.

Sie glitt wieder außer Reichweite, als der Junge sich leicht abwandte, um verwirrt auf die entfernten Türen zu blicken. Schließlich hörte Azak, was die jüngeren Ohren zuerst vernommen hatten, und er sah ebenfalls in die Richtung. Kar ... im Publikum wandten sich Turbane herum. Ein merkwürdiges Geräusch draußen vor der Halle?

Schwach nur, doch es kam näher? Rufe? Ein dumpfer Aufprall?

Schwerter?

Azak wandte den Kopf zu Rasha, und Rasha runzelte die Stirn über der grünen durchsichtigen Seide ihres Yashmak.

Rasha sprang auf.

Da öffneten sich die Türen.

Der verzierte Riegel zerschmetterte in einer Wolke fliegender Splitter. Türen wurden aufgestoßen, aufgerissen, als seien sie von einer Flutwelle oder vom Blitz getroffen. Sie flogen in den Angeln zurück, und die Wucht ihres Aufpralls gegen die Mauer ließ die Trommelfelle ein zweites Mal erzittern. Das Echo wollte kein Ende nehmen.

Unbemerkt glitt die goldene Kette von ihrem Kissen auf den Boden. Alle Augen waren auf den Tumult am Eingang gerichtet.

Durch die Tür kam ... das Hinterteil eines riesigen schwarzen Pferdes.

Out of the West:
O, young Lochinvar is come out of the West,
Through all the wide Border his steed was the best;
And, save his good broadsword, he weapon had none,
He rode all unarmed, and he rode all alone.
So faithful in love, and so dauntless in war,
There never was a knight like the young Lochinvar.

Scott, *Lochinvar*

(Aus dem Westen:
Der junge Lochinvar kam aus dem Westen
Im ganzen Lande war sein Roß das beste;
Außer seinem breiten Schwert hatte keine Waffe er,
Er ritt ohne Rüstung, und er ritt allein daher,
Treu in der Liebe, furchtlos im Kriege gar,
's gab niemals 'nen Ritter wie den jungen Lochinvar.)

Vierzehn

Tumult und Geschrei

1

Einen langen, atemlosen Augenblick lang stand die ganze Kongregation wie versteinert da, von Rasha und Azak hinunter bis zu dem winzigsten Prinzen, alle waren faszinierte Zuschauer des Kampfes, der an der Tür wütete.

Wenn dieses Pferd nicht das Böse in Person war, dann war es eines seiner Brüder, doch der Mann auf seinem Rücken führte es äußerst sicher – selbst Azak konnte ein solches Pferd nicht unter Kontrolle halten. Ganze Kohorten von Familienvätern schlugen und wehrten sich gegen den Eindringling, aber Mann und Pferd hielten sie zurück. Das Schwert des Reiters tanzte wie silberner Nebel, erst auf der einen, dann auf der anderen Seite. Klingen kreuzten sich klirrend, der Hengst wirbelte laut klappernd auf glattem Marmor herum, aber seine Hufe und Zähne, seine ganze Körpermasse waren Teil des Kampfes. Wenn er wirklich das Böse war, dann würden die Familienväter ihn mit wesentlich größerer Sorgfalt behandeln, als sie mit dem Fremden umgingen.

Die Zuschauer sprangen auf die Füße, dabei fielen Stühle krachend nach hinten, und diejenigen, die in der Nähe der Türen saßen, drängelten sich in Sicherheit.

Ein Wächter bekam einen vollen Tritt in den Hintern ab. Ein Chakram zischte durch die Luft wie ein tödlicher Sonnenstrahl, aber das anvisierte Opfer schlug es mit seinem Schwert leicht beiseite, parierte einen Schlag zu seiner Rechten, knüppelte einen Angreifer zu seiner Linken zu Boden und fälschte eine Lanze ab. Draußen lagen Körper in wildem Durcheinander, und auch in der Halle häuften sich die Gefallenen. Abermals schrie ein Mann, ließ sein Schwert fallen und fiel vornüber, während das Pferd zwei weitere über den

Haufen rannte und zur Seite schleuderte. Der Reiter entzog sich dem nächsten Schlag eines Chakram, und der Tod sauste durch die Luft über die Köpfe von Hunderten von Menschen durch die Halle. Hufe quietschten auf Marmor …

»*Haltet ein*!« Rashas Stimme erklang mit der Macht eines Signalhorns.

Der Kampf kam zum Stillstand. Die Zuschauer standen erneut wie versteinert. Ebenso die Kämpfenden.

Vorsichtig zog sich der Reiter mit seinem Pferd vor dem versteinerten Wald seiner Angreifer zurück. Befriedigt, daß sie keine Gefahr mehr darstellten, wendete er den Hengst und ließ ihn vorwärtstänzeln, den Gang zwischen den Bänken hinauf. Als er vorbeiritt, zog eine Welle durch die Kongregation, als die Blicke ihm folgten – Inos konnte hinter ihm nur Gesichter erkennen, vor ihm nur Turbane. Noch mehr Gesichter lugten hinter Pfeilern hervor.

Der Fremde ließ sein blutiges Schwert zurück in die Scheide gleiten; dann wischte er sich mit dem Arm über die Stirn.

Das Pferd war tatsächlich Evil – das Böse –, der prächtigste aller Hengste, den nur Azak reiten konnte, der Stolz der königlichen Ställe. Seine Hufe klapperten und rutschten auf dem schlüpfrigen Stein, doch der schäbig wirkende Reiter hatte ihn vollkommen unter Kontrolle. Er erreichte den Platz vor dem Podium. Jetzt war die ganze Gesellschaft, waren alle Gesichter hinter ihm.

Inos wagte nicht einmal, Azak anzusehen um zu erfahren, wie er auf dieses Sakrileg reagierte, und sie starrte in wachsendem Unglauben auf den Eindringling. Das war Zauberei.

Schließlich bemerkte sie, daß Evil weder Geschirr noch Sattel trug.

Ungesattelt! Sie hatte nur einen Mann gekannt, der …

Nicht schon wieder!

Sie sprang auf, behindert und aus dem Gleichgewicht gebracht von dem Gewicht der Spitze. Sie schwankte, fand festen Stand, starrte auf das verschämte kleine Lächeln, die grotesken Waschbär-Tätowierungen, das ungekämmte Wirrwarr von braunem Haar, das schweißdurchtränkt war. *Nein*! Unmöglich! Er war tot! Sie schwankte, die Halle wurde dunkel. Schon wieder? Die Sonne war noch nicht untergegangen, Geisterscheinungen kamen nicht bei Tageslicht zum Vorschein. Sie war verrückt. Sie halluzinierte.

Da lehnte sich der Eindringling vor, hob sein Bein und ließ sich neben Evil zu Boden fallen. Er taumelte und stützte sich gegen die dampfende, heftig atmende schwarze Flanke. Seine Kleider waren schmutzig, durchnäßt und mit Blut bespritzt. Er krümmte sich vor lauter Mühe, wieder zu Atem zu kommen und holte keuchend Luft. Schweiß lief ihm über das Gesicht, und alle paar Sekunden wischte er sich mit dem muskulösen Arm über die Stirn.

Dennoch straffte er die Schultern und richtete sich auf. Unsicher verbeugte er sich vor Inos. Sein Blick wanderte mehrere Male zwischen Azak und Rasha hin und her. Beim Anblick von Azaks Putz verzogen sich die Tätowierungen leicht, dann wandte er sich zu Rasha und verbeugte sich. Danach erwies er auch Azak die Ehre.

Die Stille der Menge war beinahe greifbar, noch immer hatte niemand ein Wort gesprochen. Das lauteste Geräusch im Raum war das Atmen des Eindringlings.

»Der Faun!« sagte Rasha. »Wie interessant.«

Abermals lächelte Rap schwach, sein übliches schüchternes kleines Lächeln, das …

Nein! Nein! Nein!

»Der Faun ist tot!« rief Inos. »Das ist gemeine, grausame Zauberei. Königin Rasha? Ist das Euer Werk?«

Die grün verhüllte Zauberin schüttelte den Kopf, und Inos konnte nicht sagen, ob es Wut oder Belustigung war, die in diesen rubinroten Augen aufglommen. Und Azak … Inos erzitterte vor Wut. Noch nie war sie so zornig gewesen. Die Adern in ihrem scharlachroten Gesicht schwollen an. Die Staatshochzeit war ein Trümmerfeld, der ganze Pomp war zur Farce geworden, und kein Sultan von Arakkaran war jemals vor seinem Hof derart beschämt worden.

»Es ist Zauberei«, sagte Rasha. »Aber nicht meine. Wer seid Ihr?«

»Ich bin Rap, Ma'am.« Er atmete schwer und fuhr dann fort. »Dort draußen liegen ein paar verwundete Männer. Vielleicht habe ich auch ein paar getötet. Ich hoffe, ich habe nicht ...«

»Laßt sie!« brüllte Azak. »Das wäre eine Gefälligkeit.«

Rasha zuckte mit den Achseln. Die versteinerten Wachen an der Tür wurden wieder lebendig. Als sie die gesittete Diskussion am Podium sahen, steckten sie beschämt ihre Schwerter in die Scheiden und beugten sich zu ihren Verwundeten hinunter.

Die Zuschauer schienen von Zweifel und Unsicherheit befallen, doch dann scharrten Stühle auf dem Boden, als die Gäste ihre Plätze wieder einnahmen.

»Rap ist tot!« rief Inos – kreischte sie? – »Ihr könnt nicht Rap sein!«

Er lächelte versonnen zu ihr auf und tätschelte die mächtige, schaumbedeckte Schulter neben sich. »Rittmeister und Waffenmeister gleichzeitig?«

Oh, Ihr Götter! Inos spürte, wie ihre Knie nachgeben wollten, doch da war Kade an ihrer Seite und hielt sie fest. *Oh, gesegnete Kade*! Sie klammerte sich fest. Rap? Nicht tot? Wirklich Rap?

Narr! *Wahnsinniger*! Er war irgendeinem Zauberer in die Hände gefallen und wurde benutzt, um Azaks Hochzeit zu durchkreuzen, und, und ... Allerdings trug diese ganze monströse Katastrophe genau Raps Handschrift. Irgendwie ...

»Wessen Werk ist das?« fragte Azak heiser zu Rasha gewandt.

Sie zuckte abermals die Achseln. »Sprecht, Junge.«

Rap starrte dümmlich zu Inos. »Seid Ihr verheiratet?« fragte er mit ganz leiser Stimme.

»Ja. Nein. Ich meine ...«

»Oh.«

War das alles? Nachdem er von den Toten zurückgekehrt war? Und eine feierliche Staatszeremonie unterbrochen hatte? Und ihre ganze Welt auf den Kopf stellte – Das war ja Unsinn! Er konnte nicht Rap sein. Nicht derselbe Rap. Konnte nicht den ganzen Weg von Krasnegar in weniger als einem halben Jahr gekommen sein.

Azak griff nach seinem Krummschwert, aber Rasha streckte warnend eine Hand aus.

Rap leckte sich die Lippen. »Ich bringe eine Botschaft für Königin Inosolan.«

»Von wem?« brüllte Azak.

»Von ... von ... es sieht nicht so aus, als könne ich diese Frage beantworten, Eure Majestät.«

Azak zog das Schwert eine Handbreit heraus, bevor Rasha ihn erneut aufhielt. »Er wird daran gehindert, aber der Bann wirkt nicht sehr stark. Da ...«

»Danke!« sagte Rap höflich. »Von Hexenmeister Lith'rian, Eure Majestät. Majestäten.«

Azak zischte überrascht.

»Dann laßt uns diese Botschaft hören«, forderte Rasha Rap auf.

Warum war sie so gelassen? Ihre Augen funkelten, aber ihre Finger waren entspannt, und es lag weder Wut noch Beunruhigung in der Luft. Ihre Gelassenheit war erstaunlich. Sie benahm sich wie ... wie Kade oder so ähnlich.

Inos umarmte Kade ein wenig fester und spürte die Umarmung ihrer Tante. Sie konnte ihre Augen nicht von Rap wenden. Ihre Wangen waren feucht, und sie hatte keine Ahnung, wie sie aussah, darum war es gut, daß sie ohnehin niemand sehen konnte. Außer Rasha natürlich.

Und Rap. O verdammt!

Er war kräftiger und breiter als früher. Und selbstsicherer. Männlich. Nicht groß wie Azak oder ein Jotunn, aber größer als ein Imp. Oder ein Pixie. Warum dachte sie an Pixies? Häßliche flache Nasen?

Rap auf einem weißen Pferd in ihren Träumen. Wann hatte sie das geträumt? Vielleicht mehrmals.

»Seine Omnipotenz sagte, ich solle herkommen und Königin Inos sagen ...«

»Schweigt!« Azak zog sein Schwert ganz heraus.

»Steckt das zurück«, befahl Rasha schroff. »Wenn Ihr Euch gegen den Faun wendet, macht er Euch zu Konfetti. In der Tat ...«

Azaks Krummschwert verschwand, ebenso Raps und Kars Schwerter. Damit war die gesamte Halle entwaffnet, denn die Hochzeitsgäste trugen keine Waffen. Das Pferd kam zitternd wieder in Bewegung und hielt mit klappernden Hufen auf die Tür zu, wo das Aufgebot der Familienväter verblüfft und zornig herumstand – und wahrscheinlich voller Angst, denn sie wußten, Azaks Rache würde blutig werden. Sie ließen Evil hinaus. Kurz darauf schlossen sich die Türen hinter den letzten beschämten und diskreditierten Wachen, die dem Pferd nach draußen gefolgt waren.

Inzwischen hätte die Zeremonie schon lange vorbei und die Gäste auf dem Weg zur Hochzeitsfeier sein sollen. Das Licht aus den hohen Fenstern ließ langsam nach, wurde rot und versprengte Lichtflecken wie Blut auf die Kuppeln und Pfeiler. Schatten schwebten wie Geier auf dem Weg zu einem Massaker herein.

Der Rückzug des Pferdes ließ Rap klein und einsam zurück. Er stand auf dem Boden, die anderen auf dem Podium zwei Stufen über ihm.

»Besser«, sagte Rasha.

»Er möchte gut abgerieben werden«, stimmte Rap zu und verschränkte die Arme, als sei ihm eine Sorge abgenommen worden.

»Ich meinte ... Nun, sprecht, Master Rap. Die Botschaft?«

»Diese Botschaft wird nicht in der Öffentlichkeit übermittelt!« brauste Azak auf. »Und Botschaften an meine Frau erfahre ich zuerst.«

Rap verzog abermals seine Tätowierungen und sah fragend zu Inos auf. »Seid Ihr wirklich verheiratet, Eure Majestät, und habt Ihr es aus freiem Willen getan?«

Ihr Mund war voller Sand. »Ja. Und ja.« Natürlich waren

ihre Wahlmöglichkeiten nur beschränkt gewesen, aber das würde sie in diesem Augenblick nicht zugeben. Ein Stalljunge würde von Politik natürlich nichts verstehen. Alles, was Rap im Moment in Azak sehen würde, war glitzernder Reichtum. Und ein großes männliches Tier.

Was Rap dachte, spielte nicht die geringste Rolle.

Azak knurrte wütend. Er trat zwei Schritte zurück in die Mitte des Podiums, ergriff die goldene Kette, die heruntergefallen war und stampfte zu Inos hinüber. Sie beugte zustimmend ihren Kopf, und er streifte ihr die Kette über. Dann marschierte er zurück an den Rand des Podiums. »Jetzt ist sie gewiß verheiratet, und wenn Ihr noch ein Wort an sie richtet, werde ich Euch aufs Rad schnallen lassen.«

Rap schürzte die Lippen und zuckte die Achseln. Er schien die Situation zu akzeptieren, zu akzeptieren, daß er zu spät gekommen war.

Zu spät *wofür*?

»Die Nachricht des Hexenmeisters?« fragte Rasha ruhig.

»Er sagte, ich solle Königin Inosolan mitteilen, sie ... sie solle auf die Liebe vertrauen.«

Inos krümmte sich wie unter einem Schlag, und wieder beruhigten Kades Arme sie. Sie schob sie wütend zur Seite. Wie konnte er es wagen, derart in ihre Hochzeit zu platzen! Wie konnte er es wagen, solche grausamen Verleumdungen zu verbreiten! Ja, sie hatte ihn geküßt, als sie noch Kinder waren; jetzt hatte er aus ihrer Hochzeit einen Zirkus gemacht und ein Blutbad angerichtet; und er wollte ihr etwas über *Liebe* erzählen?

Verwegen hob sie ihren Schleier und wandte sich zu Azak, wobei sie fürchtete, sie könnte blaß sein wie die Spitze, die sie umhüllte. Für sie war er vor der verhaßten Zauberin zu Kreuze gekrochen. Warum sonst, wenn nicht aus Liebe?

»Ich habe stets auf die Liebe vertraut«, erklärte sie laut. »Und das tue ich immer noch.«

Azak nickte voller mißgünstiger Befriedigung. »Also war die Nachricht unnötig, und wir können uns jetzt mit dem Boten befassen.«

O Rap! Du Narr!

»Gutturaz!« rief Azak laut. »Führt unsere verehrten Gäste zum Festmahl. Und schickt die Wachen herein.«

Der große Prinz erhob und verbeugte sich. Stühle kratzten wieder über den Boden, als die Kongregation sich erhob.

»Ich bleibe!« sagte Inos fest.

Azak starrte sie an, aber er widersprach nicht. Gutturaz zögerte, denn die Proben hatten diese Ereignisse nicht vorgesehen. Er forderte den Imam improvisierend mit einer respektvollen Geste auf, voranzugehen und bot schließlich Kade seinen Arm an. Sie schüttelte den Kopf und blieb bei Inos stehen. Schmollend bedeutete der fette Mann den Schleppenträgern, ihm zu folgen und stolzierte die Stufen hinunter. Rap trat zu Seite und beobachtete die vorbeidefilierenden Würdenträger, die hinter dem wankenden Geistlichen den Gang hinuntergingen. Prinzen aus der ersten Reihen strömten hinterher. Nur der sanft lächelnde Kar blieb auf dem Podium sowie Azak und die drei Frauen.

»Azak, mein ...« Inos hielt inne und versuchte es anders. »Mylord, dieser Mann ist ein sehr ...«

Azak warf ihr einen ungläubigen Blick zu und wandte sich ab.

»Wartet«, sagte Rasha. Ihre Stimme war leise, doch über dem Schlurfen der Füße deutlich zu hören. »Vielleicht ist er nicht ganz aus eigenem Antrieb gekommen, Eure Majestät. Ich habe ein Spur von Zwang erfühlt.«

»Es ist mir egal, ob er weiß, was er tut ...«

»Halt! Ich glaube, es gibt noch eine Nachricht, mein Liebster.«

Mein Liebster? Wie konnte sie es wagen! Wie konnte sie es wagen, den Thron zu beanspruchen, dem Sultan Befehle zu erteilen, sich selbst als Tyrannin einzusetzen und *besonders* so mit Azak zu sprechen!

Azak runzelte die Stirn. »Lith'rian?«

Rasha nickte und beobachtete Rap, der bei dem Wort »Zwang« zusammengezuckt war und jetzt unbehaglich von einem Gesicht zum anderen blickte, als habe er soeben erkannt, daß er sich in Gefahr befand. Hatte er wirklich erwartet, daß Azak ihn nach allem, was geschehen war, am Leben lassen würde?

Die Sonne war in diesen tropischen Breiten schnell untergegangen. Menschen, Gesichter, Stühle, sogar die Große Halle selbst, verschwanden im Schatten. Dennoch gab es keinen Zweifel, daß Rasha sich über irgend etwas freute – gar frohlockte. Händereibend kam sie die Stufen zu Rap hinunter, der einen Schritt zurücktrat und schließlich stehenblieb, um sie besorgt anzustarren.

Die Sorge wurde zu Entsetzen. »Nein!«

»Doch«, sagte Rasha. Sie lachte leise. »Ich glaube, Hexenmeister Lith'rian hat auch mir eine Nachricht geschickt. Oder ein Geschenk!«

»Dies ist weder der richtige Zeitpunkt noch der richtige Ort!« Azak klang, als führe er seine Armee durch eine Kavalerieausbildung.

»Es ist der einzige Zeitpunkt und Ort, mein Liebster.« Rasha sah sich nicht um. »Ich habe einmal gehört, daß dieser Faun über ein Wort der Macht verfügt. Offensichtlich war das eine Untertreibung, oder er hat seitdem noch weitere Worte erfahren. Er ist mindestens ein Magier, und möglicherweise ein Zauberer.«

»Nur ein Geweihter«, murmelte Rap. Er war jetzt sehr beunruhigt, und das Weiße seiner Augen funkelte wie Monde zwischen den dunklen Flecken seiner Tätowierungen.

»Natürlich behauptet Ihr das.« Die Zauberin schwebte näher heran, und ihr dunkelgrünes Kleid wirkte in der Dämmerung schwarz. »Aber wir haben Euch beobachtet. Ein Geweihter, der sich sämtliche Palastwachen vom Hals hält? Wohl kaum! Ich war eine Geweihte, ich weiß, was möglich ist!«

Die Halle war jetzt halb leer, die gewöhnlichen Leute folgten den Prinzen hinaus. Die unscharfen Silhouetten der Familienväter in ihren braunen Uniformen schlüpften durch eine Seitentür herein und stellten sich in Reih und Glied auf.

»Worauf wollt Ihr hinaus?« verlangte Azak scharf zu wissen.

»Unser Bündnis, Liebling, erinnert Ihr Euch? Unser Pakt gegen Olybino.«

Inos stockte der Atem.

Es war wie der Finger, der in einer Tür eingeklemmt wird – glühender Schmerz, aber auch wie ein ohrenbetäubendes Aufheulen der Ungerechtigkeit, eine innere Stimme schrie, daß die Götter niemals derartige Dinge zulassen dürften. War es *das*, was Azak in Wirklichkeit von der Zauberin gewollt hatte? War es das, wofür er sie in der ganzen letzten Woche betrogen hatte? Welchen Sold hatte er für seine Dienste angenommen – Freiheit von dem Fluch, damit er Inos heiraten konnte, ja, aber auch ein okkultes Bündnis für den bevorstehenden Krieg mit dem Impire? Plötzlich sah sich Inos als Teil eines Paketes, etwas, das von einem Kaufmann dazugegeben wurde, damit etwas anderes sich verkaufte. Eine hübsche Verpackung mit unappetitlichem Inhalt. *Azak, was habt Ihr versprochen? Was habt Ihr in Wirklichkeit geplant?*

Verraten!

Rap behauptete immer noch, nur ein Geweihter zu sein.

»Zauberer ist vielleicht nicht sehr wahrscheinlich«, gestand Rasha ein. »Selbst die Großzügigkeit von Hexenmeistern hat ihre Grenzen. Aber für einen einfachen Geweihten seid Ihr gewiß zu stark. Ein Magier, würde ich sagen.«

»Er soll Elkarath ersetzen?« fragte Azak und trat von dem Podium herunter zu ihr. Unmerklich hatte Rap sich zurückgezogen, und Rasha war ihm gefolgt. Die letzten Gäste gingen hinter einer Wüste aus leeren Stühlen, die wie Baumstümpfe aus verbranntem Wald emporragten, durch die große Tür.

»Vielleicht. Offensichtlich hat sich der Elf gegen den Osten gewandt, wie ich es vorhergesagt habe. Olybino ist ein Versager, und Elfen verachten Inkompetenz. Also glaube ich, dieser Faun ist mir als Schutz gesandt worden.«

»Schutz?« riefen Rap und Azak gleichzeitig aus.

Inos trat vor, und Kade zog sie zurück. »Nein, Liebes!« flüsterte sie.

Sie hatte natürlich recht – zu Raps Gunsten bei Rasha zu betteln wäre ein katastrophaler Fehler. Rasha mochte keine Frauen, die zärtliche Gefühle für Männer hegten, um wen es sich auch handeln mochte.

»Schutz! Der Osten hat gedroht, mich mit einem Bann zu belegen. Lith'rian schlägt eine Verteidigung vor, versteht Ihr? Dieses Faungeschenk macht sich als erstes nützlich, indem es mir eines seiner Worte verrät.«

»Nein!« rief Rap.

»Ganz sicher.«

»Vier Worte ist die Grenze!«

»Tatsächlich? Wenn Eure Worte Euch dieses Wissen vermittelt haben, dann seid Ihr sicher ein voller Zauberer. Wer sonst hätte es Euch sagen können?«

Rap stotterte und sagte nichts.

»Ich glaube nicht an diese Grenze!« sagte Rasha. »Zumindest ist es den Versuch wert, selbst wenn ich nichts gewinne.«

»Eure Zauberkünste können dieses Wort nicht aus mir herausbringen!«

Rasha lachte leise. »Nein?«

Er schrie, beugte sich vor und schlug schwer auf den Boden. Inos spürte, wie ihre Füße loslaufen wollten, doch Kades Hand klammerten sich noch fester um ihren Arm. An dem Tag, als sie nach Arakkaran gekommen waren, hatte Rasha Azak auf genau dieselbe Weise gefoltert.

Rap rollte sich ganz fest zusammen, wand sich, streckte sich wieder, zuckte und trat um sich, als sei jeder einzelne seiner Muskeln von Krämpfen befallen. Er schrie nicht mehr, aber er würgte, und irgendwie hätte ein lauteres Geräusch das Spektakel weniger gräßlich wirken lassen. Inos wurde schlecht, sie versuchte, nicht hinzusehen, aber sie konnte nicht. Sie biß ihre Zähne zusammen in dem Bemühen, nicht laut aufzuheulen. An die Zauberin zu appellieren wäre genauso schlecht wie eine Bitte an Azak.

Rap! Ich kann dir nicht helfen! Alles, was ich tun könnte, würde es noch schlimmer machen!

Endlich wurde das wimmernde Etwas auf dem Boden leiser und verstummte ganz. Inos fragte sich, ob er ohnmächtig war oder tot.

»Reicht das noch nicht?« fragte Rasha süß. »Braucht Ihr eine Pause?«

Nach einer Weile drückte Rap sich hoch und stützte sich auf die Hände und eine Hüfte. Sein Gesicht war leichenblaß, und in den Augen hatte er einen wahnsinnigen Blick, als er die Zauberin anstarrte. Er mußte sich auf die Zunge gebissen haben, denn sein Mund war blutig. Er sprach so undeutlich, daß Inos ihn nicht verstehen konnte. Außerdem war es in einem sehr breiten Seemannsdialekt gesprochen, aber der Sinn war offensichtlich.

Rasha lachte. »Sehr gut! Aber wie lang könnt Ihr das durchhalten, Faun?« Ihre Stimme floß wie vergifteter Sirup durch die Dunkelheit. »Eine Stunde? Eine Woche? Ein Leben lang?«

Abermals war Raps Erwiderung eine unverständliche Obszönität.

»Also bereit? Ihr wollt noch ein wenig mehr verbrennen?« fragte sie.

Sie mußte seine Zunge geheilt haben, denn die nächste Antwort war zumindest deutlich artikuliert, wenn auch nicht viel höflicher. Sichtbar mitgenommen kam Rap auf die Füße. Einen Moment lang schwankte er, dann hechtete er vorwärts, als wolle er die Zauberin angreifen und erwürgen. Nach zwei Schritten blieb er jedoch stehen und sah sich um, aber Inos hätte nicht sagen können, ob er sich anders besonnen oder ob Rasha ihn blockiert hatte. Wie hätte er wissen können, daß Mut und Trotz die schlechtesten Reaktionen auf ihre Folter waren?

Selbst durch ihren Schleier war ihre Belustigung zu erkennen. »Interessant! Ihr stellt eine interessante Herausforderung dar. Aber Eure Grenze werden wir ein anderes Mal suchen. Wir halten die Hochzeitsfeierlichkeiten auf. Ihr werdet schon bald reden, wenn Euer Liebchen ... Oh, es tut mir leid! Wie sorglos von mir, derart gefährliche kleine Geheimnisse zu verraten! Ich meine natürlich die Sultana. Dieses Mal wird sie brennen, und Ihr seht zu, Faun.«

Azak stieß ein wortloses Brüllen des Protestes aus, und schleuderte zurück, als habe ein unsichtbares Pferd ihn getreten.

Inos beruhigte sich und wischte ihre Helfer zur Seite. Sie öffnete den Mund, um eine königliche Herausforderung zu rufen, um der alten Hure zu sagen, sie solle ruhig zum Schlimmsten greifen, um Rap aufzufordern, sich zu weigern – aber sie konnte die Worte nicht zwischen ihren Zähnen herauszwingen. Ob es sich um Rashas Zauberkunst handelte oder ihre eigene Schwäche, wußte sie nicht, aber sie blieb still. Still und erschüttert. Niemals hatte sie in ihrem Leben echte Schmerzen ertragen müssen. Sie hatte gesehen, wie sowohl Azak als auch Rap davon überwältigt worden waren. und sie hatte nicht geglaubt, tapferer oder sturer als einer der beiden sein zu können.

Was machte es schon aus, wenn Rashas Macht vergrößert wurde? Sie herrschte doch bereits ganz nach ihren Vorstellungen über Arakkaran.

Mit mordlüsternem Blick trat Rap näher an die Zauberin heran, seine Finger hatte er verschränkt. Sie schüttelte spöttisch ihren Kopf über so viel Dummheit.

»In Ordnung!« rief er. »In Ordnung, böses altes häßliches Weib!«

»Ihr werdet es bereuen, jemals diese Worte gesprochen zu haben. In der Zwischenzeit – sprecht!« Sie wandte ihren Kopf, als Rap näherkam, sein Gesicht dunkel vor Wut.

Er wollte ihr etwas zuflüstern und verfiel stotternd in Schweigen. Rasha sah sich um und blickte stirnrunzelnd zu Azak, der am nächsten stand.

»Ihr habt scharfe Ohren, Muskelmann. Tretet zurück! Kommt her, Faun.« Sie marschierte hinüber zu den verlassenen Stühlen in der ersten Reihe. Rap folgte ihr; er wirkte gebrochen und mutlos. Azak wandte sich um und rannte auf das Podium. Er stellte sich hinter Inos, aber er betrachtete nur finster das Drama und sah sie nicht an. Wie ein Ofen, der Hitze abgab, strahlte Azak Zorn aus. O Rap, du Narr!

Sie umfaßte Kade noch fester und merkte, daß eine von ihnen beiden zitterte. Vielleicht auch beide.

In der Halle wurde es jetzt so dunkel, daß es schwer war, Einzelheiten zu erkennen, doch abermals beugte sich Rap nahe zum Ohr der Zauberin. Er würgte und zog sich erneut zurück. »Es tut immer noch weh!«

»Redet! Oder ich gebe Inosolan das, was ich Euch gegeben habe! Letzte Chance!«

Inos verkrampfte sich, zornig über ihre eigene Hilflosigkeit. Azak knurrte ohne Worte. Auf der anderen Seite der Halle flackerten bei den Wachen hell ein paar Fackeln.

Erneut beugte sich Rap zu Rasha. Er begann zu flüstern und hielt mit einem herzzerreißenden Stöhnen inne. Ganz sicher war jetzt niemand mehr in Hörweite, aber anscheinend schmerzte das Aussprechen eines Wortes der Macht, auch bei nur einer Zuhörerin, ebenso sehr wie Rashas Qualen.

An der Tür rief jemand einen Befehl, und die Truppe aus Familienvätern setzte sich in Bewegung, den Gang hinunter, mindestens fünfzig Männer mit lodernden Fackeln. Ihre Stiefel donnerten in einem regelmäßigen Rhytmus, und Schatten lugten hinter den Pfeilern hervor.

Rap versuchte es erneut, und diesmal schien er zum Ende zu kommen. Dann prallte er zurück, beugte sich vor und kämpfte gegen den Würgereiz.

»Ah!« Rasha reckte sich triumphierend und schien immer größer zu werden. »Ja, ja!«

Sie drehte sich hastig zu Azak herum. »Ja! Jetzt kann ich ...«

Rap richtete sich auf und starrte sie an.

Inos schnappte nach Luft und drängte sich näher an Kade – die Augen der Zauberin glühten rot in der Dunkelheit. Sie versuchte zu sprechen und brachte nur unverständliches

Gebrabbel heraus. Azak trat einen Schritt vor und blieb mit verzerrtem Gesicht stehen. Ihr Gesicht und ihre Hände leuchteten jetzt in gespenstischem rosa Licht.

Kades Finger gruben sich in Inos Arm. »Liege ich falsch«, flüsterte sie, »oder hat Ihre Majestät einen schrecklichen Fehler gemacht?«

»Zu viel Macht?« fragte Inos. »Rap hat sie gewarnt!«

Rap hielt sich mit den Händen den Kopf, als höre er etwas, das für weltliche Ohren unhörbar war.

Aus den Kleidern der Zauberin drangen dünne Rauchschwaden hervor, ihr Kopf und ihre Arme glühten durch die Seide hindurch. Schließlich wurde ihr entweder zum ersten Mal das Ausmaß der Gefahr klar, in der sie sich befand, oder der Schmerz überwältigte sie. Sie schrie.

Die erste Reihe der Familienväter blieben stehen, andere rannten gegen sie, und die Prozession endete im Chaos. Männer stolperten, fielen über Stühle und liefen ineinander. Der Anführer brüllte etwas.

Rasha wirbelte zu Rap herum und streckte ihm die Arme entgegen. »Nehmt es zurück!« kreischte sie. Sie stolperte vorwärts, und er wandte sich voller Grauen mit einem Ruck ab. Rauch quoll aus ihren Handgelenken, erhellt von dem roten Glühen ihrer Hände. Sie versuchte wieder zu sprechen, und die Worte verloren sich in einem tierischen Heulen, als ihre Ärmel in Flammen aufgingen, gefolgt von ihrem Kopfputz.

Schließlich stand die Zauberin in lodernden Flammen, eine menschliche Fackel, welche die Halle erhellte wie die königliche Gesellschaft auf dem Podium und die entsetzten Gesichter der dicht zusammengedrängten Wachen. Deren Augen reflektierten die Flammen wie die Augen von Wölfen, die aus einem Wald hervorlugen. Funken und Rauch stoben hinauf zu den Dachgewölben. Inos sah das grelle Licht durch die Augenlider, sie würgte gegen den scheußlichen Gestank von brennenden Haaren und Kleidern an.

Das Feuer schwand dahin, das Licht wurde zu Dunkelheit, aber die Schreie hielten an. Inos öffnete ihre Augen, um sich umzusehen. Rasha war immer noch da. Ihre Kleider und Haare waren verbrannt, aber sie selbst schien gegen das Feuer zu kämpfen, an ihrer sterblichen Existenz festzuhalten durch einen übermächtigen Willen oder Zauberei. Jetzt täuschte sie niemanden mehr, sie war keine große königliche Person oder mädchenhafte Schönheit, nur eine groteske, pummelige Figur mit haarloser, schlaffer Haut, die herumtaumelte und mit schrillen Schreien die Trommelfelle quälte. Und die ganze gräßliche Gestalt funkelte wie eine Laterne, in einem inneren rosa Licht, das die Dunkelheit der Halle erhellte.

Inos wollte zu Rap hinüberlaufen, und brachte es doch nicht fertig, Kade loszulassen. Die beiden nahmen sich in die Arme und zitterten gemeinsam. Die Wachen zogen sich den Gang hinunter zurück.

Abermals versuchte Rasha, an Rap zu appellieren, indem sie ihre Arme flehend ausstreckte. Und abermals wies er sie ab. Sie versuchte zu sprechen, dabei brach jedes Wort aus ihrem Mund hervor wie ein Schwall weißen Feuers. Sie wirbelte auf der Suche nach Hilfe herum, und ihre Augen trafen Azak.

Da hatte sie allerdings schon keine Augen mehr. An deren Stelle lagen zwei dunkle Höhlen in der Feuersbrunst, die einmal ihr Gesicht gewesen war. Der Umriß ihres Schädels schimmerte durch ihr Fleisch, und als sie Azak die Arme entgegenstreckte, wurden auch die Knochen sichtbar, die weißglühend in ihr brannten.

Sie taumelte vorwärts, ein unsicherer Schritt nach dem anderen, bis hinüber zum Podium. Azak ging auf sie zu und hielt einen Stuhl vor sich, als sei sie ein gefährliches Tier, das er auf Abstand halten mußte. Er blieb am Kopf der Treppe stehen und verhinderte Rashas Näherkommen.

Wieder versuchte sie zu sprechen und Wimmern vermischte sich mit Erbrochenem aus Flammen. Inos konnte die Hitze spüren; sie glaubte, einige Worte verstanden zu haben – »Hilfe« vielleicht und »Zauberer« und vielleicht sogar »Geliebter«, aber das konnte auch ihre Phantasie gewesen sein. Das Innere von Rashas Mund schien heißer als der Brennofen eines Töpfers.

Sie stellte einen Fuß auf die erste Stufe, und als es ihr gelang, versuchte sie schwankend, auch die nächste zu erklimmen. Azak hielt gegen die Hitze stand, sein Schmuck funkelte wie Blutstropfen, sein Gesicht war vor Abscheu verzerrt. Der Stuhl, den er vor sich hielt, begann zu qualmen, als Rasha sich ihm näherte.

»Nein!« rief er. »Geht weg! Ungeheuer!«

Die Kreatur, die einmal Rasha gewesen war, erhob ihr Gesicht zum Himmel und stieß ein letztes, lautes ohrenbetäubendes Heulen der Verzweiflung aus, und ganz deutlich erklang das Wort: »*Liebe*!« Es kam wie ein langer Strahl weißen Feuers heraus, der gen Himmel fuhr, und mit diesem Schrei schien die sterbliche Hülle zu zerplatzen. Das eigenartige widerstandsfähige Fleisch ging lodernd in Flammen auf, und zum zweiten Mal leuchtete die Zauberin wie ein Freudenfeuer auf – heißer und heller als zuvor. Ihre Substanz verbrannte in einem Sturm aus Feuer und Funken. Azak ließ seinen Schutzschild fallen, bedeckte sein Gesicht und taumelte zurück.

Einen Augenblick lang blieb nur das Skelett übrig, wundersamerweise stand es völlig im Gleichgewicht, auf der ersten Stufe, während jeder Knochen heiß wie die Sonne glühte. Dann brach es zusammen, und wurde in einem Rausch aus Flammen zu Asche.

Die Halle fiel in Dunkelheit und Stille. Inos konnte nichts sehen außer einem grünlichen Nachglimmen des Skelettes und des Steines, der kurz dort rot aufleuchtete, wo die Füße gestanden hatten – zwei schwache Fußabdrücke, die schnell verschwanden. Der Marmor krachte laut wie Donnergrollen.

»Bringt Fackeln!« brüllte Azak, und die Familienväter erwachten schlagartig zum Leben. Zwei der Fackelträger eilten nach vorne, um die Szenerie zu beleuchten.

Ihre Augen erholten sich nur langsam, aber bald konnte Inos den von den Dachbögen eingerahmten Nachthimmel ausmachen, das filigrane Muster des Steinbodens, von Sternen beschienen. In dem tanzenden gelben Schein auf dem Boden war nichts von Sultana Rasha geblieben als ein Fleck aus Kalk auf verbranntem Marmor und eine gesprungene Stufe. Und ein übler Brandgeruch.

»Sie ist tot«, sagte Rap mit dünner Stimme. »Ganz tot. Ich habe gespürt, daß sie starb. Ich habe gefühlt, wie meine Macht zurückkehrte!« Er trat vor und warf einen Blick auf die Stufe.

»*Frei*!« Azak warf seinen Kopf zurück und schrie das Wort so laut hinaus, daß es sich an den Wänden brach und widerhallte. Er ballte die Faust in der Luft. »Frei von dieser Hure! Frei, endlich Sultan zu sein!«

»Ich dachte, sie sollte Euer Adjutant sein?« murmelte Kar so leise, daß Azak ihn wahrscheinlich nicht hörte.

Aber Inos hörte ihn, und das bestätigte ihren Verdacht. Rasha wäre in dem bevorstehenden Krieg für die okkulte Verteidigung verantwortlich gewesen. Azak hatte zwei Sultanas gekauft. Fort waren sie, alle, verschwunden ...

Azak gestikulierte, und die Familienväter eilten herbei und bildeten vor den Stühlen eine Postenkette. Er zeigte auf Rap. »Bogenschützen! Falls dieser Mann ohne meine Erlaubnis auch nur ein Wort spricht – erschießt ihn.«

Rap, auf den sechs Bogen in Schußweite gerichtet waren, schloß den Mund und hielt ihn geschlossen. Er steckte die Daumen in seinen Gürtel und schaute ironisch auf Inos. Er sah viel glücklicher aus als noch wenige Augenblicke zuvor. Aber natürlich – Rasha war tot und Elkarath war, so weit Inos wußte, nicht zurückgekehrt. Ob er nun ein Magier war oder nur ein Geweihter, wie er behauptete, Rap war der höchste Zauberer in Arakkaran. Der Verstand von Inos versuchte verzweifelt, diese Vorstellung zu akzeptieren. Rap?

»Ich habe einige Fragen, Gefangener!« bellte Azak.

»Azak!« Inos machte sich von Kade frei und eilte über das Podium, wobei ihre Schleppe laut raschelte.

Azak sah sie wütend an. Er legte die Hände auf die Hüften. »Ihr wagt es, für diesen Verbrecher zu sprechen?«

»Ganz gewiß!« fauchte Inos. »Er ist kein Verbrecher. Er hat Euch von der Zauberin befreit, oder?«

»Nein. Sie hat es selbst getan.«

»Dann braucht Ihr einen neuen Berater für okkulte Angelegenheiten. Ich bürge für Master Raps Loyalität. Er ist ehrlich und vertrauenswürdig.«

»Loyal gegen wen? Nein, ich werde in meinem Königreich diese verhaßte Zauberei nicht dulden. Er stirbt!«

Rap hatte Wachen getötet, war in den Palast eingedrungen, hatte die königliche Hochzeit gestört, hatte Evil gestohlen und Azak wie einen Dummkopf dastehen lassen. Jedes einzelne Delikt allein war in Arakkaran schon ein Kapitalverbrechen.

»Azak!« Sie fiel auf die Knie.

Sein Gesicht wurde zornesrot. »Was bedeutet Euch dieser Mann, Sultana?«

»Nichts! Nur ein Freund aus Kindertagen und ein loyaler Gefolgsmann meines verstorbenen Vaters. Darf ich diesen kleinen Gefallen nicht als Geschenk von Euch fordern, zu unserer Hochzeit ...«

»Schweigt! Beginnt Euer Leben als verheiratete Frau nicht, indem Ihr Euch mein Mißfallen zuzieht, Frau. In Zark ist es für eine verheiratete Frau unziemlich, einen anderen Mann auch nur dem Namen nach zu kennen, geschweige denn, gegen den Wunsch des Ehemannes für ihn einzutreten. Prinzessin Kadolan, geleitet Eure Nichte in das königliche Schlafgemach.«

Inos schluckte sprachlos. Sie ... sie konnte noch nicht einmal einen richtigen Gedanken fassen, geschweige denn Worte. Der Mann, den sie brauchte, war der Azak der Wüste, der Löwentöter, aber sie wußte nicht, wie sie ihn an Stelle dieses Tyrannen herbeirufen konnte.

»Majestät?« Kar schlenderte vor, sein übliches Lächeln im tanzenden Licht der Fackeln gerade eben erkennbar.

Azak knurrte.

»Eure Majestät, wenn dieser Mann wirklich als Bote von Hexenmeister Lith'rian geschickt wurde, dann wäre es unklug, ihn zum Tode zu verurteilen. Seine Ankunft hat Euch von der Zauberin befreit, die eine Last für Euch war und zudem anscheinend entschlossen, eine Geweihte von Olybino zu werden. Seine Omnipotenz des Südens hat diese Ereignisse vielleicht vorhergesehen.«

Azak knurrte abermals.

»Nehmt zumindest einen Rat in dieser Sache an, Sire. Übereilt nichts.«

»Einen Magier gefangenhalten?«

»Nein, unmöglich. Aber wenn er ein Magier ist, könnt Ihr ihn ohnehin nicht töten. Der Versuch könnte seine Feindschaft heraufbeschwören.« Kar lachte leise. »Er behauptet, nur ein Geweihter zu sein. Es sollte möglich sein, einen Geweihten aufzuhalten, und ich glaube, diese ehrlichen Burschen hier sind bereit, eine derart gefährliche und schwierige Aufgabe zu übernehmen, als Unterpfand ihres Wunsches, Euch wieder dienen zu dürfen. Eine kleine Wiedergutmachung für ihre armselige Vorstellung heute nachmittag?«

Das war eine verdammt gute Rede, dachte Inos dankbar.

Azak schien ihm zuzustimmen. »Nun gut. Captain, Ihr werdet dafür sorgen, daß dieser Gefangene in strenge Haft genommen wird und ständig unter Bewachung steht. Er darf nicht sprechen, oder er wird Euch zerstören, und Ihr werdet die dicksten Ketten nehmen, die ...«

Rap bewegte sich schnell wie der Blitz. Er wirbelte auf dem Absatz herum, nahm zwei Stufen und sprang. Die Bogenschützen kamen hoffnungslos zu spät, nur einer brachte seinen Bogen zum Abschuß. Dieser zischte über den Halbkreis und ging zwischen den Fackelträgern zu Boden, die lautlos umkippten.

Zunächst schienen nur wenige der Wachen zu begreifen, wohin ihr Gefangener verschwunden war. Dann hörten sie das Stampfen von Stiefeln auf Marmor hinter sich, als Rap landete, bereits im Laufschritt und in der Dunkelheit kaum zu erkennen. Er sauste zur Tür, eine schwache, undeutliche Bewegung, schnell wie ein Gepard.

Doch an der Tür standen ebenfalls Wachen, und er kam rutschend vor ihren Schwertern zum Stehen. Inos hörte, wie er etwas sagte. Die Schwerter schienen unschlüssig zu wanken. Da erschien der Rest der Familienväter und begruben ihn unter mächtigen Körpern. Selbst da sah es für einen Augenblick nach einem fairen Kampf aus. Männer schrien, andere flogen durch die Luft. Aber die Chancen waren allzu ungleich verteilt. Der Kampf war beendet. Das Schlagen und Treten nicht.

Inos legte die Hände über die Ohren und schrie »Haltet sie auf, Azak!«

Azak zuckte lediglich die Achseln, aber die Wachen schienen sie gehört zu haben, denn sie hörten auf. Sie brachten Rap mit dem Gesicht nach unten, getragen von acht Männern, zwei an jedem Glied. Man hatte ihm eine Kappe in dem Mund gestopft, damit er nicht sprechen konnte; doch vermutlich war er ohnehin bewußtlos. Sein Kopf hing schlaff herunter, Blut tropfte auf den Boden, schwarz im flackernden Licht der Fackeln.

»Zufriedenstellend!« donnerte Azak. »Tut, was immer Ihr für richtig erachtet, Captain!«

Inos' Herz setzte aus. Sie wußte nicht, wie sie mit diesem Sultan-Azak umgehen sollte. Alles außer kriecherischer Demut machte ihn wütend. Wenn sie doch nur den einsamen Azak der Wüste herbeirufen konnte, den, der gelacht hatte und Witze gemacht ... ihn könnte sie vielleicht rühren, wenn sie beide allein waren. Wenn sie Rap also nur für einige Tage am Leben erhalten konnte, dann könnte sie vielleicht etwas für ihn tun.

»Mylord! Sie werden ihn töten!«

»Nicht ganz!«

Sie lag immer noch auf den Knien; sie hob in einer demütigen Bitte ihre gefalteten Hände. »Kein Blutvergießen! Versprecht mir zumindest das!«

Azak warf ihr wütend einen finsteren Blick zu. »Nun gut! Captain, Ihr werdet kein weiteres Blut vergießen!« Er warf einen Blick über die ganze Truppe und erhob seine Stimme, um jeden einzelnen Mann einzubeziehen. »Doch keiner von Euch kann sich vorstellen, was passieren wird, falls er entkommt. Habe ich mich klar ausgedrückt?«

Der Captain salutierte mit grimmigem und haßerfülltem Gesicht. Er mußte an die Söhne denken, bei deren Leben er geschworen hatte, und daran, was Azak mit ihnen machen würde. Sie alle mußten daran denken.

»Prinzessin Kadolan!« sagte Azak.

Kade stolperte mit weit aufgerissenen Augen herbei.

»Wir haben uns hier versammelt, um eine Eheschließung zu besiegeln. Eskortiert die Sultana zu den königlichen Gemächern.« Er sah kalt auf Inos hinab. »Eure Frauen erwarten Euch, um Euch vorzubereiten. Ihr könnt mich in Kürze erwarten.«

2

Rumms!

Hä? Der Jotunn öffnete die Augen und erzitterte.

Er lag auf dem Boden eines Bootes, unter einer harten, klammen Decke und einem Himmel, an dem matt und blaß der Morgen graute. Steif? Götter! So hatte er sich nicht mehr gefühlt, seit er sechzehn Jahre alt und frech zu Rathkrun gewesen war, und Rathkrun ihm gesagt hatte, er sei bereit für seine erste richtige Lektion und es ihm gegeben hatte, über und über, Zentimeter für Zentimeter.

Rathkrun war tot. Und der alte Mann. Und Wannie und die Kinder.

Zittern.

Rumms! Plink!

Irgend etwas prallte von der Seite des Bootes ab und schlug aufs Wasser auf.

Gathmor hievte sich mit einem Stöhnen hoch. Er hatte nicht vorgehabt einzuschlafen. Anfänger! Auf der Wache einschlafen? Er verdiente es, daß man ihm alle Zähne ausschlug. Um ihn herum wiegten sich andere Boote sanft auf dem Wasser, nur schemenhaft zu erkennen in dem dämmrigen Licht. Glänzendes Wasser, Nebel, heller Himmel ...

Ein schwacher Ruf: »Krasnegar!«

Das war das Paßwort. Er lugte Richtung Ufer, aber das Meer hörte schon vorher auf. Das Boot mußte dennoch zu sehen sein – gegen das Licht?

Gathmor stöhnte erneut. Götter! Grün und blau von zwei Wochen in dieser verdammten magischen Elfenbadewanne. »Durthing!« kreischte er – die Gegenparole.

Er hatte das Gefühl, als seien sämtliche Gelenke eingerostet. Wenn er seine schmerzenden, zitternden Glieder dazu zwang, sich zu krümmen, glaubte er Eis knirschen zu hören, doch er griff nach einem Ruder und erhob sich. Die *Königin* schaukelte protestierend und machte einen Satz vorwärts, als er am Ankerseil zog. Der kleine Anker erschien an der Wasseroberfläche und durchbrach die Stille mit fürchterlich lautem Gepolter, als Gathmor ihn ins Boot warf. Auf keinem der anderen Boote waren Lebenszeichen zu entdecken. Ein Hund heulte irgendwo im Norden, in der Stadt.

Mit einem Ruder paddelte er auf das Ufer zu. Ohne seine Magie war das Boot wie eine sich wälzende Kuh, aber einige Schläge reichten aus, es in Sichtweite des Mannes zu bringen, der am Strand wartete. Der Schatten, Grau auf Grau, war nicht groß genug für Darad. Es war dieser dünne, zungenfertige Imp, Andor. Nun, Darad hatte ihn gewarnt, daß alle von ihnen auftauchen konnten. Konnte nicht versprechen, daß sie ihn zurückriefen. Verrückte, vom Bösen gezeugte Magie! Andor war zu glatt.

Wenn er es recht bedachte, war es dieser Andor gewesen, der ihn dazu überredet hatte, den Faun zu kaufen. Alles war seine Schuld! Würde ein echtes Vergnügen sein, ihn ein wenig zu bearbeiten, dieses hübsche Gesicht ein wenig männlicher zu machen. Konnte ein wenig Bewegung gebrauchen, und der Imp war eine gute Aufwärmübung. Es sei denn, er hätte gerade Darad gerufen – das wäre unbefriedigend.

Die *Königin* lief knirschend auf Grund. Andor bahnte sich schwerfällig seinen Weg zu ihr und warf ein Paar Stiefel und eine Tasche hinein. Schließlich schob er das Boot an und kletterte gleichzeitig über den Rand, und das alles mit einer Geschicklichkeit, die bei Gathmor widerwillige Überraschung hervorrief. Beim Anblick der Tasche lief ihm das Wasser im Munde zusammen.

»Heiße Brotlaibe, Käpt'n! Frisch aus dem Ofen. Noch nicht ganz durch, aber es wird schon gehen. Zu früh für andere Sachen.« Andor setzte sich auf eine Ruderbank und sah sich suchend nach etwas um, womit er sich die Füße abtrocknen konnte.

Gathmor fragte sich, woher die Stiefel kamen – Darad gehörten sie nicht. Er stützte sich auf das Ruder und schob das Boot wieder zurück in tieferes Wasser. Dann ließ er es treiben, während er sich setzte und nach der wohlriechenden Tasche griff. »Was gibt es Neues?«

Andor schüttelte ernst den Kopf. »Nur Schlechtes.«

»Erzählt es mir trotzdem. Ich kann es ertragen.«

»Der Faun ist Amok gelaufen. Die ganze Stadt steht kopf.«

»Welche Art von Amok?« murmelte Gathmor und riß große Stücke aus dem warmen Laib.

»Anscheinend ist er in den Palast eingedrungen, hat eines der königlichen Pferde gestohlen, ist einmal quer durchgeritten und dann in die Hochzeit hineingeplatzt, immer sämtliche Wachen im Gefolge.«

Der Seemann knurrte bewundernd. Großartiger Bursche, der Faun. Natürlich war er ein halber Jotunn.

»Verrückt!« Andor zog seinen Umhang aus und rieb angeekelt mit dem Futter seine Füße trocken.

»Hat er die Hochzeit verhindern können?«

»Nein. Aber irgendwie hat er die Zauberin vernichtet. Hat sie wie einen Talgklumpen verbrannt.«

»Wie?«

»Ich habe keine Ahnung, und keiner von denen, mit denen ich geredet habe, wußte es.«

»Wie habt Ihr das alles herausgefunden?«

»Habe einfach gefragt!« Andor ließ perfekte weiße Zähne in einem perfekten braunen Gesicht aufleuchten. Gathmor grinste zurück – alberne Frage! Wer konnte diesem Lächeln widerstehen?

Eine Weile kaute der Imp auf einem Stück Brot herum. Der Himmel glühte rot und golden, und der Nebel hob sich Stück für Stück vom Meer. Andere Boote wurden sichtbar. Stimmen und Poltern drangen von ihnen herüber, und ein Baby begann in einem der näher gelegenen Boote zu weinen. Schließlich war Andor bereit weiterzusprechen.

»Meine Gefährten haben mir geholfen. Thinal hat uns über die Mauer gebracht. Ich habe mit einigen Zeugen geredet. Beinahe alle waren zu erschüttert oder betrunken, um viel sagen zu können, und Darad hat sich um die gekümmert, die nüchtern waren. War nicht gefährlich, jetzt, wo die Zauberin verschwunden ist.«

»Also ist die Dame glücklich verheiratet, und der Faun hat seine Reise umsonst gemacht?«

»Verheiratet. Aber nicht glücklich, würde ich vermuten. Thinal ist in die königlichen Gemächer eingebrochen ...«

»Nein!«

»Er dreht durch, wenn Juwelen in seiner Nähe sind, und in dem Palast gibt es sie sackweise, genug ihn anzuziehen wie ein totes Pferd eine Schmeißfliege.« Andor griff lässig in eine Tasche und zog eine Handvoll funkelnder Gegenstände heraus, die wertvoller sein mußten als alles, was Gathmor in seinem Leben gesehen hatte.

»Hier, Ihr könnt sie haben. Die waren nur zum Aufwärmen, in den Hufen hinausgeschmuggelt. Er hat das Fenster des Sultans ausgemacht und war schon fast auf dem Balkon, als der Sultan persönlich hinaustrat.« Andor grinste wieder. »Zumindest war er sehr groß und mit Juwelen behängt; weiß nicht, wer es sonst hätte sein können dort oben. Und er lief auf und ab. Er marschierte eine Stunde auf und ab, und Thinal hing derweil an einer Weinrebe direkt über ihm.« Der Imp lachte. »Der kleine Gauner hatte in fünfzig Jahren nicht so viel Angst! Er hat sich dreimal in die Hose gemacht und wartete darauf, daß der Djinn den Geruch bemerkte.«

Gathmor brach in schallendes Gelächter aus, doch dann runzelte er die Stirn. »Wieso läuft ein Mann in seiner Hochzeitsnacht auf und ab?«

»Das ist sicher nicht das, was er in seiner Hochzeitsnacht tun sollte! Und noch interessanter waren die Geräusche von drinnen.«

»Welche Geräusche?«

»Weinen.«

Gathmor knurrte erneut. Niemals würde ein Jotunn seine Braut zu einem solchen Zeitpunkt weinen lassen. Man mußte sie beschäftigen, das war das Geheimnis.

»Und wo ist der Faun?«

»Im Gefängnis. Doch er lebt noch. Erstaunlicherweise.«

»Woher wißt Ihr das?«

Andor zog seine Nase kraus und kaute eine Minute, als habe er keine Lust weiterzureden. Der Nebel hatte sich völlig verzogen. Die Sonne brannte als goldenes Feuer auf das Meer zwischen den Landzungen und ließ den großartigen Palast hell gegen den entfernten Hintergrund rötlicher Berge und eines immer noch dunklen Himmels aufleuchten, als scheine ein Licht in seinem Inneren.

»Die Hunde. Die Pferde. Erinnert Ihr Euch, daß er uns von den Schlägen erzählt hat, die er in Noom bezogen hat? Daß er sagte, er könne Schmerzen unterdrücken?«

»Solange er wach ist.«

»Richtig. Nun, die ganze Nacht waren die Hunde und Pferde wie vom Bösen besessen, im ganzen Palast. Nicht die ganze Zeit, aber in regelmäßigen Abständen. Das letzte Stück wollt Ihr nicht, oder?«

»Nein, nehmt es ruhig.« Gathmor war immer noch hungrig und hatte mit dem letzten Brötchen geliebäugelt. Er fragte sich, warum er so plötzlich, in seinem Alter, einen Anfall von Höflichkeit erlitt.

»Stallburschen und Hundepfleger sind verrückt geworden. Alle. Sie geben der Zauberin die Schuld, oder Dämonen, die sie herbeigerufen hat, oder die um sie trauern ... Aber ich glaube, das ist Raps Werk.«

»Warum sollte er so etwas tun?« Die Sonne schien bereits warm.

»Ich glaube nicht, daß er es absichtlich macht, aber jedesmal, wenn er die Kontrolle über die Schmerzen verliert, macht er das Vieh wild. Versteht Ihr?«

Gathmor spürte, wie das Entsetzen nach ihm griff. »Welche Schmerzen?«

Eine Zeitlang antwortete Andor nicht und vermied es, dem Seemann in die Augen zu sehen. Das Boot schaukelte auf einer sanften Dünung und trieb allmählich immer weiter vom Ufer ab, als der Wind der Fischer erwachte. Der Hafen wurde lebendig. Überall in der prächtigen Bucht wurden Segel gehißt.

»Er ist in einem zarkianischen Gefängnis«, sagte er endlich. »Belassen wir es dabei, hm?«

»Nein. Sprecht.«

»Das Rad.«

»Was zum Teufel ist das Rad?«

»Nun, ich schließe, daß sie kein echtes Rad nehmen, sondern einfach den Boden. Sie haben ihn mit Ketten festgebunden. Dann haben sie seine Knochen mit den Griffen ihrer Äxte zerschlagen.«

Still schaukelte das Boot. Gathmor starrte wie geistesgestört seinen Gefährten an, unfähig zu glauben, was er gerade gehört hatte.

»Ich habe sogar mit einem der Wachen gesprochen, die dabei geholfen haben«, sagte Andor leise. »Dann habe ich das Gespräch an Darad übergeben. Das bedeutet einer weniger, falls Ihr Euch dann besser fühlt.«

Die Hände des Seemannes waren feucht, und in seiner Kehle verspürte er einen Schmerz. Es überraschte ihn, als er merkte, daß er nicht einmal fluchte. Wie konnten Menschen einen anderen Menschen so behandeln? *Angekettet*? Unglaublich! Dreckige Djinns!

»Ich verstehe nicht«, murmelte er. »Er ist ein Geweihter. Er hätte sie davon abbringen können. Götter! Hätte sie sogar dazu überreden können, ihn gehen zu lassen.«

»Er kann nicht sprechen. Er kann nie wieder sprechen.«

»Wieso?«

»Glühende Eisen.«

Einen Moment lang glaubte Gathmor wirklich, er würde sein Frühstück wieder herauswürgen. Doch der Anfall ging vorbei. Er wischte sich über die Stirn. »Was machen wir jetzt?« Sein Mund war trocken und schmeckte nach Kloake.

»Es gibt nichts, was wir tun könnten!« Andor zuckte traurig die Achseln. »Gar nichts. In einigen Tagen wird er sicher tot sein. Man hat ihn den Wachen übergeben, die er beschämt hat, versteht Ihr. Er hatte einige von ihnen getötet ... Ich kann nicht glauben, daß ein Geweihter solche Verletzungen heilen kann, und ich gehe davon aus, daß sie zusehen, wie er sich erholt und dann von vorne anfangen.«

Er schwieg, als wolle er Gathmor zum Streit herausfordern. Gathmor sagte nichts.

»Wir fahren nach Hause, Seemann. Wir besorgen uns Proviant und machen uns auf ins Impire. Ich habe Gold ... diesen Nippes, den ich Euch gegeben habe, könnt Ihr behalten. Ich würde es vorziehen, nach Norden zu fahren, nach Ollion, aber Qoble wäre mir auch recht, wenn Ihr zurück nach Westen wollt. Laßt mich an irgendeinem zivilisierten Ort von Bord, Ihr könnt das Boot behalten. Ich bin sicher, Jalon wird Euch lehren, die Flöte zu blasen, wenn Ihr ihn darum bittet, und Ihr werdet in kürzester Zeit ein reicher Seemann sein, falls die Magie weiter anhält.« Er seufzte. »Ah, Zivilisation! Guter Wein aus Kristallpokalen, schmackhaftes Essen von goldenen Tellern, weiche Frauen in seidenen Laken.«

Gathmor hatte das Gefühl zu ertrinken und kämpfte hart dagegen an. »Niemals! Einen Schiffskameraden im Stich lassen? Irgend etwas müssen wir doch tun können!«

Andor lächelte traurig und hielt dem Blick des Seemanns stand. »Ich fürchte, nein. Ich verfügte über mehr Kräfte als die meisten Menschen, und ich habe noch nie einen Mann getroffen, den ich in einer heiklen Situation lieber an meiner Seite gehabt hätte als Euch, Skipper. Aber wir sind immer noch nur ein paar Vagabunden.«

Gathmor schüttelte wild den Kopf. »Einen Schiffskameraden zurücklassen? Ihr glaubt, zu so etwas könntet Ihr mich überreden? Nach allem, was er in Noom für mich riskiert hat? Glaubt Ihr, Euer verdammter Charme bringt mich dazu?«

»Ich würde meinen Charme bei Euch nicht einsetzen, Gath«, sagte Andor ärgerlich. »Bei hübschen Mädchen, ja. Jederzeit! Aber niemals bei meinen Freunden. Leider würde er auch bei den Palastwachen nichts bewirken. Sie sind ein zäher Haufen – ich würde es nie bei mehr als zweien gleichzeitig versuchen. Ich bin sicher, drei von ihnen könnte ich nicht blenden. Glaubt Ihr, ich könnte einfach ins Gefängnis gehen und Rap herausholen? Wir beide könnten ihn nicht einmal tragen, in diesem Zustand. Wir beide können nicht gegen einen Sultan, seine Armee und sein Volk kämpfen. Wie ich höre, steht ein Krieg bevor ... Es ist keine Schande aufzugeben, wenn eine Aufgabe unmöglich ist, Käpt'n. Wir müssen vernünftig sein.«

Gathmor stöhnte auf.

»Ein Seemann weiß das«, fuhr Andor fort. »Bei Sturm holt Ihr auch die Segel ein, richtig? Und niemand nennt Euch dann einen Feigling. Das hier ist dasselbe. Es ist hoffnungslos.«

Das Problem war, er hatte recht.

»Mir gefällt es genausowenig wie Euch, Käpt'n. Selbst Rap kann nicht erwarten, daß jedesmal, wenn er es möchte, eine Hexe durch sein Fenster fliegt – und Ihr und ich werden nicht gebraucht, falls das doch geschieht. Selbst wenn wir ihn aus dem Kerker befreien könnten, würde er uns doch wegsterben. Das Rad ist keine Folter, es ist eine langsame

Exekution. Er ist schon so gut wie tot. Zwei weitere Tote würden niemandem helfen.«

Sehr überzeugend, dieser Andor. Logische und klare Gedanken. Für einen Imp ein vernünftiger, ehrlicher Mann, und kein Drückeberger – er war in der Nacht im Palast gewesen, und das war keine Mission für einen Feigling.

»Ich nehme an, das war es, was Lith'rian vorhergesehen hat, als er sagte er könne es nicht genau sagen.«

»Jetzt kann man sagen«, beharrte Andor. »Das Mädchen ist verheiratet und beschlafen, und in Zark wird es auch so bleiben. Ihr Königreich ist unter ihren Feinden aufgeteilt worden. Die Wächter haben das Interesse verloren. Die Zauberin ist tot und der Faun so gut wie – je eher, je besser, um seinetwillen. Er hat es versucht und er hat versagt! So einfach ist das.«

»Ich schätze, Ihr habt recht.« Gathmor seufzte. Er sah sich um und prüfte den Wind. Der Weg nach Qoble war eine ganz schöne Strecke, aber natürlich würden sie diesmal Zwischenstops einlegen. Sie brauchten nicht für die ganze Reise Vorräte mitnehmen. »Ich nehme es an«, wiederholte er.

»Wart Ihr schon mal in einem Theater, Seemann? *Tragödie in drei Akten*? So ist das! Der Vorhang fällt, und das Stück ist vorbei. Die Zuschauer trocknen sich die Augen und gehen nach Hause, und das richtige Leben geht weiter.«

»Ich nehme es an.« Gathmor lächelte, um zu zeigen, daß er es akzeptierte. »Und ich nehme an, ich kann von Glück sagen, daß Ihr hier seid, um mich davon abzuhalten, etwas Verrücktes zu tun. Es ist nur, daß da irgendwie noch mehr kommen müßte.«

Tumult, and shouting:
The tumult and the shouting dies;
The captains and the kings depart.

Kipling, *Recessional*

(Tumult und Geschrei
Tumult und Geschrei verstummen nun;
Kapitäne und Könige ziehn von dannen.)

ENDE

David Gemmel:

Die Drenai-Saga:
Die Legende
Waylander
Der Schattenprinz

3 Bände, insgesamt 1040 Seiten,
Format 12,5 x 20,5 cm, gebunden
Best.-Nr. 356 998
ISBN 3-86047-880-X
Sonderausgabe nur DM 29,80

Wolfgang Hohlbein:

Charity:
Die beste Frau der Space Force
Königin der Rebellen
Dunkel ist die Zukunft

Band 1–3, 3 Bände insgesamt 576 Seiten,
Format 12,5 x 18,7 cm, gebunden
Best.-Nr. 346 791
ISBN 3-86047-833-8
Sonderausgabe komplett nur DM 19,80

David Day:

Auf der Suche nach König Artus

176 Seiten, Format 20,0 x 27,0 cm,
gebunden mit Schutzumschlag,
durchgehend Farbabbildungen
Best.-Nr. 274 050
ISBN 3-86047-222-4
Sonderausgabe nur DM 10,–

Wolfgang Hohlbein:

Der Widersacher

512 Seiten, Format 14,7 x 22,0 cm,
flexibler Einband
Best.-Nr. 371 344
ISBN 3-86047-825-7
Sonderausgabe nur DM 19,90

Peter Hanratty:

Mordred
Der letzte Ritter von Albion
Der Strand von Avalon

3 Bände, insgesamt 898 Seiten,
Format 12,5 x 18,7 cm, gebunden
Best.-Nr. 794 750
ISBN 3-8289-0082-8
Sonderausgabe komplett nur DM 29,80

Anne Mc Caffrey:

Drachengesang
Drachensinger
Der weiße Drache

Sammelband 896 Seiten,
Format 12,5 x 18,7 cm, gebunden
Best.-Nr. 792 630
ISBN 3-8289-0083-6
Sonderausgabe nur DM 20,–

Wolfgang Hohlbein:

Charity:
Die schlafende Armee
Hölle aus Feuer und Eis
In den Ruinen von Paris

Band 4–6, 3 Bände, insgesamt 704 Seiten,
Format 12,5 x 18,7 cm, gebunden
Best.-Nr. 387 266
ISBN 3-8289-0021-6
Sonderausgabe komplett nur DM 19,80

Wolfgang Hohlbein:

Der Inquisitor

416 Seiten, Format 12,5 x 18,7 cm,
gebunden mit Schutzumschlag
Best.-Nr. 310 037
ISBN 3-86047-565-7
Sonderausgabe nur DM 16,80

David Eddings:

Die Malloreon-Saga:
Die Zauberin von Darshiva
Dämon von Karanda
Herren des Westens
Seherin von Kell
König der Murgos

5 Bände, insgesamt 2 220 Seiten,
Format 12,0 x 19,0 cm, gebunden
Best.-Nr. 284 000
ISBN 3-86047-523-1
Sonderausgabe komplett nur DM 49,80

Philip José Farmer:

Die Flußwelt der Zeit
Auf dem Zeitstrom
Das dunkle Muster
Das magische Labyrinth

4 Bände, insgesamt 1 539 Seiten,
Format 11,5 x 18,0 cm, gebunden
Best.-Nr. 293 118
ISBN 3-86047-528-2
Sonderausgabe komplett nur DM 19,80

Anne Perry:

Im Schatten der Gerechtigkeit

480 Seiten, Format 13,0 x 20,5 cm,
gebunden
Best.-Nr. 347 849
ISBN 3-86047-872-9
Sonderausgabe nur DM 19,80